DOUBLE

EIN
SPION
WIE
ICH

von

KIM SHERWOOD

Ins Deutsche übertragen von
ROSWITHA GIESEN

Die deutsche Ausgabe von EIN SPION WIE ICH
wird herausgegeben von der Cross Cult Entertainment GmbH & Co. Publishing KG
CROSS CULT; Verlagsleitung: Andreas Mergenthaler und Luciana Bawidamann; Teinacher Straße 72, 71634 Ludwigsburg. Übersetzung: Roswitha Giesen; Programmleitung Romane/Sachbücher: Markus Rohde; Lektorat: Katrin Aust; Korrektorat: Peter Schild; Satz: Rowan Rüster; Layout: Kerstin Jans; Leitung Vertrieb: Peter Sowade; Leitung Marketing: Cécile Béran; Lizenzmanagement: Ruijing Qiu; Herstellung: Hannah Düser; Druck: CPI Books GmbH, Leck. Printed in the EU.

Titel der Originalausgabe: A SPY LIKE ME
Published in the United Kingdom by HarperCollins*Publishers* in 2024
© Ian Fleming Publications Ltd 2024
German translation copyright © 2024, by Cross Cult Entertainment GmbH & Co. Publishing KG.

Print ISBN 978-3-98666-202-8 (Oktober 2024)
E-Book ISBN 978-3-98666-203-5 (Oktober 2024)

WWW.CROSS-CULT.DE · WWW.IANFLEMING.COM · WWW.KIMSHERWOODAUTHOR.COM

Für meine Schwester Rosie,
meine (künstlerische) Komplizin,
die immer Zeit zum Reden und Spazierengehen hat.

»Ich werde meine Zeit nutzen.«

Ian Fleming, *Man lebt nur zweimal*
(nach Jack London)

TEIL I

DETONATION

1

EILMELDUNG

London

Am meisten fürchtet Moneypenny, zu spät zu kommen. Der Gedanke hält sie nachts wach: dass sie als Leiterin der Doppelnullabteilung zwar die Rädchen, Schrauben und Bolzen sieht, nicht aber die gesamte Maschinerie erkennt. Um 13:25 Uhr wird im neuen Funkhaus der BBC eine Bombe explodieren. Vielleicht kommt Moneypenny zu spät, um das zu verhindern, genau wie sie letzten Monat den Bombenanschlag auf die ägyptische Botschaft oder eine Woche davor die Schießerei in der Pariser Synagoge nicht verhindern konnte oder dass zwei Monate zuvor der Internationale Währungsfonds gehackt worden war. Sie weiß, dass der Bombenattentäter Jason Kent heißt. Er ist fünfundzwanzig Jahre alt, weiß, arbeitslos. In der Vergangenheit wurde er wiederholt wegen häuslicher Gewalt verhaftet und verurteilt. Da er Verbindungen zu rechtsextremistischen Gruppierungen pflegt, wurde der MI6 eingeschaltet und agiert gemeinsam mit dem MI5 im Inland. All das *weiß* Moneypenny und trotzdem ist es Viertel nach eins und 004 und 008 haben den Bombenattentäter vor Ort noch nicht identifiziert.

Sie stützt sich auf Aisha Asantes Stuhllehne und blickt über den Kopf der jungen Frau hinweg auf die Bildschirme, auf denen sie unzählige Überwachungsvideos sichten. Dahinter scheint es in der gläsernen Kammer, die Q schützt, vor Strom beinahe spürbar zu knistern, während der Quantencomputer die Datensätze analysiert. Seine goldenen Streben wirken wie die Tentakel eines Kraken, der verbissen an etwas arbeitet. In Wahrheit stammt das unterschwellige Summen jedoch von Ibrahim Suleiman, der den Audiostream von 004s Gehirn-Computer-Schnittstelle überwacht, die Joseph Dryden im Schädel installiert wurde – wenn man dieses Wort benutzen möchte –, nachdem er im Dienst bei den Sondereinsatzkräften ein Hirntrauma erlitten hatte. Die Explosion durchtrennte ihm den Hörnerv unter dem rechten Ohr, sodass er auf einer Seite sensorineural taub wurde, und die Schockwelle beschädigte sein Sprachzentrum. Das versteckte Mikrofon, das Dryden von der Q-Abteilung in den Gehörgang implantiert wurde, umgeht in Verbindung mit der Gehirn-Computer-Schnittstelle den durchtrennten Nerv und das beschädigte Hirngewebe und verbindet 004 direkt mit Q. An diesem Tag aber empfangen seine Ohren nichts Nützliches.

»Keine Treffer«, sagt Aisha eher zu sich selbst als zu Moneypenny. Die Ärmel ihres pinken Blazers hat sie bis zu den Ellbogen hochgeschoben. »Warum finden wir keine Übereinstimmungen bei den Stimmmustern oder der Gesichtserkennung?«

»Vielleicht hat Jason Kent sich heute gegen Massenmord entschieden«, murmelt Ibrahim und fährt sich nervös durch die bereits zerzausten Haare.

Moneypenny streckt den Arm aus und drückt auf die Verbindungstaste. »004, 008, Bericht.«

Durch den unterirdischen Raum schallt die Stimme von Joseph Dryden. »Ich weiß, M hat eine Evakuierung ausgeschlossen, damit die Zielperson nicht aufgeschreckt wird und die Detonation verfrüht auslöst, aber uns rennt die Zeit davon, Ma'am.«

Wie gern hätte Moneypenny Mrs Keators herrischen Ton gehört, aber diese Bastion der Q-Abteilung ist in den Ruhestand gegangen, nachdem Bill Tanner vor vier Monaten als Verräter enttarnt worden war und sich erhängt hatte. Moneypenny greift nach einem Telefon – die Leitung zu M nach Vauxhall und zu Vallance beim MI5 ist offen. »Hier Moneypenny. Ich empfehle die Evakuierung.«

»Bestätige«, antwortet Vallance knapp.

»Bestätige«, meint M leise.

Moneypenny hämmert auf die Verbindungstaste. »008, beginnen Sie mit der Evakuierung. 004, Sie suchen weiter.«

»Ja, Ma'am«, bestätigt Dryden.

Dodger Macintyre – für seine Eltern Roger, aber seit seiner Schulzeit am Wideawake-Flugfeld auf Ascensions Island für alle anderen Dodger – ist erst kürzlich von der Position als Geheimdienstoffizier beim MI6 zur Doppelnullabteilung gewechselt. Als Pilot und studierter Philologe hat er den Großteil seines Lebens im Ausland verbracht, von seiner Kindheit über die Universität bis hin zu seinen Einsätzen. Eigentlich hat er erwartet, dass sich dieser Trend als 008 fortsetzen würde, und nicht, dass er gemeinsam mit dem MI5 und Scotland Yard die BBC evakuieren würde.

Bei der Architektur des New Broadcasting House aus dem Jahr 2010 steht Transparenz im Mittelpunkt: Eine geschwungene Glasfassade verbindet das ursprüngliche Gebäude aus dem Jahr 1932 mit dem Ostflügel, wodurch ein Atrium in Form einer herabrinnenden Träne entsteht. Der Gedanke der Transparenz – eine von den Menschen finanzierte BBC, die den Menschen gehört und von den Menschen gesehen wird – findet sich auch im Inneren wieder. Im Hintergrund der täglichen Sendungen erhaschen die Zuschauer einen Blick auf die 4.000 Quadratmeter große Etage der Nachrichtenredaktion, die sich im Glastrakt des Gebäudes befindet. Transparente Besprechungsräume sind mit Fotografien aus *Doktor Who* und *EastEnders* dekoriert. Perspex-Lampen tauchen Sitzbereiche in rotes Licht. Ziemlich viel Glas, das da in die Luft gehen könnte.

008 holt Leute aus den Sitznischen an den Wänden des Atriums, wo der Rundhorizont des Londoner Himmels nichts als Regen verspricht. Er ignoriert schallgedämpfte Türen, die um Ruhe bitten, und fordert die Moderatoren auf, *jetzt* vom Sender zu gehen.

»Bleiben Sie ruhig, verhalten Sie sich so, als würden Sie bloß Mittag machen.«

Von den sechstausend Angestellten erwartet er Panik, doch die kommt nicht auf, die Moderatoren wechseln ohne Nachfragen auf bereits aufgezeichnete Sendungen. Jeder Schreibtisch bildet einen eigenen Lebensraum, hier steht ein Mehrwegbecher mit Lippenstiftrand, dort ein Schreibtischstuhl, an dessen Rückenlehne ein Zettel mit der Aufschrift *Helens Stuhl, von HR bereitgestellt – NICHT wegstellen* klebt. An Kurzzeitarbeitsplätzen hängen abgewetzte Post-its: *Besetzt* oder *Bin in 5 Minuten zurück*. Journalisten schnappen sich ihre Jacken oder Handys und folgen 008, während sie sich angespannt unterhalten. Einige finden sich nervös unter Schildern zusammen, die rot auf gelbem Grund verkünden:

Notfallsammelpunkt. Bei Übungen haben sie gelernt, sich im Fall einer Bombendrohung hier zu versammeln, weit weg von der Glasfassade. Doch Dodger schickt die Journalisten weiter, sagt ihnen, dass sie die Glasfahrstühle mit ihrem orangen Stahlgerüst ignorieren und stattdessen durch die Türen gehen sollen, die in den Flügel aus dem Jahr 1932 führen.

Die hellen Lichter und leuchtenden Bildschirme aus dem einundzwanzigsten Jahrhundert werden ersetzt von kaltem Stein und einer braunen Wandvertäfelung, die den Kurven der Art-Deco-Treppe folgt. Dodger setzt darauf, dass er den Bombenattentäter nicht aufschreckt, wenn er den Haupteingang meidet. »Weitergehen, weitergehen, weitergehen« – Dodger hofft, dass ihm sein Vorhaben nicht anzusehen ist, während er die Vorbeiziehenden genauestens betrachtet und nach dem blassen, beinahe unsichtbaren Gesicht von Jason Kent sucht.

Das geschäftige Summen im New Broadcasting House erinnert Joseph Dryden an eine Einsatzbasis. Die Leute kommen her, um ihre Arbeit zu erledigen. An den geschwungenen Arbeitsplätzen herrscht Solidarität und das Gefühl, zum selben elitären Verein zu gehören, vielleicht sogar zu einer Art Heiligtum, doch sie nehmen es leicht, verdrehen die Augen in Richtung der ausgefallenen, zusammengewürfelten Sofas. Nun aber wird das Summen lauter. Dryden riecht die Gefahr in der Luft. Sie nähert sich. Wartet der Bombenattentäter wie geplant bis 13:25 Uhr oder zündet er den Sprengsatz früher? Dryden schlendert am Tisch des Nahost-Teams vorbei, dann am nächsten Bereich, der sich mit Berichten über den Dschihadismus befasst. Er nickt den Journalisten zu, die sich ihre Tupperdosen schnappen und hinauseilen, ihre Schritte vom dicken grauen Teppich gedämpft. Dann geht er die Wendeltreppe zur Etage der Nachrichtenredaktion hinunter.

Wie unwirklich, hinter der Glaswand zu stehen. Die Ein-Uhr-Nachrichten der BBC sind noch auf Sendung. Dryden sieht, dass die Sprecherin unter dem Tisch nervös mit den Beinen wippt – durch ihren Ohrhörer wurden sie über die Drohung unterrichtet, aber auch angewiesen, bis zum letztmöglichen Augenblick zu senden. Um Dryden herum sitzen die Journalisten, die täglich im Hintergrund der Nachrichten zu sehen sind, wie erstarrt vor ihren Bildschirmen und sehen zu, wie Kollegen evakuiert werden, die sich außerhalb des Kamerabereichs aufhalten.

»Wir sollten die Nachrichtenetage evakuieren«, meint er. »Es wird zu knapp.«

»Wenn die Nachrichten unterbrochen werden, weiß er, dass wir ihm auf der Spur sind, und zündet die Bombe frühzeitig«, widerspricht Moneypenny. »Wir haben ihnen gesagt, dass sie bereits aufgezeichnete Bilder einspielen sollen. Sobald das passiert, können die Leute im Hintergrund gehen. Aber die Sprecher müssen so lange wie möglich am Platz bleiben.«

»008, haben Sie was?«, fragt Dryden.

Von seiner neuralen Verbindung übertragen, schallt Dodger Macintyres schottischer Singsang Dryden durch den Schädel. »Negativ, Sir.«

Das entlockt Dryden ein schwaches Lächeln. »004 reicht. Ich könnte mich sogar zu Joe breitschlagen lassen, wenn Sie diesen Hurensohn finden.«

Ein nervöses Lachen. »Ja, Sir.«

Am Rand von Drydens Blickfeld kommt ein Fahrstuhl aus der obersten Etage herunter. Bei einer Evakuierung dürfen die Fahrstühle nur von Angestellten mit Behinderungen genutzt werden. Laut Leuchtanzeige fährt der Fahrstuhl in die Nachrichtenetage. Angestellte, die gerade evakuiert werden, würden allerdings nicht ins Erdgeschoss kommen, da es dort keinen Ausgang zur Straße gibt. An drei Seiten ist der Fahrstuhl durchsichtig. In seinem Innern steht ein weißer Mann mit roten Haaren und einer Kampfjacke. Nicht Jason Kent. Der falsche Mann. Aber deshalb gehört er noch lange nicht hierher.

»Fahrstuhl nach unten«, sagt Dryden. »Nachrichtenetage.«

Moneypenny hält den Atem an, als Aisha die Bilder der Überwachungskamera aus dem Fahrstuhl aufruft, in dem laut einem Plakat über dem Tastenfeld BBC Radio Asian Network läuft. Der Mann trägt eine Kuriertasche mit dem Logo eines angesehenen Kurierdiensts – leicht zu fälschen, und die Poststelle befindet sich weit weg von der Nachrichtenetage.

»Wir überprüfen sein Gesicht«, sagt Ibrahim.

»Was meinen Sie?«, fragt Moneypenny.

»Ich würde die Straßenseite wechseln«, antwortet Aisha.

»Mhm. Er wird nervös – sieht, dass die Leute rausgehen.«

»Die könnten aber auch Mittagspause machen«, meint Aisha.

Moneypenny ballt die Fäuste und erinnert sich: »In den Fahrstühlen läuft Radio. Ist das ausgegangen?«

Aisha wirft ihre Braids zurück und setzt sich Kopfhörer auf. »BBC Radio Asian ist noch auf Sendung.«

»004, ich dachte, Sie haben die Sendestudios evakuiert? Wir hören noch immer das Radio«, sagt Moneypenny.

»Ja, Ma'am«, bestätigt Dryden. »Die haben auf aufgezeichnete Sendungen umgeschaltet.«

Da atmet Moneypenny durch. Das weiß sie doch. Sie weiß, dass die BBC nie aufhört zu senden. Wenn irgendwann das Radio verstummt, weiß man, dass man wirklich in der Scheiße sitzt.

»Wie kommt 004 in diesen Fahrstuhl?«

»Er könnte durch den Schacht klettern, der besteht aus Stahlträgern. Aber er fährt zu ihm runter. Mit beunruhigender Geschwindigkeit.«

»Hab ihn!«, verkündet Ibrahim. »Grant Bishop. Er spielt dieses Terrorspiel in den sozialen Netzwerken. Da bekommt man Punkte, wenn man im echten Leben Minderheiten angreift. Mehrfach Kontakt zu Kent.«

Moneypenny hebt den Hörer ans Ohr. »Vallance? Irgendwas über Kent?«

»Noch immer nichts, seit er an der Oxford Street aus der Tube raus ist«, antwortet Vallance.

»Wie kann das sein? Wie kann ein Terrorist einfach von unseren Überwachungsvideos verschwinden?«, fragt Ibrahim und antwortet dann selbst: »Das kann er nicht.«

Moneypenny flucht. Wieder hämmert sie auf die Taste. »004, der Mann im Fahrstuhl stellt eine tödliche Bedrohung dar.«

Mit einem knappen »Verstanden« geht Joseph Dryden mit langen, lässigen Schritten an den ängstlichen Journalisten vorbei zum Fahrstuhl. Keine Zeit für Luftakrobatik, auch wenn er Aishas Vertrauen in ihn zu schätzen weiß. Er glaubt nicht, dass die Zielperson sich allein im Aufzug in die Luft jagt – sicher, damit würde sie das Gebäude beschädigen, aber keine Todesopfer fordern. Wahrscheinlich will die Zielperson in die Nachrichtenetage, wo sie die laufenden Kameras erfassen und sie von Journalisten umringt ist. Dryden geht wenige Meter vor den Fahrstuhltüren in Position. Er lehnt sich an einen Schreibtisch und holt sein Handy heraus, als würde er sich die Zeit vertreiben, während er auf Kollegen wartet. Dann schlägt er die Beine übereinander. Wippt mit dem Fuß. Drei Etagen. Zwei. 13:23 Uhr.

»008, behalten Sie die Straße im Blick«, meint er. »Vielleicht arbeiten sie zusammen.«

Eine Etage.

»Viel Glück«, erwidert 008. Doch inzwischen achtet Dryden nicht mehr auf Stimmen.

Mit einem Zischen öffnet sich die Fahrstuhltür.

Dryden steht auf, zieht die Waffe aus dem Schulterholster und richtet sie mit einer geschmeidigen Bewegung auf den Mann, der zögernd aus dem Aufzug tritt und erstarrt, die blauen Augen aufgerissen wie zu stark aufgeblasene Luftballons.

Grant Bishop bemerkt den eins dreiundneunzig großen Schwarzen, ein Muskelpaket von neunundachtzig Kilogramm mit kurz geschorenem Haar und Dreiteiler. Er könnte Schauspieler oder erfolgreicher Produzent sein, hält aber eine echte Waffe in der Hand und fordert laut, aber bestimmt, während die anderen Leute unter Schreibtische hechten und jemand einen Schrei unterdrückt: »Polizei, Hände hoch.«

Bishop kneift die Augen zusammen, dann steckt er die Hand in seine Kuriertasche.

Dryden feuert.

In einem roten Nebel spritzt Hirnmasse an die Rückwand des Fahrstuhls. Mit einem Ping schließt sich die Tür. Der Aufzug fährt hoch und trägt die forensischen Beweise in die nächste Etage.

»Alle unten bleiben«, mahnt Dryden und klingt in den eigenen Ohren verzerrt, als würde die ängstliche Stille seine Stimme verschlingen. Er steckt seine Waffe ein und kniet sich neben die Leiche. Ein Loch von der Größe einer Fünfpencemünze in der Stirn führt zu einem zweipfundmünzengroßen Krater am Hinterkopf. Vorsichtig greift er um den schmächtigen Arm der Zielperson und öffnet die Klappe der Tasche.

Sie ist leer. Dieser Idiot hat einen tödlichen Bluff versucht und ist dabei als Einziger gestorben. Aber das heißt …

»Dodger, das war ein Lockvogel! Evakuieren!«, ruft Dryden.

Er sprintet die Wendeltreppe hinauf, rast an einem Modell der TARDIS vorbei. Nun ist er nur noch wenige Schritte von den Glastüren entfernt, die in den Innenhof führen. Draußen stehen die Journalisten hinter den Sicherheitspollern rund um die All Souls Church in ordentlichen Reihen. Dodger spricht mit einigen MI5-Agenten und der Polizei. Dryden sieht, wie ein Polizeihund offenbar einen Gully anbellt, kann es durch das Glas aber nicht hören.

»008«, drängt er, »melden Sie sich, 008 …«

Unter all den vibrierenden Handys und Journalisten, die in Kameras sprechen und die Nachricht verbreiten, hört Dodger Macintyre sein Funkgerät nicht. Dann bemerkt er einen bellenden Hund und erinnert sich, was ein dreimaliges Anschlagen bedeutet. Er drängt sich durch die Polizisten, die ihm zu 004s Erfolg gratulieren. Rempelt den Hundeführer an. Der Hund kratzt an einem vergitterten Lüftungsschacht im Pflaster, der wahrscheinlich zur Tube führt.

»Zurück!«, brüllt Dodger. »Alle weg!«

Aber die Poller sind ausgefahren und der Verkehr strömt vorbei, sodass die Leute sich nicht vom Fleck rühren, und die

Menge ist zu groß, um sie zu lenken. Dodger sieht auf seine Armbanduhr: 13:25 Uhr. Er zieht das Gitter auf.

Die Bombe ist mit Klebeband an der Tunneldecke befestigt. Er schluckt – es klingt laut in seinen Ohren. Der selbst gebastelte Sprengsatz ist groß genug, um den Boden des Innenhofs und alle, die darauf stehen, in die Tube hinunterkrachen zu lassen. Er muss das Teil von der Menge wegbekommen.

All Souls haben sie evakuiert.

Dodger reißt die Bombe aus den silbernen Klebestreifen.

»Bombe! Alle zur Seite!«

Er rennt auf die Kirche zu, an den leuchtend gelben Westen der Polizisten und den verstörten, erstarrten Gesichtern der Journalisten und blinkenden Kameralichtern vorbei – in die Ruhe von All Souls. Dann wirft er die Bombe ins Hauptschiff, wo sie in der Luft explodiert und ihn zur Tür hinauskatapultiert, Polizisten von den Beinen reißt und Buntglas zum Bersten, Säulen zum Einstürzen und Glocken zum Läuten bringt.

Mit dem Blut des Toten unter den Schuhsohlen rennt Dryden los und hinterlässt einen langen Streifen, als er in der Eingangshalle schlitternd zum Stehen kommt.

Die Glastüren des Gebäudes verwandeln sich in Sand und werfen ihn zu Boden. Er umklammert schützend seinen Kopf, in dem er Moneypennys Stimme hört, die einen Bericht fordert. Dryden schluckt Staub. Steht auf. Rennt durch den Rauch auf die Stufen der Kirche zu.

Moneypenny presst die Hand an den Mund, bis sich ihr die Nägel in die Wangen graben. Sie ist zu spät gekommen.

2

VIBRATIONEN

London

Das Herz Londons ist von einer Ringstraße umgeben. Im Norden begrenzt dieses Herz die Euston Road, eine stinkende, viel befahrene Umgehungsstraße, auf der sich der Verkehr Zentimeter um verpesteten Zentimeter voranschiebt. Wer hier über den Gehweg läuft, beeilt sich und zieht den Kopf gegen das Getöse ständiger Baustellen und abgewürgter Motoren ein. Niemand hält an, um das University College Hospital zu betrachten. Am besten ignoriert man es, flüstert das Unterbewusstsein, drängt zu Fuß weiter zur Stille der British Library oder nutzt eine Grünphase, um dem Gewühl aus orangen Pylonen zu entfliehen. Heute jedoch ist etwas anders. Das Herz Londons stockt, irgendwo zwischen Vertrauen und Versagen. An der blaugrünen Glasfassade der Klinik spiegeln sich die Scheinwerfer von Rettungswagen und Pressefahrzeugen. Lkw-Fahrer halten an. Fußgänger auf dem Weg zur Nachtschicht oder auf dem Heimweg von einer Party bleiben stehen und betrachten die unzähligen erleuchteten Fenster, Leuchtfeuer, die gleichzeitig das Schlimmste und das Beste verheißen.

Hinter einem dieser Fenster steht das Leben von 008 auf der Kippe. Hinter einem anderen ist 004s Glaube längst gestorben.

Joseph Dryden erzählt der Ärztin, er hätte sich beim Rasieren geschnitten. Netterweise lacht sie darüber. Er liegt unter einem Laken, das seine Scham bedeckt, während die schottische Assistenzärztin, die Glasgow vermisst und London zu unpersönlich findet, ihm mit der Pinzette Glassplitter herauszieht und dabei beruhigenden Small Talk pflegt. Als Ibrahim kommt, um Drydens Implantat zu testen, sagt dieser ihm, dass er doch besser das Hörvermögen von 008 überprüfen soll. Ibrahim beißt sich auf die Lippe, tritt von einem Bein aufs andere und geht dann mit hängenden Schultern hinaus. Die Ärztin verkneift sich jeglichen Kommentar.

Dryden blickt zum Fernseher im Wartezimmer, der durch die Glastür zu erkennen ist. In diesem Leben würde er am liebsten keine Glastüren mehr sehen. Es läuft BBC News 24. Dort zeigen sie immer wieder die Explosion: herumfliegende Mauerstücke, die graue Pilzwolke, dann wird die Kamera nach oben geschleudert und wackelnd auf Wolken gerichtet, die wie ein Kindermobile zu schwingen scheinen. Politiker, die sich mit blassen Gesichtern an die Nation wenden, werden untertitelt und beschreiben die ruhige Reaktion der Journalisten und der Öffentlichkeit als »Geist des Blitzkriegs«. Dryden dröhnt der Schädel wie Kirchenglocken. Nicht weil das Implantat versagt und sein Gehirn die Worte verdreht – das haben Aishas und Ibrahims Verbesserungen behoben, nachdem das Gerät im Vorjahr durch einen K.-o.-Schlag ausgeschaltet worden war –, sondern weil er dermaßen wütend ist.

Als die Nachrichten sich von London abwenden, bemerkt die Ärztin, wie Dryden sich am gesamten Körper anspannt.

Sie blickt ihm ins Gesicht, wendet sich dann dem Fernseher zu und sieht, dass nun über Afghanistan berichtet wird. Auf den Bildern fahren die Taliban triumphierend durch Kabul. Bald ist der Truppenabzug ein Jahr her.

»Haben Sie gedient?«, fragt sie.

»Ja«, antwortet er. »Aber das hat nichts bewirkt.«

»Heute haben Sie viel bewirkt«, hält die Ärztin dagegen.

Er lacht zynisch auf. »Haben Sie jemals das Gefühl, dass Sie in einer Schlacht kämpfen, die Sie verlieren werden?«

»Ich arbeite für den NHS. Was glauben Sie denn?«

Da bemerkt Dryden zum ersten Mal die Ringe unter ihren Augen. »Proletarier aller Länder, vereinigt euch.«

Die Ärztin tut so, als wollte sie die Faust gegen seine drücken, hält aber etwas Abstand von seinen blutigen Fingerknöcheln. »Amen.«

Auf dem Schild steht: *Gebrauchte Gehstöcke.* Die Stöcke lehnen wild durcheinander in einer Ecke des Klinikflurs. Aluminium und Kunststoff, durch Zeit und zu viele Hände abgegriffen und fleckig, die Spitze abgestoßen von schlecht gepflasterten Straßen. Das Schild ist gar kein richtiges Schild, sondern ein Zettel, mit einem Streifen Kreppband befestigt. Moneypenny wartet auf einer Reihe harter Stühle und fragt sich, ob 008 einen Gehstock brauchen wird.

Falls überhaupt …

Wer sie so dasitzen sieht, könnte sie für eine Mutter halten, die sich nach einem Notfall um die Zukunft ihres Kindes sorgt, die Haare streng zurückgebunden, die Hände im beigen Trenchcoat vergraben, die offenen Schnürsenkel ihrer rostroten Budapester unbemerkt, ihr Blick – sonst so direkt und kühl – leer wie ein ausgetrockneter Brunnen.

Als sie ihren Namen hört, schreckt sie aus ihren Gedanken auf.

Ein weiterer Gehstock ist in ihr Blickfeld getreten, aus glatt polierter Birke mit Goldmontur und Elfenbeingriff, den M in der roten Faust hält. Ein neues Accessoire. Moneypenny hebt das Kinn. Das Neonlicht des Krankenhauses spiegelt sich auf der glatten Kuppel seines Kopfes. Sein kurzer weißer Bart ist zerzaust, wie das Fell einer Katze, das man gegen den Strich gebürstet hat. Den Mantel hat er schief geknöpft. Noch nie hat sie Sir Emery Ware derart derangiert gesehen. In diesem Augenblick könnte er hier Patient sein. »Ich nehme an, der PM will meine Kündigung«, sagt sie.

»Der PM will Ihren Kopf und meine Eier, die Reihenfolge ist ihm dabei relativ egal«, erwidert M gutmütig. Er zieht die Hosenbeine hoch und setzt sich neben sie.

»Was haben Sie ihm gesagt?«

M lässt den Blick den Flur entlangschweifen, in dem sich lediglich Sicherheitsleute befinden, die sich zurückziehen und ihnen einen Neunmeterradius andächtiger Stille gewähren. »Ich habe ihn *respektvoll* daran erinnert, dass zwei Dutzend Verletzte besser als zwei Dutzend Tote sind, unsere Chirurgen beim NHS ihr Bestes geben und dank der Tapferkeit unserer Agenten eine geliebte britische Institution gerettet wurde – von etwas Glas einmal abgesehen.«

»Das reicht nicht«, widerspricht Moneypenny.

M zieht die Augenbraue hoch. »Übernehmen Sie jetzt seinen Teil des Gesprächs?«

Unbeeindruckt begegnet sie seinem Blick. »Wir wissen noch nicht, wie viele Tote es geben wird.«

M sieht auf die Uhr an der Wand.

»008 hat einen kollabierten Lungenflügel.«

»Und er hat sich so viele Knochen gebrochen, dass man daraus die Zukunft lesen könnte. Ich weiß.« Er reibt sich die Nase. »Sie wollten den Job, Penny. So sieht er aus.«

Sie lockert die Schultern. »Ja, Sir.« Dann wiegt sie ihr Handy, dessen Display schwarz ist, in den Händen. »Ich verstehe einfach nicht, wie Kent in die Betriebstunnel der Tube gelangen konnte, ohne dass die Überwachungskameras ihn erfasst haben.«

M legt ihr die Hand auf den Arm. »Warten Sie's ab. Als der MI5 die Wohnung des Bombenattentäters durchsucht hat, wurde größtenteils genau das gefunden, was man erwarten würde. Eine kleine rechtsextremistische Zelle, im Inland aufgewachsene Terroristen, die Verbindungen zu internationalen Neonazis pflegen. Sie haben die BBC als Ziel ausgewählt, weil sie glauben, diese Institution stehe für eine ›Agenda der Fake News, die die liberale Elite stützt‹, und genau die wollen sie zerstören. Als Mitglied dieser liberalen Elite muss ich zugeben, dass wir schon bessere Tage erlebt haben. Trotzdem gönnen wir diesen Arschlöchern die Befriedigung nicht, richtig?«

Moneypenny hört das Dröhnen der Militärhubschrauber, die über London kreisen. Darunter mischt sich eine Sirene. Ansonsten hört sie nichts – keine Schreie, keine panischen Unruhen auf den Straßen. So kennt sie den Terror auf britischem Boden. Je leiser es wird, desto schlimmer ist die Lage.

Auch M spitzt die Ohren und sagt: »Ich muss zurück zu COBRA. Selbstverständlich haben wir die Bedrohungslage auf Kritisch hochgestuft und behalten das bei, bis die Zelle beseitigt ist. Wir müssen ernsthaft in uns gehen und alles überprüfen, erst recht, weil wir es nicht mit einer ausländischen Bedrohung zu tun haben, sondern schlicht mit nicht gestellten Fragen zum wachsenden Faschismus im eigenen Land. Selbstverständlich wird es Vorwürfe gegen uns und den MI5 geben, weil uns einer durchgegangen ist. Aber wir lassen die Politiker ihre Reden halten. Im Dunkeln arbeiten wir am besten. Holen Sie 000 nach Hause. Setzen Sie ihn zusammen mit 004 hierauf an.«

»Sie wissen, dass er und 004 nicht gut miteinander auskommen«, widerspricht Moneypenny.

M zuckt mit den Achseln. »Conrad Harthrop-Vane ist arrogant und kalt. Genau wie Bond es war. Genau deshalb sind sie gute Waffen, Herrgott noch mal.«

»Wie Bond es *war*?«

M räuspert sich. Die Türen gehen auf und lassen den Lärm frisch eingelieferter Notfallpatienten herein. »Sie wissen, was ich meine. Ein Mann muss glauben, dass er am besten für die Risiken geeignet ist, die dieser Job ihm auferlegt. Und er muss ihn eiskalt ausführen, wenn er ebenjene Opfer bringen will, die Philosophiestudenten in Oxbridge beim Bewerbungsgespräch ins Schwitzen bringen. Zugegeben, 000 hält sich nicht immer an moderne Höflichkeitsformen. Das muss er auch nicht. Er ist charmant, macht im Anzug eine gute Figur und ist dazu noch intelligent. Als Junge hatte Conrad schlechte Karten, hat diese aber in ein siegreiches Blatt für sein Land verwandelt. Ich würde für ihn jederzeit die Hand ins Feuer legen. Bedingungslos. Das habe ich bereits.«

Moneypenny nickt. *Schlechte Karten* ist eine freundliche Umschreibung. 000s Vater entstammte einer Adelsfamilie, die alles verloren hatte, sodass Conrad Harthrop-Vane der Erste eine Mischung aus Betrüger, Diplomat und Spion war, Kontaktperson des MI6 zur Unterwelt von Verbrechen und Politik. Auf die Scheidung und einen aufreibenden

Sorgerechtsstreit folgte kurz darauf Krebs, der Conrads Mutter das Leben kostete. Die Psychiaterin in Shrublands meinte, dass sich in diesem Augenblick im jungen Conrad Harthrop-Vane dem Zweiten zwei wichtige Glaubenssätze herausbildeten. Zunächst einmal der Glaube, dass die Welt nicht richtig ist, nicht gerecht, dass es keine Gerechtigkeit gibt und es keinen Sinn hat, irgendjemandem zu vertrauen. Und dann, vielleicht eher eine Frage als ein Glaube – wenn er ein besserer Sohn gewesen wäre, hätte er dann verhindern können, dass seine Mutter starb?

Natürlich gehören Waisen im MI6 zum Alltag. Die Psychiaterin stellte heraus, dass unverarbeitete Trauer in Wut umschlüge, und genau dies sei nach dem Tod von Conrads Mutter geschehen, als sein Vater ihn in ein Internat schickte, in dem er härter werden musste und den eiskalten Zorn kanalisierte, indem er andere Jungs beim Boxen, Laufen und Fechten schlug, sodass er Medaillen und Applaus erntete. Doch in den Sommerferien war Conrad nicht der große Fisch im kleinen Teich. Er war ein kleiner Fisch im Piranhabecken seines Vaters.

Als Conrad sein erstes Trimester in Cambridge absolvierte, beging sein Vater Selbstmord. Verlassen, abgelehnt – und wenn er ein besserer Sohn gewesen wäre, hätte er dann verhindern können, dass sein Vater starb?

Eine Person in seinem Leben vermittelte ihm Sicherheit: M, ein alter Schulfreund seines Vaters. Nachdem Conrad Harthrop-Vane der Erste gestorben war, warf M ihm einen Rettungsring zu und der MI6 holte den gebrochenen Jungen an Bord. Ganz auf sich gestellt, wütend, vom Ehrgeiz zerfressen und von dem Bedürfnis angetrieben, anderen zu gefallen. Der perfekte Rekrut.

Was das Temperament und Sozialverhalten angeht, ist er damit natürlich das absolute Gegenteil von 004. »Sie haben recht, wir müssen all unsere Kräfte hierauf konzentrieren, aber ich würde lieber 004 und 003 zusammenarbeiten und 000 allein agieren lassen. Das kann er am besten«, entgegnet Moneypenny. Ms Handy vibriert. Mit einem düsteren Blick aufs Display sagt er: »Ich muss Sie doch nicht daran erinnern, Moneypenny, dass Johanna Harwood nicht für den aktiven Dienst freigegeben ist.«

»Wir haben gerade einen Schlag in unser transparentes Gesicht kassiert, live in den Nachrichten, sodass alle Welt es sehen konnte«, widerspricht Moneypenny. »Mir ist egal, was Shrublands sagt. Wenn ich zurückschlage, will ich dafür ein Schwergewicht im Ring haben.«

»Boxen und Poker«, sagt M, als sein Handy erneut klingelt. »Ist Ihnen schon aufgefallen, dass wir, wenn wir Bilder für unser großes Spionagespiel suchen – was an sich bereits eine Metapher ist –, meist Sportarten wählen, bei denen man einzeln antritt? Kipling hat damals gesagt: *Wenn er in das große Spiel eintritt, muss er allein gehen.*«

»Worauf wollen Sie hinaus?«

»Das hier ist kein Mannschaftssport. Es kann nicht jeder mitspielen.«

»Wissen Sie, wie das Zitat weitergeht?«

»Hm?« M krampft die Hand um den schwarzen Klotz, der sein Todeslied verbreitet.

»*Wenn er in das große Spiel eintritt, muss er allein gehen – allein und seinen Kopf riskieren.* Mir persönlich wäre es lieber, wenn mir jemand Rückendeckung gäbe.«

»Selbst wenn«, widerspricht M, »manchmal muss ein Kopf geopfert werden. Und ich fürchte, diesmal könnte es meiner sein. Aber ich erwarte und will kein Mitleid. Nur, dass ein Mann weiß, wann das Spiel vorbei ist. Ein solcher Angriff auf unserem Boden. Vallance und der MI5 stehen offensichtlich auf der Abschussliste. Aber ich spüre es in den Knochen, wie meine Mutter zu sagen pflegte. Ich werde für dieses Spiel zu alt.«

Moneypenny bemerkt, dass seine Hand am Griff des Gehstocks zittert. Sie streicht ihm über die kalten Finger. »Sie spielen nicht allein«, meint sie, »und ich auch nicht. Wir brauchen Sie, also bieten Sie Ihren Kopf nicht zu vorschnell an.«

M ergreift ihre Hand und drückt einen Kuss darauf.

Moneypenny lacht auf. »Ich will wissen, woher diese rechtsextremistische Zelle ihr Geld, ihre Ausbildung und ihre Waffen bezieht. Und wen 004 als Nächstes erschießen muss, um eine weitere Explosion zu verhindern.«

Turnschuhe quietschen auf Linoleum. Ibrahim Suleiman räuspert sich. Die Hände hat er im Stoff seines übergroßen T-Shirts vergraben. Dann sagt er: »Q hat etwas.«

Aisha Asante ist vor Adrenalin und Erschöpfung ganz grau im Gesicht, aber als Moneypenny sie bittet, es noch einmal zu erklären, leckt sie sich über die Lippen und deutet auf den Quantencomputer, der hinter ihr im Vakuum hängt.

»Q hat ein Muster identifiziert«, erklärt sie. »Ich habe die Daten des heutigen«, kurz schielt sie auf die Uhr, »gestrigen Anschlags gemeinsam mit denen aller anderen Terroranschläge der letzten zwölf Monate eingegeben. Dann habe ich sie mit größeren Finanztransaktionen innerhalb eines Monats rund um die Anschläge abgeglichen. Bei fünfundsiebzig Prozent der Anschläge wurde sechs Tage vorher bei Sotheby's ein Verkauf im Wert von über einer Million Pfund getätigt.«

»Solche Verkäufe tätigen die doch sicherlich täglich«, merkt M an.

»Das tun sie«, bestätigt Aisha. »Aber die Objekte, die innerhalb des Zeitfensters von sechs Tagen vor den Anschlägen verkauft wurden, sind alle über dieselben zwei Freihandelshäfen verschifft worden, Heraklion auf Kreta und Venedig in Italien. Wenn man bedenkt, wie viele Häfen mit Steuerfreiheit es in Europa gibt, sticht dieser Aspekt heraus.«

Vallance, der Direktor des MI5, erscheint per Videotelefonie vor einem verschwommenen Hintergrund auf Aishas Bildschirm. »Die Neonazi-Gruppe, die wir wegen der BBC-Explosion untersuchen, scheint nicht so organisiert oder begütert, dass sie mit regelmäßigen Kunstverkäufen in Verbindung stehen könnte.«

»Wir könnten es mit einer größeren Organisation zu tun haben, die durch Verkäufe von Kunstwerken, Antiquitäten und anderen hochwertigen Artikeln eigenständige Gruppen finanziert, damit diese Anschläge verüben«, widerspricht Moneypenny. Sie wendet sich M zu. »Rattenfänger.«

M schüttelt den Kopf. »Rattenfänger ist – oder vielmehr war – ein privates Militärunternehmen, das sich an Umstürzen, Konflikten und Bürgerkriegen beteiligt hat. Und dessen Topmann sitzt bei uns im Knast.«

»Rattenfänger wird auch mit Bombenanschlägen auf Botschaften, Entführungen, Datenlecks und anderem in Verbindung gebracht … Wir haben nie herausgefunden, womit sie sich finanzieren, wer sie kontrolliert oder wie tief sie die Finger im Spiel haben. Seit wir Colonel Mora inhaftiert haben, ist die Zahl der weltweiten Terroranschläge sogar noch gestiegen. Vielleicht ist Rattenfänger dazu übergegangen, einzelne Terrorgruppen zu finanzieren.«

M verschränkt die Arme vor der Brust. »Und das tun sie, indem sie Klunker verkaufen?«

Moneypenny stützt sich auf Aishas Stuhllehne. »Sind diese Artikel alle von derselben Person verkauft worden?«

»Das ist schwer zu sagen«, erwidert Aisha, »weil die Verkäufer häufig Agenten einsetzen. Allerdings führt Sotheby's Hintergrundüberprüfungen durch, um die Herkunft zu verifizieren, sodass wir vielleicht ein eindeutigeres Muster erkennen, wenn wir Zugriff auf ihre Akten erhalten.«

»Überprüfen sie die Käufer?«, erkundigt sich Vallance.

»Bis zu einem gewissen Grad, Sir«, bestätigt Aisha. »Sotheby's stellt sicher, dass die Käufer über die finanziellen Mittel verfügen, um den Kauf zu tätigen. Es ist nicht ihre Aufgabe, herauszufinden, *woher* das Geld stammt. Beispielsweise haben sie große Geschäftseinbußen erlebt, seit russischen Oligarchen plötzlich ihr Vermögen eingefroren wurde. Sotheby's Aufgabe bestand nie darin, die Bankkonten jener Oligarchen moralisch zu bewerten.« Sie wirft M einen Blick zu. »Das war unsere Aufgabe.«

»In Ordnung, in Ordnung«, beschwichtigt M. »Das muss ich mir schon dauernd von meiner Enkelin anhören.«

Aisha grinst. »Q hat regelmäßige Käufer bei Sotheby's aus dem letzten Jahr überprüft. Ein Name sticht heraus, weil sie zurzeit von der National Crime Agency untersucht wird, allerdings eher als Helferin und nicht als Zielperson. Marilyn Aliyeva, Valentin Wiltshires Geliebte. Er ist die Zielperson.«

»Teddy Wiltshire?«, stutzt M und klopft mit seinem Gehstock auf den Boden.

In diesem Augenblick betritt Ibrahim den Raum. »Bitte keine Vibrationen.«

M wirkt gereizt. »Haben Sie Angst, dass ich Q kitzeln könnte, Jungchen?«

»Ja«, bestätigt Ibrahim ehrlich, dann setzt er sich an seinen Arbeitsplatz und öffnet eine Datei.

M und Moneypenny lächeln sich an.

»Was haben Sie da, Ibrahim?«, fragt Moneypenny.

»Die NCA hat gerade Wiltshires Eintrag geschickt. 1970 in Turkmenistan geboren. 1995 ins Vereinigte Königreich emigriert, wo er seinen Nachnamen von Kerimov zu Wiltshire geändert hat, weil er, wie er sagte, eine spirituelle Verbindung zu Stonehenge spürte. Sein voller Name lautet Valentin Eduard Wiltshire, Rufname Teddy.«

»Dem wird er auch gerecht«, meint M. »Ich bin ihm schon einige Male bei Benefizveranstaltungen begegnet, Partys, auf denen alle zu viel Geld besitzen und nicht wissen, wie sie es ausgeben sollen, mir aber nur *zu gern* etwas zuflüstern würden, wenn es mich nicht *zu sehr* stören würde. Teddy ist mir immer wie ein Playboy vorgekommen, der aus dem Leim gegangen ist. Ein zahnloser Tiger.«

»Tja, vielleicht hat er keine Zähne, aber er hat definitiv die Klauen ausgefahren, als er sich vor ein paar Jahren ein Haus für dreißig Millionen Pfund in der Tite Street in Chelsea unter den Nagel gerissen hat«, erklärt Ibrahim. »Da lebt er mit seiner Frau, die ironischerweise Chelsea heißt, und ihren Töchtern Virginia, Adelaide, India und Paris. Der Sohn Jordan studiert an der NYU BWL.«

»Also sammelt er nicht nur Antiquitäten, sondern auch Immobilien«, stellt Moneypenny fest. Sie deutet auf Aishas Bildschirm. »Was für Artikel kauft Marilyn Aliyeva in Teddys Namen?«

Aisha scrollt durch ihre Liste. »Es gibt kein festes Muster. Saurierschädel. Kunst. Wein. Möbel. Antike Masken. Götterstatuen. Alles, was sehr selten und sehr teuer ist.«

»Wo kommt das ganze Geld her?«

»Das will die National Crime Agency auch wissen«, erklärt Ibrahim. »Er arbeitet im Transport- und Bankenwesen, aber mit seinen Steuern stimmt etwas nicht. Die NCA untersucht ihn wegen ungeklärter Vermögenswerte nach dem Gesetz zu Einkünften aus Verbrechen.«

»Wann hat Marilyn zuletzt etwas gekauft?«

Aisha klickt einen der unzähligen Tabs an. Dann dreht sie sich um und sieht Moneypenny in die Augen. »Vor sechs Tagen. Eine sogenannte Blindenuhr. Die hat sie noch nicht abgeholt.«

»Warum nicht?«

Sie scrollt weiter. »Weil sie letzte Woche verhaftet wurde, nachdem sie in einem Laden einen Aufstand gemacht hat. Sie wird festgehalten, während die NCA versucht, mit ihr einen Deal zu machen.«

Über den Lautsprecher ertönt die Stimme von Vallance: »Das wäre gute Werbung für die NCA, nehme ich an. Ich sehe kurz nach. Ja, hier haben wir es … Die NCA setzt sie unter Druck, damit sie über Teddy auspackt, aber bisher erfolglos.«

»Vielleicht hätten wir ja mehr Glück«, meint Moneypenny.

Vallance unterbricht sie: »Sie dürfen nicht auf britischem Boden operieren. Heute – oder besser gesagt gestern – war eine Ausnahme.«

M räuspert sich. »Also bitte, alter Freund. Der Bombenanschlag auf die BBC war die Ausnahme. Solche Anschläge finden meistens im Ausland statt. Das ist unser Feld. Lassen Sie uns das erledigen, ja?«

»Die Ecke *dieses* Feldes ist und bleibt England, *alter Freund*. Ihr Feld liegt jenseits des Meeres«, kontert Vallance.

»Und wer hat die Zahl der Toten auf Ihrem Feld einge-dämmt?«, blafft M.

»Ein MI6-Agent, der es für die beste Lösung hielt, dabei eine John-Nash-Kirche zu zerstören«, sagt Vallance. »Denn warum sich mit nur *einem* Symbol zufriedengeben, wenn man gleich *zwei* beschädigen kann?«

»Dieser Agent kämpft gerade um sein Leben, also halten Sie sich zurück.«

Moneypenny hebt beschwichtigend die Hände. »Einigen wir uns auf einen Kompromiss. Wir nutzen unsere Wild-card. 003 braucht sowieso andere Aufgaben als ständig nur Nachtdienste.«

»Ich habe Ihnen doch gesagt, Harwood ist noch nicht so weit«, beharrt M. »Shrublands besteht darauf …«

»Es geht nur um eine einzige Befragung«, unterbricht Moneypenny. »Außerdem ist Johanna Harwood besonders gut darin, Menschen zu überreden.«

»Es handelt sich um eine delikate Angelegenheit.«

»Ich glaube an 003.«

M seufzt schwer. »Und genau dann brechen sie einem üblicherweise das Herz. Na gut, Moneypenny. Spielen Sie die Wildcard aus.«

WILDCARD

London

Einhunderteinundsechzigtausendsechshundertvierzig ungelebte Minuten. Einundvierzig. Zweiundvierzig.

Heutzutage trägt Johanna Harwood zwei Armbanduhren. Ihr Hermès-Modell mit den goldenen und orangen Pferden auf dem Keramikziffernblatt trägt sie am rechten Handgelenk. Diese Uhr war mit einem einfachen Morsecodesender ausgestattet, über den 003 mit Moneypenny kommunizieren konnte, während sie Leib, Leben und Seele als Dreifachagentin riskierte, die zuerst gefoltert, dann »umgedreht« und bei Rattenfänger eingeschleust worden war. Über diese Uhr schickte sie Moneypenny das Signal, mit dem sie den Maulwurf im MI6 aufdeckten – Bill Tanner, den Stabschef, der höchstes Vertrauen genoss.

Wegen seines Verrats trägt Harwood nun eine zweite Armbanduhr. Eine Casio-AE1200WHD-1A-Weltzeituhr mit Silbergehäuse und Edelstahlarmband. Ein Klassiker mit integriertem Kompass und Karte, wenn auch nicht besonders selten. Trotzdem ist diese bestimmte Casio Johanna Harwood mehr wert als irgendein anderer Besitz. Sid trug sie, als er starb. 009, Aazar Siddig Bashir. Johannas Verlobter. Sid hatte die Stoppuhr eingestellt, als er und Harwood sich in den Tunneln im syrischen Gebirge voneinander trennten. An jenem Scheidepunkt. Obwohl Tanner in Isolationshaft Selbstmord beging, warnte jemand Mora, den Colonel von Rattenfänger, dass sie und Sid einen Angriff vorbereiteten. Nach Harwoods Berechnungen dauerte es weitere sechsundzwanzig Minuten, bis der Schuss Sid traf – als dieser sich vor die Kugel warf, die für 003 und Dr. Nowak bestimmt war, die Klimaforscherin, deren Sicherheit das Ziel der Mission der beiden Doppelnullagenten war. Dann weitere fünf Minuten, bis Sid in Harwoods Armen verblutete. Bemerkenswert, wie schnell man alles, was einem wichtig war, verlieren konnte.

Erst nachdem die Rechtsmedizin 009s persönliche Sachen freigegeben hatte, fiel Harwood auf, dass die Armbanduhr noch immer die Minuten zählte, die Sid Bashir nicht mehr erleben würde. Irgendetwas war kaputtgegangen, sodass sich die Stoppuhr nach elf Stunden, neunundfünfzig Minuten und neunundfünfzig Sekunden nicht wieder auf null stellte. Die Zeit lief einfach weiter. Sie trägt die Casio am rechten Unterarm, wo sie leicht hin und her rutscht.

Nun drückt Harwood unnötigerweise den Knopf, der die Zahlen von hinten in sanftes oranges Licht taucht. Ihr kommt es eigenartig vor, bei Tageslicht aus dem Haus zu gehen. Seit dem Tod von 009 wird Harwood von der Psychologin in Shrublands als für den aktiven Außendienst untauglich eingestuft. Körperlich fehlt ihr nichts, aber sie geht davon aus, dass sie nach Sids Tod die »heilende Kraft der Zeit benötigt, da 003 durch den Verlust von 009 nicht nur einen Kollegen, sondern auch einen Geliebten und Verlobten verloren hat – Hinweis: Genau deshalb werden intime Beziehungen zwischen Doppelnullagenten *nicht* empfohlen, insbesondere, da 003 bereits mit 007 zusammen war, dem Mentor von 009 …« Harwood beobachtete in der Spiegelung der Taschentuchbox aus Stahl, wie Dr. Kowalczyk das im Therapiezimmer notierte, und musste beinahe lächeln. Am liebsten hätte sie den Arm über den fröhlichen Teppich ausgestreckt und Dr. Kowalczyks Stift angehalten. Und der Psychologin gesagt:»Ich weiß, dass Sie es gut meinen, aber die Bombe ist bereits explodiert. Sehen Sie nicht, dass ich bereits derart gebrochen bin, dass Zeit keine Rolle mehr spielt?«

Aber ihr war klar, dass Dr. Kowalczyk ihr, falls sie das täte, wieder die Frage stellen würde:»Warum tragen Sie dann noch immer zwei Uhren?«

Tatsächlich ist Zeit alles, was Harwood hat, daran erinnern sie die beiden Armbanduhren, die in Sekunden die Stunden im Nachtdienst zählen, die sie zwischen kurzen Einsätzen als Wildcard ableistet. Das ist eine neue Initiative – wenn Doppelnullagenten sich nicht im aktiven Dienst befinden, sollen sie im Inland operieren und mehr über ihre Schwesterorganisationen erfahren, indem sie nachts Notrufnummern in London bedienen. Man hält Harwood von allem fern, bei dem etwas auf dem Spiel steht. Auch davon, am Vortag die BBC zu beschützen, sodass sie auf ihrem Balkon stand und den Rauch über Londons Zentrum aufsteigen sah, als die Eilmeldung über Sids grünes Weltempfängerradio hereinkam und hinter allen Fenstern die Fernseher aufleuchteten. Nun aber setzt man sie auf den Stufen einer Polizeiwache in Knightsbridge ab, eine Wildcard, die man auf eine dürftige Spur ansetzt, von Moneypenny angewiesen, den Job zu erledigen – und von M, sich nicht zu sehr zu verausgaben, die Genesung erfordert Geduld …

Harwood weiß, dass sie allein durch Moneypennys Insistieren überhaupt noch eine Stelle hat. Nach Sids Beerdigung schien M zu wissen, was die Berichte aus Shrublands sagen würden, bevor Harwood überhaupt untersucht worden war. Im Gemeindezentrum Barton Hill nahm er sie mit einer sanften Hand an ihrem Arm zur Seite.

»Johanna, Sie haben keinen Vater, daher möchte ich kurz diese Position einnehmen. Schließlich habe ich Sid versprochen, Sie zum Altar zu führen. Sie haben für Ihr Land alles gegeben. Nun schuldet Ihr Land Ihnen Frieden.«

»Ich will keinen Frieden«, erklärte Harwood.

»Genau da liegt das Problem. Sie und ich wissen beide, dass es unsichtbare Wunden gibt, die schlimmer sind als alles, was man auf Röntgenbildern sehen kann, unabhängig davon, was Sie in Ihrer Ausbildung zur Chirurgin gelernt haben. Von manchen Wunden erholen wir uns nie. Wenn ich Ihnen nur eines wünschen dürfte, Johanna, dann ein neues Leben. In diesem hier gibt es zu viele Geister. Erst James. Jetzt Sid.«

Harwood entwand sich seinem Griff. »James lebt. Ich werde ihn finden.« Sie wartete auf eine Erwiderung. »Glauben Sie das etwa nicht?«

M ließ den Blick seiner geröteten Augen über die Köpfe der Trauergäste schweifen. Als er schließlich etwas sagte, klang es, als hätte er vergessen, mit wem er sprach – als würde er über die Jahrzehnte hinweg mit sich selbst sprechen. »Vermutlich habe ich zu vielen Beerdigungen beigewohnt.«

Als Harwood in einer Höhle, die mit einem eisernen Gitter verschlossen war, die Zahlen 007 in den Felsen geritzt fand und außerdem Anzeichen dafür, dass man einen Häftling hinausgeschleppt hatte, war sie von der Überzeugung überwältigt worden, dass James Bond noch lebte. Sie forderte vom

MI6, dass man ihr die Aufgabe übertrug, herauszufinden, wohin Rattenfänger ihn gebracht hatte. Aber Moneypenny und M betonten beide, dass die Q-Abteilung noch immer ihre Erkenntnisse darüber, wie Rattenfänger Menschen vor Satelliten verbergen konnte, mit ihren neuen Informationen abglich. Man würde 003 Bescheid geben, sobald es eine Spur zu verfolgen gab. Diese Nachbesprechung stand allerdings noch aus, ihre Hermès-Armbanduhr hatte noch kein eindringliches Lied aus kurzen und langen Tönen angestimmt – denn Harwood wollte nicht glauben, dass Tanner allein gehandelt hatte. Wer hatte Mora gewarnt, dass sie und Sid auf dem Weg waren? In den Sekunden, Minuten und Stunden des Nachtdienstes stellte sie sich vor, wie Moneypenny sie mit Morsecodes über eine weitere inoffizielle Mission informieren würde: den zweiten Maulwurf zu enttarnen, der für Sids Tod verantwortlich war, und James Bond zu finden. Doch es kamen keine Befehle.

Nun schlüpft 003 in ihre Jacke, tritt über die Schwelle der Polizeiwache und ignoriert die unwiderlegbare Tatsache, dass ihr die Hände zittern. Einmal, als sie Nachtdienst im MI6 hatte, begegnete sie 000. Conrad Harthrop-Vane fragte sie fröhlich: »Rostest du immer noch hier vor dich hin, Harwood? Aber Vorsicht. Wenn du zu stark einrostest, gehst du noch kaputt.«

Also, wie sieht's aus, Johanna? Bist du eingerostet?

Marilyn Aliyeva hat sich häuslich eingerichtet. Jemand hat ihr einen Tee gebracht, der nicht nach Pappe – laut dem Beuteletikett ist es Darjeeling – schmeckt und Wasser, absurderweise in einem Weinglas, das wahrscheinlich noch von der Weihnachtsfeier hinten im Schrank stand. Am Rand befinden sich rote Flecken vom Lippenstift der Zielperson. Die trägt Pelz, der eigentlich hätte konfisziert werden sollen, als sie in die normale Haft überführt wurde. Sie trägt mehr Geld am Körper, als Johanna in ihrem ganzen Leben in Händen gehalten hat. Es offenbart sich in ihrer Haltung, den Highlights in ihren Haaren und der schweren Sonnenbrille.

Dass sie ihre Verletzlichkeit so gründlich verbirgt, sagt Harwood, dass sie behutsam vorgehen, abwarten und dasselbe Trauma widerspiegeln sollte, um das Vertrauen des Opfers zu gewinnen – Taktiken, die sie früher hätte mühelos anwenden können, nun jedoch eher unsicher ins Spiel bringt.

Harwood hebt die angeschlagene Tasse, die man ihr serviert hat. »Warum bin ich nicht darauf gekommen, beim Lieferdienst zu bestellen?« Sie setzt sich der anderen Frau gegenüber an den Tisch. »Man sagt mir, dass Sie seit einigen Tagen mit niemandem sprechen. Wie es der Zufall will, geht es mir genauso, darum bin ich leider etwas eingerostet. Vielleicht müssen Sie den Anfang machen.«

»Wer sind Sie? Sie sehen nicht wie eine Polizistin aus.«

Harwood kratzt sich an der Stirn. »Wie sehe ich denn aus?«

»Wie eine Geflüchtete, die nach einer Katastrophe, von der ich nichts wissen will, am Strand angespült wurde, also ersparen Sie mir Ihre Floskeln.«

Einen Augenblick lang schweigt Harwood, dann lacht sie. Verständnis zu heucheln ist eine gängige Verhörtaktik, mit einer offenen Wunde die Zelle zu betreten nicht. Vielleicht hat M recht.

»Was ist so witzig?«, fragt Marilyn.

»Ach, gar nichts. Höchstens, dass Sie wohl in letzter Zeit nicht in den Spiegel gesehen haben. Oder dass ich dem Bild darin zu sehr ähnele.«

Marilyn verkriecht sich in ihrem Pelz. »Ohne meine Anwältin rede ich mit keiner Polizistin.«

»Ihre Anwältin würde Ihnen sagen, dass Sie die Gelegenheit nutzen sollten, sich aus diesem kleinen Schlamassel zu winden, anstatt noch tiefer in der Katastrophe zu versinken, in die Sie bereits verwickelt sind. Zumindest, wenn Teddy nicht dafür sorgen würde, dass Sie keine Anwältin aufsucht.«

Marilyn erstarrt. »Was wissen Sie über Teddy?«

»Nicht so viel, wie mir lieb wäre«, sagt Harwood und schlägt die Beine übereinander. »Ist er Ihr … Gönner?«

Marilyn Aliyeva reißt die Hände hoch. Ihre Armreifen klimpern wie ein Windspiel, nachdem man die Tür zugeknallt hat. »Glauben Sie etwa, er finanziert mich wie ein Kunstmuseum? Halten Sie mich für eine Prostituierte?«

Darauf fragt Harwood mit leichter Neugier: »Halten Sie sich denn für eine Prostituierte?«

»Woher kommen Sie? Dunkle Haare, olivfarbene Haut, englischer Akzent – sind Sie reine Engländerin?«

»Warum fragen Sie das?«

»Ich frage mich, wie naiv Sie sind, mich zu fragen, ob ich mich als Hure sehe.«

Harwood zieht eine Akte aus der Tasche. »Sie haben innerhalb eines Jahrzehnts dreizehn Millionen Pfund bei Harrods ausgegeben.«

Als Marilyn mit den Achseln zuckt, schwingt ihr Mantel. »Das ist bei mir ganz in der Nähe, sehr praktisch.«

»Vierundzwanzigtausend Pfund für Tee und Kaffee. Zehntausend Pfund für Obst und Gemüse. Zweiunddreißigtausend Pfund für Pralinen.«

»Kaufen Sie diese Sachen nicht im Tante-Emma-Laden?«

Harwood lächelt. »Bei mir im Tante-Emma-Laden verkaufen sie nichts von Cartier. Fast fünf Millionen für Schmuck. Zehntausende im Bibbidi-Bobbidi-Boo-Shop, um sich wie eine Disney-Prinzessin zu fühlen. Teddy Wiltshire bezeichnet Sie als seine Prinzessin, nicht wahr?« Ihr Lächeln erstirbt. »Fühlen Sie sich wie eine Prinzessin, Ms Aliyeva?«

Marilyn nimmt die Sonnenbrille ab und pfeffert sie über den Tisch. Klappernd fällt sie zu Harwoods Füßen auf den Boden. »Ich bin kein Opfer«, sagt sie. Ihre Augen sind dunkel unterlaufen.

»Fühlt Mr Wiltshire sich besser, wenn er sie schlägt?«

Marilyn lacht auf. »Sie sind tatsächlich so naiv, wie ich gedacht habe.«

»Wissen Sie, warum man Sie heute zum Gespräch mit mir hergeholt hat?«

Keine Antwort.

»Ich erzähle Ihnen mal, was meiner Meinung nach Sache ist. Mr Wiltshire hat Ihnen eine Kreditkarte gegeben, mit der Sie nur bei Harrods Einkäufe tätigen dürfen. Er bekommt die Rechnung. Er sieht alles, was Sie kaufen. Alles, was Sie tun. Ihm gefällt das. Aber er ist häufig unterwegs. Mit seiner Ehefrau und den Kindern. Und manche Sachen, die Sie sich wünschen, würden ihm nicht gefallen. Also kaufen Sie bei Harrods eine Tasche oder Jacke und bringen sie in eine der nahe gelegenen ›Boutiquen‹, wo man sie Ihnen bar abkauft und weiterverkauft. Dadurch verfügen Sie über Bargeld, das Sie von Teddy unbeobachtet ausgeben können. Einen Teil dieses Bargelds legen Sie zur Seite – für den Notfall. Vielleicht warten Sie schon so lange auf die Katastrophe, dass Sie glauben, sich den Knall nur einzubilden, aber ich sage Ihnen: Der Notfall ist jetzt eingetreten.«

»Das ist doch nicht illegal, Sachen von Harrods zu verkaufen. Das machen alle Geliebten so.«

»Wissen Sie, was das Gesetz zu ungeklärtem Vermögen ist?«
Auf der Suche nach einer Antwort lässt Marilyn den Blick durch den Raum schweifen. »Das ist nicht mein Geld.«

»Aber auch nicht Teddys. Er hat es von einer turkmenischen Bank unterschlagen und wäscht es mit faulen Krediten, indem er Gebäude und Unternehmen auf der ganzen Welt erwirbt, die er in den Ruin treibt und verscherbelt.«

»Das kann niemand beweisen.«

»Ich nehme an, dass Teddy seit etwa einem Jahr gewalttätiger geworden ist, seit sein Vermögen in den Fokus der Ermittlungen geraten ist. Er musste sein Geld irgendwie anders umlegen – um es zu waschen.«

»Darüber weiß ich nichts.«

»Aber Sie wissen, dass er sich für Kunst und Antiquitäten interessiert, oder? Mit dem schmutzigen Geld kaufen Sie für ihn Objekte.«

»Sie sind nicht ganz richtig im Kopf. Das denken Sie sich alles aus«, beharrt Marilyn.

Harwood beißt die Zähne zusammen. »Sie haben mit der Ladeninhaberin über den Preis gestritten. Sie sagt, dass Sie aggressiv geworden sind. Geraten Sie in Panik, Marilyn?«

»Warum sollte ich in Panik geraten?«

»Teddy hat Probleme. Wenn sein Schiff sinkt, glauben Sie, dass er dann in seinem Rettungsboot neben seiner Ehefrau Platz für Sie hat? Da wirft er Sie vorher über Bord. Wir haben für Sie einen Rettungsring.«

Marilyn wirft ihre schwere Mähne zurück. »Wenn Sie unbedingt mit Klischees um sich werfen wollen, bitte schön. Ich bin die Herrin über mein Schicksal. Ich habe eigene Pläne.«

»Über Ihre Pläne lacht Teddy nur, ist Ihnen das klar?«

»Er liebt mich.«

»Er wird noch lachen, wenn er sie beerdigt hat«, meint Harwood. »Ich will nicht böswillig klingen. Es ist einfach eine Tatsache. Aber Ihnen muss ich das ja nicht erzählen.« Harwood hebt die Sonnenbrille auf, klappt sie zusammen und schiebt sie ihr über den Tisch zu. »Wir können Ihnen helfen, wenn Sie uns helfen.«

Marilyn greift nach dem Weinglas, doch dann schiebt sie es vehement weg, sodass das Wasser darin schwappt.

»Wir wollen wissen, ob er mehr ist als jemand, der Staatsgelder veruntreut. Mehr als nur ein Gauner.«

»Wieso mehr? Es gibt nur Gauner. Große und kleine Gauner.«

»Das haben Sie schön gesagt. Hat Teddy damals als kleiner Gauner angefangen?«

»Woher soll ich das wissen?«

»Er zahlt Ihnen seit einem Jahrzehnt die Miete.«

»Sie und Ihre Leute beobachten ihn seit einem Jahr! Was haben Sie dabei erfahren? Nichts, was Sie beweisen können, sonst hätte diese NCA ihn schon verhaftet.«

Harwood klappt die Akte auf und breitet Überwachungsfotos auf dem Tisch aus. Teddy beim Abendessen mit seiner Frau im Connaught. Teddy beim Abendessen mit Marilyn in St. John's. Teddy beim Golfen. Teddy, der seine Töchter zur Schule bringt. Teddy bei der Eröffnung des Clubs eines Freundes. Teddy, der ein mit Blattgold verziertes Steak isst. »Bei unseren Beobachtungen haben wir erfahren, dass er sehr vorsichtig ist, mit einer Ausnahme. Ein wirklich vorsichtiger Gauner würde sein Geld verstecken. Aber Teddy ist nicht der unauffällige Typ. Er will angeben. Deshalb hat er

Ihnen lieber die Karte für Harrods gegeben und nicht einfach ein diskretes Konto bei einer Privatbank. Er will seinen Besitz vorführen.« Sie dreht ein Foto um, auf dem Marilyn bei einem Treffen mit Teddy und seinen Freunden, alle männlich und bekleidet, nackt in ihrem Dachgarten liegt. »Er will Sie vorführen.«

Marilyn mustert Harwood unverhohlen. »Das Recht hat er sich verdient.«

Harwood verzieht den Mund. »Glauben Sie, dass ein Mensch einen anderen kaufen kann?«

»Das weiß ich sogar.«

»Also kann er mit Ihnen anstellen, was er will? Bis Sie eines Tages auf einer Bahre in der Leichenhalle liegen?«

»Das wird nicht geschehen. Ich habe ihn im Griff.«

»Wir wissen, dass er über Sotheby's Geld wäscht«, sagt Harwood.

»Wenn Sie das beweisen könnten, hätten Sie ihn verhaftet.«

»Das ist wahr.« Harwood lehnt sich zurück. »Im Augenblick können wir nur beweisen, dass *Sie* über Sotheby's Geld waschen. Wie viel ist dieses Leben wert, das Teddy Ihnen finanziert, Marilyn? Wir können Ihnen ein ganz neues anbieten. Vielleicht haben Sie darin keinen Kreditrahmen bei Harrods, aber Sie haben Frieden. Was würden Sie dafür geben, keine Angst mehr zu haben? Was würden Sie dafür geben, ruhig zu schlafen?«

Damit setzt Harwood alles auf eine Karte, ohne wirklich überzeugt zu sein, dass ihre Taktik aufgehen wird. Aber nun sieht Marilyn – die den Blick zuletzt wie ein Rotkehlchen auf der Suche nach Krümeln durch das Verhörzimmer huschen ließ – Harwood von der Seite an, so wie besagtes

Rotkehlchen einen Menschen anstarrt, wenn es bemerkt, dass dieser es beobachtet. »Sie schlafen auch nicht, oder?«, sagt Marilyn.

Harwood schluckt. »Schon lange nicht mehr.«

»Warum?«

Harwoods nächste Worte sind wahrer, als ihr lieb ist. »Ich habe alles verloren.«

»Wie fühlt sich das an?«

»Sagen Sie es mir«, entgegnet Harwood.

Marilyn sieht sie unverwandt an, durchdringend und drängend. »Können Sie mich wirklich beschützen?«

»Ja.«

»Aber ich weiß nichts über seine Vergangenheit oder darüber, was er tut, wenn er nicht bei mir ist.«

»Was wissen Sie *denn*?«

Marilyn legt die Hand flach auf die Fotografien. »Diese Bilder zeigen Teddy bekleidet.«

»Ja und?«

»Unter seiner Kleidung ist er überall tätowiert. Er geht nirgendwo schwimmen, wo die Leute ihn sehen könnten. Im Club geht er nicht mal in die Dampfsauna. Aber er will die Tattoos auf keinen Fall entfernen lassen.«

»Was für Tattoos?«

»*Vor*-Tätowierungen. Von den Dieben im Gesetz.«

Harwood hält den Atem an. »Wollen Sie damit sagen, dass Teddy ein Mitglied der Diebe im Gesetz war, der Mafia, die in den Gulags der UdSSR entstanden ist?«

Ein kaum merkliches Nicken.

»Aber um ein Dieb im Gesetz zu werden, muss man im Gefängnis sitzen und einen Eid schwören, dass man niemals mit Gefängniswärtern, der Polizei oder irgendwelchen anderen Staatsrepräsentanten zusammenarbeitet. Teddy hat eine Staatsbank geleitet«, fährt Harwood fort.

»Ich habe es Ihnen doch gesagt«, meint Marilyn. »Es gibt kleine Gauner. Und es gibt große Gauner. Das läuft nicht so wie früher. Heute leiten die großen Gauner Regierungen. Dann quittieren sie reich und neugeboren den Dienst. Sie werden Teddy aus einem bestimmten Grund niemals verhaften können, egal welche Beweise oder Theorien Sie haben. Er hat genug Geld, um sich eine grandiose neue Zukunft zu erkaufen. Die größten Gauner, die es gibt, sind keine Kriminellen mehr.«

Endlich atmet Harwood durch. »Wir können auch Ihnen diese neue Zukunft schenken. Er wird sie nicht finden.«

Marilyn schüttelt den Kopf. Ihr kommen die Tränen, doch ihr Mascara ist so teuer, dass er nicht verwischt. »Das wird er. Ich bin eine Idiotin. Seine Aufgabe ist, Leute verschwinden zu lassen. Vor ihm kann sich niemand verstecken.«

»Was meinen Sie damit?«

»Wenn er wütend ist, erzählt er mir, dass er mich verschwinden lassen kann. Jeden verschwinden lassen kann. Endgültig.«

Rattenfänger hatte Harwood beinahe endgültig verschwinden lassen, als sie undercover gearbeitet hat. Sie haben James verschwinden lassen. Könnte es sein, dass Teddy der Zauberkünstler war? »Marilyn – können Sie seine Tätowierungen beschreiben?«

»Warum?«

»Die Tätowierungen aus russischen Gefängnissen bilden eine Sprache. Sie erzählen die Geschichte der Verbrechen eines Mannes. Teddy verbirgt sie, weil sie praktisch ein Geständnis darstellen – zumindest von seinen Verbrechen aus der Vergangenheit. Hat ein Mann drei Katzen tätowiert, bedeutet das, dass er Menschenhandel betreibt. Hat Teddy eine solche Tätowierung?«

Marilyn legt die rechte Hand an die Brust. »Ja. Hier. Die sind fast schon niedlich, wenn nicht das andere Bild drum herum wäre.«

»Was für ein Bild?«

»Eine Motte. Eine furchtbare Motte.«

Unbewusst spiegelt Harwood Marilyns Bewegung, wie um ihr Herz zu beschützen. Plötzlich scheint sie die Tätowierung auf der Brust von Colonel Mora zu sehen, den Totenkopfschwärmer, der über ihrem Gesicht umherflattert, sobald sie zu tief in den Schlaf hinabgleitet – sie spürt ihn im Verhörzimmer, er schlägt ihr alle Fragen zurück in den Mund, erstickt sie, und dann spürt sie Moras furchtbaren Mund, seinen blutigen Zungenstumpf, genau wie der Kikimora, nach dem er benannt wurde, der sich seinem Opfer auf die Brust setzt und ihm den letzten Atemzug – und seine Seele – aussaugt.

Wie sieht's aus, Johanna? Gehst du kaputt?

4

EIGENTUM EINER DAME

London

Es ist Lieferzeit in der New Bond Street. Vor Sotheby's steht ein Lieferwagen mit laufendem Motor. Der gepflegte Eingang des Auktionshauses wird von Läden flankiert, die Handtaschen und Kristall in den Schaufenstern ausstellen und ein sorgenfreies Leben vorgaukeln. Die BBC liegt nur einen kurzen Spaziergang entfernt. An der Ecke stehen mehrere Polizisten mit Suchhunden. Die Fassade von Sotheby's wirkt bescheiden, über dem Türbogen mit zwei Säulen hängt eine blaue Fahne, doch hinter dem Rücken seiner Nachbarn breitet es sich beinahe über den gesamten Häuserblock aus. Damit prahlen sie hier nicht. Man sieht nur zwei kleine Fenster, das eine verspricht impressionistische Gemälde, das andere auf einem schimmernden Banner über funkelnden Diamanten Zeitlosigkeit. In eleganter Kalligrafie steht dort *Jewels of Time*. Ein Banker in fünfter Generation, der sich plötzlich an einen Jahrestag erinnert, bleibt stehen und betrachtet die Diamanten.

Joseph Dryden lehnt sich an die Regenrinne, die im selben Cremeton wie das Gebäude lackiert ist. Beinahe unbeteiligt fragt er sich, ob der Mann im grauen Anzug ihn bemerken wird oder er genauso unsichtbar wie die Regenrinne oder die Lieferanten bleibt, die ebenfalls alle Schwarze sind.

Der Banker schlurft ins Gebäude. Er wird in der Luxusabteilung eine Halskette kaufen, die von seinem Fahrer abgeholt oder nach Dubai oder Paris geliefert wird. Auf etwas Gutes zu warten ist eine aussterbende Kunst.

Dryden wendet seine Aufmerksamkeit von dem breit lächelnden Pförtner ab, der den nervösen Kunden mit einer Verbeugung hineinbittet, und sieht Johanna Harwood zu, wie sie ihren Alpine A110S in mattem Tonnerre-Grau in eine Lücke einparkt, die ein abfahrendes Taxi frei macht.

Als 003 die Tür öffnet und sich aus dem Schalensitz schwingt, überrascht ihn zunächst die hochtaillierte Hose aus hellgrüner Seide, zu der sie eine enge graue Baumwollbluse und eine cremefarbene Leinenjacke trägt, dann wird ihm klar, dass er sie in letzter Zeit nur in Schwarz gesehen hat. Außerdem überrascht ihn Harwoods entschlossener Schritt, als sie über die Straße auf ihn zugeht und ihm die Hand reicht.

»So schlimm siehst du gar nicht aus«, meint sie. »Vielleicht ein paar Kratzer hier und da.«

Er lacht. »Das haben Sprengsätze so an sich. Aber die Sorgen überlasse ich heutzutage lieber Q. Ist ja nicht mehr meine Sache, mir um meinen Körper Gedanken zu machen.«

Im Gleichschritt gehen sie hinein und nicken dem Pförtner zu.

»Wenn du mir erzählen willst, dass dein Körper Königin und Vaterland gehört«, sagt Harwood, »muss ich dich auf ein Werbeplakat für neue Rekruten kleben.«

Dryden zuckt mit den Achseln. »Nenn es Pflicht. Oder allostatische Belastung. Ich hab's aufgegeben, eine Erklärung zu finden.«

»Das Gefühl kenne ich.«

In der Eingangshalle herrscht Stille wie in einer Erste-Klasse-Lounge. Dryden nennt seinen Namen und die Empfangsdame bittet sie, einen Augenblick zu warten. Sie schlendern in die angrenzende Galerie, wo in einer Vitrine Perlen und ein frühes Paar Air Jordans liegen.

»Heutzutage gibt es einen Schwarzmarkt für Turnschuhe«, kommentiert Harwood. Als sie seinen Blick bemerkt, fügt sie hinzu: »Im Nachtdienst hat man viel Zeit zum Lesen. Es gibt sogar einen Schwarzmarkt für Öl, das sie aus Pommesbuden klauen.«

»Während meiner Einsätze in Afghanistan wurde einfach alles verkauft. NATO-Ausrüstung, Heroin, Öl«, erwidert Dryden.

»Trotzdem«, meint Harwood, »hätte ich lieber die Perlen.«

Er lacht. »Ich würde zu den Jordans nicht Nein sagen. Von dem Zeug, das in Afghanistan vertickt wurde, würde die Hälfte auch hierher passen. 1978 hat ein sowjetischer Archäologe da draußen in der Wüste den baktrischen Goldschatz entdeckt. Überreste der Seidenstraße. Zu den tapfersten Menschen, die mir je begegnet sind, gehören die Kuratoren des afghanischen Nationalmuseums, die die Überreste der Grabungen am goldenen Hügel versteckt und nie an die Taliban ausgeliefert haben. Als wir sie überzeugt hatten, dass es endlich sicher war, den Schatz des Landes auszustellen, haben sie das Gold aus dem tiefsten Loch im Boden geborgen, das du je gesehen hast. Und jetzt haben wir sie und ihr Land den Taliban überlassen und Gott allein weiß, was der Sammlung zustoßen wird. Oder den Kuratoren.«

»Kennst du Leute, die immer noch dort sind?«, erkundigt sich Harwood.

»Ja.« Dryden reibt sich das Kinn. »Mein Dolmetscher und seine Familie. Ganz egal an wie viele Türen ich klopfe, ich kriege sie in kein Flugzeug nach London. Früher hatte ich das Gefühl, Macht zu haben. Vielleicht war das alles eine Illusion. Ich kämpfe schon mein ganzes Leben lang, aber es wird alles immer schlimmer. Jetzt glauben die Bösen, dass sie *uns* die Tür eintreten können. Und damit liegen sie nicht falsch.«

»Marilyn Aliyeva hat mir erzählt, dass es überall Gauner gibt, der Unterschied besteht nur in der Größenordnung ihrer Verbrechen. Wenn Marilyn Mäntel aus Harrods verkauft, ist das eigentlich nur eine höherwertige Variante von den kleinen Dieben, die Bratfett klauen. Also, in welcher Größenordnung bewegt sich Teddy Wiltshire?«

Ein Grinsen schleicht sich in Drydens Gesicht. »Der Unterschied ist, dass die Jungs, die in der Pommesbude klauen, sehr viel wahrscheinlicher verhaftet werden.«

Harwood knufft ihn mit dem Ellbogen. »Dann wollen wir doch mal sehen, was wir dagegen tun können.«

Er lächelt zu ihr hinab. »Dann los.«

Moneypenny räuspert sich. Die Agenten drehen sich um und sehen sie neben einem Mann Ende fünfzig stehen, den sie als James Chadwick vorstellt, Leiter der Abteilung Uhren und Barometer. Dass er sonnengebräunt ist, überrascht, denn er sieht sie so ehrerbietig an, dass man glauben könnte, er würde den Großteil seiner Zeit in einem temperierten Raum verbringen und durch eine Lupe blicken.

»Freut mich sehr, die Kollegen von Ms Moneypenny kennenzulernen«, begrüßt sie Chadwick. »Wenn Sie mir bitte folgen würden.«

Der Hauptauktionssaal wird vom natürlichen Licht der Frühlingssonne erhellt, das durch die hohe Glasdecke

hereinfällt. Dekorateure streichen die Wände in Smaragd-
grün, passend zum Thema *Jewels of Time*, eine Ausstellung
mit Verkauf, bei der ein Bruchteil von Lisl Baums berühmter
Sammlung gezeigt wird. Diese wird eingerichtet, sobald die
Farbe trocken ist. Die Ausstellung läuft zwei Wochen vor
der Auktion, wobei die üblichen Befürchtungen – wie er-
folgreich sie wird, wie viele Leute daran teilnehmen – nicht
zum Tragen kommen. Jeder erwartet, dass der Verkauf ein
voller Erfolg wird. Sobald es losgeht, wird der Auktionator
so angespannt sein, dass er sich nur noch auf das jeweilige
Objekt, die Gebote der Kunden im Saal, der Kollegen am
Telefon oder online und den Protokollanten in seiner Nähe
konzentriert. Bei dieser Auktion lastet besonders hoher
Druck auf ihm, weil jedes Stück sehr wertvoll ist. Im Verlauf
steigert sich beim Auktionator das Glücksgefühl, bis er am
Ende der Versteigerung regelrecht berauscht ist, ähnlich wie
ein Schauspieler, wenn der Vorhang fällt.

Joseph Dryden hat noch nie an Auktionen teilgenommen
und will auch nichts darüber wissen. Ihn beschäftigt nur 008,
dessen Operation inzwischen beendet ist, und die Schock-
starre, die das Zentrum Londons im Griff hat. Chadwick
murmelt: »Hier entlang bitte« – und Dryden folgt ihm durch
eine verschlossene Tür, die mit Tastenfeld und Fingerabdruckscanner gesichert ist, in einen Raum, in dem ihn Edel-
steine blenden. Er grinst, als er in der Ecke Ibrahim Suleiman
auf einem Hocker sitzen sieht, die Arme unglücklich vor der
Brust verschränkt.

Johanna Harwood interessiert sich für Schmuck und
erkennt den Wert der zur Hälfte aus den Stahlkisten aus-
gepackten Preziosen. Der Württemberger Topas und die
Diamant-Parüre, ein hellenistisches Diadem aus Gold und

Türkis, die Uhr des Duke of Wellington, ein Memento-Mori-Gimmelring, Rubine, Diamanten, Saphire, Smaragde … Moneypenny hat sich ans Ende einer langen Werkbank gestellt, wo sie ein Fabergé-Ei betrachtet, das auf einem Samtbett ruht – ihr Blick ist völlig ausdruckslos. Sie scheint sich auf die raffinierten Muster aus Milchglas und Diamanten zu konzentrieren, aber Harwood weiß, dass sie in Gedanken ein völlig anderes Muster analysiert.

»Im Namen von Sotheby's möchte ich noch einmal unseren ehrlichen Schock und das Bedauern angesichts dieser Situation ausdrücken«, versichert Chadwick. »Wir werden Sie in jeglicher Form unterstützen. Die fragliche Blindenuhr befindet sich hier – das ist unser Sicherheitsraum. Sie war noch in der Erfassung, aber seit wir von ihrer – davon erfahren haben, in welchem Kontext sie steht, bewahren wir sie sicherheitshalber hier auf. Sie bewundern gerade Ms Baums Sammlung – das ist nicht mein Fachgebiet, aber meine Kollegen aus der Schmuckabteilung sind höchst begeistert.«

Moneypenny wirft ihm einen Blick zu. »Keines der Objekte, nach denen wir uns erkundigen, kam von Lisl Baum oder wurde an sie verkauft, ist das korrekt?«

Harwood bemerkt, dass James Chadwick auf den Fußballen wippt.

»Selbstverständlich nicht, Ma'am«, bestätigt er. »Lisl Baum ist die weltweit führende …«

Moneypenny hebt die Hand. »Ja, das weiß ich, vielen Dank. Wie lautet das Thema dieser Ausstellung? Die Zeitlosigkeit des Schmucks?«

Ein höfliches Kopfnicken. »Oder vielleicht eher seine Aktualität. Ms Baum interessiert sich bereits seit Langem für

Schmuck, der für geschichtliche Ereignisse steht. Objekte, die von historischer Bedeutung sind.«

»Wie die Blindenuhr«, sagt Harwood.

»Die wird nicht als Teil von Ms Baums Sammlung verkauft, nein.« James Chadwick greift in ein Fach und holt eine Satinschachtel heraus. »Ein recht hübsches und seltenes Exemplar.« Er reicht sie Harwood. »Wie Sie sehen, werden mit Türkisperlen die Stunden markiert, und zwei Perlen, die sogenannte Doppelte, markieren die Zwölf, damit man erfühlen kann, wann der Morgen oder Nachmittag beginnt. Das Glas über dem Zifferblatt lässt sich öffnen – sehen Sie den Verschluss hier, ja, genau –, damit man den Zeiger ertasten kann. In diesem Fall ist er als Silberpfeil gefertigt und mit kleinen Diamanten besetzt, darunter liegt ein hellblaues Emaille-Zifferblatt. Das Gehäuse und die Krone bestehen aus Silber, dazu eine Silberkette. Die emaillierte Rückseite lässt sich öffnen – ja, genau so. Dort sehen Sie einen Golddeckel und ein kleineres Zifferblatt mit zwei Zeigern. Der Gehäusedeckel ist mit Abraham-Louis Breguet signiert, selbstverständlich einer der bedeutendsten Uhrmacher und der Erfinder der Blindenuhr oder Tastuhr. Zwar ist es unwahrscheinlich, dass sich ein durchschnittlicher Blinder im späten achtzehnten und frühen neunzehnten Jahrhundert einen solchen Luxusartikel leisten konnte, doch sie waren beliebt, weil die Besitzer im Dunkeln die Uhrzeit ablesen konnten, allein durch Berührung. Damals galt es als Tabu, in Gesellschaft auf die Uhr zu sehen. Stellen Sie sich das nur vor, und meine Enkelin verbringt die meiste Zeit des Abendessens damit, auf ihr Smartphone zu starren.«

»Für wie viel ist sie verkauft worden?«, fragt Harwood.

»Eins Komma zwei Millionen.«

Harwood lacht nervös, doch es klingt ihr selbst fremd in den Ohren, dann schließt sie vorsichtig die Schachtel.

»Am Telefon haben Sie gesagt, dass die Blindenuhr von einem Agenten verkauft wurde, einem Mr Corso aus Kreta, der einen unbekannten Besitzer vertritt. Machen Sie regelmäßig Geschäfte mit Mr Corso?«, erkundigt sich Moneypenny.

»Ja, und selbstverständlich haben wir die notwendige Sorgfalt in Bezug auf Mr Corso walten lassen. Bei seiner Hintergrundüberprüfung ist uns nichts Illegales aufgefallen.«

»Selbstverständlich«, entgegnet Moneypenny. »Vielen Dank, Mr Chadwick. Mir ist klar, dass ich mit meiner Bitte wahrscheinlich Ihr Berufsethos verletze, aber wenn Sie die Blindenuhr bitte meinem Kollegen übergeben« – sie deutet auf Ibrahim – »und ihn in eine ruhige Werkstatt führen würden, wäre er Ihnen sehr dankbar, wenn Sie ihn dabei unterstützen würden, ein Objekt in die Uhr einzusetzen.«

Chadwick zuckt zusammen. »Ins *Innere* des Gehäuses?«

Moneypennys Miene bleibt ausdruckslos. »Ja.«

»Aber …« Chadwick zieht ein Taschentuch aus der Brusttasche und tupft sich die Stirn ab. »Selbstverständlich. Darf ich fragen, wie groß das Objekt ist?«

Aus der Ecke meldet sich Ibrahim: »Praktisch unsichtbar.«

»Und es beschädigt die Uhr keinesfalls?«

»Ganz genau, Sir.«

James Chadwick schüttelt den Kopf, strafft die Schultern und fordert Ibrahim auf, ihm in die Werkstatt zu folgen.

»Ein Peilsender, mehr können wir nicht machen, sonst würde Wiltshire es entdecken, wenn er die Uhr untersucht«, erklärt Moneypenny. »003, Sie müssen Marilyn Aliyeva überreden, Wiltshire anzurufen und ihm zu sagen, dass sie freigelassen wurde und Sotheby's bei ihr angerufen hat und wissen wollte, wann sie die Blindenuhr abholt. Sotheby's bestehe darauf, dass sie sie persönlich in Empfang nimmt. Andererseits will er wahrscheinlich gar nicht seinen Fahrer oder sonst jemanden, den man mit ihm in Verbindung bringen könnte, schicken. Sobald sie die Blindenuhr abgeholt und an Wiltshire übergeben hat, kommt sie ins Zeugenschutzprogramm.«

»Er ist Menschenhändler«, erwidert Harwood. »Zumindest ist er das früher gewesen. Sie hat mir gesagt, dass seine Aufgabe darin besteht, Menschen verschwinden zu lassen.« Angespannt wartet sie auf eine Antwort und hält Blickkontakt mit Moneypenny.

Sie möchte fragen, ob Moneypenny erkennt, was das bedeutet. Teddy Wiltshire hat ein Motten-Tattoo. Falls es dasselbe Tattoo wie Moras Totenkopfschwärmer ist, bedeutet das sicherlich, dass er mit Rattenfänger in Verbindung steht. Seine Karriere hat er darauf aufgebaut, Menschen zu entführen und sie über verschiedenste Wege in Bordelle, Arbeitslager und Sklaverei in Privathaushalten zu schleusen. Wäre dann nicht eine logische Schlussfolgerung, dass er mit dem Rattenfänger-Zweig in Verbindung steht – oder diesen sogar leitet –, der Menschen verschwinden lässt und sie verschwinden lassen hatte, Bond verschwinden lassen hatte, also mit genau den Leuten, die James jetzt in einem noch dunkleren Loch als der Höhle in Syrien festhalten? Jemand beim MI6 weiß all das, der zweite Maulwurf. Aber sie sagt nichts, befürchtet, nicht ernst genommen zu werden, fürchtet das Wort »paranoid«, das über ihrer Krankenakte schwebt und jederzeit angewendet werden könnte: *Genauso paranoid wie ihr schizophrener Vater.*

Falls Moneypenny Harwoods Gedanken errät, zeigt sie es nicht, sondern sagt nur: »Sie haben Marilyn Aliyeva unseren Schutz versprochen und ich lasse nicht zu, dass Sie dieses Versprechen brechen müssen. Vertrauen Sie mir, 003.«

Harwood beißt die Zähne zusammen. Sie deutet auf das Fabergé-Ei. »Glauben Sie etwa, dass der Zar und seine Familie etwas geahnt haben?«

»Falls ja, haben sie zu langsam reagiert«, meint Dryden.

»Schon eigenartig, wenn man sich überlegt, dass zwischen Nikolas' Auftrag an Fabergé und dem Zeitpunkt, als er mitsamt seiner gesamten Familie verscharrt wurde, nur wenige Jahre liegen.«

Moneypenny tippt auf ihre Sonnenbarschbrosche. »Wollen Sie damit andeuten, dass es in unserem gegenwärtigen Szenario dem Westen wie der Zarenfamilie ergeht?«

Harwood zuckt mit den Schultern. »Ich höre eindeutig eine Uhr ticken.«

»Ich auch«, lenkt Moneypenny ein. »Ich arbeite an einer Theorie. Aber noch habe ich keine ausreichenden Beweise, um sie zu Papier zu bringen.«

»Wir sind ganz Ohr«, entgegnet Dryden.

»Q hat ein Muster erkannt. Sechs Tage vor den Terroranschlägen verkauft Sotheby's Objekte mit einem Wert von über einer Million, die über die Freihäfen in Heraklion und Venedig verschifft werden. Der Agent, der diese Blindenuhr verkauft hat, lebt auf Kreta. Ich musste an den Anschlag auf *Charlie Hebdo* denken. Erinnern Sie sich, woher das Geld zur Finanzierung des Anschlags stammte?«

»Ja«, antwortet Dryden. »Aus Antiquitäten, die zu Kriegsbeginn aus Syrien geraubt, auf dem Schwarzmarkt gehandelt und dann legal weiterverkauft wurden, und das für ein kleines Vermögen. Von den Gewinnen wurden dann die Waffen gekauft, mit denen die Redaktionsräume von *Charlie Hebdo* angegriffen wurden.«

»Aber sechs Tage vor diesen Angriffen sind doch sicher alle möglichen Objekte verkauft worden«, hält Harwood dagegen.

»Ja«, stimmt Moneypenny ihr zu. »Und wir haben kein Muster, mit dem wir eine bestimmte Herkunft oder einen bestimmten Objekttyp identifizieren können. Die einzige Verbindung der Gegenstände besteht im Wert von über einer Million und in den Freihäfen.«

»Dahinter steht eine größere Operation als der Antiquitätenschmuggel aus einem einzigen Kriegsgebiet«, sagt Dryden.

Moneypenny nickt. »An dieser Stelle wird die Theorie ... nennen wir es abstrakt. Wir wissen alle nur zu gut, dass die Globalisierung in der Welt des Verbrechens wahrscheinlich die größten Erfolge feiert. Global organisierte Verbrechergruppen haben transnationale Allianzen geschmiedet und teilen sich Schmugglernetzwerke. Diese Netzwerke arbeiten in vier Schritten, unabhängig davon, was geschmuggelt wird: zuerst der Raub, egal ob eine ausgegrabene Antiquität, aus einem Geschäft gestohlene Diamanten oder sogar entführte Menschen ... Bei Antiquitäten handelt es sich häufig um berufsmäßige Plünderer, die die eigene Kultur ausschlachten, um ihre Familien zu ernähren. Von den ersten Mittelsmännern erhalten sie Peanuts, aber am Ende wird die Antiquität für Millionen verkauft. Im zweiten Schritt schmuggeln die ersten Mittelsmänner ein Objekt aus seinem Ursprungsland und über Transitländer, wobei sie gefälschte Dokumente über seine Herkunft erstellen lassen. Den dritten Schritt stellt der letzte Mittelsmann dar, eine Gestalt, die nach dem römischen

Gott der Türen, der Anfänge und Enden und der Zeit als Janus bekannt ist. Janus hat zwei Gesichter und blickt, genau wie eine Tür, gleichzeitig nach vorne und nach hinten. Der Janus ist der Einzige in der Kette, der in die Vergangenheit des Objektes auf dem Schwarzmarkt zurückblicken und in seine Zukunft im legalen Handel vorausblicken kann. In einer locker zusammenhängenden und unverbundenen Kette kennt allein der Janus das ganze Bild. Er wandelt zwischen den Welten und kauft genauso selbstverständlich illegale Waren an der Grenze eines kriegsgebeutelten Landes, wie er sie an große Galerien oder Sammler weiterverkauft. Der vierte Schritt in der Kette ist schließlich der Käufer: ein Diamantenhändler, Sammler, Museum oder auch ein Bauunternehmen, das Arbeitskräfte benötigt, und sie alle werden angeben, nichts über die Herkunft des Objekts oder der Person zu wissen.« Moneypenny beugt sich dicht über das geisterhafte Fabergé-Ei. »Q hat eine Korrelation zwischen den Verkäufen und den Anschlägen erkannt. Was, wenn diese Janus-Figuren, die zwischen Schwarzmarkt und legalem Handel agieren, sich zu einer Gruppe zusammengeschlossen haben, um Terroristen zu finanzieren?«

»Die Grey Group«, schlägt Harwood vor.

Moneypenny lächelt. »Das klingt verdächtig und doch so neutral, dass man einen Einsatz genehmigt bekommt, ohne die Regierung aufzuschrecken. Ist gekauft.«

»Ist es schon mal vorgekommen, dass diese Janus-Figuren miteinander kooperiert haben?«, fragt Dryden.

»Ja, im Kleinen. Manchmal besorgt ein Janus einem anderen gefälschte Herkunftsdokumente aus einem Land, für das er Spezialist ist. Stellt ein Bankkonto zur Verfügung. Solche Sachen. Bisher ist es noch nicht vorgekommen, dass sie sich in diesem Ausmaß oder zu diesem Zweck zusammengetan haben.«

»Und Zweck dieser Grey Group ist es, Terrorismus zu finanzieren?«, hakt Harwood nach.

Moneypenny richtet sich auf. »So lautet meine Theorie. Die Grey Group stiehlt und schmuggelt Waren – ob Diamanten, Antiquitäten oder sogar Menschen – auf transnationalen und kooperativen Wegen und hilft sich dabei gegenseitig, um Terrorismus zu finanzieren. Aus Terrorismus entstehen größere Konflikte, was zu instabilen Situationen führt, die dem Schmuggel förderlich sind. Ein Kreislauf, der sich selbst finanziert. Unser Finanzexperte geht davon aus, dass sich der Zeitraum von sechs Tagen ergeben hat, weil eine längere Frist die Aufmerksamkeit der Bankprüfer auf sich ziehen könnte, die bemerken könnten, dass von den Konten Geld übertragen wurde.«

»Zu welchem Zweck?«

Moneypenny legt einen Finger auf die Kuppe des Fabergé-Eis. »Profit. Was wäre, wenn die Grey Group Rattenfängers Bank ist und dessen Terrorismus und halblegale militärische Aktivitäten durch Diebstahl, Schmuggel und noch mehr Terrorismus finanziert? Wie Rattenfänger sich finanziert, haben wir nie herausgefunden. Im Verhör hat Colonel Mora keinen Ton gesagt. Was, wenn diese Janus-Figuren schmuggeln und stehlen und verkaufen und lügen, ihre hübschen Objekte sammeln und ihr hübsches Leben leben, im Licht wie im Dunkel? Sie genießen die Grautöne, während unsere Straßen vom Blut rot gefärbt werden. Für Geld.«

Harwood zieht die Augenbraue hoch. »Was wäre, wenn ...«

»Aber das ist nur eine Theorie.«

»Mir reicht das.« Harwood wendet sich Dryden zu. »Wir sollten schnellstens nach Kreta und uns mit diesem Agenten unterhalten.«

Moneypenny hebt die Hand. »Sie müssen sich für mich um Marilyn kümmern. Danach kehren Sie in den Nachtdienst zurück. Bisher sind Sie von Shrublands nicht für den aktiven Dienst als Doppelnull tauglich erklärt worden.«

Harwood verschlägt es den Atem. Sie will Dryden in die Augen sehen, tut es aber nicht, denn damit würde sie um Hilfe bitten und das könnte sie nicht ertragen. »Ich bespreche es mit Marilyn. Viel Glück, 004.«

Dryden reicht das allerdings nicht, er fängt die Tür ab, als sie zuschwingt, und gesellt sich am Fahrstuhl zu Harwood. Sie betrachtet die aufsteigenden Zahlen auf der Anzeige im Art-Deco-Stil.

»Johanna«, sagt er und tippt ihr auf die Schulter.

Sie dreht sich zu ihm um und schenkt ihm ein Lächeln, das ihn blenden würde, wenn es echt wäre. »Falls du dir Sorgen machst, ob ich den Württembergischen Topas eingesteckt habe, liegst du richtig. Und nein, den Gewinn teile ich nicht mit dir.«

»Dir steht er sowieso besser. Hör zu. Was da im letzten Jahr passiert ist – du hast Sid verloren und dabei mich und Luke gerettet. Die ganze Welt. Du hast es nicht verdient, in den Innendienst versetzt zu werden. Ich sehe nicht, dass mit dir irgendwas nicht stimmt. Vielleicht ein paar Kratzer hier und da, richtig? Du hast uns einen Einstieg in diesen Fall verschafft. M und Moneypenny werden erkennen, dass es dir gut geht, und dann kommst du von der Ersatzbank runter.«

Als das Glöckchen des Aufzugs ertönt, klingt Harwoods Stimme verloren. »Vielleicht geht es mir nicht gut.«

»Was?«, fragt Dryden und dreht ihr das linke Ohr zu, als würde sein Implantat versagen.

Sie schüttelte den Kopf.

»Falls du mich je brauchst, ruf mich an und ich eile herbei.«

»Wir sehen uns, Joe.«

Als sich die Tür schließt, sagt Dryden: »Wir sehen uns, 003.«

Moneypenny begrüßt ihn mit in die Hüfte gestützter Hand. »Zetteln Sie eine Meuterei an?«

»Nein, Ma'am. Aber ich verstehe nicht, was Sie damit bezwecken, Harwood außen vor zu lassen. Vor allem, wenn wir die Arschlöcher beseitigen können, die 009 getötet, 008 verletzt und 007 entführt haben, ganz abgesehen von den anderen Doppelnullen, die zu Rattenfängers Todesopfern gehören.«

»Wer sagt, dass ich etwas bezwecke? Diese Objekte, die da verkauft werden, sind Zeitzünder, sie lösen eine Bombe aus, die sechs Tage später explodiert. Schaffen Sie Ihren Arsch nach Kreta und bringen Sie diesen Agenten zum Reden. Aber tun Sie es unauffällig. Falls der Agent im Namen der Janus-Figuren verkauft, genießt er wahrscheinlich hohen Schutz und steht sogar unter Beobachtung, von der er nichts weiß. Also seien Sie vorsichtig. Aber um Gottes willen, Joe, seien Sie überzeugend. 008 kann vielleicht nie wieder laufen. 007 ist in irgendeinem Höllenloch gefangen. Bei diesen Anschlägen sind Hunderte Menschen verstümmelt oder getötet worden. Wir haben Rattenfänger zwar einen Schlag verpasst, als wir Mora gefangen genommen haben, aber offensichtlich haben wir ihnen nicht den Kopf abgeschlagen. Sie töten für Profit. Also müssen wir ihnen den nehmen.«

Dryden rollt die Schultern. »Ja, Ma'am.«

»Und Dryden – diese Sammler, die glauben, dass sie ungestraft vom Schwarzmarkt auf den legalen Markt und wieder zurück tänzeln und dabei unschuldige Menschen töten können – deren Köpfe will ich für *meine* Sammlung. Klar?«

»Wird erledigt.«

5

»VERNICHTEN SIE IHN.«

London

»Sind Sie stolz auf sich?«

Harwood steht an Marilyn Aliyevas Hauseingang und sagt: »Es tut mir leid.«

Marilyns rechte Wange weist eine frische Schwellung auf, die gespannte Haut hat die Farbe gekochter Aprikosen. Sie presst den linken Arm an die Brust, steht schief da und trägt Pantoffeln mit Federn.

»Darf ich reinkommen?«

»Wollen Sie mich umbringen?«

»Glauben Sie, dass er Sie beobachtet?«

Sie zuckt mit der Schulter.

»Dann lassen Sie mich besser rein, als ob ich eine besorgte Freundin wäre, oder?«

»Sind Sie das denn?«, will Marilyn wissen.

»Ja.«

Marilyn lacht spöttisch, lässt aber zu, dass Harwood ihr zum Aufzug folgt, der durch die ehemalige Fabrik nach oben fährt. Normalerweise würde Harwood vorschlagen, die Treppe zu nehmen. Ein Aufzug ist für jeden, der oben wartet, ein Warnsignal. Aber da sie nicht glaubt, dass Marilyn laufen kann, stellt sie sich neben sie und stützt sie mit der Hand am Ellbogen. Marilyn lässt es zu. Als der Aufzug sich öffnet, stehen sie in der Tür des umgebauten Penthouse. Hinter heruntergelassenen Jalousien und geschlossenen Fenstern hängt dicke, süßlich riechende Luft. Im Küchenbereich stapeln sich Schachteln vom Lieferdienst mit vertrockneten roten und gelben Rändern. Marilyn setzt sich auf einen Regiestuhl, der unter Studioscheinwerfern aus den 1960er-Jahren in eine Ecke gequetscht steht.

»Wie wäre es mit etwas frischer Luft?«

Marilyn schweigt.

Harwood zieht die Jalousien hoch und schiebt die Fenster auf. Der Mond sieht wie ein Penny aus, der halb in einen Münzschlitz gesteckt wurde. Sie ignoriert ihn.

Marilyn stöhnt, als sie sich eine Sonnenbrille vom nahe gelegenen Kaminsims nimmt. »Wissen Sie, was Teddy gesagt hat, als er gegangen ist?« Ihr Lächeln könnte Glas zum Zerspringen bringen. »Er hat mir gesagt, dass ich mich tot stellen soll.«

»Bald wird er diesen Ratschlag selbst befolgen.« Harwood findet einen Müllsack. Dann räumt sie die Spülmaschine zu Ende ein, sucht zwei saubere Tassen und füllt sie aus einem Wasserhahn, der heißes Wasser zubereitet. »Wie trinken Sie Ihren Tee?«

Mit zitternder Hand zündet sich Marilyn eine Zigarette an. »Eine Scheibe Zitrone.«

Harwood lässt ihr Friedensangebot in Marilyns Reichweite stehen und setzt sich ans Ende des geschwungenen Sofas, die eigene Tasse stellt sie auf dem polierten Betonboden ab, der mit Blutspritzern gesprenkelt ist. Danach muss sie nicht suchen, es gibt auch kein verborgenes Muster zu entschlüsseln – sie erzählen eine klare Geschichte.

»Als ich noch klein war, hat Mama mir erzählt, dass sie, wenn sie einmal angefangen haben, nicht wieder aufhören. Bis man tot ist.«

»Die Statistik gibt ihr recht. Sie sollten mich lieber Ihren Arm untersuchen lassen.«

»Sind Sie auch Ärztin?«

»Ja. Na ja, Chirurgin.«

»Machen Sie, was Sie wollen«, sagt Marilyn. »Das haben Sie ja sowieso schon.«

»Es tut mir leid.«

»Zum zweiten Mal schon. Sie überreden mich, Teddy zu treffen und ihm seine Blindenuhr zu geben, ohne einen Gedanken daran, welches Abschiedsgeschenk er mir hinterlassen könnte. Tut es Ihnen aufrichtig leid?«

»Ja.«

»Und können Sie irgendwas dagegen tun, Sie und Ihre kleinen Finanzmenschen, die mein Leben ruinieren?«

»Ich habe versprochen, dass ich Teddy Wiltshire vernichte. Und das werde ich auch.«

»Leere Versprechungen. Sie sollten nichts versprechen, was Sie sie nicht halten können.«

»Tue ich auch nicht.«

Draußen lässt ein Auto den Motor laufen – da umklammert Marilyn die Armlehne ihres Stuhls.

»Hat er Ihnen gesagt, was er mit der Blindenuhr vorhat?«, erkundigt sich Harwood.

»Die ist ein Geburtstagsgeschenk.«

»Für seine Frau?«

»Für irgendeine Schlampe aus Wien.«

Harwood lässt den Blick schweifen und erinnert sich an Akten, die sie im Nachtdienst gelesen hat, und die Ausstellung bei Sotheby's. »Sie meinen Lisl Baum, die Schmucksammlerin? Man geht davon aus, dass sie ihre Karriere als Edelprostituierte für Männer wie Teddy begonnen hat.«

Verächtlich verzieht Marilyn das Gesicht. »Gleich und gleich erkennt sich, glauben Sie's mir. Aber ja, ich meine die berühmte Lisl Baum.«

»Wissen Sie, seit wann die beiden in Verbindung stehen?«

»Nein.«

Harwood betrachtet das Blut auf dem Boden. »Turkmenistan ist Ursprungs- und Transitland für Menschen, die für Sklavenarbeit und Prostitution geschmuggelt werden. Vielleicht hat Teddy damit angefangen, sich hochgearbeitet und auf dem Weg zur Staatsbank und schließlich einem britischen Pass Lisl Baum kennengelernt, während sie sich von der Geliebten zur anerkannten Geschäftsfrau hochgearbeitet hat.«

»Verbrechen zahlt sich aus«, meint Marilyn.

»Das ist ein sehr großzügiges Geburtstagsgeschenk für Lisl Baum, auch wenn es mit schmutzigem Geld bezahlt wurde«, bemerkt Harwood.

Mit dem unverletzten Arm winkt Marilyn ab. »Teddy zeigt sich gern großzügig.«

»Aber warum Lisl Baum gegenüber? Ist sie auch seine Geliebte? Oder war sie es früher mal?«

Marilyn lacht und betastet dann ihre gesprungene Lippe. »Das hätte er gern.«

»Sind Sie ihr je begegnet?«

»Einmal. Teddy ist sehr nett zu ihr.« Mit unergründlichem Blick lehnt sie sich zurück. »Aber Teddy ist zu allen sehr nett.«

»Hatten Sie das Gefühl, dass Teddy versucht hat, Lisl Baum zu beeindrucken? Oder sich ihr in irgendeiner Form anzubiedern?«

Darüber denkt Marilyn nach. »Nein. Er will sie einfach mit seinem Charme einwickeln.«

»Also ist ihm ihre Meinung wichtig?«

»Ich glaube schon. Warum interessiert Sie das so?«

»Damit ich Teddy aus Ihrem Leben entfernen kann, muss ich die Strukturen beseitigen, die ihn schützen«, erklärt Harwood.

Marilyn lacht bitter. »Ich habe Ihnen doch gesagt, dass Sie keine falschen Versprechungen machen sollen.«

Kopfschüttelnd entgegnet Harwood: »Wir haben für Sie ein Haus auf Orkney. Kein Disney-Prinzessinnen-Leben, aber ein weiter Horizont und nichts, was Sie nachts aus dem Schlaf reißt.«

Unsicher steht Marilyn auf. »Mir ist egal, ob Teddy an der Spitze der Pyramide steht oder an deren Fuß Steine schleppt. Er hat mir gesagt, er würde dafür sorgen, dass alle anderen Männer von mir angewidert wären, bis er mich wieder will. Vernichten Sie ihn.«

Harwood steht auf. »Das mache ich. Oder besser gesagt: Das machen wir.«

»Verfolgen Sie ihn nicht persönlich?«

Unter ihrem Ärmel streicht Harwood über das Ziffernblatt von Sids Casio-Armbanduhr. »Zeigen Sie mir Ihren Arm.«

000

Oman · Zwei Tage nach dem Bombenanschlag auf die BBC

Conrad Harthrop-Vane verfügt über das gute Aussehen von jemandem, der glaubt, gut auszusehen. In Wahrheit ist seine helle Haut so dünn, dass man darunter die blauen Äderchen sieht, es wirkt wie ausgeblichenes Delfter Porzellan. Die Oberlippe scheint er ständig höhnisch zu verziehen, wohingegen die linke Augenbraue vor heimlicher Belustigung hochgezogen bleibt. Die dichten Haare sind derart platinblond, dass sie beinahe weiß wirken. Als er sich durch die Menge der Gäste schiebt, die für ein langes Wochenende im Al Bustan Palace Ritz-Carlton einchecken, erntet er von den Frauen neugierige und von den Männern neidische Blicke. Für eine derartige Selbstsicherheit ist er noch jung, höchstens Mitte dreißig. Wahrscheinlich in den Reichtum hineingeboren, wie der Siegelring verrät – dies fällt den Single-Frauen auf, die nach einem Ehering Ausschau halten. Aber an seiner Haltung und der durchtrainierten Kraft seiner imposanten Figur erkennt man, dass er vielleicht auch dafür gekämpft hat.

Die Blicke beachtet Harthrop-Vane nicht, ignoriert sie aber auch nicht, sondern nimmt sie als selbstverständlich hin, als verdient, denn darum hat er gerungen, gekämpft, um sie sich zurückzuholen, an sich zu reißen und nie wieder herzugeben. Am Golf von Oman ist die Sonne unbarmherzig, darum holt er eine stahlgraue Versace-Pilotenbrille aus dem Jackett und setzt sie auf, als er sich einer Reihe von Sonnenliegen nähert, die wie Schachfiguren aufgereiht und mit Blick aufs Meer ausgerichtet sind. Lisl Baum feiert ihren vierzigsten Geburtstag und hat dafür das gesamte Hotel gemietet. Die Schmuckkaiserin liegt mit dem Rücken zu ihm unter einem Sonnenschirm, im Zentrum eines Schwarms von Bewunderern. Die Königin umgeben von ihren Rittern.

Hinter dem gestreiften Schirm bleibt 000 stehen und klopft leicht auf den gespannten Baumwollstoff. »Fräulein Lisl Baum?«

Das Gespräch verstummt. Zunächst sieht Harthrop-Vane einen nackten Schenkel auftauchen, dann schwingt sie beide Beine, die nur zum Teil von leichtem Stoff bedeckt sind, von der Liege, als sie sich um den Rand des Sonnenschirms streckt, um einen Blick auf ihn werfen zu können.

Wenn ihre Beine ihn schon erregt haben, tut ihr Lächeln das erst recht. Es entlockt ihm ein animalisches Grinsen.

»Hallo, Grünschnabel.« Ihre Stimme klingt heiserer, als er sie in Erinnerung hat, aber genauso vergnügt.

Er verbeugt sich.

Lisl Baum lacht und winkt mit den Händen, sodass ihre Ringe funkelnde Blitze verschießen, die wie ein Zauber alle Zeugen verscheuchen. Conrad Harthrop-Vane setzt sich ihr zugewandt auf die benachbarte Sonnenliege. Mit seinen Blicken verschlingt er jeden Zentimeter ihres Sommerkleids, bis sie ihm lachend aufs Knie tippt.

»Du hast dich nicht verändert«, meint sie.

»Du dich auch nicht«, erwidert er.

»Ach, der Zahn der Zeit nagt an mir …« Theatralisch legt sie eine Hand an die Stirn, doch Harthrop-Vane fängt sie ein und küsst sie.

»Die Zeit kann dich nicht vernaschen«, sagt er.

»*Nagen* habe ich gesagt.«

Wieder dieses Grinsen. »Dann lass mich dich vernaschen.«

»Frecher Grünschnabel. Wie ich gesehen habe, bist du als Begleiter irgendeiner Erbin angemeldet. Es ist eine Ewigkeit her. Sir Emery hat mir gesagt, dass du dich endgültig für die Pflicht entschieden hast.«

»Ich versuche, mich nützlich zu machen«, murmelt Conrad.

Auch Lisl spricht nun leiser. »Da bin ich mir sicher. Wie sehr hängst du an deinem Date?«

»Ich hänge an niemandem.«

Sie lacht. »Wenn Sir Emery das hören könnte, würde es ihm das Herz brechen.«

»Für den alten Mann mache ich eine Ausnahme.«

»Das hast du schon immer. Die meisten Leute empfinden ihren Patenonkel als Plage. Du hast deinem immer die Füße geküsst, schon damals in Singapur, als du noch ein kleiner Junge warst.«

»Offiziell war er nie mein Patenonkel.«

Das ignoriert sie. »Erinnerst du dich an diese grässliche kleine Bar, in die dein Vater, Sir Emery und Enrico immer gegangen sind? Da habe ich euch morgens immer rausgeholt und die Rechnung bezahlt – oder die Strafe.«

»Das war keine Bar«, sagt Harthrop-Vane ausdruckslos. »Das war ein Bordell.«

»War es nicht!«, widerspricht Lisl Baum und seufzt dann. »Na ja, vielleicht doch. Dich habe ich immer im Wartebereich gefunden. Was hast du wohl in all den Stunden, in denen du dort gesessen hast, alles gesehen?«

»Es war sehr lehrreich.«

»Darauf wette ich. Damals war Sir Emery einfach Emery, nicht wahr, der gut aussehende Spion. Und dein Vater der Verbindungsmann.«

»Diplomat.«

»Ist doch dasselbe, Schatz. Bill Tanner war auch manchmal dabei. Alle haben sie versucht, Enrico Colombo Informationen zu entlocken, sie mit Charme aus ihm herauszukitzeln, sie ihm brachial zu entreißen wie ein Zahnarzt eine Wurzel, oder sie aus ihm herausgepresst oder mich dazu benutzt. Aber damals verlor er bereits das Interesse an mir ...« Sie verstummt und lässt den ausdruckslosen Blick über die dichten Kronen der blühenden Palmen schweifen. Dann richtet sie ihre Aufmerksamkeit plötzlich wieder auf Harthrop-Vane, wie einen Suchscheinwerfer. »Und du mittendrin. Du bist in diesem Sumpf aufgewachsen. Was für ein hübscher Mann du doch geworden bist.«

Unwillkürlich ist seine Stimme belegt, als er sagt: »Du hast mir auch das eine oder andere beigebracht.«

Sie lacht, doch ihre Entspanntheit wirkt leicht gekünstelt. »Glaub ja nicht, dass ich das vergessen hätte. Wahrscheinlich erinnerst du dich an alles. Was ich damals war.«

»Du warst herrlich. Bist es noch. Du hast schon immer ins Scheinwerferlicht gehört und nicht an die Seite eines anderen.«

Seufzend streicht sie ihr Kleid nach unten, als die Brise es anhebt. »Wahrscheinlich sollst du mir an meinem Geburtstag schmeicheln. Was will Sir Emery diesmal?«

»Einer deiner Gäste wird zu heiß.«

Sie blickt über den Sonnenschirm hinweg. »Welcher?«

»Teddy Wiltshire.«

Einen Augenblick scheint sie wie erstarrt, dann seufzt sie. »Das alte Tier. Was hat er jetzt wieder angestellt?«

»Die NCA ermittelt gegen ihn. Durch den Kauf von Kunst und Antiquitäten wäscht er bei Sotheby's Geld. Dein Geburtstagsgeschenk ist befleckt.«

»Wie unhöflich«, kommentiert sie leichthin, mustert ihn aber eindringlich. »Warum ist dafür jemand mit deinen … Talenten nötig?«

»Es überschneidet sich mit einem anderen Fall.« Harthrop-Vane dreht an seiner Omega. »Sir Emery hat gesagt, dass ich dich einweihen dürfte, wenn du glaubst, dass du uns helfen kannst.«

»Habe ich das nicht immer?«

»Der MI6 hat die Theorie, dass Kunst, Diamanten, Antiquitäten … geplündert, geschmuggelt und verkauft werden, um Terrorismus zu finanzieren. Um Rattenfänger zu finanzieren.«

Lisl tut so, als würde sie ihm eine Fluse vom Oberschenkel schnippen. »Immer lauert ein Monster unter dem Bett. Als ich mit Bullen und Räubern zu tun hatte, waren alle auf den Drogenkrieg fixiert. Jetzt ist es Terrorismus. Ich bin froh, dass ich da raus bin.« Zärtlich legt sie ihm einen Finger unter das Kinn und hebt sein Gesicht an. »Verstehst du das, Grünschnabel? *Halt mich da raus.*«

Sein spöttischer Mund verzieht sich zum Grinsen. »Ja, Fräulein.«

Sie summt zufrieden. »Ich muss mich für die Party umziehen. Würdest du mich zu meiner Suite begleiten? Vielleicht brauche ich Hilfe bei meinen Knöpfen.«

Noch immer grinst er. »Ja, Fräulein.«

•

Anschließend duscht Dreifachnull in seiner eigenen Suite. Nackt erinnert er an eine Skulptur von Michelangelo: die definierten Muskeln, die selbstverständliche Perfektion der schlanken Knöchel, starken Beine, geschwungenen Oberschenkel, die Kraft in den Armen. Er wäscht sich, ohne an all das einen Gedanken zu verschwenden.

Stattdessen denkt er an Lisl Baums Körper und daran, wie er sich seit damals, als sie Ende zwanzig und er noch ein Teenager war, verändert hat, als Lisl in ihm vielleicht die eigene verpasste Jugend und Einsamkeit sah. Ihr gegenüber öffnete er sich, aber natürlich verließ auch sie ihn irgendwann. Trotzdem erteilte sie ihm vorher einige wertvolle Lektionen, das stimmt. Wie man sie schnell befriedigte – in Augenblicken wie an diesem Nachmittag, gestohlene Minuten in einer Garderobe oder auf der Rückbank ihres Citroëns – und wie man sich Zeit nahm. Sie trieb es gern nackt im Sonnenschein, wenn Enrico, Conrad Harthrop-Vane der Erste und Sir Emery irgendwo unterwegs waren, um »Männergespräche« zu führen. Dann suchte sie Dreifachnull auf, der meist irgendwo am Fuhrpark herumhing, hakte einen Finger in seine Kette, ein Medaillon mit Unserer Mutter vom guten Rat, das seine Mutter ihm geschenkt hatte, und führte ihn zum Pool oder Rosengarten oder zur Düne oder was sonst an das gemietete Haus grenzte. Über Privatsphäre machte sie sich keine großen Gedanken, vielleicht machte es sie sogar an, ihren »Grünschnabel« und seinen Enthusiasmus vorzuführen – oder vielleicht sogar die Angst, dass Enrico sie erwischen könnte. Als Geliebte eines Schmugglers befand sie sich in einer prekären Situation: Sie hatte kein Ehegelübde oder Kinder vorzuweisen, keine finanzielle

Unabhängigkeit. Enricos Zuneigung würde wahrscheinlich irgendwann abebben, genau wie bei dem Mann davor und dem danach. Vielleicht konnte Eifersucht ihn noch etwas länger verzaubern und Lisls Liebesbekundungen an Dreifachnull waren eigentlich an Enrico gerichtet. Oder vielleicht war Enrico ein lausiger Liebhaber – Lisl zeigte eine Gier, von der Dreifachnull später lernte, dass es Einsamkeit war. Doch egal wie, damals war ihm das alles nicht wichtig. Sie war eine anspruchsvolle Frau mit Kurven und einem großen Mund wie die Mädchen in den Magazinen im obersten Regalfach und sie wollte Sachen mit ihm anstellen, von denen er bisher nur geträumt hatte. Und er musste nur lieb darum bitten. Er war glücklich.

Als Dreifachnull aus der Dusche steigt und sich ein Handtuch um die Hüften wickelt, bleibt er an diesem Gedanken hängen. Glücklich. War er damals glücklich? Nachdem seine Mutter in diesem Hospiz mit den schrecklichen Blumenmustervorhängen gestorben war, wurde Conrad von einem internationalen Internat zum nächsten geschickt. Sein Vater war in der Grauzone zwischen Handel und Regierungsarbeit tätig und dadurch immer wieder lange Zeit nicht erreichbar. Oder um es mit Sir Emerys Worten bei einem seiner vielen Besuche an irgendeiner Schule bei grausig klebrigem Karamellpudding und milchigem Tee in der Cafeteria zu sagen: »Dein Vater ist ein nützlicher Gauner. Jetzt spielt er für unsere Seite. Du musst dir um ihn keine Sorgen machen. Ich behalte ihn im Auge.« Sir Emery hatte einen Posten bei der echten Regierung, sogar beim Geheimdienst, und nutzte die Verbindungen und Kenntnisse seines Jugendfreundes.

Deshalb hängten sie sich auf dem Höhepunkt des Drogenkriegs an Enrico. Conrad war endlich aus der Schule geholt worden, um seinen Vater zu begleiten und das »Familien-unternehmen kennenzulernen«. Er lernte auch verschie-denste andere Lektionen über die Welt der Erwachsenen. Sir Emery war nicht immer da, um ihn zu beschützen, und sein Vater bemerkte nichts, wenn ihm das dienlicher war. In Wahrheit war er ein Speichellecker. Manchmal kamen böse Männer zu Besuch, die das ausnutzten. Als Conrad alt genug war, lernte er, mit diesen bösen Männern umzugehen. Was die bösen Männer ihm vor diesem Zeitpunkt antaten, liegt in tiefschwarzer Dunkelheit, Erinnerungen, die in Trauerstoff gehüllt sind. Die Seelenklempnerin in Shrublands schlug ein-mal Hypnose vor, um sie aufzudecken. Aber warum sich das antun? Dreifachnull lernte zu überleben, was Macht bedeutet. Das reichte ihm.

Sir Emery und sein wachsames Auge waren nicht da, als Conrads Vater, von Schulden und doppelten Spielen in die Knie gezwungen, Selbstmord beging. In seinem letzten Brief ging er Conrad an, weil dieser seine Zeit damit verschwende, Murmelspielen und anderen Unsinn zu lernen, Kinder-kram – war es nicht schon schlimm genug, dass Conrad die Sommer mit der Nase im *Book of Why* verbrachte und ständig meckerte, wenn er nicht zum Parthenon oder den Pyramiden gebracht wurde? »Hier kommt eine Frage, die in deinem *Book of Why* fehlt«, schrieb sein Vater. »Warum hasst mich mein Sohn, nach allem, was ich für ihn getan habe? Du könntest Premierminister werden, Herrgott noch mal. Und noch eine: Warum besteht mein Sohn darauf, mir das Herz zu brechen?«

Bei der Beerdigung sagte Sir Emery, dass er es dem Alten schuldig sei, Conrad unter seine Fittiche zu nehmen. Bald würde er in Cambridge seinen Abschluss machen. Wie wäre es, wenn er eine Karriere beim Service einschlüge, mit der Aussicht, später einmal selbst eine Doppelnull zu werden? Sir Emery war nun der Leiter der Doppelnullabteilung. Er würde Conrad im Auge behalten und ihm dabei helfen, den Stolz und die Würde seiner Familie wiederherzustellen. Noch einmal würde er ihn nicht hängen lassen.

Sir Emery hielt Wort.

Jetzt steckt Dreifachnull sich das Medaillon ins Hemd und zieht seine Krawatte fest. Mustert sich im Spiegel über dem Waschbecken. Moneypenny hat ihm befohlen, der Spur der Blindenuhr hierher zu folgen. Der MI6 will jeden Schritt Wiltshires kennen und wissen, in welcher Verbindung er zu Lisl Baum steht. Moneypenny ist sich unsicher, ob Wiltshire ein Janus der Grey Group ist – falls diese existiert – oder nur zufällig ihren Weg gekreuzt hat. In jedem Fall aber ist Teddy Wiltshire eine Spur, ein Kaninchen im Fadenkreuz. Dreifachnull verfolgt dieses Ende der Pipeline, während 004 dem anderen nachgeht, dem Agenten auf Kreta. Aus den Aufzeichnungen des MI6 wird nicht klar, wie Lisl Baum es von einem Gaunerliebchen zur Inhaberin eines anerkannten Schmuckimperiums geschafft hat. Als das Ziel der Blindenuhr klar wurde, trug Moneypenny Dreifachnull auf, sich an Lisl Baum zu hängen und aus ihr herauszukitzeln, in welcher Beziehung die weltberühmte Sammlerin zu Wiltshire steht.

Also teilte Sir Emery Moneypenny etwas – wie viel? – über jene Tage im Sonnenschein mit. Dreifachnull stört es nicht, seinem Land mit vollem Körpereinsatz zu dienen. Er genießt es sogar. Er hat genug Zeit mit Sir Emery – und auch mit James Bond – verbracht, um diesen Trick zu beherrschen. Drüben in ihrer Suite führte Lisl Dreifachnull und seine Zunge an ihrem Körper hinunter und wies ihn an, »ihr zum

Geburtstag zu gratulieren«. Danach fuhr sie ihm mit der Hand durch die steifen Wellen seiner blonden Haare und sagte ihm, dass er immer noch ein braver Grünschnabel sei und sie sich darüber freue, dass er nicht wie so viele andere Männer egoistisch geworden sei.

»Zum Beispiel?«, fragte er.

Sie lag auf dem Rücken, den Unterarm über die Augen gelegt. »Zum Beispiel HV1.«

Er rührte sich nicht. Sein scharf geschnittenes Kinn drückte in ihren weichen Oberschenkel. HV1 war damals der Spitzname seines Vaters gewesen. Harthrop-Vane der Erste. Wie Sir Emery einmal bemerkte, klang das furchtbar ähnlich wie HVT: High Value Target, besonders wichtiges Ziel. Dreifachnull schluckte. »Du hattest was mit meinem Vater?«

Sie lachte. »Mit welchem?«

»Wie meinst du das?«

Sie hob den Arm, um zu ihm herabzusehen. Ihr Blick wirkte beinahe liebevoll. »Tatsächlich mit beiden. Dem echten und dem symbolischen. HV1 und Sir Emery.«

Verächtlich verzog Dreifachnull den Mund. »Gleichzeitig?«

»Wo denkst du hin? Nein. Enrico hat mich manchmal zu HV1 oder Sir Emery aufs Zimmer geschickt, um ein Geschäft zu versüßen oder ihnen ein Geheimnis zu entlocken. Genau wie du jetzt.«

»Das wusste ich nicht.«

»Welchen Teil davon?«

Er hauchte ihr einen Kuss auf den Oberschenkel, die Hüfte. »Hast du Enrico deshalb verlassen? Weil er dich herumgereicht hat?«

»Ja. Am Ende an den falschen Mann.«

»An wen?«

»James Bond.«

Dreifachnull setzte sich auf. Die Nachmittagssonne brannte ihm mit der vollen Intensität der Wüste auf den Schultern. »Was ist passiert?«

Sie zuckte mit den Achseln und versuchte, ihn mit zarten Berührungen zu einer zweiten Runde zu animieren. »Danach habe ich beschlossen, dass ich genug von Enrico – oder irgendeinem anderen Mann – hatte, der das Recht zu haben glaubte, den Schlüssel zu meinem Zimmer weiterreichen zu dürfen.«

Harthrop-Vane bleckte die Zähne. »Und hat 007 diesen Schlüssel benutzt?«

Sie neigte den Kopf auf dem Seidenkissen. »Ich glaube, du bist eifersüchtig.«

»Auf James Bond?«

»Ja.« Sie warf einen Blick auf seinen Schoß. »Oder vielleicht steckt dahinter mehr als Eifersucht.«

Es gab eine zweite Runde: schnell und brutal. Mittendrin packte sie ihn am Kinn und sagte: »Ich hoffe sehr für dich, dass du an mich denkst.«

Jetzt greift Dreifachnull nach seinem Jackett und das Gewicht seiner Uhr erinnert ihn, dass er sie vorhin in die Tasche gesteckt hat. Darin ist ein Abhörgerät eingebaut. Es sendet nicht ununterbrochen an Q – diese Ehre gebührt allein 004, dessen Implantat einen Großteil von Qs Bandbreite aufbraucht –, nur wenn er an der Krone dreht, wie vorhin, als er unter dem Schirm mit Lisl gesprochen hat.

Dreifachnull wirft einen letzten Blick in den Ganzkörperspiegel neben der Tür, in dem ein Teil des Garderobenspiegels hinter ihm zu sehen ist, sodass er darin sein Gesicht und seinen Hinterkopf als Mise en abyme sieht. Er überprüft seine Waffe, die unter seiner linken Schulter in einem Holster aus Gamsleder steckt. Dann lächelt er sich an und lächelt dabei gleichzeitig den eigenen Hinterkopf an. Zeit, ein Star zu sein.

7

KLEINE KATASTROPHEN

Oman

Von der Sirius aus – einem Wasserflugzeug, das gerade das Hadschar-Gebirge überfliegt – erinnert das Al Bustan Palace Ritz-Carlton an eine diamantenbesetzte Uhr, vergessen zwischen den Falten einer Bettdecke, wobei die Flügel des Hotels das Armband darstellen, denn die Anlage liegt zwischen dem glitzernden Golf von Oman und den felsigen, trockenen Ausläufern des Gebirges. Als das Flugzeug sich in die Kurve legt, werfen die Palmen in der Dämmerung bereits lange Schatten. Sechs beleuchtete Pools scheinen auf und die Illusion der Diamanten löst sich in Tausende Bogenfenster auf, die mit ihrem Licht, das so massiv wie Gold wirkt, den hellen Sandstein des Al Bustan Palace durchbrechen.

Im Erdgeschoss steht Lisl Baum unter den Strahlen eines fünf Tonnen schweren Kristallleuchters und begrüßt ihre Gäste, die alle ihre Suiten verlassen haben, unter ihnen auch Valentin »Teddy« Wiltshire. Acht Etagen darüber befindet sich Rachel Wolff, die noch nie lange für einen Safe gebraucht hat und auch an diesen hier keine Zeit verschwenden will. Selbstverständlich gibt es im Ritz-Carlton auf den Zimmern keine Safes mit digitalem Schloss – dafür bräuchten Diebe nur Pulver und Fingerabdrücke. Für ein Safe mit Zahlenschloss hingegen benötigt man außergewöhnlich gute Ohren und ein außergewöhnliches Gedächtnis, zwei Fähigkeiten, die Wolff nun einsetzt und dabei die Klänge des Orchesters ausblendet, das unter dem Balkon spielt.

Der Safe ist hinter dem Schminktisch verborgen. Rachel breitet ihr Werkzeug auf dem Samthocker aus und macht es sich auf dem dicken Teppich bequem. Eine Chaiselongue versperrt ihr den Weg und den direkten Blick auf die Schlafzimmertür. Aber die Suite ist über zweihundertsiebzig Quadratmeter groß falls jemand kommt, wird sie ihn hören, bevor er sie sieht, da sie einen Bruchteil ihrer Aufmerksamkeit über den winzigen Mechanismus, den sie mit den Fingerspitzen ihrer Handschuhe berührt, hinauswandern und lauschen lässt. Keine Schritte im Flur, kein Türknauf, der sich dreht, kein zurückkehrender Teddy. Und nun kommt der Augenblick, in dem das Rad zittert, bevor es nachgibt. Rachel lächelt, spricht ein kurzes Stoßgebet und öffnet den Safe.

Ihr Lächeln wird breiter.

Sie ignoriert den Schmuck, die lose herumliegenden Scheine unterschiedlicher Währungen, die Waffe und die separat verwahrte Schatulle mit Kugeln – schließlich ist Valentin Wiltshire ein liebevoller, verantwortungsbewusster Vater – und schnappt sich die zwölf mal zwölf Zentimeter große Stahlbox. Diese klappert leicht, als sie mit einem weiteren Stoßgebet den Inhalt überprüft – dann lässt sie sie in ihre übergroße Handtasche fallen. Rachel rollt ihre Werkzeugtasche zusammen und steckt diese ebenfalls hinein. Das Orchester spielt Liszt und mit der Entspannung nach der vollendeten Aufgabe lässt sie die Musik wieder auf sich wirken, die sie mit ihrer Schönheit durchströmt – aber noch ist es nicht vorbei.

Als sie ihre Euphorie gerade dämpfen will, hört sie, wie die Tür zur Suite sich öffnet.

Rachels Aufregung verwandelt sich in schwindelerregendem Tempo zu Adrenalin, das sie hinten im Rachen schmeckt. Sie schnappt sich ihre Tasche, schätzt die Entfernung zwischen Schminktisch und Balkon ab, entscheidet, dass sie es nicht wagen kann, und zieht sich in das Ankleidezimmer zurück. Nur wenige Sekunden bevor zwei Personen das Schlafzimmer betreten, schließt sie die Tür. Sie verschwindet in den weichen Ärmeln von Valentin Wiltshires feinen Seidenhemden.

»Ich konnte es nicht abwarten« – die volltönende Stimme von Wiltshire, zu laut, auch wenn ihm das nie jemand gesagt hat.

»Mr Wiltshire, sollten wir nicht zur Party zurückkehren?« – dem Akzent nach würde Rachel vermuten, dass die zweite Person eine junge Südkoreanerin ist, die erst in der internationalen Schule für Diplomatenkinder und dann an der NYU ausgebildet wurde.

»Nenn mich Teddy. Du hast mich immer Teddy genannt. Das gefällt mir an dir.«

»Ich will Mrs Wiltshire nicht verärgern. Und Jordan auch nicht.«

Jordan Petrow Wiltshire ist Teddys ältestes Kind, das kürzlich an der NYU seinen Abschluss gemacht hat.

»Im Plaza hat es dir nichts ausgemacht. Entspann dich, Eun-Ji. Wir sind auf einer Party.«

Das Gespräch verstummt. Rachel hört Hände über Stoff streichen, Lippen über Haut gleiten, das abgelenkte Kichern und *Äh* einer Frau, die so wirken will, als würde sie es genießen, um niemanden zu beleidigen, eigentlich aber das Geschehen beenden will.

»Mr Wiltshire …«

»Nenn mich Teddy.«

»Teddy … warten Sie …«

Das Geräusch von Menschen, die auf dem Bett landen.

»Hat es dir im Plaza nicht gefallen?«

»Doch, aber …«

»Warum sollte es dir dann jetzt nicht gefallen?«

»Warten Sie … nein …«

Rachel Wolff hält den Atem an und wartet ab, ob Valentin Wiltshire das Wort nein beachtet.

Aber das hat er noch nie getan.

Rachel sucht nach einem Rauchmelder an der Decke des Ankleidezimmers, sieht ihn rot blinken und kramt dann ein Ronson-Feuerzeug aus der Tasche ihres schwarzen Jumpsuits.

Als Kind hat man ihr beigebracht, dass ein Amateur sich von einem Profi durch die Fähigkeit unterschied, unerwartete Situationen ruhig zu bewältigen. Wenn sie die Suite vom Sprinkler fluten lässt und die ganze Party auf den Rasen evakuiert wird, versperrt ihr das den Fluchtweg und besonders ruhig ist es auch nicht, aber die Panik kann sie zu ihrem Vorteil nutzen. Und am wichtigsten ist, dass es beendet, was Wiltshire gerade tut.

Weil Rachel das Ratschen und Klacken fürchtet, fährt sie vorsichtig mit dem Daumen über das Rädchen. Nichts passiert. Sie beißt die Zähne zusammen und betätigt es normal. Die Flamme reißt ein blaues Loch in die Dunkelheit. Rachel hebt die Hand an die Decke, öffnet die obersten drei Knöpfe ihres Jumpsuits und legt die zwei flachen Wurfmesser frei, die auf ihrer nackten Haut ruhen.

»Warum weinst du?«, fragt Wiltshire.

Rachel hält inne, lässt das Ronson etwas sinken.

»Wir haben doch nur ein wenig Spaß, Eun-Ji. Na, komm schon, du musst nicht weinen. Wir gehen zurück zur Party. Also los. Geh und puder dir die Nase.«

Rachel schluckt das Adrenalin hinunter, das ihr beinahe den Atem raubt. Sie löscht die Flamme. Lauscht auf das Knarzen der Bettfedern, das Klacken und Abschließen der Badezimmertür, den laufenden Wasserhahn und darauf, wie Wiltshire eine Mischung aus Fauchen und Seufzen entfährt. Die Bettfedern quietschen lauter, als Wiltshire seine eins fünfundneunzig mit müden Gelenken und verkümmerten Muskeln hochhievt. Rachel zieht sich noch tiefer in die Hemden zurück. Die Tür zum Ankleidezimmer öffnet sich.

Als Wiltshire wenige Zentimeter von Rachel entfernt vorbeigeht, hält sie den Atem an. Was, wenn er das Benzin des Ronson riecht? Er schaltet das Licht ein. Rachel schließt die Augen, als würde das helfen – und öffnet sie wieder. Wiltshire betrachtet sich in dem Ganzkörperspiegel an der hinteren Wand des Ankleidezimmers: Die dichten silbernen Haare, die Boxernase, das Grübchen im Kinn, das Grinsen, das er sich nun probehalber zuwirft – all das sieht Rachel Wolff durch die Lücken zwischen den Bügeln. Er zieht das Samtjackett aus und hebt die Arme, sodass Schweißflecken zum Vorschein kommen. Wirft einen Blick über die Schulter.

Rachel versucht, sich unsichtbar zu machen, weicht so weit zurück, dass sie Wiltshire nicht sehen kann, und hofft, dass auch er sie nicht sehen kann. Plötzlich muss sie daran denken, wie sie als Kind mit Marko Verstecken gespielt hat.

Alle Kinder in der Nachbarschaft spielten mit, und wenn man gefunden wurde, musste man mitsuchen. Marko musste suchen, weil er immer herausstach, egal bei welchem Spiel. Rachel versteckte sich im Schrank, als er und Katarina ins Zimmer kamen, angeblich, um sie zu suchen. Als sie hörte, wie die beiden sich küssten, polterte sie tränenüberströmt aus dem Schrank. Katarina lachte und meinte, sie hätte es *gewusst*, Rachel sei *verknahallt*. Einen kurzen Augenblick blitzte in Markos Gesicht ein seltener Anflug von Zweifel auf, als Rachel, die jünger als die beiden und furchtbar beschämt war, weinte. Dann sagte er: »Spiel nicht mit, wenn du nicht verletzt werden willst.«

Jetzt hört sie, wie Wiltshire mit der Zunge schnalzt, sich das Hemd auszieht, dann das Unterhemd und beides auf den Boden fallen lässt. Sein Geruch, wie Parmesanrinde, die man in der Sonne liegen gelassen hat, verpestet den Raum. Noch ein Seufzer. Wiltshire zieht gerade Schubladen auf – Rachel stellt sich vor, dass er sich fragt, wo der Butler seine Unterhemden verstaut hat –, als Eun-Ji mit schnellen Schritten das Schlafzimmer durchquert. Wiltshire lacht leise.

Und greift nach einem frischen Hemd.

Rachel drückt sich in die Ecke und umklammert das Messer so fest, dass ihr die Finger schmerzen. Sie sieht einen mit Tätowierungen bedeckten Arm, bevor sie den Blick senkt. Wiltshire nimmt das nächstbeste Hemd und zieht es an. Dann lässt er sich in einen Sessel fallen, um die Manschettenknöpfe von dem Hemd zu nehmen, das zu seinen Füßen liegt. Zwischen den eigenen glänzenden bemerkt er ihre Schuhe nicht. Sie sieht, dass auch seine Schultern mit schwarzer und blauer Tinte bedeckt sind, wagt sich aber nicht weiter vor, um die Muster zu erkennen. Umständlich zieht er wieder sein Jackett an, spuckt sich in die Hand, streicht einige lose Haarsträhnen nach hinten, richtet sich auf und zwinkert seinem Spiegelbild zu.

»Mal gewinnt man, mal verliert man, Teddy«, sagt er. Dann geht er hinaus.

Rachel Wolff lässt sich gegen die Wand sinken, ihre Hände zittern. Sie kämpft sich aus der erdrückenden Umarmung der Hemden. Ihr Spiegelbild lässt sie aufschrecken. Der Mascara ist verlaufen, die Lippen unter dem knallroten Lippenstift sind blass und ihr Jumpsuit hängt offen, sodass das Holster und die rote Stelle zu sehen sind, wo es an ihrem Brustkorb gescheuert hat. Ihre kurzen Haare – für diesen Job statt braun platinblond gefärbt – stehen hinten ab. Rachel lockert den Nacken, entspannt alle Muskeln ihres Körpers und beugt sich dann näher an den Spiegel, wie Wiltshire es getan hat. Dabei korrigiert sie das Make-up, das ihre runden Augen betont, damit sie wieder so oberflächlich glamourös wirkt wie eine der vielen Begleiterinnen, die einfach nur den Ausblick genießen. Sie hängt sich die Tasche über die Schulter. Sie ist nun etwas schwerer als vorhin, als sie durch den Hintereingang hereingeschlüpft ist und sich der Menge früh ankommender Gäste angeschlossen hat, die darüber diskutierten, ob sie schnell in den Pool springen oder auf der Terrasse einen Sundowner genießen sollten. Das Einzige, was Rachel von ihnen unterscheidet, ist, dass sie keine hohen Absätze trägt.

Auf dem Balkon wartet sie darauf, dass das Orchester eine Pause einlegt, was laut Plan in drei … zwei … eins … Das letzte Donnern Wagners verklingt über dem Meer. Die Musikerinnen – nur Frauen, aus Venedig eingeflogen – tragen ärmellose Jumpsuits mit weißen Krawatten und weißen Colombina-Masken. Wolff kramt in der Tasche nach ihrer

Krawatte und Maske, schwingt dann ein Bein über die Balkonbrüstung. Auf dem polierten Sandstein erzeugen ihre Schuhe kein Geräusch, während sie von Bogenfenster zu Bogenfenster hinabsteigt und sich dabei in den Schatten der Palmen hält, die von beleuchteten Fontänen erzeugt werden. Schließlich landet sie in der Hocke und richtet sich auf. Von einem verlassenen Platz greift Rachel sich einen Geigenkoffer und schiebt die Tasche hinein. Sie bindet sich die Maske um.

Rachel schlendert bereits auf die Bäume zu, als ein Krachen die warme, träge Luft zerreißt.

8

GALERIE DER SCHURKEN

Oman

Conrad Harthrop-Vane schüttelt Hände, küsst Wangen und lässt spitze Kommentare zu seiner Person wie eine Welle über sich hinwegspülen. Moneypenny hat 000 angewiesen, sich als Kunst- und Antiquitätenhändler auszugeben und dafür verschiedene Fakten seiner Vergangenheit einzusetzen, da sein Vater einigen Gästen bekannt sein würde. Das klingt in etwa so: »Harthrop-Vane, altes Haus! Was für eine Überraschung. In welcher Branche sind Sie heutzutage tätig? Sie verkaufen doch sicherlich *irgendwas*. HV1 hat immer irgendwas verkauft. Wirklich eine Schande, dass … nun ja. Ach, Konsumgüter, tatsächlich? Kunst? Aber natürlich – haben Sie nicht damals in Cambridge Kunst oder etwas in der Richtung studiert? Ja – dann betrachten wir mal Ihren Jahrgang: Sie müssen mit Tarquin studiert haben. Ich war damals mit seiner Cousine Binky zusammen, wissen Sie …«

Kurz hintereinander fallen Harthrop-Vane zwei Männer auf, weil sie unterschiedlicher nicht sein könnten. Der eine erinnert ihn stark an ein Warzenschwein und es überrascht ihn, dass Lisl einen solchen Schandfleck auf ihre Party eingeladen hat. Allein das erregt bereits seine Neugier. Ein kleiner Mann, der durch seine Haltung noch kleiner wirkt: die Schultern hochgezogen, den Hals über der massigen Brust eingezogen. Diese Haltung lässt auf Nächte schließen, in denen er in dunklen Kellern oder sogar einem Schützengraben gekauert hat – ständiges Zusammenzucken aufgrund fallender Bomben.

Doch als Dreifachnull sich ihm nähert – während er an Lisls Arm durch den Ballsaal schlendert –, sieht er die durchtriebene Boshaftigkeit im Blick des Mannes, die gierige Grausamkeit in der zitternden Unterlippe, die nach etwas geifert. Mitte fünfzig. Den Kopf hat er zu einer grauen Kugel rasiert. Sein Anzug hat den Schnitt einer Ausgehuniform. Die Hände hält er so steif wie Spaten. Er hat sie in den Taschen vergraben, als würde er lose Granatsplitter bei sich tragen. Nur wenige Menschen sprechen ihn an, und je mehr Dreifachnull sich seinem Dunstkreis nähert, desto besser versteht er, warum. Conrad kribbelt es im Nacken. Dieser Mann löst in seinem Stammhirn sämtliche Alarmglocken aus.

»Wer ist diese furchtbare Kröte?«, flüstert er Lisl zu.

Mit ihrer Clutch verpasst sie ihm einen leichten Klaps auf den Arm. »Benimm dich. Das ist Viktor Babić.«

»Hast du ihn hergebracht, damit er ein wenig Glanz in die Bude bringt, oder was?«

»Könnte man so sagen. Er handelt mit Diamanten.«

»Legal?«

»Warum bitte nicht? In Dubai hat er sich einen beachtlichen Ruf erarbeitet.«

»Dubai?«

»Die weltweiten Diamantenzentren sind von London, Amsterdam und New York abgewandert. Jetzt sind es Dubai, Botswana und Israel. Du solltest lieber mal deine

Hausaufgaben machen, Grünschnabel, wenn du unerkannt bleiben willst.«

»Kann ich mich nicht einfach an dich halten?«, fragt er und fährt ihr mit einem Finger den Ausschnitt entlang bis zu der Diamantbrosche, die an der Spitze des V befestigt ist. Sie sieht wie ein Windrad aus und ist mit runden Steinen ausgefasst. »Ein Geburtstagsgeschenk?«

»Van Cleef. Ein Geschenk von einem gemeinsamen Freund«, erklärt sie. »Aus einem anderen Leben.«

»Bond«, stellt Harthrop-Vane fest und lässt die Hände sinken. Ihr breites Lachen trifft ihn wie ein Stich ins Herz. »Hat mehr Klasse als Geld auf dem Nachttisch, das muss ich ihm lassen.«

»Männer sind Schweine«, meint Lisl resigniert. »Aber manche sind weniger schlimme Schweine als andere.«

Bevor Dreifachnull darauf antworten kann, wird seine Aufmerksamkeit darauf gelenkt, dass Babić den Blick seines absoluten Gegenteils auffängt und dabei kurz offenbart, dass er es wiedererkennt. Der Mann hat eine laute Stimme, eine silberne Löwenmähne und die braun gebrannte Haut eines Mannes, der sein ganzes Leben im Ausland verbracht hat – und tatsächlich hat er etwas auf eigenwillige Art Herrschaftliches an sich, mit seinem schneeweißen Anzug, den durchgedrückten Schultern und dem Arm, den er nach oben streckt und wie Chaplin in *Der große Diktator* auf etwas an der Decke zeigt, sodass Dreifachnull leise lachen muss. Der verblendete, verlebte Tyrann – denn so wirkt er – hält einen Vortrag über die Mosaike weit über sich und klammert sich dabei an die Hand einer winzigen Frau mit grauem Bob, Smaragdschmuck und Haut von der Farbe gebrannten Tons. Die langmütige Ehefrau.

»Und dieser feine Herr?«

»Ach, das ist nur Friedrich Hyde. Langweilt wieder alle, was? Aber trotzdem ist er ein weltweit führender Experte für arabische Kunst.«

»Bei so viel geballter Fachkompetenz in einem Raum verstehe ich gar nicht, dass du dir nicht die Kugel gibst«, meint Conrad leichthin.

»Leise. Sonst verrätst du dich endgültig.«

»Ich hatte meine Zunge noch nie unter Kontrolle.«

»Das deckt sich nicht mit meiner Erfahrung. Aber hier kommt etwas Unterhaltung. Man könnte meinen, es wäre *sein* Geburtstag.«

Teddy Wiltshire schreitet wie ein siegreich heimkehrender Held in den Saal: Er schüttelt Hände und wirft mit Begrüßungsfloskeln um sich, während ihm seine Familie gehorsam folgt.

»Ich stelle dich deinem Opfer vor«, meint Lisl.

Dreifachnull erkennt, was Sir Emery meinte. Teddy Wiltshire verfügt über eine anziehende Heiterkeit, das Versprechen, dass man mit ihm Spaß haben kann, eine Vitalität, die in der heutigen höflichen Welt ein Tabu darstellt. Sein Händedruck ist prüfend, dann vertraulich. Sein Grinsen entblößt Gold.

»Ich glaube, ich kannte Ihren Vater«, sagt er. Teddy schießt sich mit dem Blick auf Dreifachnull ein, als wäre der einzige Zweck dieses Abends ihr Zusammentreffen. »Kann das sein?«

»Durchaus. Er hat einige Zeit in der Türkei gearbeitet. Und Sie sind …?«

»Brite.« Ein wohlwollendes Lachen. »Aber im Inneren ein Wilder. Turkmenistan. Nicht die Türkei, falls Sie sich in Geografie auskennen.«

»Das tue ich.«

»Also macht es Ihnen Spaß, mich aufzuziehen?« Wiltshire spricht mit freundschaftlicher Vertrautheit.

Als Antwort grinst Dreifachnull wie ein Schlitzohr. »Ja, Sir. Ich kenne Ihre gesamte illustre Geschichte.«

»Ach, tun Sie das?«

»Wer nicht?«

Teddy wirft Lisl einen Blick zu. »Der gefällt mir. Wo hast du ihn gefunden?«

»Wir sind alte Freunde.«

Erneut ergreift Teddy die Hand von Dreifachnull. »Dann sind wir es auch. Ihr Paps hatte immer eine Visitenkarte dabei, wenn ich mich recht erinnere, jedes Mal ein anderer Titel, aber immer hat er irgendwas angeboten. Und was bieten Sie an?«

»Ich bin neu in der Branche. War früher Banker. Aber da bekam ich zu wenig Schlaf. Ich habe Freunde, die von einigen Objekten aus Syrien wissen. Und auch aus Kabul. Natürlich ist es eine Tragödie, was in der Ukraine geschieht. Jemand sollte sicherstellen, dass das gesamte Kunsthandwerk und Kulturerbe in einem Museum landet.«

»So viele Eisen, haben Sie dafür überhaupt genug Hände?«

»Ich halte mir gern alles offen.«

»Das sage ich meinem Sohn Jordan auch immer.« Bei diesen Worten sieht Teddy sich um und entdeckt Jordan, der in drängendem Ton mit seiner Freundin spricht und ihre aufgeregt herumfuchtelnden Hände festhält. »Du bist jung und gut vernetzt, halte dich für die passende Gelegenheit bereit.« Nun konzentriert er sich wieder auf Dreifachnull. »Genau wie Sie. Was bieten Sie *wirklich* an, Conrad?«

Dreifachnull leckt sich die Oberlippe. »Seelenfrieden.«

Unglücklicherweise fliegen genau in diesem Augenblick krachend die Türen auf.

Instinktiv will Rachel Wolff entweder fliehen, erstarren oder kämpfen. Sie entscheidet sich für die Flucht und sprintet auf die Palmen zu – und sie hätte es geschafft, wenn nicht zwei Schüsse die Palmen zersplittert und eine Flucht unmöglich gemacht hätten. An diesem Abend war sie bereits einmal bereit zu kämpfen, doch während sie noch wertvolle Sekunden damit verschwendet, zu überlegen, ob sie nach ihren Messern greifen oder sich wie eine der echten Musikerinnen verhalten und darauf hoffen soll, dass sie das Ende der Show erlebt, legt ihr jemand die Hand auf die Schulter.

»Rein mit Ihnen.«

Rachel packt den Geigenkoffer, um damit zuzuschlagen.

»Im Augenblick nützt Ihnen der nur was, wenn Sie mir ein Lied spielen wollen.«

Diesen Akzent kennt sie so gut wie ihre eigene Stimme. Der Mann trägt eine Sturmhaube, eine schwere Jacke, die durch eine Schutzweste noch dicker wirkt, und in einer Hand einen Revolver. An seinem Gürtel hängt eine Axt. Er ist größer als sie – für Rachel ist es ungewöhnlich, Leuten zu begegnen, die größer als sie sind, und mit Wiltshire sind es an diesem Abend bereits zwei. Dieser hier riecht nach Meersalz und Senfsamen. Durch die Löcher der Sturmhaube begegnet sie stahlblauen Augen, die ihr eigenartigerweise keine Angst machen.

»Gratis spiele ich nicht«, sagt sie.

Ein überraschtes Lachen. »Und wenn ich Sie zu meiner Privatmusikerin mache?«

»So viel Geld haben Sie nicht.«

»Geben Sie mir drei Minuten.« Er zerrt sie weiter. »Rein mit Ihnen.«

Rachel drückt den Geigenkoffer an sich und stolpert, als der Bewaffnete sie über das unebene Pflaster zu den Türen des Ballsaals schiebt, die jetzt nur noch zerbrochene Holzbretter sind. Zwei Audis haben sie im Rückwärtsgang zertrümmert. Im zweiten sitzt noch immer die Fahrerin angespannt am Steuer.

Der Bewaffnete führt Wolff über die Trümmer. Weitere Orchestermitglieder werden hereingescheucht – eine Frau schreit, ihr Kreischen wird erst immer schriller, dann heiser, als ihr vor Panik die Luft ausgeht. Der Bewaffnete lässt die Hand von Rachels Schulter sinken. Er packt die Musikerin am Arm und rät ihr, von zehn herunterzuzählen.

Rachel stellt eigene Berechnungen an. Acht weitere Bewaffnete. Die Hälfte der Gang reißt den wimmernden, schockierten Gästen Schmuck von Hälsen und Händen. Die andere Hälfte wirft im Nebenraum die Vitrinen des Hotelshops ein, eine rhythmische Kakofonie kleiner Katastrophen. Neun, wenn sie ihren Begleiter mitzählt, zehn mit der Fahrerin.

Die Zahlen und der Akzent ergeben einen Namen. Die Chevaliers.

Aber die Chevaliers sind alle tot oder im Untergrund. Das ist unmöglich …

Rachel tut, was man ihr befiehlt, und stellt sich mit dem Orchester an die Wand. Die schimmernden Leinentischdecken, glänzenden Kleider und blitzenden Mosaike scheinen sich alle um einen zentralen Blickfang im Raum zu drängen: Lisl Baum, deren glitzerndes goldenes Kleid, der wilde aschblonde Bob und die Lachfältchen auf der gebräunten Haut normalerweise jeden Raum erstrahlen lassen, nun jedoch starrt sie ausdruckslos ins Leere, als sie ihre schwarze Perlen-kette abnimmt. Dem Mann zu ihrer Linken, einem großen Blonden, dessen abfälliger Gesichtsausdruck in den edwar-dianischen Flügel der National Portrait Gallery gehören sollte, wirft sie einen fragenden Blick zu. Seine Omega gibt er derart langsam her, dass Lisl Baum ihm gegen den Ellbogen stößt.

Die gierige Hand wandert zu Wiltshire.

Dieser erwartet sie mit vorgerecktem Kinn und ausge-streckten Armen und beschützt seine Frau, Chelsea, und die beiden Töchter im Teenageralter, Virginia und Adelaide, die sich weinend hinter ihm verstecken. Jordan umarmt Eun-Ji, die vor Schock erstarrt zu sein scheint. Wiltshires jüngere Töchter, India und Paris, umklammern seine Knie.

Der Bewaffnete, der Rachel hineingeführt hat, sieht auf seine Armbanduhr und pfeift.

Da kehren die vier Männer aus dem Shop in den Ballsaal zurück, jeder mit einer Tasche über der Schulter. Einer von ihnen schüttelt den Kopf.

»Also schön, meine Lieben«, tönt Wiltshire durch den Saal. »Wenn wir alle freundlich und ruhig bleiben, sind diese Clowns gleich wieder weg.«

Der Bewaffnete mit den blauen Augen nähert sich Wiltshire.

»Soll ich Ihnen einen Trick zeigen, Mr Wiltshire?«

»Das wären Zauberer und keine Clowns«, widerspricht Wiltshire leichthin. »Nicht dass ich Ihr Englisch korrigieren wollen würde, alter Freund.«

»Sind Sie Engländer, Kamerad?«, fragt der Bewaffnete.

»Mir war nicht klar, dass beim Kauf Ihres Fußballclubs auch ein Pass inklusive war.«

Wiltshire steckt die Hände in die Taschen. »Sie wollen mein Kamerad sein, Sie verschissener Bauer? Sie können mich mal am …«

Er wird von Lisl Baum unterbrochen, die murmelt, dass er den Mund halten solle.

Der Bewaffnete neigt den Kopf. Dann kniet er sich hin und winkt Wiltshires Tochter India mit seinem Revolver zu sich. »Komm her, kleine Maus.«

»Lassen wir die Frauen und Kinder doch aus der Sache raus, ja?«

»Na, komm. Ich zeige dir einen Zaubertrick.«

India ist erst fünf Jahre alt, nähert sich dem Mann aber langsam und mit der Weisheit einer Überlebenskämpferin, als dieser sagt, dass ihr Diadem sehr schön sei.

»Frag deinen Daddy, warum sein Safe leer ist.«

Beinahe fällt India hin, als sie sich umdreht und zu Wiltshire aufsieht.

»Der ist nicht leer«, widerspricht Wiltshire. »Nehmen Sie sich gern alles, was Sie wollen. Aber lassen Sie uns das unter uns Männern regeln.« Das aufgesetzte Lächeln hätte ihm von einem Bestatter aufgemalt worden sein können.

Der Bewaffnete verschränkt die Arme auf seinem gebeugten Knie. »Dein Daddy weiß, wovon ich rede. Er hat etwas mitgebracht, das er Ms Baum zum Geburtstag schenken wollte, aber wir haben in seinem Zimmer nachgesehen und da ist es nicht. Wo ist es?«

»Ich sage es ihnen doch, es ist im Safe.«

Rachel bekommt schwitzige Hände. Der Geigenkoffer droht ihr zu entgleiten.

Mitfühlend meint der Dieb: »Falls du jemals wissen wolltest, wie viel du deinem Daddy wert bist, hast du hier die Antwort.«

Dreifachnull bleibt kurz das Herz stehen.

»Wissen Sie, mit wem Sie sich hier anlegen, mein Freund?«, flüstert Wiltshire.

India scheint mit ihrer Stimme den Kronleuchter zum Erzittern zu bringen, als sie losheult: »Du hast gesagt, du zeigst mir einen Zaubertrick.«

Der Bewaffnete lacht.

Plötzlich schrillen Sirenen über die Berge.

»Sieh genau hin«, sagt der Dieb. »Du und ich, wir verschwinden. Wenn Sie Ihre Tochter wohlbehalten zurückhaben wollen, Mr Wiltshire, geben Sie mir, was ich will, wenn ich Sie anrufe.«

Die Lichter gehen aus. Die drei Minuten sind um.

In der Sekunde, bevor der Saal in Schwarz gehüllt wird, sieht Harthrop-Vane, wie der Bewaffnete das Kind unter den Achseln packt: den zusammengedrückten Stoff zwischen seinen Handschuhen und wie rot ihre Wangen glühen, als hätte man ihr gerade eine Ohrfeige versetzt. Conrad steigt schreckliche Hitze in die Wangen. Er erinnert sich, wie sein Vater gewitzelt hat, dass der junge Conrad wohl die Röteln haben müsse, nachdem einer der bösen Männer ihm etwas angetan hatte, das ihn gerötet zurückließ – und wie der böse Mann über die Schwäche von HV1 und seinen Unwillen gelacht hat, den eigenen Sohn zu beschützen.

Dann ist es dunkel und Dreifachnull hat das Gefühl, als wäre er ein Traumwandler, er überquert die dunkle Bühne und schlägt dem Bewaffneten die Pistole ins Gesicht. Der Maskierte schreit auf. Dreifachnull umklammert das Handgelenk des Bewaffneten und zwingt die Waffe nach oben – der Mann drückt ab. Die Kugel schlägt in den Kronleuchter ein, ein Geräusch, als würde ein Gletscher abbrechen. Das Mädchen schreit und stolpert Dreifachnull zwischen die Beine. Er wirft sich über sie und lässt sich zu Boden fallen, als der fünf Tonnen schwere Kronleuchter mit einem Crescendo herunterkracht – und dann an der zitternden Kette klirrt und ächzt.

Dreifachnull ist von Staub bedeckt. Er spürt den Luftzug, als der Kronleuchter keinen Meter über seinem Kopf hin und her schwingt. Dann schließt er das Mädchen in die Arme und rollt zur Seite, als die Kette reißt und der Kronleuchter mit der Kraft einer kristallenen Atombombe explodiert.

Harthrop-Vane schirmt das Mädchen ab, Glasscherben bohren sich ihm in Hände und Arme.

Mrs Wiltshire schreit nach ihrer Tochter. India windet sich unter ihm hervor und stolpert zu ihr.

Durch das Chaos kämpft Dreifachnull sich bis unter eine Marmortreppe, holt sein Handy aus der Jacke und ruft im Regent's Park an. Er bellt wen auch immer an, Moneypenny an den Apparat zu holen.

Nach einem Klicken hört er ihre Stimme: »Was ist das für ein Lärm, Dreifachnull?«

»Wir haben ein Problem«, sagt er. »Gerade haben die Chevaliers einen Blitzüberfall verübt. Auf unsere Zielperson. Die Chevaliers waren hinter dem Inhalt von Wiltshires Safe her, aber der war leer. Es muss einen zweiten Dieb geben. Die Chevaliers haben mir meine Omega abgenommen, also sollten wir lauschen können. Und der Peilsender am Objekt sagt uns außerdem, wohin es unterwegs ist.«

»Gut, bleiben Sie dran.« Eine Pause entsteht. »Irgendetwas stört den Peilsender, Q arbeitet an einer Lösung. Also war die Blindenuhr tatsächlich ein Geschenk an Ms Baum?«

»Es scheint so.«

»Sehr wertvoll. Vielleicht als Bezahlung?«

»Darauf weist nichts hin. Außerdem wäre das ziemlich dumm, da sie gekauft wurde, um Geld zu waschen.«

»Stimmt. Ich bezweifle, dass das dem obersten Boss der Grey Group gefallen würde«, meint Moneypenny. »Also sehen Sie Baum nicht als Drahtzieherin?«

Dreifachnull zieht die Augenbraue hoch, was ihm Schmerzen verursacht – er zupft sich einen Kristallsplitter aus der Stirn. »Sie etwa?«

»War nur ein Gedanke. Auffällige Partygäste. Aber ihre Geschäfte sehen alle vollkommen legal aus. Wahrscheinlich ist sie nach ihrer Vergangenheit als Köderfisch einfach immer noch *sehr offen*, was ihre Freunde angeht.«

»Nehmen Sie nur kein Blatt vor den Mund.«

»Tun Sie nicht so verschämt«, meint Moneypenny. »Hier kommt gerade etwas Neues von Q. Ja, wir haben eine Audioverbindung zu den Chevaliers. Viele wütende Männer. Sie waren hinter der Blindenuhr her und sind nicht gerade glücklich über die Enttäuschung. Oh – sie untersuchen die Beute auf Wanzen und Peilsender, vielleicht bleibt uns nur wenig Zeit. Einen Augenblick, zumindest haben wir einen Namen. Marko. Und mehr hat sie nicht aufgezeichnet – das Gerät ist tot.«

»Und die Blindenuhr?«, erkundigt sich Dreifachnull und duckt sich, als durch die Eingangshalle Befehle schallen. Sie bildet die Grenze zwischen dem blutroten Sonnenuntergang auf der einen und der sich zügig ausbreitenden Dunkelheit der Wüste auf der anderen Seite. Eine übersehene Spinnwebe, die unter der Treppe hängt, streicht Conrad über den Hals und er zuckt zusammen.

»Hab sie – offenbar ist die Blindenuhr unterwegs aufs offene Meer.«

»Soll ich sie verfolgen?«, fragt Dreifachnull.

»Das hat keinen Zweck. Sie hat gerade mit dem zweiten Dieb ein Flugzeug bestiegen.«

»Was soll ich machen?«

»Zeigen Sie sich galant. Helfen Sie, das Chaos zu beseitigen. Und halten Sie Augen und Ohren offen. Nach einem Raub überprüfen die Leute ihre wichtigsten Besitztümer. Ich will wissen, was genau Teddy Wiltshire überprüft.«

»Wird erledigt.«

Er beendet den Anruf und wendet sich dem Tumult zu. Dann sieht er Lisl Baum, die im zerbrochenen Türrahmen steht, und Teddy Wiltshire, der sie überragt und mit seinen fetten Fingern sanft an der Wange betatscht.

Rachel rennt, so schnell sie kann. Über ihr knattern die Palmen im Wind, neben ihr plätschert das Wasser der Pools. Als der Boden von Stein zu Sand übergeht, streift sie die Schuhe ab und zieht sich bis auf den mitternachtsschwarzen Bikini, das Holster mit den Wurfmessern und einen Ledergürtel aus. Dann öffnet sie den Geigenkoffer, holt die Tasche heraus und bindet sie an den Gürtel. Mit einer geflüsterten Entschuldigung an die Musikerin wirft Rachel die abgelegten Sachen in eine brennende Feuerschale. Dann rennt sie geradewegs auf die Wellen zu.

Sie fragt sich, ob sie dem Bewaffneten bereits begegnet ist, da ihr die Stimme derart bekannt vorkam. Sie fragt sich, woher die Chevaliers wussten, was sich in Wiltshires Safe befand, und was es zu bedeuten hat, dass sie außerhalb ihres gewohnten Territoriums operieren. Erstmals von der französischen Presse als die Chevaliers d'Industrie bezeichnet – Männer und Frauen, die sich durchschlugen, freundliche und schnell arbeitende Diebe, die sagten, dass ihre einzigen Opfer die Versicherungsfirmen wären –, waren sie ehemalige jugoslawische Soldaten, die nach dem Krieg ein lockeres Netzwerk aus Diamantendieben bildeten und Juweliergeschäfte und Hotels in Paris, London, Madrid und Tokio angriffen. Bis der Druck von Interpol zu groß wurde und sie aufgaben. Sie fragt sich, was es zu bedeuten hat, dass wieder jemand die Methoden der Chevaliers einsetzt und dass sie Lisl Baums Party als Ziel hatten, insbesondere Valentin Wiltshire, genau wie sie. Vielleicht gilt: einmal ein Chevalier, immer ein Chevalier.

Die Sirius schwankt auf den Wellen, die Tür des Wasserflugzeugs ein tanzendes gelbes Portal. Mit einem Quietschen zieht sich Rachel über die Schwimmer und hievt sich ins Innere, dann ruft sie dem Piloten zu: »Los!«

9

DER BÖSE BLICK

Kreta

Auf Kreta gibt es viele Augen.

004 landet am späten Abend mit einem Passagierflugzeug, ein viereinhalbstündiger Flug, auf dem er sich schmerzlich bewusst ist, wie weit er sich vom Leben der gewöhnlichen Menschen entfernt hat. Da ist die Mutter, die ihr elf Monate altes Kind ununterbrochen auf dem Schoß schaukelt und dabei die Beweglichkeit der sehr Gelenkigen und sehr Verzweifelten an den Tag legt. Die alternde Flugbegleiterin, die einen aus Wodka und Rotwein entsprungenen Streit so routiniert wie ein Bombenräumkommando entschärft. Da sind die kurzen und doch vertrauten Beziehungen, die sich über den Gang hinweg entspinnen und mit einem zufriedenen Händedruck und dem Wunsch aus zahlreichen Kehlen enden: »Dann wünsche ich Ihnen einen schönen Urlaub.« An alldem ist Dryden völlig unbeteiligt. Er fragt sich, wann das passiert ist, denkt an lange Jahre zurück, in denen er Menschen getötet hat, und wendet sich davon ab.

Das Flugzeug landet in feuchtwarmer Dunkelheit. Palmen stehen im Licht gebogener Laternen. Der Flughafen wirkt wie ein entlegener Außenposten: klein, mit wenig Personal. An der Passkontrolle schielt Dryden kurz in die Büros der Beamten und bemerkt über einem Aktenschrank den gerahmten Druck eines orthodoxen Heiligen. Dessen Blick spürt er im Nacken, als man ihn durchwinkt. Phoebe Taylor, Moneypennys Assistentin mit dem lila Pony, hat ihm ein Fahrzeug organisiert, das die Station G bei den Mietwagen bereitgestellt hat. Am Rückspiegel des weißen Lotus Elise hängt ein blaues Glasmedaillon mit aufgemaltem Augapfel, das den bösen Blick abwehren soll.

Die Küstenstraße fährt 004 mit offenem Verdeck entlang und atmet die fremden Abgase ein. Sie lassen nach, als der Verkehr sich zerstreut, und werden vom süßlichen Geruch der Zypressen und dem verlockenden Duft der Frangipani verdrängt. Satt und hell strahlt der zunehmende Mond und zeichnet mit zartem Strich eine Linie auf die schwarze Meeresoberfläche. 004 ist froh, dass er jetzt nicht bei Lisl Baums Geburtstagsparty im Oman sein muss, sondern 000 die Mission bekommen hat, sich einzuschleimen. Soll der Schlangenbeschwörer tun, was er am besten kann, und Dryden tut das, was er am besten kann.

Endlich fühlt er sich gut. Er ist im Einsatz. Allein. Ohne vorgeben zu müssen, wie alle anderen zu sein. Dass die Ereignisse aus dem letzten Winter ihn nicht noch immer beschäftigen, vor allem an Tagen, wenn die Kälte London im Griff hat und sein Körper sich verkrampft, weil er glaubt, wieder in jenem Käfig auf dem vereisten Deck der Jacht zu stecken, den heißen Atem des weißen Tigers im Nacken, während ein Irrer damit droht, die Welt zum Schmelzen zu bringen, und Luke – Lucky Luke, Drydens Beta beim Militär und der einzige Mann, den er je wirklich geliebt hat – zögernd auf dem schmalen Grat zwischen Gut und Böse balanciert. Letzten Endes hat Luke das Gute gewählt, aber sein Zögern hatte einen Preis. Das hat es immer.

Nun sitzt Luke in einem Gefängnis für Terroristen seine Strafe ab, während 004 mutterseelenallein die Nordflanke Kretas entlangrast und somit aufhören kann, vorzugeben, dass es nicht wehtut – denn das tut es, von Kopf bis Fuß. Er muss nicht vorgeben, er könnte einfach abhaken, dass Luke sich weigert, seine Anrufe entgegenzunehmen.

In diesem Moment muss Dryden nicht vorgeben, dass er von seiner Mission überzeugt ist – während die Taliban afghanische Mädchen und Frauen ermorden, weil sie eine Ausbildung wollen, nachdem er Jahre seines Lebens und literweise eigenes Blut in dem echten Glauben geopfert hat, dass er ihnen Freiheit bringen könnte. Während die Welt verbrennt oder ertrinkt. Während jeden Monat an einem anderen Ort ein Sprengsatz detoniert – sodass Joseph Dryden, dem man, seit er sich mit sechzehn zum Militärdienst gemeldet hat, gesagt hat, dass er eine wichtige Kraft für das Gute sei, allmählich seinen Nutzen und Daseinszweck anzweifelt. Allerdings weiß er nicht, wie er einen Schlussstrich ziehen soll. Außer, er zieht einen endgültigen Schlussstrich.

Die Straße führt in einer Kurve um eine gewaltige Bergsilhouette. Dryden lässt die Schultern sinken. Seinen ganzen Schmerz steckt er in den Einsatz.

Phoebe hat eine Villa angemietet, die Corsos Anwesen gegenüber auf der anderen Seite des Tals liegt. Dryden treibt den Wagen den schmalen Weg zu der weiß getünchten Villa hinauf, die unter dem surrealen Blick des Mondes leuchtet. Der Schlüssel liegt in einer Schlüsselbox. Er betritt das Haus, schaltet das Licht ein und wird von einem weiteren Augenpaar begrüßt, das zum dekonstruierten Gesicht eines Heiligen gehört, der im Stil Picassos gemalt wurde. Der Heilige zeigt auf das große Fenster, das am Morgen einen Blick auf den Garten der Zielperson auf der gegenüberliegenden Talseite bieten wird. Im Schlafzimmer begrüßt Dryden das düstere Gemälde eines Märtyrers. Er nimmt es ab und hängt es mit der Vorderseite zur Wand wieder auf. So viele Augen würde man hier als gutes Omen ansehen, das ist ihm bewusst. Sie wehren das Böse ab. Aber wer sagt, dass er es abwehren will?

Joseph Dryden erwacht durch den beruhigenden Gesang unbekannter Vögel, sein Wecker auf unzahligen Missionen und in unzähligen vorübergehenden Unterkünften. Es ist bereits heiß und sein Körper ist dafür dankbar. Dryden duscht warm, zieht einen Leinenanzug an und schlendert den Weg zur Hauptstraße hinunter, die einen Kiosk mit Bäckerei, Café und Bar bietet, der gerade öffnet. Noch hat die Touristensaison nicht begonnen. 004 kauft Brot und Kaffee und sagt allen, die es wissen wollen, dass er das Haus mietet, während er nach einer Immobilie zum Kauf sucht.

Seine Beute trägt Dryden zur Villa zurück, wobei ihn der Schweiß angenehm im Nacken kitzelt. Er fragt sich, ob der Bäcker beim Bezahlen die Narben der Erfrierungen an seinen Händen bemerkt hat. Manchmal tun die Leute es. Manchmal nicht.

Während Dryden auf der Terrasse Kaffee trinkt, blickt er auf einen Hain aus Oliven- und Obstbäumen hinunter, deren Stämme und Zweige in der Mitte weiß angemalt sind und die Sonne auf den harten Boden reflektieren. Sie bilden Flottillen aus hellrosa und roten Blüten. Davor unregelmäßiges Natursteinpflaster, gesprungen und dadurch noch unebener. Der

Pool ist leer. Im Schatten modern Farbtöpfe und Zeltplanen vor sich hin, das universale Zeichen von Arbeiten, die bis auf Weiteres unterbrochen wurden. Dryden fängt einen harten grünen Samen auf, der aus den Ästen über ihm fällt. Erfrierungen hin oder her, seine Reflexe sind völlig in Ordnung. Er nimmt das Fernglas zur Hand, das die Hausbesitzer zur Vogelbeobachtung bereitgelegt haben. Stellt sich vor, wie Ibrahim ihm erzählt, dass Carl-Zeiss-Gläser immer noch die besten der Welt sind, während er das Fernglas auf das Anwesen richtet, das sich an die Gebirgshänge schmiegt und nun plötzlich und lebhaft direkt unter seiner Nase steht.

Zu sehen ist allerdings nur der Pooljunge.

Der Pooljunge heißt Kristos und langweilt sich. Er arbeitet für seinen Vater, einen Hausmeister für Ferienhäuser und Zweitwohnsitze von Managern aus der Süßwaren- und Tourismusbranche, von Männern, die langweilige Unternehmen leiten und ihre Ehefrauen langweilen, die von ihren Kindern gelangweilt sind, die von den verzweifelten Versuchen ihrer Au-pairs gelangweilt sind, ihnen einen Sommer voller Spaß zu bieten. Wenn diese Leute kommen, hat Kristos kurze Affären mit den Ehemännern, Frauen – oder sogar den Au-pairs – und nimmt für seine Bemühungen Geschenke und manchmal auch Schmiergeld entgegen. Kristos spart auf zwei Ziele: die Arbeit für seinen Vater aufzugeben und ein Cabrio wie das zu kaufen, das er an diesem Morgen vor der sonst leeren Villa neben seinem ersten Auftrag hat stehen sehen.

Jetzt erledigt er gerade seinen dritten Auftrag des Tages, Mr Corsos Pool. Manchmal bezahlt Mr Corso Kristos dafür, dass er den Hausdiener gibt, wenn er Gäste bewirtet, die er mit »der Schönheit und dem Kolorit Kretas« beeindrucken will. Mr Corso ist Korse, redet aber wie ein Amerikaner. Manchmal steigt Kristos mit Mr Corsos Gästen ins Bett. Das hängt davon ab, was Mr Corso will. Er pflegt Verbindungen zu wichtigen Leuten. Es geht das Gerücht um, dass er ein Verbrecher ist, ein Schmuggler. Für wichtige Leute besorgt und verkauft er Sachen. Manchmal holt Mr Corso zur Unterhaltung auch Professionelle her. Er sagt, dass er alles besorgen kann. Mr Corso sagt, dass er als Botenjunge für seinen Paten angefangen hat. *Und eines Tages gibst auch du die Befehle, statt sie zu befolgen, Kristos. Aber jetzt mach den obersten Knopf auf und gib dich verführerisch ...*

Mit dem Netz schöpft Kristos die grünen Nadeln und hellen Olivenblätter ab und zieht es dann triefend aus dem Pool.

»Guten Morgen.«

Kristos zuckt zusammen. Ein Schwarzer schlendert an der Marmorkante des Infinity Pools entlang. Ein Riese mit offenem Lächeln und den Händen in den Taschen. Der weiße Leinenanzug verspricht Geld. Die ruhige Kraft strahlt Autorität aus. Und ein Funkeln in den Augen verrät, dass er Kristos genauso schnell eingeordnet hat, wenn nicht noch schneller, und einen Gleichgesinnten erkennt, wenn er ihn trifft.

»Morgen«, erwidert Kristos zögernd, als wollte er nur unter Vorbehalt die Tageszeit eingestehen.

Dryden streckt die Hand aus und sieht, wie der Junge – etwa einundzwanzig – überrascht zurückzuckt. »Ich heiße Joe. Bin gerade angekommen und habe deinen Van gesehen. Ich suche jemanden, der meinen Pool in Ordnung bringt.«

»Gehört Ihnen das Cabrio?«

Er nickt.

Kristos schaltet sein inneres Strahlen ein, mit dem er ausdrückt, dass er alles sein kann, was das Gegenüber von ihm will.

»Ich gebe Ihnen meine Visitenkarte, Augenblick ...« Er trägt ausgeblichene Badeshorts, gemustert mit dem Talisman gegen den bösen Blick. Dann kramt er in der Tasche nach einem abgegriffenen Portemonnaie.

Die Karte verspricht Reparaturen, Aufräumarbeiten, Poolreinigung, Bootsvermietung.

»Du hast sicher viel zu tun«, meint Dryden.

»Für Sie finde ich Zeit.« Das klingt beinahe augenzwinkernd.

Lachend steckt Dryden die Karte ein.

Im Weggehen fragt Joseph Dryden sich, ob dieser Alleskönner ihm Glück verheißt – oder das Gegenteil.

Am selben Tag lässt Dryden Kristos den Lotus fahren und bringt ihm bei, die Gebirgskurven wie ein Profi zu nehmen. Er sagt, dass er manchmal Rennen fährt, und tadelt sich in Gedanken, weil er dafür einen bewundernden Blick erntet. Normalerweise würde Dryden sich mehr Zeit nehmen, um einen Informanten aufzubauen, aber die Uhr tickt. Jederzeit könnte ein Verkauf getätigt werden, der erneut einen Countdown von sechs Tagen bis zum Ausbruch der Hölle auslöst. Von den Reifen aufgewirbelter Sand schwebt über den Abgasen oberhalb eines minoischen Dorfes, dessen Ruinen an einem Berghang verstreut liegen, und das bereits seit dreitausend Jahren vor Christus. Auf der anderen Seite fällt die Steilküste ab, darunter ist das Meer kristallklar. Dorniger Ginster und gelber Oleander bilden grüne Grenzen. Ziegen blicken aus schwindelerregenden Posen von den Gebirgshängen herab. Über das Röhren des Motors hinweg beantwortet Kristos Drydens beiläufige Frage sofort. »Ja, Mr Corso empfängt viele Besucher. Er gibt oft Partys«, fährt er fort. »Eine steigt heute Abend.«

Dryden liegt in hellblauen Shorts am Pool, während Kristos den Abfluss reinigt und ihn dabei verstohlen mustert. Als eine Katze, die ihr Winterfell beinahe ganz abgeworfen hat, sich auf den Natursteinboden wirft und Kristos ihren Bauch präsentiert, lacht der Pooljunge und erklärt, dass er die Verantwortung für alle Katzen in der Nachbarschaft übernommen hat. Er kramt in seinen Böser-Blick-Shorts und zaubert eine Sardinendose hervor. Die Katze maunzt und reibt sich kurz an seinen Beinen, bevor sie auf die Dose losgeht. Kristos schiebt vorsichtig ihren Kopf weg und versucht, nur eine oder zwei Sardinen herauszuholen, die er in den Schatten wirft.

»Nett von dir, dass du dich um die Streuner kümmerst«, meint Dryden.

Kristos lächelt ihn schüchtern an.

»Und wer kümmert sich um dich?«, fragt Dryden und hasst sich selbst, als sein Lächeln schmeichelhaft wird.

»Niemand, Mr Joe.«

»Nenn mich einfach Joe. Du hast gesagt, dass Mr Corso dich manchmal für Partys anheuert.«

Kristos zuckt mit den Achseln. »Ja, ich arbeite heute Abend für ihn. Aber er zahlt nicht viel. Manchmal vergisst er, mich überhaupt zu bezahlen.«

Dryden beobachtet, wie die Katze mit geschickten und vorsichtigen Pfoten den Fisch bis aufs Skelett auffrisst. Dann sagt er: »Ich glaube, Mr Corso ist jemand, mit dem ich ins Geschäft kommen könnte. Aber vorher will ich ein besseres Gefühl für seine Freunde bekommen. Meine Uhr ist was ganz Besonderes. Sie nimmt Ton auf. Glaubst du, dass du sie in deiner Tasche behalten könntest, während du auf der Party arbeitest?«

Etwas zu schnell erwidert Kristos: »Ich kann auch noch mehr tun.«

»Du musst für mich keine Risiken eingehen. Es ist nicht wichtig. Ich weiß nur gern, wer meine Freunde sind.« Kristos stützt sich auf seinen Besen und lässt sich die Nachmittagssonne auf den Oberkörper scheinen. »Könnten wir Freunde sein, Joe?«

Dryden schluckt eine seit Langem schlummernde und besser unterdrückte Erregung hinunter, bevor er sagt: »Absolut.«

Dryden sitzt in seinen Shorts auf dem Poolrand und berührt mit den Füßen das aufsteigende Wasser. Kristos hat es angestellt, um ihn zu füllen. Um Dryden herum verdichtet sich der Blumenduft wie eine Verschwörung. Die Zikaden streiten. Der Himmel zwischen Sonnenuntergang und Mondaufgang wirkt wie eine Schublade voller bunter Bänder. Dryden lehnt sich zurück und stützt sich auf, wobei seine Handgelenke unter dem Druck schmerzen. Das ist seine Realität, doch in seinem Kopf befindet er sich auf der anderen Seite des Tals bei Mr Corsos Party. Fremde Stimmen nisten und schlüpfen in seinem Schädel. Er leistet keinen Widerstand, nur das kühle Wasser und die zunehmende Taubheit in seinen Handgelenken erinnern ihn daran, dass er hier ist, er selbst, allein. Gleichzeitig überträgt die neue Funktion, die Ibrahim in seiner Uhr installiert hat – sie kann nun parallel Geräusche in seinen Kopf und ans MI6 übertragen, wenn sie sich im Umkreis von anderthalb Kilometern um sein Implantat befindet –, die Party: Gläserklirren, schrecklicher Europop, ein Kreischen oder Schreien, Keuchen, Atmen, Jubel, Geschwätz.

»Der Boss würde am liebsten jemanden umlegen, Corso.«
Englisch mit Akzent.

Aishas Stimme erklingt in Drydens Kopf: »Los geht's. Den markiere ich als Stimme eins. Keine Übereinstimmung.«

»*Mir* kann der Boss keine Schuld geben.«

»Markiert als Corso«, sagt Aisha.

»Ich bin nur der Mittelsmann«, fährt Corso fort.

»Hast dich selbst befördert, was? Du bist der Typ, der *für* die Mittelsmänner Sachen besorgt und erledigt«, meint Stimme eins.

»Red nicht weiter darüber.«

»Alle mal zuhören! Laurent lebt in einem Luftschloss.«

»Ich hab gesagt, du sollst nicht weiterreden«, sagt Corso. »Ich weiß nur, dass ich das Teil übergeben hab und es verkauft worden ist und dann irgendwie fast wieder dort gelandet ist, wo es herkam, und das ist nicht *mein* Fehler. Ich erledige meine Arbeit, ohne Aufmerksamkeit zu erregen.«

Stimme eins wird schmierig. »Willst du etwa sagen, dass der Boss einen Fehler gemacht hat, oder was? Vielleicht willst du echt 'ne Beförderung.«

»Lenski, ich hab schon immer gedacht, dass du mir ohne Zunge besser gefallen würdest. Kristos, ich hab dir doch gesagt, du sollst immer sofort nachschenken!«

Dryden lockert seine Handgelenke. Im Verlauf der Party wird von den Männern über Fußball und Sex und von den Frauen über Urlaubspläne und Macht gesprochen.

»Irgendwelche Meinungen, Jungs und Mädels?«, erkundigt sich Dryden.

Aishas Stimme meldet sich: »Ich würde gern wissen, wie viel Corso darüber weiß, was am *anderen* Ende der Pipeline geschehen wird.«

»Ich auch«, stimmt Dryden zu. »Ich hätte es allerdings gern schon gewusst, bevor 008 mindestens ein Jahr lang nicht laufen konnte.«

»Klingt, als hätte Wiltshire beim Kauf dieser Uhr Mist gebaut«, meint Ibrahim. »Er hat sein eigenes Geld ins Spiel gebracht und damit seine Fingerabdrücke auf einem Zeitzünder hinterlassen.«

»Macht ihn das zum Boss der Grey Group?«, fragt Dryden. »Steht er über den Regeln? Oder verstößt er gegen die Regeln von jemand anders, weil er der Boss *sein* will?«

»Augenblick mal«, geht Aisha dazwischen. »Wir haben vielleicht ein Problem. Ich dachte, du hättest dem Pooljungen gesagt, dass er die Uhr in seine Tasche stecken soll?«

»Das habe ich. Lass mich wieder reinhören.«

Corso fragt Kristos, wo er eine derart teure Uhr ergattert hat.

»Scheiße«, flucht Dryden. Das Wasser umspielt seine Knöchel. Kristos hat er versprochen, den Hahn abzudrehen, wenn es den Poolrand erreicht.

»Ich hab sie gekauft«, antwortet Kristos.

»Ich wusste nicht, dass du mit der Reinigung von Swimmingpools so gut verdienst«, entgegnet Corso.

Gelächter wird laut.

»Die habe ich aus Agios Nikolaos«, erklärt Kristos. »Mein Freund hat einen ganzen Koffer davon.«

Das Gelächter wird lauter.

»Kristos, da hat dich jemand übers Ohr gehauen«, meint Mr Corso.

»Schlaues Kind«, kommentiert Ibrahim.

»Ziemlich schlau«, sagt Dryden.

•

Als Kristos zwischen den Bäumen auftaucht, umspült das Wasser Drydens Waden. Die Unterwasserlichter im Pool zeichnen ein Wellenmuster auf sein schweißbedecktes Gesicht.

»Habe ich das gut gemacht?«, fragt Kristos.

»Sehr gut«, antwortet Dryden, steht auf und knöpft sich das Hemd zu. »Hast du auf der Party jemanden erkannt? Irgendjemanden, den du schon mal gesehen hast?«

»Ja«, meint Kristos. »Die kommen aus der Transportbranche.« Sein Pokerface verwandelt sich in ein Lächeln, als Dryden die Augenbraue hochzieht.

»Kannst du ihre Namen und Beschreibung aufschreiben?«

»Ich habe ein gutes Gedächtnis.«

Dryden öffnet die Notizen auf seinem Handy, als ein Motorengeräusch ihn aufblicken lässt. Die Gäste sind bereits alle weggefahren. Autoscheinwerfer rasen den Weg von Corsos Villa zur Hauptstraße entlang, überqueren diese und nähern sich Drydens Villa.

Dryden blickt zu den Nachbarvillen rechts und links, die beide bewohnt sind. Über den Gesang der Zikaden hinweg hört er die fröhlichen Gespräche der Familien. Moneypenny wollte, dass er das hier leise, aber überzeugend erledigt und alle Verhöre vor Corsos geheimen Beobachtern verbirgt. Es sind zu viele Zivilisten in der Nähe. Zu viele Zeugen.

»Er hat dich herkommen sehen«, sagt Dryden.

»Ich bin gelaufen«, erwidert Kristos. »Ich war sehr vorsichtig.«

Da trifft Dryden eine Entscheidung. »Steig ins Auto. Auf dem Weg kannst du mir von den Gästen erzählen.«

»Kann ich nicht hier auf dich warten?«

»Vielleicht werde ich nicht zurückkehren.« Falls er von einem weiteren Zeitzünder erfährt, muss er in Aktion treten. Er meint damit nicht, dass er nicht zurückkehren *kann*, denn er wurde dafür ausgebildet, keine Niederlage in Betracht zu ziehen. Aber Dryden kommt der Gedanke, dass seine Worte aus dem Mund jedes anderen Mannes schnell als sehr schlechtes Omen angesehen werden könnten.

Die Straße windet sich den Berg hinunter und gibt hin und wieder den Blick auf Agios Nikolaos frei – den Lichtschein der Touristenrestaurants und eines Clubs, die am Hafen dicht nebeneinanderliegen –, bevor das beruhigende Pulsieren der Wellen aus dem Blickfeld verschwindet und sich die Straße in die Berge schlängelt, sodass die feuchte Luft kühl unter die Kleidung kriecht.

»Ich habe das Wasser nicht abgestellt«, sagt Kristos. »Der Pool wird den Garten überfluten.«

»Die Blumen freuen sich«, meint Dryden und wirft einen Blick in den Rückspiegel. In respektvoller Entfernung folgen ihm Corsos Scheinwerfer.

Auf dem Armaturenbrett des Wagens leuchtet schwach eine Landkarte voller leerer Flecken. Dryden jagt den Wagen um die nächste Kurve.

»Wohin fahren wir?«, fragt Kristos.

»Irgendwohin, wo es ruhig ist.«

»Er verfolgt uns.«

»Das weiß ich.«

»Was macht er, wenn er uns erwischt?«

»Nichts.«

»Du weiß nicht, wie Mr Corso ist, wenn er wütend wird. Einmal hab ich eine Flasche fallen lassen und die ist zerbrochen. Ich hab mich am Glas geschnitten, aber er hat mich gezwungen, es mit bloßen Händen aufzuheben, obwohl ich schon geblutet hab.«

Dryden reißt sich von der Verfolgungsjagd los und sieht Kristos möglichst selbstbewusst an. »Du musst keine Angst haben.«

»Wird er uns nicht erwischen?«

»Doch, wird er«, antwortet Dryden und schaltet hoch. »Und dann wird er es bereuen.«

Die Bergstraße ist derart steil, dass Kristos sich nach vorne beugt, um dem Lotus beim Aufstieg zu helfen, was Dryden zum Lachen bringt. Schwere Wolken, die die Berge einhüllen, kriechen ihm kalt unter die Kleidung. Aber er lässt sein Fenster offen, um besser hören zu können. Noch immer dringt von unten der Motor des Verfolgers herauf. Als Dryden vor einer Haarnadelkurve abbremst, überrascht ihn ein Gongen – sie fahren an zwei geschlossenen Tavernen und einem Laden für Kunsthandwerk vorbei, der bemalte Schalen verkauft. Sie hängen an den Ästen der Bäume und schlagen im Wind aneinander. Gong, gong, gong. Die Scheinwerfer beleuchten eine, die mit dem Talisman gegen den bösen Blick bemalt ist, dann eine ganze Reihe davon, die wie aufgeblähte Augäpfel an zitternden Bändern hängen.

Kristos bekreuzigt sich.

»Bist du abergläubisch, Kristos?«

Kurz denkt Kristos über die Ankunft des Fremden nach, der innerhalb eines Tages und einer Nacht seine sorgfältig durchdachten Pläne ins Chaos gestürzt hat. »Nein«, antwortet er.

»Ich auch nicht«, erwidert Dryden.

»Ich bin nicht abergläubisch«, sagt Kristos und dreht sich zu den Scheinwerfern ihres Verfolgers um, die unter ihnen im Zickzack entlangeilen, »weil ich klug genug bin, nicht am Teufel zu zweifeln. Ich glaube einfach an ihn.«

Genau wie in dem Augenblick, als Kristos sich auf seinen Besen gestützt und ihn gefragt hat, ob sie Freunde sein könnten, wobei sein halb nackter Körper gleichzeitig fragiles Selbstbewusstsein und eine tiefere Verletzlichkeit ausstrahlte, muss Dryden an Luke denken, der immer den Teufel beschwor, wenn sie unter Beschuss waren, und Gott, wenn sie überlebt hatten. Er fragt: »Hast du in letzter Zeit irgendwelche Teufel gesehen?«

»Joe?«

»Irgendwelche Leute bei Mr Corso im Haus, mit denen du nicht gern feiern wolltest. Irgendjemand, der dir Angst gemacht hat.«

Kristos knibbelt an seinen Fingernägeln. »Ein Mann. Ich habe ihn nie lächeln sehen, außer das eine Mal, als ich das ganze Glas aufsammeln musste. Der ist echt gruselig. Irgendwie als wäre er innerlich schon tot.«

»Ist der heute Abend dagewesen?«

»Nein.«

»Kennst du seinen Namen?«

»Niemand hat ihn je ausgesprochen.«

»Und seine Geschäfte?«

»Ich habe ihn mal was über Diamanten sagen hören. Er hatte immer einen Falken auf dem Arm sitzen. Das fanden alle gruselig.«

Dryden geht davon aus, dass die Q-Abteilung jetzt Diamantenhändler mit dem Register für seltene Vögel abgleicht.

»Fällt dir sonst noch jemand ein? Vielleicht hat er dir keine Angst gemacht, ist dir aber irgendwie anders aufgefallen.«

»Vor ein paar Monaten wollte ein alter Mann, dass ich meine ganze Kleidung ausziehe, als wir das minoische Dorfleben nachgespielt haben. Das war ungewöhnlich.«

Aus unerfindlichen Gründen muss Dryden lachen, bereut es allerdings sofort. »Hast du es gemacht?«

Kristos zuckt mit den Achseln.

»Alles klar.« Dryden wirft einen Blick in den Rückspiegel. »Kennst du seinen Namen?«

»Diese Leute haben keine Namen, Joe.«

»Könntest du den Mann beschreiben, der von dir wollte, dass du dich ausziehst?«

»Braun gebrannt, schlohweiße Haare und er hat die Leute rumkommandiert, als wäre er ein König. Ich weiß, dass Mr Corso ihn aus Spaß irgendwie betitelt hat, als Raj oder so. Das ist ein indischer König, oder?«

»Ja.«

»Aber er war kein Inder. Der war Engländer oder vielleicht Amerikaner. Hat viel über Tempel und solches Zeug geredet. Von dem minoischen Dorf war er total begeistert, hat da gegraben, wo's verboten ist, und hat mir Sachen über meine Kultur erzählt, die ich aus der Schule kenne. Seiner Frau war langweilig.«

»Da bin ich sicher. Du hast ein gutes Gedächtnis, Kristos. Sonst noch jemand?«

Erneut zuckt Kristos mit den Achseln. »Ich glaube nicht, Joe. Abgesehen von Teddy.«

Der Wagen hüpft über einen Riss. »Teddy Wiltshire war hier? Und er hat seinen Namen nicht verborgen?«

»Der hat überhaupt nichts verborgen. Männer wie er machen das nicht. Ich glaube, über ihn haben Mr Corso und seine Freunde heute Abend gesprochen. Wenn er damit zu tun hat, bekommen sie Angst.«

»Was für Männer?«

»Du weißt schon. Unbesiegbare.«

»Warum glaubst du, dass er unbesiegbar ist?«

»Er hat Mr Corso zwei Minuten lang im Pool den Kopf unter Wasser gedrückt und danach hat Mr Corso einfach gelacht, als wäre das ein guter Witz gewesen, weil Teddy Wiltshire gelacht hat, obwohl Mr Corso in Wahrheit wütend war und Angst hatte. Er hatte ganz blaue Lippen.«

»Und warum hat Teddy das getan?«

»Er hat nur Spaß gemacht.«

Dryden murmelt nachdenklich. »Hat er bei dir je was versucht?«

»Der steht auf Mädchen. Einmal hat er versucht, ein Mädchen, das ich kenne, dazu zu zwingen, mit ihm die Party zu verlassen – ich habe gesehen, wie er sie in seinen Wagen gezerrt hat.«

»Er hat es versucht?«

»Ich habe ihn aufgehalten.«

»Wie?«

»Ich habe ihm einen Platten verpasst, als er abgelenkt war. Dann ist er zurück zur Party. Sie habe ich hinten rausgebracht.«

»Das war eine gute Tat von dir.«

Ein weiteres Achselzucken. »Ich spare nur auf ein Auto und ein großes Haus irgendwo auf einer anderen Insel. Mein Vater hat in diesen Bergen hier als Bauer gearbeitet. Als dort nichts mehr gewachsen ist, sind wir an die Küste gezogen und jetzt arbeiten wir für Touristen und Leute wie Mr Corso. Mir ist relativ egal, wie ich bekomme, was ich will, Hauptsache, ich bekomme es. Aber Gott sieht alles, Joe.«

•

Nach der Steigung erscheint die Hochebene derart unwirklich, dass Dryden auf die Landkarte sieht. Sie besteht aus einem Becken, vielleicht der flache Grund eines uralten Sees, der in den gekrümmten Fingern der Gipfel gehalten wird. »Hör genau hin«, sagt Kristos. »Dann kannst du die Windmühlen hören.«

»Windmühlen?«

»Wir befinden uns auf der Lasithi-Hochebene. Als die Venezianer über Kreta geherrscht haben, gab es hier Tausende weiße Windmühlen.« Kristos erzählt das, als wäre es erst kürzlich geschehen. »Jetzt gibt es nur noch ein paar Geister.«

Die Geister sind skelettartige Windräder aus Metall, die sich an die von kaputten Zäunen markierten Grundstücksgrenzen klammern. Im Wind stimmen sie ihr Klagegeheul an, dessen Rückkopplung in Drydens Schädel wie das Flüstern in der Kuppel der St. Paul's Cathedral nachhallt. Im Licht seiner Scheinwerfer erwachen die Windräder zum Leben: rostige Glieder, einst weiß, nun verfallen. Diesen Ort hat das Geld vergessen. Viele der im Becken verstreuten Häuser – Dryden rast an der Westflanke entlang – stehen leer, die Fensterläden verschlossen, die zerbrochenen Scheiben mit Lumpen gestopft, Fahnen versprechen eine Rückkehr. Andere sind trotzig weiß getüncht, von Rosen und Bougainvilleen umgeben. Zwanzig Jahre alte Toyota-Pick-ups, eins rot und jetzt in einem verblichenen Lachston, stehen treu davor. In diesen wunderschönen Friedhof stößt Dryden mit dem Lotus vor, bis die Straße sich aus der Hochebene erhebt und ein Touristenschild verkündet: *Höhle von Psychro, Geburtsort des Zeus. Ein Wunderland der Mythologie.*

Dryden kommt mit quietschenden Reifen auf dem Vorplatz zum Stehen. Orangenstände und ein Café unter einer

Markise von Coca-Cola sind über Nacht geschlossen, aber ein Neonschild über einem Schindelzaun verspricht einen Wasserpark, Fahrgeschäfte und Olympia im Miniaturformat. Hinter den Schindeln ist allerdings nichts davon zu sehen, nur ein Baugerüst, das im Wind quietscht. Dryden richtet die Scheinwerfer des Wagens auf die Steintreppe, die den Berghang zur Höhle von Psychro hinaufführt, und lässt sie eingeschaltet, als er aussteigt, womit er Corso einlädt, ihm zu folgen.

»Bei mir bist du sicherer«, sagt er. »Also komm besser mit.«

»Der Pool wird so dreckig werden«, sagt Kristos und beißt sich auf die Unterlippe. »Der ganze Müll wird wieder in den Abfluss gespült.«

In der Nähe brummt ein Auto und lässt Kies aufspritzen.

»Komm«, meint Dryden. Er öffnet den Kofferraum, holt ein Universalmaschinengewehr oder UMG des Typs L7A2 heraus – Kristos starrt ihn mit großen Augen an – und wirft es sich über die Schulter. »Gehen wir.«

Die Scheinwerfer beleuchten ein Schild mit einem Esel, das den Ritt zur Höhle hinauf für fünf Euro anpreist – *Helfen Sie mit, unsere einheimischen Esel zu schützen.* Der Pferch ist leer. Den Berg hinauf führt ein gewundener Pfad mit unterschiedlich großen Steinen. Nach jeder Kurve haben sie eine bessere Aussicht über die Hochebene. Die Häuser und Windräder wirken wie Spielzeuge auf einem Spieltisch, der Mond wie eine Gelenkleuchte. Hinter ihnen sind Schritte zu hören, leise, langsam, beinahe übertönt von den nächtlichen Geräuschen: summende Insekten, schnatternde Vögel, irgendein Tier, das über den Weg huscht, in der Ferne meckernde Ziegen und muhende Rinder. Schwer zu sagen, was was ist. Kristos keucht.

»Immer weiter«, sagt Dryden laut. »Wir sind fast da.«
Unter ihnen beschleunigen sich die Schritte. Was denkt
Corso, was Dryden vorhat? Was es auch sein mag, er hat
solche Angst davor, dass er ihm folgt – aber keine Angst vor
Dryden selbst.

Über ihnen flattert raschelnd eine weiße Eule aus den
Bäumen auf und durchquert das Dunkel. Den Windhauch
ihres Flügelschlags spürt Dryden an der Wange. Er hat am
ganzen Körper Gänsehaut. Dryden ist für die Küste gekleidet,
nicht für die Berge. Die Kälte erfasst seine Gelenke. Seine
Tanten haben immer gesagt, dass die Begegnung mit einer
weißen Eule ein Vorzeichen des Todes sei. Die Augen der
Eule leuchten wie gelbe Kiesel.

Sie nähern sich dem Berggipfel. In einem Betonblock sind
die Kasse der Höhle und die Toiletten untergebracht – beides
abgeschlossen. Dryden stemmt sich mit der Schulter dagegen
und die Tür geht auf. Er sieht nach: Die Kabinen verfügen
über Riegel.

»Schließ dich hier drin ein«, fordert er Kristos auf, »und
halt dir die Ohren zu.«

Der Weg führt zum Höhleneingang hinauf, ein eiskalter
Schlund unter dem überhängenden Gipfel. Dryden findet
einen Stromkasten und legt den Schalter um: Smaragdgrüne
Scheinwerfer leuchten auf und erhellen Stufen, die in die
Höhle hinabführen, eine riesige Steinspirale, die flachen
Stufen so dicht gedrängt, dass sie wie Fell wirken – und noch
weiter unten ein Gewirr aus grünlich glänzenden Stalaktiten
und Stalagmiten, hinter dem sich an der Quelle von Zeus'
Geburtsort ein toter See versteckt.

Schritte nähern sich.

Dryden verschwindet in den Schatten am Höhleneingang.

Außer Atem und mit rotem Gesicht taucht Corso auf: voller Wut und doch unsicher. Am Höhleneingang zögert er, hält sich am Eisengeländer vor dem Abgrund fest.

Da tritt Dryden vor und tippt ihm auf die Schulter. Als der Mann zusammenzuckt – vor Angst regelrecht elektrisiert –, spürt er das im ganzen Arm. Corso dreht sich um. Er hält eine Waffe in der Hand. Dryden schlägt sie weg, packt den Mann an der Krawatte und tritt gegen das Geländer, das in die Tiefen der Höhle stürzt und auf den Felsen aufprallt – beinahe fällt Corso hinterher, weil er keinen Boden unter den Füßen hat, dann krallt er sich nur noch mit einer Schuhspitze an den festen Grund, sein ganzes Gewicht wird von Drydens Griff um seine Krawatte davor bewahrt, hinabzustürzen. Der Stoff spannt sich wie die Haut einer einen Tag alten Leiche.

»Wann findet der nächste Verkauf statt, für wen verkaufen Sie und was ist das nächste Ziel?«, fragt Dryden.

»W… Was?«

Er wiederholt die Frage.

»Ich weiß es nicht! Das sagen die mir nicht!«

»Kerle wie Sie wissen immer mehr, als sie sollten.«

»Augenblick, ziehen Sie mich hoch, dann werde ich … Okay! Okay! Ich hab was von einem Gefängnis gehört! Da ist jemand Wichtiges drin, den sie befreien wollen!«

»Wo? Wer?«

»Ich weiß es nicht.«

Irgendwo hinter sich am Berg hört Dryden ein Scharren. »Haben Sie für einen Diamantenhändler, mit dem Sie gern feiern, eine Blindenuhr verkauft? Und Teddy Wiltshire hat sie gekauft, obwohl er es nicht sollte?«

»Ja!«

»Und der Name des Diamantenhändlers?«

»Ficken Sie sich ins Knie!«

Dryden lässt die Krawatte wenige Zentimeter weiterrutschen. Mit seinem Schrei verschreckt Corso einige Fledermäuse, die in einer kalten schwarzen Wolke aus ihren Verstecken auffliegen.

»Wissen Sie, was ich mit Janus meine?«, fragt Dryden.

»Ja, ja, weiß ich!«

»Ist der Diamantenhändler der Janus hinter alldem hier?«

Corso lacht wie eine Hyäne. »Wollen Sie mich verarschen?«

»Wer steht dann an der Spitze? Wer ist der Göttervater, Corso?«

»Keine Ahnung! Das weiß keiner, außer den Obersten!«

»Es gibt keinen besseren Ort, um mir Ihre Seele zu offenbaren, als diesen hier, wo der Göttervater geboren wurde. Kommen Sie schon, Mann. Mein Arm wird langsam müde.«

»Ich weiß es nicht.«

»Dann raten Sie.«

»Mr Wiltshire spielt sich auf …«

Dann geschehen mehrere Dinge gleichzeitig, die Dryden etwas aufdröseln muss, um sie verarbeiten zu können. Die Krawatte ist keine Krawatte mehr. Er hält das schmale Ende fest, mehr nicht. In der Höhle donnert es, als würde ein Zug heranrasen – oder das Echo einer Kugel widerhallen. Auch Corso ist nicht mehr da. Er ist nur noch ein Schrei, dann ein Klatschen.

Bewegung, Soldat.

Dryden hastet davon und presst sich gegen die Höhlenwand, außer Sicht des Eingangs. Durch das Felsengewirr blickt er auf Corsos Leiche hinunter. Dessen eingeschlagener Schädel ertrinkt in einem See seines eigenen Bluts, das durch die grünen Scheinwerfer violett erscheint.

Ein hohes Pfeifen durchschneidet den Nachhall. Der Scharfschütze, der Dryden herauslocken will. Das war ein Wahnsinnsschuss, mit dem er die Krawatte durchtrennt hat, aber verschwenderisch. Corso umzubringen, weil er reden will, ist verständlich – die Grey Group, deren Existenz nun eindeutig bewiesen ist, kann ihre Macht nur erhalten, indem sie absolutes Schweigen einhält und diejenigen beseitigt, die sich nicht an diesen Kodex halten. Ganz sicher darf auch Dryden nach dieser Sache nicht weiterleben, oder? Beide Probleme hätten mit einer Kugel gelöst werden können, aber irgendjemand wollte seine Treffsicherheit unter Beweis stellen.

»Schüsse«, haucht Dryden. »Scharfschütze in der Umgebung. Corso tot.«

Aishas Stimme vibriert durch seine Knochen. »Wie sollen wir helfen?«

»Kann Q Livebilder bekommen?«

»Negativ, nicht in Satellitenreichweite.«

»Überprüft alle Gefängnisse, die als Terrorziele infrage kommen.«

»Schon dabei.«

»Na gut. Und kauft mir einen hübschen Kranz.«

Eine Pause entsteht. »Irgendwelche Wünsche?«

»Tulpen wären hübsch. Ende.«

»Viel Spaß bei der Jagd. Ende.«

Dryden streckt den Fuß aus und zieht damit Corsos Pistole heran – eine Kugel prallt vom Felsen ab –, dann steckt er sie sich in den Gürtel. Aufgrund der grünen Lampen benutzt der Scharfschütze wahrscheinlich keine Nachtsicht. Der Schuss auf die Krawatte ging knapp an Dryden vorbei – er kam von rechts, ging über die Erhebung an der Außenseite der Höhle hinweg, den schrägen Winkel des Eingangs entlang und an seiner pulsierenden Halsschlagader vorbei. Dryden nimmt das Maschinengewehr zur Hand. Er muss nur aus der Deckung treten, auf den Stromkasten feuern, der am Höhleneingang hängt und dessen Schalter er umgelegt hat, dann liegt die Plattform im Dunkeln. Anschließend muss er sich umdrehen und den Scharfschützen mit Kugeln überziehen, bevor dieser die Nachtsicht einschalten kann. Kinderspiel.

»Joe?«, fragt Kristos. »Bist du da?«

Scheiße.

Dryden steht auf, verlässt die Deckung, feuert auf den Stromkasten und dreht sich in der plötzlichen Dunkelheit in die Richtung des Scharfschützen. Er verballert einen halben Streifen Munition und sprintet los. Gegnerisches Feuer erwischt ihn am Bein, wie ein Schnitt mit einem Eiszapfen, und er fällt Kristos auf dem Weg in die Arme.

»Los!«

Der Scharfschütze befindet sich über ihnen und hat inzwischen die Nachtsicht eingeschaltet. Weshalb diese kurze Pause – ist er verletzt?

Dryden schiebt Kristos in den Toilettenblock und wirft ihn auf den gefliesten Boden, als eine Kugel das Fenster zerschlägt.

»Unten bleiben«, faucht Dryden. Er drückt Kristos Corsos Pistole in die Hand. »Die ist entsichert. Wenn du sie benutzen musst, ziel auf den Oberkörper und drück ab. Außer ich bin es.«

»Sollten wir nicht wegrennen?«, flüstert Kristos. Sein Gesicht ist von Schweiß, und vielleicht Tränen, überströmt.

Mit dem Ärmel trocknet Dryden Kristos die Wangen. »Ich renne nie weg«, sagt er.

•

Leise zu sein ist eine Kunst. Eine Kunst, die erschwert wird, wenn man humpelt. Dryden reißt den Ärmel von seinem Jackett und bindet sich das Bein unter dem Knie ab. Wäre er der Scharfschütze, würde er den hochgelegenen Standort am Berggipfel nicht aufgeben. Er würde sich nicht rühren, weil er wüsste, dass sein Opfer irgendwann einen Fluchtversuch machen müsste. *Aber* das hängt davon ab, wie stark verletzt der Scharfschütze ist, falls überhaupt. Vielleicht muss er sich zurückziehen, um Hilfe zu bekommen. Dann wäre der einzige Weg zurück nach unten der Bergpfad hinunter in die Hochebene. Er würde versuchen, sich im Schutz der Bäume durchzuschlagen, einen großen Bogen um die Kasse und Toiletten machen und dabei beobachten, ob sich die Tür öffnet.

Dryden benutzt nicht die Tür. Er klettert auf der vom Scharfschützen abgewandten Seite aus dem Fenster und lässt sich ins Gebüsch fallen. Dann schleicht er zur Kante des Berghangs hinauf und hält sich mit federleichten Schritten im Gebüsch. Er nähert sich dem Scharfschützen von hinten, egal ob dieser an derselben Stelle geblieben ist oder sich bewegt. Dryden hält den Atem an. Lauscht darauf, wie sein Herzschlag sich verlangsamt: gleichmäßig, ruhig, beinahe geräuschlos. Seine Gedanken verfolgen nur ein Ziel, sie folgen Mustern, die sich über Jahre verfestigt haben und ihm sagen, dass es ein Segen ist, den Kopf so leer zu haben, sich so auf ein Ziel zu konzentrieren.

Das Versteck des Scharfschützen erreicht er von hinten, betritt vorsichtig die Mulde, die der Schütze hinterlassen hat, und merkt sich die Maße für später. Er riecht Blut und berührt es dann, einige Tropfen auf den Blättern. Er wartet. Die Bäume wispern. Ein kaum hörbares Flüstern von rutschendem Kies. Dryden folgt dem Geräusch – und bleibt dann stehen, als unter seinem Schuh etwas klappert. Er greift nach unten. Ein Scharfschützengewehr. Er holt das Magazin heraus. Panzerbrechende Munition.

Dreimal durchsucht Joseph Dryden die Gegend, bevor er sich eingesteht, dass der Scharfschütze einen Fluchtweg hatte, bei dem er nicht in die Hochebene hinuntersteigen musste. Wie war er überhaupt hier hochgekommen? Vielleicht per Fallschirm, um sich dann zur Flucht auf der anderen Seite des Berges abzuseilen, wobei das Gewehr aufgrund seiner möglichen Verwundung vielleicht zu schwer war? Und woher *wusste* der Scharfschütze, dass er hier heraufkommen musste? Allein der MI6 kannte seinen Standort, und da der Einsatz noch nicht beendet war, war er noch nicht in den Akten eingetragen, also kamen nur die Leute im Regent's Park, vielleicht sogar nur die Leute der Q-Abteilung, infrage. Darüber denkt Dryden nach, als Moneypennys Stimme seine Gedanken durchbricht.

»004?«

Kristos sitzt draußen vor dem Toilettenblock auf dem Boden, den Kopf in den Händen vergraben. Dryden sagt ihm, dass er nur noch einen Augenblick warten soll. Er hebt das Handy, das keinen Empfang hat, ans Ohr und tut so, als käme Moneypennys Stimme von dort. Dann geht er zum Höhleneingang, in dem es nach Schüssen stinkt.

»Ich bin hier, Ma'am.«

»Sind Sie verletzt?«

»Nicht nennenswert.«

»Gut. Die Q-Abteilung hat Mr Corsos Autocomputer gehackt. Er besucht häufig den Freihafen in Heraklion. Keine Chance, einen Durchsuchungsbeschluss zu bekommen. Suchen

Sie in seinem Haus, Handy und PC nach der Nummer seines dortigen Containers. Die Sicherheitsmaßnahmen sind extrem hoch. Sie werden auch seine Fingerabdrücke benötigen.«

Dryden wirft einen Blick über die nun ungesicherte Kante hinunter in die Dunkelheit, die Mr Corso verschlingt. »Immer ein Taschenmesser dabeihaben, hat mein Vater stets gesagt.«

»Ein guter Rat. Vielleicht brauchen Sie auch etwas Eis.«

Er späht zu den Getränkeständen hinüber. »Mal sehen, was ich zusammenbasteln kann. Irgendein Treffer zum Ziel?«

Eine Pause entsteht. »Q hat wahrscheinliche Ziele berechnet. Eins davon ist das Camp X.«

Dryden erstarrt. »Da ist doch Luke.«

»Das weiß ich«, erwidert Moneypenny barsch.

»Man hätte ihn nie dort hinschicken dürfen. Er wusste nicht, was Paradise geplant hatte.«

»Ihre diesbezüglichen Beschwerden haben wir zur Kenntnis genommen, vielen Dank, 004. Außerdem ist dort auch Colonel Mora inhaftiert.«

Dryden atmet scharf durch die Nase ein. »Sie wollen die Terroristen der Welt befreien.«

»Das befürchte ich. Ich werde die Einrichtung besuchen, um mit Colonel Mora zu sprechen, aber vorher arrangiere ich Ihnen Unterstützung durch einen externen Partner. Sie müssen in den Freihafen Heraklion einbrechen und versuchen, etwas aus Mr Corsos Container zu erfahren.«

»Das ist Zeitverschwendung. Ich sollte für den Schutz von Camp X eingeteilt werden.«

»Das habe ich zu entscheiden. Wir müssen wissen, was der nächste Zeitzünder sein könnte oder woher er kommen könnte, ihn zum Janus verfolgen, den Verkauf stattfinden lassen und die Gewinne zum Anführer der Grey Group zurückverfolgen, bevor ein weiterer Sechstagezyklus ablaufen kann. In Ordnung, Joe? Sie müssen bei dieser Sache einen kühlen Kopf bewahren.«

Dryden knirscht mit den Zähnen – dann hält er inne, weil er sich daran erinnert, dass es dadurch in der Leitung rauscht und Moneypenny es hören wird. »Ja, Ma'am.« Er sieht sich um. »Vertrauen Sie unseren internen Partnern nicht?«

»Ich wittere überall Gefahr.«

»Dann seien Sie vorsichtig«, sagt Dryden. »Manchmal entpuppt sie sich als echt. Gibt 000 mir Rückendeckung?«

»000 ist bei Lisl Baum. Er hat gerade berichtet, dass Teddy Wiltshire der Überwachung entkommen ist. Ich habe ihm befohlen, zu versuchen, Wiltshires Spur aufzunehmen, und falls das nicht gelingt, den Scharfschützen zu verfolgen, der auf Sie gefeuert und Corso getötet hat. Sie werden das tun, was Sie am besten können: ein paar Türen eintreten.«

»Sehr gern.«

»Eine Sache noch, Joe. Haben Sie irgendjemandem sonst gesagt, dass Sie auf diesen Berg wollten?«

»Nein, Ma'am.«

»Hm. Dann passen Sie auf sich auf, ja?«

»Immer doch.«

Auf dem Vorplatz verabschiedet sich Dryden von Kristos. Er gibt ihm den Schlüssel für den Lotus und nimmt Corsos Toyota Landcruiser.

Kristos betrachtet den Schlüssel in seiner Hand. »Kann ich den behalten?«

»Ich würde dir raten, ihn zu verkaufen und mit dem Geld was Vernünftiges anzustellen«, sagt Dryden. »Aber ich bezweifle, dass du das tun wirst.«

»Auf keinen Fall!«

Dryden lacht. »Eine Sache noch – du hast nicht zufällig mal einen Blick auf das eine oder andere Passwort von Mr Corso erhaschen können?«

»Zufällig?« Er grinst. »Ja. Das von seinem Computer. French Connection, in einem Wort und ohne Großbuchstaben, mit Dreien als e und Nullen als o. Aber falls du seinen Safe öffnen willst, die Kombination kenne ich nicht. Die hat er jede Woche geändert.«

»Weißt du, was er darin aufbewahrt?«

»Einmal habe ich es gesehen. Geld. Eine Waffe. Pässe.«

»Danke, Kristos. Du hast mir Glück gebracht.«

Kristos runzelt die Stirn, wiegt den Schlüssel in der Hand und stellt sich schließlich auf die Zehenspitzen, um Joe einen schnellen Kuss auf den Mund zu drücken. Dann steigt er in den Lotus und fährt davon.

Dryden lässt sich auf den Sitz fallen und schließt die Tür des Toyota. Vom Armaturenbrett hängt ein Amulett gegen den Bösen Blick. Plötzlich und überwältigend spürt er Lucky Lukes Präsenz neben sich – hört ihn, wie er es so oft getan hat, sagen: »Ich bringe dir doch Glück, oder etwa nicht?«

An der Villa fließt das Wasser aus dem Swimmingpool in Kaskaden den Berg hinunter und reißt Olivenkerne, Grasbüschel, die sich zu unordentlichen Kränzen verfangen, Palmwedel, Frangipani-Blüten und abgefressene Sardinenskelette mit.

(10)

NACHTDIENST

London

Während 000 im Oman feiert und 004 in Kreta ein Mitglied der Schmugglerkette jagt, steht 003 am geöffneten Fenster ihres Büros in dem ehemals beeindruckenden Gebäude, das am Regent's Park aufragt. Im Großen und Ganzen gefällt Harwood das friedvolle Büro recht gut: Sie begegnet nur der Putzkolonne oder Kollegen, die sie fragen, ob sie etwas aus der Küche will. Dann sagt sie Ja oder Nein, Hallo oder Tschüss, während die Geheimnisse anderer Leute an ihr vorbeirauschen. Sie ist froh, dass sie von niemandem aus der realen Welt beobachtet wird, sodass sie sich außer Small Talk nicht mit ihnen beschäftigen muss. Ticktack, ticktack. Die Zahlen rasen in eine unendliche Leere, die sie nun ohne Sid ausfüllen muss. Normalerweise hält sie es geradeso aus, solange niemand sie dabei erwischt, solange niemand einen Spiegel aufstellt, der sie wieder zu sich selbst zurückholt. Aber heute Abend will sie mehr.

003 schüttelt den Kopf – Selbstmitleid ist keine attraktive Eigenschaft. Das hat ihre Grandmaman immer gesagt. Sie fleht das Telefon an, ihr etwas zu tun zu geben. Marilyn

Aliyeva ist in Sicherheit, Harwoods Aufgabe erledigt. Eine Sirene ertönt. Um sechs Uhr früh wird sie abgelöst, dann wird sie höchstwahrscheinlich ins Barbican zurückkehren und so tun, als würde sie schlafen. Sie stellt sich vor, dass sie den Aufzug in die achtundzwanzigste Etage des Cromwell Tower nimmt, eine Tasse Tee macht und vom Balkon aus beobachtet, wie die Menschen unter ihr über die Brücken und Plätze eilen. Ticktack, ticktack. Bleibst du den Rest deiner Zeit an diesem Ort gefangen, Johanna Harwood? Schließt den Sonnenaufgang hinter den Vorhängen aus und liegst mit Sids grünem Weltempfänger auf seinem Kissen im Bett. Er hat beim Rhythmus der immergleichen Lieder und des Geplappers geschlafen und nun surft Harwood auf den Radiowellen und döst dabei vor sich hin, wirklich tief schläft sie nie.

Sie braucht etwas Erleichterung. Ein wenig Behaglichkeit. Ein Quantum Trost. Aber sie weiß nicht, wo sie es finden kann oder den Mann, der ihr diese Formulierung beigebracht hat.

Das Telefon auf Harwoods Schreibtisch klingelt.

»Zentrale«, meldet sie sich.

»Q-Abteilung.«

»Hallo, Ibrahim.«

»Für die Akten – 000 berichtet, dass Teddy Wiltshire im Oman verschwunden ist.«

Plötzlich fühlt sich Harwoods Hand am Hörer eiskalt an.

Ibrahim fährt fort: »Und 004 berichtet, dass Laurent Corso, der korsische Mittelsmann, tot ist. 004 geht es gut. Wir bergen das Scharfschützengewehr.«

»Ein Scharfschütze?«

»Ja. Er hat sein Gewehr zurückgelassen, ein Lobaev. Das entspricht der üblichen Waffe der als Trigger bekannten

Profikillerin – bitte notiere das ebenfalls. Wir überprüfen es auf Fingerabdrücke, sobald Station G das Paket rüberschickt.«

»Kann ich irgendwas tun?«

»Ich rufe nur wegen des Nachtberichts an«, erklärt Ibrahim ungeduldig.

»Verstanden. Also dann, Good Night, Vienna.«

»Wie bitte?«

»Ist nur ein … Ach, vergiss es.«

Kurz betrachtet Harwood das stumme Telefon. Dann hebt sie ab und sagt der Vermittlung, dass sie ins Archiv geht. Den Bericht tippt sie schnell fertig.

Der Mittelsmann Laurent Corso wurde von Trigger ermordet, der Scharfschützin, deren Leben Bond an jenem Abend verschont hat, als seine innere Stimme ihn übermannte, so wie Harwood gerade von ihrer übermannt wird. Sie sieht auf die Uhr. Viertel nach eins morgens. Ticktack, ticktack.

Es ist eine Spur, ein Rettungsseil, nach dem sie greifen kann. Trigger war an der Mission beteiligt, die mit Sids Tod endete. Der Beweis war der Scharfschützenangriff, der Felix Leiter getötet hätte, wenn Harwood keine derart gute Chirurgin wäre. Folgen eines nicht ausgelöschten Lebens. Eine Weggabelung. Nun ist Trigger erneut aufgetaucht. Und Harwood lässt nicht zu, dass sie wieder untertaucht.

Sid konnte sie nicht retten. Aber sie wird James retten. Sid hat geglaubt, indem man einem Menschen das Leben rettet, würde man die ganze Welt retten. Wenn sie diesem Menschen das Leben rettet, rettet sie ihr eigenes.

In dem großen Gebäude ist es so einsam, wie Harwood es nachts aus der Universitätsbibliothek in Erinnerung hat.

Nach dem Tod ihres Vaters lernte sie damals stundenlang allein. Genau wie hier am Regent's Park wurden die Lampen der Bibliothek über automatische Sensoren gesteuert. Sie war allein und um sie herum ging das Licht aus, sodass sie wie im Scheinwerferlicht stand. Wenn sie durch die Regale der Bibliothek streunte, verfolgte sie das Licht mit dem hellen Klicken der Neonröhren, genau wie jetzt, während es sie den Gang entlangjagt und die Dunkelheit sich vor ihr ausbreitet und hinter ihr nachrückt. Glühende Erinnerungen rauschen in den Wänden, während Daten rasend schnell aus dem Gebäude auf einen kalten Server in irgendeiner Wüste strömen. James sagte immer, dass er sich in dem Gebäude am Regent's Park wie auf einem Kriegsschiff im Hafen fühle. Johanna Harwood fragt sich, welcher Krieg sie erwartet, als sie sich mit ihrer Keycard im Archiv anmeldet.

Der Computer scannt sie zur Gesichtserkennung, der Bildschirm zeigt ungnädig sowohl ihr Ausweisfoto – beinahe schwarze, schulterlange Locken und markante Augenbrauen, hohe Wangenknochen und ein kräftiger Kiefer, eine zarte Nase und nussbraune Augen, die ein Romantiker vielleicht bronzefarben nennen würde, und das auch getan hatte – als auch die abgespannte, angegriffene Version dieser Nacht.

Harwood lässt sich auf den Sitz fallen. Sie ruft die Akte Trigger auf. Auch deren lange, glatte Haare fallen ihr bis auf die Schultern, glänzen aber, so Bond in seinem Bericht, wie geschmolzenes Gold. Oh Mann. Trigger ist so groß wie Harwood, beide etwa eins fünfundsiebzig.

Trigger und Bond begegneten sich, beziehungsweise begegneten sich eben nicht, in Berlin. Sie sollte einen Verräter ermorden. Bond sollte sie davon abhalten. Nicht gerade eine romantische, sondern eher eine tödliche Begegnung. Bond beschrieb ihr wunderschönes blasses Profil. Wie sie das Cello, das als Tarnung für ihr Scharfschützengewehr diente, achtlos bei sich trug. Bonds Beobachter, Captain Sender, berichtete, Bond habe gezögert, als er begriff, dass der Scharfschütze diese bezaubernde Frau war, deren fröhliches Lachen ihm vor dem Konzerthaus aufgefallen war. Er ließ zu, dass sie einige Male schießen konnte, bevor er feuerte und sie an der Schusshand traf. Bonds Verteidigung lautete, dass er eine einseitige Fernromanze zu einer unbekannten feindlichen Agentin unterhalte, die für ihr Land in etwa dieselbe Arbeit erledige wie er für seins, und dass er nicht fähig gewesen sei, kaltblütig eine Frau zu ermorden. Er merkte außerdem an, dass sie nun wahrscheinlich aus dem FSB geworfen werden würde, weil sie als Scharfschützin keinen Nutzen mehr habe. Wahrscheinlich habe er ihr die linke Hand genommen. Zumindest aber habe er ihr eine Heidenangst gemacht.

Die Recherchen deuten darauf hin, dass sie auf das Profil zweier russischer Weltmeisterinnen im Distanzschießen namens Donskaya und Lomova passt. Gerüchten zufolge hat sie sich selbstständig gemacht. Der Zustand ihrer linken Hand ist unbekannt.

Und nun hat sie den korsischen Mittelsmann getötet.

Harwood klickt sich durch Laurent Corsos Verbindungen.

Als sie herausfindet, dass Marc-Ange Draco Laurents Pate ist, lehnt sie sich zurück und löst damit die Lampen über sich aus.

In ihrem blendenden Licht betrachtet Harwood blinzelnd das Foto von Marc-Ange Draco: das von Runzeln durchzogene Gesicht, der große Mund mit den Falten, die sich beim Lächeln vertiefen, im Sucher eines Interpol-Fotografen eingefangen. Dieser Mann mit dem Namen eines Engels,

Marc-Ange Draco, ist der Kopf der Mafia Union Corse. Außerdem ist er James Bonds Schwiegervater. Seine Tochter Tracy wurde von Ernst Stavro Blofeld ermordet, sodass Marc-Ange sein einziges Kind überlebte und James Witwer wurde, als er Tracy um halb elf vormittags heiratete und sie kurz nach Mittag verlor – auch wenn er ihr, als er ihre Leiche in den rauchenden Überresten des Autos in den Armen hielt, gesagt hatte, dass sie alle Zeit der Welt hätten. Das hat James Harwood einmal mit Tränen in den Augen erzählt – das erste und einzige Mal, dass sie ihn je mit Tränen in den Augen gesehen hat.

Johanna Harwood geht noch einmal die Überwachungsfotos von Draco durch und sieht ihr Spiegelbild, wenn der Bildschirm zwischendurch kurz schwarz wird. Und was bist du, 003? Deinen Verlobten hast du beerdigt und dein früherer Liebhaber wird vermisst und für tot gehalten. Welches Etikett benennt deinen Verlust kurz und knapp für die Öffentlichkeit? Keins. Du gehörst in die Risse. Du gehörst in die Schatten. Hast du schon immer.

Um 6:20 Uhr ist Harwood nicht in der U-Bahn und schlängelt sich nicht durch frühe Pendler und späte Heimkehrer zum Barbican. Sie sitzt am Steuer ihres Alpine A110S und lässt den Motor die Tauben wie in Pilzwolken aufscheuchen, als sie durch den Regent's Park rast, die Baker Street hinauf und auf den Wellington Square, wo sie unter den Platanen parkt, ihren Lieblingsbäumen, weil sie sie an Paris erinnern.

James Bond wohnt in der Erdgeschosswohnung eines umgebauten Hauses aus der Regency-Ära, dessen weiße Fassade, Schiebefenster, aufwendige Zierleisten und dekorativer Balkon sie zum ersten Mal an eine traditionelle mehrstöckige

Hochzeitstorte denken lassen. Harwood kramt ihre Schlüssel heraus und findet James' Ersatzschlüssel. Die wollte sie ihm zurückgeben, als sie Schluss gemacht hat, aber James weigerte sich und meinte, sie solle sie behalten, falls er jemals einsam werden sollte.

Harwood steigt die fünf Stufen zur schwarzen Haustür hinauf und schließt auf. Als sie über die Schwelle tritt, weiß sie, dass irgendein stiller Alarm Moneypenny über das Eindringen informiert, denn diese hat die Wohnung sicher in der Hoffnung verwanzt, eines Tages darüber informiert zu werden, dass James zu Hause vorbeischaut und ein paar Sachen mitnimmt – Sachen, über die Moneypenny Laken geworfen hat. Harwood lässt sich am Wohnzimmer mit seinen Wänden voller Bücherregale und seinem leeren Empire-Schreibtisch unter dem breiten Fenster vorbeitreiben und folgt ihrem vergangenen Ich ins Schlafzimmer. Die weiß-goldene Tapete von Cole & Son, tiefrote Vorhänge, dunkelblaue Bezüge auf dem Doppelbett. Alles ist unverändert, als wäre James nur kurz Zigaretten holen gegangen, wie man so schön sagt.

Harwood lässt sich auf die Matratze fallen. Ihr schmerzen die Knie, als wäre sie viele Kilometer gerannt. Die Matratze umfängt sie und sie seufzt auf. Plötzlich rasen ihre Gedanken. Welchen Podcast soll sie auf ihrem Handy einstellen, um die Stille auszufüllen, welches Geräusch könnte den Schlaf, die Träume, die Zeit und sie mittendrin ersetzen? Doch dann atmet sie durch. Streift die Schuhe ab und zieht die Beine aufs Bett, bis sie wie ein gedrungenes S daliegt. Auf James Bonds Nachttisch stehen keine gerahmten Fotos. Weder von Vesper Lynd noch von Tracy oder seinen Eltern. Nur eine Uhr, ein Messingteil, wie man sie in Hotels findet. Ticktack, ticktack. Harwood sieht dem Sekundenzeiger dabei zu, wie er einmal das Ziffernblatt umrundet. Ihr fallen die Augen zu. Da spannt sich auf einmal ihre gesamte Muskulatur an, warnt sie vor dem Tiefschlaf, warnt sie vor dem Trost. Riechen die Laken nach James? Riecht Harwood noch nach Bashir? Sie schiebt den Ärmel hoch und beobachtet, wie die Casio gierig die Zukunft frisst. James' Uhr geht nach, Sids geht vor. Das entlockt Harwood ein Lächeln und schließlich gibt sie sich geschlagen und lässt sich vom Ticken in den Schlaf wiegen.

Als sie aufwacht, hat sie einen klaren Kopf und einen Beschluss gefasst. Du gehörst also in die Risse. Du gehörst in die Schatten. Dann mach mit ihnen einen Deal. Bitte Marc-Ange, dir dabei zu helfen, seinen Schwiegersohn zu retten.

KANONE

Novi Sad

Rachel Wolff schlängelt sich durch die Menschenmenge zwischen den Bars und Restaurants, die in die farbenfrohen österreich-ungarischen Häuser auf der schmalen Ulica Laze Telečkog gequetscht sind. Wahrscheinlich wären diese Leute in ihrem Jahrgang gewesen. Wenn sie in Serbien geblieben wäre, nachdem ihre Eltern getötet worden waren, würde sie jetzt mit ihnen abhängen. Niemand erkennt sie. Die ganzen Jahre hat sie sich immer als Serbin bezeichnet. Was bedeutet es, dass die einzige Person, die sie erkennt, die furchtbar selbstbezogene Frau ist, die unter einem Neonscheinwerfer Tee trinkt und den dröhnenden Bass des DJs ignoriert?

»Ich erwarte Standing Ovations«, sagt Rachel.

Moneypenny rührt ihren Tee zu Ende um und klatscht dann langsam.

Leeds, England. Vier Tage zuvor. Als Rachel Wolff gerade vor einem stumm geschalteten Fernseher, auf dem Bilder der BBC-Explosion liefen, Geige übte, hörte sie zwischen den Klängen ihrer Saiten das gedämpfte Läuten der

Türklingel im Laden ihres Großvaters. Es war kurz vor Feierabend, aber er würde noch dableiben, um das Armband des Kunden zu ersetzen oder sich eine Uhr mit Selbstaufzug anzusehen. Uhren jeder Größe und Form waren seine Leidenschaft. Im Laden wurde auch Schmuck verkauft, alles alte Stücke, doch für ihren Großvater war das Nebensache. Deshalb war Rachel überrascht, als sie auf der Treppe seine schweren Schritte hörte, gefolgt von leichteren. Sie legte den Bogen zur Seite und blieb im goldenen Abendlicht stehen, das durch das viktorianische Fenster schien, während ohne ersichtlichen Grund etwas in ihrem Hinterkopf Alarm schlug. Man hatte sie misstrauisch erzogen, manche würden es sogar argwöhnisch nennen. Überlebenskämpfer neigten dazu.

»Dann kommen Sie mal rein, kommen Sie … Es ist etwas eng hier, bitte entschuldigen Sie. Vorsicht, da steht Rachels Fahrrad – aber wissen Sie, mir wäre lieber, sie würde das hier nehmen und nicht das Motorrad. Was für Albträume ich davon habe, dass ihr Hirn über die ganze Straße verteilt wird, und ich habe schon ihre Mutter verloren, das wissen Sie ja sicher. Die Polizei hat nie herausgefunden …«

»Grandpa …«, rief Rachel und hielt dann inne, als eine Fremde den Raum betrat, den sie einfach »die Stube« nannten, weil sich darin Wohnzimmer, Küche und ihr Schlafsofa befanden.

»Penny ist hier, aus deiner Schule«, sagte er. Dann deutete er mit dem Kopf auf die Frau und wirkte dabei etwas verwirrt. »Waren Sie ein paar Jahrgänge über ihr?«

Die Fremde trug eine cremefarbene Seidenbluse, die in einen breiten schwarzen Gürtel gesteckt war, und dazu einen hochtaillierten kamelfarbenen Rock. Die lockigen Haare fielen ihr bis auf die Schultern. Sie trug einen Wildlederbeutel. Transparente Feinstrumpfhosen. Kamelfarbene High Heels. An der Brust der Bluse eine glitzernde Brosche. »Hi«, begrüßte sie Rachel. »Vielleicht erinnerst du dich nicht an mich – meine Cousine war mit dir in einem Jahrgang.«

Rachel schwieg.

»Ich bin gekommen, weil meine Armbanduhr eine neue Batterie braucht …« Rachels Großvater hielt das Teil hoch. »Und da habe ich mich an deinen Nachnamen erinnert – draußen steht Wolff und Enkelin. Da dachte ich mir, es wäre doch nett, Hi zu sagen.«

»Das hast du schon gemacht.«

Die Frau verzog den unschuldigen Mund zu einem mysteriösen Lächeln.

»Ich tausche dir die Batterie aus«, meinte Rachel. »Dabei können wir uns auf den neuesten Stand bringen. Wie geht es deiner Cousine Dorcas?«

Nun wurde das Lächeln breiter.

Rachel ging der Fremden durchs enge Treppenhaus hinunter voran. Zwischen ihnen klappte sie den Verkaufstresen zu.

»Ich kenne Sie nicht«, stellte sie fest.

»Nicht mal Dorcas?«

Rachel blieb ungerührt. »Nicht gerade höflich, alte Männer zu verarschen.«

»Nicht gerade höflich, bei Leuten einzubrechen und ihnen Diamanten zu stehlen.«

Instinktiv öffnete Rachel die Hand. Wie erstarrt betrachtete sie kurz die Armbanduhr. »Das ist eine Nanna Ditzel«, meinte sie dann.

»Sie kennen sich mit den Herstellern aus.«

Rachel legte die Batterie, das Werkzeug und die Lupe bereit. Oder ein Teil von ihr tat es. Ihr Verstand raste zurück in ihre Kindheit, als ihre Mutter ihr erklärt hatte, was sie tun müsse, falls man sie je erwischte. Stur bluffen. Das ist deine Aufgabe. Ihr Vater war da anderer Meinung. Er beharrte darauf, das Problem direkt, aber mit möglichst wenig Gewalt zu beseitigen. Angst sei ein stärkerer Motivator als jede Waffe.

Rachel sah ihrem Gegenüber in die eisigen Augen. Dieser Person konnte sie keine Angst machen.

»Hören Sie zu, oben habe ich meinem Großvater zuliebe mitgespielt. Entweder verwechseln Sie mich mit jemandem oder Sie sind eine Betrügerin. So oder so tausche ich Ihnen gern die Batterie aus – das macht drei Pfund, Kartenzahlung erst ab fünf Pfund, einen Geldautomaten finden Sie an der Ecke. Dann muss ich für heute Nacht das Gitter runterziehen. Ich will mit Ihren Spielchen nichts zu tun haben.«

Die Frau holte ihr Portemonnaie heraus – edles Leder, handgefertigt. »Zufällig habe ich es passend.«

»Bestens.« Rachel zog die Lampe näher heran.

Die Frau beugte sich über ein Brett mit Ringen. Funkelnde Saphire und Rubine ließen bunte Flecke über ihr Gesicht tanzen. »Haben Sie die hier auch gestohlen? Das bringt Ihren Großvater in Gefahr, wenn Sie in seinem Geschäft Diebesgut verkaufen.«

»Das würde es«, meinte Rachel und verzog den Mund, »wenn ich eine Diebin wäre. Aber da ich das nicht bin ...«

»Ihr Großvater ist 1950 aus Serbien hierher geflohen, richtig? Er ist in den Lagern gewesen.«

Rachels Mund war staubtrocken. »Wer sind Sie?«

»Er hat das Handwerk seines Vaters mitgebracht«, fuhr die Frau fort. »Uhrmacher. Hat eine Schauspielerin geheiratet – ein sehr hübsches Mädchen aus der Gegend, Deutschjüdin, die Schauspielerin geworden ist. Er war mit seinen Zahnrädchen und Zeigern zufrieden, während sie im Fernsehen und sogar in Filmen auftrat. Ihre Großmutter starb, kurz nachdem Ihre Mutter verschwand. Der Schock, sagt Ihr Großvater. Ihre Mutter war neugierig darauf, woher die Familie ihres Vaters stammte. Sie studierte Slawistik und ging im Rahmen eines Austauschprogramms ein Jahr nach Serbien, wo sie Ihren Vater kennenlernte. Sie hatte das Schauspieltalent ihrer Mutter geerbt, was ihm nützlich war. Denn er war Diamantendieb, ein Mitglied der ursprünglichen Chevaliers. In jeder Chevalier-Zelle gibt es eine Frau. Da Sie mir eben Betrug vorgeworfen haben, fangen wir dort an. Die Aufgabe Ihrer Mutter bestand darin, Ladeninhaber oder Hoteliers zu täuschen, während sie sie vor dem Raub auskundschaftete – sie mussten glauben, dass sie eine mögliche Kundin wäre, die Geld übrig hätte. Dafür brauchte sie stahlharte Nerven und einen klaren Kopf. Sie ist so problemlos und überzeugend in diese Figuren geschlüpft, als würde sie zwischen zwei Szenen das Kostüm wechseln. An einem Tag war sie blond, am nächsten brünett. Künstliche Nägel, echte Perlen. Sie trug ein Hündchen unter dem Arm oder redete die ganze Zeit am Handy. Kleine Details, die einen echten Menschen ausmachen. Sie wechselte so häufig die Identität, dass sie sich wie eine Puppe vorkam, die von einem kleinen Mädchen jeden Tag anders genannt wird.«

»Woher wollen Sie das alles wissen?«, flüsterte Rachel. Sie erinnerte sich daran, wie ihre Mutter bei ihr am Bett gesessen und drängend gesagt hatte: *Wir müssen deinen Vater davon überzeugen, dass es Zeit ist, aufzuhören und nach England zurückzukehren. Ich ertrage es nicht mehr. Ich bin wie eine*

Puppe, die jeden Tag ein neues Kostüm und einen neuen Namen bekommt. Aber wie sollte sie ihren Vater von irgendetwas überzeugen? Es gab immer einen nächsten Auftrag. Einen letzten Auftrag.

Die Fremde sagte: »Sie haben eine Schraube locker.«

»Wie bitte?«

Dann zeigte sie auf etwas, das auf dem Teppich silbern glänzte. Rachel machte keine Anstalten, es aufzuheben.

»Ihre Mutter hat uns damals genau das erzählt. Sie hat einen Ausweg gesucht. Sie hatte Angst.«

»Uns?«

Die Frau trat näher und legte mit gespreizten Fingern die Hände auf den glänzenden Eichentresen. »Ihr Vater war Tresorknacker. Er hat Ihr Gehör und Ihren Geist geschult. Und er hat Ihnen auch die besondere Wachsamkeit eines Tresorknackers vermacht. Ihre Eltern haben Sie ausgebildet.«

»Das waren nur Spiele.«

»Ich dachte, Sie wollten keine Spiele spielen?«

»Ich war ein Kind.«

»Und jetzt?«

Rachel sah nach, ob die Tür oben an der Treppe noch geschlossen war. Dann sagte sie heiser: »Manchmal, da ...«

»Warum?«

»Es wird gut bezahlt.«

»Brauchen Sie das Geld?«

»Die Einkaufsstraßen sterben aus, haben Sie das nicht gehört?«

»Vielleicht brauchen Sie den Kick. Vielleicht haben Sie schon im Mutterleib das Adrenalin gespürt. Vielleicht ist es schlicht einfacher, als über die Vergangenheit nachzudenken. Oder vielleicht geht es einzig um die Vergangenheit. Ein letzter Auftrag – immer noch ein letzter Auftrag.« Ihr Blick wurde freundlich, als wäre eine Blende geöffnet worden. »Bis Ihre Eltern nicht mehr zurückkamen. Die Tochter von Dieben ist auf einem Pfad der Selbstzerstörung, weil sie mit dem Verlust ihrer Eltern nicht abgeschlossen hat. Das sagen zumindest unsere Profiler.«

Draußen hupte ein Wagen und ließ Rachel zusammenzucken.

»Wissen Sie, was eine Kanone ist?«, fragte die Frau.

»Ich hätte nichts dagegen, wenn man mich jetzt aus einer schießen würde.«

Kein höfliches Lachen. »Eine Kanone ist ein Berufsdieb im Auftrag von Sicherheitsdiensten. Meist wird er angeheuert, um Geheimnisse gegnerischer Länder zu stehlen. Sie sind im Alter von vierzehn Jahren als Waise hierhergekommen. Waisen von Kontaktpersonen behalten wir im Auge. Sie bieten sich oft als Rekruten an.«

»Sie sind ein gefühlloses Miststück, wissen Sie das?«

»Ja. Das ist mein Job.«

»Also schreiben Sie das oben auf Ihren Lebenslauf, ja?«

»Ich rekrutiere Leute mit wertvollen Fähigkeiten, die vielleicht ihrem Land dienen möchten – statt wegen mehrfachen Diamantendiebstahls ins Gefängnis zu gehen.«

Rachel hob die Schraube auf und warf sie von einer Hand in die andere.

»Zum Tresorknacken benötigt man hohe mathematische Fähigkeiten, außergewöhnliches Planungstalent und Paranoia. Außerdem fundiertes Wissen über Sprengstoffe. All das sind grundlegende Eigenschaften eines guten Spions. Ihre Mutter hoffte, dass wir sie und Ihren Vater anheuern würden. Sie hatte die emotionale Intelligenz, das Gedächtnis, die Fähigkeiten, Probleme zu lösen, und das Charisma einer professionellen Betrügerin zu bieten. Ebenfalls grundlegende Eigenschaften eines guten Spions. Sie verfügen über all diese Fähigkeiten, verschwenden sie und Ihre Zukunft aber als Kleinkriminelle. Mit diesen Fähigkeiten könnten Sie Ihrem Land dienen, dem Land, das Ihr Großvater als Geflüchteter zu seiner Wahlheimat gemacht hat.«

Rachel verzog nachdenklich den Mund. »Ich weiß nicht, was Sie mit *meinem* Land meinen. Ich bin Serbin. Der britischen Regierung war mein Großvater egal, und ich und meine Nachbarn sind ihr genauso egal.«

»Wahrscheinlich sagen Sie mir jetzt, der Glaube daran, dass wir die Veränderung sein sollen, die wir in der Welt sehen wollen, sei furchtbar altmodisch.«

»Ich sage Ihnen, dass Sie bei jemand anders auf die Tränendrüse drücken sollten.«

»Tja, wenn das alles nicht ausreicht, um Sie zu überzeugen, interessiert es Sie vielleicht, dass diese spezielle Mission auch die Diamanten-Pipeline einschließt, die Ihre Eltern verfolgt haben – und die sie verschlungen hat.«

Rachel richtete sich auf. »Heutzutage sehen diese Pipelines ganz anders aus.«

»Ihre Eltern wurden verraten, von wem, wissen wir nicht. Ich kann Sie unter die Player bringen. Vielleicht ist das Ihre einzige Gelegenheit, Gerechtigkeit für Ihre Eltern zu erwirken. Oder Sie verlassen dieses Haus in einem Polizeiwagen und brechen Ihrem Großvater das Herz.«

»Mir bleibt wohl keine Wahl«, stellte Rachel fest.

Die Frau schien ehrlich überrascht. »Ich wüsste nicht, dass ich mich Ihnen als gute Fee vorgestellt hätte.«

»Warum sollte ich Ihnen vertrauen?«

Der Frau schien eine schnippische Antwort auf der Zunge zu liegen, sie hielt jedoch inne. Auf einem benachbarten Balkon bellte ein Hund wütend im heißen Abend. Nachdem er sich beruhigt hatte, streckte die Frau die Hand aus.

»Ich heiße Moneypenny und arbeite für die britische Regierung. Ich möchte Sie um Hilfe bitten. Der gestrige Anschlag auf die BBC wurde von den Leuten finanziert, die ich aufhalten will. Helfen Sie mir dabei?«

»Und wie?«

»Sie müssen für mich einem Gangster eine Diamantuhr stehlen. Mein Agent wird anwesend sein, weiß aber nichts von Ihrer Rolle oder Ihrem Vorhaben. Das ist absolut inoffiziell. Dafür habe ich meine Gründe und das ist nicht verhandelbar. Man erzählt sich, dass die Chevaliers die Uhr haben wollen. Sie, Rachel, werden sie stehlen und benutzen, um eine Partnerschaft mit ihnen einzugehen, sich die Pipeline entlangzuarbeiten und zu erfahren, wer am anderen Ende sitzt. Ihre Mission lautet, den Diamanten-Janus zu identifizieren, den Mann, der auf dem Schwarzmarkt und im legalen Handel Geschäfte macht, und denjenigen, dessen Befehle er befolgt.«

»Der Diamanten-Janus ist nicht die Zielperson?«

»Nicht die endgültige. Ich will den Boss, den Anführer dieser Terrorismusfinanciers. Diese Mission ist extrem gefährlich, und falls man Sie erwischt, komme ich Ihnen nicht zu Hilfe. Aber wenn Sie Erfolg haben, schuldet Ihr Land Ihnen einen kompletten Neustart. Und die Gemeinde senkt die Steuern für das Geschäft Ihres Großvaters. Ist das ein faires Angebot?«

Rachel besiegelte es mit einem Handschlag.

•

Nun gießt Rachel Wolff sich eine Tasse Tee ein. »Wann schließe ich mich der Diamanten-Pipeline an?«

»Vorher benötigt einer meiner Agenten Ihre Hilfe, um in einen Freihafen in Kreta einzubrechen«, erwidert Moneypenny.

Rachel schielt zum Nachbartisch hinüber, wo eine Gruppe Freunde in einer Wolke aus Zigarettenrauch lautstark streitet. »Sie machen Witze, oder? Die Dinger sind schlimmer als Banken.«

»In seiner Nähe dürfen Sie nicht laut sprechen. Seine Kommunikationskanäle sind immer eingeschaltet und niemand darf wissen, dass Sie involviert sind.«

»Warum ist das noch mal so?«

»Soweit ich weiß, beherrschen Sie die britische Gebärdensprache?«

Rachel verdreht die Augen, weil Moneypenny ihr ständig ausweicht. »Ja, ich habe an der Universität einige Kurse dazu belegt.«

»Gut. Verwenden Sie sie. Auf gar keinen Fall darf irgendjemand Ihre Stimme hören. Dieses Spiel habe ich bereits einmal gespielt und dafür einen hohen Preis gezahlt, aber ich fürchte, mir bleiben kaum andere Optionen.«

»Also bin ich stumm. Mir gefällt Ihre Brosche – ist das ein Sonnenbarsch?«

Die Überraschung auf dem Gesicht ihres Gegenübers ist überaus befriedigend. »Ja. Sie war ein Geburtstagsgeschenk von meinem ersten Chef.«

»Er hatte guten Geschmack.«

»Eigentlich eher antiquiert«, meint Moneypenny. »Aber das hatte auch etwas Tröstliches.«

»Kommen Sie mit Ihrem neuen Chef aus?«

»Hm? Ja. Wissen Sie, Sie wären eine gute Spionin.«

»Wenn Sie es sagen. Und nach dem Freihafen, was dann? Sie haben gesagt, dass ich die Leute finden könnte, die für den Tod meiner Eltern verantwortlich sind.« Bei diesen Worten bewahrt Rachel die Fassung, aber nur mit Mühe.

Nach Moneypennys Besuch erzählte Rachel ihrem Großvater, dass eine Freundin, die beruflich Hotels bewerte, ihr eine Stelle angeboten habe und sie dafür manchmal verreisen müsse. Während sie ihm diese Lüge auftischte, warf sie Nudeln in einen Topf, ihr Großvater saß zusammengesunken auf dem Sofa und hörte zu, wie Augenzeugen im Radio den Bombenanschlag auf die BBC beschrieben. Als er sagte: »Wahrscheinlich gibt es hier keine Hotels mehr, die du ausrauben könntest«, rutschte ihr das Glas aus der Hand und das gesamte halbe Kilo Fusilli fiel spritzend ins kochende Wasser.

Sie traute sich nicht, sich zu ihm umzudrehen, daher betrachtete sie bei ihren nächsten Worten das Küchentuch, mit dem sie sich die verbrühten Hände abtupfte. »Ich bekomme die Gelegenheit, herauszufinden, was meinen Eltern zugestoßen ist. Ich muss es wissen.«

Die Stimme im Radio beschrieb das furchtbare Geräusch des splitternden Glases und einen Augenblick lang glaubte Rachel, dass ihr Großvater nicht antworten würde. Doch dann sagte er: »Gut. Lass den verantwortlichen Männern Gerechtigkeit widerfahren. Komm wieder her und erzähl mir, was meinem kleinen Mädchen passiert ist. Aber denk daran, Rachel, du bist auch mein kleines Mädchen.«

»Grandpa …«

Er erhob den Finger. »Du bist mehr wert als das hier. Verspiel deine Tugend nicht für die Sünde, verspiel sie nicht für die Rache. Denk daran, wie wir, wenn wir von den zehn

Plagen lesen, die Gott den Ägyptern geschickt hat, den Finger ins Weinglas tauchen und für jede Plage einen Tropfen herausholen. Wir feiern die Freiheit der Juden auf der ganzen Welt, aber wir erfreuen uns nicht am Leid unserer Peiniger. Rache ist nicht jüdisch.«

Rachel hielt die schmerzenden Hände unter kaltes Wasser. »Ich erinnere mich, etwas von Auge um Auge gelesen zu haben.«

Da wurde der Ton ihres Großvaters schärfer. »Das weißt du doch besser. Was willst du sein? Eine Kriminelle oder eine Denkerin? Im Gefängnis besuche ich dich nicht.«

Die Zeugin im Radio weinte.

Rachel stellte das Wasser ab. »Dann sag mir, dass ich nicht gehen soll.«

»Ich kann dir gar nichts sagen. Auf mich hörst du ja nie. Du glaubst, wissen zu müssen, was deinen Eltern widerfahren ist. Also musst du das. Aber sei dir sicher, dass es dir dabei um Gerechtigkeit geht, Rachel. Gerechtigkeit, keine Rache. Gerechtigkeit, keine Entschuldigung, um wie dein Vater den Rausch des Verbrecherdaseins zu genießen.«

»Mein Vater war ein guter Mann«, flüsterte Rachel.

Doch ihr Großvater gab vor, sie nicht zu hören, und stellte das Radio lauter, in dem erneut die Ansprache des Premierministers gespielt wurde. Als schließlich der Bürgermeister von London übernahm, war die Miene ihres Großvaters ausdruckslos. Er hatte das ganze Gespräch vergessen. Rachel fragte: »Erinnerst du dich an meine Freundin Kitty, die für einen Reiseveranstalter Hotels bewertet? Sie hat mir eine Stelle angeboten, also bin ich ab und zu mal weg.«

»Wunderbar, mein Schatz, das ist wunderbar. Hörst du das? Ich habe dir doch gesagt, dass der Faschismus zurückkehrt. Was habe ich dir gesagt?«

»So schlimm ist es nicht, Grandpa.«

»Ihr jungen Leute wisst gar nichts.«

Rachel sah zu, wie die Nudeln zu einem Klumpen ver-kochten. Nun sieht sie Moneypenny dabei zu, wie sie ihren Tee umrührt und sich beim Kellner fürs Nachschenken be-dankt.

»Die Chancen stehen gut, dass Sie den Mann finden, der für den Tod Ihrer Eltern verantwortlich ist. Aber ich will die Person, die diese ganzen Geschäfte kontrolliert«, sagt Moneypenny. Sie schiebt ein silbernes Milchkännchen, eine Zuckerdose und ein Tellerchen für die benutzten Teeblätter zu einem Dreieck zusammen. »Bisher deuten die Beweise darauf hin, dass wir es mit drei Janus-Figuren zu tun haben.« Moneypenny hebt den Zucker hoch. »Diamanten.« Dann das silberne Kännchen. »Antiquitäten.« Schließlich die Teeblätter. »Und Menschen. Gemeinsam finanziert dieses Janus-Netz-werk Terroristen. Aber damit eine solche Zusammenarbeit funktioniert, muss es jemanden geben, der das Sagen hat. Einen Göttervater. Einen Banker des Terrors.« Moneypenny schlägt mit dem Löffel leicht gegen die Teekanne. »Ich will die Identität des Bosses. Ihre Mission lautet, den Diamanten-Ja-nus zu finden und dann herauszufinden, wem er untersteht.«

»Und inwiefern hilft Ihnen dabei, in einen Freihafen einzubrechen?«

»Wir müssen aus einem Container Fingerabdrücke und Spuren sicherstellen. Vielleicht führt uns das zur Quelle des nächsten Verkaufs oder sogar zur Identität des Antiquitäten-Janus. Anschließend kontaktieren Sie den neuen Anführer der Chevaliers. Sie erzählen ihm, dass Sie die Blindenuhr nicht selbst loswerden können, und schlagen ihm vor, halbe-halbe zu machen. Wir haben ihn als Marko Jovanović identifiziert.«

Als Rachel diesen Namen hört, treten der Schweiß der Menschenmenge, die Gerüche nach Bier und Kaffee und die in fettgetränktes Papier gewickelten Gibanica in den Hintergrund. Nun riecht sie die Donau, die nur wenige Straßen weiter entlangfließt. Wie lange ist das doch her.

Hallo, Blauauge.

12

GESPRÄCH MIT DEM TEUFEL

An einem geheimen Ort

Die unterirdische Zelle liegt am Grund eines zehn Stockwerke tiefen Schachts, mit dem sechseckigen Gerüst nur über eine einziehbare Brücke verbunden. Es gibt keine Fenster. Die Tür bleibt fest verschlossen. Ein Stahlgitter auf Augenhöhe lässt sich öffnen und hochschieben. Wie schon so oft steht Moneypenny davor und betrachtet durch die Stäbe den Riesen, der über den Schreibtisch gebeugt sitzt, halb zur Tür gedreht, als müsse er entscheiden, ob er dem Ruf einer Klingel folgen soll. Sein Kopf ist glatt rasiert. Selbst die graue Flanellkluft lässt seinen massigen Körper nicht kleiner wirken.

Moneypenny lehnt sich mit der Schulter an den Stahl. »Sie scheinen nicht überrascht, mich so bald wiederzusehen.«

Mora grinst breit. Seine Zunge ist ein angebissener purpurroter Stumpf, bei dessen Anblick sich Moneypenny unwillkürlich der Magen umdreht. »Warum vom Teufel sprechen, wenn man mit ihm sprechen kann?«

»Planen Ihre Freunde, Sie hier rauszuholen, Colonel?«

Er kratzt sich am Hals. Er zischt beim Sprechen und die Konsonanten verschwimmen ineinander. »Ich beantworte Ihre

Fragen nicht, wenn Ihre Drohnen mich blenden, ertränken oder beschallen. Warum sollte ich sie dann heute beantworten?«

»Ich weiß nicht«, meint Moneypenny fröhlich. »Warum haben Sie mir beim letzten Mal geantwortet?«

»Mir war nicht bewusst, dass ich es getan habe.«

»Dem Meister der Verhöre rutscht etwas heraus, ohne dass er es merkt – irgendwie glaube ich das nicht ganz.«

»Sie schmeicheln mir. Was habe ich verraten?«

»Sie sind schon eine ganze Weile hier, ohne dass ein einziges Mal versucht wurde, Sie zu befreien. In diesem Zeitraum gab es Terroranschläge auf öffentliche Institutionen, Schulen, Konzertsäle … Rattenfänger hat keine Sekunde innegehalten, seit sie ihren Colonel verloren haben. Beinahe scheint es so, als wären Sie unwichtig. Man braucht Sie nicht. Nun gibt es die Vermutung, dass man Sie befreien will. Ich frage mich, ob unser Gespräch einen wunden Punkt getroffen hat und Rattenfänger klar geworden ist, dass es besser wäre, Sie entweder zu töten oder zu befreien. Aus irgendeinem Grund scheinen Sie in Freiheit mehr wert zu sein.«

»Eine wichtige Lektion«, sagt Mora. »Man sollte lebendig stets mehr wert sein als tot. Diese Lektion kennt James nur zu gut.«

Moneypenny erstarrt. Ihr läuft ein Schauer den Rücken hinunter. So unbeteiligt wie möglich fragt sie: »Wie geht es James?«

Mora legt den Kopf in den Nacken und lacht so laut, dass der Stuhl unter ihm wackelt.

Moneypenny schießt die Röte in die Ohren und sie zieht ihre Locken darüber.

Mora wischt sich die Augen. »Verzeihung. Offensichtlich haben Sie dasselbe Leiden wie die süße Johanna. Der Schuft.

Ich nehme an, es gibt keine Frau im Service, die er nicht flachgelegt hat.«

»Mich zum Beispiel – nicht dass das von Belang wäre.«

»Ist es nicht?« Er schnalzt mit der Zunge. »Sie stehen auf ihn. Na ja, ich kann Ihnen sagen, dass James, als ich ihn das letzte Mal gesehen habe, noch am Leben war.«

»Wann war das?«

»Wir haben ihn aus der Basis in Syrien verlegt, als wir Dr. Nowak dort untergebracht haben. Das schien uns klug. Ich wusste, dass Johanna uns auf den Fersen war. Sie hat ganz sicher seine leere Zelle gefunden.«

»Wohin haben Sie ihn verlegt?«

Mora zuckt mit den Achseln. »Wer weiß? In letzter Zeit bin ich nicht mehr auf dem Laufenden.«

»Vielleicht nicht mehr lange.«

»Ja.« Er steht auf – unter der niedrigen Decke muss er sich etwas bücken – und rollt die Schultern, die dabei knirschen und knacken. »Vielleicht haben Sie recht. Vielleicht hat unser letztes Gespräch einen wunden Punkt getroffen und meine Organisation hat entschieden, dass es an der Zeit ist, mich zu befreien, egal wie mühsam und kostspielig es wird.«

Außerhalb seines Blickfelds presst Moneypenny die Daumen aneinander, überträgt ihre gesamte Anspannung in ihre Hände. »Als ich das letzte Mal hier war, habe ich gefragt, wer bei Rattenfänger die Entscheidungen trifft. Ich habe Sie daran erinnert, dass ein Colonel kein König ist. Da haben Sie mir zum ersten Mal geantwortet. Sie haben mir erzählt, dass Rattenfänger eine Plutokratie ist. Das Geld ist der König. Natürlich habe ich das in meinen Bericht geschrieben. Und jetzt bekommen wir Wind davon, dass Rattenfänger Sie hier rausholen will. Zufall?«

Ein langsames Schulterzucken, das eher an eine Dehnübung erinnert.

Moneypenny versucht es mit einer anderen Taktik. »Wer kontrolliert das Geld?«

Er tritt näher heran, immer näher, bis sie seinen Atem von oben durch das Gitter spürt. »Haben Sie einen Verdacht?«

Moneypenny will sich die Nase zuhalten – sein Mundgeruch ist schlimmer als die Gase, die so manche Leiche verströmt. Aber sie tut es nicht und wählt stattdessen eine lockere Haltung wie bei einem lustigen Quizabend zu Weihnachten. »Teddy Wiltshire?«

Mora tippt sich ans Kinn. »Ich glaube, den Typen kenne ich nicht.«

»Führt er die Grey Group an, den Janus-Ring, der Rattenfänger finanziert?«, hakt Moneypenny nach.

»Kreativer Name. Was glauben Sie denn, *was* er verkauft? Waffen? Gold? Öl? Könnte wahrscheinlich praktisch alles sein …«

Moneypenny runzelt die Stirn. »Er verkauft nichts. Er kauft. Für die eigene Sammlung.«

»Ja«, sagt Mora, beinahe ermutigend.

»Er führt die Grey Group an, hält sich aber aus den Geschäften raus?«

»Nicht ganz.«

»Was verkauft er dann?«, fragt Moneypenny.

Mora steckt einen Finger durch das Gitter und streicht ihr damit über die Wange.

Moneypenny bleibt reglos, während er ihr mit der rauen Fingerspitze den Kiefer entlang über den Hals und den Kehlkopf bis zu den offenen Knöpfen ihrer Bluse fährt. Mit wenigen Fingerstößen kann Mora jemanden lähmen oder sogar töten, wenn er auf die Nervenenden zielt. Er schiebt ihren Kragen erst zur einen Seite, dann zur anderen und ertastet ihre Knochen. Sein Hemd ist offen und sie sieht, wie sich die Tätowierung des Totenkopfschwärmers auf seiner Brust bewegt.

»Ich kann Ihnen sagen, Ms Moneypenny, dass Teddy Wiltshire mit Ihnen ein kleines Vermögen machen würde«, flüstert Mora.

»Er würde ein Vermögen machen ... weil er immer noch mit Menschen handelt. Teddy Wiltshire ist der Menschenhandel-Janus.«

»Vielleicht lässt er sie sogar verschwinden.«

»Dann könnte Teddy wissen, wo sich James befindet?«

»*Das* ist doch mal ein interessanter Gedanke«, meint Mora und streicht ihr über den obersten Knopf. »Wenn Sie ihn doch nur fragen könnten. Sie sollten Ihre Überwachung verbessern.«

»Wie kommen Sie darauf, dass wir Wiltshire verloren haben?«

Mora lacht. »Sie sollten nie Poker spielen, Ms Moneypenny. Sie haben ihn verloren und Sie werden ihn nicht wiederfinden.«

»Warum?«

»Teddy kann Wunder vollbringen. Glauben Sie nicht, dass er für sich auch eins vollbringt? Er hat es versaut und eine Menge wichtiger Leute hat genug von seinen Kapriolen. Und wenn er weg ist ...« Er zieht den Finger zurück und pustet auf seine Hand wie auf eine Pusteblume.

»Was macht James lebendig wertvoller als tot?«

»Was für eine herzlose Frage.«

Moneypenny seufzt, lässt all ihren Frust und die Begeisterung heraus, die Aufregung eines Verhörs auf dem schmalen Grat zwischen Erfolg und Manipulation. Sie fragt sich, ob Bill Tanner sich so gefühlt hat, als er Mora vor vielen Jahren verhörte und versuchte, den Terroristen umzudrehen, stattdessen jedoch selbst umgedreht wurde. Sie fragt:»Also finanziert die Grey Group Rattenfänger?«

»Aus Chaos entsteht Chaos. Plünderungen, Diebstähle, Explosionen führen zu Konflikten, Vertreibungen, Krieg, Instabilität, Armut, Plünderungen …«

»Zu welchem Zweck?«

»Tja, zu welchem Zweck nur …«

»Leitet derjenige, der die Grey Group anführt, auch Rattenfänger?«

»Nein. Er ist einfach Rattenfängers Banker. Aber stellen Sie sich vor, was er vielleicht über unsere Vorhaben weiß. Sie dürfen in Ihrem Bericht gern erwähnen, wie ungemein hilfreich ich war.«

»Warum sollte ich?«, kontert Moneypenny und verschränkt die Arme. »Hoffen Sie etwa, dass Sie wegen guter Führung früher rauskommen?«

»Ich glaube nicht, dass ich das nötig habe.«

»Also haben Sie mir doch geantwortet, um bei Rattenfänger Panik zu schüren«, erkennt Moneypenny. »Aber das würde bedeuten, Sie glauben, dass Rattenfänger Berichte des MI6 lesen kann. Wie das? Ihr Zugriff auf Q wurde abgeschnitten.«

»Wurde er das?« Mora wendet sich ab, fügt aber noch mit einem Schulterblick hinzu: »Richten Sie der süßen Johanna liebe Grüße aus. Sagen Sie ihr, dass ich von ihr träume. Und ich hoffe, dass sie immer noch von mir träumt …«

Moneypenny öffnet die Tür zu James Bonds Wohnung und bleibt auf der Schwelle stehen. Sofort überkommt sie das

Gefühl, dass kürzlich jemand hier war. Die geisterhaften Möbel und staubbedeckten Flaschen im Regal lassen sie nicht sentimental werden. Zumindest redet sie sich das ein. Stattdessen versucht sie herauszufinden, was berührt wurde. James' gepackte Notfalltasche steht nicht mehr im Kleiderschrank. Außerdem fehlt die Tasche mit Johanna Harwoods Sachen, die 003 nach der Trennung nie abgeholt hat. Und da liegt etwas, das vorher nicht da war.

Moneypenny setzt sich auf James' Bettseite und hebt Harwoods Hermès-Armbanduhr auf. Sie sagt genau so viel, als wäre ein Brief hinterlassen worden.

Johanna Harwood ist auf eigene Faust losgezogen.

Warum? Moneypenny hat dafür gesorgt, dass Harwood nichts über Moras Gefängnis als mögliches Ziel zu Ohren kommt – diese Information hat sie in einer Datei mit aktiven Bedrohungen eingetragen, die über Harwoods Sicherheitsfreigabe liegt. Doch sie fragt sich bereits seit Längerem, wann 003 außer Kontrolle gerät. Während M glaubt, dass sie eine Zeit der Heilung durchmacht, weiß Moneypenny, dass sie nur immer mehr Druck aufgebaut haben, was ihr aus Gründen, die sie nicht genauer benennen kann, ganz gut in den Kram passt.

Sie dreht die Uhr um. Vielleicht ist es derselbe Grund, aus dem sie sich für externe Hilfe an Rachel Wolff gewandt hat. Dieser Zweifel – ist er in der letzten Nacht von dem Scharfschützen auf dem kretischen Berg bestätigt worden? –, ob Tanner allein gehandelt hat. Vielleicht glaubte sie, dass Johanna Harwood die Sache selbst in die Hand nehmen würde, wenn man sie lange genug isolierte, abseits des Radars und neugieriger Blicke. Genau das tut sie nun.

Moneypenny holt ihr Handy heraus und überprüft den Peilsender in Bashirs Casio-Armbanduhr, doch der Bericht zeigt lediglich, dass er abgeschaltet wurde, als 009s Leiche freigegeben wurde. Die Psychologin in Shrublands hat Moneypenny empfohlen, Harwood dazu zu ermutigen, sie nicht mehr zu tragen. Allerdings hätte sich das für sie angefühlt, als würde sie eine Gläubige auffordern, keinen Davidsstern oder kein Kopftuch zu tragen, und so will sie den MI6 nicht leiten.

Moneypenny schaltet die Nachttischlampe ein und hält die Armbanduhr von Hermès neben den altmodischen Wecker, von dem James einmal sagte, dass man ihn im Notfall dazu benutzen könne, einen Mann zu Tode zu prügeln. Beide Uhren laufen synchron. Leben dieselbe Uhrzeit. Sie fragt sich, ob James und Johanna denselben Albtraum durchmachen.

STERNZEIT

13

HINTER DEM SCHWARZEN STUMPF

Australien

Anna Petrow kam im australischen Hochsommer über ein Work-and-Travel-Programm auf die Farm.

Nur durch pures Glück befand sie sich nicht im Hotelzimmer, als ihr Ehemann Michail von Rattenfänger umgebracht wurde. Sie und Michail waren für eine Konferenz nach Sydney gereist, weil sie so weit wie nur irgend möglich von der Heimat entfernt war. Michails Plan sah vor, dort gefälschte Pässe zu erwerben. Seine Devise war, sich darauf zu konzentrieren, wie die Dinge sein sollten, und zu erwarten, dass die Realität sich danach richten würde. Also: gefälschte Pässe. Wusste er, *wie* man gefälschte Pässe bekommen konnte? Nein. Aber er sagte, dass sie welche kaufen würden, und war von seinem Plan überzeugt. Anna war es, die den Küchenhelfer bestach, der jemanden kannte, dessen Cousin eine Freundin hatte, die einen Typen kontaktieren konnte, der Einwanderern ohne Papiere half. Anna war es, die die neuen Papiere abholte, weil Michail betrunken war. Sie rief bei ihm an, als sie die Pässe in Händen hielt, doch nachdem das Telefon zu oft geklingelt hatte, meldete sich eine fremde Stimme mit einem zögerlichen »Ja?«. Deshalb floh sie.

Am nächsten Tag sah Anna an einer Raststätte die Nachrichten. Im Hotel war eine Leiche gefunden worden. In der verschwommenen Spiegelung des Fernsehers über der Theke sah sie, dass sie kreidebleich wurde. Es sollte Monate dauern, bis sie wieder Farbe im Gesicht bekam. Sie hatte den gefälschten Pass und ein Visum. Sie meldete sich für ein Work-and-Travel-Programm an und sagte, dass sie eine Auszeit vor dem Studium mache, obwohl sie zehn Jahre zu alt dafür war. Da sie so zerbrechlich erschien, glaubten die Menschen ihr. Sie zog von einem Weingut zum nächsten, zu Seniorengemeinschaften, gab private Nachhilfe und landete schließlich auf der Ranch.

Sie war perfekt, eine Farm am Ende eines langen Feldwegs, der vom Highway One im Westen Australiens abzweigte. Einmal pro Woche brachte der Greyhound die Post vorbei und ließ einen Sack in das verwitterte Fass fallen, das als Briefkasten fungierte. Hier lag das rostige Zentrum Australiens. Der üppige Regenwald, von Bahnschienen und asphaltierten Straßen durchzogen, wirkte nur noch wie eine künstliche Erinnerung. Die Farm hieß »Der schwarze Stumpf«, ein Witz, den ein anderer Woofer – so nannte man die Work-and-Travel-Kräfte – ihr erklärte. *Hinter dem schwarzen Stumpf* war eine örtliche Redewendung, die mitten im Nirgendwo bedeutete. Und genau dort wollte sie sein.

Anna war in Sankt Petersburg aufgewachsen. In ihren Augen hätte der Westen Australiens auch der flammend rote Mars sein können, die Ghostgum-Eukalyptusbäume standen da wie erstarrte Wächter vergessener Entdecker auf einem fremden Planeten. Relikte der Wanderer in der Welt des Mittags, deren Romane sie als Teenie heimlich gelesen hatte, weil sie ihrem Bruder gehörten. Nachts lernte sie neue Sternbilder. Die Milchstraße war mit nichts, was sie zuvor gesehen hatte, zu vergleichen. Die Barriere zwischen dieser Welt und der nächsten war hauchdünn wie Papier und der Himmel schien in gewaltigen, glänzenden Strahlen hindurch. Daneben schwamm eine dunkle Gestalt. Ein heiliger Emu, wie man ihr erzählte.

Einmal verwickelte sie ein Astronom auf einer Dinnerparty in ein Gespräch. Er sprach von der Sternzeit, die man durch die Erdrotation bezogen auf Fixsterne maß. Ein Sterntag war vier Minuten kürzer als ein Sonnentag. Hier hinter dem schwarzen Stumpf fühlte sie sich wie aus der Ortszeit gefallen, ankerlos, als würde sie sich von der Erdkruste lösen, deren Wölbung sie in der Wüste erkennen konnte. Sie schwebte in den flirrenden blauen Himmel und dem ausgebrannten weißen Loch der Sonne entgegen. Sternzeit, Stars und Sternchen, Nachmittagsvorstellung im Kino, Schule schwänzen. Ein Kuriositätenkabinett jenseits des bunten Jahrmarkts, der ihr Leben hätte sein sollen, voller Leichtigkeit und Versprechungen. Und sie war eine dieser Kuriositäten, beobachtet, nicht behütet. All das hätte nicht geschehen sollen. Distanziert. Von der Zeit losgelöst. Reine Sternzeit.

Die Hitze wärmte sie von innen heraus, allmählich taute sie auf. Der schwarze Stumpf wurde von einem Paar über siebzig geleitet, deren Haut so hart wie die Erde war. Sie verstanden, dass sie nicht reden wollte, und stellten keine Fragen. Anna konnte gut mit Pferden umgehen – als Kind hatte sie das Reiten geliebt –, deshalb überließ man ihr schon bald die Verantwortung für die Ställe. Während sie die Tiere striegelte, in den von ihnen aufgewirbelten Staub trat, Fliegen verscheuchte und Matsch und Dreck beseitigte, erzählte sie ihnen flüsternd von dem Spion, der sie liebte. Sein Name war James Bond.

Er liebte Anna, weil er das wollte, was ihr Mann im Kopf hatte. Dann liebte er sie, weil sie in ihm etwas rührte, wenn sie ihn unter ihren langen Wimpern hervor ansah und ihm ihr geheimnisvolles Lächeln schenkte.

Liebte er sie tatsächlich oder genoss er ihre Nähe nur, soweit er dazu fähig war? Fühlte er sich ihr gegenüber tatsächlich verantwortlich oder war sie nur die letzte in einer langen Reihe von Frauen, die er zu retten versprochen hatte? Ihr war das alles egal. Wichtig war allein, wie er sie im Arm hielt: als wäre sie eine kostbare Ressource, die er mit allen Mitteln verteidigen würde. Er war ein Söldner, ja. Trotzdem bedeutete das, dass sie für ihn einen Schatz darstellte. Sie fühlte sich sicher, als er ihr die Haare aus dem Gesicht strich und ihr sanfte Küsse auf die geschlossenen Lider hauchte. Sie fühlte sich begehrt, wenn er sie quer durch einen Raum gierig ansah. Sie fühlte sich gehört, wenn sie eine Ausfahrt machten und er nur leicht den Kopf neigte und »Ja« oder »Und dann?« murmelte, während sie ihre Geschichten von Michail erzählte. Als er, noch leiser als ein frühmorgendlicher Regenschauer, sagte: »Vertrau mir« – glaubte sie ihm. Als er sagte: »Ich bringe dich in Sicherheit« – glaubte sie ihm. Als er sagte: »Rattenfänger weiß Bescheid. Ich werde sie von euch weglocken« – glaubte sie ihm. Als er sagte: »Geh mit 009, ihm kannst du genauso trauen wie mir« – glaubte sie ihm da? Was, wenn sie und Michail diesem anderen Spion gefolgt und in Barcelona in diesen Zug gestiegen wären? Würden sie dann beide noch leben? Ja. Nein. Vielleicht. Darauf wissen die Pferde keine Antwort. Und sie auch nicht.

Nun, nachdem sie Monate hinter dem schwarzen Stumpf verbracht hat, ist es nicht mehr so wichtig. In ihre Wangen ist die Farbe zurückgekehrt wie in eine wiederbelebte Flussebene. Hier in der Wüste blüht sie auf. Sie ist in Sicherheit, allein.

Bis ein weiterer Woofer herkommt, ein Veteran mehrerer Kriege in mehreren Armeen, der nun Frieden sucht. Die Eigentümer der Ranch glauben, dass Anna und der Soldat sich vielleicht gegenseitig dabei helfen können, zurück ins Leben zu finden. Doch erneut weicht Anna das Blut aus den Wangen. Der Mann erhält zu viel Post, verschickt zu viele Briefe, ruft zu viele Leute an.

Eines Tages fragt er sie, ob sie jemals einen anderen Nachnamen hatte. Vielleicht ein Zufall. Vielleicht Schicksal. Vielleicht hat es nichts zu bedeuten.

Trotzdem drückt sie das Gesicht ein letztes Mal gegen die samtenen Nüstern ihres Lieblingspferdes und sagt dem Tier, dass sie dieses Leben vielleicht gar nicht überleben sollte. Das Pferd lehnt den Kopf sanft gegen ihren Hals und versucht, sie an Ort und Stelle zu verankern.

Der Greyhound nähert sich. Die Straße ist ein langes schwarzes Seil, an dem man sich aufhängen könnte.

TEIL II

GESTOHLEN

EINBRUCH

Kreta

Als es klopft, öffnet Joseph Dryden die Tür. Die Frau neben dem Servierwagen trägt eine Hoteluniform und mit ihrer gebräunten Haut und den platinblonden Haaren könnte sie problemlos zu diesen Mittzwanzigern gehören, die im Tourismus arbeiten und für den Strand leben. Eigentlich verrät ihm nichts, dass sie nicht diejenige ist, für die sie sich ausgibt. Wenn er sich von der Schönheit der Frauen ablenken ließe, wäre sie eine wunderschöne Ablenkung, groß und mit grazilen Bewegungen schiebt sie den Wagen über die im Schachbrettmuster verlegten blau-weißen Fliesen, ihre zarte Statur mahnt geradezu, dass er galant sein und ihr helfen sollte, aber darunter entsteht der unbeschreibliche Eindruck – ein Funkeln in ihren grünen Augen, das Grinsen auf ihrem breiten roten Mund, als sie das Trinkgeld annimmt –, dass sie sich, während er ihr behilflich wäre, an seinem Portemonnaie vergreifen würde. Daran ist an sich nichts Ungewöhnliches. Aber Dryden hat ein Gespür für Kompetenz: Ihn ziehen Menschen an, die den Höhepunkt ihrer Fähigkeiten erreicht haben, und er hat den Verdacht, dass diese Frau als Hotelpagin nicht sehr fähig ist. Deshalb überrascht es ihn kaum, als sie die Zimmertür von innen schließt.

Deutlich stärker überrascht ihn, als sie sich umdreht und gebärdet:»Keine Stimmen. Befehl von Moneypenny. Ich bin hier, um bei einem Einbruch zu helfen.«

Erneut mustert er sie von oben bis unten, fragt sich, wo Moneypenny diese Leute immer auftreibt, und gebärdet dann:»Die Hand ist im Kühlschrank.«

»Und wie sieht es mit dem rechten Augapfel aus?«, erkundigt die Frau sich.

Dryden entgleiten die Gesichtszüge.»Mir hat keiner gesagt, dass wir ihn brauchen.«

»Ohne kommen wir nicht in den Freihafen. Kommen wir an die Leiche ran?«

»Das wird eine unschöne Exhumierung, glauben Sie mir.«

Da grinst sie plötzlich.»War nur ein Scherz.«

»Ganz toll«, gebärdet er und wirft ihr einen ernüchterten Blick zu.»Alle lieben Scherzkekse.«

Sie zwinkert ihm zu.»Ich heiße Rachel Wolff.«

»004.«

»Doppelnull – was bedeutet das?«

Dryden seufzt.»Dass man im Rahmen seines Dienstes zwei Menschen getötet hat und deshalb mit der Doppelnull ausgezeichnet wird – der Lizenz zum Töten.«

Rachel Wolff zieht die Augenbraue hoch.»Sie haben zwei Menschen getötet?«

»Ich habe Hunderte Menschen getötet.«

»Ganz toll«, gebärdet sie und erwidert seinen ernüchterten Blick.»Alle lieben Killer.«

Joseph Dryden und Rachel Wolff teilen sich auf dem Balkon sein Frühstück. Die Sonne wird vom weißen Marmor reflektiert. Beide tragen verspiegelte Sonnenbrillen und beobachten einander über ihren Kaffee hinweg dabei, wie sie den jeweils anderen beobachten. Eine Brise, die nach Meer riecht, lässt die zarten Vorhänge wehen und Schatten werfen.

Schließlich gebärdet Dryden: »Also, wie machen wir es?«

Rachel faltet ihre Serviette. Dann erwidert sie: »Wie würden Sie es machen, wenn ich nicht hier wäre?«

Ein Achselzucken. »Den Nachtmanager zu Hause besuchen und ihn davon überzeugen, dass er mir helfen möchte.«

»Was hat er Ihnen denn bitte getan? Außer, dass er eine praktisch zollfreie Bank ohne jegliche Kontrollen überwacht, deren Vermögen im Namen der Superreichen ohne irgendwelche Fragen Grenzen überwindet? Er ist nur ein Typ mit einem völlig legalen Job, der wahrscheinlich nicht besonders gut bezahlt ist.«

»Ich hinterlasse keine *bleibenden* Schäden.«

»Was für ein Motto.«

Er grinst. »Na gut. Haben Sie eine bessere Idee?«

»Freihäfen verfügen über ein Sicherheitsproblem. Es gibt keine Register mit Kunden oder Waren. Für Leute, die ihre Kunst- oder Weinsammlung steuerfrei und nicht angemeldet lagern wollen, hat die Privatsphäre oberste Priorität. Das bedeutet, keine Überwachungskameras, keine Gesichtserkennung, nicht einmal Namen. Da kommt die Biometrie ins Spiel. Alle Daten befinden sich in einem per Air Gap gesicherten System – man kann es nicht hacken. Am Haupteingang verwenden sie einen Handscanner, der ist zuverlässiger als Fingerabdrücke. Sobald die Kunden drin sind, tauschen sie ihr Handy gegen ein Tablet ein, das zwei Dinge tut. Erstens: Dieser Freihafen ist als das Labyrinth bekannt, weil – na ja, Kreta eben –, aber auch wegen seiner Architektur. Ähnlich wie bei M. C. Escher. Der Grundriss soll in die Irre führen.

Die Tresorräume sind nicht nummeriert. Es gibt keine Schilder. Ihr Tablet führt Sie zu Ihrem Container.«

»Sie gebärden gut. Und zweitens?«

»Gangerkennung«, gebärdet Rachel.

»Nach 9/11 hat die DARPA Millionen in die Entwicklung einer Gangerkennung gepumpt, weil sie ein Grundpfeiler ihres Programms zur Terrorismusbekämpfung Total Information Awareness werden sollte, mit dem sie auf alle Daten eines Menschen zugreifen wollte – allerdings mit eher geringem Erfolg. Wenn man humpelt oder eine Sporttasche dabeihat oder sogar einfach nur joggt, kann man das Erkennungssystem überlisten oder verwirren.«

»Ganz genau«, bestätigt Wolff. »Und an diesem Punkt ist die Technologie stehen geblieben, bis wir alle angefangen haben, freiwillig Beschleunigungssensoren in der Tasche zu tragen. Ihr Handy misst Ihren Gang. Beschleunigungssensorscanner können Ihren Gang mit 99,4 Prozent Genauigkeit erkennen. Das Personal im Labyrinth vergleicht die aktuellen Daten auf Ihrem Handy mit den zu Ihnen bereits vorhandenen. Stimmen diese nicht überein, verfüttert man Sie an den Minotaurus. Stimmen sie überein, gibt man Ihnen das Tablet, auf dem die biometrischen Gangdaten gespeichert sind, die sie bei Ihrer ersten Anmeldung und bei jedem Folgebesuch aufgezeichnet haben. Sie machen sich auf den Weg zu Ihrem Tresor, und falls der Gang auch nur bei einem Schritt nicht dem entspricht, was das Tablet erwartet, löst dieses den Alarm im Gebäude aus.«

»Ich habe Corsos Handy«, gebärdet Dryden. »Wir könnten seine Gangdaten doch gegen meine austauschen, oder?«

»Wenn er den Freihafen noch nie besucht hätte, könnten wir das tun. Aber die vom Tablet gesammelten Gangdaten

werden gespeichert, um sie beim nächsten Besuch abzuglei-
chen.«

»Sie haben gesagt, dass die Daten per Air Gap gesichert
sind. Kommen wir an den physischen Computer ran?«

Sie schüttelt den Kopf. »Der befindet sich im Gebäude.
Und um dort hineinzukommen, muss man …«

»An den Gangerkennungssensoren vorbei. Alles klar. Also
könnte ich durch das erste Tor kommen, indem ich Corsos
abgetrennte Hand verwende?«

»So was hört man normalerweise nicht, wenn man sich
unterhält, aber klar.«

»Aber sobald ich ihr Tablet in der Hand halte und einen
Schritt mache, ist die Mission FUBAR«, fährt er fort.

Sie sieht ihn fragend an.

»Fucked up beyond all repair. Also komplett im Arsch«,
erklärt er.

»Das merke ich mir.«

»Warum dann nicht einfach das Tablet loswerden?«

»Da kommen wir zu Problem Nummer drei«, gebärdet sie.

»Ganz toll.«

»Das Labyrinth verwendet eine vom US-Militär als
STORMS bezeichnete Technologie, das steht für Sense
Through Obstruction Remote Monitoring System oder Sol-
daten triezen Opfer mit reizendem Militärslang.«

Dryden beißt sich auf die Zunge.

»Es wird als ›Erkennungssystem für menschliche Le-
bensformen‹ bezeichnet und basiert auf einem modernen
durchdringenden Radar. Wenn man sich in diesem Gebäude bewegt, spürt STORMS das, indem es hochmoderne
elektromagnetische Wellen durch die Wände aussendet und
die Gegenwellen empfängt, die von allen Zielpersonen oder

Materialien, auf die sie treffen, zurückgeworfen werden. Die elektromagnetischen Wellen erkennen die Funkfrequenz des Tablets. Falls Sie mit leeren Händen herumlaufen, spürt STORMS das und löst den Alarm des Gebäudes aus, solange Sie sich mit einem schlagenden Herzen darin befinden.«

»Und wieder FUBAR.«

»Genau. Aber zufälligerweise ist FUBAR genau unser Ziel.«

»Warum das?«

»Sie stehen mit der abgetrennten Hand in, na ja, in der Hand am Haupteingang. Sie schaffen es hinein. Man gibt Ihnen das Tablet. Sie betreten das Labyrinth und lösen den Alarm aus. Dann vermeiden Sie es, gefangen genommen zu werden, oder führen einen hoffentlich nicht tödlichen Kampf, und zwar genau vierzig Minuten lang, wobei Sie die gesamte Zeit über den Alarm des Gebäudes auslösen. Dann entkommen Sie unverletzt. Oder möglicherweise leicht verletzt.«

Dryden lockert seine Schultern. »Und während ich verletzt werde, machen Sie in diesen vierzig Minuten was genau?«

»Ich befinde mich bereits im Gebäude. Das Labyrinth ist klimatisiert und bestens gewartet. Das Reinigungspersonal erhält kleinere Tablets, die es bei seinen Runden bei sich trägt. Nicht ganz so hübsch, aber ebenso genau. Am Mitarbeitereingang gibt es keinen Handscanner, nur einen Fingerabdruckscanner. Ich habe mir ein Tablet mit Fingerabdrücken einer Reinigungskraft besorgt, der ich mit einigen Modifizierungen und einer erstklassigen Darstellung ähneln kann. Das Labyrinth hat von ihr die Daten einer Woche. Ich habe sie laufen sehen. Ich kann sie mindestens so lange imitieren, dass ich es in den Personalaufzug schaffe. Danach ist die Fehlerquote von null Komma sechs Prozent wahrscheinlich aufgebraucht. Und da kommen Sie ins Spiel.«

»Ich löse den Alarm aus, alle sehen, dass jemand im Gebäude ist, der nicht dort sein sollte, aber man sucht nur nach mir.«

»Das ist die Idee. Vor allem, wenn ich mindestens achtzig Prozent Genauigkeit einhalten kann, ihre Misstrauensgrenze. Niemand wird sich darum scheren, solange Sie frei herumlaufen. Ich dürfte etwa eine Viertelstunde bis zum Tresorraum brauchen.«

»Wie kommen Sie darauf?«

Sie lächelt. »Die Leute lassen ihr Handy bei den Sicherheitsleuten. Eine einfache Google-Suche sagt einem, wie lange diese Handys – oder die Leute, denen sie gehören – im Durchschnitt dortbleiben. Nehmen wir an, eine Viertelstunde bis zum Tresorraum, zehn Minuten Aufenthalt, dann eine Viertelstunde zum Verlassen durch den Souvenirshop. Vierzig Minuten.«

»Ich habe die Kombination für die äußere Tür zu Corsos Tresorraum. Die war auf ein Dokument in Corsos Haus gekritzelt. Nicht gerade die schlauste Leiche. Aber soweit ich es verstanden habe, bietet das Labyrinth seinen Kunden Tresore im *Inneren* der Container an. Für den Tresor habe ich keine Kombination, obwohl ich den in seiner Villa mit Pulver untersucht habe. Er hat die Kombination wöchentlich geändert, daher war es ein einziges Chaos, aber ich habe einige Zahlengruppen entdeckt.«

»Haben Sie ihn aufbekommen?«

»Dafür hätte ich einen Sprengsatz an der Wand oder ein Geschenk von Q benötigt, hatte aber keines von beiden. Tresorknacken ist nicht mein Fachgebiet.«

»Also dann, 004, sollte das hier der Anfang einer wunderbaren Freundschaft sein.«

»Sie können ihn knacken?«

»Und innerhalb von zehn Minuten die benötigten Bodenproben und Fingerabdruckscans von den enthaltenen Objekten entnehmen und damit alle nötigen Beweise sammeln, um die Herkunft und Identität der Schmuggler aufzudecken, vielleicht sogar die Identität des Antiquitäten-Janus. Dann verlasse ich das Gebäude durch den Personaleingang, während Sie tun, was Sie so tun, um mittelschwer verletzt abzuhauen.«

»Jetzt sind wir also schon bei mittelschwer verletzt, ich verstehe.«

»Außerdem brauchen wir ein Fluchtfahrzeug. Am besten einen Audi. Und wir müssen wissen, wie schnell die örtliche Polizei da sein kann. Ich nehme an, dass sie nicht sofort die Polizei verständigen. Damit würden sie zu viel preisgeben. Aber wenn sie den Alarm auslösen, müssen wir wissen, wie schnell die Sirenen ertönen. Es wäre gut, die Polizeiwache anzuzapfen.«

Dryden hebt den Finger und räuspert sich. »Aisha, Ibrahim – seid ihr da?«

Rachel Wolff sieht sich um, blickt dann wieder ihn staunend an und versucht, seine Ohren zu mustern.

»Ich muss wissen, wie schnell die örtliche Polizei durchschnittlich vor Ort ist. Und den Polizeifunk anzapfen«, sagt er.

Aishas Stimme schleicht sich in seinen Kopf. »Augenblick … Zwölf Minuten. Die schieben es auf den Verkehr.«

»Natürlich tun sie das. Danke, Aisha.«

»Können wir sonst noch was für dich tun?«, fragt Aisha.

»Das wäre alles.«

»Dann geh 'ne Runde für mich schwimmen. Ende.«

Dryden gebärdet Rachel: »Zwölf Minuten. Anscheinend ist der Verkehr dort die Hölle.«

»Wie machen Sie das? Sie tragen ja nicht mal einen Ohrhörer«, entgegnet sie.

»Wir bekommen die besten Spielzeuge.«

Sie grinst. »Vielleicht ist es gar nicht so schlecht, Spion zu sein.«

15

DAS LABYRINTH

Kreta

Dädalus brachte die Zeit an den Hof von König Minos. Als Erfinder perfektionierte er die Kunst, Stahl zu engen Federn zu winden, mit denen er die Rädchen und Ketten unglaublicher Geräte steuerte, die den Verlauf der Stunden präzise anzeigen konnten. Dädalus war es, der das Labyrinth erschuf, in dem man den Bastard von Königin Pasiphae, Minos' Ehefrau, und dem wunderschönen weißen Bullen, den Poseidon geschickt hatte, einsperrte. Das Kind war halb Bulle, halb Mann. Der Minotaurus. Das Labyrinth war ein Irrgarten aus schlichten Wänden, Sackgassen, Treppen ins Nirgendwo, identischen Fluren und symmetrischen Galerien. Die Tür stand stets offen. Alle konnten es betreten. Niemand konnte es verlassen. Die Pfade waren so gestaltet, dass sie die Opfer in die steinerne Kammer im Herzen des Labyrinths führten, in der der Minotaurus gefangen gehalten wurde. Um Athen vor Minos' Flotte zu retten, stimmte König Ägeus zu, dem Minotaurus jedes Jahr sieben Mädchen und sieben Jungen aus Athen zu opfern. Nach fünf Jahren aber sagte König Ägeus' Sohn Theseus, dass es reichte. Er bot sich selbst als

Opfer an. Dädalus riet ihm, ein Wollknäuel mit ins Labyrinth zu nehmen, ein Ende an der Tür festzubinden und es hinter sich abzurollen, damit er den Weg hinaus fand. Als Theseus beim Minotaurus ankam, forderte die tragische Kreatur ihn zum Duell heraus, weil Theseus ihr nur so ehrenvoll das Leben nehmen konnte. Sie wollte sterben. Theseus folgte dem Faden in die Freiheit und nahm Prinzessin Ariadne mit sich. Sie flohen. Da Dädalus und sein Sohn Ikarus den jungen Liebenden geholfen hatten, ließ König Minos sie ins Gefängnis werfen. Dädalus baute aus Federn und Kerzenwachs Vogelflügel. Doch wie allgemein bekannt ist, flog sein Sohn zu nah an die Sonne.

Joseph Dryden fragt sich, ob er genau das Gleiche tun wird, als er den Audi an die Spitze der kurzen Schlange lenkt, die auf Zutritt zum Labyrinth wartet. Eine andere Denkschule sagt, dass Minos' Tochter Ariadne Dädalus nach dem Geheimnis des Labyrinths gefragt und Theseus sowohl den Faden als auch das Schwert gegeben habe. Dryden hofft, dass Rachel seine Ariadne sein kann. Es riecht nach Salz und Rost. Die Hafenmauer von Heraklion wird von der venezianischen Koules-Festung bewacht. Dahinter legen an den Anlegern für Passagiere ständig Fähren an und ab. Aber den größten Teil des Hafens nimmt die Zollstation ein, wo die Container aus Sicht der Satelliten ein buntes Tetris-Spiel spielen. Im Zuge der Globalisierung ist der Seetransport so reibungslos wie möglich gestaltet worden, um den Handel zu fördern. Natürlich muss man dafür Kompromisse bei der Sicherheit eingehen. In einigen Kisten und Containern befinden sich Drogen und Waffen. Oder verzweifelte Menschen. Die Erträge aus den Transporten werden genutzt, um Terrorismus zu finanzieren oder die Geldmittel für den Terrorismus zu waschen. Aber die größte Sorge – seit 9/11 sieht man das als starke Bedrohung – ist, dass Terroristen Leute in die Seefahrt schleusen könnten, die die Fracht nutzen, um Sprengstoff oder sogar Biowaffen in die Häfen wichtiger Städte zu schmuggeln.

Über seine Sonnenbrille hinweg betrachtet Dryden die rostigen Lagerhallen. Trotz dieser Sicherheitslücken ist das Schwerverbrechen nicht in diesen heruntergekommenen Schuppen zu Hause. Es wohnt in dem blendenden Komplex, auf dessen hohe Stahltore Dryden nun zurollt. Das Labyrinth liegt in einem weitläufigen Gebäude mit nur einem Stockwerk, aber 004 nimmt an, dass es im Untergrund mehr sind. Seine genaue Form könnte jemand benennen, der sich sehr gut mit Geometrie auskennt. Dryden sieht einen facettierten Kristall, der komplett weiß gestrichen ist. Auf dem Dach ragen Solarpaneele auf. Das Labyrinth strahlt heller als Gold. Wenn man Schmuggler ist und sich den Zugang zu einem Freihafen leisten kann, ist das hier ein Tempel des Verbrechens.

Dryden rollt vorwärts und kommt an ein bemanntes Wachhäuschen. Der Wachmann winkt lustlos. Auf einer Säule wartet ein Scanner darauf, dass Dryden Corsos abgetrennte Hand wenige Zentimeter darüber hält. Die Frage ist, wie er den Wachmann dazu bringen kann, den Blick abzuwenden, während er das tut.

»Aisha, etwa zwei Meter westlich von meinem Standort befindet sich ein Wachhäuschen. Finde dort ein Telefon und ruf es an. Jetzt«, sagt Dryden.

Aishas Stimme erklingt in seinem Kopf: »Du kannst gern auf mich vertrauen, aber manchmal verlangst du einfach zu viel von mir.«

Dryden lässt das Fenster herunter und hebt die eigene Hand.

Er streckt sie durch das Fenster.

Das Telefon klingelt. Der Wächter zuckt leicht zusammen, dreht sich weg und nimmt ab.

Dryden zieht seinen Arm zurück, holt die eisige Hand aus der Kühlbox auf dem Sitz neben sich und hält sie über den Scanner. Es fühlt sich an, als würde er eine Tüte mit Grünkohl festhalten, die ganz hinten im Kühlschrank gelegen hat und nun vereist ist. Die Venenerkennung liest dem toten Mann die Hand. Dessen Zukunft sieht nicht gut aus. Der Bildschirm leuchtet grün auf.

Als der Wächter sich wieder Dryden zuwendet, sitzt dieser entspannt da, sieht nach vorn und hat beide Hände auf dem Lenkrad liegen. Die Schranke geht hoch.

»Ich schlage dich für eine Gehaltserhöhung vor«, sagt Dryden zu Aisha.

»Schatz, ich verdiene mehr als du«, erwidert sie.

»Das glaube ich leider nur zu gern.«

»Ich suche noch weiter, aber Q konnte nichts über die Sicherheit im Inneren finden.«

Dryden parkt den Wagen etwa sechs Meter vor dem Tor.

»Im Zweifel einfach richtig fest zuschlagen.«

»Hulk, draufhauen! Gefällt mir.«

»Das nehme ich mal als Kompliment.«

»Das solltest du, er ist der stärkste Superheld, den es gibt. Ibrahim erwartet die Proben für seine Tests. Viel Glück.«

Dryden konzentriert sich auf das Amulett gegen den bösen Blick, das er aus Corsos Auto mitgenommen und in den Audi gehängt hat. »Danke. Ich gehe offline.« Er drückt die Kombination auf seiner Commander-Armbanduhr, mit der er den Stream zum MI6 unterbricht, ohne sein Implantat zu beschädigen. Die Verbindung kann vom MI6 jederzeit wieder eingeschaltet werden, aber nur, wenn Aisha und Ibrahim glauben, dass sein Leben unmittelbar in Gefahr ist. Eine Frage der Privatsphäre. Dryden holt Corsos Handy aus dem Handschuhfach und drückt mit dem Daumen des Toten darauf. Der Bildschirm leuchtet auf. Dann greift er ins Handschuhfach und holt einen improvisierten Sprengsatz heraus, den er aus Sachen, die er vor Ort in einer Drogerie gekauft hat, zusammengebastelt hat. Er kann ihn mit einem Tippen auf seine Uhr auslösen. Dryden betrachtet die Funkverbindung zwischen Armbanduhr und Bombe als sein persönliches Wollknäuel.

Die Drehtür trägt ihn aus der beinahe dreißig Grad heißen Außentemperatur in die winterlich klimatisierten Räume. Deren Beleuchtung ist so hell, dass er schützend eine Hand vors Gesicht hält. Das stechende Surren von beanspruchten Drähten und Sicherungen dröhnt in seinem Gehör. Sicher verfolgt das STORMS-System Dryden bereits. Mit Aishas Hilfe hat er seinen Gang auf Corsos Telefon übertragen. Während der zwölf Schritte, mit denen er den geschwungenen Glastresen erreicht, scheint er wie der tote Mann zu laufen.

»Guten Tag, Sir«, begrüßt ihn die Frau hinter dem Glastresen fröhlich.

Dryden übergibt ihr Corsos Telefon.

Die Frau öffnet die App des Freihafens. Sie nickt und holt dann unter dem Tresen ein Tablett hervor, von dem sie ihm ein Tablet reicht und das Handy an dessen Stelle legt.

»Willkommen zurück, Sir. Bitte tragen Sie diese kostenlose Sonnenbrille, um Ihre Augen zu schützen, und genießen Sie Ihren Aufenthalt.«

Dryden nimmt die klobige Sonnenbrille entgegen. Sie erinnert ihn an die 3-D-Brille, die er als Teenager gebastelt hat, um die Sonnenfinsternis zu beobachten. Er bedankt sich und wiegt das Tablet in den Händen, auf dem ein Zickzackpfad zwischen dem Empfang und Corsos Tresorraum aufgezeichnet ist. Wirklich wie bei M. C. Escher. Ob Dryden es überhaupt durch die Empfangshalle und die von zwei Bewaffneten bewachte Doppeltür schafft, bevor der Alarm ausgelöst wird?

Es gibt nur einen Weg, das herauszufinden.

Rachel Wolff verstaut ihre Tasche im Spind des Personalraums und wirft einen letzten Blick in den Spiegel an der Innenseite der Tür. Sie hat sich weiße Härchen in die Augenbrauen geschminkt und die Wangen mit Watte ausgepolstert, die ihr schrecklichen Durst bereitet. Mit hellem Puder und schlecht geschminkten Lippen hat sie ihre Hautfarbe verändert und sich den Anschein einer Frau gegeben, die sich im Bus schminkt. Sie trägt eine blonde Perücke, die sie so lange geglättet hat, bis die Haare schlaff herunterhingen. Die Schultern lässt sie nach vorne fallen, wie jemand, den Stehen schon seine ganze Energie kostet – an Haltung ist da nicht mehr zu denken. Die Reinigungskraft, deren Platz sie einnimmt, hat einen Anruf erhalten, dass ihr Sohn bei einem Schulausflug verletzt wurde, und befindet sich gerade auf einer Fähre zum Festland. Die Frau bewegt sich im Stechschritt, den Hals nach vorne gestreckt, entschlossen auf dem Weg zur Ziellinie, aber von einem starken Wind gebremst. Ihr rechter Fuß ist nach innen gesenkt, sodass das Gewicht auf den großen Zeh drückt und ihr Schwielen an der Ferse verursacht. Der linke Fuß ist nach außen gedreht, sodass sie Schwielen am kleinen Zeh bekommt. Sie klagt über Gelenkbeschwerden. Die Schwerkraft der Erde, die gegen die schiefen Knochen drückt, zermalmt ihr die Knie. Sie ist eine alleinerziehende Mutter Ende dreißig, die zum Mindestlohn arbeitet und vorzeitig altert. Rachel sieht auf die Uhr ihres Handys.

Okay. Los geht's.

Joseph Dryden schafft es zehn Schritte in den gleißend hellen Flur, bevor mit einem ohrenbetäubenden Heulen der Alarm losgeht. Er stolpert gegen die Marmorwand und presst die Hände an den Kopf. Dann tastet er nach der Steuerung an seiner Uhr und dreht die Lautstärke des Implantats herunter. Die Tür schwingt auf und zwei Wachmänner eilen auf ihn zu. Sie schreien auf Griechisch und heben die Gewehre. Die Mündungen der Waffen sind orange gekennzeichnet, was für Plastikgeschosse steht.

Zu einem Straßenkampf sollte man nie Gummigeschosse mitbringen.

Er geht auf die Männer zu und ruft: »Was ist los?«

Als einer die Hand nach Drydens Tablet ausstreckt, schlägt er ihm damit gegen die Kehle, fängt das herunterfallende Gewehr auf und schwingt es wie eine Keule dem anderen Wachmann gegen den Kopf.

Die Tür des Personalaufzugs öffnet sich, als die Sirenen ertönen. Rachel Wolff will sich den Ohrhörer gegen den Lärm am liebsten tiefer hineindrücken, widersteht dem Drang aber für den Fall, dass jemand vorbeikommt. Vor ihr liegt ein endlos scheinender Flur. In die Decke sind Leuchten eingelassen, die gleißend hell den weißen Marmor beleuchten. Vor Rachels Augen tanzen rote Pünktchen, sodass es ihr unmöglich ist, einzuschätzen, was hinter der nächsten Ecke liegt, oder zu erkennen, ob die Gänge enger oder breiter werden. Sie schiebt den Putzwagen vor sich her und joggt los. Falls man sie anhält, sagt sie, dass sie sich auf der Suche nach dem Notausgang verlaufen hat. Natürlich fällt es einem hier drin ziemlich einfach, so zu tun. Sie hält in ihrem gebeugten Gang inne, als Drydens Stimme durch den Ohrhörer knackt. Er hat sein Implantat mit ihrem Funkgerät verbunden.

»Hören Sie zu – zweimal links, zwei Ebenen runter, zweimal rechts, links, rechts, links, eine Ebene hoch, sechzig Schritte geradeaus, dann auf der rechten Seite.«

Rachel wiederholt die Anweisung.

»Sie haben es. Ich schmeiße das Tablet jetzt weg.«

»Irgendwie klingen Sie etwas außer Atem«, bemerkt Rachel.

»Sie mich auch.«

Sie lacht. »Wir sehen uns auf der anderen Seite.«

Dryden wirft das Tablet durch die Luft und trifft damit einen der beiden Wachmänner, die ihn auf die nächste Etage hinunter verfolgt haben. Es knallt dem Mann gegen den Kopf, sodass er wie ein nasser Sack zusammenbricht. Dryden fängt ihn im Fallen auf und benutzt ihn als Schutzschild gegen den Regen aus Gummigeschossen. Dann wirft er den erschlafften Körper auf seinen Gegner zu. Der Mann geht zu Boden und Dryden schlägt ihn mit dem Gewehrkolben bewusstlos. Er nimmt sich das Handy, das der Mann am Gürtel trägt. Darauf ist ein dreidimensionaler Plan des gesamten Labyrinths zu sehen, während das Tablet nur Corsos Tresorraum angezeigt hat. Der Bildschirm blinkt rot. Dryden nimmt sich etwas Zeit, um sich die Karte einzuprägen, dann steckt er das

Handy und die Ladestreifen der Gewehre der beiden Männer ein. Als er Rufe hört, sprintet er los. Der Flur führt allmählich nach unten und er bemüht sich, nicht an die minoischen Mörder zu denken, die auf den Minotaurus gehetzt wurden, bevor mit Ägeus der Handel über ein Menü aus Unschuldigen ausgehandelt wurde. Es sind vier Minuten vergangen.

Rachel Wolff ist nun im Untergeschoss und lässt den Wagen die Stufen hinunterkrachen, als sich links von ihr in den blendend weißen Wandpaneelen eine Tür öffnet. Eine Frau in einem barbiepinken Hosenanzug rempelt Rachel an und eilt die Treppe hinauf, ein Gemälde unter dem Arm. Die Ratten verlassen das sinkende Schiff und nehmen ihr Gold mit. Rachel biegt um die nächste Ecke und rempelt einen Mann an, dessen akkurater Haarschnitt, schweißbedeckte Oberlippe und glänzendes Jackett auf mittleres Management schließen lassen. Er packt sie am Ellbogen und schreit sie an – Rachel versteht kaum Griechisch, erkennt aber das Wort »Notfall« und dass er sie mit dem Namen der Reinigungskraft anspricht, die sie imitiert. Kleine Siege. Sie zeigt in die Richtung, in die sie gehen muss. Er schüttelt vehement den Kopf und zerrt sie wieder dahin zurück, wo sie hergekommen ist. Rachel widersetzt sich ihm, zeigt mit dem Finger, dass sie nur eine Minute braucht, eine Minute. Er gibt auf – hat gerade größere Probleme – und ruft ihr noch ein letztes Mal zu, dass sie gehen soll, bevor er wegrennt.

Dryden rast die Treppe drei Stufen auf einmal nehmend hinauf und verschießt hinter sich Gummigeschosse. Oben angekommen, bleibt ihm vor Schreck beinahe das Herz stehen – aber es ist bloß sein Spiegelbild. Die Treppe ist eine

Sackgasse, ein Spiegel, wo er eine Tür erwartet hatte. Er dreht sich um. Unzählige Wachmänner strömen auf ihn zu. Er stößt sachte mit dem Ellbogen gegen den Spiegel. Dieser gibt etwas nach.

In Afghanistan war er nicht ohne Grund als Door-Kicker bekannt.

Zehn Minuten. Der Wagen hält sie auf und wird von Minute zu Minute weniger sinnvoll. Rachel stellt ihn ab und nimmt die Testsets in ein Handtuch gewickelt mit. Keine Chance, dass ihr Gang jetzt stimmt. Noch sechzig Schritte.

Der Spiegel bekommt Risse, dann zerbricht er. Dryden treffen Gummigeschosse in den Rücken. Er taumelt in einen Gang, der eine Kopie dessen zu sein scheint, aus dem er gerade entkommen ist.

Rachel fährt mit der Hand über den Marmor und sucht nach dem Spalt, der die Tür zu Corsos Tresorraum enthüllt. Endlich findet sie ihn und drückt. Die Tür sinkt einige Zentimeter in die Wand ein und ein Touchscreen erscheint. Rachel gibt den Code ein. Da schwingt die Tür zum Tresorraum auf.

Jetzt ist es ein Tanz. Unbewaffneter Kampf, keine Munition mehr, einfach Dryden gegen ein halbes Dutzend Männer in halb professioneller Kampfmontur, die Gesichter durch Visiere geschützt. Drydens einziger Schutz ist die Pappbrille, die er sich herunterreißt, spitz zusammenknüllt und dem Mann vor sich in die Achsel stößt, sodass dieser sich zusammenkrümmt. Dryden reißt dem Wachmann das Visier vom Gesicht und prügelt damit auf den nächsten Angreifer ein.

Corsos Tresorraum ist leer, abgesehen von dem frei stehenden Safe, ein anderthalb Meter hohes Stahlmodell. Zu schwer, um ihn auch nur einen Millimeter zu bewegen. Zu dick, um ihn von vorne oder hinten aufzubohren. Auch diagonal zu bohren kommt nicht infrage. Das feuerfeste Material spricht ebenso dagegen, das Schloss mit einem Plasmaschneider oder einer Thermolanze auszubrennen. Und wenn man ihn sprengt, zerstört man die darin enthaltenen Beweise. Das hat sie erwartet. Mit ausreichend Zeit und dem richtigen Werkzeug würde Rachel Wolff wetten, dass sie jeden Tresor der Welt knacken könnte. Es gibt ein paar grundsätzliche Vorgehensweisen. Elektronische Tresore können lächerlich einfach geknackt werden, indem man entweder das elektronische Tastenfeld mit ultravioletter Tinte besprüht und mit einer UV-Lampe beleuchtet, um die Fingerabdrücke sichtbar zu machen, oder indem man das Gerät an eine App anschließt, die alle möglichen Kombinationen durchgeht, bis sie die richtige findet. Man muss nur abwarten. Rachel findet dieses Vorgehen faul und nicht gerade elegant, aber manchmal muss man Dummem mit Dummem begegnen. Apropos dumm, überraschend viele Leute verändern nie die Standardkombination, die von den Herstellern des Safes festgelegt wird, oder schreiben die Nummer irgendwo auf, wie Corso es für die Tür des Tresorraums getan hat.

Bei diesem Safe muss man drei Kombinationsschlösser überwinden. Man braucht ein gutes Ohr, nicht leicht, wenn ihr schon allein vom Lärm des Alarms schwindelig wird. Aus ihrem Kittel zieht sie ein Stethoskop und geht in die Hocke. Als Kind hat sie genauso selbstverständlich Tresorknacken gespielt wie andere Kinder Mutter, Vater, Kind. Talentierte

Tresorknacker können bei jedem Safe die richtige Kombination finden, indem sie einfach durch ein Stethoskop lauschen, während sie am Zahlenknopf drehen. Ihr Vater hat sie immer mit zugebundenen Augen üben lassen, während er auf voller Lautstärke die Beatles laufen ließ. Jede Nummer einer Kombination gehört zu einer anderen Mitnehmerscheibe, die sich hinter dem Zahlenknopf befindet. Sie lauscht auf das leise Klicken, das ihr verrät, dass die Mitnehmerscheibe an der richtigen Stelle sitzt. Wenn die richtige Kombination eingestellt ist, liegen die Öffnungen der Scheiben in einer Flucht und die Tür springt auf. Rachel schließt die Augen und lauscht über die Schreie hinweg auf das Flüstern. Das hat ihre Mutter ihr immer gesagt. Ihre Mutter glaubte an Zeichen aus dem Universum. Hör auf das Flüstern, dann musst du die Schreie nicht hören. Was hätte Rachels Mutter wohl zu den Plänen des Universums gesagt, als Moneypenny durch die Tür trat?

Dryden wischt sich Blut aus dem Gesicht und ringt um Atem. Er klettert über den Haufen der Bewusstlosen und stolpert einen Gang entlang. Die Tür zu einem Tresorraum steht offen. Darin befinden sich unzählige Weinregale. Dryden hebt den Blick. Das Labyrinth wird perfekt temperiert und aufs Sorgfältigste gereinigt. Dafür benötigt man eine Klimaanlage. Also steigt er die Leiter eines Weinregals hinauf und schlägt gegen das Gitter in der Decke. Dryden zieht sich in den Lüftungsschacht hinauf und sieht auf die Uhr. Die zehn Minuten, die Wolff zum Tresorknacken benötigt, sind beinahe abgelaufen. Dann braucht sie noch eine Viertelstunde, um das Gebäude zu verlassen. Zeit, den Rückweg freizumachen. Er gibt auf seiner Uhr die Kombination ein und stellt seine Verbindung zum MI6 wieder her.

»Aisha, siehst du auf den Satelliten in einem Radius von sechs Metern um mein Fahrzeug irgendjemanden auf dem Parkplatz?«, flüstert Dryden.

Es folgt eine kurze Stille, dann erwidert sie zornig: »Was zum Teufel geht da vor? Nein, sehe ich nicht. Ist alles frei. Der Wachmann am Tor wurde nach dem ganzen Chaos, das du da drin veranstaltest, ins Gebäude gerufen.«

»Trenn die Verbindung.«

»Okay, okay. Ich bin weg.«

Er lässt die Bombe hochgehen.

Das dritte Kombinationsschloss springt auf und die Tür öffnet sich quietschend. Rachel ballt die rechte Hand kurz zur Siegerfaust, dann schluckt sie, als sie auf ein Meer aus Gold blickt. Sie faltet das Handtuch mit den Testsets auseinander. Nun muss sie Fingerabdrücke und Partikelproben nehmen, damit der MI6 analysieren kann, woher dieser Schatz stammt und durch wessen Hände er gegangen ist.

Die Explosion hebt den Audi knapp zwei Meter in die Höhe, bevor er wieder zu Boden kracht. Benzingestank erfüllt die Luft. Mit quietschenden Reifen halten Polizeiwagen am Tor, das jetzt bloß noch ein Haufen verbogener Stahl ist.

Rachel lässt die Reagenzgläser in die Kitteltasche gleiten. Alles erledigt. Sie schließt gerade die Tür, als ihr Blick auf etwas Glänzendes fällt.

Das wäre die einfachste Beute der Welt. Niemand weiß, was sich im Safe befindet. Niemand wird es vermissen.

Falls jemand da wäre, der sehen könnte, wie sie widersteht, und sie fragen würde, was diesen plötzlichen Anflug von Tugend ausgelöst hat, würde sie sich dumm vorkommen, wenn sie zugeben würde, dass die Fingerabdrücke, die sie genommen hat, durch eine optische Täuschung blutrot erscheinen.

Dryden lässt sich in den Steuerungsraum der Klimaanlage fallen, wo der Stuhl sich noch dreht, weil die Person, die die wertvolle Luft kontrolliert, kürzlich geflohen ist. Ein riesiger Lüfter kühlt eine lange Reihe durch Air Gap geschützter Computer. Sie sind verlockend, doch dafür hat Dryden jetzt keine Zeit. Er hebt den Stuhl hoch und rammt ihn in den Lüfter, dann klettert er durch die Lüftungsschlitze. Von weit her begrüßt ihn der Geruch nach Kanalisation und Meer.

»Ariadne, bitte kommen.«

»Süß. Ich habe die Proben und bin am Personalaufzug, aber der ist offenbar abgeschaltet.«

»Ich musste den Audi in die Luft jagen.«

»Was?«

»Vertrauen Sie mir. Stemmen Sie die Aufzugtür auf und machen Sie die Wartungsklappe auf. Klettern Sie dann zu Untergeschoss fünf runter und gehen Sie nach Westen zum Steuerungsraum der Klimaanlage.«

»Wahrscheinlich werde ich dabei nur mittelschwer verletzt. Und was dann?«

»Wir gehen schwimmen.«

»Das hätten Sie mir sagen sollen«, meint sie. »Dann hätte ich mich noch etwas in die Sonne gelegt.«

Dryden lacht, hält sich dann den Brustkorb und lehnt seinen angeschlagenen Körper ganz langsam und vorsichtig gegen die Wand.

(16)

LE MILIEU

Paris

Johanna Harwood steht mit einem Plus von 125.000 Euro am Blackjack-Tisch und kann zum ersten Mal seit Langem durchatmen. Am Bahnhof Gare du Nord wurde sie nach dem Ausstieg aus dem Eurostar von Lampen begrüßt, die an schmelzende Schneeflocken erinnern, und dachte: *Sofort spürt man Paris.* Wie ein Frühlingsregen überkommen sie Heimatgefühle. Ihre Muttersprache zu hören fühlt sich wie der Augenblick an, wenn im Flugzeug nach Stunden absoluter Stille der Druck in den Ohren plötzlich nachlässt.

Blackjack unterscheidet sich insofern von anderen Spielen, sagte Sid immer, als es auf voneinander abhängigen Ereignissen basiert: Die Vergangenheit beeinflusst die Wahrscheinlichkeit dessen, was als Nächstes geschieht. Harwood verwendet Bargeld, das sie in einer Notfalltasche hinten in James' Schrank gefunden hat. Sie denkt sich, dass es Bond egal wäre, solange sie gewinnt. Wartet darauf, dass ihre Gewinne so auffällig werden, dass man sie ernst nimmt. Und ihr bleibt weniger als eine Viertelstunde, bevor alles umsonst war.

Harwood spielt in einer illegalen Spielhöhle auf einem Seine-Ausflugsschiff. Die Reise auf dem Wasser begann am Eiffelturm, der von seinem doppelten Lichtstrahl durchbohrt wurde, dann fuhren sie an dem golden glänzenden Bonbonpapier des Musée d'Orsay und dem Louvre vorbei, dem geisterhaften Baugerüst von Notre Dame, wo sich die Erinnerungen an das Feuer unter den Gestank nach Zigarettenrauch mischte, und schließlich an den monumentalen Türmen der Bibliothèque Nationale de France. Harwood trägt ein graues Chiffonkleid mit seitlichem Schlitz, unter dem Bonds Walther PPK in einem Schenkelholster gerade noch verdeckt ist. Sids Casio liegt zusammen mit einem Diamantarmband um ihr Handgelenk. Sie sieht auf die Uhr. Um vier Uhr morgens kommt die Polizei vom Quai de Bercy an Bord. Ein Routinefall, den Harwood im Nachtdienst auf dem Tisch liegen hatte, weil eine Verbindung zu illegalen Spielhöhlen in London besteht. Alles ist miteinander vernetzt. Verbrechen sind kooperativ geworden. Die Spielhöhle wird von einem Korsen betrieben und Harwood hat vor, sie vor den Gesetzeshütern zu schützen.

Sie sagt: »*Tirer.*« Wieder Französisch zu sprechen, ohne dass jemand etwas anderes erwarten würde, ist eine Erleichterung.

Der Kartengeber deckt auf. Die Menschen in ihrer Umgebung klatschen. Ein Mann, der nach billigem Gin und zu viel Parfüm riecht, sagt ihr, sie habe eine Glückssträhne. Harwood lächelt unverbindlich. Sie hat einundzwanzig, betrachtet das aber nicht als Glück. Sondern als Geschenk von Sid. Der Kartengeber schiebt ihr die Jetons zu. Auf jedem ist ein goldener Revolver eingraviert, das Logo des Clubs. Genau wie auf der Einladung – die Harwood jemandem gestohlen hat.

Ein Sicherheitsmann stellt sich auf die mit rotem Teppich ausgelegte Treppe, die an die frische Luft führt.

Den Kartengeber löst eine zierliche Frau im weißen Smoking ab. »Dieser Tisch wird jetzt geschlossen«, sagt sie auf Französisch und faltet die Hände. »Herzlichen Glückwunsch, Madame. Darf ich Sie auf einen Drink einladen, während wir Ihren Gewinn bereitstellen?«

Harwood bedankt sich auf Französisch für die Gastfreundschaft und folgt Marc-Ange Dracos Nichte Daniella Draco durch die Menge und die Treppe hinauf an die Bar an Deck, das mit baumelnden Lampions dekoriert ist.

»Was bekommen Sie?«

Harwood lehnt sich mit dem Rücken an die Bar und beobachtet die Anwesenden, lauscht ihrem lauten Lachen, dem leisen, blechernen Jazz. Dem Barmann wirft sie über die Schulter ein Lächeln zu und sagt: »Wodka Martini. Geschüttelt, nicht gerührt.«

»Mach zwei draus«, meint Daniella Draco und auf ihrem haselnussbraunen, eckigen Gesicht zeichnet sich ein Stirnrunzeln ab. Die kurz geschnittenen Haare strahlen wie die Sonne der Riviera. »Sie sind ein neues Gesicht, Madame.«

»Das alte habe ich verlegt.«

»Darf ich fragen, wer Ihnen die Einladung in unser Etablissement zukommen lassen hat?«

Harwood trinkt einen Schluck. Die Erinnerung ist ein bitterer Freund. »Ich habe sie gestohlen.«

Mit dem Glas in der Hand hält Daniella Draco inne. »Weshalb? Sie möchten Zugang zu einem Ort erhalten, an den Sie nicht gehören. Aber ich halte Sie für keine Polizistin.«

Diese Bemerkung ignoriert Harwood, um sie später näher zu beleuchten. »Bin ich auch nicht. Aber in etwa« – ein

Blick auf die Casio – »zwölf Minuten werden Sie von der Polizei hochgenommen und das Geld, das Sie an mich verloren haben, kommt ihnen dann nur noch wie Kleingeld vor.«

Daniella Draco erstarrt. »Warum sagen Sie mir das?«

»Ich möchte mit Ihrem Onkel sprechen.«

»Möchte er denn mit Ihnen sprechen?«

»Sagen Sie ihm, dass es um seinen Schwiegersohn geht.«

Ihr Blick wird ernster. »Er will nicht mit Ihnen sprechen.«

Harwood zuckt mit den Achseln und trinkt den Martini aus. »Elf Minuten.«

»Warum haben Sie mir erst so viel Geld abgenommen?«

»Um Ihnen zu zeigen, dass ich es ernst meine. Es geht auch um mein Geld.«

Daniella knirscht mit den Zähnen. Dann zieht sie sich an der Bar hoch, beugt sich darüber und drückt einen verborgenen Knopf. Eine Sirene durchbricht die Musik. Das Personal verwandelt sich von Kellnern in die schnellsten Bühnenarbeiter des West Ends. Harwood beobachtet drei Croupiers dabei, wie sie ihre Jacketts ausziehen, die Einnahmen des Abends in Leichensäcke packen und diese in die Seine werfen, bevor sie geräuschlos hinterherspringen.

»Beeindruckend«, kommentiert Harwood. »Aber die Polizei wird an Bord kommen. Sie können sich nirgendwo verstecken. Ich kann Sie rausbringen.«

»Weshalb sollte ich Ihnen trauen? Sie sagen, Sie sind keine Polizistin. James Bond war ein furchtbarer Mensch. Er dachte, dass er Tourist spielen und mit uns Urlaub machen könnte. Er dachte, dass ihm Le Milieu gehören würde.«

»Sieben Minuten.«

Daniella knallt ihr Glas auf die Bar. »Wie lautet Ihr Plan?«

Aus ihrer Kelly Bag von Hermès holt Harwood einen Ausweis, auf dem jemand, der ihr sehr ähnlich sieht, als europäische Gesetzeshüterin ausgewiesen wird. »Wenn Sie mich hier rausbringen, treffen wir uns in zwei Tagen in Nizza«, sagt Daniella. »Von dort kann ich Sie zu meinem Onkel bringen. Aber das werden Sie vielleicht bereuen.«

Etwa alle fünfzehn Jahre zwingen die Pariser Behörden den Canal Saint-Martin, seine Geheimnisse preiszugeben. Zunächst wird das Wasser bis auf einen halben Meter Tiefe abgelassen. Dann arbeiten sich die Angestellten der Stadt langsam mit Netzen hindurch, fangen Karpfen und Welse und siedeln achtzehn Tonnen Fisch in die Seine um. Schließlich kommen die Traktoren und Polizeifahrzeuge. Die Traktoren schleppen den Schutt weg, die Polizei ist da, falls eine abgesägte Schrotflinte gefunden wird oder eine mit unzähligen alten Muschelschalen bedeckte Leiche. Oder sogar nicht gezündete 75-mm-Munition aus dem Ersten Weltkrieg, die einmal aus dem Schlamm auftauchte.

Die Überreste erzählen eine Geschichte. Vor langer Zeit waren es Fahrräder, die so alt waren, dass man in ihren Körben vielleicht Nachrichten für die Résistance geschmuggelt hatte. Dann waren es Roller. Als der Kanal zuletzt abgelassen wurde, fand man Hunderte Leihräder von Vélib, die gestohlen und weggeworfen worden und wie Mücken in Bernstein konserviert waren. Ein Verzeichnis der Wegwerfgesellschaft. Ein Ghettoblaster. Das verrostete Fahrgestell eines Autos. Rollkoffer, die nie wieder abheben werden. Pflastersteine, Straßenschilder, Polizeiabsperrungen. Zwei leere Tresore. Goldmünzen. Zwei Rollstühle. Tausende Flaschen und Dosen.

Die älteren Anwohner behaupten, dass die Bobos den Kanal ruinieren. Die Bourgeois-Bohemiens dagegen sagen, dass sie ihn säubern, indem sie baufällige Lagerhallen in Kunstzentren und Cafés verwandeln, in denen man zwischen Sukkulenten einen Flat White trinken kann. Der örtliche Hochseeanglerverein stimmt ihnen zu. Die Wasserqualität hat sich verbessert. In den Achtzigern gab es in Paris nur zwei Fischarten. Nun sind es fünfunddreißig, die sich in überraschend guter Gesundheit zwischen Badewannen und aufgerollten Teppichen tummeln, bevor sie plötzlich von den Angestellten der Stadt in einen Bezirk mit höheren Mieten umgesiedelt werden. Nicht dass der zehnte noch besonders günstig wäre. Damals, als es in Paris nur zwei Fischarten gab und Johanna Harwoods Grandmaman eine Wohnung in einem neuen Wohnblock aus Beton kaufte, war er es noch.

Offiziell war Harwoods Vater ihr Erziehungsberechtigter, aber er war häufig labil. Es ist wohl Ironie des Schicksals, aber er glaubte, dass ihn Spione verfolgten, und erhielt später die Diagnose paranoide Schizophrenie. Charlie John Harwood zwang Johanna immer wieder, mit ihm durch die Stadt zu flüchten, manchmal sogar noch weiter weg. Ihre Mutter, Verwaltungsangestellte bei Ärzte ohne Grenzen, war für ihre Arbeit ständig unterwegs. Das ist die einfache Erklärung. Die komplexere und ehrlichere Erklärung ist, dass Harwoods Mutter Clarisse von einem älteren, charmanten, kranken Mann schwanger wurde, als sie zu jung war, um zu wissen, wer sie sein wollte. Und als sie bei ÄoG Selbstbewusstsein und ein Ziel fand, stürzte sie sich in die Karriere und die Reisen und ließ den frühen Fehler bei Mutter und Ehemann zurück, der häufig glaubte, dass Clarisse ihn vergiften wollte. Sie versprach, Johanna mit auf Reisen zu nehmen, wenn sie alt genug wäre, und bereitete sie auf eine Zukunft als Chirurgin vor. Als Harwood diese Karriere jedoch für die einer Spionin aufgab, brach ihre Mutter den Kontakt zu ihr ab.

Johanna redet sich ein, dass sie damit leben kann, dass ihre Grandmaman sowieso mehr wie eine Mutter für sie war. Nach ihrem Tod hinterließ sie ihr ihre Wohnung, mit einer Notiz in ihrem Testament, dass Johanna hier stets ein Zuhause haben sollte. Im Notariat warf Johannas Mutter, als sie das hörte, die Haare nach hinten und fragte, was *das* denn bitte bedeuten sollte.

Harwood denkt darüber nach, während sie in ihrer Tasche an James' Schlüssel vorbeigreift und den langen, flachen für den Wohnblock in Paris herauszieht. Daniella Draco meinte zu Harwood, dass sie sie in zwei Tagen in Nizza treffen solle, von wo man sie zum Gespräch mit dem Anführer der Union Corse bringen würde. Deshalb schließt Harwood fürs Erste die Tür auf, als wäre es ein ganz normaler Sonntagmorgen, und betritt die gläserne Eingangshalle, in der tropische Pflanzen Staub ansetzen. Sie steigt die Wendeltreppe hinauf, fährt mit der Hand über das Stahlgeländer, bis sie die Wohnungstür erreicht. Es ist Jahre her. Inzwischen hängen dort keine Blumenampeln mehr, um die Sonne einzufangen, die bald durch das Oberlicht fallen wird. Harwood steckt den nächsten Schlüssel ins Schloss und erinnert sich daran, wie schrecklich schwer ihr diese Tür als Kind vorkam, als bräuchten die Bewohner der Wohnung eine starke Verteidigung gegen die Welt. Oder müssten von ihr ferngehalten bleiben.

Als Harwood den Teppich betritt, ist einen Augenblick lang alles in Ordnung. Alles wird gut. Gleich kommt ihre Grandmaman aus der Küche, packt sie unter den Achseln, hebt sie hoch und sagt, dass Johanna dafür zu groß geworden sei, macht es aber trotzdem, jeden einzelnen Tag nach der Schule, weil sie weiß, wie wichtig Beständigkeit ist. Johanna war sich nie sicher, wer oder was aus dem Zimmer ihres Vaters kommen würde. Harwood schließt die Augen und erinnert sich daran, wie sie hochgehoben wurde, wie die perfekten Nägel und großen Ringe ihrer Grandmaman leicht gepikt haben, an die Düfte aus der Küche – dann öffnet sie die Augen und nimmt einen neuen, fremden Geruch war. Industriebleiche.

Im Flur stehen neue Möbel. Die Fotos und der Sekretär sind weg. An ihrer Stelle stehen eine farbenfrohe Garderobe und ein Neonschild mit der Aufschrift *Home Sweet Home* in kursiver Handschrift.

Ist sie etwa in der falschen Wohnung? Harwood betrachtet die Schlüssel. Sie schleicht sich ins Wohnzimmer. Nachtblaue Samtsofas umringen einen Couchtisch in Roségold, auf dem ein Stapel mit Prospekten über Aktivitäten in Paris und ein Ordner liegen. Den nimmt Harwood sich und geht ans Fenster. Anstatt das Licht einzuschalten, zieht sie die Vorhänge einen Spalt auf und hält den Ordner in das anbrechende Tageslicht.

Willkommen im Airbnb Belle Paris.

Harwood hört ein schockiertes Lachen – ihr eigenes.

Ihre Mutter vermietet ihr Erbe als Airbnb.

Offensichtlich wird es vielen Menschen ein Zuhause bieten.

Die Bücher ihrer Grandmaman sind verschwunden, mit Ausnahme von denen mit Ledereinband, die hübsch in Metallregalen präsentiert werden, eingequetscht zwischen einer Monstera und einem riesigen Glas voller Lichterketten. Von ihrem Vater entdeckt sie nichts, doch dann findet sie eine seiner Kameras in einem Fach mit den Küchengeräten ihrer Grandmaman: ein Kaffeebereiter, ein Entsafter, alle offensichtlich nur aufgrund ihres Retroschicks geblieben. Harwood holt die Kamera herunter, es ist eine Nikon FM2n mit dem Zoom-Nikkor-Objektiv mit 35–135 mm f/3,5–4,5s. Harwood hat sich immer gefragt, warum es in der Sammlung ihres Vaters im Barbican fehlt. In diese Wohnung war sie als Medizinstudentin eingezogen, nachdem sie entdeckt hatte, dass ihr Vater dort oben zwischen den Vögeln vor sich hin hungerte.

Ihr Zimmer ist nun ein Zweibettzimmer. An der Wand hängt ein gerahmtes A3-Plakat eines Buchcovers von Georges Simenon: *Maigret und die kopflose Leiche*. Auf dem körnigen Schwarz-Weiß-Foto sieht man zwei Männer, die sich über die Reling eines Binnenschiffs beugen. Harwood erinnert sich daran, wie begeistert sie als Teenager davon war, ein Buch über ihr Zuhause zu lesen, auch wenn es zu einer Zeit spielte, als der Kanal noch genutzt wurde. Im ersten Kapitel entdecken zwei Brüder einen Männerarm im Kanal, was das Interesse der Polizei erregt, da es kein Frauenarm ist. Leichen von Prostituierten fand man andauernd im Kanal. Das war auch in Harwoods Kindheit noch der Fall. Nun schiebt sie den hellen Vorhang zur Seite und blickt auf den Park am Kanal hinunter, wo die Dealer ihr auf dem Nachhauseweg von der Schule Stoff verkaufen wollten und sie ihr Taschengeld einem Obdachlosen gab, der ihr seine Aquarellbilder schenkte, die sie an ihre Wand klebte. Der Mann ist nun verschwunden, genau wie seine Bilder. Genau wie die Bänke und Unterstände, wo die Obdachlosen sich aufhielten. Nun locken die Grünflächen Familien zum Picknicken, einer Runde Boule oder einem Getränk mit Freunden in einer der vielen Bars in der Umgebung.

Aber dieser Schreibtisch gehörte ihr. Hier hat sie ihre Hausaufgaben gemacht. Harwood setzt sich auf den charmant wackligen Stuhl. Gerade betrachtet sie die Kamera von allen Seiten, als auf das Öffnen der Wohnungstür der scharfe Ton ihrer Mutter folgt. Sie stellt sich an die Schwelle ihres Zimmers, sodass sie einen freien Blick durch den ganzen Flur auf ihre Mutter hat, die im nassen Mantel dasteht, den Regenschirm schüttelt, auf dem Boden ihre Tasche und Baskenmütze.

»Johanna! Ich dachte schon, hier wäre ein Einbrecher!«

»Das stimmt ja auch. Er hat hier ein Airbnb eingerichtet.«

Clarisse schnalzt mit der Zunge, wirft ihren Mantel über einen Haken und stapft ins Wohnzimmer, wo sie den Blick schweifen lässt, als wollte sie prüfen, was Harwood vielleicht kaputt gemacht hat. Ihre Persönlichkeit, ihre Willensstärke und ihre Schönheit sind wie eine Naturgewalt. »Du hättest vorher anrufen sollen!«, sagt sie. »Sieh dich nur an, völlig zerzaust. Steckst du wieder in Schwierigkeiten?«

Harwood setzt sich auf die Armlehne des Sofas, die Kamera auf dem Schoß. Neugierig fragt sie: »Wann habe ich denn bitte das letzte Mal in Schwierigkeiten gesteckt?«

»Du musst mir nicht die Worte im Mund umdrehen, das machst du ständig! Ich sage nur, dass du aussiehst, als hättest du etwas verloren.«

Diese Einschätzung erwischt sie so eiskalt, dass sie korrigiert: »Jemanden.«

»Dich selbst?«, erwidert ihre Mutter in scharfem Ton.

»Vielleicht auch.«

»Also bist du nach Hause gekommen, um meinen Teppich vollzubluten.«

Da erinnert Harwood sich an die Wunde an ihrem Arm – sie hat vergessen, dass sie einen Kratzer abbekommen hat, als sie Daniella durch die Polizistenmenge gescheucht und mit ihrer Marke gewedelt hat. Nachdem sie sich kurz dafür rügt, dass sie sich von ihrer Mutter für einen Augenblick hat einwickeln lassen und sich ihr geöffnet hat, überlegt sie dann, dass die krasse Direktheit ihrer Mutter diese Offenheit vielleicht möglich macht, weil sie sie bereits derart enttäuscht hat. Sie hat nichts zu verlieren. Trotzdem sagt sie: »Ich zahle die vierzig Euro Reinigungsgebühr.«

»Schon gut, schon gut«, gibt Clarisse nach und wirft die Hände erneut in die Luft. »Ich habe ein Airbnb daraus gemacht, was hast du denn erwartet? Du kommst nie zu Besuch, rufst nie an, schreibst nie. Bist du neidisch wegen des Geldes? Du trägst Diamanten!«

»Die gehören mir nicht.«

»Wem denn dann?«

»Der britischen Regierung. Man hat sie im Schrank eines Ex-Freundes vergessen.«

Clarisse beugt sich zu ihr hin. »Ist das der Mann, den du verloren hast?«

»Ja. Nein.« Harwood dreht sich zu den Vorhängen und wünscht sich, sie hätte sie ganz aufgezogen. »Du hättest mich fragen sollen wegen der Wohnung. Sie gehört mir.«

»Sei doch nicht kindisch.«

Harwood wendet sich ihr zu. »Ich glaube, das bin ich nie gewesen.«

»Bist du hergekommen, um mir vorzuwerfen, dass ich eine schlechte Mutter bin?«

»Nein.« Harwood steht auf. »Ich bin hergekommen, um durchzuatmen.«

»Und wahrscheinlich störe ich jetzt deinen Frieden …« Clarisse bricht ab und stapft in die Küche, während sie vor sich hin schimpft, dass sie nichts dafürkann, dass die Alarmanlage losgegangen ist und sie dachte, dass die Wohnung ausgeraubt würde.

Harwood geht ihr hinterher und bleibt auf der Schwelle zur Küche stehen, während ihre Mutter sich ein Glas Wasser eingießt. »Du solltest ein zweites Schloss einbauen«, meint Harwood. Sie hebt die Kamera. »Zumindest die hier ist einiges wert. Die sollte nicht wie billige Deko herumliegen.«

»Dieses Ding.« Clarisse dreht sich zu ihrer Tochter. »Das hätte ich schon vor Jahren wegwerfen sollen. Keine Ahnung, warum ich's nicht getan habe.«

»Nostalgie?«, schlägt Harwood vor.

»Weswegen?«

Als Antwort lächelt Harwood schief, Dr. Kowalczyk würde es nach innen gerichtete Wut nennen, aber sie bemüht sich nicht um eine freundlichere Miene. »Schon klar. Mein Fehler.«

»Wahrscheinlich hältst du mich jetzt für herzlos«, sagt Clarisse und setzt sich auf den Hocker am Kopf eines Glastischs, der so neu ist, dass er noch keine Kratzer hat. Am Küchenfenster gab es nie Jalousien und die anbrechende Morgendämmerung, die die tönernen Schornsteinaufsätze auf den gegenüberliegenden Dächern streift – sie waren immer das Erste, in das Leben und Farbe zurückkehrte –, bringt gnadenlos die grauen Ansätze der blonden Haare ihrer Mutter zum Vorschein. Genauso wie sie ihr vor Augen führt, dass sie nicht vor ihrer Mutter oder ihren Gefühlen fliehen kann, indem sie ihr ihr Spiegelbild von der Glasfläche vor ihr gnadenlos entgegenwirft. Mit zitternden Händen verdeckt sie das Gesicht ihres zweiten Ichs.

Harwood zieht den Hocker gegenüber heran. Vorsichtig und leise stellt sie die Kamera zwischen ihnen auf den Tisch.

Durst überkommt sie, aber nun scheint es ihr unmöglich, diese Szene zu verlassen. »Ich habe dich nie für herzlos gehalten.«

»Hast du nicht?«, schlägt es ihr wie aus der Pistole geschossen entgegen.

»Nein.« Harwood nestelt am Riemen der Kamera. »Vermutlich habe ich dich für bewundernswert gehalten.«

»Du hast mich bewundert?« Clarisse greift sich an den linken Ohrring und fragt dann tonlos: »Wofür denn?«

Harwood sieht ihr direkt in die Augen. »Für deine Kaltschnäuzigkeit. Ich glaube, die habe ich von dir. Sie hat sich als sehr wertvoll erwiesen.«

Zornesröte steigt Clarisse in die Wangen. »Wie kannst du mir so was ins Gesicht sagen?«

»Ich will dich damit nicht verletzen. Es ist einfach die Wahrheit.«

»Einfach!«

»Du hast zur falschen Zeit mit dem falschen Mann ein Baby bekommen. Das macht mich wohl zum falschen Baby.« Harwood stützt das Kinn auf die Handfläche und lauscht in ihr vergangenes Ich hinein. »Viele Menschen hätten ihren Ehrgeiz an die Situation angepasst, in der sie sich befinden. Du hast das nicht getan. Du hast uns verlassen. Du hast mich Papa überlassen.«

»Ich habe weder dich noch deinen Vater verlassen.«

»Komisch. Ich kann mich erinnern, wie die Tür zugefallen ist.«

»Ich bin immer zurückgekommen!«

»Und immer wieder gegangen. Bei Papa war ich nicht sicher.«

»Deine Grandmaman hatte die Verantwortung.«

»Sie war zu alt!«

»Willst du damit sagen, dass ich dich vernachlässigt habe? Dich Misshandlungen überlassen habe? Du hattest ein Dach über dem Kopf, Kleidung, Nahrung, Schulbücher – das alles habe *ich* bezahlt! Ich! Ich habe aus dem *Nichts* all das erschaffen.«

Harwood nickt. »Du warst skrupellos. Dafür kann ich dir nur danken.«

Clarisse presst sich die Hände an die Wangen und stößt einen Schrei aus. »Du hast genau die falschen Lektionen gelernt! Du solltest besser werden als wir. Mir wurde die Ausbildung verwehrt, als dein Vater mich geschwängert hat. *Dir* wurde nichts verwehrt. Du solltest Chirurgin werden!«

»Bin ich auch«, sagt Harwood und sieht durch die Glastischplatte, wie ihre Mutter mit dem Knie wippt. »Vor Kurzem habe ich einem Freund im Einsatz das Leben gerettet. Schwere Schussverletzung in der Brust. Die Klinik sagte, das war die beste …«

Jetzt hält Clarisse sich die Ohren zu. »La la la! Das will ich nicht hören!«

Mit einem Anflug von Schwindel wiederholt Harwood: »Es ist einfach die Wahrheit. Ich bin eine Doppelnull. Das weißt du.«

Nun springt ihre Mutter auf, reißt den Küchenschrank auf, erinnert sich daran, dass sie schon ein Glas hat, knallt die Tür zu, schnappt es sich vom Tisch – stellt fest, dass es voll ist – und schüttet es dann in die Spüle, um irgendetwas zu tun zu haben. Seufzend presst sie die Stirn gegen den weißen Kunststoff des IKEA-Küchenschranks.

All das beobachtet Harwood und beißt sich auf die Unterlippe. Vor ihrem geistigen Auge sieht sie ihren Vater, wie er die Spüle auseinandernimmt und, wie er sagte, nach verborgenen Mikrofonen sucht. Nach Beweisen – wofür? Fehlfunktionen? Einen fehlerhaften Aufbau? Die fatale Verbindung von Menschen, die nicht verbunden sein sollten? Die fand man hier ganz sicher.

»Ich bin hier, um im Le Milieu zu ermitteln«, sagt sie.

»Le Milieu, Le Milieu – du redest, als wärst du Schauspielerin in einem Gangsterfilm!« Noch immer dreht Clarisse sich nicht um.

»Schauspieler in Gangsterfilmen reden, als wären sie ich.«

»Bist du jetzt unter die Verbrecher gegangen?«

Harwood betrachtet einen billigen Kunstdruck von Picasso. »Den Leuten fällt es schwer, mich als Hüterin des Gesetzes zu betrachten.«

»Bist du auch nicht. Du hütest nur seinen Schatten.« Leise schlägt Clarisse den Kopf gegen den Küchenschrank.

Plötzlich erinnert sich Harwood daran, wie sie mit der Schulklasse und den Eltern im Zoo waren – und ihr Vater in Tränen ausbrach, als er sah, wie der Bär in der Grube den Kopf gegen den Beton schlug. »Lass das.«

»Warum sollte ich? Meine Tochter ist verloren.«

»Ich bin genau hier. Ich diene meinem Land …«

Clarisse unterbricht sie: »Das ist nicht dein Land.«

»… und tue meine Pflicht. Ich sorge für Gerechtigkeit, und zwar die, über die Grandmaman gesprochen hat, die einzig *entscheidende*. Ich verhindere, dass guten Menschen schlimme Dinge zustoßen.«

Nun dreht Clarisse sich um. »Zu welchem Preis?«

Harwood zuckt zusammen – aufgrund der Frage, des Verständnisses, das daraus spricht, des Schmerzes im Gesicht ihrer Mutter, aus dem die Wut so spurlos verschwunden ist, als hätte sie sich die Wangen mit Watte gereinigt.

»Um jeden Preis.«

»Für dich? Und diejenigen, die du liebst und die dich lieben?« Sie betrachtet den Lapislazuli an Harwoods Ringfinger. Kaum hörbar antwortet diese: »Ja.«

Ihre Mutter schlägt auf den Tisch, sodass sie zusammenzuckt.

»Das ist genau das, was ich nicht wollte!«, schreit Clarisse. »Nach allem, was sie deinem Vater angetan haben!«

Harwood runzelt die Stirn und hält die Kamera fest, die bei dem Schlag über den Tisch getanzt ist. Sie sagt: »Das war alles in seinem Kopf, Maman. Mein Leben ist echt. Ich bin nicht verrückt.«

»Das war er auch nicht, bevor sie ihn dazu gemacht haben. Er hat nie uns gehört. Er hat ein Doppelleben geführt, mit einem Doppelherzen.«

»Was willst du damit sagen?«

Doch jetzt presst Clarisse sich die perfekt manikürten Hände vor den Mund. »Ich habe versprochen, dass ich nie darüber reden würde.«

»Worüber? War er wirklich«, kurz bleibt Harwood das Herz stehen, »ein Spion wie ich?«

Clarisse schüttelt derart entschlossen den Kopf, dass ihre Ohrringe klimpern. »Verschwinde. Nimm die dumme Kamera und verschwinde. Ich ertrage das nicht. Du weißt es nicht – du darfst es nicht wissen, solange du nicht hinschmeißt. *Schmeiß hin*, Johanna, jetzt sofort. Oder verschwinde.«

Harwood steht auf. Mit einer Stimme so kalt wie die Seine im Winter sagt sie: »Verschwinde du doch. Das ist meine Wohnung.«

Clarisse tritt einen Schritt zurück. Harwood betrachtet die Straße unter sich, die gepflasterten Wege, den ruhigen Kanal, der im Augenblick seine Geheimnisse für sich behält. Sie sieht den gelben A110 Berlinette ihrer Mutter, das berühmte Rallyemodell von 1962, das im Schatten einer Weißbirke steht. Dann das unverwechselbare Blitzen eines Fernglases auf einem Balkon auf der anderen Kanalseite. Das Fernglas verschwindet, sobald sie ihm ihre Aufmerksamkeit zuwendet.

»Warte mal«, sagt sie. »Hast du irgendjemandem gesagt, dass du herkommen wolltest?«

»Was wirfst du mir jetzt schon wieder vor?«

Ist es Moneypenny oder passt einer von René Mathis' Jungs auf sie auf, als Gefallen für M? Vielleicht hat der MI6 die Wohnung in Paris sofort unter Beobachtung gestellt, als Harwood auf eigene Faust losgezogen ist. Sie hätte niemals nach Hause kommen dürfen. Das war ein dummer Fehler, aus dem kindischen Bedürfnis nach Trost geboren. Und wo hat es sie hingeführt?

»Ich muss mir deinen Wagen ausleihen«, sagt Harwood.

»Glaubt du etwa, dass du Forderungen stellen kannst?«

Harwood wendet sich ihrer Mutter zu. »Wir werden beobachtet. Geh runter in die Garage und durch den Hintereingang raus. Lass deinen Autoschlüssel auf dem Tisch liegen.«

»Wohin du auch gehst, Johanna, bringst du die Gefahr mit! Du bist verflucht, Johanna. Du warst schon immer ein Fluch. Du willst nicht einmal wissen, wie es mir im Alter geht, fragst nicht einmal, warum ich das Zuhause meiner Maman an Bobos vermieten muss.«

Harwood schnürt sich die Brust zu. Sie reißt sich das Diamantarmband vom Handgelenk und wirft es auf den Tisch. »Bitte schön. Damit sind wir quitt. In vierundzwanzig Stunden lasse ich dich wissen, wo der Wagen ist. Er bekommt keinen Kratzer ab. Danach musst du mich nie wiedersehen.«

»Das habe ich nicht gemeint …«

Auf dem Tisch scheint es kurz hell auf. Harwood dreht sich um und sieht das Fernglas blitzen. »Du hast recht. Ich bin mit dem Tod auf den Fersen aufgewachsen und weiß, wie ich ihm entkomme. Du nicht, weil du nicht dagewesen bist. Also geh. Raus aus meinem Haus.«

Es raschelt und schabt. Dann fällt die Tür zu.

Clarisse hat den Schlüssel auf dem Tisch liegen lassen, das Armband aber nicht mitgenommen.

17

»WOLLEN SIE AUF EINE BEERDIGUNG?«

Frankreich

Johanna Harwood ist beeindruckt. Sie dachte, dass sie ihre Verfolger am Rand von Paris abgeschüttelt hätte, aber im Nationalwald bei Dijon erscheint ein weiterer Wagen und nimmt ihre Spur auf, weshalb sie einen Umweg in Richtung Genf fährt, wo sie ihn am Zoll loswird, wendet und die Gebirgsstraße nimmt. An einer Stelle bildet ein Waldbrand eine Wand aus Hitze, sodass alle Fahrer abbremsen, um die flirrende Luft zu betrachten. Vor den Flammen zeichnet sich die dunkle Silhouette eines Raubvogels ab. Harwood spürt die Hitze an den Wangen.

In der Nähe von Avignon jagt ihr ein Wagen mit getönten Scheiben einen Schrecken ein. Sie tritt aufs Gas und treibt den Alpine A110 Berlinette um die engen Kurven, sodass der unebene Untergrund sie bis auf die Knochen durchschüttelt. Der Rallyewagen bricht schnell aus und man muss ihn richtig unter Kontrolle halten. Das hält sie wach. Neben ihr auf dem Sitz liegt die Kamera ihres Vaters. Hatte ihre Mutter vielleicht recht? All die Male, die ihr Vater geglaubt hat, dass jemand sie verfolge … Grimmig lächelt Harwood, als sie zum hundertsten

Mal in den Rückspiegel sieht. Sie schläft ein paar Stunden in einer Haltebucht und springt von einem Traum zum andern wie ein Kiesel auf einem Teich – unter der Oberfläche hungert ihr Vater sich zu Tode, klammert sich an ihre Hand und sagt ihr, dass er vergiftet wurde. Als sie aufwacht, schnappt sie nach Luft, blickt in den Spiegel und schaltet den Motor ein.

Schließlich hält Harwood in einem Dorf in Aix-en-Provence und parkt vor einem Bar-Tabac. Im Schatten der Platanen sitzt sie an einem Plastiktisch mit einem Aschenbecher in der Form eines Gebirges. Als sie gerade Frühstück bestellt hat, hält ein weiteres Auto an. Ein mit orangem Staub überzogener Peugeot 208. Aus dem Wagen steigt eine große, schwitzende Gestalt im schwarzen Wollanzug. Er meidet sie, obwohl sie ganz allein hier ist. Setzt sich drei Tische weiter, nimmt den Filzhut ab und wedelt sich Luft zu.

»In dem Anzug muss Ihnen doch heiß sein«, sagt sie auf Französisch.

»Ja«, erwidert er und sieht sie aus trüben Augen an. »Ich bin darin die ganze Nacht und den Morgen durchgefahren.«

»Warum ziehen Sie sich nicht um?«

»Kann ich nicht.«

»Wollen Sie auf eine Beerdigung?«

»Ich versuche, Ihre zu verhindern, *ma chère*.«

Harwood lehnt sich zurück, als der Kellner ihr Croissant und ihren Kaffee zusammen mit der Rechnung auf den Tisch knallt und vom Neuankömmling eine Bestellung einfordert, bevor er davonstakst. Dann sagt sie: »Ich hätte nicht gedacht, dass der Chef des Deuxième einfache Beschattungen durchführt.«

René Mathis seufzt tief. »Das tue ich auch nicht. Aber Sie sind meinen zwei besten Männern entkommen. Wenn man will, dass etwas ordentlich gemacht wird, wie man in Ihrer

Wahlheimat sagt …« Er steht auf, zieht das Jackett aus, sodass die Schweißflecke unter seinen Armen zum Vorschein kommen, und setzt sich zu ihr an den Tisch.

»Hat London Sie auf mich angesetzt?«, fragt Harwood und betrachtet das faltige Gesicht von Bonds ältestem Verbündeten.

»M macht sich Sorgen.«

Harwood zupft an ihrem Croissant herum. »Ich kann nicht zulassen, dass Sie mich mitnehmen.«

»Sie würden mich sicher mögen, wenn Sie mich erst mal kennenlernen.«

Das bringt Harwood zum Lachen. Sie blickt die lange Straße entlang, an der am Wochenende auf einem Markt Lavendelsäckchen, Seifen, Knoblauch und Brathähnchen verkauft werden. Gerade macht eine Frau ihren Laden auf und dekoriert auf dem Bürgersteig eine Modepuppe aus Draht mit Schmuck. Dabei fächert sie sich mit den Händen trockene, staubige Luft zu.

»Ich wollte Sie schon immer kennenlernen«, sagt Mathis. »Einmal habe ich James gesagt, dass er sich mit Menschen umgeben soll. Für die lässt es sich einfacher kämpfen als für Prinzipien. Aber ich habe ihn davor gewarnt, selbst allzu menschlich zu werden. Sonst würden wir eine wunderbare Maschine verlieren. Als er Ihnen begegnet ist, hatte ich das Gefühl, dass er wieder zu menschlich wurde. Das hatte ich nach Vesper und Tracy nicht mehr für möglich gehalten. Ihm schien das Angst zu machen.«

»James macht nichts Angst«, entgegnet Harwood.

Ermahnend deutet René mit dem Finger auf sie. »Gerade Sie sollten es besser wissen.«

Der Kellner knallt Mathis seinen Kaffee mit einem weiteren Bon hin und schlägt die Tür hinter sich zu.

»Ich habe eine Spur«, meint Harwood vorsichtig.

»Zu James?«

»Aber die kann ich innerhalb der Grenzen des Gesetzes nicht verfolgen.«

Frustriert seufzt er. »Sie machen mir Sorgen. Was ist das für eine Spur?«

»Das kann ich Ihnen nicht sagen. Falls ich es tue, geben Sie es an M weiter und der setzt jemand anderes darauf an.«

»Warum?«

»Sie wissen, warum.«

»Der MI6 glaubt, dass Sie nicht diensttauglich sind.«

»Ja.« Harwood wirft ihm einen langen Seitenblick zu. »Haben Sie dazu eine Meinung?«

»Ich würde sagen, dass Sie sich perfekt im Griff zu haben scheinen und sehr schön aussehen, wenn ich das hinzufügen darf.«

»Dürfen Sie nicht«, sagt Harwood und trinkt ihren Kaffee aus.

Mathis lacht und tut es ihr nach. »Sie wollen, dass ich sage, ich hätte Sie nicht gefunden. Aber warum sollte ich auf meine Einschätzung Ihrer Person mehr geben als auf die von Ms Psychologen?«

»Weil Sie James wiedersehen wollen.«

Er zieht die grau melierte Augenbraue hoch. »Sie wissen, wie man das Herz eines Mannes berührt. M sagt, dass Sie außer Kontrolle geraten sind.« Nun sieht er ihr genau ins Gesicht. »Aber in meinen Augen haben Sie sich völlig unter Kontrolle. Eine wunderbare Maschine.«

Bei diesen Worten muss Harwood schlucken. Immer wieder und auf unterschiedlichste Weise sagt man ihr, dass sie wegen ihrer Kaltschnäuzigkeit so wertvoll für den Service sei. Sie fragt sich, wann ihr Herz gefroren ist. Wann sie die Fähigkeit entwickelt hat, Teile ihres Ichs abzukapseln, um den Auftrag zu erledigen. Unter dem Eis fühlt sie sich gar nicht kalt. Mit Sid hat sie sich nie kalt gefühlt, auch nicht mit James. Sie hat sich lebendig gefühlt.

»Benötigen Sie in irgendeiner Form Hilfe?«

Ein Spatz pickt die Krümel auf, die ihr aufs Pflaster gefallen sind. »Nur, dass man mich in Ruhe lässt.«

Mathis brummt nachdenklich. »Irgendwie lösen Sie in mir die absurde Zuversicht aus, dass Sie das Unmögliche erreichen und James von den Toten zurückholen können.«

»Er ist nicht tot. Die Beweise habe ich selbst gesehen.«

»Sie haben Zahlen gesehen, die in einen Felsen geritzt waren.« Er hebt die Hand. »Beachten Sie meinen Zynismus gar nicht. Dieses eine Mal glaube ich an Wunder. James hat sie immer vollbracht. Warum dann jetzt nicht Sie? Vielleicht werden Sie meine Theorie beweisen.«

»Die da wäre?«

»Sie sind bereit, alles zu riskieren, um ihn zu retten. Schließlich ist es einfacher, für Menschen zu kämpfen. Aber vielleicht habe ich auch unrecht. Vielleicht müssen Sie keine Maschine sein, um das zu tun.« Mathis wirft einen Schein auf den Tisch, der für beide Rechnungen ausreicht. »Viel Glück, 003.«

18

BRÜDER

Zypern

»Ich sehe hier mehr Fingerabdrücke als auf einem Zwanzigpfundschein während seiner gesamten Lebensdauer«, sagt Ibrahim Suleiman.

»Ach ja?«, fragt Dryden und lässt sich auf den Standardarmeestuhl fallen.

Ibrahim hat sich im Labor des Royal Army Medical Corps Hospital auf dem Stützpunkt Dhekélia auf Zypern eingerichtet, sieht nun von seinem Laptop zu Dryden auf und zieht die Augenbraue hoch. »Nein. Im Durchschnitt wird ein Zwanzigpfundschein innerhalb eines Jahrzehnts zweitausenddreihundertachtundzwanzig Mal angefasst.«

»Woher weißt du so was?«

»Beim Pub-Quiz bin ich Gold wert.«

»Glaub ich sofort.«

»Allerdings verraten die Fingerabdrücke, die du an den Antiquitäten in Corsos Tresorraum sicherstellen konntest – mysteriöserweise trotz aller Alarme und keinerlei Daten von Q, würde ich sagen, *falls* deine Geschichte mich skeptisch machen würde –, dass sie durch eine beträchtliche

Anzahl an Händen gegangen sind, wahrscheinlich über den ganzen Erdball verteilt. Vom Großteil sind vermutlich noch nie die Fingerabdrücke genommen worden. Berufsmäßige Plünderer, die Schmuck und Statuen ausgraben, um etwas zu essen zu haben, sieht man nicht als bedeutend genug an, als dass sie bei irgendwem in der Datenbank auftauchen würden.«

»Ich habe nicht vor, hungernde Menschen zu verhaften.«

»Deshalb haben wir dich so gern. Die Fingerabdrücke habe ich an Q geschickt. Wir werden bald wissen, ob es Übereinstimmungen gibt. In der Zwischenzeit möchte ich dir meinen tragbaren Massenspektrometer für die Partikelanalyse vorstellen ...«

Ibrahim deutet theatralisch auf eine Maschine, die für Dryden wie ein ziemlich alter Kopierer aussieht. Pflichtbewusst sagt er:»Sehr beeindruckend. Ich wusste nicht, dass zu deinen vielen Talenten auch Forensik zählt.«

»Gib mir eine Maschine und ich lerne ihre Sprache«, meint Ibrahim und beugt sich über die Werkbank, um die Proben zu sortieren.

»Wie bei mir«, kommentiert Dryden, streckt die Beine aus und faltet die Hände vor dem Bauch.

»Ganz genau.« Ein paar Sekunden verstreichen. »Also, ich meine ... du bist natürlich nicht irgendein komischer Maschine-Mensch-Hybrid oder so.«

Dryden grinst. »Natürlich nicht. Dann fang mal mit deiner Analyse an, ja?«

Irgendwo knallt eine Tür und Ibrahim zuckt zusammen.

»Alles okay?«

»Militärbasen erschrecken mich«, gibt Ibrahim zu. »Das war schon immer so.«

»Du hast doch als Techniker gedient.«

»Ich habe mich oft erschrocken.«

Mit der Maschine stellt Ibrahim Dinge an, die Dryden nicht versteht. Also steht er auf und geht ans Fenster. Auf dem Trainingsgelände führt das königliche Regiment der Princess of Wales eine Übung durch. An solche Einsätze erinnert er sich. Um sechs Uhr aufwachen und die Kaserne in Shorts und Staffel-T-Shirt verlassen. Dehnen. Mit einem Tarnfleckrucksack auf dem Rücken durch Weizenfelder oder an Seitenstreifen entlangjoggen. Die Zeit nutzen, um das Training seines Trupps zu planen. Das war, als er Corporal eines Trupps war und Sergeant werden wollte. Jeden Tag ging es dieselbe Route entlang. So lernten sie, die Muster im Straßenverkehr und Vogelgezwitscher zu erkennen. Seine Umgebung zu kontrollieren gab ihm ein Gefühl von Ordnung und Frieden. In den Stahlschränken betrachtet er Ibrahims Spiegelbild: übergroßer Pullover, Siebentagebart, ausgetretene Turnschuhe. Schließlich meint er: »Hattest du je das Gefühl, in die Armee zu gehören?«

»Sagen wir mal so: Ich war nicht sehr beliebt. Hab nicht in der Fußballmannschaft gespielt, bin nicht mit saufen gegangen. Und den Jungs fiel es schwer, zu vergessen, dass ich Iraker bin. Genauso ging es meinem Dad, als er Terp war.«

Ibrahims Eltern waren im Irak Terps – Dolmetscher – für die britische Armee. Als Ortskräfte wurden sie als Kollaborateure bezeichnet und von den Milizen attackiert. Schließlich wurden sie ins Vereinigte Königreich umgesiedelt, wo Ibrahim aufwuchs.

»Du weißt doch, wie es war«, meint dieser. »Mein Dad hat drei Jahre als Terp an der Front gedient. Die durchschnittliche Einsatzdauer eines britischen Soldaten lag nur bei sechs

Monaten. Ohne Dolmetscher konntet ihr doch gar nichts machen. Man braucht einen örtlichen Patrouillendolmetscher für Hausdurchsuchungen, Befragungen, das Sammeln von Informationen. Mein Dad spielte eine extrem wichtige Rolle bei der Aufstandsbekämpfungsstrategie, mit der man die Herzen und Köpfe erobern wollte. Er war ständig außerhalb der Basis im Einsatz. Eine selbst gebastelte Bombe kennt den Unterschied zwischen Terps und Soldaten nicht. Er trug die gleiche Uniform, die gleichen Socken und Schuhe, sogar die gleiche Unterwäsche wie ihr. Der einzige Unterschied lag in der Marke seiner Waffe und darin, dass er, wenn er in die Luft gesprengt wurde oder Stichverletzungen erlitt, nicht automatisch das Recht auf die beste medizinische Versorgung hatte. Aber euch Jungs sah er als Brüder an. Das ging sogar noch weiter. Er und die anderen Dolmetscher waren eure Beschützer. Einmal rettete er einen Lieutenant vor einem Hinterhalt und erlitt dabei drei Messerstiche. Er glaubte, dass die Soldaten aus London – so nannte er euch alle – seine Brüder wären. Und das wart ihr auch, bis einer von euch im Einsatz starb. Plötzlich war vergessen, dass er auf eurer Seite stand. Plötzlich zeigte die gesamte Basis den Ortskräften die kalte Schulter. Nur wenn ihr ihn brauchtet, war er euer Bruder. Später mussten wir für die Umsiedelung kämpfen. Im Augenblick passiert genau dasselbe wieder. Wahrscheinlich ist dein früherer Ortsführer zurückgelassen worden, als Großbritannien aus Afghanistan abgezogen ist, oder?«

Dryden senkt den Kopf. »M arbeitet daran.«

»Habt ihr euch nahgestanden?«

»Er ist mein Bruder«, sagt Dryden.

Ibrahim nickt. »So läuft das.« Er widmet sich wieder dem Gerät.

»Was haben deine Eltern dazu gesagt, als du dich verpflichtet hast?«

»Mein Vater ist gegen den Willen seines Vaters Terp geworden, aber trotzdem hat er wochenlang nicht mit mir geredet. Meine Mutter hat es verstanden. Sie hat mit ihrer Arbeit als Dolmetscherin auf der Basis gewissermaßen noch mehr riskiert als mein Vater. Manchmal hat sie mich mitgenommen, als ich noch klein war. Einmal wurde ich durch die Straßen gejagt, weil die Leute wussten, wer meine Mutter war ...« Ibrahim verstummt, beugt sich näher zum Bildschirm. »Trotzdem hat sie meine Träume verstanden. Ich wollte eine Ausbildung, zu der ich anders keinen Zugang erhalten hätte. Und jetzt habe ich eine Stelle, an die ich nicht mal im Traum gedacht hätte.«

Dryden tippt sich ans Ohr. »Du hast den Traum wahr werden lassen, würde ich sagen. Ich danke dir. Bruder.«

Ibrahim errötet. »Na ja. Also.« Er widmet sich wieder den Daten, die auf seinem Laptop erscheinen. »Vielleicht wartest du mit deiner Dankbarkeit lieber noch etwas.«

»Warum?«

»Ich muss dich in die Hölle schicken. Oder zumindest so nah wie möglich dran. Die Bodenproben an den Antiquitäten aus Corsos Tresorraum stammen aus Afghanistan.«

Dryden setzt sich auf. »Kannst du es auf einen Ort eingrenzen?«

»Kein Problem. Ist eine gut dokumentierte archäologische Stätte. Der goldene Hügel.«

»Das von den Taliban kontrollierte Afghanistan infiltrieren ...« Dryden stellt sich wieder ans Fenster und runzelt die Stirn.

Ibrahims Laptop pingt. »Wir haben ein Ergebnis für die Fingerabdrücke.« Ibrahim reibt sich die Hände. »Sag Hallo zu Friedrich Hyde, Händler für arabische Kunst, seit Langem unter Beobachtung von FBI und Interpol. Keiner von beiden hatte je genug Beweise, um ihn vor Gericht zu bringen. Seine Fingerabdrücke sind überall an den Antiquitäten.«

Dryden reibt sich die geschwollenen Fingerknöchel. »Das ergibt Sinn. Schmuggler nutzen die Freihäfen, um sich mit Mittelsmännern der letzten Stufe zu treffen. Medici, dieser italienische Schmuggler und Händler von Kunst und Antiquitäten, hat am liebsten einen Freihafen in der Schweiz genutzt, bevor man ihn zur Strecke gebracht hat. Am einfachsten beendet man den Schmuggel langfristig, indem man an Orten, wo verschiedene Akteure der Pipeline zusammenkommen, die Bedingungen für eine Annäherung erschwert. Ich hätte im Labyrinth mehr Zeug in die Luft jagen sollen.«

»Hast du noch andere Methoden, außer Eigentum zu beschädigen?«

»Als Agent Provocateur.«

»Willst du mich anmachen?«

Dryden lächelt leicht. »Träum weiter. Ich infiltriere Afghanistan, nehme Kontakt zu den Kuratoren des Nationalmuseums von Afghanistan auf und spüre den versteckten Schatz aus dem goldenen Hügel auf. Dann verpasse ich einem Objekt einen Peilsender und übergebe es in die Hände von berufsmäßigen Plünderern. Ich folge dem Objekt durch die Pipeline bis zu Friedrich Hyde. Wir lassen es ihn verkaufen, kassieren ihn ein und folgen dem Geld bis zum Göttervater, wodurch wir der Grey Group ein Ende setzen.«

»Träum weiter«, kontert Ibrahim tonlos. »Hast du eine Ahnung, wie beschissen dein Plan klingt? Und weißt du, *warum* er so beschissen klingt? Weil er richtig scheiße ist. Du wirst so weit draußen jenseits des Zauns sein, dass es keinerlei Unterstützung geben wird.«

»Ich suche Ahmad, meinen Terp. Er wird mir helfen.«

»Falls er noch lebt, verurteilst du ihn damit ein weiteres Mal zum Tode.«

»Ich kann ihn und seine Familie rausholen.«

Ibrahim schüttelt den Kopf. »Das ist dann dein Todesurteil.«

»Ich habe es dir doch gesagt. Er war mein Bruder. Ich habe mit seiner Familie zusammen gegessen. Mit seinen Kindern gespielt. Das ist meine Chance. Friedrich Hyde profitiert vom Blutvergießen der Taliban und davon, weiteren Terrorismus zu finanzieren. Ich bringe ihn zur Strecke. Ich bringe sie alle zur Strecke.«

Ibrahim mustert Dryden von Kopf bis Fuß. »Na gut, in Ordnung. Dabei kann ich dir helfen. Sollen wir die Visa für Ahmads Familie schon bei Moneypenny anfragen oder …?«

Dryden zuckt mit den Achseln. »Ich bitte lieber um Verzeihung als um Erlaubnis.«

19

DAS EISERNE TOR

Serbien

Hier, wo Serbien und Rumänien sich an einem Gewässer von der Farbe einer oxidierten römischen Münze gegenüberstehen, bildet die Donau das längste Flusstal Europas. Die Felswände mit ihren wilden Hängen voller furchtloser Büsche, die zu Wäldern hinaufklettern, deren Größe und Dichte den Himmel wie ein aufgesetztes Partyhütchen wirken lassen, trotzen jeglicher menschlicher Zähmung. Das Eiserne Tor, zwei hoch aufragende Felswände, die sich über dem Fluss beinahe berühren, hat jahrtausendelang Abenteurer, Händler und Eroberer umkehren lassen oder zerquetscht. Wenn das Derdap Menschen einließ, schloss es sie so fest in die Arme, dass es sie seiner Lebensart entsprechend beugte. Prähistorische Siedlungen, die entlang der Ufer und Hochebenen entdeckt wurden, zeugen von Menschen, die die Jagd aufgaben, Korn anbauten und so groß wie Außerirdische aus billigen Comicheften wurden. Sie hinterließen lange Gräber. Heutzutage ist das Eiserne Tor ein selten besuchter Punkt auf einer Touristenkarte. An den Fenstern des Besucherzentrums sammeln sich die schimmernden Leichen von Schmetterlingen, deren Zeit vorbei ist, auf der Fensterbank.

Heute steht niemand am Fenster. Andernfalls hätte er neugierig die Dufour-61-Luxussegeljacht beobachtet, die auf der serbischen Seite vor Anker liegt, und die große Gestalt, die in einer roten Badehose an Deck liegt, die schwarzen Haare und breiten Schultern nach einem Ausflug ins Wasser noch nass glitzernd. Vielleicht wäre der Beobachter sogar noch überraschter gewesen, als etwas weiter das Ufer hinunter eine zweite Person auftaucht – eine Frau mit kurzen platinblonden Haaren in Tauchermaske und schwarzem Bikini, die mit dem Kopf zuerst ins leuchtende Blau springt. Dann hätte er gesehen, wie die Gestalt an Deck hochfährt, kurz Ausschau hält und dann wie ein Pfeil über Bord springt.

Rachel Wolff bemerkt, dass sie Marko von der Jacht gelockt hat, als sein Schatten über das Flussbett geistert. Sie fährt mit der Hand durch das sich wiegende Seegras, als solle es ihr Glück bringen, dann stößt sie hinauf an die Oberfläche und ins Sonnenlicht. Sie zieht die Tauchermaske ab und tritt Wasser.

»Entschuldigung?«, meint Rachel auf Serbokroatisch. »Sie nehmen mir das Licht.«

Kurz blitzt offensichtlich unehrliche Reue in Markos glitzerndem Gesicht auf: das Kinn, an dessen Dreitagebart man ein Streichholz entzünden könnte, wenn man in Klischees sprechen will. Die lange, scharf geschnittene Nase, die ein kantiges Gesicht dominiert. Wirre lockige Haare, etwa mittellang, und dichte Augenbrauen über leicht zusammengekniffenen Augen, die wie blauer Stahl leuchten. Er tritt problemlos Wasser, sein Körper ist hager und doch stark, die Schultern und Brust gleichmäßig gebräunt und von verblichenen Narben gezeichnet.

»Wofür brauchen Sie denn Licht?«, erwidert er auf Serbo-kroatisch.

»Ich suche nach Perlen.«

»Sie wissen aber, dass die bedroht sind.«

Rachel erinnert sich an Moneypennys Alternativen – Gefängnis oder Gefangennahme und Tod ohne Rettungschancen. »Das Gefühl kenne ich«, meint sie.

»Na ja, von mir werden Sie nicht bedroht.«

»Ich nehme die Perlen sowieso nicht mit«, erwidert sie. »Ich suche nur gern nach ihnen.«

»Heute habe ich die Perle gefunden.«

Rachel lacht und bespritzt ihn mit Wasser. »Das ist die schlechteste Anmache, die ich je gehört habe.«

»Ach ja? Mir gefällt sie eigentlich ganz gut.«

Er fährt ihr mit den Fingerspitzen über die Hände, dann packt er sie am Handgelenk. Zieht sie an sich. Mit den Händen gleitet er ihr über die Hüften, am Rand ihres Höschens entlang, und plötzlich findet sie sich in seinen Armen wieder, während er für sie beide Wasser tritt.

»Sie sind ja ein ganz Schneller«, haucht sie.

»Wenn ich etwas sehe, das ich haben will«, meint er.

»Und wenn es nicht genommen werden will?«

»Willst du denn?«

Rachel legt ihm die Hände auf die Schultern und lässt sie über seine Arme gleiten. An diesen Körper erinnert sie sich ganz genau: die Stellen, an denen sich die kurzen Härchen rau anfühlten, die, an denen die Haut glatt war, an denen die Muskeln dick und angespannt waren, an denen die Adern hervortraten. Sie nimmt ihn an den Händen und seufzt leise.

»Darf ich das als Ja verstehen?«

Mit dem Daumen zeichnet sie das Grübchen an seinem Kinn nach. »Du erinnerst dich nicht an mich, oder, Marko?« Marko erstarrt, legt die Arme wie ein Schraubstock um sie. Die Strömung des Flusses hebt sie nach oben. Er vergisst völlig, Wasser zu treten, darum übernimmt sie das für ihn, was ihn aus seiner Starre holt. »Eigentlich bin ich stolz darauf, nie ein schönes Gesicht zu vergessen. Ich hasse es, uns beide zu enttäuschen, aber ...«

»Das war vor langer Zeit. Wir waren Kinder. Zumindest ich.«

Marko lässt die Schultern sinken. Er hält Rachel auf Abstand, legt ihr dann wieder die Hände um die Taille. »Rachel Petrović, ich fass es nicht.«

»Ich heiße jetzt Rachel Wolff.«

»Du bist erwachsen geworden«, meint er.

»Du nicht.«

Marko lacht. »Ich habe immer geglaubt, dass du von mir geküsst werden wolltest. Jetzt machst du alles kompliziert, wo wir doch genau das machen könnten. *Du* nimmst dir wohl nicht, was du willst?«

»Vielleicht will ich dich nicht mehr.«

Er verzieht den Mund und mustert sie eindringlich. »Das glaube ich nicht. Das hier ist doch kein Zufall, oder?«

Das erste Glas Sliwowitz verschafft ihr einen klaren Kopf und vertreibt die Zeiten, als Markos Vater die Chevalier-Zelle leitete, zu der ihre Eltern gehörten, und sie und Marko lernten, Geheimnisse zu bewahren. Das zweite schärft ihren Verstand. Sie liegt in ein weißes Handtuch gewickelt auf einer Sonnenliege ausgestreckt und erzählt. Er lehnt am Mast, die Beine an den Knöcheln überkreuzt, mit den ausgestreckten

Zehen tippt er auf den Boden, wie früher schon, wenn er Berechnungen angestellt hat.

»Du warst der zweite Dieb«, sagt er. »Lass mich raten. Die maskierte Geigerin, die ich an der Flucht gehindert habe.«

»Die Blindenuhr war im Geigenkasten.«

Ihm entfährt ein kurzes Lachen. »Wo ist sie jetzt?«

»Hast du mich als Kind für so dumm gehalten?«

Er nimmt seine Sonnenbrille. »Damals hättest du alles gemacht, was ich dir gesagt habe.«

»Ja«, stimmt Rachel zu, wickelt sich seufzend aus dem Handtuch und dreht sich auf den Bauch. Sie legt die Wange auf die verschränkten Unterarme und blickt aus halb geöffneten Augen zu ihm auf. »Das Problem ist, dass du mir nie etwas gesagt hast.«

Marko bemüht sich nicht im Geringsten, den musternden Blick hinter seiner Sonnenbrille zu verbergen. »Ich habe darauf gewartet, dass du erwachsen wirst.«

»An diese noble Seite von dir erinnere ich mich gar nicht.«

»Spiel nicht mit, wenn du nicht verletzt werden willst.«

»Schätzchen, ich bin unverwundbar.«

»Große Worte.«

»Großes Mädchen.«

Er schnaubt. »Teddy Wiltshire zu bestehlen war riskant. Es ist schwierig, etwas zu verhökern, das einem Dieb im Gesetz gehört.«

»Was willst du damit sagen?«

»Teddy Wiltshire. Er ist ein Dieb im Gesetz, einer der Bosse. Zumindest hat er so angefangen.«

Das hat Moneypenny nie erwähnt.

»Und warum hast *du* ihn dann bestohlen? Würde dein Diamanten-Janus es sich nicht zweimal überlegen, bevor er einen Dieb im Gesetz gegen sich aufbringt?«

»Janus?« Er grinst. »Niedlich.« Er zuckt mit den Achseln. »Der verkauft alles. Teddy Wiltshire macht ihm keine Probleme.«

»Klingt, als würdest du ihn gut kennen«, sagt Rachel.

»Die Chevaliers kommen nicht mal in die Nähe dieses Endes der Pipeline. Das weißt du besser als alle anderen.« Er fährt sich mit der Zunge über die Zähne. »Also, Rachel. Was soll mich davon abhalten, dir die Blindenuhr abzunehmen und deine Leiche in die Donau zu werfen?«

Die Gefahr, die von dieser Drohung ausgeht, spürt Rachel im ganzen Körper, beinahe wie Elektrizität. »Erstens weißt du nicht, wo sie ist«, erwidert sie.

»Und zweitens?«

»Wenden die Chevaliers keine Gewalt an.«

»Die Zeiten ändern sich.«

Sie stützt sich auf die Ellbogen. »Ja, das tun sie. Verrat mir eins – hast du das Diadem des kleinen Mädchens mitgenommen?«

»Das hätte mir nicht gestanden.«

Sie leckt Salz von ihrem kleinen Finger. »Vielleicht ändern sich die Zeiten doch nicht so sehr. Ich glaube, du bist gar nicht so böse, wie du tust.«

»Dann bist du eine Idiotin.«

Rachel wird ernst. »Das hoffe ich nicht, Marko. Weil ich das Scheißteil nicht verhökern kann und bereit bin, mit dir halbe-halbe zu machen. Aber nur, wenn ich glaube, dass ich dir vertrauen kann.«

Marko zieht einen Schmollmund. »Was würde dich überzeugen?«

»Zunächst mal – glaubst du, dass du sie verkaufen kannst?«

»Ich kenne ein paar Männer, die sie zu dem Mann bringen könnten, der es könnte.«

»Das klingt, als würdest du sagen, du wolltest nur eben Zigaretten holen gehen.«

»Wie bitte?«

»Das ist eine Redewendung.«

Er runzelt die Stirn. »Ich glaube, du verwendest sie falsch.«

»Vielleicht. Redewendungen haben mir immer Probleme gemacht. Ich will den Händler, nicht die Zigaretten. Ich bin nicht bereit, die Blindenuhr Schmugglern anzuvertrauen und bei dem Handel einen kleineren Anteil zu kriegen, als sie wert ist. Ich möchte sie dem Janus persönlich übergeben und den Anteil bekommen, den sie wert ist.«

»So läuft das nicht. Die Schmuggler kennen die Routen und die sind gefährlich. Heutzutage transportiert ein Lkw Waffen, Heroin, Öl – alles, was du dir vorstellen kannst.«

»Einschließlich uns.«

»Wie gut ist das für deine Eltern gelaufen?«, entgegnet Marko und stößt sich vom Mast ab, um über ihr zu aufzuragen. »Sie haben sich durch die gesamte Pipeline gearbeitet, um den Mann am Ende zu treffen, weil sie einen größeren Anteil haben wollten. Sie sind nie zurückgekommen.«

Rachel rollt sich auf den Rücken. »Wer hat dir das gesagt?«

»Mein Vater.«

»Hat er dir gesagt, wer damals der Janus war? Ist es heute noch derselbe Mann?«

»Ich weiß nur, dass mein Vater damals vor dem Janus Angst hatte, und ich habe auch nicht vor, den heutigen Janus zu treffen. Man erzählt sich gewisse Geschichten über ihn.«

Eine von Rachels Gaben ist, die plötzliche Hitze, die ihr in die Wangen steigt, zu unterdrücken. Ihre Mutter hat ihr absolute

Selbstbeherrschung beigebracht. Der handelnde Körper ist nicht dein eigener – er gehört zur Rolle. »Was für Geschichten?«

»Im Bürgerkrieg war er Colonel einer paramilitärischen Gruppe. Eine Todesschwadron.«

Rachel steht auf und kommt ihm so nah, dass sie seine Wärme spürt. »Wenn das stimmt, wäre er ein gesuchter Kriegsverbrecher und kein Diamantenhändler, der auf den größten Weltmärkten anerkannt ist.«

»Namen kann man ändern. So wie deinen. War dir der Name deines Vaters nicht gut genug?«

»Wolff ist der Nachname meiner Mutter und meines Großvaters«, sagt sie. Sie hat sich zu leicht aus der Rolle bringen lassen. »Er hat mich großgezogen, nachdem …«

»Warst du so wütend auf deinen Vater?«

»Warum sollte ich nicht?«, blafft sie. »Das war schließlich *sein* letzter Auftrag. Er war Tresorknacker. Er hätte nicht die ganze Pipeline zurückverfolgen müssen.«

Marko packt sie an den Armen. »Ganz genau! Und du musst es auch nicht! Du bist nur ein junges Mädchen, Rachel. Du bist überhaupt nicht erwachsen geworden. Glaubst immer noch an Geschichten. Warum stiehlst du Diamanten? In England könntest du ein normales Leben führen!«

»Du machst es doch auch«, sagt sie und versucht gar nicht erst, sich seinem Griff zu entwinden. »Du konntest auch nicht aufhören.«

»Hier gibt es kein Geld, keine Jobs, nur Korruption!«

»Du wirkst nicht, als hättest du zu kämpfen. Unsere Eltern haben in normalen Häusern gewohnt. Du wohnst auf einer Jacht.«

»Wenn du glaubst, dass sich die Situation in Serbien verbessert hat, hast du keine Ahnung von deinem Land. Du bist jetzt Engländerin. Dieses Land stellt uns nicht mal Visa aus, weil sie glauben, dass wir alle Terroristen sind.«

»Ist es das, was du willst – einen Ausweg? Die Blindenuhr wäre dein bisher größter Erfolg.«

Er zieht sie enger an sich, sodass er sie fast vom Deck hochhebt. »Ich weiß«, zischt er. »Deshalb wollte ich sie.«

»Glaubst du, dass du dir ein anderes Leben erkaufen kannst?«

»Zweite Chancen sind was für Träumer. Ich bin in meinem Gewerbe der Beste.«

»Vielleicht bis letzte Woche.«

Aus seinem spöttischen wird ein gefährliches Grinsen. »Du stehst auf Gefahr, oder? Die Gefahr durch mich.«

»Ich bin kein Kind mehr.« Sie legt ihm die flache Hand auf die Brust – sein Herz ist von der Donau noch immer kalt. »Ich weiß, was ich will. Wenn ich es will, nehme ich es mir. Wie sieht's mit dir aus?«

Der Moment dehnt sich zwischen ihnen aus, eine Verbindung, die nicht vom Wasser gelöst wird, das sich am Bug bricht, auch nicht vom Klappern der Seile und Stangen, den Vögeln in der Umgebung, den knarzenden Bäumen. Dann küsst Marko sie – wild, wütend, fordernd – und sie erwidert den Kuss sogar noch leidenschaftlicher.

DER CAPU

Korsika

Der Anführer der Union Corse lebt in einem napoleonischen Dorf im Schutz der Berge, die sich aus dem Mittelmeer erheben. Mit einem Port auf Eis stößt Johanna Harwood mit Marc-Ange Draco an. Hinter den blutroten Pinien geht die Sonne unter, verblasst auf den Granitklippen zu hellem Rosa und verdunkelt sich hier auf der Steinterrasse zum Blau eines Zauberermantels.

»*Á votre santé*«, sagt Marc-Ange.

Harwood wiederholt den Trinkspruch. Ein trügerischer Trost, diese Rückkehr in ihre Muttersprache, weil sie keine Rückkehr zu ihrer Mutter bedeutet hat.

»Essen Sie, essen Sie«, fordert Marc-Ange sie auf. »Sie sind zu dünn.«

Harwood verbeißt sich die Antwort, dass sie auf Kommentare von Männern über ihren Körper verzichten kann, und stochert in den Zucchini-Beignets und der Figatellu herum. Aber er hat recht, der intensive Duft nach Salz und Fett erweckt ihren Magen gefühlt zum ersten Mal seit Monaten zum Leben.

Marc-Ange brummt wohlwollend. Er zündet sich eine Gauloise an. Sein walnussfarbenes Gesicht ist von Jahren der Freude und darauffolgenden Jahren der Trauer gezeichnet. Den Übermut und die Anziehungskraft, die Bond so bewundert hat, findet man noch immer in seinen freundlichen braunen Augen, allerdings tief vergraben, wie das letzte strahlende Herbstlaub auf einem Hügel voller winterlich kahler Zweige. »Ich habe James gesagt, dass er Sie mal nach Korsika mitbringen soll.«

Harwood hält mit der Gabel in der Hand inne. »Wann?«

Marc-Ange zuckt mit den hängenden Achseln. »Er war so freundlich, mit mir an Neujahr ein Glas zu trinken, wenn er sich in der Nähe von Frankreich aufhielt. Er und Teresa haben an Neujahr geheiratet. War er es nicht, haben wir telefoniert. Ich hatte immer das Gefühl, dass dieser Anruf zu ihrem Gedenken für ihn eine schreckliche Last darstellte. Aber für mich hat er es getan und mich auch nie gebeten, ihn nicht mehr ›mein Sohn‹ zu nennen, auch wenn ich ihm angesehen habe, dass ihn das ebenfalls geschmerzt hat.«

Harwood beugt sich vor.

»Als ich ihn zum letzten Mal gesehen habe, haben wir uns in Harry's Bar in Paris getroffen und mit Whisky betrunken. Ich habe wie ein dummer alter Mann geheult und er hat dagesessen und zugehört, wie er es immer getan hat, und vielleicht zehn Worte gesagt, wie er es immer getan hat. Aber diesmal hatte er etwas mehr zu erzählen. Er sei mit einem Mädchen zusammen, mit dem er es ernst meine. So ernst wie mit Teresa. Sie. Ich habe ihm gesagt, bring das Mädchen zu mir, James, du versaust es bloß.«

Harwood lächelt. Es schmerzt.

Marc-Ange wirft seine Zigarette über die Balustrade. »Aber dann haben Sie ihn verlassen, um eine andere Doppelnull zu heiraten. Ein besserer Kandidat für langfristiges Glück, meinte James. Aber ich sehe keinen Ehering an Ihrem Finger.«

Harwood muss sich räuspern, bevor sie etwas sagen kann. »Sid ist gestorben. Im Einsatz.«

»Sie haben kein Glück mit den Männern«, sinniert Marc-Ange.

»Nein. Anscheinend nicht.«

Er beugt sich über sein Getränk. »Dann können wir ja gemeinsam unglücklich in der Liebe und im Leben sein.« Dann aber hellt sich seine Miene auf. »Trotzdem sollte man nicht im Selbstmitleid baden, wenn man an einem wunderschönen Abend an einem der schönsten Orte der Welt einer wunderschönen Frau gegenübersitzt.«

»Man könnte glatt annehmen, dass Sie mich hergeholt haben, um mich mit Ihrem Charme einzuwickeln, und nicht, dass ich Ihren guten Willen ausnutze, um Sie mit meinem Charme einzuwickeln.«

»Schweig still, mein Herz. Ihr Lächeln ist gefährlich, *ma chère*. Sie bringen einen alten Mann noch verfrüht ins Grab. Aber in Ihren Armen würde er glücklich sterben.«

Kurz bröckelt Harwoods professionelle Maske.

Marc-Ange schlägt die Zähne aufeinander. »Es tut mir leid. Ist der Mann, für den Sie James verlassen haben, so gestorben?«

Über ihnen taucht ein Adler auf. Harwood beobachtet seinen Flug, als sie, so emotionslos, dass es ihr den Magen umdreht, antwortet: »Ja. Sid hat sich vor eine Kugel geworfen, die für mich bestimmt war. Es war meine Schuld. Ich habe ihn in den Armen gehalten, während er verblutet ist.«

»Haben Sie Sid dazu gezwungen?«

Unwirsch schüttelt Harwood den Kopf. »Ich hätte es kommen sehen müssen. Ich hätte etwas tun können müssen. Ich bin Unfallchirurgin. War Unfallchirurgin.«

»Und jetzt können Sie sich Ihr gebrochenes Herz nicht herausoperieren. Sehen Sie mich nicht so an. Ich hatte eine Tochter, die ein Leben voller Schmerz durchlitten hat, bevor sie James kennenlernte. Ich kenne die Trauer, die ein Mädchen dazu bringt, sich das Herz auszubrennen. Teresa tat es, indem sie sich auf der ganzen Welt ins Leben gestürzt hat, vor jedes Auto gelaufen ist, das sie hätte überfahren können. Egal ob südamerikanische Millionäre oder Playboys in Dubai, ständig war sie in Schwierigkeiten und Skandale verwickelt, bis sie ihre kleine Tochter vor einem schlimmen Ehemann in Sicherheit gebracht hat und es für kurze Zeit so schien, als könnte sie glücklich werden. Nachdem das Baby gestorben war, wäre sie ins Wasser gegangen, wenn James nicht beschlossen hätte, sich für ein hübsches Mädchen zu interessieren, das schneller als er fahren konnte.«

»Frauen, die schneller als er waren, konnte er nie widerstehen.«

»Wer kann das schon? Trotzdem glaube ich, dass hinter seinem Interesse mehr steckte. Eine gemeinsame Melancholie. Manchmal frage ich mich, ob er an jenem Abend nicht selbst ins Wasser gehen wollte und nur davon abgehalten wurde, weil er sich vornahm, Teresa zu retten. Sie waren verloren, bis sie sich fanden. Ich bin Romantiker. Das passiert einem nach Jahren des Banditenlebens.«

Banditenleben – das war noch höflich ausgedrückt.

»Ich erkenne an Ihrem Blick, dass Sie verloren sind, *ma chère*. So verloren, dass Sie die Sicherheit Londons, der

Q-Abteilung und Ms hinter sich lassen, um sich der Gnade des Capu der Union Corse zu Füßen zu werfen. Aber zu welchem Zweck, fragt er sich.«

Harwood trinkt ihr Glas aus. »Ihr Patensohn, Laurent Corso, wurde ermordet.«

Sofort ändert sich Marc-Anges Haltung völlig. Während ihr bis gerade ein besorgter Vater gegenübersaß, ist er nun ein General, dessen Reaktion auf einen Verlust darin besteht, den imaginären Feind verächtlich zu mustern, bevor er ihn demnächst in Beton begräbt. »Von einer Ihrer fleißigen Doppelnullen?«

»Nein. Allerdings hat ihn in dem Augenblick gerade eine Doppelnull verhört.«

»Sie sind sehr ehrlich. Waren Sie es?«

»Nein.«

»Welche Nummer?«

»So ehrlich bin ich dann doch nicht.«

Er lacht kurz auf. »Und wer hat meinen Patensohn ermordet, während er sich in der kompetenten Obhut der Regierung Ihrer Majestät befand?«

»Trigger.«

Marc-Ange wiegt den Kopf hin und her. »Den Preis, den sie verlangt, war er nicht wert.«

Harwood beugt sich vor. »Haben Sie Trigger je angeheuert?«

»Nicht persönlich. Aber ich kenne Männer, die es getan haben.«

»Am Tatort wurde ihr Markenzeichen gefunden. Außerdem soll sie auch im letzten Jahr in meine Mission, den Maulwurf im MI6 aufzudecken und James zu finden, verwickelt gewesen sein. Sie hat einen CIA-Agenten angeschossen und beinahe getötet.«

»Erwarten Sie etwa, dass ich weine? James ist mein einziger aufrichtiger Freund. Abgesehen von Ihnen. Ihnen beiden wohnt eine Dunkelheit inne, die ich unwillkürlich erkenne und mag.«

»Ich versuche, James zu finden. Meine Organisation ist kompromittiert. Ich muss es allein tun. Aber ich brauche Hilfe. Meine Zielperson ist Teddy Wiltshire, und der ist untergetaucht.«

»Da Teddy verschwunden ist, kann ihn niemand finden. Seine Spezialität ist, Menschen verschwinden zu lassen. Ich habe versucht, mit ihm einen Handel einzugehen, um James zurückzukaufen, aber er wollte mit mir keine Geschäfte machen. Er gab vor, nichts zu wissen, und ich verfüge nicht über die Ressourcen, um mit seinen Leuten einen Krieg anzufangen. Ich weiß, Sie glauben, dass das auch schlecht für mein Geschäft wäre, aber Sie müssen mir glauben – wenn es um meinen Sohn geht, ist mir das Geschäft egal. Ich kann Ihnen nicht dabei helfen, Wiltshire zu finden. Aber vielleicht können Sie mit der Person sprechen, der er beim Verschwinden geholfen hat. Trigger.«

»Hat er Trigger aus Russland geschafft, nachdem sie bei der Schießerei mit Bond versagt hatte?«, erkundigt sich Harwood.

»Ja, aus Russland raus und rein in die Schatten, aus denen sie als Auftragskillerin operiert. Sie sagen, dass sie meinen Patensohn ermordet hat. Wenn Sie sie finden, dürfen Sie sie in meinem Namen töten.«

»Wissen Sie, wo sie sich aufhält?«

»Ich weiß, wo sie zuletzt jemanden getötet haben soll, vor meinem Patensohn. Das Opfer war eine Doppelnull. Vielleicht war es James, das kann ich nicht sagen. Seine Ruhestätte ist für mich unerreichbar und Trigger kann man nur finden, wenn sie es will. Ein Ort, der als das Ende von allem bekannt ist. Auf meinem Familiengrab steht neben dem von Teresa ein leerer Grabstein. In all der Zeit habe ich mich nicht dazu überwinden können, den Namen James Bond hinzufügen zu lassen. Vielleicht ersparen Sie mir die Notwendigkeit. Oder bringen seine Leiche nach Hause.«

»Ich bringe ihn lebend nach Hause.«

Marc-Ange schnaubt. »Da ist das verzehrende Feuer. Hören Sie auf einen alten Mann, der seine Frau und Tochter beerdigt hat. Wenn man sich selbst die Schuld gibt, ist das nur ein Pflaster. Wenn Sie sagen, dass es Ihre Schuld war, können Sie sich in Selbsthass ergehen, statt zu trauern. Aber Ihr Verlobter hat sich dazu entschieden, sich vor die Kugel zu werfen. Wenn Sie sein Opfer als irgendetwas anderes bezeichnen, sprechen Sie ihm seine Heldentat ab und seine Liebe für Sie. Ich glaube nicht, dass Sie das wollen.«

Darauf kann Harwood nichts erwidern, darum schüttelt sie nur den Kopf.

»Also sind wir uns einig. Sie werden heftig um ihn trauern. Aber Sie werden nicht bloß leben, um zu sterben.«

»Ich weiß nicht, wofür ich sonst noch leben soll«, flüstert Harwood.

»Das ist eine sehr viel kompliziertere Frage und ich hoffe, dass Sie noch viele Jahre vor sich haben, um sie zu beantworten. Aber vorerst haben Sie Ihre Antwort bereits. Finden Sie meinen Sohn. Finden Sie James.«

21

»WIR HABEN DIE ZEIT.«

Kabul

Für Joseph Dryden fühlt sich die Landung auf dem ehemaligen Flughafen Hamid Karzai International an, als würde er nach Hause zurückkehren. Von sowjetischen Ingenieuren geplant, wurde der Flughafen während des Bürgerkriegs stark zerstört, dann erneut bei den von den USA angeführten Luftangriffen im Jahr 2001. Der Westen pumpte Millionen in neuen Beton, Minenräumungen und die Detonation von Blindgängern, um ein internationales Terminal mit Militärbasen für die US-Streitkräfte, die NATO und die afghanische Luftwaffe zu bauen. Eine Landung in Kabul bedeutete früher, in das geschäftige Treiben der Afghanen in Businessanzügen und *Kamiz* einzutauchen, deren Wege sich mit denen von Militärunternehmern kreuzten, die große Sonnenbrillen trugen und tätowierte Arme hatten. Es bedeutete den verzweifelten Neid von Hilfsorganisationen, die Bücher und platte Fußbälle von einem Checkpoint zum anderen schleppen mussten, während die Armee vorbeiraste. Es bedeutete, *nach dem eigenen Tempo zu leben*, Armeesprech dafür, dass man nirgendwohin ging, bis der Auftrag erledigt war, egal was einen zu Hause erwartete. Für Dryden bestand das Leben auf britischem Boden daraus, dass er wieder hierher zurückkehren wollte: zu Luke, zu seinem Team, zu seinem Dolmetscher Ahmad, zurück in den Einsatz.

Diesmal jedoch trägt er den leuchtend blauen Pullover eines Mitarbeiters des Welternährungsprogramms WFP und die Taliban haben den Namen des Präsidenten vom Flughafen entfernt und die Sicherheitskontrollen übernommen. Auf dem Rollfeld atmet Dryden tief ein. Die Luft schmeckt anders. Das ist nicht das Afghanistan, das er kannte.

Dryden zieht sich die blaue Kappe tiefer ins Gesicht. Gemeinsam mit zehn anderen Mitarbeitern der Hilfsorganisation macht er sich unter dem wachsamen Blick bewaffneter Männer, die auf der Ladefläche eines rostigen Pick-ups herumlungern, zu Fuß auf den Weg zum Terminalgebäude. Sein Herz schlägt so regelmäßig wie die Trommel des Henkers.

»Denk dran, 004«, sagt Aishas Stimme in seinem Kopf, »deine Mission lautet, deinen früheren Dolmetscher zu suchen, ihn dazu zu bewegen, dass er dir dabei hilft, das Nationalmuseum davon zu überzeugen, dir etwas aus dem Schatz des goldenen Hügels zu überlassen, und diesen Schatz dann in die Schmuggler-Pipeline einzuspeisen, um den Antiquitäten-Janus zu identifizieren und die Person, der er untersteht – die Identität des Göttervaters, Rattenfängers Banker. Aber all das hängt davon ab, dass du die nächsten zehn Minuten überlebst.«

»Vielen Dank für die motivierenden Worte«, murmelt er.

»Wir stehen hinter dir. Auch wenn wir über fünftausend Kilometer entfernt sind.«

»Ein echter Trost.«

Als Dryden hinter seiner Ray-Ban auf der Startbahn nach Anzeichen des Exodus sucht, den er hilflos im Fernsehen verfolgt hat, erinnert er sich an die unzähligen Male, die er sein Team angewiesen hat, die Augen immer überall zu haben. Als die USA den Stecker zogen, wurde Kabul zum Verkehrschaos. Alle vierundzwanzig Stunden verdoppelte sich die Menschenmenge rund um den Flughafen. Die meisten erreichten nicht einmal das Tor. Auf jedem Foto, das Ahmad ihm schickte, war Gepäck zu sehen. Rucksäcke, Koffer, Plastiktüten, Schultaschen, alle rund um den Flughafen aufgetürmt. Dann ging die Bombe hoch. Der Selbstmordattentäter war in die Kanalisation gestiegen, in der Hunderte Familien im knietiefen Wasser darauf warteten, für die Abreise eingecheckt zu werden. Nun sieht Dryden auf dem Rollfeld einen hellrosa Rollkoffer, der umgekippt und von Gräsern überwuchert ist. Vom aufsteigenden Zorn, den er hinunterschluckt, wird ihm übel.

Die Wächter leeren seine Sporttasche aus. Dryden befürchtet, dass seine Papiere abgelehnt werden oder dass die jungen Männer, die ihn finster mustern, an seinem Körper erkennen, dass er auf Ausdauer trainiert hat, und ihn in ein Zimmer ohne Licht zerren, wo ihn ein sehr langsames, schmerzvolles und öffentliches Ende erwartet. Die Männer lachen über die Teddybären, die er mitgebracht hat, und klauen die Schokoriegel, winken ihn aber durch.

Am letzten Checkpoint begrüßt ihn ein Mann mit grauem Bart. Dryden hat bereits Taliban die Hand geschüttelt, während er undercover war oder über Gefangene verhandelt hat. Noch nie hat er jedoch die Hand eines Ältesten gehalten, die so zerbrechlich war wie die Knochen eines toten Vogels. Und wahrscheinlich isst er noch besser als die meisten anderen. Afghanistan hat Stufe vier einer Nahrungsmittelkrise erreicht. Es gibt nur fünf Stufen. Die Letzte besteht aus Katastrophen und Hungersnöten.

Der Älteste dankt Dryden und den echten Mitarbeitern der Hilfsorganisation dafür, dass sie den Schmerz seines Volkes nicht ignorieren. Dryden bringt ein Lächeln zustande. In diesem Augenblick sind ihm die Muskeln in seinem Gesicht fremd.

Flankiert wird der Älteste von zwei Männern, dem einen fehlt ein Auge, der andere kaut lautstark Kaugummi, während sein Kiefer unter dem Druck seines Hasses knackt. Als Dryden dem Ältesten die Hand schüttelt, konzentriert der Kauende sich gierig auf ihn – auf seine MARQ-Commander-Armbanduhr von Garmin. In Drydens Kopf schrillt eine Sirene los. Das hohe Geheul einer Knochensäge. Wenn er es nicht besser wüsste, würde er glauben, dass seine Gehirn-Computer-Schnittstelle eine Fehlfunktion hat. Aber er weiß es besser. Es ist sein Instinkt, der ihm sagt, dass seine Zeit gekommen ist.

Mit einem kurzen Zucken lässt Dryden das Armband mit Jacquardmuster und das Karbon-Display unter seinem Ärmel verschwinden. Er hat gelernt, sich selbst als – wie Ibrahim es nannte – komischen Maschine-Mensch-Hybrid zu betrachten. Daher ist ihm gar nicht in den Sinn gekommen, dieses Rettungsseil zurückzulassen, obwohl das Implantat auch ohne sie funktioniert, außer er unterbricht die Verbindung, wie er es im Labyrinth getan hat. An der Uhr weist nichts darauf hin, dass sie sein Implantat steuert. Aber sie verfügt über eine Tarnfunktion, eingebaute topografische Karten, einen Notknopf, mit dem die Betriebsdaten gelöscht werden können, und eine Höhenmesserfunktion. Mit anderen Worten: Diese Uhr ist für einen Mitarbeiter einer Hilfsorganisation viel zu teuer, für einen Spion hingegen perfekt.

Neuen Teammitgliedern sagte Luke immer: *Das Schlaueste, was ihr machen könnt, ist, nicht dumm zu sein.* So viel dazu. Viel zu lange hat er keine Rolle mehr im Theater des Krieges gespielt. Jetzt wird er mitten auf der Bühne sterben.

»Sind Sie schon mal hier gewesen?«, fragt der Mann.

»Nein«, antwortet Dryden.

»Papiere.«

»Meine Papiere sind schon fünfmal überprüft worden.«

Der einäugige Wachmann packt sein Gewehr fester. Dryden holt Pass, Visum und Beschäftigungsnachweis aus der Tasche. Der Mann wirft das Blatt seinem Partner zu.

»Sie sind gebaut wie ein Soldat.«

»Wenn ich nicht auf Hilfsmissionen unterwegs bin, bin ich bei der freiwilligen Feuerwehr.«

»Haben Sie deshalb Verbrennungen an den Händen?«

Dryden betrachtet seine Erfrierungen. »Ja.«

»Wie tugendhaft. Vielleicht wollen Sie vergangene Vergehen wiedergutmachen. Beispielsweise Vergehen wie den Mord an meinen Landsmännern.«

»Ich bin für die Arbeit in Hilfsorganisationen zertifiziert. Steht in meinen Papiern.«

»Jaja.«

Der Einäugige zerreißt das oberste Blatt auf dem Stapel.

Dem Franzosen, der neben Dryden im Flugzeug saß, steigt die Zornesröte ins Gesicht. »Das ist eine Unverschämtheit ...«

Schnell stellt Dryden ein paar Berechnungen an. Offensichtlich will der Kaugummikauer seine Armbanduhr. Entweder verliert er seine Papiere, seine Möglichkeit, den Flughafen zu verlassen, *und* die Armbanduhr oder er opfert das Gerät und hofft, dass sie dessen Bedeutung übersehen. Er ringt die Hände, drückt dabei den Notknopf, mit dem alle Daten gelöscht werden, und winkt ab, um den Franzosen zu beruhigen, wodurch die Armbanduhr sichtbar wird. Der

Kauende packt ihn am Handgelenk und überwindet den staubigen Asphalt zwischen ihnen.

»Hübsch«, sagt er. Er probiert einen Knopf aus und auf dem Ziffernblatt erscheint Drydens Puls, der in die Höhe rast. »Sie machen sich anscheinend große Sorgen um Ihre Gesundheit.«

»Kann ich bitte meine Papiere wiederhaben?«

Der kalte Druck um sein Handgelenk wird stärker. Sein Puls steigt sichtbar an. Der Mann murmelt: »Was ist sie Ihnen wert?«

»Nehmen Sie ruhig die Uhr, ist mir egal. Ich bin hier, weil mein Glaube es von mir verlangt.«

»Ihr Glaube?«

Dass er es ausgerechnet damit versucht … »Ja, Bruder.«

Kurz verzieht der Soldat das Gesicht, dann wirft er dem Ältesten einen Blick zu, der das Ganze schweigend beobachtet hat, nun aber mit einem Blinzeln, das Tränen der Erschöpfung über seine Wangen rinnen lässt, abwinkt. Der Mann reißt Dryden die Uhr vom Handgelenk. Dieser erinnert sich an die Worte von Mullah Omar über Amerika: *Sie haben vielleicht die Uhren. Aber wir haben die Zeit.*

Der Mann hält sie in die Sonne und probiert einige Knöpfe aus. Sein Partner will weiter streiten, aber der Kaugummikauer lacht nur, legt sich die Uhr um und sagt dem Mann, dass er Dryden seine Papiere zurückgeben soll.

Als sie den letzten Checkpoint verlassen, klopft der Franzose Dryden auf den Rücken.

Den Blick auf den Boden gerichtet, fragt Dryden: »Aisha?«

»Wir sind hier«, hört er Aishas Stimme. »Toller Bluff, du Schlaukopf. Durch dich haben wir ein Stück sehr teure staatliche Ausrüstung verloren. Allerdings nicht ganz so wertvoll wie du.«

Dryden lächelt gequält.

»Jetzt kannst du aber nicht mehr die Lautstärke regeln, also ist das Risiko höher, dass du von Lärm überwältigt wirst«, mahnt Ibrahim. »Versuch bitte, laute Explosionen zu meiden.«

»Gute Idee«, murmelt Dryden. »Ich bitte sie einfach, ein bisschen leiser Krieg zu führen.«

»Der Krieg ist vorbei«, sagt Ibrahim. »Weißt du noch? Wir haben verloren.«

Während der Fahrt nach Kabul in einem weißen Jeep mit WFP-Logo ziehen an Dryden über Stangen gespannte Decken und Planen vom UNHRC vorbei, ganze improvisierte Häuserblöcke, in denen Menschen untergebracht sind, die ihre Arbeit verloren haben, als die Sanktionen über Nacht die Wirtschaft kollabieren ließen. Dryden sieht einem Kind zu, das einem anderen durch eine Zeltgasse hinterherrennt.

Als ihn die Gerüche der Stadt erreichen, sind dort mehr Bettler Teil des Stadtbilds, als er in Kabul je gesehen hat. Früher waren es alte Menschen und kleine Kinder. Nun schiebt sich der Jeep an jungen Erwachsenen vorbei, die mit ausgestreckten Händen durch die Straßen ziehen, als würden sie einen fehlenden Teil ihres Ichs suchen. Dryden dachte immer, dass diese Generation – die Kinder waren, als die westlichen Streitkräfte kamen – nicht nur leben, sondern das Leben *genießen* wollte: feiern, auf Berge klettern, studieren, schreiben, tanzen.

Jemand hupt. Dryden dreht sich um und sieht dem technischen Fahrzeug hinterher, als es sich vorbeidrängt, ein Nissan-Pick-up, auf den eine Panzerfaust montiert wurde. Wieder geht der schrille Alarm los und dröhnt durch seinen

Gehörgang. Die Bettler fliehen in Hauseingänge. Zivilisten bekommen den Großteil der Taliban-Gewalt ab, die jederzeit und von überall über sie hereinbrechen kann. Dryden sucht die Dächer nach Scharfschützen ab.

Der Konvoi rollt an einem Basar entlang, auf dem Obstberge Fliegen anlocken und über Ölfässern ganze Hühnchen schwarz werden. Niemand steht in der Schlange, niemand ruft einem Freund einen Gruß zu, niemand holt sich etwas zum Mittagessen. Es gibt genug Nahrung. Nur kein Geld, um dafür zu bezahlen.

Der Franzose – dessen Jacke mit Minzbonbons, Stiften und Proteinriegeln vollgestopft ist – legt Dryden mitfühlend die Hand auf den Arm. »Ist das wirklich Ihr erster Einsatz in Afghanistan?«

Dryden wendet sich ihm zu.

»Sie wirken *dépossédés* – wie sagt man … in Trauer?«

Dryden zieht sich am Ohr. »Ich frage mich nur, wofür das alles gut war.«

Da brummt der Franzose nachdenklich. »Und mit Ihnen vierzig Millionen Afghanen, mein Freund.«

Drydens erstes Ziel ist, Ahmad zu finden und ihn davon zu überzeugen, einen Kontakt zu den Kuratoren des Nationalmuseums von Afghanistan herzustellen. Ahmad wartet im Rahmen des britischen Gesetzes zur Umsiedlung und Hilfe von Afghanen auf ein Visum, während er unter einer falschen Identität lebt, aus Angst, von den Taliban aufgrund seiner »Kollaboration« mit westlichen Kräften attackiert zu werden. Bis vor einem Monat hat Dryden regelmäßig mit Ahmad telefoniert, doch danach ging dieser nicht mehr dran. Dryden wollte ihm nicht schreiben, für den Fall, dass das Handy sich inzwischen in den falschen Händen befand. Er hat die Adresse einer Mietwohnung, ist sich aber nicht sicher, was ihn dort erwartet, als er die Treppe eines von Kugeln durchsiebten Gebäudes hinaufsteigt. Obwohl es Abendessenszeit ist, riecht er hinter keiner der verschlossenen Türen Bratöl. Ahmad sagte immer, dass es in Afghanistan drei Arten von Menschen gäbe: al-Qaida (die Kämpfer), al-faida (die sich Bereichernden) und al-gaida (die Gearschten). Dieses knarzende Gebäude ist ein Tempel der al-gaida und Drydens Leben ist deutlich weniger wert als der Sack Getreide, den er auf der Schulter trägt. Er bleibt vor einer Tür stehen, die so leicht gebaut ist, dass er sie nicht einmal eintreten müsste, sondern nur dagegen klopfen. Und das tut er nun und hat das Gefühl, als läge ihm eine eiskalte Qualle auf der Brust. Aus dem Inneren hört er ein Rauschen, das nun leiser wird. Dann Schritte.

Die Tür öffnet sich einen Spaltbreit. Dryden würde diese Augen jederzeit und überall erkennen. Jadefarben. Von Lachfältchen umgeben, die sich von den äußeren Augenwinkeln über Ahmads Wangenknochen bis in seinen kurzen Bart ausbreiten. Nun aber sind diese Fältchen durch Spuren der Schlaflosigkeit verzerrt. Frische Narben auf der flachen Nase und der hohen Stirn ziehen sich auseinander, als er ihn erkennt und gleichzeitig begreift, was dieser Besuch bedeutet.

»Ich bin vom WFP geschickt worden«, sagt Dryden. »Man hat uns mitgeteilt, dass Sie heute nicht zum Sammelpunkt kommen konnten, weil Ihr Sohn krank ist.«

»Das ist sehr freundlich von Ihnen«, erwidert Ahmad. »Kommen Sie doch herein.«

Hinter Dryden schließt sich die Tür. Er lässt den Sack auf den Boden sinken, wo dieser wie ein Betrunkener zusammensackt, und streift die Schuhe ab. Eine Einzimmerwohnung.

Ahmads ältester Sohn steht auf der Armlehne des Sofas, fummelt an einem Fernseher herum, der in die Ecke gequetscht ist, und schaltet von weißem Rauschen zu weißem Rauschen. Mit einer Hand auf dem Rücken ihres Sohnes steht Khadija wie erstarrt da und hilft ihm, das Gleichgewicht zu halten, während sie mit dem anderen Arm ihr Baby an die Brust drückt, dessen stumpfer Blick starr ist. Das kleine Mädchen sitzt in der Ecke auf dem Boden und malt. Sie rührt sich nicht, aber ihre Buntstifte bewegen sich schneller und energischer.

Ahmad dreht sich einmal um sich selbst, als wolle er in seinem Kopf eine neue Karte des Zimmers zeichnen, die Dryden enthält, dann wendet er sich wieder ihm zu und schlägt ihm mit beiden Händen hörbar auf die Brust. Er klopft ihn ab, um sicherzugehen, dass er echt ist. »Das WFP macht keine Hausbesuche«, sagt er.

»Du hast die Logikfehler in meinen Geschichten immer bemerkt.«

»Die waren immer furchtbar.« Ahmad berührt den Sack. »Allah segne dich. Wie ist das möglich?«

Wenn er Ahmad früher besuchte, ließ er ein Geschenk an der Tür zurück, das sie nicht vor ihm öffneten.

Der kleine Junge, der auf dem Sofa balanciert, starrt Dryden mit offenem Mund an. Er droht hinunterzufallen, da erwacht das Gemälde zum Leben. Khadija stellt sich vor ihre beiden Kinder und umklammert das Baby noch fester.

»Captain«, sagt sie und dann: »Joe. Du solltest nicht hier sein. Du bist hier nicht sicher.«

Das bringt Dryden zum Lachen, die Absurdität der Situation und seine Erleichterung brauchen ein Ventil. Er legt sich die Hand aufs Herz. »Es tut mir leid, dass ich eure Visaanträge nicht beschleunigen konnte. Ich arbeite daran.«

»Bist du den ganzen Weg gekommen, nur um uns das zu sagen?«, fragt Khadija.

»Sozusagen. Ich brauche eure Hilfe. Im Gegenzug kann ich euch und eure ganze Familie nach Großbritannien evakuieren lassen. Auch eure Eltern.« Als Dryden das sagt, wird sein Mund trocken und schmeckt nach Asche. Seinen Rekruten pflegte er immer zu sagen: *Versprecht diesen Leuten nicht das Unmögliche – die haben das alles schon gehört.*

Leise sagt Ahmad: »Unsere Eltern sind tot.«

Bevor Dryden etwas erwidern kann, hakt Khadija nach: »Was heißt das, ›im Gegenzug‹? Wir haben euch schon geholfen. Das Visum ist doch *im Gegenzug*.«

»Es tut mir leid. Aber wenn ihr mir jetzt helft, kann ich euch rausbringen. Versprochen.«

Ahmad zupft an seinem Bart und diese Geste ist Dryden so vertraut, dass er den Mann am liebsten umarmen würde.

»Was genau brauchst du?«

»Ich muss Kontakt zu einem Kurator des Nationalmuseums von Afghanistan herstellen.«

»Das ist sehr schwierig. Sie werden ständig von den Taliban bewacht und beobachtet.«

»Ich weiß.«

»Warum musst du mit denen sprechen?«

Dem kleinen Jungen wird langweilig, deshalb dreht er weiter an dem Knopf, sodass weißes Rauschen das Zimmer erfüllt, das Geräusch einer Klapperschlange, die man in einem Karton gefangen hält, oder eine Sphinx, die Ruhe fordert.

»Ich muss mir etwas ausleihen«, erklärt Dryden.

»Aus dem Museum?«

»Aus dem baktrischen Schatz.«

Ahmad lacht auf. »Willst du mich veräppeln?«

»Leider nicht. Ich befinde mich auf einer Mission, um die Plünderung und den Schmuggel des afghanischen Kulturerbes zu beenden.«

Khadija reißt die Hände hoch. »Und das machst du, indem du uns bestiehlst?«

»Meiner Regierung ist das sehr wichtig.«

»Deine Regierung, deine Regierung – warum sind *wir* deiner Regierung nicht wichtig?«

»Ich verstehe das nicht, Joe. Was ist mit deinem Ohr?« Ahmad tritt näher, um Drydens Schädel zu untersuchen. »Du bist doch sicher kein Soldat mehr.«

»Ich bin jetzt eine Art Polizist.«

»Bist du etwa ein *Spion*?«, zischt Khadija. »Wir haben schon genug erlitten. Meine Tochter spricht kaum, wir haben weder Reis noch Öl, mein Baby ist zwei Jahre alt und sieht aus, als wäre es erst sechs Monate, ich kann nicht raus, erst recht nicht in der Klinik arbeiten, wir warten und warten und dann kommst du …« Die Tränen verändern Khadijas Miene und Dryden wird klar, dass sie ihm, selbst als er Ahmad mit mehreren Stichverletzungen nach Hause brachte, nie ihre Gefühle offenbart hat. »Jetzt kommst du endlich, aber nicht, um uns zu helfen, sondern um etwas von uns zu nehmen, um mir den Ehemann zu nehmen. Du bist nicht unser Freund. Du hältst von hier bis nach London die Hand auf.«

Dryden wippt auf den Fußballen. Diese Redewendung stammt aus dem neunzehnten Jahrhundert, als Großbritannien die Außenpolitik in Afghanistan steuerte. Sie bedeutet: *Tu, was in deiner Macht steht, mir ist es egal.*

Ahmad dreht sich weg und blickt aus dem Fenster auf die Dächer, auf denen hier und da die Fahne der Taliban im Wind weht.

»Ich habe es versucht«, sagt Dryden. »Ich habe Türen eingetreten. Bin jedem, den ich kenne, auf die Füße getreten. Der Truppenabzug liegt über meiner Gehaltsklasse. Aber das hier nicht. Ich bin hier und ich kann das schaffen. Aber dafür brauche ich deine Hilfe. Bitte. Ich sehe euch als enge Freunde. Mir war es eine Ehre, in eurer Familie willkommen zu sein. Es wird mir eine Ehre sein, euch in Großbritannien willkommen zu heißen. Aber ohne dich kann ich es nicht schaffen.« Sanft legt Dryden Ahmad die Hand auf die Schulter. Der Mann ist deutlich kleiner als er, aber er strahlt noch immer diese unterschwellige Kraft aus, auch wenn seine Knochen nun stärker hervortreten. »Ich habe dich damals gebraucht. Ich brauche dich heute.«

Ahmad dreht sich nicht um. »Ich habe dich auch gebraucht, Joseph Dryden.«

»Jetzt bin ich hier. Ich bin hier und meine Lebenserwartung sinkt von Minute zu Minute. Genau wie deine. Zeit, sich bereit zu machen. Hilfst du mir?«

Dryden erhält keine Antwort, aber nach einer langen, von weißem Rauschen erfüllten Minute tätschelt Ahmad ihm die Hand.

22

DIE TAHILWIDAR

Kabul

Am Eingang des Nationalmuseums von Afghanistan hängt eine Plakette mit der Aufschrift: *Eine Nation überlebt, wenn ihre Kultur überlebt.* Etwas außerhalb des Stadtzentrums in Darulaman gelegen, wurde das Museum besetzt, zerbombt und geplündert, die Sammlung wiederholt verlegt. Als das Museum 1989 erneut zu angreifbar wurde, trug man einige Kisten in den Tresor der Zentralbank, andere zum Ministerium für Informationen und Kultur, der Rest jedoch verblieb unter dem Nationalmuseum von Afghanistan. Die übrigen schweren Steinskulpturen fielen Plünderern und später Bomben zum Opfer, als das Dach einstürzte. Die UN mauerte die Fenster zu und baute ein Zinkdach und Stahltüren ein. Im Licht von Petroleumlampen wischte das Museumspersonal die Böden, mit Tüchern vor Augen und Mund als Schutz vor dem Dreck. Plünderer rissen die massiven Schieferskulpturen von ihren Verankerungen. Anwohner hackten nuristanische Skulpturen klein, um Feuerholz zu gewinnen. Auf dem verdorrten Rasen hinter dem Museum rostete eine Lokomotive der Eisenbahn von König Amanullah unter wild und schief wachsenden Bäumen vor sich hin. Das Personal gab niemals auf und kehrte im Laufe der Jahre immer wieder zurück, um im Schutt nach Objekten zu suchen und mit zitternden Händen Karteikarten zu schreiben. Bis 1996. Dann kamen die Taliban.

Die Taliban wollten den Standort des baktrischen Schatzes erfahren, der aus dem goldenen Hügel stammte. Die Tahilwidar – die Schlüsselbewahrer – gaben ihn niemals preis, obwohl die Taliban ihnen Waffen an den Kopf hielten, sie verhafteten und verprügelten. Sie sprengten die Buddha-Statuen von Bamiyan. Brachen Kisten auf, rissen Schutzhüllen herunter und zerschlugen mit Hämmern zweitausend Objekte, sodass das Personal ein weiteres Mal fegen, abstauben, neu verpacken und die Kartei überarbeiten musste. In Kabul kochte die Gerüchteküche: Der baktrische Schatz sei bereits vor langer Zeit zerbombt, geplündert, verkauft, eingeschmolzen oder gar nicht erst gerettet worden.

Aber 2003 erklärte die Zentralbank, dass die Kisten unversehrt seien. Der letzte Tahilwidar hatte seinen Schlüssel im Schloss der wichtigsten Kiste zerstört, damit sie nie wieder geöffnet werden konnte. Man rief einen Tresorknacker. Niemand wusste, ob die enthaltenen Objekte echt oder überhaupt intakt sein würden, bis der Archäologe Viktor Sarianidi, der den Schatz als Erster entdeckt hatte, auf eine Reparatur mit Draht verwies, die er persönlich durchgeführt hatte. Der Rest der Welt sah den Schatz zuerst, von Paris bis Tokio. Schließlich erklärte die Regierung, dass es sicher sei, also kehrte die Sammlung für eine Ausstellung in den Präsidentenpalast zurück. Sechs Monate später zog der Westen ab und die Taliban übernahmen in Afghanistan wieder die Macht. Erneut ist der baktrische Schatz verschwunden. Nun suchen die Taliban ihn aktiv: Denn diesmal wissen sie, dass er existiert, dass er unversehrt ist und wen sie fragen müssen. Doch über ein Jahr später bewahren die neuen Tahilwidar noch immer die Schlüssel. Und Joseph Dryden will sie bitten, die Tür zu öffnen.

Dryden beobachtet das Museum durch den Spalt zwischen Kofferraum und Tür des Wagens von Ahmads Cousin, als der Motor leiser und dann abgestellt wird, sodass in seinem Kopf wieder derselbe Alarm dröhnt. Vielleicht ist es eine Fehlfunktion seiner Gehirn-Computer-Schnittstelle. Vielleicht hat der Soldat am Flughafen sie kaputt gemacht, als er an der Uhr herumgespielt hat. Oder vielleicht spielt ihm sein Kopf wieder Streiche und erfindet Geräusche, so wie nach der Sprengfalle damals. Dieses Geräusch klingt wie ein roter Alarm. Aber normalerweise gehören zu einem roten Alarm rennende Stiefel. Evakuierungen. Ahmad geht in die andere Richtung. Ins Feuer. Und Dryden folgt ihm.

Ahmad betritt die dunkle Straße. Am Eingang döst ein Wachmann auf der Statue eines Fabelwesens, den Kopf zur Seite geneigt, das Gewehr locker in der Hand.

Der Lärm aus dem gegenüberliegenden Darul-Aman-Palast, einem neoklassizistischen Gebäude, das einst von Feuer und Bomben zerstört und erst kürzlich wiederaufgebaut wurde, scheint ihn nicht zu stören. Auf dem Palastgelände streifen talibantreue Afghanen umher, vielleicht denken sie an die Achtziger zurück, als sie die Wagen des Königs für Schießübungen verwendeten.

Darulaman ist immer eine besonders gefährliche Gegend. Heute unter der Kontrolle der Taliban, sind der Palast und das Museum morgen vielleicht in den Händen des Khorasan-Ablegers des Islamischen Staates oder einer

Taliban-Splittergruppe oder irgendwelcher Warlords, auf die die Taliban je nach Situation bauen oder sie bekämpfen. Vielleicht wird es sogar von der Nationalen Widerstandsfront in dem Versuch angegriffen, die Kontrolle der Taliban über Kabul zu schwächen. Gewalt – überall, von allen Seiten, jederzeit. Ahmad schlendert auf das Museum zu. Der Wachmann schläft weiter. Ahmad überquert den Rasen und betritt den Kies. Da springt der Wachmann auf und richtet das Gewehr selbstzufrieden grinsend auf Ahmads Kopf. Dryden umklammert das Küchenmesser in seiner Faust und hält die Luft an. Ahmad ist mit einer Rolle US-Dollar ausgerüstet, mit der er jetzt in der Luft herumwedelt.

Der Schweiß läuft Dryden den Nacken hinunter, doch die Hand am Messer bleibt trocken. Sie unterhalten sich mit gesenkten Köpfen. Ihre vereinbarte Tarnung ist einfach. Sie wollen kostbare Gegenstände aus dem Museum holen. Das sagen sie den Taliban. Ahmad bietet dem Bewaffneten im Voraus einen Anteil, wenn dieser seinen Posten verlässt. Vielleicht nimmt er das Angebot von einem Landsmann an, vor allem bei dem Bündel Geldscheine, das Dryden besorgt hat, auch wenn er es von einem Fremden nie annehmen würde.

Schüsse – beinahe springt Dryden aus dem Kofferraum –, doch es sind nur die Männer auf dem Palastgelände, die auf den Vollmond feuern.

Der Wachmann lässt das Gewehr sinken und schnappt sich das Bündel. Übertrieben lässig schlendert er über die Straße zu seinen Freunden.

Dryden zählt bis zehn, öffnet dann den Kofferraum, rollt sich auf den Boden und schleicht durch die Schatten, sodass er die Museumstür abfangen kann, als sie sich hinter Ahmad schließt. Diesen drückt er am Arm. Die Böden sind nackt.

Auch die Skulpturen, die er früher als Freunde betrachtete, sind verschwunden. Im Museum riecht es nach abgestandenem Wasser und Trauer.

»Der Wachmann hat gesagt, dass im Augenblick nur ein Kurator hier ist. Er schläft im Keller.« Ahmad neigt den Kopf weit zu einer Seite, wie er es früher immer getan hat, um an der Realität vorbeizusehen. »Er hat gesagt, dass sie kein Glück hatten, ich aber gern versuchen kann, alles, was ich will, aus ihm rauszuprügeln. Er hat es versucht, bis seine Fäuste blau waren.«

Dryden nickt und sieht Ahmad leicht lächeln. Wie gut sie doch die Körpersprache des anderen verstehen, ob ein zur Seite geneigter Kopf oder ein Nicken, das sagt: *Die Information habe ich abgespeichert, kann sie aber während dieser Aufgabe, die vor mir liegt, nicht verarbeiten. Gib mir Zeit bis morgen.* Eine Art Gebet gegen ein Trauma, das einem in die Knochen fährt – *gib mir Zeit bis morgen.*

»Dann mal los«, sagt Dryden.

Der Kurator schwingt sich von dem improvisierten Bett, breitet die Arme aus, um die leeren Regale zu beschützen, und blinzelt dabei verwirrt – wer kommt nachts hier herunter, wer kommt überhaupt noch hier herunter und wer würde anklopfen?

Dryden hebt die Hände. Nach all der Zeit ist es noch derselbe Kurator. »Ich heiße Joseph Dryden. Ich war als Soldat hier. Das Museum habe ich oft besucht. Vielleicht erinnern Sie sich an mich.«

Ahmad übersetzt und zeichnet wie früher mit dem Zeigefinger Kreise, als würde er in der Luft die Sprachen miteinander verweben.

Der Kurator schnaubt laut. Er fragt, was Dryden hier will.

Dieser leckt sich über die Lippen. »Ich arbeite für die britische Regierung. Ich benötige ein Artefakt aus dem baktrischen Schatz.«

Ahmad übersetzt.

Der Kurator lacht ungläubig und unnachgiebig.

»Mir ist klar, worum ich Sie bitte«, beharrt Dryden. »Ich benötige den Schatz als Lockmittel. Ich versuche, die Plünderungen und den Schmuggel zu beenden. Ich verspreche Ihnen, dass ich ihn beschütze und nach Afghanistan zurückbringe, sobald das sicher möglich ist. Ich kann Sie bezahlen. Ich kann Sie und Ihre Familie hier rausbringen.« Nie wurden leerere Worte gesprochen.

Der Kurator kratzt sich am Bart, der mit Henna orange gefärbt ist. Er redet schnell.

»Er sagt, dass die Taliban ihn für einen leichtgläubigen Idioten halten und dich schicken, um ihn reinzulegen.«

Dryden verzieht den Mund. »Überzeug ihn, dass das kein Trick ist. Schnell.« Während die beiden Männer diskutieren, schlägt er die Fäuste aneinander. Er konzentriert sich auf die Geräusche auf der Treppe. Wie lang bleibt der Wachmann seinem Posten fern? Was die Taliban ihm, Ahmad und dem Kurator antun, falls man sie entdeckt, muss er sich nicht vorstellen – er weiß es.

Ahmad übersetzt: »Er sagt, du weißt, was die Tahilwidar riskiert haben, um das Kulturerbe Afghanistans zu bewahren, daher würde er keinen Teil davon riskieren, nicht für die eigene Sicherheit und für kein Geld der Welt.«

»Ich versuche ebenfalls, euer Kulturerbe zu beschützen«, sagt Dryden.

Da blafft der Kurator auf Englisch: »Wo sind Sie dann bitte gewesen, Sir?«

Dryden legt die Hand in den Nacken. »Hiervon hängen Leben ab. Mit den Plünderungen wird Terrorismus finanziert.«

»In London«, erwidert der Kurator. »Darum geht es Ihnen. Nicht die Leben, die erst letzte Woche die Bombe in meiner Moschee gekostet hat. Nicht die Mädchen, die getötet werden, weil sie versuchen, zur Schule zu gehen.«

»Das, was passiert ist, macht mich genauso wütend wie Sie, Sir.«

»Das bezweifle ich.«

Dryden atmet durch. »Sie haben recht. Das hier ist nicht meine Heimat. Aber es ist mein Krieg. Bitte. Lassen Sie mich helfen.«

Der Kurator kneift die Augen zusammen. »Jetzt erinnere ich mich an Sie. Sie waren neugierig, wollten etwas lernen.«

»Ich war dankbar, dass ich mich weiterbilden konnte.«

»Glauben Sie, dass Sie den Schmuggel unterbinden können?«

»Ich kann Ihnen nicht versprechen, dass ich ihn beende. Aber ich kann Ihnen versprechen, dass ich die Leute vernichte, die am meisten davon profitieren.«

Der Kurator legt die Hand aufs Herz. »Schwören Sie das bei Ihrem Gott?«

»Ja.«

Langsam schüttelt der Kurator den Kopf. »Meine Tochter befindet sich in der Klinik. Sie hat gerade ein Kind bekommen, aber ihr geht es nicht gut. Ihre Mutter besucht sie. Morgen wird meine Frau in der Klinik ein Objekt hinterlassen. Aber Sie müssen bei Ihrem Gott schwören, dass die Afghanen es wiedersehen werden.«

»Das schwöre ich.«

»Meine Frau ist Krankenpflegerin«, erklärt Ahmad. »Sie kann Ihre Tochter morgen besuchen. Woran kann sie sie erkennen?«

Dryden weiß, dass Ahmad vermeidet, nach ihrem Namen zu fragen – für viele Afghanen stellt es ein Tabu dar, in der Öffentlichkeit den Namen einer Frau auszusprechen.

»Meine Frau bringt ihr jeden Tag Blumen. Mohnblumen«, erwidert der Kurator. Er schwankt leicht und stützt sich am nächststehenden Regal ab. »Es gibt immer noch Blumen in Kabul. Aber alles andere stirbt.«

Die Regale schwanken, als wäre das Museum ein Schiff in einem Sturm. Dryden hält den Kurator am Ellbogen fest, als die Explosion ihm durch den Schädel hallt. Staub regnet ihm auf den Kopf. Sein innerer Alarm klingt jetzt wie ein pfeifender Kessel, der gleich explodiert.

Dryden wendet sich an Ahmad: »Eine Panzerfaust?«

Ahmad stimmt ihm zu.

Offenbar endet Darulaman noch vor dem Morgen in anderen Händen.

Dryden zieht das Messer. »Exfiltration, jetzt. Sie sollten mit uns kommen, Sir.«

Der Kurator schüttelt den Kopf und breitet die Arme aus, um die zitternden Regale zu beschützen.

»Ein leeres Gebäude ist genau das – ein leeres Gebäude. Das ist Ihr Leben nicht wert.«

Die Augen des Kurators lodern, doch er schweigt.

Ahmad fragt ihn, ob er eine Waffe hat. Die Antwort lautet nein. Er wendet sich an Dryden: »Wir müssen hier raus.« Dann ein Blick zurück zum Kurator. »Meine Frau besucht morgen Ihre Tochter. Bitte, sie nimmt dafür ein großes Risiko auf sich …«

»Das belohnt werden wird. Und jetzt gehen Sie.«

Dryden und Ahmad steigen zum Erdgeschoss hinauf. Das Museum erzittert.

Da schaltet sich Aishas Stimme ein: »Der Angriff erfolgt vom Norden und Osten. Wenn ihr vorne rausgeht und zu eurem Fahrzeug zurückkehrt, bekommt ihr das Gegenfeuer aus dem Palast ab.«

»Hinterausgang«, sagt Dryden und führt Ahmad durch die Eingangshalle, wo das Aufblitzen der Schüsse wie Spiegelungen auf einem See über den Marmor flackert. Draußen werden die vereinzelten Bäume und blühenden Schuttberge von Lichtblitzen der vorbeipfeifenden Raketen beleuchtet. Dryden wiegt das Messer in der Hand. »Bleib unten.«

Nicht dass Ahmad diese Warnung braucht.

Als Jubelschreie und aufheulende Motoren zu hören sind, führt Dryden ihre Flucht über einige befestigte Wege an, die an einem toten Garten, einem zersprungenen Springbrunnen und dem Eingang einer Schule vorbeiführen. Dann packt er Ahmad und stößt ihn mit dem Gesicht voran zu Boden, als das Scheinwerferlicht eines Wagens und das Gejohle wenige Zentimeter über ihren Köpfen vorbeirasen. Auf die Ellbogen gestützt, kriecht Dryden über die Erde auf die unebene Straße zu. Eine verrammelte Eisdiele. Ein verschlossenes Universitätsgebäude. Eine Moschee. Dryden wagt einen Blick zurück und sieht, wie über dem Museum Granaten durch die Luft fliegen. Die Explosionen umzingeln ihn mit ihren Echos. Gewalt – überall, von allen Seiten, jederzeit.

»Weiter«, zischt Ahmad.

Der Kies schürft Dryden den Bauch auf. *Ich bin ein Feigling*, sinniert er, *voller leerer Versprechungen.*

·

Khadija muss nicht lange überzeugt werden, in die gynäkologische Klinik zurückzukehren, in der sie früher gearbeitet hat.

Geleitet wird sie von einer Frau, deren Mann die Kinder nach Paris gebracht hat, während sie geblieben ist, um ihre Patientinnen zu versorgen. Am Tag nach dem Fall von Kabul telefonierte sie mit sämtlichen Pflegerinnen und bettelte sie an, zum Dienst zu kommen. Khadija versuchte es – sie hatte Angst davor, durch die Straßen zu laufen, also nahm sie ein Taxi, aber der Wagen wurde angehalten, weil sie ohne einen Mann unterwegs war, und der Talib, der sie herausholte, jagte ihr solche Angst ein, dass sie es nicht noch einmal wagte. Als Frauen protestierend auf die Straßen gingen, wollte sie sich ihren Freundinnen anschließen, aber Ahmad schlug sich mit den Fäusten gegen die Schläfen und bat sie, daran zu denken, was er und die Kinder tun sollten, was er tun würde, was geschehen würde, *falls* … Deshalb blieb sie zu Hause. Sie blieb und sah dabei zu, wie ihre Tochter das Sprechen verlernte. Sie blieb, bis ihr die Entfernung zwischen ihren wechselnden Wohnungen und ihrer Karriere in der Klinik noch größer als die Entfernung zwischen Kabul und London erschien. Und nun das: So hungrig, dass sie sich körperlos fühlt, soll sie durch die Straßen laufen, und das ohne Begleitung, weil ihr Ehemann gesucht wird. Sie soll zurückkehren und ein krankes Mädchen mit einem Glas Mohnblumen auf dem Nachttisch suchen. *Mohnblumen.* Männer sind genau im falschen Augenblick hoffnungslos romantisch. Sie soll zur Klinik gehen und irgendeinen goldenen Fluch annehmen, den sie unter ihrem Hidschab herausschmuggeln muss, und dabei beten, dass man sie nicht anhält. Schließlich gibt es deutlich schlimmere Schicksale als den Tod.

Sie soll dort hingehen und alles riskieren – weil der Soldat, den sie einst einen Freund nannte, wieder da ist und sagt, dass er ihre Kinder retten kann. Sie würde all das und mehr tun, wenn es bedeutet, dass ihre Kinder sich in einem Flugzeug anschnallen und davonfliegen können, Bilder von Doppeldeckerbussen malen und von Paddington Bär und David Beckham reden, reden und reden und reden, damit sie vergessen, sich von den Hügeln Kabuls zu verabschieden, ein letzter Schmerz neben all den anderen, die sie nicht vergessen werden.

Khadija erreicht die Klinik, ohne angehalten zu werden. Die Mohnblumen sind groß und blutrot, genährt von der Zerstörung. Das in braunes Papier gewickelte, lange Objekt, das unter der Decke wartet, betrachtet sie kaum. Sie versucht, den leeren Blick des Babys zu ignorieren, das bei dem Mädchen auf der Brust liegt. Die Klinikleiterin ruft ihr hinterher, aber sie sagt, dass sie nicht bleiben kann, sich beeilen muss – zu ihren Kindern zurück, um mit ihnen den langen Weg nach London zu flüchten.

Sie muss nicht lange überzeugt werden, weil Afghaninnen wissen, was Mut bedeutet.

STERNZEIT

WILDUNFALL

Australien

Im Pool schwimmt ein Krokodil. Anna Petrow hat von der Küche aus zugesehen, wie es aus den Bäumen über den verdorrten Rasen gekrochen ist und dabei einen Fußball zerbissen hat. Dann ist es über die zerbrochenen Fliesen gehuscht und hat sich ins blaue Nass gestürzt. Der übergewichtige Kolumbianer, der das Haus betreibt, versuchte im selben Augenblick, Anna zu packen, doch ihr war das Krokodil lieber, darum nahm sie ihr lauwarmes Glas Wasser – Eiswürfel kosten extra – mit in die brütende Hitze. Das Krokodil beobachtete, wie sie sich dem Pool näherte. Der Mann schrie, dass sie verrückt sei, und knallte die Tür zu.

Deshalb liegt Anna nun ohne Handtuch auf einer Sonnenliege und beäugt das Krokodil über den perlenverzierten Rand ihres Glases hinweg. Es erwidert ihre Blicke.

Bist du wirklich so hier gelandet?

Noch nie hat sie so viele Menschen stehen bleiben und den Sonnenuntergang betrachten sehen wie am Abend ihrer Ankunft in Darwin. Anna gesellte sich zu ihnen ans

Wasser, wo auf einem Markt lautstark kalte Säfte, bunte Gerichte aus Indonesien, Vietnam und Thailand, Schmuck, Aborigine-Kunst und Messer feilgeboten wurden. Ein auf ein Surfboard gemaltes Schild über einem Stand verkündete: ROADKILL BURGER. Der Duft von brutzelndem Krokodil-, Känguru- und Büffelfleisch aus Wildunfällen verfolgte sie, als sie einige Dollar, die sie kaum entbehren konnte, dafür ausgab, sich die Tarotkarten legen zu lassen. Die Neun der Schwerter erinnerte sie an Michail: ein weinender Mann im Bett, über dessen Kopf die Klingen hängen. Die Wahrsagerin sagte, es bedeute, dass sie eine Krise durchmache, niedergedrückt von der Angst und der Depression, die sie innerlich besiege. Sag bloß. Als Nächstes kam der Turm. Er machte ihr Angst, da die Blitze den weißen Monolithen auf seinen steilen Klippen zerstörten. Die Wahrsagerin meinte, das bedeute einen plötzlichen und umfassenden Wandel. Das könne zur Zerstörung führen. Oder zur Befreiung. In Kombination weise es darauf hin, dass Anna einen Freund um Hilfe bitten solle.

Sie sagte der Wahrsagerin, sie habe keine Freunde. Die Frau zögerte und meinte dann, sie kenne jemanden, bei dem Menschen Unterschlupf fänden, ohne dass man ihnen Fragen stelle, dass diese Person einem für den richtigen Preis einen Pass besorgen oder eine Flucht organisieren könne. Sie gab Anna die Adresse und einen letzten Rat: »Aber das ist keine langfristige Lösung. Wenn Sie jemanden mit mehr Macht kennen, würde ich mich an ihn wenden.«

Die einzige Person mit mehr Macht, die Anna einfiel, war James Bond.

An jenem Abend verbarrikadierte sie sich in ihrem Zimmer des Hauses, in dem keine Fragen gestellt wurden, während unten entweder eine Party oder eine Schlägerei zwischen Mitgliedern eines Drogenkartells und einer illegalen Motorradgang im Gange war. Den Brief schrieb sie sorgfältig in Druckbuchstaben.

Die sterile Sauberkeit des britischen Konsulats, das zwischen dem Parlamentsgebäude und dem Government House lag, jagte ihr Angst ein. Anna wartete bis nach neun und entschied sich für den Bentley auf dem besten Parkplatz. Den Brief schob sie unter den Scheibenwischer und eilte dann schwitzend davon.

Nun beobachtet Anna das Krokodil, wie es Zentimeter um Zentimeter durch den dreckigen Pool auf sie zutreibt. Man könnte es als selbstzerstörerisches Verhalten bezeichnen.

»Ich habe dich nicht gegessen«, sagt sie ihm, »also iss du mich auch nicht.«

Die kalte Stimme eines Briten verursacht ihr Gänsehaut: »Ich glaube nicht, dass das so funktioniert.«

Anna setzt sich auf. Sein Anzug wirkt wie der eines Mannes, der einen Bentley fährt. Das Krokodil scheint ihm nichts auszumachen. Er ist nicht James Bond.

»Sind Sie Anna Petrow?«

Sie nickt.

»Wir haben Ihren Brief erhalten.«

Eine Tür knallt, dann erklingen eilige, schwere Schritte.

Der Mann lächelt milde. »Wahrscheinlich sehe ich wie das Establishment aus, was? Vielleicht sollten wir lieber gehen.«

Plötzlich wirbelt das Krokodil sich im Wasser herum, tritt um sich und zuckt. Das Wasser schwappt über den Rand und trägt eine Welle toter Fliegen vor Annas Füße, als sie gerade aufstehen will – oder fliehen, ob vor dem Krokodil oder dem Mann im Anzug, weiß sie selbst nicht.

»Ich bin ein Freund von James«, sagt der Mann. »Er hat gesagt, dass ich Sie in ein Flugzeug setzen soll. Er trifft sich in Narwa mit Ihnen.«

Anna schluckt, doch ihr Mund ist trocken. »Nicht in London?«

»In Narwa haben wir ein sicheres Versteck. James will es so.«

»Warum?«

»Er will zunächst etwas Zeit mit Ihnen allein verbringen«, meint der Mann vertraulich.

Da bekommt Anna Herzklopfen und sagt sich, dass sie kein Schulmädchen mehr ist. »Hat er noch etwas gesagt?«

»Er freut sich, von Ihnen zu hören«, versichert der Mann. »Er war ganz krank vor Sorge. Sie sollen wissen, dass er es ernst gemeint hat, als er sagte, dass er Sie beschützen würde.«

Die Erleichterung ist so groß, dass Anna sich nicht wehrt. Sie greift nach der Hand des Mannes und lässt sich von ihm von dem Krokodil und diesen Häusern wegführen, in denen sie sich vor einem Leben verbarrikadieren musste, das sie nie hätte führen sollen. Das ist alles nur ein Albtraum, redet sie sich ein. Eine andere Realität. Irgendwo ist sie falsch abgebogen. Wahrscheinlich als sie Michail geheiratet hat. Das haben zumindest ihre Eltern immer gesagt. Aber jetzt wird alles gut. Bei James findet sie Glück und Sicherheit.

TEIL III

GESCHMUGGELT

DIE EREIGNISSE EINER WOCHE

24

DER LEBENDE SARG

Afghanistan

Einst hatte man den Minibus in einem fröhlichen Senfgelb lackiert, mit der blauen Aufschrift *Wir vertrauen auf Gott* auf Englisch an der Seite. Das will Dryden jedoch nicht als Zeichen verstehen – weder im Guten noch im Schlechten –, als er das rostige Fahrzeug bezahlt, das nach Hühnerkacke stinkt und auf verrosteten Federn über den Boden holpert, trotzdem aber die Fahrt von über dreihundert Kilometern übersteht, die über geteerte und unbefestigte Straßen nach Nordwesten führt. Dryden und Ahmad wechseln sich am Steuer ab und schätzen mit müdem Blick die Bedrohung eines zehnjährigen Hirten ein, der drei Schafe hütet und ein Gewehr in der Hand hält. Auf der Rückbank bemüht Khadija sich, die Kinder vom Streiten abzuhalten, während sie an farbenfroh bemalten Chaikhanas vorbeirasen, ohne etwas zu essen mitzunehmen, oder an Wandgemälden von üppigen Flusslandschaften aus gewalzten Coladosen, in deren silberne Innenseite aufwendige Muster getrieben sind und die nun nur noch Relikte aus einer jungen und doch entfernten Vergangenheit sind. Khadija sagt, dass diese anderen Zeiten sich wie ein Traum anfühlen.

Das Ziel der Mission ist einfach. Ihre Ausführung allerdings weniger: am goldenen Hügel einen berufsmäßigen Plünderer aufzuspüren und ihm den mit einem Peilsender ausgestatteten Schatz zu übergeben, um dadurch das Objekt in die Schmuggler-Pipeline einzuspeisen und ihm bis zum Antiquitäten-Janus zu folgen. Der goldene Hügel liegt nur etwa viereinhalb Kilometer von Scheberghan entfernt, der zweiten Provinzhauptstadt, die von den Taliban zurückerobert wurde. Ihre erste Aufgabe besteht darin, einen sicheren Ort zu finden, an dem Khadija sich mit den Kindern im Minibus verstecken kann. Diese Gegend war stets unter der Kontrolle von Diktatoren und Dryden lässt seine Aufmerksamkeit ständig zwischen der Straße und dem Rückspiegel hin und her wandern, während sie an Bauern vorbeifahren, die durch Dürren und Fluten gezwungen sind, zu Fuß in der Stadt nach Alternativen zu suchen, um nicht ihre Organe oder Töchter verkaufen zu müssen.

»Da«, sagt Ahmad und zeigt über die ausgetrocknete Oase hinweg auf verlassene Gastanks im Gestrüpp.

Dryden nickt, fährt mit einem Hopser von der Straße ab und an dem zerbrochenen Pfeil einer Gaspipeline entlang, die von Schrottsammlern bis auf die Tanks auseinandergenommen wurde. Diese wirken wie riesige Golfbälle, die man im Gras der Witterung überlassen hat. Er parkt im Schatten zweier Kugeln, von denen der Lack abblättert, und versteckt den Minibus außer Sichtweite der Straße. Dryden dreht sich nach hinten um und gibt Khadija eine Makarov-Pistole. Sie nimmt diese entgegen und sieht ihn entschlossen an.

Als er aussteigt, riecht er einen letzten Hauch von Benzingeruch. Dryden legt sich ein AK-47 über die Schulter. Den langen Schatz, der ihm vom Museumskurator geschenkt wurde, steckt er sich in den Mantel, dann gibt er Ahmad das Mosin-Nagant, ein hölzernes Repetiergewehr mit fünf Schuss. Etwas Besseres konnte er nicht besorgen, ohne zu viel Aufmerksamkeit zu erregen.

Zu Fuß überqueren sie die Dünen aus braun gebrannter Erde.

»Als wir telefoniert haben, hast du mir gesagt, dass du für die Regierung arbeitest«, bemerkt Ahmad. »Ich dachte, dass du Beamter bist. Dass du vielleicht Frieden gefunden hast.«

»Unter friedlichen Umständen fällt der kriegerische Mensch über sich selber her. Ohne Mission bin ich verrückt geworden. Es hat mich verrückt gemacht, dass ich nicht normal hören oder sprechen konnte. Die Leute, für die ich jetzt arbeite, haben meinen Kopf repariert und mir ein Ziel gegeben.«

»Kümmert Luke sich immer noch um dich?«

Dryden lässt ihm diesen Euphemismus durchgehen.

»Nicht mehr. Er hat sich in Schwierigkeiten gebracht, aus denen ich ihn nicht rausholen konnte. Jetzt sitzt er.«

»Wo denn?«

»Im Gefängnis.«

Ahmad nickt. »Du versuchst, Luke aus Schwierigkeiten zu holen und mich und meine Familie aus Afghanistan. Ich glaube nicht, dass du ein kriegerischer Mensch bist. Ich glaube, du kannst nicht leben, ohne für andere Verantwortung zu übernehmen. Das ist ehrenhaft.«

Dryden geht über ein Flussbett voran, durch das nur ein schmales Rinnsal fließt. Um seine Ohren brummen Fliegen.

»Vielleicht früher mal. Wenn ich jetzt für das Gute kämpfe, fühlt es sich verdammt danach an, als würde ich den Krieg verlieren. Egal was ich mache, es scheint nichts zu ändern.«

»Wer sagt denn, dass es das muss?«

»Du hast mir früher schon gesagt, dass mein Ego zu groß ist.«

»Und du hast nie auf mich gehört.«

Dryden hilft Ahmad die Uferböschung hinauf zum braunen Schachbrettmuster bewässerter Felder, die von tiefer und tiefer gegrabenen Brunnen gezeichnet sind, in denen man nach Wasser sucht, wo keins zu finden ist. Aufgestört schießt eine Rattenschlange aus dem stoppeligen Gras und sucht das Weite, ihr zwei Meter langer Körper gleitet dahin wie schwerelos.

»Wie hast du es akzeptiert?«, fragt Dryden. »Dass du nichts tun kannst, dass du nicht Himmel und Hölle in Bewegung setzen kannst, um deine Familie in ein Flugzeug zu setzen.«

»Wer sagt denn, dass ich es akzeptiert habe?« Er lacht leise. »Khadija hat es akzeptiert. Ich habe mich mit der Verzweiflung angefreundet. Wer nichts erwartet, wird nicht enttäuscht, wenn er genau das bekommt.«

»Du erwartest nichts von mir?«

»Fängst du schon wieder damit an. Es geht nicht um dich. Wir tun, was wir tun müssen. Wahrscheinlich werden wir keinen Erfolg haben. Aber trotzdem müssen wir es tun.«

Am anderen Ende der Felder eilen sie eine unbefestigte Straße entlang, vorbei an einer geschlossenen Schule und einer verrammelten Tankstelle, und nähern sich den Ruinen von Emshi Tepe, als die goldene Stunde die antike Festungsmauer der Stadt erhellt, deren Zitadelle und Palast auf einer grünen Insel inmitten einer unfruchtbaren Ebene als Erste die afghanisch-sowjetischen Archäologen anlockten.

Ein inzwischen ausgetrockneter Trampelpfad, von den Schritten der Hungrigen und Geschäftstüchtigen ausgetreten, führt Dryden und Ahmad weitere fünfhundert Meter bis zu dem Hügel, wo Viktor Sarianidi, Zemaryalai Tarzi und Terkesh Khodzhanyazov die Nekropole ausgegraben haben, die unter den Einheimischen stets als der goldene Hügel bekannt war.

Q sagt eine hohe statistische Wahrscheinlichkeit dafür voraus, dass sich heute Abend ein berufsmäßiger Plünderer an der Stätte mit Schmugglern treffen wird. Dafür wurden die in den letzten sechs Monaten von Satelliten erfassten Bewegungsmuster rund um den goldenen Hügel zugrunde gelegt.

Die Trennwände und Gerüste, die sich an die Lehmziegelterrasse und die Säulenhalle klammern, sind teilweise eingestürzt, die Grabungsstätte wurde durchwühlt, verlassen und von Erdbewegungen verschlungen. Am Horizont flimmert Scheberghan. Dryden glaubt, das Fußballstadion am Stadtrand sehen zu können, in dem er, Ahmad und Khadija öffentlich hingerichtet werden, falls ihr Plan nicht aufgeht.

Als die Sonne allmählich untergeht und sich blutrot auf die Mohnblumen senkt, die der Wüste etwas Farbe verleihen, steigt er hinter Ahmad in das Grabmal.

Dryden setzt sich auf den Boden und lehnt sich gegen eine dicke Mauer aus bröckelnden Ziegeln, die Knie an die Brust gezogen, um mit den Füßen nicht das nächstgelegene Grab zu berühren. Die entdeckten 21.000 goldenen Artefakte, mit denen die Gräber von sechs königlichen Nomaden ausgestattet wurden, repräsentieren die gesamte Seidenstraße, die die Chinesische Mauer entlangführte, über den Pamir, das Kuschana-Reich, die Levante und das Mittelmeer, und offenbaren die Vielfalt des alten Afghanistan. Chinesisch anmutende Stiefelschnallen, eine goldene Aphrodite mit den Flügeln einer baktrischen Gottheit und einem indischen Zeichen auf der Stirn, Dolche im sibirischen Stil – die Inspirationen kamen aus aller Welt, das Handwerk aus dem eigenen Land. Dryden umklammert den Schatz in seinem Mantel. Auf 004 wartet jederzeit ein Schwert – ein Schwert, eine Knarre oder ein Messer, das darauf wartet, von einem Körper eingesetzt zu werden, der dazu gemacht ist, Schmerzen zuzufügen. Wem er jetzt gerade Schmerzen zufügt, kann er nicht genau sagen, und die Frage hängt über ihm, während es kälter wird.

Hier strahlen die Sterne noch genauso hell wie früher.

Der Schatz ist ein Kurzschwert oder eher ein Dolch, die Waffe der Nomaden. Die Klinge besteht aus zweischneidigem Eisen, geflammt und gezahnt. Die Parierstange ist aus glänzendem Gold, der goldverzierte Schaft ist mit Türkisen besetzt, genau wie die Scheide aus mit Gold und Türkis umwickeltem Leder. Auf dem Relief an der Vorderseite sind Tiere dargestellt, die sich gegenseitig verschlingen und in einer fortlaufenden Linie wiedergeboren werden, der Kreislauf von Leben und Tod, den Lukrez den »lebenden Sarg« nannte. Auf der Rückseite ist der Lebensbaum zu sehen.

Dryden streckt die müden Beine zu dem Grab vor sich aus.

Vielleicht liegt Q falsch und er hat Ahmads Familie grundlos hergezerrt. Seine Fantasie flüstert ihm ein, dass es in dem Grab von Skorpionen wimmelt, doch wahrscheinlich stammt das Rascheln von Sandmücken oder Eidechsen. Wahrscheinlich.

Die Waffe wurde im vierten Grab bei dem einzigen Mann gefunden. Er war groß gewachsen. Sein Kopf ruhte auf einer goldenen Schale, die wiederum auf einem Seidenkissen lag.

Neben ihm lagen sein Schwert und drei Dolche, zwei Langbögen und ein Klappstuhl mit Ledersitz. Ein tragbarer Thron. Ein König der Seidenstraße.

Ahmad packt Dryden am Arm. Schritte nähern sich.

Der Usbeke bleibt stehen und hält etwa eine Grablänge Abstand zu Dryden, der mit erhobenem Gewehr aus der Nekropole klettert. Schnell skizziert Ahmad den Deal, seine Worte werden vom Wind davongetragen.

Der Mann spuckt in Richtung Dryden. »*Firangi.*«

Dafür bracht Dryden keine Übersetzung. *Fremder.* Du bist vielleicht ein bewaffneter, reicher Mann aus dem Westen, aber mir bedeutest du weniger als nichts.

Ahmad spricht schneller. Der Mann wedelt mit den Armen, fordert sie auf zu gehen.

Da schaltet Aisha sich ein: »004, von Westen nähern sich drei Fahrzeuge, wahrscheinlich die Schmuggler, die sich mit dem Plünderer treffen wollen. Und in der Nähe des Minibusses bewegt sich auch was, aber wir bekommen kein klares Bild.«

Ihnen läuft die Zeit davon.

Dryden reißt die Hülle vom Schwert und treibt es in die harte Erde.

Da verstummt der Mann und bewundert, wie das Sternenlicht sich auf dem Gold spiegelt. Dann stellt er Ahmad eine Frage.

»Was sagt er?«, fragt Dryden.

»Der Dialekt ist schwer zu verstehen – im Grunde will er wissen, wen du damit erobern willst.«

»Sag ihm, dass wir ihn dafür bezahlen, es zu verkaufen. Und den Gewinn darf er behalten.«

Der Mann hört zu und lacht, bevor er antwortet.

»Er sagt, dass er dein Geld nimmt. Den Schmugglern wollte er eigentlich Goldmünzen geben. Das hier ernährt seine Familie mehrere Monate lang. Aber er sagt, dass du eins wissen sollst: Der Wüste ist es egal, ob du reich oder arm bist, sie begräbt dich so oder so. Musst bloß den König fragen.«

»Dryden«, erklingt Aishas Stimme, »wir sehen vermehrt Bewegungen in der Nähe der Gastanks und die Schmuggler sind fast bei euch.«

Dryden lässt das Schwert im Boden stecken und zieht sich mit erhobenem Gewehr zurück. Er wirft das Geld hin und zerrt Ahmad am Arm mit sich. »Wir müssen los.«

»Willst du nicht beobachten …?«

»*Sofort.*«

Ahmad liest in Drydens Gesicht. Er wendet sich erneut dem Mann zu, tastet nach seinem Handy und überlegt es sich dann anders – falls Khadija sich versteckt, könnte der Klingelton sie verraten. Ahmad rennt los, Dryden ist ihm dicht auf den Fersen.

Sie haben keine Nachtsichtgeräte. Das Gelände ist flach und hart. Dryden weht staubiges Sediment ins Gesicht. In seinen Ohren mischen sich das Klappern seiner Stiefel und sein schwerer Atem mit Aishas und Ibrahims Kommentaren, als sie die Ankunft der Schmuggler beschreiben, die sich dem goldenen Hügel nähern und dann in ihren Fahrzeugen warten. Der Usbeke nähert sich ihnen. Ahmad fragt Dryden, ob Khadija und die Kinder in Gefahr sind, woher Dryden das weiß, was er damit meint, wenn er sagt, dass er Überwachungsdaten hat, wie kann das sein, wenn er doch keinen Ohrhörer trägt, was die Luftbilder zeigen. Aber die Bilder, die der MI6 hat, sind zu schlecht – Aisha und Ibrahim können ihm lediglich sagen, dass es in der Umgebung der Gastanks immer mehr Bewegungen gibt, insgesamt neun Gestalten. Der Usbeke hat das Schwert übergeben. Der in der Scheide versteckte piezoelektrische Sender funktioniert – die Schmuggler ziehen sich mit dem Schatz zurück. Über der Wüste zieht rosa Licht auf, das die Vögel zwitschernd begrüßen. Dryden und Ahmad schlagen sich durch einen spärlichen Wald, der am ausgetrockneten Fluss ums Überleben kämpft. Endlich sind die Gastanks in Sicht.

Ahmad bleibt abrupt stehen, Dryden ist direkt hinter ihm.

Neun Goldschakale pirschen um die riesigen Golfbälle, schnüffeln an den menschlichen Fußspuren und streifen um die Achsen des Minibusses. Einer springt auf die Motorhaube des Fahrzeugs, sodass sein langer Körper und die kurze Schnauze auf dem rostigen Lack gut zu erkennen sind.

»004, die Schmuggler fahren nach Westen«, meldet Aisha. »Das ist ein stark vermintes Gebiet. Sie kennen die Route, du nicht. Wenn ihr dieses Schwert nicht verlieren wollt, müsst ihr jetzt hinterher.«

Ahmad schwingt sein hölzernes Gewehr. Er zielt einen Meter über den Kopf des nächsten Schakals. Der Schuss knallt durch die Luft.

Gleichzeitig drehen sich die Schakale um und fixieren Dryden und Ahmad mit ihren hellen Augen. Der Schakal auf dem Bus springt herunter und eilt auf sie zu.

Erneut feuert Ahmad in die Luft und rennt jetzt schreiend vorwärts. Dryden läuft ihm hinterher, das AK-47 auf das Leittier gerichtet, den Finger am Abzug.

Die Schakale verteilen sich. Die Luft erzittert vor Staub.

Ahmad reißt die Tür zum Minibus auf.

Zu sehen, wie Khadija und Ahmad sich umarmen, während sie noch immer fest die Pistole umklammert, geht Dryden ans Herz.

•

An den Fenstern des Minibusses zieht ein Land vorbei, das genau das ist, was Lukrez sagte: ein lebender Sarg.

Dryden folgt dem Konvoi der Schmuggler in einiger Entfernung, lässt sich mal zurückfallen und gibt dann wieder Gas, um aufzuholen. Wenn sie es nicht vermeiden können, durch ein Dorf oder eine Stadt zu fahren, werden sie von Menschen beobachtet, die die Farbe des Sandes haben. Bald ist auch Dryden sandgepudert, denn die Fenster können den Dreck nicht aufhalten, der sich ihm in die Augen, zwischen die Zähne und in die Kleidung setzt.

Gelegentlich ist die Straße mit roten und weißen Kreisen markiert. Weiß bedeutet Sicherheit. Rot bedeutet Landminen. Dann muss Dryden einen Umweg finden, den Wagen in ausgetrocknete Flussbetten lenken oder kilometerweit zurückfahren. Kämpfe zwischen den Taliban und örtlichen Widerstandsgruppen zwingen sie, Deckung zu suchen, während wertvolle Sekunden verstreichen und das Schwert ihrer Reichweite zu entkommen droht. Er darf sich nicht einmischen. Damit würde er sich und Ahmads Familie verraten. Doch Dryden muss anwesend sein und sehen, wie der Janus das Schwert entgegennimmt. Q kann es vom All aus überwachen, aber von dort oben kann er das Gesicht eines Menschen nicht erkennen. Er muss wissen, wem er zum Göttervater folgen muss. Khadija versucht, die Kinder davor zu bewahren, zu sehen, wie furchtbar zerbrechlich der menschliche Körper ist, als die Leichen von Menschen, die erschossen, verbrannt, zerfetzt wurden, vorbeiziehen. Nun entspringen die Schreie in Drydens Kopf nicht mehr seiner Fantasie. Er ist noch schlimmer als nutzlos, während er den Menschen beim Sterben zusieht.

Seit Monaten hat es in Herat nicht geregnet, darum kann Dryden kaum durch den Dunst sehen. Der Minibus ist in einer endlosen Reihe aus Autos und Motorrädern gefangen, die ins iranische Konsulat wollen. Weiter vorne rollen die Schmuggler auf einen Treffpunkt zu. Die Menschen, die mit ihrem gesamten Hab und Gut in Koffern und Plastiktüten anstehen, wirken völlig verängstigt, wie zu Salzsäulen erstarrt, als würden sie seit Jahren auf die Erlösung warten. Vor hilfloser Wut dreht sich Dryden der Magen um.

Das Schwert wechselt den Besitzer. 004 nimmt an, dass die neuen Schmuggler die Grenze überqueren werden, aber stattdessen wenden sie sich nach Süden in Richtung Dascht-e-Margoh.

Ahmad dreht sich zu ihm. »Du weißt, wohin sie fahren.« Das ist keine Frage, sondern eine Feststellung, so tonlos wie eine tödliche Diagnose.

»Ja«, sagt Dryden. »In die Wüste des Todes.«

25

DAS ENDE VON ALLEM

Altaigebirge

Am Ende von allem liegt Schnee. Mit gezogener Waffe läuft Johanna Harwood durch das Flusstal. Der Schnee reicht ihr bis an die Oberschenkel und knirscht, als sie hindurchwatet. Ihr Atmen wird von den weißen Mauern verschluckt. Im Rahmen ihres Doppelnulltrainings trieb sie einen Tag in einem Isolationstank, um Folter besser ertragen zu können. Hier ist das Weiß allgegenwärtig, damals war es das Schwarz, die Weiße vereinnahmt sie, die Schwärze stieß sie ab, und doch ist es irgendwie dasselbe. Sie richtet den Blick auf den Himmel, obwohl dieser genau wie der Fluss ein weißer Strom ist. Eiszapfen hängen wie Bärte an den Bäumen und klingeln wie ein Windspiel, als Harwood eine plötzliche Böe von hinten erwischt. Von der globalen Erwärmung aus dem Schnee freigelegte Kadaver bilden auf ihrem Weg einen Elefantenfriedhof. Harwood streicht mit dem Handschuh über den behaarten Rüssel eines Mammuts. Sie zieht die laminierte Landkarte aus ihrer Skijacke und betrachtet das Netz aus Gebirgspässen, fährt mit dem Finger die Linie nach, die zur Ukok-Hochebene führt, wo Russland, China, die Mongolei und Kasachstan aufeinandertreffen. Unter den zahlreichen Stämmen, die an aus dem Felsen gehauenen buddhistischen heiligen Stätten und schamanischen Altären beten, ist sie als »Das Ende von allem« bekannt. Harwood steckt die Karte wieder ein. Ein letztes Stück noch. Der Kopf eines Säbelzahntigers bleckt die Zähne.

Eine Woche hat es gedauert, diesen Pass zu erreichen, an dem die Luft dünner und der Schnee, der die hohen Felsen bedeckt, mit jedem Schritt der Sonne entgegen heller wird, bis sie beinahe am Himmel kratzt. Zunächst hat Marc-Ange Draco ihr einen gefälschten türkischen Pass besorgt. Falls sie in ihrer Tarnung einen Fehler macht, könnte sie auch einfach eine Fahne schwenken, auf der steht: *Verhaftet mich, ich bin eine westliche Spionin.* Sie hat einen Umweg eingeschlagen, ist von Nizza nach Schanghai geflogen und hat dort einen Anschlussflug zum Xian Xianyang International Airport im Nordwesten Chinas genommen. Mit einem Großteil der Gewinne von Daniella Dracos Spieltischen hat Harwood sich ein Frachtflugzeug samt Pilot gesichert, der bereit war, die chinesisch-russische Grenze zu überfliegen. Während sie die alte Seidenstraße überquerten, fiel ihr auf, wie klein die Chinesische Mauer wirkte, ein Rückgrat der Zeit, das in der Vergessenheit verfiel, wo keine Touristendollar flossen. Aber wenn man Tausende Jahre atemberaubender Geschichte vorzuweisen hat, wen interessiert da noch eine Gartenmauer? Das ist nur ein Haufen Backsteine.

Das Flugzeug landete auf einem Bauernhof. Als Harwood russischen Boden betrat, machte sie sich auf eine Kugel aus dem Nichts gefasst, auf den Schuss, der immer darauf lauert, eine Doppelnull in den Ruhestand zu schicken. Doch es pfiff nur der Wind. Sie kaufte einen ramponierten UAZ-469 und fuhr über die schlecht geteerte Tschuiski-Autobahn bis zum Ufer des Flusses Tschuja, wo sie sich in einem verlassenen Basislager für Kletterer ausruhte. Eine Broschüre informierte sie darüber, dass am höchsten Berg der Eingang zum Leben nach dem Tod läge und die Schamanen im Altaigebirge die Mittler zwischen der Welt der Lebenden und jenen seien, die in eine bessere Welt übergegangen seien. Hier läge ein »Ort der Macht«, an dem wissenschaftlich Unmögliches geschehe. Gerüchten zufolge hatten die Freimaurer in den Bergen eine Mondstadt errichtet.

Am nächsten Tag holperte Harwood mit dem Wagen über eine unbefestigte Straße und machte große Augen, als sie an einem See nach dem anderen entlangfuhr, sodass die Landschaft wie eine Twister-Matte wirkte, nur dass alle Kreise blau waren – das strahlende Licht berührte sie und brach etwas in ihrem Inneren auf. Vielleicht ein Tor. Mit den Fingern trommelte sie auf dem Lenkrad, um die Durchblutung in ihren Händen anzuregen. Teplij Klutsch erreichte sie, als der Sailjugem im Sonnenuntergang rot glühte. Harwood legte einen Stapel Münzen neben einen steinernen Altar nieder, zog sich aus und stieg in die zwanzig Grad warme Quelle. Die Muskeln rund um ihr Herz tauten auf, nahmen ihre Arbeit wieder auf und sagten ihr, dass sie sich vorerst noch auf dieser Seite des Tors befand. Sie schlief in einer verlassenen Hütte, mit ihrer Waffe als Kissen.

Nachdem sie an diesem Morgen so weit gefahren ist, wie es nur irgend geht, lässt sie den Wagen an einem engen Pass zurück und macht sich zu Fuß auf in die Berge. Um den Hals hat sie, unter dem Reißverschluss ihrer Jacke, die Kamera ihres Vaters hängen, die ihr nun gegen die Brust schlägt, als würde sie den Kopf schütteln: nein, nein, nein. Sie kämpft um festen Boden unter den Füßen. Dann rutscht sie aus, erwischt aber mit der Hand einen Felsen, den einzigen, der über den Schnee hinausragt. Harwood richtet sich auf, sieht sich um und späht in den Abgrund hinunter, dann zu dem gleißenden Meteoriten hinauf – denn es muss sich um einen Himmelskörper handeln: Er ist der einzige Felsen, der nicht mit Schnee bedeckt ist, und liegt auf einem glatten Bett. Sie fragt sich, wann er dort gelandet ist. So viel zum Thema am Himmel kratzen.

»Danke schön« – ihr Dank an den Meteoriten, weil er sie gestützt hat, wird ihrem Mund entrissen. Unter ihr liegt eine Hochebene voller Hügel und Hunderter glänzender Seen, einige türkis, andere nachtblau, die durch die Venen und Arterien milchiger Flüsse verbunden werden. Dort ist die Schneedecke nicht durchgehend, braune Gräser wiegen sich im Wind. Marc-Ange Draco sagte, dass Triggers letzter Mord den Gerüchten zufolge eine Doppelnull war, die sie hier oben umgebracht und ihre Leiche am Ende von allem zurückgelassen hat, wo sie lange auf ihr Begräbnis warten kann. War James Bond nie nach Hause gekommen, weil ihn die Profikillerin erschossen und getötet hatte, die er aus Mitgefühl verschont hatte? Vielleicht waren die drei in eine Zelle in Syrien geritzten Zahlen alt oder von Mora dort platziert worden, um Harwoods Wahrnehmung der Wirklichkeit zu verschieben – das ist nun, da sie mit Geistern verkehrt, nicht schwer zu erreichen, wie sie mit der Nüchternheit einer Ärztin erkennt. Oder vielleicht findet sie Spuren von Trigger. Vielleicht stöbert sie die Profikillerin auf und diese sagt ihr, wie Teddy Wiltshire Menschen verschwinden lässt. Vielleicht führt sie Harwood zu James. Schließlich ist das hier ein Ort, an dem Wunder geschehen.

Aber was, wenn er es nicht ist? Was, wenn sie hier oben im Eis James' sterbliche Überreste findet und zu spät kommt, um ihn wie Sid in seinen letzten Augenblicken in den Armen zu halten? Dieser Gedanke bringt sie aus dem Gleichgewicht, als sie sich über den felsigen Boden kämpft und die Unendlichkeit ihrer Umgebung ihr einflüstert, dass sie problemlos abheben und vom Sturm der Welt gepeitscht und herumgeworfen werden könnte, bevor sie im Nichts verschwindet.

Die Erinnerung daran, wie sie Sid in den Armen hielt, als er verblutete, wie er gefühlt innerhalb von Sekunden erst blutüberströmt und dann eiskalt war. Die Schluchzer, die sich ihrer Brust entrangen, bevor sie bemerkte, dass er noch da war, und sie sie zurückhielt, um ihn nicht zu beunruhigen. Wie sie ihm sagte, dass M sie zum Altar führen würde, was seine Augen zum Leuchten brachte, als sähe er sie wirklich auf sich zukommen – und dann erstarb dieses Leuchten. Im Gemeindezentrum fand stattdessen seine Beerdigung statt. Sids Vater fragte sie, woher sie seinen Sohn gekannt habe, und sie brachte nur heraus, dass sie zusammengearbeitet hätten.

Und sie waren ein gutes Team gewesen, auch wenn Sid den Kopf voller Zahlen und utilitaristischer Philosophien hatte und sie immer nur an den Körper und seine Geheimnisse dachte, waren sie ein gutes Team gewesen.

Auf Harwoods Wangen gefrieren die Tränen und sie schnappt nach Luft. Schüttelt sich. Falls du gleich die Leiche des anderen Mannes, den du liebst, findest, wirst du deshalb nicht weinen. Das Letzte, was James Bond sich wünschen würde, sind die Tränen Maria Magdalenas, als wäre er irgendein gefallener Heiliger. Falls du seine Leiche findest, sprichst du mit dem Flachmann in deiner Brusttasche einen Toast auf ihn aus und fragst ihn, wo er die Ewigkeit verbringen will. Ob du ihn in die schottische Heimat bringen oder hier am Ende von allem zurücklassen sollst, dem einzigen Ort, kommt es ihr mit einem kleinen Lächeln in den Sinn, der James Bond je töten könnte. Denn falls er tot ist und Sid tot ist, ist das wirklich das Ende von allem und Harwood wird Trigger töten, sich selbst irgendwo hinschleppen, es dort zurücklassen, dieses Ich, das sie kaum wiedererkennt, und ohne es weitermachen – oder auch nicht.

Der Horizont scheint sich nie zu nähern. Harwood lässt die blau-weißen Gipfel auf sich wirken, die Zeit, die hier Form angenommen zu haben scheint. Gewundene Flusstäler, steile Schluchten, weit unten die grünen Bauernhöfe. Der Schatten eines Yaks, das die riesige Leere durchquert, den orangen Sand der trockenen Wüste, das Glitzern der Eisseen. Die Kälte streckt mit dem verführerischen Vorschlag die Hand nach ihr aus, dass sie sie an diesem Ort festfrieren lassen, sie zu einer Statue machen könnte, dann hätten all ihre Bemühungen und all ihre Schmerzen ein Ende. Sie könnte einfach einschlafen.

Harwood betrachtet eine Höhle auf der anderen Seite der Hochebene. Falls man einen Unterschlupf sucht, wäre das der einzige Ort. Am Eingang tanzen Federn an einer bunten Schnur im Wind. Ihre Schritte knirschen und knacken im Schnee und werden von den Eiswänden zurückgeworfen. Die Höhle empfängt sie mit einer Dunkelheit wie am Grund des Ozeans, die zu einem kristallinen Blau wird, als sich ihre Augen daran gewöhnen. Harwood zieht den Kopf ein und dringt tiefer in diese vereiste Bergader ein. Weiter hinten in der Höhle zeichnet sich allmählich ein Objekt ab. Ein Felsaltar, auf dem einige Kerzenstummel glänzen, deren Flammen eingefroren sind. Der Wind heult, aber Harwoods

Herz ist noch lauter. Sie sagt sich, dass sie Chirurgin ist und eine Doppelnull und der Tod zu ihrem Geschäft gehört. Dass ihre Gebete erhört wurden, nur weiß sie nicht genau, welche. Dann geht sie die letzten Schritte.

Man kann die Szene wie einen Tatort lesen. Der Höhlenboden besteht aus massivem blauem Fels und alle Versuche, ein Feuer zu entzünden, sind daran festgefroren. Die Leiche liegt um die glänzenden Überreste erstarrter Kohlen gekrümmt. Vom Eis wurde sie perfekt erhalten und vom Schnee überzogen. Ob dieser Mann beschloss, hier in dieser Höhle zu sterben, die jemandem heilig war, oder vielleicht hierhergebracht und gepflegt wurde, bis das Unvermeidbare geschah, ist unklar. Ein über eins achtzig großer Mann mit dunklen Haaren. Das Gesicht wird von seinem Arm verdeckt, den er vielleicht hob, um sich zu schützen oder um bequemer zu liegen. Unter seinem Oberkörper hat sich auf dem Boden eine rote Lache wie ein Rostfleck in einer Werkstatt ausgebreitet.

Harwood kniet sich neben die Leiche. Die Kleidung ist dem Gebirge angepasst. Das sagt nichts aus. Die zum Gesicht erhobene Hand ist stark, die Knöchel durch jahrelange Belastungen leicht geschwollen. Am Handgelenk trägt er eine Uhr, die mit zwei Zentimeter dickem Eis bedeckt ist, eine Rolex, doch Datum oder Uhrzeit kann sie nicht ablesen – das Ziffernblatt ist zerbrochen. Harwood erinnert sich daran, wie James ihr einmal erzählte, dass er seine Rolex als Totschläger benutzt und einem Wachmann am Piz Gloria ins Gesicht geschlagen hätte, als er fliehen und die Welt vor Blofelds Biowaffen warnen wollte – wie sehr Q es geärgert hätte, dass er Regierungsbesitz so leichtfertig beschädigt hätte, damals, als Q noch ein Mensch war.

Sie legt sich so auf den schimmernden Felsboden, dass ihr Körper die schließende Klammer zur öffnenden Klammer der Leiche bildet. Bettet ihren Kopf auf den Unterarm, um mit dem Mann auf einer Höhe zu sein, sodass sie unter dem schützenden Arm hindurch in sein Gesicht blicken kann. Seine braunen Augen stehen offen.

Braun.

Erleichterung durchflutet Harwood in schwindelerregendem Tempo, wie ein Fluss, der einen Damm durchbricht.

Das ist nicht James.

Dann schlägt die Erleichterung in einen Adrenalinschub um, sodass sich ihr der Magen zusammenkrampft und sie bitteres Eisen schmeckt.

Das ist Ventnor. 005. Der Doppelnullagent, der laut 000 in den Tod gestürzt ist. Er starb durch den Sturz aufs Eis am Grund einer Schlucht. Und nicht an Erfrierungen in einer Höhle.

Mit einem schauerlich klirrenden Geräusch dreht Harwood die Leiche um. Sie streicht Ventnor über die Wange. Er stammte aus derselben Generation wie James. Sie kannte ihn als jemanden, mit dem man im Büro Scherze machen konnte. Hinter seiner Umgänglichkeit verbarg er, dass er effizient töten konnte, was ihn mehr als einmal in noch schwierigere Lagen als diese gebracht und ihn auch wieder daraus befreit hat.

Vielleicht war Ventnor wieder aus der Schlucht herausgeklettert, aber 000 hatte die Hoffnung zu früh aufgegeben und ihm aus tragischen Umständen keine helfende Hand reichen können. Mit seiner Rolex hatte Ventnor kein Notsignal mehr senden können, weil sie kaputt war. Vielleicht war einfach seine Zeit gekommen, da sich das festgelegte Rentenalter näherte und das Sterben zu verlockend war. Das Ende, das jede Doppelnull sich wünschte.

Aber in seinem Blick lodert ein tiefes schwarzes Loch des Zorns. Er hatte nicht aufgegeben.

Was Harwood nun tut, wird von dem Teil ihrer selbst durchgeführt, der als Kind durch die Schlitze der Operationszelte gelugt hat, wenn ihre Mutter sie auf ihre Reisen mit Ärzte ohne Grenzen mitnahm. Der Teil, der verstehen will, wie Menschen ticken, weil die Geschicke ihrer Jugend vom Chaos gesteuert wurden. Sie lässt ihn übernehmen, als sie mit einem Feuerzeug den Bauch auftauen lässt und dann mit ihrem Taschenmesser die nötigen Einschnitte vornimmt.

Die Kugel, die sie entfernt, hat dasselbe Kaliber, das Trigger verwendet. Dasselbe Kaliber, das sie aus Felix Leiter herausgeholt hat, dem einen Mann, den sie retten konnte. Dasselbe Kaliber, mit dem am Eingang der Zeushöhle auf 004 geschossen wurde.

000 hat nie etwas über Schüsse gesagt. Er sagte, Ventnor sei in den Tod gestürzt, aber es gibt keine Anzeichen von Schürfwunden, kein Trauma, das auf einen Sturz hindeutet.

Zum ersten Mal bereut Harwood, vom Regent's Park abgeschnitten zu sein. Sie öffnet die Rückseite von Sids Casio, aber der Peilsender ist weg – wofür sie eigentlich dankbar sein sollte, wenn sie über Ventnors Schicksal nachdenkt.

Also ist Dreifachnull im Grunde genau das, was sein Name andeutet – ein Doppelnull-Doppelagent.

Sie knirscht mit den Zähnen, bis ihr der Kiefer schmerzt, als sie daran zurückdenkt, wie er lachend meinte, dass sie vielleicht kaputtginge.

000 war es, der mit Triggers Waffe auf Harwood und Felix geschossen hat. 000 war es, der auf Kreta auf Dryden

geschossen hat. Wahrscheinlich hat er das Geo-Tag seiner Kommunikation manipuliert, sodass es so aussah, als wäre er noch im Oman, als er Moneypenny Bericht erstattete.

Aber was hatten 005 und 000 überhaupt hier am Ende von allem zu suchen? Harwood läuft es kalt den Rücken hinunter, als sie sich an die Akte erinnert, die sie in den langen Stunden der Nachtschicht gelesen hat. 000 berichtete, sie hätten im Himalaya den Schmuggel von Pflanzen und Tieren untersucht, da 005 darauf bestanden habe, dass dieser Teil eines größeren Verbrechens sei, nachdem er einen Hinweis von einer in seinen Worten Zwanzig-Karat-Eins-a-kann-die-ganze-Nacht-Informantin – mit anderen Worten, von einer Quelle, die sehr gut vernetzt war – erhalten habe.

Schneeleoparden bezeichnet man als Geister der Berge. Hatte 005 000 hier hinaufgebracht, um nach Geistern zu jagen, und wusste er, dass der Tod ihm auf den Fersen war? Und stellte der Handel mit Schneeleoparden einfach einen weiteren Arm der Grey Group dar, nur einen weiteren Janus am Ende einer Pipeline, die Rattenfänger die Kasse füllte?

000 erwähnte einen Berg, erwähnte das Eis, gab beinahe den wahren Ort und das wahre Verbrechen an – lag es schlicht daran, dass man besser lügen konnte, wenn man nah an der Wahrheit blieb, oder hatte Harthrop-Vane die ganze Zeit darüber gelacht, dass M und Moneypenny ihm vertrauten, und ihnen die Puzzleteile hingeworfen, weil er glaubte, dass sie das Bild nie zusammensetzen würden? Hier hat er Triggers Waffe verwendet, obwohl es nicht nötig war, wodurch seine Tarnung bei anderen Morden aufgeflogen ist, und das schlicht, weil er sich für unangreifbar hält. Der eingebildete Hurensohn macht sich einen Spaß daraus.

Harwood legt ihre Hand um Ventnors gekrümmte Finger. Was für ein Ort zum Sterben. Verraten. Kalt, immer kälter, das Leben ein roter Faden, der sich blau färbt. Sie hofft, dass er nicht allein war, dass jemand, der zur Verehrung an diesen Altar kam, für ihn betete, ihm vielleicht sogar Trost spendete.

»Habt ihr hier oben nach Schneeleoparden gesucht?« Ihr Flüstern hallt durch die ganze Höhle.

005 muss mehr als nur Wilddiebe beobachtet haben, um ermordet zu werden. Der Schmuggel von Pflanzen und Tieren steht auf der Prioritätenliste des MI6 nicht sehr weit oben. Aber aus irgendeinem Grund sah 000 in 005 eine ausreichend große Bedrohung, um ihn für immer auszuschalten.

Welche weiteren Berggeister erwarten Harwood am Ende von allem?

»Hast du etwas gesehen?«, fragt sie. »Hast du etwas gesehen, das du nicht sehen solltest?«

Sein wütender Blick starrt ihr entgegen.

Der Körper vergisst nicht. Das sagte ihr die Psychiaterin in Shrublands. Der Körper vergisst nicht. Die eigenen Erfahrungen prägen das Gehirn und das Herz und den Bauch und die Gelenke, so wie sich Epochen ins Eis prägen.

Harwood beugt sich durch den Kristallnebel ihres Atems näher an 005, um dessen Fingernägel zu untersuchen. Im Rahmen ihres Medizinstudiums hat sie einige Zeit im Leichenschauhaus gearbeitet. Dort hätte sie Abstriche genommen und nach Partikeln gesucht, die ihr verraten hätten, ob der Verstorbene einem Verbrechen zum Opfer gefallen war. Aber hier verfügt sie über keinerlei Ausrüstung, kann sich nur auf das verlassen, was ihre Sinne ihr sagen. Und die sagen ihr, dass das glitzernde Grau unter 005s Fingernägeln kein Eis ist. Sondern Meteoritenstaub.

Ein Plan entsteht in ihrem Kopf, aber damit er funktioniert, braucht sie den Mond. Harwood drückt Ventnors Hand fester.

Das Licht schwindet aus der Höhle. Mit ihrem Feuerzeug, den Kerzenresten und trockenen Blättern und Rinde, die Harwood nach hinten in die Höhle fegt, macht sie ein Feuer, das 005 in einen golden Schein taucht. Sie weiß nicht, ob er gläubig war. Sie weiß nicht, ob sie selbst gläubig ist. Trotzdem betet sie. Ihr Puls verlangsamt sich, sie müsste sich bewegen, doch dazu ist sie zu müde. Harwood erinnert sich daran, wie sie bei aufgezogenen Vorhängen mit Sid im Barbican im Bett lag und zusah, wie Blitze den Himmel durchzuckten. Sie erinnert sich, wie sie hinten auf einem Motorrad saß, das Bond durch Tanger lenkte, sich an seiner Jacke festhielt, seinen Geruch einatmete und das Gesicht an seinem Nacken vergrub. Glück und ein Gefühl völliger Sicherheit erfüllen sie und sie will sich einfach neben 005 legen und an diesem vergessenen Altar schlafen.

Es wird Nacht.

Harwood richtet sich auf. Schüttelt den Kopf. Klopft sich mit den Fäusten auf die Schenkel und Oberarme. Stopft sich Notrationen in den trockenen Mund. Stolpert zum Höhleneingang.

Unter dem Scheinwerferlicht des Halbmondes leuchtet der Weg herabgefallener Meteoriten in blendendem Silber vor der nächtlichen Schneedecke, die über dem Ende von allem liegt. Mit dem Blick folgt sie der Kette der Meteoriten halb den Tawan-Bogd-Pass hinunter: die fünf Heiligen Gipfel, von Dschingis Khan benannt, Wellen einer steinernen See, die von indigoblauen und weißen Gipfeln steile, vereiste Hänge hinunterführen und in schwarze Schluchten übergehen. An seinem Fuß erwartet sie der Eingang zu Schambhala, aber dorthin geht sie nicht. Noch nicht.

Sie weiß, dass man nachts keinen Berg hinabsteigen sollte, aber sie braucht die leuchtenden Brotkrumen, sonst findet sie den Weg nie. Klar, Ventnor könnte an jedem dieser Meteorite gekratzt haben, aber es ist ein Hinweis, die letzte Handlung dieses Mannes, vielleicht sogar die Sache, die er nicht hätte sehen sollen, und sie ist bereit, sogar durch die Finsternis zu waten, wenn sie dadurch den Weg findet – tatsächlich tut sie das bereits seit Monaten, warum also nicht noch ein paar Schritte weitergehen?

Als die ersten Sonnenstrahlen über den Granit fallen und den Wendepunkt zu einer neuen Woche ankündigen, spürt Harwood es wie ein Tosen in der Brust, das ihr sagt, dass sie noch lebt. Der Weg der Meteoriten glänzt immer wieder in ihrem Sichtfeld auf und verschwindet. Direkt vor ihr liegt eine riesige glitzernde Kuppel, die halb vom Schnee bedeckt ist. Da erinnert sie sich an die Broschüre: Gerüchten zufolge hatten die Freimaurer am Ende von allem eine Mondstadt errichtet – was immer eine Mondstadt auch sein mag. Jedenfalls befindet Harwood sich etwa einhundertachtzig Meter vom äußersten Punkt einer Anlage entfernt, die eine polare Forschungsstation zu sein scheint.

Wie durch ein Wunder kann sie die Finger noch bewegen. Deine Finger sichern dir den Lebensunterhalt, sagte ihre Mutter, als sie die Ausbildung zur Chirurgin machte. Spiel Klavier. Stricke. Aber mache niemals, wirklich niemals Sport. Tob nicht mit den Jungs herum, Johanna. Das sagte sie immer, als Harwood noch ein Kind war. Tob nicht mit den Jungs herum.

Harwood versteckt sich hinter einem Felsen. Sie fummelt an der Kamera ihres Vaters herum und drückt das Auge an den Sucher. Zoomt heran. Erkennt einen bewaffneten Wachmann, der zitternd am Eingang steht.

Sie weiß, was 005 gesehen hat. Diesen Wachmann kennt sie von den Überwachungsfotos, die sie Marilyn Aliyeva im Verhörzimmer gezeigt hat. Er arbeitet für Teddy Wiltshire. Es gibt drei Möglichkeiten.

Entweder ist das hier ein Gefängnis, in dem Teddy Wiltshire besonders wichtige Gefangene verwahrt, weit weg von Überwachungskameras und Zeugen, und da drin befindet sich James Bond.

Oder das hier ist Teddy Wiltshires persönlicher Unterschlupf. Wohin verschwindet ein Menschenhändler, wenn die See rau wird und Diskretion bei der Steuerhinterziehung das Wichtigste ist? Einige Milliardäre gehen nach Dubai, andere ziehen auf Luxusjachten, wieder andere kaufen Inseln. Dieser hier ist Meister darin, Menschen verschwinden zu lassen, also verschwindet er ans Ende von allem.

Oder es trifft beides zu, sodass sie in der Mondstadt sowohl Teddy als auch James findet.

Egal wie die Antwort lautet, das dort ist Teddy Wiltshires Wachmann und das hier ist Teddy Wiltshires Königreich, außerhalb der Reichweite von MI6 und CIA. Hier kann Wiltshire in dem Glauben ruhig schlafen, dass ihn niemals irgendjemand finden wird.

Johanna Harwood lächelt.

Da irrt er sich gewaltig.

DER GAP

Von Europa nach Afrika nach Südamerika

»Als Moneypenny mir erzählt hat, dass sie eine Doppelnull schickt, hatte ich gehofft, sie meint Johanna Harwood«, erklärt Felix Leitner.

»Ich bemühe mich, das nicht persönlich zu nehmen«, entgegnet Dreifachnull.

»Besser ist das«, ermuntert Felix ihn. »Neid ist nicht gut für die Haut.«

Man könnte die beiden Männer für Freunde halten, die sich im Gellértbad treffen, das von der Morgensonne erhellt wird, die durch das Bleiglasdach scheint. Felix Leiter ruht auf den Stufen, die in das Becken hinabführen, das Wasser reicht ihm bis zur Taille, sein Oberkörper ist in Dampf gehüllt. Conrad Harthrop-Vane lehnt in hellblauen Shorts an einer Marmorsäule. Felix' Hand- und Unterschenkelprothese liegen auf den blauen Fliesen.

»Wollten Sie sich deshalb hier treffen?«, fragt Dreifachnull. »Hatten Sie gehofft, mit 003 nackt baden zu gehen?«

»Nur dass Sie's wissen, ich trage eine Badehose.«

»Da bin ich aber erleichtert.«

Felix Leiter grinst ihn an. »Also los. Kommen Sie rein. Das Wasser hier hat eine heilende Wirkung.«

»Ich brauche keine Heilung.«

»Die Worte einer echten Doppelnull.«

Harthrop-Vane hebt die Arme, als würde er sich ergeben, und dreht sich langsam um sich selbst. »Keine Wanzen, die im Wasser einen Kurzen kriegen, keine versteckten Waffen, keine mysteriösen Markierungen. Zufrieden?«

»Moneypenny würde ich zutrauen, Ihnen die Wanze in den Kopf zu pflanzen.«

»Sind Sie etwa paranoid?«

»Sagen wir einfach, dass Sie in letzter Zeit nicht gerade eine gute Figur gemacht haben.« Felix deutet mit der linken Hand auf Dreifachnull. »Also, der MI6. Ihnen steht die Badekleidung von Orlebar Brown ganz ausgezeichnet. Woher haben Sie die Verletzung am Bein?« Unverhohlen mustert Felix den Verband um Harthrop-Vanes Wade.

»Ein herabfallender Kronleuchter. Und Sie?«

»Hai«, antwortet Felix und auf seinem Raubvogelgesicht breitet sich ein schiefes Lächeln aus. Er schiebt den strohfarbenen Pony mit den grauen Strähnen aus den aschgrauen Augen und enthüllt eine weitere Verletzungsspur unter dem Haaransatz. Dann tippt er sich auf die vernarbte Brust. »Das ist meine Neueste. Ein Geschenk von Trigger.«

Dreifachnull steigt ins Wasser. Auch ihn hüllt der Dampf ein. »Moneypenny sagte, dass Sie eine Spur zu Trigger haben.«

Nach dem Raub im Al Bustan Palace Ritz-Carlton und Teddy Wiltshires Verschwinden blieben die restlichen Gäste anlässlich Lisl Baums Geburtstag noch über das lange Wochenende. Harthrop-Vanes Mission lautete, zu erschnüffeln, ob noch weitere Gäste irgendwie mit der Grey Group in Verbindung standen. Es gab wenige besondere Vorkommnisse, von denen keins zu einer brauchbaren Spur führte. Der Diamantenhändler Viktor Babić hatte einen Gerfalken dabei und führte in den Dünen dessen Jagdkünste mit einem Blick vor, der einen frösteln ließ. Friedrich Hyde, der Antiquitätenhändler, versuchte, die anderen Gäste dazu zu überreden, Pachisi so zu spielen, wie der Herrscher Akbar es gewollt hatte: mit hübschen Frauen anstelle von Steinfiguren. Als Hyde seiner wütenden Frau erklärte, dass rein wissenschaftliches Interesse dahinterstecke, verschluckte Dreifachnull sich beinahe an seinem Drink. In den Gesprächen ging es um den Bombenanschlag auf die BBC, den Anteil eines Kindergartenjahrgangs, der es auf eine Universität der Ivy League schaffte, den Markt für Konsumgüter und die Bauarbeiten für die Weltmeisterschaft. Immer dieselben uninteressanten Nichtigkeiten. HV1 hat nach dieser Welt gegiert, aber Dreifachnull bedeutet ihre Oberflächlichkeit nichts. Ihm ist nur wichtig, was darunterliegt. Als er wieder mit Lisl Baum zusammen war, erinnerte Dreifachnull sich an das schwindelerregende Verlustgefühl des Tages, an dem sie ihm sagte, dass sie weggehen würde. Als er am Strand im Sternenlicht ihre Hand nahm und ihre Finger ineinander verschränkte, fragte er sie, ob sie in den vergangenen Jahren jemals an ihn gedacht hätte.

»Werd jetzt bloß nicht sentimental«, meinte sie. »Du bist nur hier, um mich zu benutzen. Weißt du noch?«

Aber so fühlte es sich nicht an. Wie auch immer, für ihn sprang nichts dabei heraus – zumindest nichts, was für den MI6 von Wert war, der von seiner Abwesenheit auf der Party nichts ahnte, als er sich nach Kreta aufmachte. Anschließend schickte Moneypenny ihn nach Budapest, wohin Felix Leiter versetzt worden war, um nach den Sprengsätzen in Berlin im Vorjahr den dortigen amerikanischen Standort zu leiten. Als 004 auf dem Berggipfel auf Kreta das Scharfschützengewehr entdeckte, das mit Trigger in Verbindung stand, schickte der MI6 eine Meldung an Interpol und die CIA. Offiziell sagten ihre amerikanischen Cousins, dass sie keine neuen Daten zu Trigger hätten. Inoffiziell wurde Moneypenny mitgeteilt, dass Felix Leiter Detektiv gespielt hätte, Langley ihm aber die Genehmigung verweigere, direkt oder indirekt weiter vorzugehen, weil seine Spurenlage zu dünn sei, und so dränge man ihn zum Ruhestand, weil er schon zu viele Kilometer auf dem Tacho hätte.

»Falls ich Informationen über Triggers Aufenthaltsort hätte, warum glauben Sie, dass ich sie Ihnen mitteilen würde?«, fragt Felix.

Harthrop-Vane zuckt mit den Achseln. »Q berechnet, dass Trigger mit einer Wahrscheinlichkeit von fünfundneunzig Prozent die Profikillerin von Rattenfänger ist. Irgendwie muss man sie bezahlen. Trigger stellt eine echte und akute Gefahr für Doppelnullagenten dar, die die Grey Group, Rattenfängers Bank, verfolgen, und vielleicht führt sie uns auch zum Ursprung des Geldes. Moneypenny will, dass ich sie verfolge. Und man sagt, dass Sie sie ebenfalls erwischen wollen. Sie haben stichhaltige Beweise, aber keine Unterstützung. Ich stehe Ihnen zu Diensten.«

»Ich Glückspilz.« Felix kratzt sich am Kinn und mustert Dreifachnull von Kopf bis Fuß. »Man erzählt sich, dass ich von ihr besessen bin, oder?«

»Sie scheint Männer um den Finger zu wickeln, wenn sie aus der Ferne auf sie schießt.«

Felix lacht, mustert ihn aber weiterhin prüfend. »Sie scheinen mir ausreichend fit, um das allein zu machen. Sicher, dass Sie mit einem alten Haudegen gemeinsame Sache machen wollen, der auf der Treppe nach Luft schnappt, seit …?« Er tippt sich dort auf die Brust, wo die Kugel der Scharfschützin ihm das Herz durchschlagen hätte, wären da nicht die kugelsichere Weste und Johanna Harwood gewesen.

»003 macht hübsche Nähte.«

»Hoffentlich stickt sie mir beim nächsten Mal ihren Namen ein. Wo ist Johanna eigentlich?«

»Sie hat einen bescheinigten Dachschaden.«

»Das ist nicht gerade nett.«

»Nettsein ist was für andere Leute.«

»Sie sind ein echter Charmeur.«

»Wenn ich es sein will.«

Felix lacht auf. »Da sind Sie nicht der Erste. Also gut, Jungchen, ich könnte frisches Blut gebrauchen. Mir hat eine Quelle geflüstert, dass Trigger zuletzt in Tanger gesehen wurde. Sie sagt, dass sie gern die Ohren offen hält.«

»Was bedeutet das?«

»Ich nehme an, das finden wir heraus.«

Wie sich herausstellt, ist dieser Zipfel Nordafrikas, wo das Mittelmeer durch die Straße von Gibraltar in den Atlantik strömt, der beste Ort, um die Ohren offen zu halten. Als sie in einem silbernen Mercedes 300 SL, den Felix sich von seinem Kontaktmann geliehen hat – einem Autosammler und Gauner, der ihm einen Gefallen schuldet –, durch den Diplomatenwald fahren, unter Korkeichen und Akazien mit großen gelben Blüten an der Küste entlang, passieren sie römische und phönizische Ruinen, zwischen denen Sende- und

Strommasten aufragen. Südlich des Kap Spartel profitiert man an diesem Abschnitt von besonders klarem Empfang und guter Übertragung. Zubetonierte Grundstücke, rissig und verwittert, zeugen davon, wo Amerika einst seine Schüsseln bewachte, die Sprechmuscheln der Propaganda, die den Eisernen Vorhang durchdrangen.

Felix' Quelle hat behauptet, dass Trigger ihre Ziele über diese Schüsseln erhält und dass ihr Mitarbeiter sich dort gegen eine Gebühr mit dem CIA-Agenten treffen würde. Den Wagen parkt Felix im Schatten einer riesigen Antenne. Beim Abkühlen knackt der Motor.

»Wir positionieren uns dort«, erklärt er.

Dreifachnull folgt ihm in den Schatten einer bröckelnden Festung. »Altmodisch, dass sie die Anweisungen über Funk erhält«, meint er.

»Manchmal sind altmodische Methoden die besten«, erwidert Felix und reibt sich die Brust.

»Stört Sie sie? Die Verletzung, meine ich.«

»Irgendwann erwischt's einen. Mich schmerzt allerdings das Wissen, dass es mich früher nicht erwischt hätte, als das Altmodische noch neumodisch war. Die bösen Jungs sind nicht schneller geworden. Sondern ich langsamer.«

»Warum dann nicht in den Ruhestand gehen?«

Felix scharrt mit den Slippern im Dreck. »Hab noch eine Schuld zu begleichen.«

»Trigger die Kugel heimzahlen?«

»Einen gemeinsamen Freund retten. Ich setze darauf, dass sie weiß, wo er ist, falls sie für Rattenfänger arbeitet.«

»James Bond.«

Er nickt. »Was hat James von Ihnen gehalten, Jungspund?«

»Ich weiß nicht, ob er überhaupt was von mir gehalten hat.«

Felix lacht. »James weiß immer, womit er einen kriegt. Warum sind Sie in diesen Zirkus eingestiegen? Welcher Igel hat Sie gestochen?«

Harthrop-Vane blickt durch das bröckelnde Fenster einer ausgestorbenen Zivilisation. Der Strand glitzert von Portugiesischen Galeeren, die vom Levante an Land getrieben wurden. In der einen Richtung liegt ein Fischereihafen mit blau gestrichenen Barken. In der anderen endlose Leere, die sich unter flirrender Hitze dahinzieht, dahinter folgt, dreihundert Kilometer weiter südlich, Casablanca. »Igel?«

»Sie wissen schon«, meint Felix. »IGEL. Die vier Gründe, aus denen ein Mann Spion wird. Frauen vermutlich ebenfalls, aber die sind in dem Punkt meistens schlauer als wir.« Felix zählt die Worte an der linken Hand ab. »I für *Ideologie*. Vielleicht glauben Sie einfach, dass Ihre Mission gerechtfertigter ist als die der anderen. G für *Geld*. Schulden, eine Geliebte zu viel, ein luxuriöser Lebensstil. E für *Ego*. Ein urtümliches, schreiendes Bedürfnis. Ein Führungsoffizier hat ausgenutzt, dass Sie für geistige oder körperliche Schmeicheleien empfänglich sind, um Sie zu rekrutieren. Bevor Sie es bemerkt hatten, waren Sie schon zu tief drin und konnten nicht mehr raus. Sie könnten kein normales Leben führen, selbst wenn Sie es versuchen würden. Oder L für *Laster*. Vielleicht haben Sie eine Schwäche, mit der man Sie erpressen kann. Meistens sexuell oder kriminell. Früher auch mal beides.«

Pop-pop-pop.

Harthrop-Vane zieht seine Waffe.

»Ruhig Blut«, mahnt Felix.

Ein Mann geht den Strand entlang und stampft dabei absichtlich auf die aufgedunsenen Schwimmblasen der Portugiesischen Galeeren. Jedes Stampfen klingt wie eine

Kleinkaliberpistole. Er überquert den Sand und steigt den Kies zu den Ruinen herauf. Ein kleiner Mann, das Jackett über den Arm geworfen, das weiße Hemd voller Schweißflecke und im Gesicht dunkle Bartstoppeln. An der ersten Schüssel bleibt er stehen und klopft dagegen, sodass ein vibrierendes Gongen ertönt.

»Felix Leiter?«

Felix bedeutet Harthrop-Vane, dass er sich versteckt halten soll, und tritt dann aus dem Schatten auf das trockene Gras, bis ihn und den anderen Mann etwa dreieinhalb Meter trennen.

»Wir haben gehört, dass Sie Trigger suchen«, sagt dieser nun.

»Das ist korrekt.«

»Sie will ihre Ruhe haben.«

»Dieses Recht hat sie verwirkt.«

»Was hat sie Ihnen denn getan?«

»Warum sagen Sie mir nicht zuerst, in welcher Funktion Sie für sie tätig sind?«, entgegnet Felix.

»Wir sind nicht auf amerikanischem Boden. Sie erteilen hier keine Befehle.«

»Wer dann?«

»Das hier.« Der Mann lässt den Arm unter seinem Jackett zucken. »Sagen Sie Ihrem Freund, dass er sich zu uns gesellen soll. Werfen Sie Ihre Waffen auf den Boden. Ich habe einen Freund an einer erhöhten Position, und der kann sehr gut zielen.«

»Trigger?«

Der Mann schweigt. Felix winkt Harthrop-Vane heran, der sich zu ihm stellt. Beide werfen ihre Waffen auf den Boden.

»Halten Sie die Hände so, dass ich sie sehen kann.«

»Klar doch, Partner«, erwidert Felix. »Ich habe nur eine Hand, um die Sie sich sorgen müssen. Kein Grund, schreckhaft zu werden. Vor allem an so einem schönen Tag.«

»Freut mich, dass Ihnen der Ausblick gefällt. Es wird das Letzte sein, was Sie sehen.«

Der Finger des Mannes zuckt, als Felix nach seiner versteckten Waffe greift, aber bevor er feuern kann, scheucht ein dreifaches lautes Ploppen einen Storch aus den Bäumen auf, und diesmal handelt es sich nicht um Portugiesische Galeeren.

Der Mann wird zur Seite geworfen, dreht sich um sich selbst und fällt in einer Wolke aufstiebender Fliegen zu Boden.

»Danke, Schnüffler«, meint Felix und tritt die Waffe von der ausgestreckten Hand des Mannes weg.

»Gern geschehen«, erwidert Harthrop-Vane und steckt seine Reservewaffe wieder ein, während er die Umgebung absucht. Keine weiteren Schüsse erfolgen. »Netter Versuch. Ich wette, Trigger war gar nicht hier. Nur ein paar Leute, die was gegen Sie oder die CIA haben und dachten, man könnte Sie hierherlocken und zwischen den Ruinen verscharren.«

»Das beantwortet dann wohl meine Frage.«

»Welche Frage?«

»Bei jemandem, der so schnell zieht«, sagt Felix und mustert Dreifachnull, »würde ich ganz klar aufs Ego setzen.«

Harthrop-Vane lächelt. »Und was ist mit Ihnen? Welcher Igel hat Sie gestochen?«

»Wollen Sie was verdammt Lustiges hören, das Sie garantiert zum Heulen bringt?«, fragt Felix und betrachtet den Mann, der zu seinen Füßen die Lebensgeister aushaucht. »Ich weiß es nicht mehr.«

»Dieser Wagen ist für Elvis gebaut worden! Erschießen Sie mich nicht, Leiter! Es soll kein Blut auf die Polster kommen.« Felix Leiter betrachtet den rosa El Dorado Cadillac, den seine Quelle in einem Hof voller Oldtimer als Schild benutzt. »Na gut. Aus Respekt vor dem King erschieße ich Sie nicht. Aber er schon.«

Harthrop-Vane tritt vor. »Wenn er einem Beatle gehört hätte, würde mir das vielleicht was ausmachen. Aber in diesem Fall …« Er schießt nur knapp neben dem Fuß des Mannes in den Vorderreifen.

»Okay! Okay! Ich hab Sie in eine Falle gelockt. Dafür hat man mich bezahlt. Was wollen Sie von mir, soll ich bei meinem Blut schwören? Trigger will Sie nicht treffen.«

»Wo ist sie?«

»Ich bin ihr noch nie begegnet! Vielleicht ist sie sogar tot, keine Ahnung!«

»Alle wollen mich glauben machen, dass Trigger ein Phantom ist. Aber ich habe hier eine Narbe, die etwas anderes sagt. Haben Sie Eiswasser da? Es ist echt heiß.« Felix betrachtet das große Haus hinter dem Hof mit seinen weißen Wänden und dem Dach mit Stucktraufen. »Ich glaube, ich erfrische mich drinnen ein wenig, während mein Freund Ihr Gedächtnis auffrischt. Ist Ihre Frau zu Hause?«

Harthrop-Vane umrundet die Motorhaube.

Der Mann hat die Arme um sich geschlungen. »Also gut! Was schert mich Trigger? Und was scheren Sie mich überhaupt? Töten Sie sich doch einfach gegenseitig. Wir nehmen Nachrichten für sie an, mehr nicht. Die schicken wir an ein Büro in Panama.«

Panama mochte Felix Leiter noch nie. Die Zonians, wie sich die letzten Nachfahren der Kolonisten des ehemals US-amerikanischen Territoriums der Panamakanalzone nennen. Die Anwälte, die mit Schmiergeldern den Weg für Offshore-Geschäfte bereiten. Die 98 Prozent der Schiffe, deren Fracht ungeprüft durch den Panamakanal geschleust wird und die Drogen nach Europa transportieren. Das liegt nicht daran, dass es gegen seine Prinzipien geht, sondern daran, dass die ganze Schamlosigkeit ihm vor Augen führt, dass alles an seiner gewählten Lebensaufgabe umsonst ist, unehrlich und widersinnig, und sie nicht einmal ansatzweise versuchen, die Fassade zu wahren. Als Verbindung zwischen zwei Kontinenten und zwei Ozeanen bleibt Panama immer ein Machtzentrum für jene, die sie an sich reißen können.

Darüber denkt Felix nach und weiß, dass es scheinheilig ist, während er mit den Füßen auf dem Schreibtisch auf den Büroleiter wartet, der jeden Augenblick vom Mittagessen zurückkehren müsste. Conrad Harthrop-Vane lehnt in der Ecke und reinigt seine Waffe. Als sich die Tür zum Vorzimmer öffnet, richtet die Doppelnull sich auf.

Felix lächelt den überraschten Büroleiter besänftigend an. »Heute ist Ihr Glückstag. Ich bin hier, damit Sie Ihr Gewissen erleichtern können.«

Der Mann, drahtig und im Leinenanzug, bleckt die Zähne, von denen einige aus Gold sind. Er greift nach seinem Handy, zögert dann aber, als Felix weiterspricht.

»Sie haben Nachrichten für eine gesuchte Profikillerin übermittelt. Solche Sachen verfolgen einen. Wenn Sie mir sagen, wo sie ihre Basis hat, wird es Ihnen besser gehen. Ihr Name ist Trigger.«

Der Büroleiter lockert sich den Kragen. »Vielleicht ist Ihnen das nicht klar, aber der Kanal gehört jetzt uns«, stellt er fest.

»Ihren Kanal will ich nicht. Ich will nur sie.«

»Und zum Dank bieten Sie mir ein reines Gewissen? Dafür zahle ich Steuern.«

»Hier ist alles steuerfrei.«

Er lacht. »Aber klar doch. Raus mit Ihnen, Amerikaner. Sie machen mir keine Angst. Aber die schalldichten Container, die das Kartell als Folterkammer benutzt, die machen mir Angst.«

Felix kratzt sich mit der Prothese an der Wange. »Das kann ich nachvollziehen. Aber wissen Sie, ich brauche nur Ihren Fingerabdruck, um den Laptop hier zu entsperren, damit ich auf die Übersicht Ihrer Nachrichten zugreifen kann, dann sind Sie mich schon wieder los. Bitte gehen Sie doch zur Hand.«

Der Büroleiter starrt gebannt auf Felix' Prothese.

Dreifachnull tritt vor. »Die Götter schlafen und wachen nicht. Niemand weiß, dass wir hier sind. Niemand muss es wissen. Sie können weiter Ihr kleinbürgerliches Leben führen, Sie müssen nur einen Knopf drücken.«

Da steht dem Mann der Schweiß auf der Stirn. Er betrachtet die Waffe, die Dreifachnull in der Hand hält. Dann nickt er.

Der Darién Gap besteht aus 150 Kilometern undurchdringlichem Gebirgsdschungel und bildet die einzige Lücke in der 43.500 Kilometer langen Panamericana von Alaska nach Argentinien. Dort gibt es keine Pfade. Niemand wagt einen Blick ins Herz des Dschungels, abgesehen von den

Drogen- und Menschenschmugglern, Guerillas und paramilitärischen Einheiten, die ihn als Schmuggelkorridor über die Grenze zwischen Panama und Kolumbien nutzen. Außerdem einige indigene Völker, die sich dem Bananenanbau widmen, da die Jagd zur Nahrungssuche verboten wurde. Felix Leiter folgt dem Führer und 000 mit wachsendem Abstand. Er kann nicht mehr mithalten. Wird alt. Ihm fehlen zu viele Teile. Der letzte SENAFRONT-Checkpoint liegt einen Tag hinter ihnen. Panamas Regierung weiß, dass sie den Dschungel betreten haben, aber Felix bezweifelt, dass es sie interessiert, ob die zwei Westler, die sich als Reiseschriftsteller ausgeben, zurückkehren. Die Baumkronen bilden Buntglasfenster, in denen jede Scheibe ein dunkleres Grün aufweist. Es riecht nach fruchtbarer Feuchtigkeit, obwohl er kein Gewässer fließen hört oder sieht.

Trigger lebt in den Bergen. Die Nachrichten wurden aus Colón nach Yaviza weitergeleitet und dort von dem Führer angenommen, der nun auf eine Mocora-Palme zeigt und sie davor warnt, die schwarzen Dornen zu berühren. Er sagte, dass er sie für einen entsprechenden Preis zu Trigger bringen würde.

Felix fragt sich, wie hoch dieser Preis ausfallen wird.

Das muss er sich allerdings nicht mehr lange fragen.

(27)

KORRIDOR X

Von Europa in den Nahen Osten

Der Diamantenhandel ist eine weltweit agierende mehrere Milliarden Dollar schwere Branche, die auf Vertrauen fußt. In Freihandelszonen ohne Kontrollen werden auf Diamantenbörsen Geschäfte per Handschlag besiegelt. Das Verhältnis von Wert und Gewicht ist bei diesen Geschäften ausgezeichnet: Man kann ein Vermögen legal oder illegal im Koffer oder dem hohlen Kopf einer Puppe über Grenzen schmuggeln. Mit Diamanten kann man für Waffen zahlen oder Drogen kaufen, ganz ohne digitalen Fingerabdruck. Diamanten kann man stehlen, um weitere Verbrechen zu finanzieren, und benutzen, um die Gewinne aus diesen Verbrechen zu waschen. Aus Sicht der Gesetzeshüter, die sich mit sogenannter GW/ TF – Geldwäsche und Terrorismusfinanzierung – beschäftigen, ist der Diamantenhandel frustrierend undurchsichtig. Aus Sicht der Schmuggler und Diamantenhändler ist es ein Verbrecherparadies. In dem Versuch, diesen Handel zu regulieren, fordert man Diamantenbörsen auf, durch EDD (Enhanced Due Diligence) KYC (Know Your Costumer) zu erzielen, also durch eine erweiterte Überprüfung die Kunden besser kennenzulernen – Akronyme und Schlagworte wie an den Strand gespülter Müll, mit dem man Lecks stopfen will, die so groß sind, dass es unaufhaltsam hindurchströmt.

Darüber lacht Viktor Babić bloß. Know Your Customer. Er kennt seine Kunden. Sie sind die Mörder, Vergewaltiger und Erpresser, Bombenbauer, Betrüger, Steuerhinterzieher, Oligarchen und Bandenchefs aus aller Welt. Und deren Geld hält er in den Händen. Er ist das Einzige, vor dem sie sich fürchten. Das gefällt ihm. Er lebt von dieser Angst wie andere Leute von Sauerstoff. Und bald wird das, worauf er hingearbeitet hat, Wirklichkeit. Der MI6 beobachtet sie. Für Rattenfänger ist es zu gefährlich, weiterhin Transaktionen über Banken durchzuführen. Sie werden sich bei der GW auf ihn verlassen, damit sie TF betreiben können. Er braucht bloß noch mehr Diamanten.

Rachel Wolff hat ein vages Verständnis davon, wofür gestohlene und geschmuggelte Diamanten eingesetzt werden, übt sich aber schon ihr Leben lang darin, sich nur bestimmte Tatsachen einzugestehen, daher hat sie keine Vorstellung vom Ausmaß der Geschäfte des Diamanten-Janus. Während sie und Marko die Donau entlangfahren, kommen sie an Schiffen aus der Zeit des Zweiten Weltkriegs vorbei, die kürzlich bei einer Hitzewelle aus dem Wasser aufgetaucht sind, sodass nicht genutzte Munition so unschuldig wie wuchernder Blasentang an der Oberfläche schwimmt. Sie fragt sich, was in den nächsten Tagen sonst noch ans Licht kommt.

Markos Anwesenheit – allein schon sein salziger Duft – bringt ihre Gedanken durcheinander. Wie heiße Blitze tauchen Bilder und Gefühle aus der Vergangenheit auf: mit Marko und seinen Freunden Drogen zu nehmen und so zu tun, als gefiele es ihr. Marko beim Basketball zuzusehen und wie er immer zu ihr geschielt hat, wenn er gepunktet hatte – und wie er genussvoll andere foulte, aber den Ball vergaß und sich auf seine Freunde stürzte, wenn sie ihn foulten, und so lange weitermachte, bis sie weinten. Rachels Vater meinte, dass Marko nicht das Temperament hätte, um ein Chevalier zu werden. Er sei zu gewalttätig. Rachels Mutter hingegen argumentierte, dass man über Markos Vater, den Chef der Bande, dasselbe sagen könne. Das liege alles hinter ihnen, widersprach Rachels Vater dann. Die Chevaliers gehen gewaltlos vor. Serbien liegt in Scherben und wir tun nur, was wir tun müssen, um zu überleben, verletzen aber niemanden. Marko ist ein guter Junge, eines Tages macht er uns sicher stolz. Rachel fragt sich, ob das stimmt – und muss schnell zu einer Entscheidung kommen, als Marko sie in den Hafen von Novi Sad steuert und ihr sagt, dass es Zeit wird, auszupacken und zu reden. Dem Diamanten-Janus müssen sie mehr als nur die Blindenuhr liefern, wenn sie überleben wollen – damit das Geschäft für ihn überhaupt interessant wird und um sein Misstrauen zu zerstreuen. Den Rest der Beute von Lisl Baums Geburtstagsparty hat Marko noch nicht verhökert. Er liegt hier im Hafen.

»Ich zeig dir meins, wenn du mir deins zeigst«, sagt er und drückt Rachel in der Kabine einen Kuss auf den nackten Rücken.

»Ich dachte, den Teil hätten wir schon hinter uns«, erwidert Rachel.

»Haben wir das?« Er rollt sich auf sie. »Irgendwie muss ich dabei die Blindenuhr übersehen haben. Lass mich noch mal nachsehen ...«

Rachel lacht, als er mit den Händen weiter unten sucht. »Ich habe mir das hier früher so oft ausgemalt. Nicht dass dein Ego noch Streicheleinheiten bräuchte ...«

»Mein Ego nicht, das stimmt …«

»Hast du mich jemals so gesehen?«

»Ganz ehrlich?«

»Ganz ehrlich.«

»Ich dachte, ich würde dich heiraten, falls du noch in mich verknallt wärst, wenn du mit der Schule fertig bist.«

»Und was dann?«

»Was meinst du?«

»In dieser imaginären Zukunft, sind wir da noch Chevaliers?«

»Ich schon. Du bist mit den Kindern zu Hause.«

Rachel schnappt sich das Kissen, um ihn damit zu schlagen, aber Marko fängt sie an den Handgelenken ab und drückt sie mit seinem Gewicht in die Matratze. »Was denn, glaubst du nicht, dass du gern zu Hause darauf warten würdest, dass ich komme und dich mit Diamanten überrasche?«

Sie streckt sich unter ihm. »Trage ich in dieser Fantasie zufällig eine Schürze wie ein französisches Zimmermädchen?«

»Ein bisschen mehr darfst du mir schon zutrauen.«

»Mache ich, sobald du es dir verdienst.«

»In Ordnung, wie wär's damit?«, fährt er fort und küsst sie auf den Arm. »Den Antrag mache ich dir mit dem Hope-Diamanten.«

»Den Hope-Diamanten hat Jean-Baptiste aus dem dritten Auge eines Hindu-Gottes gestohlen und seitdem ist er ein Fluch für jeden Dieb.« Rachel wälzt Marko auf den Rücken und setzt sich auf ihn. »Schönen Dank auch.«

Mit den Fingern trommelt Marko auf ihren Schenkeln. »In Ordnung, wie wäre es dann mit dem Blauen Diamanten?«

»Von dem weiß keiner, wo er ist.«

»Ich habe nicht nur ein hübsches Gesicht.«

Rachel neigt den Kopf. »Das wird sich noch zeigen. Aber den Blauen Diamanten nehme ich an.«

»Wie großzügig. Und jetzt stell dir mal vor: Wir bestimmen selbst über uns. Es gibt nichts, was wir uns nicht nehmen können.« Mit den Händen an ihren Hüften drängt er sie weiterzumachen. »Wir sind Interpol immer zwei Schritte voraus, leben von Beluga-Kaviar und trinken nur Champagner, der aus Schiffswracks gehoben und bei Auktionen für Zehntausende Dollar verkauft wurde.«

»Da fallen mir langweiligere Arten ein, meine Zeit zu verbringen«, gibt sie zu und verschränkt die Finger mit seinen.

»Mir auch«, meint er.

»Und was noch?«

»Alles, was du willst«, sagt er.

»Wirklich alles?«

»Wir reservieren ein Zimmer im Ritz in Paris und lassen es sausen, weil wir in St. Moritz Ski fahren wollen. Man lädt uns zu den besten Partys ein, und wenn wir wieder gehen, tragen wir die besten Juwelen.«

»Und was noch?«

»Niemals stehen bleiben. Das ist alles. Wir bleiben niemals stehen. Keine Verschnaufpause. Bis wir in den Armen des anderen zusammenbrechen. Wir nehmen uns, was wir wollen. Wann wir es wollen. Jederzeit. Die Vergangenheit spielt keine Rolle. Die Zukunft spielt keine Rolle. Wir haben uns. Wir haben das hier.«

Wie oft wollte sie solche Worte von ihm hören? Ein Leben voller Freiheit, solange es eben andauert. Vielleicht ist das auch das Beste, was jemand wie sie sich erhoffen kann. Aber wäre es nicht ein Riesenspaß, solange es andauerte?

•

In Novi Sad war sie in ihrer Kindheit zu Hause und jetzt würde sie so gern die Promenade an der Donau entlangspazieren und das Stückchen strahlend blauen Himmel genießen, das zwischen den Zinnen der Festung Petrovaradin und den dunklen Wolken gefangen ist, die auch dieses letzte Stückchen noch vereinnahmen wollen, bevor der Regen ausbricht und Blitze zucken.

Aber Rachel und Marko gehen nicht in die Stadt. Sie sind wegen des Hafens hier, des zweitgeschäftigsten in Serbien, der nach dem kürzlichen Kauf durch die Vereinigten Arabischen Emirate nun gerade modernisiert wird. In der Sprache der internationalen Logistik ist dieser Hafen so attraktiv, weil er am linken Donauufer an der Kreuzung von Flusskorridor VII und Verkehrskorridor X liegt. Das Ergebnis dieser mathematischen Formel führt zu einem Epizentrum des internationalen Kommunikations- und Transportwesens. Seit Jahrhunderten findet an diesem Donauufer wegen seiner Anbindungen Handel statt, und was sich in der Vergangenheit bewährt hat, macht die Gegenwart sich zunutze. Straßen können sich verändern, Berge nicht. Auf diesen Routen wurden von Partisanen, die gegen die Nazis kämpften, Lebensmittel und Munition geschmuggelt. Im Bürgerkrieg wurden auf ihnen Waffen geschmuggelt. Und direkt nach Kriegsende wurden sie von Verbrechern genutzt, Banden, die Waffen auf legale Märkte in Frankreich und Belgien und Schwarzmärkte in Syrien und Ägypten schmuggelten, Frauen und Kinder in die Prostitution brachten und Männer in die Zwangsarbeit in Westeuropa, Heroin aus Afghanistan in den Balkan, synthetische Drogen nach Westeuropa und in den Nahen Osten. Der Schwarzmarkt überlagert den legalen Markt, was eine Grauzone ergibt.

Als Marko in den Hafen steuert, spüren sie die Bugwelle der *The Albatross*, eines neuen 22,4 Meter langen Schleppboots, das von den VAE angeschafft wurde, um die Einfahrt in den Hafen zu beschleunigen. Rachel deutet auf den Namen, der in weißer Farbe auf den glänzenden Stahl gemalt wurde. Marko lacht. »Ja. Den serbischen Arbeitern im Hafen wurde gesagt, dass sie den Namen auswählen dürften. Vielleicht verstehen ihre neuen Herren die Ironie nicht.«

»Hauptsache, du schießt nicht drauf«, meint Rachel.

Er schenkt ihr ein teuflisches Grinsen. »Du bringst auch so schon genug Unglück, Rachel Wolff.«

Fünf Schiffe, die so groß wie Hochhäuser sind, liegen an dem 800 Meter langen Kai, aber dort legen die beiden nicht an. Marko steuert sie an einen alten Anleger, wo er den Arbeitern zuruft, die im Schatten korrodierter Eisenwände rauchen, die erste von vielen Lagerhallen auf einer Fläche von 44.000 Quadratmetern. Einer winkt ihnen zu, wirft die Zigarette weg und kommt herbei, um ihr Seil aufzufangen. Hier lagert die ganze Welt legale Waren: Kleidung, Fernseher, Bettgestelle, Getreide, Bananen, Halloumi-Käse. Und mittendrin betreibt Marko eine Schwarzmarktlagerhalle, weshalb Rachel ihm nun durch die rostigen Korridore zu einem Schuppen folgt, der ewig nicht gestrichen wurde, ein Schuppen mit einem Schloss, dessen Schlüssel er an einer Kette um den Hals trägt. Im Inneren befindet sich ein Frachtcontainer, aus dem eine rote Flüssigkeit auf den rissigen Beton ausläuft. Mit dem zweiten Schlüssel an der Kette öffnet Marko das Vorhängeschloss und gibt eine Kombination in das Zahlenschloss ein – Rachel weiß, dass es der Geburtstag seiner Mutter ist, lächerlich sentimental für einen professionellen Dieb, aber in diesem Fall praktisch für sie.

Als die Tür aufschwingt, erstarrt Marko und beißt die Zähne zusammen. Oben auf den Kisten liegt auf Samt gebettet die Blindenuhr. »Wie bist du ...?« Er hält inne und zieht an seiner Kette. »Warum sollte ich sie mir jetzt nicht schnappen und deine Leiche hier zurücklassen?«

Sie stützt eine Hand in die Hüfte und hofft, dass man ihr nicht ansieht, wie hoch ihr Puls ist. »Sag du's mir.«

Draußen kreischen die Möwen. Vielleicht auch ein Albatros.

Marko schüttelt den Kopf. »Willst du ein Geheimnis erfahren?«

»Immer.«

»Als wir noch jünger waren, habe ich dich beneidet. Ich wollte wild sein, unkontrollierbar, gefährlich wie mein Vater. Der König des Dschungels. Damals habe ich ihn imitiert. Aber du musstest nicht so tun, als wärst du wild. Du warst es einfach.«

Obwohl Rachel das Herz bis zum Hals schlägt, lächelt sie. »Warum hast du mich dann bei jeder Gelegenheit Mamis kleines Mädchen und Daddys kleine Prinzessin genannt?«

»Weil ich versucht habe, dich auf ein Format zusammenzustutzen, das mir weniger bedrohlich vorkam.« Er blinzelt, als würde es ihn selbst wundern, dass er das laut gesagt hat. »Gehen wir, du Wilde. Schnapp dir deinen Schatz und dann gehen wir. Bevor ich's mir anders überlege.«

Es kostet Marko und Rachel einen kastaniengroßen Diamanten, den Kapitän eines Schiffs, das für den Schmuggel von Drogen, Waffen und Öl bekannt ist, zu überreden, sie ebenfalls mitzunehmen. Das Schiff reist Richtung Süden nach Belgrad, wo ein Container mit eingebohrten Luftlöchern – im Inneren erhalten Marko und Rachel von Bewaffneten mit toten Augen Erfrischungen – durch den Korridor IV Richtung Schwarzes Meer transportiert wird und dann, nachdem er durch Istanbul geschlüpft ist, ins Mittelmeer weiterreist und am Hafen von Iskenderun vor Anker geht. Einige weitere Diamanten benötigen sie, um auf dem Weg zum Grenzübergang Bazargan-Gurbulak und danach zum Hafen Shahid Bahonar im iranischen Bandar Abbas am Leben zu bleiben, wo sie mit einer RoRo-Fähre (roll-on/roll-off) zum Hafen Khalid in Schardscha reisen. Die Überfahrt dauert weniger als eine Woche, eine neue kombinierte Handelsroute, die zwei Drittel schneller als die traditionelle Meerroute über den Suez-Kanal ist. Der Handel wird schlauer. Genau wie die Verbrecher. Vom Hafen Khalid aus fahren sie über Land nach Ras al-Chaima und dann weiter nach Dubai, wo der Diamanten-Janus sie erwartet.

28

DIE WÜSTE DES TODES

Afghanistan

In der Wüste des Todes wimmelt es vor Trugbildern.

Da es entlang der felsigen und kiesigen Weiten, die sich bis zur Grenze zum Iran erstrecken, an Strom, Straßen und Wasser mangelt, beschwören Drydens Erinnerungen geisterhafte Erscheinungen herauf.

Am Horizont sieht er gepanzerte Truppentransporter flirren. Seit er das letzte Mal geschlafen hat, sind Stunden, vielleicht Tage vergangen. Er glaubt, dass er sich in diesem Phantomfahrzeug befindet. Sieht zu, wie eine Düngerbombe seinen gepanzerten Truppentransporter von der Straße hebt und ihn wieder herunterkrachen lässt. In dessen Inneren trifft die Schockwelle ihn wie ein Schlag mitten in die Brust. Er prallt mit dem Kopf auf, sodass die Schädelbasis bricht und der Nerv unter seinem rechten Ohr durchtrennt wird. Lucky Luke hockt über ihm und schreit: »Bist du okay? Bist du okay?«

Aber Dryden kann ihn nicht hören. Er kann ihn nicht hören, weil er nicht im Transporter sitzt – es gibt keinen Transporter. Er fährt an Mohnfeldern entlang, fiebrige

Regenbögen, die über der Wüste flimmern, ihre geschwollenen Köpfe wurden punktiert und bluten Opium. Das austretende Latex kratzen Bauern mit Sicheln unter dem wachsamen Blick von Männern mit Maschinengewehren ab, die den Minibus beobachten, um sicherzugehen, dass er bloß nicht abbremst.

Die Schmuggler schlängeln sich durch die Ödnis. Dryden folgt ihnen.

Neben ihm sitzt Luke und sagt ihm, dass er um die Festung voller bewaffneter Stammesangehöriger, die an der Oase weiter vorne ihr Lager aufgeschlagen haben, einen weiten Bogen schlagen soll – nein, das ist Aishas Stimme.

Ihn lockt die Grenze zum Iran, das Niemandsland von Terroristen, Spionen und Waffenhändlern. Der Tag schwindet. Die Woche schwindet, sieben Tage ist es her, dass Dryden das Flugzeug nach Afghanistan bestiegen und jeglichen Schutz hinter sich gelassen hat. Die Überlebenschancen schwinden, wenn sie nicht bereits verspielt sind.

»Ihr werdet von zwei Fahrzeugen verfolgt«, sagt Luke.

Dryden reibt sich das Salz aus den Augen. »Wie war das?«

In seinem Kopf sagt Aisha: »Ihr werdet von zwei Fahrzeugen verfolgt und die Schmuggler rasen auf die Grenze zu. Offenbar haben sie es kapiert und euch zwei Verfolger auf den Hals gehetzt.«

Dryden wendet sich an Ahmad: »Die Luftbeobachtung sagt, dass wir Gesellschaft bekommen.«

Khadija dreht sich um, aber die Sicht nach hinten wird vom Staub versperrt.

»Hier gibt es keine Deckung«, stellt Ahmad fest und lehnt sich aus dem Fenster.

»Dann sorgen wir für Deckung«, erwidert Dryden.

»Was du auch vorhast, tu es jetzt«, drängt Ibrahim, viel zu laut, wahrscheinlich klammert er sich ans Mikrofon. »Diese Fahrzeuge holen schnell auf und ihr verliert das Schwert gleich hinter der Grenze.«

»Das wird nicht passieren.« Jetzt kann Dryden die Fahrzeuge im Rückspiegel sehen – Pick-ups mit anmontierten Maschinengewehren. »Halt die Kinder unten. Ahmad, leg los.«

Ahmad hängt sich mit seinem Holzgewehr aus dem Fenster.

Ihm antwortet das Rattern des Maschinengewehrs, die Ruhe der Wüste wird davon nicht gestört, die im Inneren des klapprigen Minibusses dagegen schon, als Dryden »Festhalten!« ruft und das Lenkrad herumreißt, sodass sie auf der Salzebene mit quietschenden Reifen herumschleudern und eine Staubwolke aufwirbeln. Die Kinder schreien.

»Mir nach!«

Dryden schwingt sich mit erhobenem AK-47 aus dem Fahrzeug, Ahmad dicht neben ihm.

Die Verfolgerfahrzeuge sind in den Staub gerast und entsprechend geblendet.

Hinter dem Heck des Minibusses geht Dryden auf ein Knie, zielt, als die Wagen aus dem Staub auftauchen, und eröffnet das Feuer.

Aus dem Fahrzeug strömen Schützen. Das Rattern der Kugeln ist ohrenbetäubend. Drydens Körper bebt unter dem Rückstoß des Gewehrs an seiner Schulter. Drei Feinde am Boden. Vier. Fünf.

Dann folgt eine wilde Salve aus dem anmontierten Gewehr, die beinahe den Minibus in Stücke reißt. Dryden hat das Gefühl, mit dem Kopf in einem Fass zu stecken, gegen das man mit einem Hammer schlägt, und kann die Lautstärke nicht herunterdrehen.

Er tippt Ahmad auf die Schulter. Dieser erwidert schrecklich langsam das Feuer. Dryden rennt in den Rauch, das Kinn an die Brust gezogen. Er klettert auf das Fahrzeug und erwischt den Mann hinter dem anmontierten Gewehr, dessen schockiert aufgerissene Augen Leuchttürme in der Dämmerung sind. Dann gehen die Zwillingslichter aus, als Dryden tut, wofür er ausgebildet wurde.

Der Schütze ist nur ein Kind.

Dryden kann nichts hören. Es ist, als hätte man ihm Mullbinden in die Ohren gestopft. Seine Zähne schmerzen.

Dryden hört Blut heruntertropfen. Er betrachtet seine roten Hände.

Sie nehmen sich das vorderste Fahrzeug, das stümperhaft mit Metallplatten gepanzert wurde. Dryden gibt Vollgas. Die Grenze ist eine Ziellinie, so nah, dass er sie schmecken kann.

»Fast da«, sagt Ahmad und greift nach hinten, um seinem kleinen Sohn das Knie zu drücken. Seine Tochter hat den Kopf zwischen die Beine gesteckt und die Arme über die Ohren gepresst. »Fast da.«

In der Nähe fallen Schüsse. Der tiefblaue Himmel leuchtet rot und weiß auf.

»Ihr fahrt in eine Kollision zweier kleiner nicht identifizierter bewaffneter Gruppierungen«, warnt Aisha. »Die eine benutzt eine Kanone aus dem neunzehnten Jahrhundert, die andere ist mit Drohnen ausgerüstet.«

Dryden blickt in den Rückspiegel. Zunächst kündigt tiefes Propellerbrummen das Fluggerät an. Dann erscheinen die große Nase und das V-Leitwerk des Teils – wahrscheinlich ist es mit einer Kamera und Sensoren ausgerüstet. Dryden hofft, dass es auf sein eingestelltes Ziel zufliegt und ihn ignoriert. Aber wer auch immer es steuert, hat das gepanzerte Fahrzeug entdeckt und entsprechend hat die Drohne nun ein neues Ziel.

»Nein, nein, nein, wir sind *so nah dran*«, flucht Ahmad und schlägt gegen das Armaturenbrett.

Heulend nähert sich die Drohne.

»Halt den Wagen ruhig«, sagt Ahmad.

»Was machst du da?«

Ahmad klettert an seiner Familie vorbei auf die Ladefläche des Trucks, nimmt am Maschinengewehr Stellung und schwingt es herum, um die niedrig fliegende Drohne herunterzuholen. Das Rattern des Gewehrs übertönt das Weinen der Kinder. Kreischend nähert sich als Gegenangriff eine Rakete. Dryden weicht aus, beinahe kippt der Wagen, erlangt die Bodenhaftung jedoch wieder, als Ahmad taumelt, sich aber festhält.

Vor ihnen wartet die Grenze, eine unsichtbare Linie, deren Entfernung in Kilometern Aisha herunterzählt: fünf, vier, drei …

Plötzlich heult es in Drydens Gehör derart laut auf, dass er beinahe die Augen schließt, doch er tut es nicht, denn im Rückspiegel sieht er, wie Ahmad jubelt, als die Drohne schwankt und ausbricht, aber erst nachdem sie einen letzten goldenen Pfeil abgeschossen hat.

Ahmad sackt zusammen.

Auf der Rückbank des Fahrzeugs hat Khadija Ahmad die Arme um die Brust geschlungen und drückt ihn an sich. Aus seinem Bein fließt das Blut in Strömen. Ihre Tochter presst ein Stück Stoff gegen die Wunde. Heulend hockt der kleine Junge im Fußbereich. Das Baby schreit. Ohne es zu bemerken, überqueren sie die Grenze.

Der Austausch findet in der Wüste statt. Die Schmuggler werden von einem Konvoi aus Jeeps erwartet. Hinter felsigen Hügeln versteckt, beobachtet Dryden das Geschehen, während Khadija ihn anfleht, das Schwert zu vergessen und weiterzufahren, um medizinische Ausrüstung zu suchen. Im Scheinwerferlicht sind die Akteure vor dem Hintergrund erloschener Sterne zu sehen. In der Mitte steht eine große Gestalt in majestätischer Haltung, das Kinn vorgestreckt, die Schultern durchgedrückt. Er bewegt sich mit großen Schritten. Als man ihm das Schwert zeigt, hält er es an dem mit einem tanzenden Bären verzierten Griff und schwingt die Klinge, sodass der Schmuggler nach hinten springt. Dryden erkennt ihn aus dem Bericht, den die Q-Abteilung über die Gäste auf Lisl Baums Geburtstagsparty zusammengestellt hat. Es handelt sich um Friedrich Hyde – der Antiquitätensammler, der an die größten Institutionen der Welt verkauft, ist Kristos' Engländer, der Perverse, der wollte, dass der Pooljunge im minoischen Dorf nackt posierte. Er erwirbt nicht nur Objekte, an denen fragwürdiger Dreck klebt – er fährt persönlich zur iranisch-afghanischen Grenze, weil er glaubt, dass es *Spaß* machen wird. Nun hat Dryden ihn im Blick. Er wird Hyde das Schwert verkaufen und das Geld an die Person überweisen lassen, die die Grey Group leitet und mit dem Gewinn Terroristen finanziert. Der MI6 wird Rattenfängers Banker identifizieren. Doch noch nie fühlte sich ein Sieg derart hohl an.

»Du hast es versprochen«, sagt Khadija. »Du hast versprochen, dass du uns rausholst.«

In der Leere der Wüste kann Dryden ihr keinen falschen Trost spenden. Wird Ahmad es nach Teheran schaffen? Wird es überhaupt jemand von ihnen schaffen?

Der britische Botschafter in Teheran ist überrascht, als man ihn mit der Nachricht weckt, dass in der Eingangshalle eine Doppelnull mit einer afghanischen Ortskraft, einer Frau und drei Kindern warte. Offenbar hatte die Doppelnull »Nein« oder »Warten Sie« nicht als Antwort akzeptiert, sondern stattdessen gefordert, dass sich ein Arzt um den Dolmetscher kümmern solle und die Familie sofort ins Vereinigte Königreich evakuiert werde. Als man ihn gefragt hat, ob das von London genehmigt sei, gab die Doppelnull eine Antwort, die man in feiner Gesellschaft nicht wiederholen würde. Der Botschafter ruft M an, der darum bittet, mit seinem Agenten zu sprechen. Das Telefonat von M und der Doppelnull dauert so lange, dass der Botschafter Small Talk mit dem Dolmetscher macht, der auf das Parkett blutet. Als die Doppelnull auflegt und zu der Familie zurückkehrt, die in der Eingangshalle wartet, gibt er das Militärhandzeichen zum Vorrücken. Darauf seufzt der Dolmetscher und legt die Hand aufs Herz.

Was Ahmad sagen will, flüstert er Dryden ins Ohr. »Jetzt glaube ich, Joe. Und das solltest du auch tun.«

Diese Worte hängen schwer in Aishas und Ibrahims Büro. Ibrahim verlässt den Raum und wendet den Blick ab. Aisha schwingt sanft die Fäuste. Heute kommt es darauf an.

STERNZEIT

29

DER ALBTRAUM

Europa

Wie es der Zufall will, liefert Anna Petrow sich Rattenfänger aus.

Der Mann, der von sich behauptet hat, für das britische Konsulat in Darwin zu arbeiten, gab ihr einen neuen Pass. Sie solle allein nach Europa reisen, umso weniger Aufmerksamkeit auf sich zu lenken, sagte er. Das freute Anna insgeheim. So hatte sie eher das Gefühl, aus eigenem Antrieb zu handeln. Sie wollte keine Gesellschaft. Vielleicht wusste er das. Also flog sie nach Paris. Von dort aus fuhr sie mit verschiedenen Zügen quer durch Europa, wobei die vertraute Mischung aus trockenen Feldern und üppigem Grün mit darin verstreuten Bauernhäusern und gotischen Kirchen ihr die Tränen in die Augen trieb, was die Fahrscheinkontrolleure besorgte und ihr interessierte Blicke von Männern einbrachte, die auf Verletzlichkeit anspringen.

Obwohl der Bahnhof von Narwa laut Landkarte zu Europa gehört, handelt es sich um einen pockennarbigen Kalksteinbau im stalinistisch-korinthischen Stil, der ihr einen kalten Schauer über den Rücken jagt. Die estnische Stadt, die die EU an der östlichsten Flanke der NATO mit Russland verbindet, kennt Anna aus Urlauben mit der Familie. Eilig geht sie an dem Denkmal für diejenigen vorbei, die 1941 und 1949 in Gulags deportiert wurden.

Am Petersplatz folgt sie einer Fremden, als summend die Tür des zwölfstöckigen Plattenbaus aufgeht, auf dessen Dach ein Wasserturm steht, der wie eine eingedrückte Kirchenorgel aus Backstein aussieht. Im zwölften Stock steigt sie aus und genießt von dort aus den Blick auf die barocke Fama-Bastei, die eine Galerie und ein Einkaufszentrum beherbergt. Das Gelände ist von einem hohen Drahtzaun umgeben, der mit Stacheldraht gekrönt ist. Auf der gegenüberliegenden Flussseite schützen ähnliche Zäune Russland und die Festung Iwangarod, deren mittelalterliche, zinnenbewehrte Mauern beinahe einen Wohnblock aus der Sowjetzeit verdecken, der diesem hier nicht unähnlich ist. Wie eine dunkle Vorahnung erinnert die Festung Anna an das Bild des Turms auf den Tarotkarten. Sie tadelt sich, dass sie nicht albern sein soll. Quer über die Brücke zieht sich eine rote Linie. Hier fließt kein Verkehr, da der Krieg in der Ukraine für starke Spannungen sorgt.

Ein Geräusch lässt Anna zusammenzucken – ihr klappern die Zähne. Sie eilt zur letzten Wohnung, deren Adresse ihr von dem Konsulatsmann gegeben wurde, der keine Angst vor Krokodilen hatte. Ihr erstes Klopfen ist zu leise. Sie klopft fester an.

Der Soldat von der Work-and-Travel-Farm öffnet ihr. Er trägt blaue Gummihandschuhe.

Estland stellt für den Menschenhandel ein sogenanntes Ziel-, Ursprungs- und Transitland dar. Die meisten Opfer stammen aus Russland, Belarus, Moldau, der Ukraine, Bulgarien und

Estland selbst und werden sexuell ausgebeutet oder zu anderen Arbeiten gezwungen. Einige Migranten werden mit dem Ziel Europa über die russische Grenze geschmuggelt. Anna weiß nicht, in welche Richtung sie gebracht wird. Man steckt sie mit verbundenen Augen in den Laderaum eines Kleintransporters, und als sie von fremden Händen gepackt und herausgezerrt wird, befindet sie sich in einer Lagerhalle, die überall stehen könnte. In dieser Lagerhalle werden noch weitere Frauen festgehalten. Einige sind still – wie Zombies. Andere schreien. Wieder andere können vor Angst kaum atmen. Man zerrt und stößt sie umher, zwingt sie, in blendendes Licht zu blicken, schreit und fasst sie an, zieht sie nackt aus und fotografiert sie, lacht sie aus, schlägt sie nieder und treibt sie in andere Kleintransporter. Ein Albtraum entspinnt sich um Anna – es muss einfach ein Albtraum sein. Jetzt wäre der richtige Zeitpunkt für James Bond, sein Versprechen einzulösen.

Aber es kommt keine Rettung.

Ein anderer Kleintransporter, ein anderer Sack über dem Kopf. Andere Männer. Eine Bergstraße. Zwischendurch Schüsse. Man zwingt ihr Nahrung in den Mund. Ein schwaches Feuer brennt. Sie ist durchgefroren bis auf die Knochen. Anna packt mit bloßen Händen ein brennendes Scheit und schlägt dem Mann, der ihr am nächsten steht, ins Gesicht. Sie schafft es einige Meter in die Nacht, bevor jemand sie zu Boden ringt und der Mann, der nun wie Schweinebraten riecht, in gebrochenem Englisch sagt, dass er ihr beim nächsten Mal die Kniesehne durchtrennt. Schließlich muss sie ja nicht stehen können.

Unter blendendem Licht tätowiert man sie mit rostiger Nadel. Die Tätowierung zeigt man ihr in einem Spiegel. Ein

Strichcode im Nacken. Eine ausgedehnte Sekunde lang suggeriert Anna das Blut, das ihr durch die Ohren rauscht, dass sie tot ist. Doch das ist sie nicht und das alles hier geschieht tatsächlich.

Die anderen Frauen, mit denen Anna diesen Albtraum durchlebt, werden mit Strichcodes versehen und in die Prostitution verkauft. Am Dienstag findet der Verkauf statt, der Tag, an dem Johanna Harwood das Ende von allem erreicht und Ventnors Leiche entdeckt. Der Gewinn geht an Teddy Wiltshire, dem man einschärft, die übliche Banküberweisung an den Banker nicht zu tätigen, weil Q seine Konten überwacht und die verschlüsselten Datensätze über Geld, das den Besitzer wechselt, knacken kann. Stattdessen soll er einen Boten nach Dubai schicken, wo das Geld mit nicht nachverfolgbaren Diamanten gewaschen wird. Der sechstägige Countdown läuft an. Am Montag findet irgendwo auf der Welt ein Terroranschlag statt, aber das weiß niemand. Nicht dass irgendwas davon die Frauen, deren Leben für Teddy Wiltshire lediglich eine Ware ist, interessieren würde.

Wieder der Sack über dem Kopf, der nach ihrer Kotze stinkt – irgendwann muss sie sich erbrochen haben. Hände auf ihrem Körper – sie verliert das Bewusstsein, wessen Körper?

Dann eine Ohrfeige. Wasser in ihrem Gesicht. Kein Sack. Man fährt ihr mit den Fingern durch die Haare, zwickt sie in die Wangen. Eine Lampe. Ein Laptop, das grüne Licht einer Kamera. Vom Bildschirm aus beobachtet sie ein Mann. Ein Mann mit nacktem Oberkörper, der mit *Vor*-Tätowierungen übersät ist. James hat ihr gesagt, dass sie sich Details merken soll, also betrachtet Anna sein Boxergesicht und das Gemälde im Hintergrund, in dem sie *Das Konzert* von Johannes

Vermeer wiedererkennt, das 1990 aus dem Isabella Stewart Gardner Museum in Boston gestohlen wurde, wo noch immer der leere Rahmen hängt. Als der Mann grinst, funkelt sein Mund vor Gold.

»Schon fast zu Hause, Anna. Dein neues Zuhause. Keine Flucht mehr. Auf dem freien Markt könnte ich für dich zusammen mit den anderen Frauen einen guten Preis bekommen. Aber es gibt Leute, die andere Pläne mit dir haben. Sei dafür dankbar. Ein hübsches, warmes Zuhause mit Wachmännern, die dich beschützen, Gourmetgerichten, ägyptischer Baumwolle und einer Dusche mit starkem Wasserdruck. Was für ein Glück. Die anderen Mädchen kehren nicht nach Hause zurück. Merkst du nicht, was für ein Glück du hast, Anna? Bist du nicht dankbar?«

Eine Faust an ihrem Arm schüttelt sie durch.

Anna nickt.

»Braves Mädchen. Ich bin ein gütiger Mann, Anna. Das sagen alle über Teddy Wiltshire.«

Anna merkt sich den Namen. Leckt sich über die Lippen. »Werden Sie mein Gastgeber sein?«

Ein lautes Lachen ertönt. »Nein, unglücklicherweise leistest du nicht mir Gesellschaft. Wir bringen dich wieder mit deinem früheren Liebhaber zusammen. Mal sehen, ob du sein Feuer wieder entfachen kannst. Leider ist das in letzter Zeit praktisch erloschen.«

Hoffnung lässt ihre Haut kribbeln wie Gänsehaut. »James?«, flüstert Anna.

Das Monster beugt sich so nah an die Kamera, dass das Quadrat seines Bildausschnitts von seinem Atem beschlägt. »Ganz genau, Anna. James erwartet dich.«

TEIL IV

VERKAUFT

SECHS TAGE BIS ZUR DETONATION

30

DIE MONDSTADT

Altaigebirge · Mittwoch · Sechs Stunden vor der Greenwich-Zeit, fünf Stunden vor der venezianischen Zeit

Vielleicht besagen die Gerüchte unter den Einheimischen, dass die Freimaurer am Ende von allem eine Mondstadt errichtet haben, weil die menschliche Fantasie darauf besteht, dass das Leben auf dem Mond so aussehen wird.

Die geodätische Kuppel, aus einem leichten Aluminiumrahmen und dreieckigen Platten erbaut, wurde ursprünglich von Buckminster Fuller erdacht und bei Weltausstellungen eingesetzt, auf die man den amerikanischen Traum exportierte. In der Kuppel präsentierte man Autos von Ford und beherbergte Radargeräte am Südpol. Buckminster Fuller sah in der geodätischen Kuppel die Zukunft des Raumschiffs Erde, auf dem wir alle Astronauten sind: Es liegt in unserer Verantwortung, unsere globale Heimat auf ihrer Reise sicher zu steuern. Im Gegensatz zu anderen Idealisten seiner Zeit richtete er sein Augenmerk auf den Militär- und Industriekomplex, dessen Hubschrauber Rahmen und Platten in die unwirtlichsten Gegenden der Erde transportieren konnten. Die NASA betrachtete Antarktika und den Weltraum als ähnliche Grenzen und Entwickler blickten aus Buckminster Fullers schneebedeckter Radarkuppel hinauf zum Mond und skizzierten Kuppelstädte für die zukünftige Kolonialisierung des Weltraums. Das Versprechen einer Utopie.

Irgendwann errichtete jemand eine geodätische Kuppel im Altaigebirge. Vielleicht waren es die Freimaurer oder irgendein verrückter milliardenschwerer Verschwörungstheoretiker, der sich auf das Ende aller Zeiten vorbereitete, um den Rest von uns hinter sich zu lassen wie irgendeinen weiteren Elefantenfriedhof.

Noch aber ist diese Zeit nicht gekommen.

Johanna hat den Bau durch die Kameralinse ihres Vaters analysiert. Es gibt nur einen Weg hinein: den Eingang in die zentrale Kuppel, eine Tür ohne Klinke, hinter der ein kurzer Tunnel liegt. Hinter der Kuppel führt ein längerer Tunnel zu einem Turm, an dessen Spitze eine bis zum Rand mit Schnee gefüllte Schüssel steht. Dahinter steht ein mit Netzen am Boden festgemachter Hubschrauber. Der bewaffnete Wachmann, der an der Tür aufgetaucht ist, hat den Schnee durch ein Fernglas beobachtet. Vielleicht hat ihre Anwesenheit einen Alarm ausgelöst. Doch seine Untersuchung war planlos und er kehrte so schnell ins Innere zurück, wie es die Würde seines Berufsstands gestattet, wenn nicht sogar etwas früher. Sicher erscheint es Teddy Wiltshire völlig unmöglich, dass irgendjemand auf die Idee kommen könnte, hier nach ihm zu suchen, und erst recht, dass er ihn tatsächlich finden könnte. Und selbst dann käme ein Angriff mit der Vorwarnung durch Hubschrauberrotoren. Wer würde bitte versuchen, allein und zu Fuß die Schneefestung zu erobern?

Wer schon?

Johanna Harwood weiß inzwischen, wo der Generator liegt, und würde darauf wetten, dass der Wachmann wieder herauskommt und die Tür öffnet, wenn sie den Schalter umlegt. Wenn man eine Theorie aufgestellt hat, muss man sie testen, wie Sid sagen würde.

Nichts geht über Realbedingungen.

Der Angriff dauert weniger als zehn Minuten. Jede davon ist rot getränkt.

Als der Wachmann die Tür aufdrückt, hält Harwood ihm den Mund zu. Sie schlitzt ihm mit ihrem Opinel die Kehle auf und lässt seine Leiche in ein Grab aus blutrotem Schnee fallen.

Hinter sich zieht sie die schwere Tür zu. Auf dem Boden ist Teppich ausgelegt, der sich von der Umgebung, durch die sie geklettert ist, derart abhebt, dass sie sich am liebsten hinknien und seine Echtheit überprüfen würde. Sofort schwitzt sie in der Wärme, sodass ihr die Kleidung am Körper klebt. Es gibt kein Licht. Harwood setzt die Kapuze ab, behält aber die Skibrille auf. Aus den Tiefen der Kuppel hört sie Schreie und geht weiter, in einer Hand die Pistole, in der anderen das Messer.

Der nächste Wachmann kommt um die Ecke in den Tunnel und rennt sie beinahe um. Harwood treibt ihm die Klinge durchs Kinn bis ins Hirn, sodass er keinen Laut von sich gibt. Sie lässt ihn zu Boden gleiten und nimmt ihm das Gewehr ab, das sie sich über die Schulter hängt.

»Was ist das für eine Scheiße?«, ruft jemand aus dem Inneren der Kuppel.

Die Stimme eines Mannes, der glaubt, dass er das Sagen hat.

Während der nächste Wachmann noch auf Harwood zielt, erledigt sie ihn schon mit zwei Schüssen in Brust und Kopf.

Jetzt geht die Party richtig los.

Harwood steigt über seine Leiche und betritt den Hauptwohnbereich. Die Mondstadt wurde komfortabel eingerichtet, aber Johanna hat keine Zeit, sich alles genau anzusehen, während Schüsse abgefeuert werden und die fünf bewaffneten Männer sich hinter dem georgianischen Sekretär, den Vitrinen voller Menschenschädeln oder dem Gemälde von Johannes Vermeer, das auf einer Staffelei steht, verstecken. Als ihr Schrot, Holz- und Metallsplitter gegen die Brille fliegen, hechtet sie hinter ein Sofa. Sie leert das Gewehr und dann das Magazin ihrer Waffe. Die Schüsse klingen ihr in den Ohren nach, obwohl sie und auch sonst niemand mehr feuert. Zögernd steht Harwood auf. Die Luft ist voller Blut und Rauch.

Fünf Tote.

Harwood durchsucht den nächsten Raum. Das Adrenalin trübt ihr die Sicht. Mannschaftsquartiere. Duschen. Küche. Keine verstärkten Zellentüren. Kein James.

Bleibt nur noch ein Raum, vor dem in einem Flur ein Leopardenfell liegt.

Hinter der verschlossenen Tür hört sie jemanden.

»Ich schieße Ihnen den verdammten Kopf weg!«

Harwood schmiegt sich an die Wand. Die Tür besteht aus Holz. Wahrscheinlich befindet sich dahinter Wiltshires Schlafzimmer und Teddy hat sich darin verschanzt. Sie kennt den Grundriss nicht und kann ihn nicht herauslocken.

Eine Pattsituation.

Für ein Patt hat sie keine Zeit.

Harwood zieht sich zurück. Sucht sich die dünnste Leiche aus, einen Mann Mitte dreißig mit *Vor*-Gefängnistätowierungen im ganzen Gesicht. Sie packt ihn mit dem Gamstragegriff und schleppt ihn zum Leopardenfell. Kurz denkt sie an den weißen Tiger von Sir Bertram, mit dem er 004 gefoltert hat, der weiße Tiger, der Paradise schließlich getötet hat. Sie fragt sich, ob derselbe Janus für Pflanzen und Tiere, der 005 hier hochgelockt hat, Paradise den Tiger verkauft hat. Die Grey Group verfügt über zu viele Tentakel. Vielleicht kann sie heute einen davon abhacken.

Harwood hievt den Toten auf die Beine, hält ihn mit einer Hand am Gürtel fest, damit er nicht zusammensackt, und benutzt ihn als Schutzschild.

Dann tritt sie die Tür ein.

Teddy Wiltshire schießt dem Mann mit seiner Schrotflinte den Kopf weg. Harwood lässt die Leiche los und wirft sich zu Boden, schießt dabei aus der Hüfte und bringt Teddy Wiltshire zu Fall.

Die Kugel trifft Teddy Wiltshire am Oberschenkel. Nur mit einer Hose bekleidet, liegt er auf der Schwelle zwischen Schlafzimmer und Badezimmer, hat ein Handtuch über die Schulter geworfen und hinter ihm dampft es. Als er auf dem Betonboden aufschlägt, schießt er erneut. Der Schuss streift Harwood, doch sie lässt ihre Waffe nicht fallen, sondern feuert ein weiteres Mal, während sie über das Parkett rutscht und gegen das Himmelbett prallt. Der zweite Schuss geht durch seinen Arm und schleudert ihn gegen die Betonbadewanne, sodass er mit dem Kopf auf der Kante aufschlägt. Harwood kämpft sich hoch, rutscht beinahe auf seinem Blut aus, bewahrt aber das Gleichgewicht und tritt die Schrotflinte weg, dann stellt sie sich über seine zuckenden Beine. Sie spannt ihre Pistole und drückt sie ihm gegen die Stirn.

»Marilyn Aliyeva hat mich geschickt«, sagt Harwood. »Sie will, dass Sie den toten Mann markieren.«

Er lacht. »Sind Sie dafür nicht etwas zu spät?«

Harwood kribbelt es an der Kopfhaut. Er sieht an ihr vorbei aufs Bett. Schnell wirft sie einen Schulterblick hinüber. Marilyn Aliyeva, Teddy Wiltshires Geliebte, der Harwood ein neues Leben in Sicherheit versprochen hatte, liegt diagonal auf dem Himmelbett und trägt einen Seidenmorgenmantel in der Farbe des Mittelmeers an einem Sommertag. Sie rührt sich nicht. Eine Stimme aus der Vergangenheit sagt Harwood, dass sie ruhig bleiben muss. Bei der Triage muss man kühl und schnell entscheiden. Marilyns Brust hebt und senkt sich. Aber sie blutet aus der Kehle. Ein fünf Zentimeter langer Schnitt.

»Der erste Schritt bei jedem guten Fluchtplan ist, Ballast loszuwerden«, erklärt Teddy.

Harwood starrt auf ihn hinunter. Ihre Waffe wiegt eine Tonne. Mit einer Kugel weniger wäre sie um einiges leichter.

Triage. Teddy Wiltshire blutet aus Bein und Arm. Stopp die Blutung, damit du ihn befragen und James Bond finden kannst.

Marilyn Aliyeva verblutet. Die Sekunden, in denen du Teddys Blutung stoppst, könnten ihre letzten sein.

»Wo ist Ihr Erste-Hilfe-Kasten?«

Teddy blickt zum Spiegelschrank über dem Waschbecken.

»Ich bin Chirurgin. Wenn Sie kooperieren, kann ich Ihnen das Leben retten.« Teddy heult auf, als sie ihn am blutenden Arm packt und mit dem Gesicht voran in den Boden rammt. Sie schnappt sich ein Handtuch und bindet seine Arme über der Wunde zusammen, dann fesselt sie ihm mit einem weiteren die Knöchel. Ein drittes drückt sie ihm gegen den

Oberschenkel. »Bleiben Sie hier und denken Sie heilende Gedanken.«

Harwood steckt sich die Waffe in den Gürtel, nimmt alle übrigen Handtücher mit und rennt zum Bett. Sie ist so vorsichtig wie noch nie in ihrem Leben, als sie Marilyn das kleine weiße Handtuch an die Kehle drückt. Dann schiebt sie ihre Lider hoch. Glasig und keine Reaktion. Verdammt. Gottverdammt. Das darf nicht geschehen. Harwood lagert Marilyns Kopf hoch. Das wird nicht geschehen. Sie geht zum Schränkchen zurück, stößt Zahnpasta und Rasierschaum zur Seite, reißt den Erste-Hilfe-Kasten auf und nimmt den Inhalt mit zum Himmelbett. Als Teddy den Arm nach ihr ausstreckt, tritt sie darauf, dann wäscht sie sich die Hände, das Wasser so heiß, wie sie es nur ertragen kann, und noch heißer.

»Das wird *nicht* geschehen.«

Als Teddy auf dem Badezimmerboden sagt: »Sie müssen Johanna sein. Die Frau mit den heilenden Händen. Wie ich höre, redet James die ganze Zeit von Ihnen«, hat sie die innere Wunde bereits genäht.

Beinahe lässt Harwood die Nadel fallen, doch sie fängt sich. Marilyns Puls ist schwach.

»Kennen Sie ihre Blutgruppe?«

Teddy lacht.

»Sie ist seit zehn Jahren Ihre Geliebte«, fährt Harwood fort. »Ist Ihnen völlig egal, ob sie in Ihrem Bett verblutet?«

»Was glauben Sie denn?«

Harwood flucht. Ihr rinnt der Schweiß übers Gesicht. »Haben Sie ein Bluttransfusionsset für den Notfall hier?«

»Ich glaube schon. Aber wahrscheinlich ist das Blut abgelaufen. Ist eine Weile her, dass ich hier hochkommen musste, und alles war so hektisch, da habe ich kaum Notfallausrüstung mitgenommen.«

»Aber Sie hatten genug Zeit, eine Frau zu entführen, deren Leben Sie schon …« Harwood atmet durch und beruhigt sich. »Haben Sie die Blutgruppe Ihrer Männer irgendwo verzeichnet? Wissen Sie, ob einer von denen Null negativ hat?«

»Ich«, sagt Teddy. »Aber es tut mir leid, Ihnen das sagen zu müssen, Dr. Harwood – mir geht es nicht besonders.«

Harwood funkelt ihn giftig an. »Wehe, Sie sterben mir hier weg!«

»Dann tun Sie was dagegen.«

Harwood schüttelt den Kopf. Sie widmet sich der nächsten Reihe Stiche. Dann ruft sie: »Wo ist James?«

»Mein Gedächtnis lässt mich im Stich. Sie wissen ja, wie das ist …« Er spricht immer langsamer.

»Sind Sie der Boss? Menschen, Diamanten, Antiquitäten, mit denen Sie Terrorismus finanzieren – sind Sie der Boss des Ganzen?«

Keine Antwort.

Harwood wischt sich mit dem Unterarm über den Mund. Die letzte Reihe. Marilyn braucht sofort eine Transfusion.

»Haben Sie wirklich Null negativ?«

Nichts.

»Wo ist das Transfusionsset?«

Nichts.

»Bleib bei mir, Marilyn. Bleib bei mir. Oh Gott, bitte nicht schon wieder.«

In einer Truhe findet Harwood saubere Bettwäsche und reißt sie in Streifen, die sich sofort rot färben – mit ihrem eigenen Blut. Scheiße. Wieder wäscht sie sich die Hände und stoppt mit der Bettwäsche die Blutung an ihrem rechten Arm, dann beginnt sie von Neuem. Während sie Marilyn die Kehle verbindet, singt sie ein Kinderlied, das ihre Grandmaman besonders mochte:

Un crocodile, s'en allant à la guerre
Disait au revoir à ses petits enfants
Traînant ses pieds, ses pieds dans la poussière
Il s'en allait combattre les éléphants

Ah! Les crocrocro, les crocrocro, les crocodiles
Sur les bords du Nil, ils sont partis n'en parlons plus …

Marilyns Puls wird kräftiger. Harwood versucht, sich daran zu erinnern, was als Nächstes passiert, nachdem das Krokodil die Ufer des Nils verlässt, um gegen die Elefanten in den Krieg zu ziehen. Doch sie erinnert sich nur noch daran, wie ihre Großmutter ihr die Haare aus den Augen strich, genau wie Harwood es nun bei Marilyn tut, bevor sie aufsteht und sie zudeckt.

Das Bluttransfusionsset findet Harwood in der Küche, zusammen mit Hundefutter in einen Schrank gestopft. Das Blut ist nicht mehr zu verwenden, das Transfusionsbesteck aber unbeschädigt.

Kann sie darauf vertrauen, dass Teddy Wiltshire wirklich die universelle Blutgruppe hat, oder versucht er nur, am Leben zu bleiben? Sie selbst ist AB negativ, die seltenste Blutgruppe, die nur mit einem Prozent Wahrscheinlichkeit zu Marilyn passt.

Bleibt nur die Hoffnung.

Blick dem Krokodil ins Maul und sieh, was es für dich bereithält.

31

EINE SEITE WÄHLEN

Venedig · Mittwoch

Venedig erscheint Joseph Dryden so weit von Afghanistan entfernt, dass ihm das Bild von Hannibal und dessen Elefanten in den Sinn kommt. In Rom sah sie niemand kommen. Nun überquert das Flugzeug genau diese Alpen mit ihren weißen Gipfeln, die an der Himmelskuppel kratzen und Wolken wie Kupferspäne verteilen. Das Schwert befindet sich im Freihafen Mestre, das Ende einer undurchdringlichen Kette, die Schmuggler und Mittelsmänner in Zollämtern miteinander verbindet. Sie alle sagen sich, dass es nur eine Unterschrift ist, sie nur einmal wegsehen, und was macht das schon, wenn sie dadurch ihre Arztrechnungen oder die Schule ihrer Kinder bezahlen können? Dieses System hat die Grey Group perfektioniert, und während unter Dryden das Festland von Lagunen abgelöst wird, überkommt ihn das Gefühl, dass er in diesem ganzen Spiel nur ein Bauer ist.

Auf seinem Sitz zusammengesunken, fühlt sich Dryden alt und müde, ein Kriegselefant, den man ohne Wärme oder Futter zum Weitermarschieren zwingt. *Wenn du eines Tages den Dienst quittierst, stirbst du innerlich.* Das hat Luke einmal gesagt und Dryden stimmte ihm zu. Aber Afghanistan hat ihn seiner Kraft beraubt. Alles fällt auseinander und die blaugrünen und terrakottafarbenen geometrischen Strukturen, die sich unter ihm erstrecken, versprechen eine Schönheit, die ganz sicher trügerisch ist.

In seinem Kopf erklingt Moneypennys Stimme. »Sind Sie bei uns, 004?«

Er kratzt sich an der Wange. »Wissen Sie, manchmal kann ich kaum glauben, dass Q nicht meine Gedanken liest.«

»Warum?«, fragt Moneypenny sanft. »Sind Sie nicht bei uns?«

»Sie klingen, als müssten Sie mich wie ein rohes Ei hüten«, murmelt Dryden in die vorgehaltene Handfläche und schielt kurz zu dem schlafenden Geschäftsmann auf der anderen Gangseite.

»Ich weiß, dass Afghanistan Spuren hinterlassen hat«, meint Moneypenny.

»Dafür sollte jemand bezahlen.«

»Wie dem auch sei, putz dir den Schwanz trocken und rein in die Socken, Soldat.«

Dryden lacht so laut, dass er es als Hustenanfall tarnen muss. Er lockert die Schultern. »Ich bin immer bei Ihnen, Ma'am. Wie ist die Lage?«

»Das Objekt ist im Freihafen von Mestre zum Stillstand gekommen.«

»Befehle?«

»Q beobachtet den Freihafen. Sie sollen sich mit Dreifachnull treffen. Sie finden Ihn heute Abend mit Lisl Baum im Palazzo Ca'Giustinian. Der Präsident der Biennale gibt eine Party. Alle Großen und Wichtigen der Kunstwelt werden kommen. Dreifachnull glaubt, dass er den Antiquitäten-Janus

Friedrich Hyde im Visier hat. Tun Sie sich zusammen und verfolgen Sie die Zielperson. Wahrscheinlich wickelt er den Verkauf ab, bevor er den Käufer das Schwert sehen lässt. Lassen Sie den Verkauf über die Bühne gehen. Unsere Priorität ist, das Geld bis zum Boss zu verfolgen. Sobald der Verkauf stattgefunden hat, setzen Sie Friedrich Hyde fest. Aber er muss den Verkauf unbedingt durchführen. Nichts darf verhindern, dass er stattfindet, damit wir das Geld bis zum Göttervater verfolgen können. Notfalls werden Sie zum Schutzengel dieses Hurensohns.«

Dryden lacht auf. »Ja, Ma'am. Wie lautet unsere Tarnung für die Party?«

»Dreifachnull hat sich als Kunsthändler etabliert, der Ms Baum datet.«

»Natürlich hat er das. Lassen Sie mich raten, und ich soll ein Kellner sein?«

»Wofür halten Sie mich?«, fragt Moneypenny. »Sie erwartet ein Zimmer im Palazzo Gritti. Sie haben die Suite unter Ms Baum und über Friedrich Hyde. Aisha schickt Ihnen das Briefing dorthin. Mir tut es nur leid, dass wir noch keine neue Uhr für Sie haben. Im Kleiderschrank finden Sie passende Garderobe. Viel Vergnügen.«

Ein Wassertaxi bringt Dryden in die Stadt der schwimmenden Träume. Er war noch nie in Venedig und wundert sich zunächst, dass der Glamour des Lido abgenutzt scheint und die bonbonfarbenen Gebäude in Rosa, Orange und Gelb auf den vorgelagerten Inseln baufällig sind, da ihr Backstein bröckelt, sodass die Häuser ihre Röcke anzuheben scheinen und darunter lange, magere Beine enthüllen, auf denen sie im türkisfarbenen Wasser stehen. Aber bald schon fasziniert ihn der Canale Grande mit seinem Stolz, die größte Show der Welt zu präsentieren: Glocken läuten, Gondoliere stützen sich wie gestreifte Störche auf ein einzelnes Ruder, Taxen schieben das Wasser zwischen sich hin und her, Barken transportieren Obst und Gemüse, Boote sind bis oben mit dem Gepäck der Touristen beladen, Müllbarken kreuzen Barkassen von Rettungsdienst und Polizei. Und auf den gepflasterten Straßen verschwinden die Menschenmengen in den engen *Calli* und tauchen wieder auf, wie durch die Laune eines Malers, der die Schichten eines Palimpsests aufträgt. An Kirchen und Palästen sind Banner mit der Aufschrift »*Eventi Collaterali*« gespannt, sie weisen auf Ausstellungen hin, die parallel zur Biennale stattfinden. Bei dieser Wortwahl pult Dryden imaginären Sand unter den Fingernägeln hervor. In seiner Welt steht kollateral für Kollateralschäden und er fragt sich, ob er seine Versprechen halten kann oder ob das Schwert, das er den Plünderern zugeführt hat, für immer verloren geht und das afghanische Kulturerbe erneut zum Kollateralschaden wird. Es geht nicht nur um die Geschichte. Das Kulturerbe vermittelt ein Identitätsbewusstsein. Es sorgt für den Fortbestand der Kultur. Für Tourismus und kulturellen Austausch. Geld, Arbeit, Industrie. Über all das verfügt Venedig. Er atmet die salzige Brise ein und es fällt ihm schwer, wieder auszuatmen.

La Biennale di Venezia fand 1895 zum ersten Mal statt. Jedes Jahr verwandelt sich die Stadt in eine lebendige Galerie, im Wechsel für Kunst oder Architektur. In dieser Saison werden etwa eine halbe Million Menschen durch die Länderpavillons im Giardini della Biennale und die Hauptausstellung im Arsenale strömen, um zu bestaunen, was Künstler aus aller Welt sich zurzeit einfallen lassen. Für die

Allgemeinheit wird die Ausstellung in zwei Tagen geöffnet, doch vorher dürfen diejenigen, die zum Club gehören, die Vorpremieren und Drinks und Auszeichnungen genießen. Dryden wird klar, dass er, vielleicht zum ersten Mal in seinem Leben, ebenfalls zum Club gehört.

Auch wenn die Kunst auf der Biennale nicht zum Verkauf steht, will man hier als Händler gesehen werden, denn viele der Ausstellungsstücke gehen anschließend zur Art Basel, wo aus einem Handschlag in Venedig eine Banküberweisung wird. Antiquitätenhändler mischen ebenso mit, indem sie die Geschichte aus einem zeitgenössischen Blickwinkel präsentieren – indische gefärbte Seidenstoffe werden gekauft, weil sie Rothko-Malereien ähneln. Jedes Land von Albanien bis Zimbabwe nimmt teil, und obwohl auf dem Gelände nicht gehandelt wird, wird dennoch Politik gemacht. Hier trifft sich die ganze Welt. Und die ganze Welt sieht zu.

Im Sonnenuntergang fährt das Wassertaxi am Palazzo Ducale vorbei, ein wunderschönes, blutrotes Spektakel über den Kuppeln und Türmen, das die rosa Mauern noch tiefer erröten lässt. Dryden steigt aus dem Boot. Er drückt sich am unauffälligen Eingang von Harry's Bar entlang, über Kopfsteinpflaster, das in farbenfrohen Mosaiken vergangene Fluggesellschaften anpreist, und kommt auf der Piazza San Marco heraus, wo die Basilika und der Campanile von Touristen umzingelt sind, die mit erhobenen Handys Miniaturen davon erstellen. Doch er kann die zynische Haltung nicht durchhalten, sosehr er sich auch bemüht, der Schönheit seiner Umgebung zu widerstehen, sie sogar zu hassen, weil ihn der beißende Hunger von Ahmads Kindern noch verfolgt. Die Lichter in den Bogenfenstern der Procuratie Vecchie über dem Säulengang wirken wie Tausende Schminktische, die sich durch die Spiegelung im von Seifenlauge nassen Fischgrätpflaster unendlich zu vermehren scheinen. Kinder jagen um einen Mann in zerrissener Jeans herum, der einen riesigen Stab über dem Kopf schwingt und Seifenblasen hinter sich herzieht. Die Tauben hören ein alarmierendes Geräusch, vielleicht ein Gewitter in der Ferne, und fliegen ohne sichtbaren Grund in einem Schwarm vom roten Backsteinturm des Campanile auf. Sie gleiten tief über das Orchester hinweg, das vor dem Caffè Florian eine Melodie anstimmt, um den Abend einzuleiten.

Dann wird der Fluchtgrund offensichtlich, als zwei Bronzefiguren die Glocke auf dem Dach des Torre dell'Orologio schlagen. Das Ziffernblatt der Uhr ist blau und golden in einem Ring aus Marmor. Ein goldener Zeiger mit Sonnensymbol zeigt die Stunde an. Den Mittelpunkt des Ziffernblatts bildet die Erde und der Mond gleitet um sie herum durch seine Phase, umgeben von funkelnden Sternen. Das Läuten ist der Countdown vor einem HALO-Jump, den ein Sergeant mit der Faust herunterzählt. Dryden eilt über den Platz. Hast du das Gefühl, dass alles auseinanderbricht? Seine Schritte werden entschlossener. Dann tu was dagegen.

Als Conrad Harthrop-Vane sieht, wie Joseph Dryden im blassrosa Leinenhemd von Turnbull & Asser mit Cocktailmanschetten, cremefarbener Hose und einem Jackett in violett-rosa Schachbrettmuster den Ballsaal des Palazzo aus dem fünfzehnten Jahrhundert betritt, verschluckt er sich an seinem Drink. Dreifachnull hat sich für einen grauen Mohair-Anzug mit schwarzem Hemd entschieden und ihm gefällt der Gedanke nicht, dass die Leute ihn nun wie den Besucher einer Beerdigung wahrnehmen, obwohl er bis gerade eben noch mondän wirkte. 004 regt ihn immer auf. Ein Zinnsoldat, den jeder für den König der Löwen hält. Selbst Lisl Baum mustert ihn begierig.

»Die Mühe lohnt nicht«, sagt Harthrop-Vane. »Der ist vom anderen Ufer.«

Sie zieht die perfekt gezupfte Augenbraue hoch. »Woher weißt du das?«

Harthrop-Vane sieht sie so finster wie möglich an und bemüht sich, die aufsteigende Röte in seinen Wangen zu unterdrücken. Soll sie doch glauben, dass sie ihn neckt, ihm Unbehagen bereitet. Das ist ihm schnurzegal. Wie immer in solchen Augenblicken atmet Harthrop-Vane scharf durch die schmale Nase ein und hält die Luft an, als hielte er einen Schatz in Händen – birgt das Geheimnis tief in seinem Innern, das diese täglichen Aufreger erträglich macht. 004 ist vom anderen Ufer, weil Dreifachnull auf der Gewinnerseite steht. Und während die Doppelnullabteilung Harthrop-Vane die ganze Zeit wie ein ungeliebtes, aber verlässliches Arbeitspferd behandelt und gleichzeitig anderen Männern auf die Schulter klopft – sei es nun früher die Bevorzugung von Bond oder Moneypennys Verehrung für 004 –, versorgt er Menschen, die wirklich wichtig sind, mit echter Macht.

Als Sir Emery Dreifachnull zum ersten Mal dem »Star« der Doppelnullabteilung vorstellte, hat James Bond ihn sofort durchschaut. Harthrop-Vane erinnert sich, wie Sir Emery James auf die Schulter geklopft hat, um seine Aufmerksamkeit zu erlangen, genau wie er Dreifachnull in der Schulcafeteria auf die Schulter geklopft hat. Als Jugendlicher war Dreifachnull ein Star auf Botschaftsfeiern und bei Waffengeschäften. In Cambridge war er ein Star, obwohl er nur die Hälfte seiner Kunstgeschichtevorlesungen besuchte. Er war dazu erzogen worden, aalglatt, schön, zu den richtigen Leuten charmant und selbstsicher zu sein. Er wusste, wann er einem Mädchen mit Worten und wann mit der Zunge zum Geburtstag gratulieren sollte. Er konnte zielsicher auf Distanz schießen, einen Mann mit dem Gürtel eines Morgenmantels oder einer Wäscheleine erdrosseln und wusste, wie man Gift einsetzte und wie lange man einen Kopf unter Wasser halten musste. Einiges davon hatte er schon gewusst, bevor er eine Doppelnull wurde und sich M und seiner Aufgabe verpflichtete. Allerdings war er nicht der Star der Doppelnullabteilung. Das war James Bond, sein Waffenbruder, wie Sir Emery es formulierte. Und James Bond durchschaute ihn sofort. Als James Bond »verschwand«, glaubte Dreifachnull, dass seine Qualitäten nun endlich erkannt würden. Aber Moneypenny hat nur Zeit für ihren Kriegshelden.

Was für eine Ironie es doch war, als Moneypenny ihm befahl, Trigger zu finden. Im Grunde genommen bat sie ihn, sich selbst zu finden. Und er ging dafür sogar in den Dschungel, wie ein Teenager, der nach der Schule ein Jahr um die Welt reiste. Die einzige Komplikation bestand darin, dass Felix Leiter ebenfalls mitkam. Darum kümmerte sich jedoch das Kartell. Was für eine Schande, dass das Kartell ihn Trigger nicht besuchen ließ, die tatsächlich in den Bergen lebte. Vielleicht wussten sie, dass er sie töten würde, da sie als Tarnung nicht mehr von Nutzen für ihn war. Sein Codewort – *Die Götter schlafen und wachen nicht* – verriet ihnen, dass Rattenfänger hinter ihm stand, sodass sie kooperierten. Aber Rattenfänger stand *sehr* weit hinter ihm und im Dschungel hatte jeder Mann nur einen gewissen Wert. Trotzdem lief alles wie geplant. Moneypenny glaubte ihm, als er berichtete, dass bei der Suche nichts herausgekommen sei, Leiter aber noch dortbleiben und weitersuchen wolle und sich melden würde, wenn er Hilfe bräuchte. Nach einem angemessenen Zeitraum würde das Kartell verkünden, dass es einen amerikanischen Spion gefangen und exekutiert hätte. In der Zwischenzeit hatte Lisl Baum Dreifachnull nach Venedig eingeladen, wo Moneypenny von ihm erwartete, dass er die intime Beziehung zu ihr nutzte, um an Friedrich Hyde heranzukommen. Was er nur allzu gern tat.

Harthrop-Vane atmet langsam aus, lässt seine Aufmerksamkeit durch den Ballsaal schweifen und mustert die Generäle und Admirale, die sich unter den Kronleuchtern aus Muranoglas tummeln, die Priester und Politiker. Sonnengebräunte Männer, die nie einen Winter erleben. Schwarz gekleidete Frauen mit goldenen Gürteln und Broschen. Selbst der Junge Anfang zwanzig, der überheblich und mit dreckigen Schuhen, Prada-Anzug und einer ans Hemd geklemmten Sonnenbrille dem Cocktailmädchen ins Ohr schreit, dass er Leute respektiert, die arbeiten, das selbst aber nie könnte – das sind Menschen, die etwas zählen. Sein Vater gehörte nie dazu. Nie wirklich. Als kleiner Junge lernte Harthrop-Vane, dass Gut und Böse nur Illusionen sind. Es gibt nur die Mächtigen und die Machtlosen. Nun hat er Macht, weil die Männer, die wirklich wichtig sind, ihn brauchen.

»Du wirkst so angefressen«, meint Lisl. »An mir liegt es nicht. Ist er es? Und falls ja, kann ich zusehen?«

»Halt die Klappe.«

Sie spannt die Hand auf seinem Arm an, sodass ihre Nägel zu Krallen werden. »Wie bitte?«

Harthrop-Vane ist von der Eisigkeit in den großen Augen überrascht, davon, wie ihr glänzender Körper, der sich unter dem glitzernden Nichts, das sie trägt, abzeichnet, so hart wie eine Rüstung wird. Er bringt ein Grinsen zustande. »Du magst es doch etwas gröber.«

»Du vergisst deine Stellung.«

»Willst du mich daran erinnern?«

»Ich weiß nicht, ob es mich überhaupt kümmert.«

Da muss er schlucken wie ein dummer Schuljunge. Heiser entgegnet er: »Ach je, sie ist verärgert und hat meine vielen Talente vergessen.«

Lisl Baum zuckt mit den Achseln und beobachtet, wie Dryden sich allmählich zu Hyde heranarbeitet. »Er hat verdammt großes Interesse an Friedrich.«

»Er ist nur eine weitere Doppelnull.«

Sie wirft ihm einen scharfen Blick zu. »Haben die kein Vertrauen, dass du den Job allein erledigen kannst?«

»Er ist meine Verstärkung.«

»Ach ja?« Sie neigt den Kopf und betrachtet Dryden prüfend. »Sicher, dass du nicht seine bist?«

Harthrop-Vane schnappt sich vom Tablett eines vorbeigehenden Kellners einen Drink und leert ihn in einem Zug, ohne darauf zu achten, worum es sich handelt.

Lisl Baum lacht. »Du machst es einem aber auch zu leicht, Grünschnabel. Na los. Lass uns näher ans Feuerwerk gehen.«

Dryden beobachtet, wie Lisl Baum am Arm von Dreifachnull auf die Zielperson zu und am Biennale-Personal vorbeischwebt, das stolz ist, am Eröffnungstag dabei zu sein, Menschen, denen Kunst und die Rolle, die sie in der Welt spielen kann, wirklich am Herzen liegt. Ganz im Gegensatz zu Hyde.

Er fragt sich, wie genau Ms Baum in das Ganze passt. Dafür dass sie angeblich keine kriminellen Geschäfte mehr macht, scheint sie sich immer noch gern damit zu umgeben.

Alte Gewohnheiten wird man wohl nur schwer los. Im Briefing stand, dass Ms Baums kriminelle Vergangenheit zwar bekannt sei, Dreifachnull aber bei ihren aktuellen Geschäften keine Unregelmäßigkeiten entdeckt habe. Kein Wunder, denkt sich Dryden. Sie hat ihn um den kleinen Finger gewickelt.

Nun springt Friedrich Hyde dramatisch auf, ergreift Lisl Baums Hand und drückt ihr einen Kuss auf die Diamant-, Saphir- und Smaragdringe.

»Sie bringen einen Mann dazu, Sie in eine Vitrine stellen zu wollen, meine Liebe.«

Lisl Baum wird stocksteif und das kann Dryden ihr nicht verübeln. Der Mann ist ein ekelerregender Narr, aber man darf ihn nicht vernachlässigen. Falls das FBI und Interpol richtigliegen, plündert er seit fast dreißig Jahren Tempel und geht Deals an den Grenzen von Konfliktregionen ein. Als ihn einmal eine Wissenschaftlerin mit den Fotos einer »Grabung« in Indien konfrontiert hat, bedankte er sich ernsthaft bei ihr für die Erinnerung an die guten Zeiten. Hyde war in seinem Leben noch nie mit Konsequenzen konfrontiert, die er nicht abwenden konnte. Er wurde mit einem Silberlöffel im Mund geboren, den ihm bisher noch niemand herausgerissen und in einem Museum ausgestellt hat. Noch nicht.

Später wird Dryden daran zurückdenken, dass Dreifachnull leicht gehumpelt hat, was ihm jedoch nicht aufgefallen ist. In der Armee hat Dryden gelernt, dass man den eigenen Kameraden vertrauen muss und sie in der Lage sein müssen, auch auf einen selbst zu vertrauen. Als man Bill Tanner als Verräter enttarnte, verstand Dryden, dass Tanner erpresst worden war und versucht hatte, seinen Sohn zu schützen. Er stand vor einer unmöglichen Entscheidung, doch das

Ergebnis war, dass Tanner die Familie seinem Team vorzog und das Team darunter litt. Allerdings war Tanner kein echtes Teammitglied, war selbst keine Doppelnull und nie eine gewesen.

Falls Joseph Dryden einen blinden Fleck hat, dann seine Unfähigkeit, sich vorzustellen, dass eine Doppelnull gegen das Team spielen könnte. Und Dreifachnull hat es sich mit dem strahlenden Lächeln des Moderators einer Sonntagsmatinee genau in diesem blinden Fleck gemütlich gemacht.

32

DER DIAMANTEN-JANUS

Dubai · Mittwoch

Irgendetwas stimmt an diesem Bild nicht.

Ein Bezirk, der in den sechsundachtzig als JLT – Jumeirah Lakes Towers – bekannten Gebäuden 100.000 Menschen und 21.000 Unternehmen beherbergt, benannt nach den drei Seen, die das ganze Jahr über #nofilter-blau sind, eine Ansiedlung vertikaler Quartiere, die nach dem englischen Alphabet benannt sind, von Cluster A (Wohnungen, Hotels und Aparthotels) bis Cluster Z (das seit Kurzem in der Planungsphase ist). Mittendrin befindet sich Cluster T, wo man den Fortune Executive Tower und 1 Lake Plaza findet. Im Winter kann man in Fitnessstudios unter freiem Himmel trainieren. Familien flanieren über Flohmärkte, Jahrmärkte und gehen ins Kino unterm Sternenhimmel. Freunde treffen sich im Caffè Nero und Pizza Express. Nach Feierabend geht man in der Hoxton Bar oder im McGettigan's einen trinken. Im Sommer ruhen Hypercars unter Carports mit Solarpaneelen.

Die Arbeiter, die diese Skyline erbauen, aus dem persischen Golf importiert und für lange Aufenthalte in der Sonne prädestiniert, sind nirgendwo zu sehen. Man spürt einzig den lakonischen Ehrgeiz derjenigen, die bereits reich sind, er wurde im Almas Tower verwirklicht. Dieser steht allein auf seiner künstlichen Insel, während die Wüste ihm den Rücken freihält. Achtundsechzig Etagen aus Glas und Stahl, die sich wie die gerollten Blätter einer Zigarre winden, ein Konsumtempel, auf jeder Etage handelt man mit Gold, Edelsteinen, Tee, Kaffee, Agrargütern, Grundmetallen, Kryptowährungen oder Kakao. Allein der Goldmarkt und die Diamantenbörse generieren jährlich fünfundsiebzig Milliarden US-Dollar. JLT zahlt keine Steuern. Zu Beginn des Jahrhunderts existierte diese Freihandelszone noch nicht, doch inzwischen ist sie die mit dem weltweit größten Wachstum. Willkommen in Dubai, Heimat von Auswanderern, Beton und Geld.

Was genau an diesem Bild nicht stimmt, lässt sich schwer in Worte fassen. Rachel Wolff spürt es einfach, mehr kann sie nicht sagen. Vielleicht genau wie die Götter, als sie Ikarus dabei beobachteten, wie er sich die Wachsflügel anschnallte. Dieses Gefühl überkommt sie, als sie Moneypennys Anweisungen in Gedanken noch einmal durchgeht, während sie durch den größten Diamantenhandel der Welt im zweiten Stock des Almas Tower geht, der über dem See aufragt.

Die Beweise deuten darauf hin, dass wir es mit drei Janus-Figuren zu tun haben. Diamanten. Antiquitäten. Und Menschen. Gemeinsam finanziert dieses Janus-Netzwerk Terrorismus. Aber damit eine solche Zusammenarbeit funktioniert, muss es jemanden geben, der das Sagen hat. Einen Göttervater. Einen Banker des Terrors. Ich will die Identität des Bosses. Ihre Mission lautet, den Diamanten-Janus zu finden und dann herauszufinden, wem er untersteht.

Das klang recht simpel. Die Schmuggler meinten, sie und Marko würden den Diamanten-Janus im Zentrum des

Parketts finden. Viktor Babić, der angesehene Händler. Die Klimaanlage lässt Rachel frösteln, obwohl sie nur wenige Augenblicke zuvor noch in der vierzig Grad heißen Luft dahingeschmolzen ist. Stahlobjekte in Prismenform hängen von der Decke und lassen die Illusion von Juwelen über den glänzenden Boden tanzen. Sie tritt aus der brütenden Sonne in eine Hülle aus Schatten und folgt Marko und seinen abgetretenen Absätzen. Die Kunst des Betrügens hat er nie gelernt. Das musste er nicht. Sonst hätte er sich neue Schuhe gekauft oder sie zumindest von den Schustern in Novi Sad reparieren lassen. Nicht ohne Grund sind Frauen die Betrugskünstler der Chevaliers. Wir schauspielern jeden Tag, um zu überleben.

An den abgesicherten Tischen, die an der Fensterfront aufgestellt sind, spähen Männer in dunklen Anzügen und weißen Kanduras durch Lupen und wiegen ungeschliffene Steine in den Händen. Nach der Überprüfung findet die eigentliche Auktion online statt. Auf diesem Parkett mit seiner Spezialbeleuchtung und den Sicherheitsvorkehrungen, die nicht einmal Gerüche zulassen, geht es allein um Berührungen: wie sich ein Stein anfühlt, das Einschlagen von Handfläche auf Handfläche, der Griff an den Oberarm, das Sie-werden-es-nicht-bereuen und die Glückwünsche. Rachel ist überrascht, als sie eine sich schnell bewegende Gruppe sonnengebräunter Männer mit Kippas sieht, die in einem Glaskasten verschwindet, an dessen Tür ein Schild den israelischen Diamantenmarkt ankündigt. Sie legt die Hand an ihren Davidsstern, der im tiefen V-Ausschnitt ihres weißen Leinenblazers mit hochgeschnittener Taille zu sehen ist, zu der sie eine weiße Leinenhose im Karottenschnitt trägt. Die Haare trägt sie kurz und dunkel, und ihr blutroter Lippenstift passt zu ihrem Nagellack, womit sie die Blicke aller Männer auf sich zieht, an denen sie vorbeigehen. Genau so sollte es auch sein. Diese Sache kann man auf zwei Arten erledigen. Sichtbar oder unsichtbar. Sie wollen Viktor Babić davon überzeugen, dass sie seine Aufmerksamkeit verdienen, damit er für sie die Blindenuhr verkauft – zumindest glaubt Marko das. Und das tun sie, indem sie ihm Waren anbieten, die Marko mit der Waffe im Anschlag auf der Geburtstagsparty von Babićs Freundin gestohlen hat. Die Subtilität liegt kilometerweit hinter ihnen und die Abfahrt ist gesperrt.

Der Davidsstern bewegt sich nicht, weil Rachel nicht atmet. Ihre Mutter hat ihr gesagt, sie müsse sich keine Gedanken machen, ob sie bei einem Auftrag zu freizügig sei – du stellst nicht dich zur Schau, sondern deine Tarnfigur. Hier kann niemand dein wahres Ich sehen. Niemand weiß, dass du dem Jungen, dem du immer schon vertrauen wolltest, es aber nie ganz konntest, tiefer und tiefer ins Spinnennetz folgst, und hier bist du nun, nur wenige Schritte noch, dann stehst du persönlich vor der Spinne, dem Mann, vor dem die Schmuggler gewarnt haben, dass er zusammengekauert und sprungbereit, mit den Beinen eine Seidenfalle spinnend, am Ende der Pipeline warte. Der Diamanten-Janus, der möglicherweise weiß, was damals deinen Eltern zugestoßen ist. Oder möglicherweise, je nachdem, wie lange er schon dabei ist und ob Viktor Babić überhaupt sein echter Name ist, sogar das ist, was deinen Eltern zugestoßen ist. Aber darüber darfst du jetzt nicht nachdenken, denn dein Auftrag lautet, dich der Spinne zu nähern und herauszufinden, ob sie wirklich der Diamanten-Janus ist und wem sie untersteht. Wer der Leiter der Geschäfte ist, die den BBC-Anschlag finanziert haben. Und dann kannst du ihn kaltmachen.

Gewaltlosigkeit ist eine nette Richtlinie. Aber heute fühlt sie sich nicht nett.

Bei diesem Gedanken bleibt Rachel an Markos beruhigender Schulter stehen – trotz aller Zweifel erdet es sie, als Marko sich räuspert und damit die Aufmerksamkeit des Mannes auf sich zieht, der auf einem schwarzen Ledersofa in den eckigen Schatten der über ihm hängenden Stahldiamanten sitzt.

Als der Mann den Blick hebt, würde Rachel am liebsten zusammenzucken, doch ihre Tarnfigur tut es nicht.

Es liegt nicht daran, dass Viktor Babić körperlich imposant wäre. Wenn überhaupt, ist er verkrüppelt, ein gedrungener Oberkörper mit Stummelarmen und groben Händen, die kurzen Beine auf dem Sofa unter sich zusammengefaltet, sodass er in ihren Augen noch mehr einer Spinne ähnelt, die zusammengerollt abwartet, bevor sie sich allmählich ausstreckt, um ihre Beute zu überraschen. Er blinzelt zweimal schnell hintereinander, wodurch es aussieht, als hätte er doppelte Augenlider, als würde er einen zunächst betrachten und dann röntgen. Die glänzenden Schweißperlen auf seinem kahl rasierten Schädel reflektieren das Licht der Deckenlampen. In seiner Umgebung halten die Händler Abstand, als wüssten sie etwas, das sie und Marko nicht wissen. Mit den abgetretenen Schuhen hat Marko die geheiligte Aura bereits verletzt.

»Mr Babić, man hat uns gesagt, dass wir uns an Sie wenden sollen«, sagt Marko.

Er schweigt.

»Wir haben Probleme, für ein wunderschönes Stück den richtigen Käufer zu finden.«

Rachel will Marko am liebsten treten. Jeder, der seine Zeit nicht nur damit verbringt, Hotels und Boutiquen zu überfallen, weiß, dass man Diamanten nicht mit Adjektiven beschreibt. Man nennt sie nicht atemberaubend oder einzigartig. Man nennt sie nicht einmal natürlich. Denn laut Definition ist ein Diamant all das gleichzeitig.

Sie greift in ihre Blazertasche und lässt die Blindenuhr an ihrer glitzernden Kette baumeln.

Viktor Babić zuckt zusammen. Sieht Rachel in die Augen. Dann, nach einem quälend langen Moment, wendet er sich Marko zu. Die Händler ziehen sich in viel zu laute Gespräche am Rand ihres Blickfelds zurück.

Endlich spricht Babić. »Ein Mann, den ich kenne, hat dieses Objekt für den Geburtstag einer Freundin erworben. Das war eine prahlerische Geste. So ist dieser Mann. Dreist. Wie Sie beide. Dreist wie zwei Audis, die rückwärts in einen Ballsaal fahren.«

»Ich glaube an den großen Auftritt«, kontert Marko.

Viktor Babić schnaubt und beugt sich vor, sodass er sich – falls er das will – die Blindenuhr schnappen kann. Er sieht zu Rachel hoch.

»Was ist mit Ihnen?« Seine Stimme ist ein Flüstern. »Woran glauben Sie?«

»Diamanten«, antwortet Rachel.

Sein Lachen lässt ihre Kopfhaut kribbeln.

»Wissen Sie, was man in der Wüste mit Dieben anstellt?«, fragt er.

»Wir haben noch viel mehr anzubieten«, entgegnet Marko. »Wir glauben, dass wir uns eine bessere Position verdient haben als den Anfang der Pipeline.«

Viktor Babić wählt seine Worte, als stünde er vor einem unbefriedigenden Büfett. »Und warum glauben Sie, dass ich mich auf ein solches Geschäft einlasse? In dieser Stadt bin ich ein hoch angesehener Händler.«

Rachel sieht sich um, alle haben ihnen unauffällig den Rücken zugekehrt. »Dann sagen Sie uns doch, dass wir die Blindenuhr und den Rest der Sachen, die wir haben, nehmen und woanders verkaufen sollen.«

Er reibt sich das Kinn und fährt mit dem gesplitterten Daumennagel über die Stoppeln. »Wie heißen Sie, meine Kleine? Sie … kommen mir bekannt vor.«

Irgendeine andere Rachel knirscht mit den Zähnen. Diese hier klimpert mit den Wimpern. »Wolff. Rachel Wolff. Aber mein Vater hieß Petrović.«

Langsam lässt er die Hände sinken und klatscht leise. »Namen ändern sich, aber die Geschichten nicht. Was für eine Freude, das Kind alter Freunde kennenzulernen.« Er wendet sich Marko zu. »Und Sie?«

»Marko Jovanović.«

»Aber natürlich. Sie haben die Augen Ihres Vaters. Er hatte immer Glück bei den Frauen, mit diesen blauen Augen. Sie führen diese Tradition fort.« Mit dem Kopf deutet er auf Rachel. »Die verlorenen Kinder. Ich frage mich, ob Sie hier sind, um meine Probleme zu lösen oder neue zu schaffen?«

»Was macht Ihnen denn Probleme?«, fragt Rachel.

Schnell ist er auf den Beinen, packt sie mit den Pranken an den Ellbogen und zieht sie an sich, sodass er ihr den festen Bauch gegen das Becken drückt. »Zu viele verdammte Zufälle. Das macht mir Probleme, meine Kleine. Jagen Sie?«

Rachel deutet mit zwei Fingern an, dass Marko sich raushalten soll. »Wenn die Beute stimmt«, antwortet sie kühl.

»Gut. Morgen früh. Diamond House, Emirates Hills. Sehen wir mal, wo Sie sich in der Nahrungskette einreihen.«

•

Rachel unterdrückt das Zittern, bis sie das klimatisierte Gefängnis verlassen haben und den Geruch des sonnenverbrannten Windes und sonnenverbrannten Betons unter den Palmen einatmen. Dann zittert sie heftig. Marko absorbiert mit der Hand auf ihrem Arm jeden Schauer – und zittert vielleicht auch selbst.

»Weißt du, wem wir gerade begegnet sind?«, fragt sie ihn.

»Dem Tod.« Marko drängt sie, am stillen See entlangzugehen. »Er riecht wie die Todesschwadronen.«

»Ich frage mich, wie er wirklich heißt. Irgendjemand hat diesen Arsch sicher auf einer Fahndungsliste stehen.«

»Du redest wie eine Polizistin. Sag nicht, du hast dermaßen Angst, dass du die Kavallerie aus Den Haag rufen willst.«

Rachel schweigt und ermahnt sich mit harten, stillen Worten, dass Marko nicht Teil ihrer Mission von Moneypenny ist. Er ist ihr bei ihrer Mission bloß *nützlich*. Doch dann scheinen die Wolkenkratzer in ihrem Blickfeld zu schwanken und sie fragt sich, was sie verdammt noch mal hier tut, was sie verdammt noch mal mit der »Mission« meint – diese ganze Sache macht sie doch nur, um die eigene Haut zu retten. Sie ist keine Heldin. Am einfachsten wäre es, das Geld zu nehmen und mit Marko zu verschwinden. Niemals stehen zu bleiben.

Dann sagt Marko: »Du wolltest das doch, vergiss das nicht.«

Ihr Lachen klingt bitter. »Ich habe noch nie das gewollt, was mir guttut. Wahrscheinlich habe ich das von meiner Mutter.«

»Ich wollte allen immer nur Schlechtes tun.«

Sie betrachtet ihn mit gesenkten Wimpern. »Warum?«

Markos blaue Augen strahlen heller als der künstlich angelegte See. »Wenn du die Menschen enttäuschen willst, kannst du dich nie selbst enttäuschen.«

Sie nimmt seine Hand und drückt sie.

»Ich würde dich genauso respektieren, wenn du mich nicht enttäuschst, nur dieses eine Mal.«

Sein Kuss ist sanft, flüchtig, aber vielleicht ihr erster echter Kuss.

»Ich überleg's mir.«

DOPPELBLINDSTUDIE

Altaigebirge · Donnerstag · Sechs Stunden vor der Greenwich-Zeit, fünf Stunden vor der venezianischen Zeit

»Wissen Sie, was eine Doppelblindstudie ist?«, fragt Johanna Harwood.

Teddy Wiltshire schreckt auf. Er sieht sich im Schlafzimmer um, betrachtet den blutbespritzten Boden, den zersplitterten Bettpfosten, das Loch in der Wand, das mit Hirnmasse dekoriert ist. Als er sich bewegen will, bemerkt er, dass er an sein eigenes Bett gefesselt ist – durch die Bewegung drohen die Stiche aufzureißen, mit denen Harwood ihm Oberschenkel und Arm genäht hat. Außerdem zieht er dadurch an dem leuchtend roten Schlauch, der von seinem Arm zu Marilyns führt. Diese liegt auf einer Chaiselongue, die Harwood ins Schlafzimmer geschleppt hat. Marilyn rührt sich nicht, atmet aber durch einen Kugelschreiber wie durch einen Schlauch in ihrem Hals, der mit Klebeband befestigt ist. Teddy sieht Johanna Harwood auf dem Eames-Sessel am Fußende des Bettes sitzen. Die Schrotflinte hat sie auf dem Schoß liegen.

»Eine Doppelblindstudie. Wissen Sie, was das ist?«

»Sie verdammte Schlampe, machen Sie hier keinen auf Frankenstein und ziehen Sie das raus.«

Harwood leckt sich über die Oberlippe. »In einer Doppelblindstudie werden Patienten mit einer lebensgefährlichen Erkrankung, für die kein Heilmittel bekannt ist, in zwei Gruppen eingeteilt. Der einen Hälfte wird ein Placebo-Medikament gegeben. Der anderen Hälfte wird ein neues Medikament gegeben, etwas, von dem die Forscher hoffen, dass es die Erkrankung aufhalten kann. Um Verzerrungen zu vermeiden, wissen die behandelnden Ärzte nicht, welche Gruppe das Placebo bekommt und welche das echte Medikament. Genauso wenig die Patienten. Deshalb nennt man die Studie doppelblind. Aber manchmal zeigen sich, zumindest zeitweilig, bei Patienten Verbesserungen, die nur eine Kapsel Traubenzucker bekommen haben. Wissen Sie, warum?«

Erneut bewegt Teddy sich und versucht, Marilyn den Schlauch aus dem Arm zu reißen.

Harwood zielt mit der Schrotflinte auf seinen Schritt.

Er wirft ihr einen bösen Blick zu, hält dann aber still.

»Hoffnung«, erklärt sie. »Das ist der Grund.«

»Bis die Idioten sie aufgeben und ins Gras beißen«, kontert er.

Harwood lächelt schwach. »Ich habe ein schwieriges Jahr hinter mir, Teddy.«

»Mal gewinnt man, mal verliert man. Das sage ich mir immer. Mal gewinnt man, mal verliert man, Teddy. Im Augenblick bin ich unten. Was, glauben Sie, mache ich mit Ihnen, wenn ich wieder Oberwasser habe?«

Harwood ignoriert seine Drohung. »Mein Verlobter ist gestorben. Wahrscheinlich haben Sie davon gehört. Und ich musste seinem Mörder das Leben retten, damit wir das

Monster verhören konnten. Ein Monster mit der Tätowierung eines Totenkopfschwärmers auf der Brust, genau wie Ihre.« Mit dem Lauf der Flinte deutet sie darauf. Während sie das sagt, sieht sie Teddy nachdenken: Kein Geräusch, das auf das Kommen von Wachen hindeutet, und sein Wert sinkt weiter, während Marilyn das benötigte Blut bekommt. »Allerdings war Sid nicht mehr mein Verlobter, als Mora ihn erschossen hat. Er hat Schluss gemacht, nachdem sein Mentor und mein Ex-Liebhaber im Einsatz verschwunden war.« Harwood lässt die Flinte auf ihrem Knie wippen. »Romanzen am Arbeitsplatz. Es gibt einen Grund, warum die nicht gern gesehen werden, das kann ich Ihnen sagen.« Mit der freien Hand fühlt sie Marilyn den Puls. »In langen, dunklen Nächten frage ich mich manchmal, was ich als Doppelnull eigentlich erreichen kann. Was bringe ich dem Secret Service, wenn ich nicht mal Sid retten konnte? Wenn ich James nicht finden kann? Aber trotzdem hatte ich noch Hoffnung. Ich habe geglaubt, dass ich 007 finden könnte. Ich bin ans Ende von allem gereist, weil ich geglaubt habe, dass ich vielleicht seine Leiche finde. Stattdessen habe ich die Leiche einer anderen Doppelnull gefunden, die von Conrad Harthrop-Vane umgebracht wurde, weil er Ihrem sicheren Unterschlupf zu nah gekommen ist.«

Teddy Wiltshire macht große Augen. Jetzt sehen seine Berechnungen sogar noch schlechter aus.

»Ja, ich weiß darüber Bescheid. Ich habe die Leiche von 005 gefunden und dann habe ich die Mondstadt gefunden und darin den Mann, der Menschen verschwinden lässt. Ich dachte, Marilyn wäre auf Orkney in Sicherheit, aber irgendetwas hat mich rechtzeitig hergeführt, um ihr das Leben zu retten. Mir blieb nur die Hoffnung, dass Sie die Wahrheit über Ihre Blutgruppe gesagt haben. Die falsche Blutgruppe hätte sie umgebracht, aber ich musste das Risiko eingehen. Ich musste Hoffnung haben. Und die Hoffnung hat gewonnen.«

»Mir kommen die Tränen.«

Harwood schlägt die Beine übereinander. »Ich sage Ihnen, worauf *Sie* hoffen sollten, Teddy. Sie sollten hoffen, dass ich den Rest des Blutes, der noch in Ihrem scheiß Körper ist, nachdem Marylin genug hat, nicht auf das Parkett strömen lasse, bevor es in den Abfluss im Badezimmer rinnt. Ich habe die Lizenz zum Töten. Und noch nie hatte ich derart große Lust, sie auszureizen. Mit Ausnahme von Mora. Meine Entscheidung hängt davon ab, wie Sie meine Fragen beantworten. Wenn Sie mir geben, was ich will, lasse ich Sie ins nächste Krankenhaus bringen. Dann rette ich Ihnen das Leben, genau wie Mora. Wahrscheinlich werden Sie in derselben Hölle inhaftiert wie er, wo man Sie täglich verhört und bei Wasser und Brot am Leben hält. Aber Sie werden leben.«

»Sie kranke Schlampe.«

Harwood seufzt. »Allerdings muss der MI6 natürlich überprüfen, inwieweit Ihre Familie involviert ist.«

Teddy schluckt – sie kann hören, wie trocken seine Kehle ist. »Wovon sprechen Sie?«

»Ihre Frau profitiert von Ihren Verbrechen. Sie ist nicht dumm.«

»Eine Ehefrau kann man nicht zwingen, gegen ihren Mann auszusagen.«

»Ich frage mich, ob wir sie zwingen müssten, wenn sie das hier sehen könnte.« Harwood lässt ihren Blick zu Marilyn schweifen, dann wieder zu Teddy. »Aber eigentlich ist das hier keine Sache für die Gerichte, oder? Wenn man Ihre Ehefrau als Mitwisserin an Ihren Terrorismusgeschäften einstuft, kann man sie ausliefern und bis auf Weiteres in einer Black

Site festhalten. Vermutlich haben wir jedoch mehr gegen Ihren Sohn in der Hand. Der lernt schließlich gerade das Familiengeschäft kennen.«

Teddy lässt den Blick nach oben wandern, als könne er durch die Kuppel des Gebäudes den Himmel sehen. »Er hat nie …«

»Wirklich nicht? Haben Sie ihm nicht eine der Frauen, mit denen Sie handeln, zum achtzehnten Geburtstag geschenkt?«

»Woher wissen Sie …?«

»Nur eine Vermutung, Teddy. Also, wie sieht's aus? Retten Sie Ihre Haut, retten Sie die Haut Ihres geliebten Sohnes?«

»Warum sollte ich Ihnen glauben?«

Harwood deutet in den Raum. »Sie haben kaum andere Möglichkeiten. Ich habe Mora gerettet. Ich kenne meine Pflicht. Sie sind lebendig mehr wert als tot. Aber nur, wenn Sie kooperieren.«

Teddy dreht den Kopf auf dem mit Blut verkrusteten Kissen, doch als er Marilyn sieht, wendet er sich ab. »Hierfür steche ich Sie wie ein Schwein ab.«

»Irgendwann vielleicht. Aber heute nicht. Handeln Sie mit Menschen, um den Terrorismus von Rattenfänger zu finanzieren?«

Teddy Wiltshire schließt die Augen. »Ja.«

»Profitieren Sie persönlich von diesem Terrorismus?«

»Ja.«

»Wer leitet Rattenfänger?«

»Leute wie ich.«

»Gibt es keinen obersten Boss?«

Teddy faucht, ein tiefes Grollen, das Harwood beinahe dazu bringt, sich nach einem Schneeleoparden umzusehen. Sie fährt fort: »Der MI6 ist Rattenfänger auch bei den

Geschäften mit Diamanten und Antiquitäten auf der Spur. Wer leitet den ganzen Zirkus? Ist es dieselbe Person, die Rattenfänger *insgesamt* leitet, oder einfach Rattenfängers Banker?«

»Der Banker. Er berichtet an den obersten Boss.«

»Sagen Sie mir, wie der Banker heißt.«

»Das weiß niemand.«

»Sie haben doch sicher eine Ahnung.«

Er schweigt, sieht jedoch allmählich nicht mehr so weiß wie Marmor, sondern bläulich wie Glas aus. Harwood wirft einen Blick auf ihre rasende Casio. »Haben Sie sich Rattenfängers Plan des Menschenhandels und der Verschleppungen ausgedacht? Lassen Sie für die Organisation Menschen verschwinden?«

Ein geflüstertes Ja.

»Haben Sie James Bond verschwinden lassen?«

»Ja.«

Harwood beugt sich vor. »Er lebt noch.«

»Ja.«

»Wo ist er, Teddy?«, murmelt Harwood. »Sagen Sie mir, wo er ist, dann mache ich Sie vom Tropf ab. Marilyn hat jetzt genug von Ihrem Blut bekommen. Sagen Sie mir, wo ich James finde.«

»Er ist zu Hause.«

Teddy spricht so leise, dass Harwood glaubt, ihn falsch verstanden zu haben. Sie steht auf, beugt sich näher über seine bleichen Lippen. »Welches Zuhause, Teddy? Schottland?«

Dass er den Kopf bewegt, sieht sie einen Wimpernschlag, bevor er mit dem Schädel gegen ihren gekracht wäre, und so zieht sie sich gerade noch rechtzeitig zurück, um einem K.-o.-Schlag zu entgehen, trotzdem sieht sie auf dem rechten

Auge Sterne. Teddy brüllt, wirft seinen Körper auf eine Seite und reißt Marilyn den Schlauch heraus, die mit einem dumpfen Schlag auf dem Boden landet. Blut spritzt durch die Luft. Teddy schnappt sich den Schlauch und wickelt ihn Harwood so fest um die Kehle, dass das Gummi ihr in den Kehlkopf schneidet. Harwood rammt ihm den Ellbogen in den Bauch, dann gegen den Oberschenkel, direkt auf die Wunde. Er windet sich, zerrt sie aufs Bett, legt sich dann mit seinem ganzen Gewicht auf sie und zieht den Schlauch fester und fester, lacht ihr dabei ins Gesicht. Harwoods unverletzter Arm ist unter ihrem Brustkorb eingeklemmt, doch den verletzten kann sie bewegen. Verzweifelt tastet sie auf dem Laken nach der Schrotflinte. Die muss auf den Boden gefallen sein – aber ein Klappern hat Johanna nicht gehört. Sie windet sich, versucht, Teddy abzuwerfen, tritt nach ihm, doch er ist zu schwer. Sie versucht, ihn zu beißen, doch er zuckt lachend zurück. In ihrem Blickfeld flackern purpurne Punkte auf. Die Motte nähert sich. Und dann spürt sie die saubere Naht an seinem Oberschenkel und hämmert mit der Faust dagegen. Teddy schreit auf, versucht, ihre Hand einzufangen, und einen Augenblick lang lockert sich sein Griff um den Schlauch.

Dadurch gewinnt Harwood wenige Zentimeter – und kommt an die Schrotflinte. Sie dreht den Lauf, erwischt den Abzug und drückt ihn. Gib nur einen Zentimeter nach und du bist tot.

34

DIE BIENNALE

Venedig · Donnerstag

Der unter den Büros im Regent's Park hängende Quantencomputer, der nur als »Q« bezeichnet wird, erlebt die Erde aus der Perspektive eines Gottes, falls »erleben« das richtige Wort dafür ist. Da Q von MI6-Satelliten ständig mit aktuellen Bildern gefüttert wird, kennt er Venedig als eine Reihe von Qubits. Würde man seine künstliche Intelligenz damit beauftragen, Bilder zu beschreiben oder sogar zu erschaffen, würde der Computer die Kanalstadt Venedig mit einem Fisch vergleichen, der an der Angelleine von Mestre hängt. Diese Leine ist in der Realität die Bahnstrecke, die die kerzengerade Aquatinta aus dem achtzehnten Jahrhundert bis zum Maul der fischförmigen Insel überquert, die durch die S-Kurve des Canale Grande halbiert wird.

Auf dieser Luftbildkarte markiert Q vier Spieler. Lisl Baum, Informantin, wird mit einem Peilsender verfolgt, der sich in einem Diamantarmband befindet, ein Geschenk von 000. Friedrich Hyde, Zielperson, ist mit einer Wanze markiert, die auf Anweisung von 000 vom Wäscheservice des Hotels in seinem Jackett platziert wurde. Joseph Dryden,

004, Heimmannschaft, wird über seine Schnittstelle verfolgt. Conrad Harthrop-Vane, 000, Heimmannschaft, wird über seine Omega getaggt. Die Bezeichnungen Feind oder Freund wurden den Spielern von menschlichen Elementen zugewiesen und Q verfügt über keinerlei Daten, die ihnen widersprechen. Genauso wenig wie Aisha oder Ibrahim, die sich auf ihren Schreibtischstühlen hin und her drehen, während sie auf den Bildschirmen Fotos und Videos aus der Luft, von der Polizei und von Überwachungskameras betrachten und über die Entwicklung einer ultragenauen optischen Atomuhr sprechen, die schon bald die Zeiteinheit neu definieren wird, die man mit »eine Sekunde« meint.

Moneypenny – die an der Tür steht, sich die Diskussion anhört und mit einer Hand in der Tasche über das Ziffernblatt von Johannas Hermès-Armbanduhr streicht – hätte nicht genau formulieren können, was Johanna ihrer Meinung nach in diesem Augenblick hätte bewirken können, doch während sie darauf wartet, dass das Spiel beginnt, fragt sich der Teil ihres Gehirns, der Daten analysiert, wo 003 ist und was sie da draußen in der Dunkelheit gefunden hat. Könnte Harwood ihr sagen, welcher Janus – Menschen, Diamanten, Antiquitäten – die Grey Group leitet, welcher der Banker von Rattenfänger ist? Könnte sie ihr sagen, ob es keiner von ihnen ist und es jemand anders gibt, irgendeinen unsichtbaren Göttervater, der die Fäden zieht?

Aber Johanna Harwood kann niemandem sagen, was sie weiß. Sie kann die Q-Abteilung nicht warnen, dass 000 nun als aktive Bedrohung gekennzeichnet werden sollte.

Als alle vier Parteien den Gritti verlassen, ihre Punkte sich einander dort annähern, wo der Canale Grande in den größeren Canale Giudecca mündet, weiß niemand, dass 004 zwar dafür sorgen wird, dass der Verkauf stattfindet, 000 ihn jedoch beobachtet, um sicherzustellen, dass er es nicht tut, und Verstärkung auf Abruf hat, falls er Friedrich Hyde und 004 aus dem Spiel nehmen muss, ohne Misstrauen auf sich zu ziehen.

Joseph Dryden lässt 000 mit Lisl Baum und Friedrich Hyde, dessen Frau verständlicherweise Kopfschmerzen hat und lieber im Hotel bleibt, ins Wassertaxi steigen. Dryden behält sie im Auge, als er ins *Vaporetto* steigt und am offenen Fenster steht, die Hände hinter dem Rücken verschränkt. Die Gischt spritzt ihm auf die Wangen. Die Gruppe steigt am Giardini aus, Dryden folgt ihnen wenige Minuten später. Er strömt mit der Menschenmenge zum Eingang der Biennale. Unter seinen Schuhen knirscht der Kies und über ihm schlagen die Bäume in Erwartung des Frühlings aus.

Dass die Menschen rund um 004 zum Club gehören, sieht man nicht an einer bestimmten Herkunft oder einem Stil. Man sieht es daran, wie sie gekleidet sind, wie sie sich bewegen. Ob gebatiktes Oversize-T-Shirt zu Wollhose und Steppjacke, Dreiteiler mit passender Krawatte und Einstecktuch oder farbenfroh bedrucktes Agbada, die Kleidung sitzt perfekt und weist nicht eine Falte auf. Es scheint, als wäre eine Kostümbildnerin am Werk gewesen, allerdings gibt es keine Komparsen, alle hier sind Hauptfiguren. Und diese Schauspieler ziehen im Regen nicht die Schultern hoch oder beugen die Köpfe über Stadtpläne. Sie gleiten regelrecht, weil sie in ihrem ganzen Leben noch nie Rückenschmerzen hatten.

Dryden – der einen beigen gewachsten Baumwollregenmantel über einem marineblauen Poloshirt und brauner

Chino trägt – fragt sich, ob die Leute in der Menge seinen Schritt als militärisch erkennen können. Er hat noch nie versucht zu gleiten und bemüht sich auch jetzt nicht darum, als er an den Metalldetektoren vorbeimarschiert, wo das Biennale-Personal seine Haltung als offiziell deutet und weiterhin beachtliche Geduld mit einem Pfau walten lässt, der behauptet, irgendein Prinz zu sein, weshalb er selbstverständlich sein Kommen nicht bestätigt hat, aber nun erwartet, dass man ihn trotzdem einlässt – und nach wenigen Augenblicken durchgewunken wird, wobei die eilige Suche der Mitarbeiter auf Wikipedia allmählich aus Drydens Hörweite schwindet, als er tiefer in das Gewühl aus Kunst und Politik vordringt.

Die Länderpavillons im Giardini bilden eine Architekturparade. Als Dryden an der Kreuzung zögert, betrachtet er die unterschiedlichen Epochen und Stile: Venezuelas schlanker Baustein, der oben lange Schlitzfenster hat, wie Wimpern über überraschten Augen. Der weiße nordische Pavillon, in dem blühende Bäume durch das luftige Dach einer Strohhütte wachsen. Dann entdeckt er Friedrich Hyde, dessen Kopf über die Menschenmenge ragt und der mit einem Arm wild auf etwas Außergewöhnliches deutet, während Lisl Baum und 000 brav zuhören. Sie haben sich entschieden, nicht sofort in die Hauptausstellung zu gehen, sondern mit den Länderpavillons anzufangen.

Dryden folgt der Gruppe in den Schweizer Pavillon. Seine Nasenflügel beben, als er den Geruch von Geschützen riecht und aus dem Kies unter seinen Füßen verbranntes Stroh wird, das den Boden bedeckt. Im Inneren sind riesige Strohmänner angezündet worden und schwelen nun vor sich hin. Es stinkt wie in dem gepanzerten Truppentransporter, als Dryden nach der Explosion aufgewacht war und die Welt in dröhnendem Getöse unterging. Er schüttelt die Erinnerung ab und drängt sich weiter in den Pavillon, als das Licht von Rot zu Schwarz wechselt und er plötzlich in Dunkelheit getaucht wird, gestrandet zwischen den Gliedern brennender Wesen. Das Rauschen und Knacken des brennenden Strohs, nervöses Lachen, geflüsterte Geständnisse und Beschwerden, ein Stolpern und ein Schrei, Dreifachnulls Atem, als der Agent sich auf Zehenspitzen von hinten anschleicht.

»Wenn du mich überraschen willst, musst du sehr viel früher aufstehen«, murmelt Dryden.

Harthrop-Vane lacht. »Fick dich doch. Bisher keine Kontaktversuche. Vielleicht hast du den falschen Mann befummelt.«

Als Dryden den Kopf dreht, steht er mit 000 beinahe Wange an Wange. »Machst du mich etwa an, Conrad?«

»Fang nichts an, was du nicht zu Ende bringen kannst, Joseph«, erwidert Harthrop-Vane geschmeidig.

Dryden lacht leise. »Bleib trotzdem an dem Arschloch dran, okay?«

»In Ordnung, aber du hältst dich besser zurück. So nah sieht man dich noch.«

»Mich sieht niemand, außer ich will es.«

»Tatsache?«

Dryden bemüht sich um keine Antwort, sondern verschwindet einfach, sodass Dreifachnull, als die Lichter wieder angehen, blinzelnd die Leere vor sich betrachtet. Das beobachtet Dryden noch, während er summend zum Ausgang geht.

Es ist ein Katz-Maus-und-Hund-Spiel, allerdings glaubt die Katze, dass der Hund eine weitere Katze ist. Q beobachtet, wie Dryden am Eingang des nordischen Pavillons stehen bleibt – in dem Felle von Rentieren hängen, da diese zurzeit zusammen mit dem Volk der Samen aus dem Land vertrieben werden –, während Friedrich Hyde, Lisl Baum und Dreifachnull vor dem russischen Pavillon stehen bleiben, einer Miniatur des Winterpalastes, die verschlossen und leer dasteht, nachdem die Künstler und der Kurator sich als Protest gegen die Invasion der Ukraine mit Unterstützung der Biennale zurückgezogen haben.

Es fängt an zu tröpfeln, winzige Explosionen auf dem Kies, und als Dryden der Gruppe an dem italienisch anmutenden englischen Landhaus vorbei über die Brücke bis zur überhängenden schwarzen Klippenfassade des australischen Pavillons folgt, werden seine braunen Stiefel aus Palladium-Leder im kreideähnlichen Matsch knochenweiß. Er kommt dem Trio so nah, dass er seinen Small Talk hört, der sich dann aber plötzlich in der Klangmauer der australischen Installation verliert. Dryden zögert auf der Rampe, die in das Gebäude hinaufführt, und liest ein Schild, das vor »hoher Geräuschintensität und schnellen Lichtblitzen« warnt. Langsam geht er auf den Eingang der Kammer zu, doch gegen die Lärmwand kommt er nicht an – riesige Aktivlautsprecher lassen eine verzerrte E-Gitarre durch den Raum dröhnen und ein Lichtgenerator wirft blitzende Bilder auf riesige Leinwände. Dryden hat keine Uhr. Er kann nichts leiser stellen. Die extreme Rückkopplung zwingt ihn dazu, sich an den Kopf zu fassen und nach draußen zu fliehen, um die Ruhe des grauen Himmels und des grünen Kanals aufzusaugen.

Neben den Lautsprechern an die Wand gelehnt, beobachtet Dreifachnull ihn grinsend. Dann winkt er Hyde zu sich herüber.

Später wird Dryden sich erinnern, dass er diese kleine Geste zwar gesehen, aber nicht wahrgenommen hat, weil er befürchtete, gleich sein Gehör zu verlieren. Er wird sich fragen, wie genau Dreifachnull dem Antiquitäten-Janus gesagt hat, dass er sich zurückziehen und den Verkauf nicht durchführen soll, weil der MI6 zusieht, und wie Harthrop-Vane reagiert hat, als Friedrich Hyde ihn aufforderte, »dich zu verpissen, Jungchen« – denn zweifellos muss dieser Mann ohne Konsequenzen etwas Derartiges gesagt haben, wenn man bedenkt, was anschließend geschah. Doch genau wie Hyde war Dreifachnull es gewohnt, dass man ihm gehorchte, und erkannte darum die Vorzeichen der Meuterei nicht.

Dryden holt sie im Café wieder ein, in dem die Wände mit schwarz-weißen Blitzen bemalt sind, die von Spiegeln zurückgeworfen werden. Er sieht, wie Hyde auf ein Klapphandy blickt, das Dreifachnull nicht gemeldet hat. Als er Dreifachnull über einen Spiegel mit militärischen Handsignalen danach fragt, zuckt Harthrop-Vane mit den Schultern.

Im Hauptpavillon ist die Menschenmenge, die vom Regen ins Innere getrieben wird, derart dicht, dass Dryden in einem Raum voller schrecklicher, aus Bolzen und Zahnrädern gebauter Figuren den Sichtkontakt zur Zielperson verliert. Dreifachnull kann er auch nicht sehen. Er dreht sich einmal um sich selbst und sucht in den benachbarten Hallen nach einem Fetzen von Harthrop-Vanes tristem Schwarz oder Friedrich Hydes Burberry-Manschetten.

»Gebt mir die Position der Zielperson durch«, raunt er.

Aishas Stimme meldet sich: »Steht bei Lisl Baum.«

»Wo?«

»Südwestlich von deiner Position. Dreifachnull steht in ihrer Nähe.«

Das sind die Toiletten.

»Warum sollte Hyde sich mit Baum in die Schlange stellen, während 000 schiffen geht? Spart euch die Antwort. Er hat ihr seinen Mantel mit dem Peilsender zum Halten gegeben, während er sich wegschleicht. Informiert Dreifachnull, dass ich ihn verfolge. Ende.«

Dryden tauscht seinen Regenmantel gegen eine Warnweste aus der Zentrale der Reinigungskräfte. Im Skulpturenhof des Hauptpavillons zuckt niemand mit der Wimper, als er sich die Wand hochzieht. Von dort aus klettert er schnell auf das Dach des Pavillons und kommt so Qs Blickwinkel so nah, wie es einem Menschen nur möglich ist. In der Schlange vor dem *Vaporetto* zum Arsenale, wo die Hauptausstellung weitergeht, entdeckt er Hydes dichte weiße Mähne.

»Wann geht das nächste Boot zum Arsenale? Irgendwelche Wassertaxis in der Nähe?«, fragt Dryden.

»Erst in zwanzig Minuten«, antworte Aisha. »Jetzt sehen wir ihn auf den Satellitenbildern. Das Boot braucht zehn Minuten zum Arsenale. Zu Fuß dauert es eine Viertelstunde.«

»Sieht so aus, als müsste ich rennen. Du hast die Karte, Schatz.«

Aisha lacht. »Ich liebe Männer, die keine Angst davor haben, nach dem Weg zu fragen. Am besten läufst du los, wenn du vor ihm da sein willst. Ende.«

Dryden macht sich bereit und springt.

Als Dreifachnull bemerkt, dass Hyde nicht in der Kabine ist und Lisl seinen Mantel gegeben hat, schimpft er sie beinahe eine dumme Schlampe. Stattdessen beißt er sich auf die Zunge und schickt eine Nachricht an die Rattenfänger-Einheit, die bereitsteht, um Hyde seine Kündigung zu überbringen. Harthrop-Vane ergänzt noch, dass 004 ein akzeptabler Kollateralschaden ist.

Dryden rennt. Durch den Park, durch die unregelmäßigen Schatten der Balkone, die mit Geranien aufgehübscht sind, über Gemüsebeete und Hunde und über eine Brücke. Auf dem Kanal unter ihm spiegelt sich ein Netz aus Wäscheleinen. Boote ruhen unter straff gespannten Abdeckungen. Das Wasser wirft gewellte Lichtmuster auf die hohen orangen Mauern. Immer wieder zwinkern ihm grüne Fensterläden zu. Plötzlich drängen sich Dachterrassen unter üppigen Blauregendächern aneinander. Dryden rennt eine Gasse hinunter, die immer schmaler wird und prallt gegen die Tür der Sackgasse, über der ein Relief Heilige darstellt, die dem Jesuskind auf dem Schoß seiner Mutter Schriftrollen darbringen. Aisha ruft ihm zu, dass er *jetzt* links abbiegen soll, und das plötzliche Manöver offenbart einen Gang unter einem feuchten, schindelgedeckten Dach, eine unterirdische Welt unter den Brücken, die nur zu einer geheimen Tür führen kann. Eine Stadt, die ihre Mysterien bewahrt. Er rennt durch einen Innenhof mit flatternder Wäsche, in dessen Mitte Kinder an einem kaputten Springbrunnen Fußball spielen. Das Echo des Balls hallt wie im Inneren einer Dose. Dann geht es über eine breite Straße, auf der sich Menschenmassen unter grünen Markisen vor den rosa Gebäuden drängen und vor Kirchen mit verblichener und abblätternder Farbe stehen und darüber diskutieren, ob sie diese oder jene kollaterale Ausstellung besuchen sollen. Dryden biegt in eine Gasse ab, die schmaler als seine Schultern ist, deshalb rennt er mit den Fäusten vor dem Gesicht und taucht am Kanalufer wieder auf, direkt vor den hohen Mauern des Arsenale, wo einst die Schiffsbauer von der Wiege bis zur Bahre lebten, da ihnen nicht erlaubt war, diese Mauern mit ihrem Wissen jemals zu verlassen, das Wissen, das sicherstellte, dass Venedig die Welt regierte, das Wissen, das den Unterschied zwischen Sieg und dieser anderen Sache bedeutete.

Die Brücke besteht aus klapperndem, rostigem Metall. Unter Dryden fährt eine Barke entlang, auf der zusammengefaltete Pappkartons und Obstkisten übereinandergestapelt sind. Er braucht etwa eine Minute, um sich durch die engen Straßen zu drängen, die sich um den Arsenale winden, bis er aus einer Gasse, die unter einer Treppe verläuft, blinzelnd ins Sonnenlicht tritt. Endlich lässt der Regen nach, sodass er die Schlange sieht, die sich am Eingang zum Arsenale bildet, Menschen in Fendi-Sneakern, die auf dem Kopfsteinpflaster warten, weil gerade ein Premierminister ankommt. Dryden lacht, als er an einer Frau vorbeigeht, die ihrem Mann zufaucht: »Dann soll der beschissene Premierminister halt einen anderen Eingang nehmen.«

Friedrich Hyde entdeckt er am Ende der Schlange. Er tritt von einem Bein aufs andere, seine Wangen sind gerötet. Also wartet er noch auf seine Beute.

In diesem Augenblick bemerkt Dryden, dass sich hinter Hyde zwei Männer in die Schlange stellen. Sie sehen nicht wie Männer aus, die Geschäfte machen wollen. Sie sehen wie Männer aus, die den gleichen Geschäften wie Dryden nachgehen. Mord in der Frühlingssonne. Heute allerdings lautet Drydens Auftrag, den Bösen zu retten.

Dryden räuspert sich. »Mr Hyde!«

Das erstaunte Erbleichen des Arschlochs ist unbezahlbar. Die beiden Gegner erstarren.

Dryden eilt hinüber und legt Hyde den Arm um die Schultern. »Wir haben Sie erwartet«, erklärt er laut. »Hier entlang, Sir.«

Als er Hyde an den Anfang der Schlange begleitet, fragt die Frau ihren Mann, warum er ihnen keinen Schnellzugang gebucht hat.

»Einen Augenblick, wer in Gottes Namen ...?«, fragt Hyde.

»Meinen Namen müssen Sie nicht kennen«, unterbricht Dryden ihn, »nur meine Rolle. Rattenfänger hat mich geschickt, um sicherzustellen, dass der Verkauf stattfindet.«

»Tja, dann sagen Sie denen doch mal, dass sie sich entscheiden sollen! Erst sagen sie mir, dass ich nicht verkaufen soll, weil es zu heiß wird, jetzt sagen Sie mir ...«

»Ja, Sir. Das Problem ist nur, dass Interpol beteiligt ist. Ich mache Ihnen den Weg frei, aber dafür brauche ich Ihre volle Kooperation. Wo treffen Sie sich mit dem Käufer?«

»Ich habe genug von dieser ganzen Geheimniskrämerei. So ist das noch nie gelaufen! Wir haben das immer ganz offen gehandhabt! Aber mit Ihnen und scheiß Interpol macht es keinen Spaß mehr. Ich habe eine Nachricht bekommen, dass wir uns am Arsenale treffen. Er meinte, dass er mich anspricht.«

Na wunderbar.

Sie sind vorne an der Schlange angekommen und Dryden legt dem jungen Mann mit den Emaille-Ohrringen in Herzform, der die Eintrittskarten überprüft, die Hand auf den Arm. Mit seinem charmantesten Lächeln und in seinem besten Italienisch sagt Dryden: »Ein weiterer VIP will reingelassen werden.«

Besorgt überprüft der Junge seine Dokumente. »Hier steht nichts ...«

Dryden beugt sich näher heran. »Das ist der Duke of Wessex. Man hat mir gesagt, dass er direkt durchgehen soll. Er hat sein Kommen nicht bestätigt.«

»Das machen die nie. Äh ... ja, in Ordnung, gehen Sie durch ...«

Dryden klopft ihm auf den Oberarm und drängt Hyde durch die historische Tür. Dabei wirft er einen Blick zurück zu den zwei stinksauren Agenten, die am Ende der Schlange warten. Man kann zum Club gehören oder einfach selbstbewusst durchmarschieren. Dryden würde sich immer für Letzteres entscheiden.

Die Hauptausstellung befindet sich im riesigen Corderie, einem über dreihundert Meter langen Gebäude mit einer palladischen Holzkonstruktion als Dach, die von zwei Säulenreihen getragen wird, von denen der Putz bröckelt. Dryden sagt Friedrich Hyde, dass er Wache hält, und verschwindet dann im Hintergrund, um nach dem Feind und Hydes Kontaktperson Ausschau zu halten, die abgeschreckt werden könnte, falls Dryden zu nah bei ihm bleibt. In dem riesigen Backsteinbau ist die Geräuschkulisse beinahe so laut, dass seine Schnittstelle sie nicht verarbeiten kann.

Den ersten Rattenfänger-Agenten sieht er zwischen zwei bauchigen Keramiken herschleichen, die beinahe raumhoch sind. Unter seinem Mantel zeichnet sich eine Beule ab – offensichtlich ist Dryden nicht der Einzige, der sich an einem Metalldetektor vorbeischleusen kann – und über dem Kragen blitzt ein Hakenkreuz-Tattoo hervor. Dryden drängt sich durch die Menge und hält dabei den Kopf gesenkt. Als er dem Agenten auf die rechte Schulter tippt, dreht der Mann sich in diese Richtung, wodurch ihm Dryden noch besser das

Genick brechen kann. Die Leiche fängt er unter den schlaffen Achseln auf.

Der große Pott gerät ins Wanken, doch Dryden stabilisiert ihn mit der Schulter.

Den Toten schleppt er zu einer mit Mosaiken verzierten Bank, wo er der Jugendlichen, die sich gerade mit dem Biennale-Plan Luft zufächelt, erklärt: »Bitte entschuldigen Sie meinen Freund, der ist hinüber.«

Sie gähnt nur und ignoriert ihn.

Den nächsten Agenten findet Dryden in einem Raum, wo von der Decke Regen in einen verspiegelten Trog fällt. Der Agent sieht Dryden in der Spiegelung und fängt dessen Hand grinsend ab.

»Er hat mir gesagt, dass Sie tanzen wollen«, zischt der Mann mit mitteleuropäischem Akzent. Er hat keine sichtbaren Tätowierungen, die Hände sind mit roten Ekzemen übersät.

»Meine Tanzkarte ist schon voll«, erwidert Dryden. Er entwindet dem Mann sein Handgelenk und hätte ihm einen Schlag gegen die Kehle verpasst, doch das wehrt der Agent mit dem Oberarm ab.

Es ist ein Tanz, allerdings ein enger, der auf wenig Raum stattfindet, während ihnen der Regen auf die Schultern fällt, keiner von beiden blinzelt und die Menge ahnungslos an ihnen vorbeizieht, bis Dryden dem Agenten den Abzugsfinger bricht.

»Wer hat Rattenfänger gesagt, dass sie Hyde warnen sollen?«, fragt er.

»Wer hat Ihnen gesagt, dass Sie den heutigen Tag überleben dürfen?«, entgegnet der Agent und tritt Dryden auf den Fuß.

Dryden grinst. »Dafür brauche ich keine Erlaubnis. Ich kann selbst entscheiden, ob ich atme. Wie ist das bei Ihnen? Ist Ihr Gehaltsscheck es wert, dafür zu sterben? Einen von euch habe ich schon umgebracht.«

Eine schnelle Bewegung, dann hat der Mann die Hände befreit und hält darin ein blitzendes Messer. Der Lärm im Raum schwillt an, als eine große Gruppe hindurchdrängt. Dryden wählt den direktesten Weg und verpasst dem Agenten mit aller Kraft eine Kopfnuss. Dieser bricht ohnmächtig zusammen und fällt in die Pfütze. Bevor irgendjemand etwas bemerkt, wird er in sieben Zentimeter tiefem Wasser ertrinken.

Hyde entdeckt Dryden in einem mit schwarz-weißen Texten bedruckten Raum, in dem die Aufforderung an die Betrachter lautet: *Please Care*. Auf diesem Auge scheint Hyde jedoch blind zu sein, denn er blickt auf sein Handy.

»Was ist los?«, fragt Dryden.

Hyde zuckt zusammen. »Er will sich verdammt noch mal nicht hier mit mir treffen! Sagt, sie hätten gehört, dass es nicht sicher ist, und die sind verdammt schreckhaft, bestehen darauf, das Geschäft im Conservatorio di Musica Benedetto Marcello abzuwickeln. Es lohnt sich fast nicht mehr, bei dem Spiel mitzumachen.«

Mitfühlend schnalzt Dryden mit der Zunge. »Aber nur fast. Na los. Machen wir uns auf den Weg.«

Der Ausgang liegt hinter einem Raum, der voller feuchter Erde ist. Im Dämmerlicht wachsen Pflanzen. Eine lebende Installation. Mit der Hand an Hydes Ellbogen kann Dryden nicht langsamer gehen, trotzdem atmet er alles ein. Diese Schönheit, die Schönheit des Lebens, für die es sich zu kämpfen lohnt.

35

HALTET DIE UHREN AN

Altaigebirge · Donnerstag · Sechs Stunden vor der Greenwich-Zeit, fünf Stunden vor der venezianischen Zeit

Eine Viertelstunde bevor eine Kugel durch das Bibliotheksfenster des Conservatorio di Musica Benedetto Marcello in Venedig gefeuert wird und über sechstausend Kilometer entfernt schiebt Johanna Harwood Teddy Wiltshires Leiche von sich herunter. In Wiltshires Oberkörper prangt ein Loch, wie ein Sonnenfleck in tropfendem Rot. Sie setzt sich auf, wischt sich sein Blut aus dem Gesicht. Ihr brennt die Kehle. Sie war so kurz davor, herauszufinden, wo man James gefangen hält. Harwood stellt die Füße auf den Boden. Ihr Kopf hämmert. Die Muskeln zittern. Die Wunde an ihrem Arm blutet. Es dröhnt in ihren Ohren. Sie schafft es, die Arme um Marilyn Aliyeva zu legen und sie auf die Chaiselongue zu heben. Marilyns Puls ist schwach, aber noch lebt sie.

Wände und Boden drehen sich um sie, als Harwood den Flur entlang und durch den zentralen Raum stolpert. Noch immer hängt Schmauch in der Luft und es stinkt wie in einer Metzgerei. Sie kämpft sich in ihre Jacke und stemmt sich mit der Schulter gegen die Tür des Haupteingangs, die nun viel schwerer ist. Wie eine Ohrfeige weckt die Kälte sie auf. Sie schiebt sich durch den Schnee, rutscht auf einem vereisten Felsen aus und kommt dann wieder auf die Beine. Der Himmel spendet nur wenig Licht. Harwood stapft um die Kuppel herum bis zum Stellplatz des Hubschraubers. Dort wird sie die Motoren überprüfen und sich auf den Start vorbereiten, dann Marilyn holen. Auf der laminierten Landkarte ist kein Krankenhaus eingetragen. Sie muss riskieren, nach Gorno-Altaysk zu fliegen.

Harwood bleibt stehen. Das Netz, das den Hubschrauber bedeckt hat, flattert lose herum. Der Hubschrauber ist weg.

Harwood zieht es den Boden unter den Füßen weg, ihr wird schwindelig und sie schnappt nach Luft. Wer könnte ihn genommen haben? Wie konnte sie diesen weiteren Mann nicht bemerkt haben? Sie hat sich bis ans Ende von allem durchgeschlagen und hat dann die einzige Sache übersehen, die letztlich wichtig war – das Mittel, mit dem sie Marilyn aus diesem Gebirge und in ein Krankenhaus schaffen könnte, bevor diese einen Schock erleidet, das Mittel, mit dem sie mit dem MI6 kommunizieren und ihn vor Dreifachnull warnen könnte, das Mittel, um ihre Suche nach James fortzuführen, der »zu Hause« ist, aber welches Zuhause und in welchem Land, das kann sie nun, ohne jede Hilfe, nicht herausfinden.

Harwood hört die eigenen Zähne klappern und beißt sie fest zusammen. Jetzt nicht. Noch nicht. Aufgeben ist keine Option.

Da erinnert sie sich an Joseph Drydens Worte. *Falls du mich je brauchst, ruf mich an und ich eile herbei.*

Harwood rennt zum Generator. Sie schaltet den Strom wieder ein – doch der Hebel klemmt. Durch Rost und Kälte steckt er fest. Dreimal versucht sie es, bevor sie mit einem frustrierten Schrei aufgibt. Sie kann den Strom nicht wieder einschalten.

Such ein Telefon.

Harwood muss eine Hand ausstrecken, um das Gleichgewicht zu halten, während sie die Kuppel durchsucht. Nicht mal ein Funkgerät. Keine Handys in den Taschen der Toten. Aber da ist ein Laptop, er steht vor dem gestohlenen Vermeer.

Aus dem Schränkchen holt Harwood eine Flasche Whisky und nimmt den Laptop mit ins Schlafzimmer, wo sie erneut Marilyns Puls fühlt und sich wieder in den Eames-Sessel fallen lässt. Der Laptop verlangt einen Gesichtsscan. Harwood hält ihn über Wiltshires Leiche. Er ist noch warm, aber tot. Glücklicherweise lesen Computer keine Seelen. Sie ist drin.

Harwood trinkt einen Schluck Whisky. Er brennt ihr kurz in der Kehle.

Ein Router ist aufgeführt, aber grau hinterlegt. Kein WLAN – mit dem Laptop kann sie keinen Anruf tätigen. Harwood erinnert sich an die Schüssel auf dem Dach – Satelliteninternet. Wegen des Stromausfalls funktioniert das Modem nicht.

Gerade will sie das Modem untersuchen, da fällt ihr auf dem Desktop ein Ordner mit dem Namen »Konten« auf. Er enthält Tabellenkalkulationen. Harwood öffnet die zuletzt bearbeitete. Das Dokument listet Verkäufe von »Teddybären« auf. Am Dienstag wurden einhundert verkauft – das war vorgestern. Damit ist der Gewinn für dieses Jahr auf eine Million gestiegen. Falls Teddy der Menschenhandel-Janus ist, bedeutet das, dass er gerade die Schwelle überschritten hat, mit der sein Geld der Sache nützt. Der Countdown von sechs Tagen hat vorgestern begonnen. In vier Tagen findet irgendwo ein Terroranschlag statt. Allerdings stehen in der Spalte mit

Überweisungen keine Daten. Er hat das Geld verdient, es aber nicht online an den Banker überwiesen. Bedeutet das, dass er wirklich der Mann war, der das Sagen hatte?

Harwood reibt sich die Augen. Zu der Tabelle gehört ein Ordner mit Fotografien. Sie öffnet die Bilder, die ihr eins nach dem anderen die Galle hochkommen lassen. Fotos von Frauennacken, Männerhände drücken ihnen den Kopf so weit nach vorne, dass die Kamera den Strichcode gut einfangen kann, der ihnen auf die rote Haut tätowiert wurde.

Möglicherweise war Teddy Wiltshire der Banker, *möglicherweise* wusste er, wo James ist, und *möglicherweise* hätte sie von ihm mehr Informationen erhalten können, mit denen man Leben hätte retten können – doch trotz all dieser Bedenken ist Harwood in diesem Augenblick schrecklich froh, ihn getötet zu haben.

Harwood betrachtet Wiltshire, der lang ausgestreckt auf dem Bett liegt und mit jeder Sekunde weiter ausblutet. »Mal gewinnt man, mal verliert man, Teddy.«

Als Harwood den Laptop schon zuklappen und nach dem Modem suchen will, erregt etwas an dem jüngsten Foto ihre Aufmerksamkeit. Vielleicht der Schwung des schlanken Halses oder die glänzenden Haare. Sie muss an ein anderes Bild denken. Ein Überwachungsfoto, das ein Paar auf einer Party von hinten zeigt. Der Mann hatte der Frau den Arm um die Taille gelegt. Er hielt eine Rede, den anderen Arm erhoben, um ihn herum ein Zuhörerkreis. Das war keine glamouröse Party – ein Treffen bei billigem Wein und Erdnüssen, das im Flur eines Universitätsgebäudes abgehalten wurde. Die Frau sah zu Boden. Das hatte Harwoods Erinnerung ausgelöst – der leichte Höcker in ihrem Nacken, wie ihr die Haare ins Gesicht fielen, als wollte sie lieber irgendwo anders sein.

Vielleicht in den Armen von James Bond, mit dem sie eine Affäre hatte, da James versuchte, ihr Informationen über die Klimaforschungen ihres Ehemanns zu entlocken. Der MI6 glaubte, dass Michail ein Geheimnis hütete, und tatsächlich dauerte es nach der Aufnahme dieses Fotos nicht mehr lange, bis Michail behauptete, von Russland zum Vereinigten Königreich überlaufen zu wollen.

Anna und Michail Petrow, fotografiert, bevor Michail starb und Anna verschwand.

Und das hier ist eine Fotografie von Anna Petrows Hals, auf den ein Strichcode tätowiert wurde.

Harwood starrt an die Wand und sieht dort nicht den nackten Beton, sondern eine Geschichte. Michail war Experte für Geo-Engineering. Im Vorjahr hatte Sir Bertram Paradise die Quantencomputertechnologie von Dr. Zofia Nowak als Teil seines Plans gestohlen, die Polkappen zu schmelzen und den Meistbietenden neue Handelsrouten zu verkaufen, indem er Geo-Engineering-Technologie verwendete. Er wurde von Rattenfänger unterstützt. War es da nicht sehr wahrscheinlich, dass Sir Bertram das Gerät zum Geo-Engineering Michail Petrow abgenommen hatte, der James einmal beiläufig erzählt hatte, dass seine Finanzierung nicht vom russischen Staat stamme? Sie musste von Rattenfänger stammen. Als es danach aussah, dass Michail dem MI6 gegenüber als Whistleblower gegen Paradise aussagen würde, muss Rattenfänger gehandelt haben. Er wurde in einem Hotelzimmer in Sydney ermordet. Anna verschwand. Und nun ist sie – falls Harwood recht hat – von Rattenfänger gefangen, aber nicht sofort umgebracht, sondern stattdessen verkauft worden. Zu welchem Zweck? Falls Teddy nicht gelogen hat und James noch lebt, kann das nur bedeuten, dass Rattenfänger etwas von ihm will, das er noch nicht preisgegeben hat. Welches Druckmittel wäre besser als eine Frau, die James Bond zu beschützen geschworen hat?

Harwood hängt sich die Kamera ihres Vaters um den Hals und überprüft, wie viele Aufnahmen ihr noch bleiben. Nur noch eine. Sie fokussiert das Foto mit dem Strichcode-Tattoo auf dem Laptopbildschirm und macht die Aufnahme. Dann klappt sie den Laptop zu.

Marilyn ist blasser geworden, aber durch den Schlauch in ihrem Hals pfeift weiter leise die Luft. Ein Ort der Macht, an dem das Unmögliche geschehen kann.

Der Router steht in einem Fach unter den Schädeln. Seine Leuchten sind aus. Das Modem steht auf dem Schreibtisch, ebenfalls aus. Harwood durchsucht die Schubladen nach einer Notfallbatterie, dann die Regale, den Lagerraum, den Schlafsaal der Männer. Nichts. Sie richtet eine Reihe von Flüchen an Teddy Wiltshire, weil er der schlechteste Prepper aller Zeiten ist. Danach kehrt sie zum Laptop zurück, bringt ihn zum Schreibtisch und stellt ihn neben das Modem, dann holt sie den Werkzeugkasten aus dem Lagerraum.

Harwood wischt sich den Schweiß von der Stirn und hinterlässt dabei blutige Streifen. Für eine Chirurgin sind ihre nächsten Aktionen schändlich schlampig. Wohlwollend betrachtet könnte man sie als Heath-Robinson-Gerät bezeichnen, ein englischer Ausdruck, den sie nicht aus den Cartoonzeichnungen einer sinnlos komplizierten Maschine kennt, die von Klebestreifen und Fäden zusammengehalten wird, sondern aus ihrer MI6-Ausbildung, wo man ihr von der gigantischen Maschine erzählte, mit der im Zweiten Weltkrieg die Codes der Deutschen geknackt wurden und die von den Frauen, die ihre Drähte und Rollen bedienten, Heath

Robinson genannt wurde. Zuerst dreht sie den Laptop auf die Seite. Dieser muss unbedingt eingeschaltet bleiben, während sie die hintere Abdeckung abnimmt und den 11,1-Volt-Akku sucht. Ein unachtsamer Augenblick und der Laptop könnte abstürzen, ohne jede Garantie, dass sie ihn wieder einschalten kann. Während sie arbeitet, beißt sie sich auf die Unterlippe. Sie hört die Stimme ihrer Mutter, die ihr sagt, dass sie sich die Chirurginnenhände ruiniert, wenn sie mit den Jungs herumtobt. Doch ihre Hände zittern nicht, als sie die Drähte durchtrennt und abisoliert, um sie dann mit dem Modem zu verbinden, aus dem nun ebenfalls die Innereien heraushängen. Sie hält die Kupfernerven aneinander. Das Modem leuchtet auf.

Harwood kniet vor dem auf der Seite liegenden Laptop und legt den Kopf schief – noch immer kein Empfang. Sie dreht sich um, der Router ist weiterhin aus. Verdammt. Sie braucht mehr Spannung, um das Signal zu verbessern. Aber wenn diese zu hoch ist, wird das System überlastet. Harwood sieht sich im Raum um. Alle elektrischen Geräte sind an die Hauptleitung angeschlossen. Keine Fernbedienungen. Keine Kameras. Sie stützt den Kopf auf die Hände – doch dann setzt sie sich auf und starrt auf Sids Casio an ihrem Handgelenk. Die Batterie würde drei Volt liefern. Genau richtig.

Aber wenn Harwood die Batterie herausnimmt, laufen die Minuten nicht mehr weiter. Sie würde die Uhren anhalten. Sids Zeit würde ablaufen.

Irgendwo muss es an diesem Ort doch noch eine Uhr geben. Eine entdeckt sie am Handgelenk eines Mannes, den sie mit Kugeln durchsiebt hat, aber deren Batterie ist zerbrochen. Eine weitere findet sich an Teddy Wiltshires Handgelenk, aber die läuft mit Selbstaufzug. Verzweifelt fährt sich Harwood durch die Haare und sucht nach irgendeinem anderen Weg, als sie hört, dass Marilyns ohnehin schon langsame Atmung noch langsamer wird.

Harwood kehrt an den Schreibtisch zurück und lässt die Uhr vom Handgelenk gleiten. Ein geisterhafter Abdruck bleibt dort zurück, wo die Sonne nicht hingelangt ist. Die Uhr sagt, dass sie an diesem Tag bereits seit fünfzehn Stunden und zwanzig Minuten ohne Sid lebt. Harwood sucht sich den kleinsten Schraubendreher und nimmt die hintere Abdeckung der Uhr ab. Die Batterie ist ein großer Punkt, den sie aus seinem Satz hebelt. Die Zeit bleibt stehen.

Harwood verbindet die Kabel mit der Drei-Volt-Stromquelle.

Der Router leuchtet auf.

Der Laptop hat eine Verbindung.

Harwood öffnet FaceTime und navigiert mit vorsichtigen Fingerspitzen, um die unsichere Verbindung nicht zu gefährden. Sie tippt Joseph Drydens Handynummer ein. Es klingelt einmal, zweimal – dann dringt Drydens ruhiges »Hallo?« zu Johanna Harwood am Ende von allem durch und sie lächelt. Die Muskeln ihres Gesichts scheinen nach langer Zeit wieder zu erwachen. Dabei wird ihr klar, dass ihre Wangen tränennass sind.

»Geh offline«, sagt sie.

»Aisha, unterbrich den Stream«, fordert Dryden. Eine kurze Pause entsteht. »Mach es.« Noch eine Pause. »*Mach es.*« Dann endlich sagt Dryden: »Ich bin offline. Bist du in Ordnung? Du klingst …«

Harwood unterbricht ihn. »Ich brauche deine Hilfe, Exfiltration aus der Radarkuppel südlich von Ukok im Altaigebirge. Der MI6 darf nichts davon wissen. Absolute Geheimhaltung.«

»Ich bin zu weit weg – aber Tiger Tanaka können wir vertrauen.«

Der Leiter des japanischen Geheimdienstes und ein Freund von James, der Dryden im letzten Jahr das Leben gerettet hat. Harwood stimmt zu.

»Gibt es Verluste?«, fragt Dryden.

»Ziviler Kollateralschaden. Nicht viel Zeit.«

»Verstanden«, sagt Dryden.

Harwood schluckt, um sich die Kehle zu befeuchten, damit sie sprechen kann – die Bewegung brennt. »Wiltshire handelt mit Menschen. Vorgestern hat er eine Million eingenommen, aber keine Überweisung getätigt. Ein Fluggerät hat meine Position verlassen. Falls das Geld den Banker erreicht, findet in vier Tagen ein Anschlag statt.«

»Verstanden. Wir versuchen gerade, den Banker zu identifizieren.«

Harwood steht auf. »Joe – bist du mit Dreifachnull zusammen?«

»Er sollte gleich …«

Sie beugt sich über den Laptop und bellt: »In Deckung.«

»Was?«

»Du befindest dich in Lebensgefahr, er ist …«

Ein Klirren, ein Ploppen, dann ist die Leitung tot.

»Joe? Dryden? 004?«, ruft Harwood.

Nichts. Ihre Verbindung steht noch. Als Harwood die Nummer erneut eintippt, gibt der Akku auf und der Laptopbildschirm wird schwarz.

Hat er die Warnung gehört?

Harwood senkt den Blick auf die Uhr in ihrer Hand, die nun tot ist. Das einzige Geräusch, das sie neben dem Klingeln in ihren Ohren wahrnimmt, kommt aus dem Schlafzimmer:

Marilyns gedämpftes, verzweifeltes Atmen durch den Schlauch und das Tropfen von Blut aus Wiltshires Brust, das über das Bett läuft und vom Laken aufs Parkett tropft. Harwood drückt die Casio an die Stirn.

36

AGENT AM BODEN

Venedig · Donnerstag

Kurz bevor Johanna Harwood ihren Anruf tätigt, ziehen sich Wolken über dem inneren Dock des Arsenale zusammen, vor denen sich der historische Hydraulikkran, der sich dem dunkler werdenden Becken entgegenneigt, als bedrohliche Silhouette abzeichnet. Joseph Dryden schlägt den Kragen hoch und drängt Friedrich Hyde an den Menschen vorbei, die am Kaffeestand Schlange stehen und überlegen, ob sie sich unterstellen sollen. Als sie sich den Kolonnaden der Schiffswerft nähern, sieht Dryden, dass über den Bögen ein Bildschirm installiert wurde, auf dem Bilder von geisterhaften Quallen abgespielt werden und eine Menschenmenge verzaubern – mit Ausnahme von zwei militärisch wirkenden Männern, die dem Video den Rücken zugewandt haben und in Hydes und seine Richtung blicken. Beide tragen große Sonnenbrillen, obwohl die Sonne nicht mehr zu sehen ist. Beide tragen Ohrhörer. Beide sind bewaffnet – wie Dryden an ihren ausgebeulten Jacketts erkennen kann. Sie versperren den Ausgang. Was wahrscheinlich bedeutet, dass zwei weitere von hinten kommen und den Eingang versperren.

Sie sind eingekesselt.

Zumindest wären sie das, wenn Venedig keine Stadt auf dem Wasser wäre.

In der Werft liegt ein blau-weiß gestreiftes Rennboot, auf dem in nach hinten geneigter Kursivschrift *POLIZIA* steht. Die Höchstgeschwindigkeit auf dem Canale Grande und anderen, kleineren zentralen Kanälen liegt zwischen fünf und sieben Kilometern pro Stunde. Allerdings kann die Polizei bis zu vierzig Kilometer pro Stunde fahren, ohne dass jemand mit der Wimper zuckt.

Hinten im Boot steht ein einzelner Beamter und betrachtet die Aufnahmen der Quallen, wahrscheinlich wartet er darauf, dass sein Partner mit einem Kaffee zurückkehrt.

Das Polizeiboot liegt genau zwischen Dryden und Hyde und den feindlichen Kämpfern.

»Gehen Sie weiter«, sagt Dryden. »Tun Sie so, als würden wir durch die Werft auf den Ausgang zugehen.«

»Tun wir das nicht?«, fragt Hyde und wischt sich mit einem gepunkteten Taschentuch über die Stirn.

Als sie am Boot ankommen, holt Dryden sein Portemonnaie aus der Tasche und klappt es so auf, dass eine Karte zu sehen ist, die ihn als irgendeinen generischen internationalen Gesetzeshüter ausweist. Gestikulierend nähert er sich dem Polizisten, der so jung wirkt, dass Dryden Schuldgefühle bekommt, als er in das Boot hinuntersteigt und ihn mit einem einzigen Schlag ausknockt. Der Beamte fällt aufs Deck. Dryden zerrt ihn in die Kabine und überprüft dann, wie viele Leute bemerkt haben, was er gerade getan hat. Niemand. Die Menge betrachtet noch immer die Quallen.

»Ich liebe Kunst«, kommentiert Dryden trocken, dann packt er Hyde an der Krawatte und zerrt ihn aufs Boot.

Die Gegenseite wird aufmerksam.

Dryden lässt den Motor an, wendet das Boot und rast durch das Dock, dann macht er eine weitere Kehre und fährt mit Vollgas in den Canale dei Marani und an sechs riesigen Armpaaren vorbei, die sich von den Ufern über das Wasser strecken und Brücken bilden. Dass die Hände, deren Finger sich miteinander verschränken, für Hoffnung stehen, weiß Dryden nicht, trotzdem wird er darauf aufmerksam, als das Polizeiboot an dem mit blühenden Büschen überwucherten Wachturm vorbeischnellt und das offene Wasser erreicht. Er schaltet die Sirene ein.

»Sag Dreifachnull, dass ich zum Conservatorio di Musica Benedetto Marcello fahre«, sagt er.

»Verstanden«, erwidert Aisha. »Auf den Satellitenbildern sieht es so aus, als hättest du gerade ein Polizeiboot gestohlen. Das hast du doch nicht, oder?«

»Der Fachbegriff lautet widerrechtlich beschlagnahmt«, kontert Dryden. »Hab ein Ohr auf den Polizeifunk, ja? Das Funkgerät hier funktioniert plötzlich nicht mehr.« Er tritt dagegen. Ihm ist nicht nach Reden zumute.

»Rattenfänger weiß offensichtlich auch, wie man etwas widerrechtlich beschlagnahmt. Ihr werdet von einem Boot verfolgt. Ende.«

Die Feinde verfolgen sie in einem glänzenden Wassertaxi.

»Fesseln Sie dem Polizisten die Hände, falls er aufwacht«, sagt Dryden. »Und legen Sie ihn in die stabile Seitenlage. Hey! Ein bisschen plötzlich!«

Friedrich Hyde läuft knallrot an. »Ich glaube, Sie vergessen sich, Jungchen.«

Dryden lenkt das Boot in den Canale di San Nicolò, vorbei an der geschwungenen Küstenlinie des Lido, wo am

Kanalufer vereinzelte Villen mit rissigen Stuckfassaden und leere Restaurants stehen. »Manchmal vielleicht, aber heute nicht«, widerspricht Dryden. »Also tun Sie, was ich sage, und dann ducken Sie sich, während ich Ihnen Ihr wertloses Leben rette.«

»Dieses Verhalten werde ich nicht tolerieren. Sie sind doch alle Barbaren! Diese gesamte Beziehung basiert darauf, dass wir beide davon profitieren. Ich bin kein fanatischer Anhänger Ihrer Sache. Wenn ich keine Gewinne sehe, ziehe ich es lieber allein durch. Niemand hält mich davon ab, Geld zu verdienen. Wir handeln seit Generationen mit Antiquitäten, wissen Sie. Seit Generationen.«

Dank Jahrzehnten des Selbstvertrauens und der Straffreiheit kann der Antiquitätenhändler Drydens Blick vielleicht etwas länger standhalten als andere, doch als die Sonne über dem Mittelmeer gegen den Regen ankämpft und die wie eine Schneekugel wirkende Silhouette von San Giorgio Maggiore in tiefe Schatten und blendendes Licht hüllt und das Heulen der Polizeisirenen die Boote auf dem Canale Grande auseinanderscheucht, blinzelt Friedrich Hyde und tut, was er ihm sagt.

Die Gegner lassen sich weder von den durch den Kanal führenden Vaporetti-Linien aufhalten noch von den quer dazu verlaufenden Gondelrouten, die durch die Rufe der Gondoliere an vorbeifahrende Kollegen miteinander verbunden sind, und auch nicht von der stoischen Beharrlichkeit der Lieferboote, die an Hotels und Restaurants halten, um Kisten abzuladen und den Inhalt von Kühlschränken loszuwerden, die so groß wie Gräber sind. Dryden beschleunigt auf über vierzig Kilometer pro Stunde, als Aishas Stimme gegen die Sirene ankämpft, um ihm zu sagen, dass der Kollege des

Polizeibeamten endlich seinen Kaffee bekommen hat und versucht, seinen Partner per Funk zu erreichen. Die Sonne erlangt die Oberhand und lässt den Canale Grande so blank erstrahlen, dass die Paläste, an denen sie vorbeirasen, sich in diesem Glas spiegeln. Dryden spritzt die Gischt ins Gesicht. Grinsend schüttelt er den Kopf.

Vor ihnen steht die Ponte Accademia und kündigt sich durch den Lärm von Souvenirverkäufern und die Rufe und trampelnden Schritte der Touristen an, die sich für ein Foto in die Schlange stellen.

»Rechts abbiegen!«, ruft Aisha.

Dryden reißt das Steuerrad herum und rast den engen Rio dell'Orso auf einer Bugwelle entlang, die die wartenden Gondeln schaukeln lässt. Ein junger Gondoliere im gestreiften Shirt, der sich über sein Handy beugt, setzt sich auf und schimpft Dryden hinterher. Dieser ruft ihm eine Entschuldigung zu, packt Hyde hinten am Hemdkragen und zerrt ihn hoch aufs Straßenpflaster. Das Röhren eines Motors verrät, dass die Feinde gerade in den Kanal eingebogen sind. Dryden erhascht einen Blick auf einen belebten Platz, in dessen Mitte ein Louis-Vuitton-Stand mit grüner Markise Stadtpläne von Venedig verkauft. Menschen aus aller Welt schlendern in gemütlichen Gruppen vorbei, zerstreuen sich, um Freunde zu begrüßen, und finden sich wieder zusammen, eine Mischung aus Haute Couture und Biennale-Totebags vor einer Geräuschkulisse aus kläffenden Hunden und dem Klirren oranger Gläser unter Aperol-Spritz-Markisen.

Die geschwärzte Fassade des Conservatorio di Musica Benedetto Marcello lässt ein zurückgezogenes Leben vermuten, doch das Gebäude ist für eine kollaterale Veranstaltung der Biennale geöffnet. Als Dryden Hyde durch die schwere Tür schiebt, schnürt ihm das Wort *kollateral* die Kehle zu. Wer oder was wird heute der Kollateralschaden sein? Im Innenhof bietet die kühle Stille einen Augenblick Entspannung, die dunklen Steine und schweren Säulen erinnern an ein Kloster.

»Wo will Ihr Käufer sich treffen?«

»In der Bibliothek.«

»Und Sie konnten das nicht einfach per Textnachricht klären?«, murmelt Dryden und zerrt Hyde hinter einer Säulenreihe in Deckung.

»Der persönliche Handschlag ist sehr wichtig«, erklärt Hyde und späht um die Säule herum auf die zwei Rattenfänger-Agenten, die hereinkommen, ihre Position halten und ihre Umgebung überprüfen.

»Endlich etwas, in dem wir uns einig sind«, meint Dryden. »Warten Sie hier.«

Dryden schlendert auf die beiden Männer zu, die sich sofort trennen, sodass sie mit ihm ein Dreieck bilden. Der Blick, den sie sich zuwerfen, ist zwar hinter ihren großen Sonnenbrillen verborgen, aber ein leichtes Nicken mit dem Kinn verrät Dryden, dass es gleich losgeht.

Auf Gewalt zu warten ist genauso schlimm, wie auf eine Belohnung zu warten, vielleicht ist es sogar ein und dasselbe, wenn man wie Dryden tickt. Jedenfalls begrüßt 004 den ersten Schlag, den er mit dem Unterarm abwehrt und dann dem zweiten Angreifer den Ellbogen in die Brust rammt, doch der Mann trägt eine kugelsichere Weste unter dem Hemd. Den Aufprall spürt Dryden wie eine Schockwelle im Arm. Er nutzt diese Energie, um dem ersten Angreifer einen rechten Haken zu verpassen, aber der duckt sich gerade noch rechtzeitig darunter hindurch, sodass Dryden nur seine Haare streift. Sofort zieht er ihm mit einem Tritt die Beine unter dem Körper weg. Der zweite Agent springt Dryden auf den Rücken. Er verpasst ihm mit dem Hinterkopf eine Kopfnuss und erwischt den Mann am Mund, sodass diesem ein Zahn abbricht.

Dryden dreht sich um sich selbst, packt den Mann mit beiden Armen und wirft ihn aufs Pflaster. Aber der erste Agent hat sich erholt und stößt Dryden gegen die unverputzte Backsteinwand. Dieser spannt die Bauchmuskeln an, als die Schläge kommen. Zum Boxtraining gehört auch, zu üben, sich wie ein Boxsack zu verhalten, daher wehrt Dryden, so viele Schläge er kann, ab und steckt die übrigen ein. In einem Zimmer über ihnen mit offenem Fenster versucht ein Orchester, zusammenzufinden. Das dissonante Klavier macht einen ordentlichen Lärm, gelegentlich gesellt sich ein zaghaftes Horn dazu. Dryden lässt eine Schulter sinken, dreht sich, packt den Mann am Kragen und lässt ihn in die Wand krachen, dann tritt er ihm ins Gesicht, als er hinfällt. Als er sich aufrichtet, blickt er in die Waffe des Feindes. Dryden zögert nicht – er wirft sich auf den Mann. Die Kugel durchschlägt eine Fensterscheibe und die Musik endet abrupt, stattdessen hört er Sirenen, die immer lauter werden. Dryden packt den Mann an der Schusshand und verdreht sie, einmal, zweimal, bis das Handgelenk bricht. Dann schlägt er ihn mit einem rechten Haken gegen die Schläfe k. o.

Dryden steigt über seinen schlaffen Körper, zerrt Hyde aus seinem Versteck und stößt ihn entgegen dem Strom panisch fliehender Menschen durch die Glastüren, über den Boden mit Schachbrettmuster und die Treppe hinauf. Der Aufruhr lässt die Kronleuchter klirren. Er treibt Hyde durch einen offenen Säulengang, in dem Skulpturen ausgestellt werden, in die verlassene Bibliothek.

Der Käufer erwartet sie in den Schatten der Bücherregale. Sein Anzug schreit nach Geld. Seine Bräune schreit nach Wüste. Wie ein Käufer für ein Museum oder eine Galerie wirkt er nicht. Auf keinen Fall kann er behaupten, an dem Schwert würde kein Blut kleben oder sonst einen Schwachsinn oder dass er die ganze Sache für unproblematisch gehalten hätte – er nutzt für seine Geschäfte eine Situation aus, die unangenehm an eine Belagerung erinnert. Allerdings scheint ihn das nicht zu stören. Die Bartstoppeln und kurz geschorenen Haare an Seiten und Hinterkopf deuten darauf hin, dass er beim Militär war. Dryden würde auf einen Waffenhändler wetten, ein kleiner Warlord, der seinen Rivalen mit dem Schwert vor der Nase herumwedeln will. Als der Käufer Hyde sieht, flucht er laut und ausgiebig auf Italienisch.

Dryden atmet durch. »Jetzt oder nie«, erklärt er Hyde.

Der Antiquitäten-Janus wirkt wie verwandelt, als er den Umschlag mit den Fotografien und Herkunftszertifikaten schwungvoll aus der Tasche zieht. »Sie wissen, dass dieses Stück das Wort *selten* ganz neu definiert – das ist für Sie die einmalige Gelegenheit, ein Stück *Geschichte* zu besitzen. Es wird kein weiteres Mal auf den Markt kommen.«

Mit vollem Körpergewicht schiebt Dryden einen riesigen Eichentisch gegen die Tür.

»Ich will das hier nicht ausstellen und dann als Lügner bezichtigt werden«, sagt der Käufer. »Schwören Sie, dass seine Herkunft gesichert ist?«

»Hab's den Kopftuchträgern selbst abgenommen«, erklärt Hyde.

Dryden verzieht den Mund und stößt einen Aktenschrank um.

Das Klatschen eines schwitzigen Handschlags ertönt.

»Ich überweise jetzt das Geld, aber das war das letzte Mal, dass wir uns persönlich getroffen haben. Sie sind ein Dinosaurier, der den Asteroiden nicht kommen sieht, wissen Sie das?« Hyde schnalzt mit der Zunge. Er streckt ihm sein Handy hin. »Nur noch Ihr Daumenabdruck. Wir haben keine Zeit zu verlieren, altes Haus.«

Verdammt noch mal, wo ist Dreifachnull? Das Gebäude erzittert unter Polizeistiefeln. Wenn das so weitergeht, muss er sich zu erkennen geben und einen internationalen Zwischenfall auslösen.

In den Fenstern auf der anderen Seite des Hofs sieht er Schatten, die sich bewegen.

Der Käufer drückt seinen Daumen auf Hydes Handydisplay.

»Das war's«, murmelt Dryden. »Die Zeit läuft. Sechs Tage, bis es bumm macht, mit meiner Beute bezahlt.«

»Bin dran«, erwidert Aisha. »Jetzt muss Hyde nur noch die Transaktion an den Banker durchführen, dann verfolgen wir sie.«

Irgendetwas klingelt. Er hat sich so sehr an die Stimmen des MI6 in seinem Kopf gewöhnt, dass es einen Augenblick dauert, bis Dryden begreift, dass es sein Handy ist. Er holt es aus dem Mantel. Unbekannte Nummer.

»Hallo?«

»Geh offline.«

Johanna Harwoods Stimme.

Dryden zögert nicht. »Aisha, unterbrich den Stream«, sagt er. Sie widerspricht, gibt aber schließlich nach. »Ich bin offline. Bist du in Ordnung? Du klingst …«

Johanna Harwood unterbricht ihn: »Ich brauche deine Hilfe, Exfiltration aus der Radarkuppel südlich von Ukok im Altaigebirge. Der MI6 darf nichts davon wissen. Absolute Geheimhaltung.«

»Ich bin zu weit weg – aber Tiger Tanaka können wir vertrauen.«

»Verstanden.«

»Gibt es Verluste?«, fragt Dryden.

»Ziviler Kollateralschaden. Nicht viel Zeit.«

Dryden lässt den Blick über die Fenster schweifen. Es gibt immer Kollateralschäden. »Verstanden.«

»Wiltshire verkauft Menschen. Vorgestern hat er eine Million eingenommen, aber keine Überweisung getätigt. Ein Fluggerät hat meine Position verlassen. Falls das Geld den Banker erreicht, findet in vier Tagen ein Anschlag statt.«

»Verstanden. Wir versuchen gerade, den Banker zu identifizieren.«

»Joe – bist du mit Dreifachnull zusammen?«

»Er sollte gleich …«

»In Deckung.«

»Was?«

»Du befindest dich in Lebensgefahr, er ist …«

Eine Kugel, die aus dem gegenüberliegenden Fenster abgefeuert wurde, pfeift durch das klirrende Glas.

Conrad Harthrop-Vane mustert Drydens leblose Gestalt kurz durch das Zielfernrohr seines Scharfschützengewehrs. Sie wird halb von einem Bücherregal verdeckt. Dann nimmt er Friedrich Hyde ins Visier, legt den Finger an den Abzug und schießt dem Antiquitätenhändler den Kopf weg. Er sieht zu, wie der Käufer durch eine Tür hinten in der Bibliothek entkommt. Soll er sich doch das dämliche Schwert schnappen und sich verhaften lassen, er hat keine Ahnung und das Geld kommt jetzt nicht mehr beim Banker an. Keine Transaktion, keine Spur. Nun wird der MI6 denken, dass kein Angriff stattfinden kann. Ein Trostpreis, auch wenn sie die Identität des Leiters der Grey Group nicht bekommen haben. Selbstverständlich findet die Aktion in vier Tagen trotzdem statt. Dafür hat Teddy Wiltshire mit seinem Frischfleischhandel gesorgt.

Harthrop-Vane verstaut das Scharfschützengewehr in seinem Kasten. Dasselbe Modell, das Trigger bevorzugt hat. Er lässt den Kasten am Fenster stehen, zieht die Handschuhe aus und stopft sie sich in die Taschen, als er die Galerie verlässt und sich in den Menschenstrom einreiht, der den Gang verstopft. Dabei meldet er kurz im Regent's Park, dass 004 tot ist. Einen Helden erkenne man daran, hat er einmal gehört, dass er der Gefahr entgegenrenne, während andere wegrennen würden. Jetzt rennt er auf die Bibliothek zu, zieht seinen Ausweis aus dem Portemonnaie und wedelt damit vor den Polizisten herum, die ihm den Weg versperren. In seiner Tasche vibriert sein Handy. Als er danach greifen will, packen die Polizisten ihn am Arm und stoßen ihn gegen die Wand.

»*Polizia internazionale!*«, ruft er. »*Polizia internazionale!*«

Die Kugel trifft Dryden mitten in den Oberkörper. Er geht zu Boden, schlägt mit dem Schädel auf dem Marmor auf. Die Decke ziert ein Gemälde voller Wolken, die sich in seinem Blickfeld zu einem Gewitter zusammenziehen. Als er sich die Brust hält, pfeift eine weitere Kugel durch die Luft. Dryden hebt sein Handy auf. Es ist so schwer wie ein gepanzertes Fahrzeug. Er kann nicht atmen. Seine Beine nicht spüren. Er öffnet seine Kontaktliste, scrollt zu TT hinunter und drückt auf Anrufen. Seine Brust fühlt sich enger an als der Innenraum eines Panzers. Seine Hand ist nass.

Tiger Tanaka nimmt ab. »Dryden-san. Bitte sagen Sie mir, dass Sie gerade in Tokio sind und mich besuchen wollen.«

»Lufttransport«, erklärt Dryden. »Radarkuppel südlich von Ukok im Altaigebirge. Verdeckte Operation.«

Kurz raschelt es nur. »Sind Sie in Schwierigkeiten?«

»003. Ich habe versprochen …«

»003 kenne ich nicht. Ich schulde ihm keinen Gefallen und ganz sicher werde ich meinem Piloten nicht befehlen, in den chinesischen Luftraum einzudringen, selbst wenn ich ein Überwachungsflugzeug in der Gegend hätte. Aber da fällt mir ein, Ihnen schulde ich auch keinen Gefallen. Eigentlich schulden Sie mir einen.«

»Johanna und Bond …« Dryden keucht, als ihm ein Presslufthammer die Brust zu malträtieren scheint.

Ein Husten. »Ich verstehe. Ich kümmere mich darum, Dryden-san. Sicher, dass Sie nicht in Schwierigkeiten sind, mein Freund?«

Dryden beendet den Anruf und lässt das Handy fallen. Der Käufer ist verschwunden, um sich das Schwert zu holen. Er muss ihn aufhalten. Also rollt Dryden sich auf die Seite, stützt einen Ellbogen auf und drückt sich hoch. Beinahe schafft er es, auf die Beine zu kommen, aber dann sackt er auf einen Stuhl und landet lang ausgestreckt auf dem Boden. Ein weiterer Niederschlag. Und dieses Mal wird er angezählt.

Joseph Dryden sieht das Licht am Ende des Tunnels. Er läuft über Sand. Hört das Meer. Und Luke Lucks Stimme. Frieden überkommt ihn. Landurlaub.

Es dauert weitere zehn Minuten, bis die Polizei Harthrop-Vane gehen lässt, und selbst dann darf er nicht in die Bibliothek. Allerdings kann er durch die Tür blicken und dabei zusehen, wie die Notfallsanitäter Mühe haben, Joseph Dryden in einen Leichensack zu wuchten, da seine Leiche so schwer und unförmig wie ein Sandsack ist, der von einem Gewitter durchnässt wurde. Diese ganze unerschütterliche Kraft bedeutet nun nichts mehr. Harthrop-Vane hört einen Rettungssanitäter sagen, dass der Schuss mitten in den Oberkörper ging. Sein Handy brummt noch immer. Er geht ran, als die Leiche die Marmortreppe hinuntergetragen wird.

»Bericht, 000«, fordert Moneypenny.

Ihre Stimme klingt tränenerstickt. Harthrop-Vane will ihr sagen, dass dies der Grund ist, warum man keine Lieblinge kultivieren sollte. Vielleicht verliert man sonst sein Lieblingsspielzeug. Bond hat sie schließlich schon verloren. Aber natürlich sagt er das nicht. Er legt Panik und Wut in seine Stimme und erklärt: »Zwei Schüsse, aus der obersten Etage abgefeuert. Die scheiß Polizei lässt mich meinen Job nicht machen. Inzwischen könnte der Schütze überall sein. Ich habe ihnen gesagt, dass sie Venedig abriegeln sollen, aber da haben sie mich nur freundlich daran erinnert, dass wir uns auf einer Insel befinden, auf der jeder Bewohner ein Boot besitzt. Inkompetentes Pack.«

»Beruhigen Sie sich und fahren Sie mit Ihrem Bericht fort«, mahnt Moneypenny. »Aisha hat im Polizeifunk gehört, dass zwei Männer getötet wurden.«

»Ja. Hyde und 004.«

»Dann ist er wirklich …?« Sie spricht nicht weiter.

»Ich fürchte ja, Ma'am. Ich kam nicht zu ihm durch. Die Polizei hat das Gebäude abgeriegelt. 004 war sofort tot.«

37

DAS TELEGRAMM

London · Donnerstag

Phoebe Taylor steht von ihrem Schreibtisch auf, als Moneypenny hereingestürmt kommt, anhält und die Faust gegen die
Wand schlägt, sodass ein gerahmter Druck vom Regent's Park
im Regen herunterfällt.

»Das kann doch nicht stimmen, oder?«

Mit einer energischen Bewegung zieht Moneypenny ihre
Bluse zurecht. »Rufen Sie M an. Ich fahre nach Vauxhall.«

Ibrahim blinzelt – diese Bewegung, wenn man sie denn als
solche bezeichnen kann, scheint Jahre zu dauern. Hinter
geschlossenen Lidern sieht er ihr letztes Treffen, bei dem
er Joseph Dryden die Hand geschüttelt hat. Seine Freude
darüber, dass dieser Mann, den er sehr bewundert hat, ihn
seinen Bruder nannte, hat er für sich behalten. Warum, kann
er nicht erklären, sondern nur bereuen.

Aisha schließt die Tür ihrer Toilettenkabine ab und sinkt zu
Boden. Dabei schlägt sie sich die Hüfte an der Kloschüssel
an. Sie bekommt keine Luft. In ihrer Brust baut sich ein

Schluchzer auf, wie ein Ballon, den man aufpustet – als er platzt, vergräbt sie den Kopf zwischen den Knien und die Hände in ihren Braids, um den Klang des Schocks dort einzudämmen, ein stummer Schrei.

Als Moneypenny M erklärt, was passiert ist, dreht er sich mit seinem Sessel um und blickt auf die Themse hinaus. In Gedanken scheint er ganz woanders zu sein, als er sagt: »Wir müssen die nächsten Angehörigen informieren.«

»Seine Mutter«, sagt Moneypenny.

M nickt. »Früher bekam man Telegramme. Mein Vater starb, nachdem der Frieden geschlossen worden war. Absurd, in vielerlei Hinsicht. Natürlich war ich noch ein Baby, aber mein ältester Bruder hat die Geschichte oft erzählt. Das Klopfen an der Tür. Der Todesengel. So hat man die Telegrammjungen genannt. Meine Mutter gab dem Jungen für seine Mühen zehn Schillinge. Jahre später habe ich sie nach dem Grund gefragt. Wissen Sie, was sie gesagt hat?« Er dreht sich zu ihr um und lächelt schwach. »Für den armen Jungen muss es furchtbar gewesen sein. Einfach furchtbar.«

»Ich glaube nicht, dass Mrs Dryden uns hierfür zehn Schillinge gibt, Sir.«

38

SCHAMBHALA

Von der Dunkelheit bis zum Morgen · Altaigebirge ·
Sechs Stunden vor der Greenwich-Zeit,
fünf Stunden vor der venezianischen Zeit

Es ist ein Akt des Vertrauens. Johanna Harwood weiß nicht, warum die Verbindung zu Dryden abgebrochen ist. Vielleicht war es der Laptopakku. Vielleicht stand er unter Beschuss. Jedenfalls kann sie mit Marilyn nicht zu Fuß aufbrechen, diese aber auch nicht zum Sterben hier zurücklassen. Ihr bleibt nur der Glaube daran, dass Joseph Dryden trotz aller Hindernisse kein Teammitglied mit einer verletzten Zivilistin allein zurücklässt. Also wartet sie, bleibt bei Marilyn sitzen und hält Sids ausgeschaltete Casio fest umklammert.

Sie denkt über das Wort *zu Hause* nach. Teddy Wiltshire sagte, dass James zu Hause sei. Sie weiß, dass er sich weder in London noch in Schottland befindet. Die gesammelten Aufnahmen der Überwachungskameras beider Regionen wurden mithilfe der Demaskierungstechnologie durchsucht, die Aisha entwickelt hat, um Rattenfängers Verschwinde-trick aufzudecken. Außerdem hat James sich im Vereinigten Königreich nie richtig zu Hause gefühlt. Er hatte immer das Gefühl, fremd und nicht ganz englisch zu sein. Er ist schwer zu verbergen. Seine Züge haben etwas Kaltes, Gefährliches. Er sieht zu trainiert aus, zu kampfbereit. Steht zu aufrecht. Selbst für zufällige Beobachter strahlt seine Präsenz aus, dass er den Tod zum Freund hat. James hat das nie gestört. Im Ausland zu sein, das war ihm wichtig. Aber er ist auch nicht in Jamaika, seiner Wahlheimat. Felix Leiter persönlich hat die Insel von oben bis unten durchkämmt.

Möglicherweise meinte Wiltshire nicht James' Zuhause. Wiltshires Haus ist in der Tite Street in London und nach einem Durchsuchungsbeschluss der NCA wurden unterschiedlichste belastende Beweise für Steuerhinterziehung gefunden, aber kein James Bond. Wo war Wiltshire ursprünglich zu Hause? In den Akten stand nichts. Was sah er als Zuhause an?

Harwood legt Marilyn die kalten Finger an die Stirn. Das Fieber steigt.

Vielleicht weiß sie es.

Harwood bittet die Schamanen, die den Zugang zum Ende von allem bewachen, um einen letzten Gefallen, eine letzte wissenschaftliche Unmöglichkeit. Ja, vermutlich könnte sie Marilyn aufwecken und ihr die Frage stellen, wodurch sie wahrscheinlich hohes Fieber und einen schlimmen Schock erleiden würde. Aber genau wie Johanna Harwood eine Lizenz zum Töten hat, hat sie auch den hippokratischen Eid geschworen, keinen Schaden zu verursachen und allen zu helfen. Irgendwo zwischen diesen beiden Polen liegt das Wissen, dass sie nicht das Leben einer Unschuldigen riskieren kann, um James Bond zu retten. Eine Rettung durch solche Mittel würde er auch gar nicht wollen. Also bittet sie die Schamanen um einen letzten Gefallen. Lasst Marilyn aufwachen, bevor Hilfe eintrifft. Und Gott, bitte, lass bald Hilfe kommen.

Ihr Glaube wird durch Motorenlärm belohnt. Harwood stolpert zur Tür und blickt in den Nachthimmel, als die Militärmaschine landet. Sie erkennt die Silhouette einer Kawasaki RC-2, eines japanischen Aufklärungsflugzeugs.

Harwood faltet die Hände. Danke, Joe.

Als sie zu Marilyn zurückkehrt, spürt sie den eisigen Wind im Rücken. Marilyn hat die Augen geöffnet.

Harwood kniet sich neben sie und fühlt ihr den Puls. »Marilyn? Bitte sprechen Sie nicht. Sie haben einen Schlauch im Hals, durch den Sie atmen. Sie werden es schaffen. Hilfe ist da.«

Marilyn liest in Harwoods Gesicht eine ganze Geschichte. Ihr rinnen einige Tränen aus den Augen, bevor sie den Blick durch den Raum schweifen lässt und schließlich an Teddys Leiche hängen bleibt. Ihre Befriedigung ist so alt wie die Menschheit selbst.

»Marilyn, hören Sie mir zu. Welchen Ort nennt Teddy sein Zuhause?« Sie nimmt Stift und Papier vom Nachttisch und legt ihre Hand auf die von Marilyn, sodass sie gemeinsam den Stift halten. »Ich habe Ihnen gesagt, dass ich alles verloren habe. Das ist meine letzte Gelegenheit, etwas zurückzubekommen.«

Marilyn bewegt die Finger. Die Buchstaben sehen wie verwaschene Hieroglyphen aus, aber Harwood weiß, welche Geschichte sie erzählen.

Sankt Petersburg.

Sie drückt Marilyn einen Kuss auf die Stirn.

Nun steht sie vor einer Entscheidung. Sie könnte hier warten und Tiger Tanakas Männer begrüßen, vielleicht sogar Tanaka persönlich. Die Spionin sein, die aus der Kälte zurückkehrt. Die Beweise übergeben, die sie gesammelt hat. Dem System vertrauen.

Harwoods innerer Kompass rotiert.

Vielleicht ist sie paranoid. Vielleicht ist Dreifachnull das letzte Leck. Vielleicht will das System nur das Beste für sie.

Langsam schüttelt Harwood den Kopf, ohne es zu bemerken.

Noch nie wollte irgendein System das Beste für sie. Noch nie wollte irgendein System das Beste für Sid. Selbst James, der Sohn des Systems, wurde von ihm betrogen.

Harwood holt ihre Kamera und hängt sie sich um den Hals. Steckt sich eine geladene Pistole in den Gürtel und zwei weitere Munitionsstreifen und Proviant aus dem Lagerraum in eine Reisetasche. Ein letztes Mal streicht sie Marilyn über die Hand, dann tritt sie in die Kälte hinaus.

Als Harwood den Fuß des Tabyn-Bogdo-Ola erreicht, leuchtet der Pass der Fünf Heiligen hinunter im Sonnenaufgang golden. Die enge Spalte verzweigt sich zwischen den glühenden Felswänden und sie zögert, schiebt ihre Skibrille nach oben. Gerade will sie ihre Karte herausholen, da bewegen sich die Schatten in der rechten Abzweigung. Harwood erstarrt. Der Schneeleopard schleicht heran, versperrt ihr den Weg und sieht ihr direkt in die Augen. Während sich Harwoods komplette Muskulatur verkrampft, erinnert sie sich daran, dass die Einheimischen sagen, der Eingang nach Schambhala liege am Fuße des Tabyn-Bogdo-Ola. Harwood kann die Rippen des Schneeleoparden zählen. Das Tier fletscht die Zähne. Sie könnte ihre Waffe ziehen – könnte ihn wahrscheinlich erschießen, bevor er losspringt. Doch Harwood zeigt ihm langsam die leeren Hände. Lockert die Glieder. Der Atem des Leoparden hängt wie Nebel zwischen ihnen in der Luft. Dann peitscht die Raubkatze einmal mit dem Schwanz, dreht sich um und springt in die Berge davon. Harwood sackt zusammen und vergräbt das Gesicht in den Händen – dabei wird ihr bewusst, dass sie etwas in der linken Hand hält. Sids Uhr ist um ihre Finger geschlungen. Mit dem Daumen wischt sie über das vereiste Glas. Die Sonne reflektiert in ihrer Hand. Sie kniet sich hin und begräbt die Uhr zwischen den Fußspuren der Berggeister am Eingang nach Schambhala. Dann wischt sie sich den Schnee von den Knien und biegt links ab, wo es zur hügeligen Graslandschaft hinuntergeht.

STERNZEIT

NÖTIGUNG

An einem unbekannten Ort · Zeit und Datum unbekannt

Anna Petrow betrachtet die Frau im Spiegel. Wer auch immer sie ist, das ist nicht sie. Diese Frau stimmt dumpf zu, sich auszuziehen, sich vermessen zu lassen, in Kleider und Blusen und Röcke gesteckt zu werden, sich mit einem Kamm an den Haaren ziehen und sich das Gesicht mit Puder und Farbe schminken zu lassen. Diese Frau lächelt, wenn sie dazu aufgefordert wird, weil es vielleicht nie geschehen wird und es schlimmer sein könnte, obwohl es doch bereits geschehen ist und nicht schlimmer sein könnte. Diese Frau ist einverstanden, etwas zu essen, und erbricht das Essen danach nicht wieder. Diese Frau hinterfragt nicht, wo, wann oder was sie ist. Diese Frau stimmt zu, dass es wichtig ist, verführerisch auszusehen, wenn sie James begrüßt. Diese Frau ist einverstanden, erneut mit dem Spion intim zu werden – was er auch will, welche Begierden er auch in der Gefangenschaft entwickelt haben mag, sie wird sie erfüllen. Und dann wird sie ihn lieb und sanft bitten, Rattenfänger das zu geben, was *sie* wollen. Es handelt sich bloß um eine Kleinigkeit. Einen einzigen Informationsschnipsel. Danach kommen sie beide frei. Bringen Sie ihn dazu, wieder etwas zu empfinden. Erwecken Sie seine Sinne. Seine Lebenslust. Seinen Beschützerinstinkt. Betrachten Sie es nicht als Nötigung. Sie retten ihn vor der eigenen Sturheit. Die Frau im Spiegel akzeptiert diese Anweisungen bereitwillig. Aber das ist nicht Anna. Anna betrachtet die Stecknadeln der Schneiderin. Anna sieht zu, wie das Messer zusammen mit dem restlichen Besteck und dem Geschirr abgeräumt wird. Anna lässt sich nicht benutzen. Sie ist fertig. Sie kann nicht mehr. Sie wird sich nicht von James lieben lassen. Sie wird sich nicht von ihm retten lassen. Sie ist nicht mehr da.

TEIL V

DETONATION

DREI TAGE BIS ZUR DETONATION

40

DIE JAGD

Dubai · Freitag

»Die Falknerei hat hier eine viertausendjährige Tradition«, erklärt Viktor Babić, als er auf der obersten Ebene seines Gartens steht. Auf einem Sockel neben ihm ist ein Gerfalke festgekettet, der auf seiner Stange von einem Bein aufs andere tritt. »Die Beduinen fingen Falken auf ihrem Zugweg durch den Nahen Osten und Afrika und trainierten sie für die Jagd nach Nahrung. Wenn der Winter zu Ende ging, entließen die Beduinen ihre Falken in die Wildnis. Dieser Gerfalke wurde mir von einem Scheich geschenkt, dessen Züchter derzeit der Beste ist. Die von den Beduinen gejagte Kragentrappe ist heute beinahe ausgestorben. Vielen meiner königlichen Freunde wurde im Namen des Tierschutzes die Jagdlizenz entzogen. Meine Freunde sind wütend. Diese Tradition ist nicht nur wesentlicher Bestandteil ihres Kulturerbes, so sagen sie, sondern ein Nationalsport. Persönlich sehe ich keinen Sinn in den Bemühungen, die Jagden zu verbieten. Falls die Kragentrappe ausstirbt, liegt das daran, dass sie ihrem natürlichen Feind nicht gewachsen ist. Uns.«

Rachel Wolff nickt verständnisvoll. Marko, der neben ihr auf dem Rattansofa lümmelt, wirkt hinter seiner Sonnenbrille unergründlich. Der Garten ist ein kleines Versailles, eine Reihe wie mit Schablonen gestaltete Rasenstufen, die mit Springbrunnen dekoriert sind, deren Überlauf als sanfter Wasserfall in einen Graben rinnt. Als sie am Diamond House ankamen, brachte man sie in eine Garderobe, wo sie ein Hausdiener mit Goldzähnen und der Beule einer Schusswaffe unter dem Jackett durchsuchte. Jede Naht ihrer Kleidung wurde nach Wanzen durchsucht, jedes Schmuckstück, jede Münze konfisziert, ihre Handys zerbrochen. Zum ersten Mal war Rachel froh, dass Moneypenny gesagt hatte, sie solle kein Kommunikationsmittel bei sich tragen. Außerdem war sie froh, die Blindenuhr – die noch immer einen Peilsender im Inneren trug – im Diamantentresor des JLT gelassen zu haben, der vollständig von Robotern bedient wird. Dort hat kein Mensch Zutritt. Vielleicht ist das der einzige Tresor, den sie nicht knacken kann.

Nun streicht Viktor Babić sich über den Bauch. »Aber ich versuche, mir wegen der Politik keine Sorgen zu machen. Es gibt immer wieder neue Beute. Wenn man in der Wüste Parks und Wolkenkratzer erbaut, folgen immer Schädlinge. Allein die Menge Taubenmist, die Dächer, Fenster und Autolack zerfrisst – für die Hotels ist das eine Katastrophe. Krankheitserreger gelangen in die Klimaanlage und infizieren ganze Gebäude. Die Form der hiesigen Straßenlaternen eignet sich perfekt für Nester. Dafür reißen die Tauben einfach die Kabel raus und brüten im Inneren. Deshalb beauftragen die Hotels Falkner, um den Himmel mit Raubvögeln zu bevölkern. Die Falken kreisen einfach über der Stadt. Hier ist es illegal, Tauben zu töten.« Er lässt ein wächsernes Lächeln aufblitzen.

»Die Kleine hier nenne ich Kimberley, nach unserem reizenden Zertifikationssystem für Diamanten.« Er tätschelt den Vogel. »Sie hat erst kürzlich die Mauserkammer verlassen. Wir sorgen mit künstlichem Licht dafür, dass sie das Federkleid wechselt, damit die Sonne sie nicht verbrennt, wenn der Sommer naht. An ihrem Halsband habe ich eine Kamera angebracht, damit ich sehen kann, was sie sieht. Bevor ich hergekommen bin, habe ich nie mit Falken gejagt, aber wenn man einmal damit anfängt, ist es wie eine Sucht. In einer städtischen Umgebung verliert man den Sichtkontakt zum Vogel komplett. Das ist für einen Jäger das schwierigste Terrain.«

»Was haben Sie vor den Tauben gejagt?«, erkundigt sich Rachel.

Viktor Babić wirft ihr einen Blick zu, der ihr eine Gänsehaut verursacht.

»Kimberley habe ich anders trainiert, als andere Falkner es tun. Sie tötet die Schädlinge, frisst sie aber nicht. Sie bringt sie zu mir. Das habe ich ihr in vielen Trainingsstunden beigebracht, aber sie weiß, dass ich ihr bessere Nahrung als Tauben gebe, wenn sie mir nur deren kleine Leichen bringt. Damit füttere ich die anderen Vögel, die ich trainiere.«

»Was frisst sie?«, fragt Marko und breitet die Arme auf der Sofalehne aus.

»Lügner und Verräter.«

Rachel schüttelt Markos nervöse Berührung an der Schulter ab und steht auf, um sich dem Vogel zu nähern, der zurückzuckt, sodass seine weiß gesprenkelten Flügel zittern. »Sie ist wunderschön.«

Viktor Babić legt Rachel die Hand an den Ellbogen. Trotz der Hitze ist sie eiskalt. »Soll ich Sie mit Tauben füttern?«

Rachel klingt, als hätte sie den Spaß ihres Lebens, als sie lacht und sagt:»Ich bin Vegetarierin, aber danke für das Angebot.«

Dafür erntet sie ein amüsiertes Lachen.»Sie sind genauso talentiert wie Ihre Mutter.«

»Haben Sie für meine Eltern auch Diamanten verhökert?«, fragt Rachel.

In diesem Augenblick bringt ein Butler ein Tablett mit mehreren Gläsern süßem Mint Julep. Viktor Babić wartet, bis er die Getränke lautlos auf den Couchtisch mit Mosaikplatte gestellt hat und mit einer Verbeugung verschwunden ist. Dann sagt er:»Noch habe ich nicht gesagt, dass ich sie für Sie verkaufe. Strecken Sie den rechten Arm aus. Ich glaube nicht an Handschuhe. Was wäre das Leben ohne Schmerz?«

Marko steht auf, aber Rachel winkt ab und streckt den bloßen Arm aus.

Da zieht Viktor Babić an der dünnen Leine. Der Gerfalke hüpft auf Rachels Arm und krallt sich fest.

Sie beißt sich in die Wange, um nicht zu schreien. Der Vogel wendet ihr den Kopf zu, trägt aber noch seine Haube.

»Vielleicht gehören Sie an die Spitze der Nahrungskette«, meint Babić.

Auf die Fliesen tropft Blut.

»Wissen Sie, was Ihren Eltern zugestoßen ist, meine Kleine?«

Rachel ballt die Fäuste.»Ich weiß, dass sie nie nach Hause gekommen sind.«

»Ja, das habe ich auch gehört. Wie schade. Wir hätten Großes erreichen können. Damals war mein Büro ein dunkler Kellerraum in Amsterdam. Vielleicht können Sie und ich den Kreis schließen.«

»Sie kann schlecht Tresore knacken, wenn ihr Arm kaputt ist«, wirft Marko ein.

Mit einem kalten Lachen löst Viktor Babić die Kette und zieht dem Gerfalken die Lederhaube ab.

Rachel zuckt zusammen, als der Vogel sich anspannt. Sie kann sich zusammenreißen und hebt die Arme nicht schützend hoch, als er sich in die Lüfte erhebt und vor ihrem Gesicht die Flügel ausbreitet – dann ist der Gerfalke verschwunden.

Mit der Hand an ihrem Rücken zwingt Babić sie, das Tablet auf dem Couchtisch zu betrachten. Auf dem Bildschirm ist die Betonsilhouette der Stadt von oben zu erkennen, die sich von den Vorstädten bis zur dicht bebauten Küste erstreckt. Dann hebt und senkt sich vor ihr die glitzernde Gischt des Meeres, als der Gerfalke seine Kreise zieht. Es folgt ein steiler Sinkflug, am Himmel rasen Glastürme vorbei, als der Raubvogel auf einen Taubenschwarm zuschnellt, der auf der Absperrung eines Hotelprivatstrands auf einer künstlichen Insel in Palmenform sitzt. Erst im letzten Augenblick fliegen die Tauben auf. Jetzt ist es eine Jagd, die Tauben schießen wie Kugeln zwischen echten Palmen hindurch und vollführen todesmutige Wendemanöver an Balkonen vorbei, sodass auf dem Bildschirm polierte Möbel goldener Suiten zu sehen sind. Die tödliche Entschlossenheit des Gerfalken steht dem verzweifelten Überlebensinstinkt der Tauben gegenüber. Nun fährt Babić Rachel mit der Hand, die allmählich wärmer wird, in Kreisen über den Rücken. Rachels Blut tropft laut auf die Fliesen. Als auf dem Bildschirm keine Tauben mehr zu sehen sind und der Gerfalke nur noch Kreise zieht, würde Rachel am liebsten jubeln.

»Sie hatten wohl kein Glück«, sagt sie.

»Das muss ich noch entscheiden«, meint Babić und mustert sie mit gesenkten Lidern.

Er hebt den Arm. Mit einem dumpfen Laut landet der Vogel darauf. Babić kettet ihn an den Sockel und zieht ihm die Haube auf.

Sie sind nicht mehr allein. Der Butler führt einen jungen Mann aus dem Haus und über den Rasen auf sie zu. Es ist Jordan Wiltshire. Teddy Wiltshires Sohn presst eine Reisetasche von Louis Vuitton gegen die Brust. Unter der blendenden Sonne wirkt er blass und ohne seinen Vater klein.

»Mr Babić?« Jordan räuspert sich. Er schwankt unter der Tasche.

Der Butler erklärt, dass der Gast auf eine persönliche Audienz bestanden habe.

Als der Diamanten-Janus abwinkt, zieht der Butler sich zurück.

»Was bringt Sie zu mir nach Hause?«

»Mein Vater«, setzt Jordan an. Seine Stimme ist heiser. »Mein Vater hat gesagt, dass ich Ihnen das Geld persönlich bringen soll.«

Viktor Babić leckt sich über die Lippen. »Die Tasche ist schwer, weil sie voller Bargeld ist, nehme ich an.«

»Ja. Der MI6 hat uns in der Mondstadt gefunden. Mein Vater meinte, dass eine Banküberweisung nicht sicher sei, weil sie seine Konten überwachen würden. Er hat mir gesagt, Sie könnten …« Jordan hält den Atem an, bemerkt erstmals Rachel und Marko und macht große Augen, als er Rachels Arm betrachtet.

»Das sind meine Freunde«, erklärt Babić. »Sie können frei sprechen.«

»Mein Vater sagt, dass sie aus dem Geld Diamanten machen könnten und sie dann … Sie wissen schon. Dem

Boss geben. Er sagt, ein Wiltshire zieht sich nicht aus Vereinbarungen zurück. Sie alle sollen wissen, wo seine Prioritäten liegen.«

»Ihre Sicherheit war ihm allerdings nicht so wichtig, wie ich sehe.«

Jordan runzelt die Stirn.

»Er hat Ihnen nicht gesagt, dass Sie vor einer Verhaftung fliehen sollen. Sondern das Geld in Sicherheit bringen.«

Jordan bemüht sich um eine selbstbewusstere Haltung, wodurch ihm fast die Tasche entgleitet, doch er lässt sie nicht los, obwohl seine Arme zittern. »Ich bin sein Erbe.«

»Also hat er es nicht geschafft?«

»Natürlich hat er … Ich wollte nur sagen, dass ich für ihn Priorität habe.«

»Also ist Daddy in Sicherheit? Er hat Sie kontaktiert und Sie wissen lassen, dass alles unter Kontrolle ist.«

Beinahe empfindet Rachel Mitleid mit Jordan, als dieser flüstert: »Noch nicht.«

»Sie haben das Geld vom Konto Ihres Vaters abgehoben.«

»Ja«, bestätigte Jordan nachdrücklich. »So ist es sauberer.«

»Und wo haben Sie die Abhebung getätigt?«

»Bei der Emirates National Bank.«

Viktor Babić löst die Kette. »Hier in Dubai?«

»Ja.«

»Und Ihnen ist nicht der Gedanke gekommen, dass das der Polizei auffallen könnte?«

»Ich … ich habe nicht gedacht …«

»Offensichtlich nicht. An Ihrer Stelle würde ich das Geld jetzt fallen lassen. Dann können Sie besser wegrennen.«

»Wegrennen?«

Babić zieht die Haube weg.

»Warten Sie«, meint Rachel.

Marko schweigt.

»Töte ihn«, sagt Viktor Babić.

»Moment mal, warten Sie ...« Zunächst geht Jordan rückwärts auf das Haus zu, wo er den Butler an der Tür warten sieht, dann dreht er sich um und taumelt die Stufen zur nächsten Gartenebene hinunter. Er stolpert über den Steinrand des Springbrunnens und fällt beinahe hin.

Der Vogel schwingt sich in die Luft.

Jordan rennt los.

Er kommt fünfzig Schritte weit, bevor der Vogel ihn zu Fall bringt und ihm das Blut aus dem Hals spritzt.

Viktor Babić wendet sich Rachel und Marko zu. »Von Natur aus tun diese Vögel das nicht. Man muss es ihnen antrainieren. Das erfordert viel Zeit.«

Jordan schreit um Hilfe.

»Lassen Sie ihn gehen«, fordert Rachel.

»Sie ist nicht so zäh wie du, Jungchen«, sagt Viktor Babić. »Mach die Tasche auf.«

Markus zieht am goldenen Reißverschluss. »Die ist voll mit Hundertdollarscheinen.«

Viktor Babić nippt an seinem Mint Julep und setzt sich mit einem tiefen Seufzer entspannt aufs Sofa. Dann streckt er die Beine aus und beobachtet, wie Jordan auf dem Rasen zuckt. In diesem Augenblick kann er in die Zukunft sehen. Der Freund eines Freundes beim FBI hat Viktor an diesem Morgen von den chaotischen Ereignissen in Venedig erzählt. Hyde war antiquiert, genau wie der Dreck, den er aus den Wüsten ausgrub. Und Teddy Wiltshire war zu laut, er lockte die NCA an, seine Finanzen zu überprüfen, und hat damit das Interesse des MI6 geweckt. Die Lösung hält Viktor in

Händen und er hat vor, sie voll auszureizen. Er war stets der Mann hinter den Kulissen. Unsichtbar. In seiner Kindheit hatte er nichts, auch nicht, als er sich zum Militärdienst meldete. Inzwischen sind alle anderen Mitglieder wegen internationaler Kriegsverbrechen verurteilt worden. Aber Viktor nicht. Seine Stärke waren immer Strategien. Er führte die Todesschwadronen nicht am Boden an, sondern sagte ihnen lediglich, wohin sie gehen sollten. Dafür musste er viel planen, und diese Fähigkeit nutzte er auch, als er sich nach dem Auseinanderbrechen Jugoslawiens neu erfand. Bei den Sondereinsatzkräften hatten alle Geschäftskontakte, von Westafrika, wo die Diamantminen lagen, bis nach Amsterdam, wo er zunächst sein Geschäft gründete. Mit dem Zertifizierungssystem des Kimberley-Prozesses wollte man den Handel mit Blutdiamanten eindämmen. Doch für jemanden wie ihn vereinfachte es den Handel noch. Er musste die Diamanten nur umschleifen und neue Herkunftszertifikate fälschen lassen, mit denen er die gestohlenen Diamanten als Steine tarnte, die kürzlich in Sierra Leone geschürft worden waren. So gelangten Diamanten von hohem Wert wieder in den legalen Handel. Für den weltweiten Schwarzmarkt stellten kleinere Diamanten den neuen und verbesserten Dollar dar. Mit einer Jackentasche voll Diamanten kauft man ein Boot voll Kokain. Man muss keine Formulare ausfüllen, wie das bei großen Abhebungen und Barzahlungen der Fall wäre. Niemand kontrolliert Diamanten. Niemand außer ihm.

Babić verschränkt die Hände im Nacken. Trotz der ganzen harten Arbeit liegt sein Verdienst lediglich bei dreißig bis vierzig Prozent des Diamantenmarktwerts. Da Rattenfänger seine Tätigkeiten nun allerdings nicht mehr über Offshore-Bankgeschäfte finanzieren kann, brauchen sie ihn. Falls der

Banker Zahlungen tätigen will, damit der Anschlag am Montag durchgeführt werden kann, müssen seine Bedingungen erfüllt werden. Rattenfänger verliert keine Zeit, und das nur dank ihm.

Aber dafür braucht er mehr Diamanten, als er in Reserve hat. Er braucht die Blindenuhr und weitere Bestände, die darauf warten, gewaschen zu werden.

Jordan ist verstummt. Babić schirmt mit der Hand die Augen ab. »Sehen Sie sich das an. Sie hasst es, wenn sie keine Taube erwischt. Man sieht ihr den Frust an.«

Rachel ist die erste Stufe zur nächsten Gartenebene hinuntergegangen, bleibt dort jedoch stehen. Sie dreht sich zu Viktor Babić um, eine Hand hat sie auf den Bauch gepresst.

»Anscheinend brauche ich euch doch, Kinder«, meint Babić. »Ich übernehme euren Warenbestand.«

Marko tritt gegen die Tasche. »Wir können Sie weiterhin mit Diamanten versorgen. Wir sind die besten Diebe der Branche. Aber wir wollen einen Anteil.«

Der Diamanten-Janus applaudiert. »Wie der Vater, so der Sohn. Ihren Anteil bekommen Sie vom Banker. Mehr brauche ich von Ihnen nicht.«

Rachel steigt die Stufen hinauf. Über ihr kreist der Vogel und lässt etwas Rotes, Schleimiges zwischen ihnen auf die Fliesen fallen. Rachel steigt darüber hinweg. »Wer ist der Boss?«

»Das geht Sie nichts an. Ich sorge dafür, dass man Ihnen Ihren Anteil zuschickt.«

Da lacht Rachel auf. »Wohl kaum. Sie brauchen Diamanten. Wir können Sie stetig beliefern. Aber nur, wenn Sie uns mit ans Ende der Pipeline nehmen. Wir akzeptieren unseren Anteil nicht aus zweiter Hand.«

Sein Lächeln erinnert an eine Totenmaske, die eine letzte Gnade verspricht. »Sie sind nützliche Werkzeuge, das ist wahr. Aber vielleicht werden Sie das noch bereuen.«

»Gehen Sie davon aus, dass es zu heiß wird?«, fragt Marko voller Unbehagen.

»Jetzt nicht mehr. Es gab da einen britischen Spion, der Probleme gemacht hat. Aber der ist jetzt tot.«

Rachel wippt auf den Fußballen. Plötzlich kommen ihr die Tränen, aber die blinzelt sie weg. Ein Fluchtinstinkt überkommt sie. Das ist Wahnsinn. Das ist alles Wahnsinn. Wenn nicht einmal Superman den Job erledigen kann, welche Chancen hat sie dann bitte? Neben ihr taucht Markos Schatten auf. Ihre Jugendliebe starrt sie unverwandt an. Das Geräusch von Fleisch, das zerfetzt wird, dröhnt in ihren Ohren. Sie schluckt und stählt sich.

ÜBERFÜHRUNG

In der Luft · Freitag

Conrad Harthrop-Vane reist mit dem Sarg.

Eine Nacht und einen Tag hat Dreifachnull gebraucht, um mit der italienischen Polizei, dem Militär und den Geheimdiensten fertigzuwerden, die ihm alle drohten, ihn in ein Kellerloch zu sperren, bis London Demut zeige. Irgendwann bekam Harthrop-Vane sein Handy zurück und durfte etwas essen, allerdings das triste Regierungsgebäude nicht verlassen, in dem man ihn festhielt. Er rief im Regent's Park an und tigerte auf dem abgewetzten Teppich auf und ab.

»Es ist zwecklos«, sagte Moneypenny. »Wir haben keine weiteren Spuren. Hyde ist tot, das Schwert weg, keine Spur von Wiltshire.«

»Irgendwas muss ich doch verfolgen können«, beharrte Harthrop-Vane so voller Leidenschaft, dass er einen Augenblick lang selbst glaubte, 004 wirklich rächen zu wollen. »Zigaretten, Gold, Diamanten, Drogen, Frauen – alles, wofür es einen Schwarzmarkt gibt, könnte die Grey Group finanzieren.« Da fällt Harthrop-Vane auf, dass er Waren nennt, die Ernesto Colombo, Lisl Baums Gangsterfreund, früher geschmuggelt hat, und dass er Heroin ausgelassen hat, weil Ernesto das Zeug nie angerührt und Harthrop-Vane darüber Predigten gehalten hat, als der noch ein Junge war. Dass er diese Grenze zog, führte in Kombination mit Ernestos Lebenslust und seinen früheren Gefallen für Großbritannien dazu, dass James Bond sich auf seine Seite schlug und nicht auf die seines Rivalen, Kristatos, eines Drogenschmugglers. Schon komisch, welche Grenzen Menschen beruhigen.

»Genau da liegt das Problem«, meinte Moneypenny. »Alles und nichts könnte eine Spur darstellen. Kommen Sie nach Hause, Conrad.«

Das war das erste und einzige Mal, dass Moneypenny ihn mit seinem Vornamen ansprach. Plötzlich brannten Harthrop-Vane die Wangen, als hätte man ihn bei etwas erwischt, das er nicht tun sollte.

»Bringen Sie Joe mit zurück.«

Dreifachnull grinste hämisch. »Ja, Ma'am.«

Doch nun ist ihm das Grinsen vergangen. Ihm ist übel und die Erschöpfung ist bleischwer. Er redet sich ein, es liege daran, dass er ungern fliegt. Als die C-17 Globemaster auf die Startbahn des Marco Polo rollte, war er überrascht. Auf der Seite prangte der Union Jack. Großbuchstaben auf Dunkelgrün verkündeten: ROYAL AIR FORCE. Das sind keine Schuldgefühle. Unmöglich, er hat bereits vier Doppelnullen getötet oder ihren Tod arrangiert. Dryden ist Nummer fünf. Leider hatte Dreifachnull mit Bonds Verschwinden nichts zu tun. Der Idiot hatte einfach Pech.

Aber noch nie musste er die Leiche ins Vereinigte Königreich überführen. Weder die RAF noch die C-17 Globemaster hat er erwartet, ein Flugzeug, das bei der Luftbrücke für die britischen Truppen in Afghanistan einen wesentlichen

Grundpfeiler darstellte. Selbstverständlich hat Harthrop-Vane auch nie in Afghanistan gekämpft. Keiner seiner Vorfahren war im Krieg. Sein Urgroßvater hatte im Ersten Weltkrieg zwar das passende Alter, war allerdings lungenkrank, sodass man ihn zur Home Guard schickte. Dadurch stand er einen Schritt abseits vom Rest seiner Generation, wie Harthrop-Vanes Großvater zu sagen pflegte, der zu spät geboren wurde, um im Zweiten Weltkrieg im kampffähigen Alter zu sein. HV1 kam dem Heldentum am nächsten, weil er sich als Agent der britischen Regierung bezeichnete, aber eigentlich war er das nie. Er war nur nützlich. Im Gegensatz zu Dryden wurden Conrad Harthrop-Vane keine Medaillen verliehen.

Bei diesem Gedanken wandert sein Blick zu dem Sarg, der in der Mitte des riesigen Laderaums festgeschnallt und in die britische Flagge gehüllt ist.

Er klammert sich an der Bank fest, die durch den Luftdruck im Flugzeug klappert, als sie in Turbulenzen geraten.

Du fliegst nicht das erste Mal mit einer C-17, reiß dich zusammen.

Das erste Mal war ein Flug mit einer Hilfsorganisation in irgendeinen vergessenen Winkel der Welt, wo er einen kleinen Diktator umbrachte und damit vielleicht etwas Gutes bewirkte. Zuletzt nahm ihn eine C-17 auf dem Weg zu einer alliierten Einsatzbasis mit, um den Antiterroreinsatz der Franzosen in Afrika zu unterstützen. Dort brachte er Donovan um und warf ihn den Insekten zum Fraß vor. Persönlich hatte er nichts gegen Donovan oder Ventnor, die Doppelnull davor. Wahrscheinlich beides nette Typen. Aber seine Mission lautete, die Doppelnullabteilung in die Knie zu zwingen. Ein Zermürbungskrieg. Das Ganze diente einem höheren Ziel, das akzeptierte er. Es steht ihm nicht zu, die Gründe zu hinterfragen. Er soll einfach machen und sich auf die Schulter klopfen lassen.

Harthrop-Vane atmet scharf durch die Nase ein. Warum ist dir dann jetzt schlecht?

Weil er etwas gegen 004 hatte, so wie davor gegen 007. Das schreckliche Gefühl, dass Dryden und Bond, falls es Gut und Böse doch gab, die besseren Männer waren. Harthrop-Vane denkt an den Augenblick, als Felix Leiter ihn fragte, warum er Spion geworden sei, welcher Igel ihn gestochen hätte. IGEL: Ideologie, Geld, Ego, Laster. Könnte man sagen, dass Dryden zur Armee gegangen war, weil er kompromittiert war? Nachdem er als Teenager wegen Drogenbesitzes festgenommen worden war, hatte ihn ein Richter vor die Wahl zwischen Gefängnis und Armee gestellt. Aber was trieb ihn anschließend die Karriereleiter hinauf bis zu den Sondereinsatzkräften? Nicht sein Ego. Dryden konnte in jeder Situation die Oberhand gewinnen, das muss Harthrop-Vane zugeben, aber das war ihm nie zu Kopf gestiegen. Er vertraute schlicht auf seinen Körper und glaubte, Gutes zu tun. Harthrop-Vane wendet den Blick vom Sarg ab. Nachdem Dryden in Afghanistan verletzt worden war, hätte er eigentlich ein ziviles Leben beginnen können. Doch dafür standen die Chancen schlecht. Wenn sein Leben in der Armee als Kompromiss begann, trieb ihn, vermutet Harthrop-Vane, zum Teil wahrscheinlich eine andere Art von Kompromiss in die Hände des MI6. Allostatische Belastung. Wenn ein Mann zum Töten abgerichtet wurde, kann er nicht damit aufhören. Aber er hätte sich Luke Luck anschließen können, Drydens Liebhaber in der Armee, der Söldner wurde. Er jedoch wurde eine Doppelnull. Das war Ideologie. Er glaubte, etwas verändern zu können. Für das Gute zu kämpfen. Und all die anderen unerträglichen Plattitüden.

Harthrop-Vane verschränkt die Finger und starrt in die dadurch entstehende Höhle. Auch für 003 scheint es um Ideologie zu gehen. Sie glaubt an Gerechtigkeit. Als Chirurgin will sie nicht bloß die Verletzungen zusammenflicken. Sie will die Dinge reparieren, bevor sie ganz kaputtgehen, hat er sie einmal sagen hören. Warum? Wo liegt der Unterschied zwischen ihm und 003? Beide stammen aus zerrissenen Familien. Keiner von ihnen konnte den eigenen Vater retten. Und trotzdem versucht sie weiterhin, verlorene Männer zu retten und Frauen vor ihnen zu schützen. Ziemlich paradox. Im Gegensatz dazu sieht Harthrop-Vane völlig klar. Er weiß, dass er seine Kindheit nicht abhaken kann, damit alles gut wird.

Welcher Igel hat 007 gestochen? Das Ego? Auf jeden Fall wäre seins groß genug. Oder die Ideologie? Patriotismus schließt Harthrop-Vane aus. Einmal hat er Bond sagen hören, dass »die ganze Sache mit dem richtigen oder falschen Land« schon 1952 altmodisch war und erst recht 2022. Er sagte, dass es besser wäre, die Dinge klar zu sehen, zu wissen, wofür man kämpfe, anstatt die eigene Moral auf Pflichten oder Befehlen zu begründen. Nie hat er einfach getan, was man ihm sagte, was M manchmal sehr frustrierte. Er tat, was getan werden musste. Als Bond in Japan verschwand – vor vielen Jahren, unter dem vorherigen M –, veröffentlichte man einen Nachruf, der mit einigen längst vergessenen literarischen Zeilen endete: »Ich werde meine Tage nicht damit vergeuden, sie verlängern zu wollen. Ich werde meine Zeit nutzen.« Seine Aufgabe definiert Bond. Harthrop-Vane hält das für eine leere Philosophie. 007 ist einfach eine Maschine mit Selbstaufzug, er hat Angst davor aufzuhören, da er sonst sterben würde. Dreifachnull nicht. Er kann in den Spiegel blicken. Er ist bereit, die Komfortzone aller anderen zu verlassen. Ihm muss niemand Gutenachtgeschichten vorlesen. Er erkennt die Welt als das an, was sie ist. Ergreift nicht die Flucht. So könnte sein Nachruf lauten.

Die C-17 landet auf dem RAF-Stützpunkt Brize Norton. Als die Rampe zitternd auf dem Rollfeld aufsetzt, tadelt sich Dreifachnull für die Erleichterung, als er sieht, dass Joseph Drydens Mutter den Sarg nicht erwartet. Bei Soldaten lässt man den nächsten Angehörigen die Wahl, und falls Dryden in Afghanistan getötet worden wäre, wäre seine Mutter vermutlich hier und würde gebeugt im Regen stehen. Aber Drydens Tarnung muss aufrechterhalten werden – egal was die Familie von 004 für seinen Beruf hielt, wahrscheinlich etwas in der internationalen Entwicklung, etwas Nobles. Die Leiche wird bis zum Beschluss des Gerichtsmediziners einbehalten, der eine Untersuchung einleiten und feststellen wird, dass die Schusswunde zu bekannten Morden Triggers passt.

Gemeinsam mit drei Männern der 99. Schwadron tritt Dreifachnull vor, um den Sarg anzuheben. Er ist leichter als der Sarg seines Vaters. Vielleicht ist er inzwischen auch einfach stärker geworden. Er geht die Rampe hinunter.

Nachdem der Gerichtsmediziner seine Arbeit erledigt hat, werden sie die Leiche in seine Militäruniform einkleiden, falls die Familie das wünscht. Drydens Mutter wird glauben, dass sie mit dem Mitarbeiter eines Bestatters spricht, der auf internationale Rückführungen spezialisiert ist. Dann wird die Leiche zum von der Familie ausgewählten Bestatter überführt. Harthrop-Vane sieht ein vages Bild von weinenden Schwarzen in bunter Kleidung. Eine Schwarze Kirche hat er noch nie betreten, daher handelt es sich bei seiner Vorstellung um irgendein Foto aus den Medien, so zweidimensional wie der Nachruf auf einen Spion. Wie wenig wir doch voneinander wissen, selbst wenn wir durch ... das hier ... miteinander verbunden sind.

Moneypenny wartet im Regengrau, den Kragen hochgeklappt, das Gesicht ausdruckslos.

Die drei anderen Sargträger salutieren vor ihr. Harthrop-Vane bemerkt es zu spät und versucht es daher gar nicht erst. Er schiebt den Sarg in den Leichenwagen.

»Es tut mir leid«, begrüßt er Moneypenny, aber da er seit Stunden nicht gesprochen hat, klingt seine Stimme heiser.

Trotzdem nickt sie. »Mir ebenfalls.«

»Er hat seine Zeit gut genutzt«, sagt Harthrop-Vane.

Moneypenny neigt den Kopf zur Seite. »Ja. Das hat er. Er war ein Held.«

Dreifachnull schnieft. Ein wartender Soldat gibt ihm einen Regenschirm, den er Moneypenny über den Kopf hält. »Kommen Sie, ich brauche einen Drink«, meint er zu ihr.

Als sie sich bei ihm einhakt, verliert sie kurz die Fassung und lehnt den Kopf an seine Schulter. »Ich auch. Wir können auf das Ende der Doppelnullabteilung anstoßen.«

Er zuckt zurück, Wasser dringt ihm in die Schuhe. »Wie meinen Sie das?«

»Joe ist unsere siebte tote Doppelnull in ebenso vielen Jahren. Acht, wenn man Bond mitzählt. Harwood hat sich abgesetzt. 008 kann vielleicht nie wieder laufen. Und ich habe gerade von der CIA gehört. Die Kartelle berichten, dass sie in Panama einen amerikanischen Spion getötet haben. Nur Sie und ich sind übrig, Dreifachnull. Und mir fallen keine Schachzüge mehr ein.«

Conrad Harthrop-Vane nimmt ihre Hand und drückt sie.

(42)

ZWISCHEN ZWEI FEUERN

Dubai · Freitag

Das Diamond House ist ein Haus voller Spiegel, so durchsichtig wie der reinste Edelstein. Viktor Babić besteht darauf, dass Rachel und Marko als seine Gäste bleiben, und nachdem sie zugesehen haben, wie der Hausdiener die Einzelteile von Jordan Wiltshire vom Rasen auflas, danken sie ihm höflich für die Gastfreundschaft. Hier gibt es keine Privatsphäre. Die Wände bestehen aus Glas, und wenn nicht, sind sie mit golden gerahmten Spiegeln oder Überwachungskameras versehen. Rachel und Marko erhalten getrennte Zimmer. In beiden liegt frische Kleidung bereit. Obwohl jede Naht genauestens untersucht wurde, besteht Viktor darauf, ihre mitgebrachte Kleidung in die Reinigung zu geben, falls Blutspritzer darauf sind. Sie erhalten sie nicht zurück. Jedes Mitglied des Hauspersonals trägt eine Waffe.

Rachel wird eingeladen, den Infinity-Pool des Hauses zu nutzen. Sie ruht auf einer Sonnenliege und hält den Atem an, während sie Marko mit Babić weggehen sieht, um diesem die Beute aus dem Ritz zu zeigen und die gefälschten Zertifikate zu organisieren. Mit den Diamanten wird ein Terroranschlag am Montag bezahlt. Auf einer Drachenstatue sitzt ein Bewaffneter und beobachtet sie ungerührt. Sie kann kaum atmen, bis Marko zurückkehrt, und selbst dann ist sie unsicher, ob er sie verraten hat. Hat Marko mit dem Diamanten-Janus ein Nebengeschäft eingefädelt? Beim Abendessen – eine stille Mahlzeit an einem polierten Stahltisch, der so lang wie eine Limousine ist – gibt es darauf keinen Hinweis. Es fühlt sich an, als würde sie von der Totenbahre eines Bestatters essen. Babić sagt, dass sie am Sonntag den Boss treffen – wo, sagt er nicht. Marko starrt in sein Champagnerglas.

Sie muss wissen, ob er noch auf ihrer Seite steht oder sie wirklich allein ist.

In dieser Nacht unterbricht der Schatten eines Bewaffneten kurz den Lichtschein, der unter ihrer Schlafzimmertür hindurchfällt.

Sonntagabend treffen sie denjenigen, der das Sagen hat. Die Blindenuhr wurde zusammen mit dem Großteil ihres Lagers direkt an die »Agenten« verschickt – aber die Überweisung tätigt Babić erst, wenn er den Boss getroffen hat. Dann werden die Diamanten verschoben und der Angriff findet am frühen Montagmorgen statt. Ein enges Zeitfenster, wenn sie den Boss treffen will, bevor das Geschäft abgewickelt wird, aber Rachel ist Expertin darin, durch enge Fenster zu klettern. Sie kann nur beten, dass die Unterstützung da ist, wenn sie sie braucht. Andernfalls liefern sie Diamanten an jemanden, der ein weiteres Ziel wie die BBC in die Luft jagen will, eine Vorstellung, die Rachel Herzrasen bereitet, als sie ein weiteres Mal den Schatten des Bewaffneten vorbeiziehen sieht, auch wenn sie sich einredet, dass ihr Ereignisse, die sie nicht steuern kann, nie wichtig waren, wenn sie außerhalb ihrer eigenen

Moral liegen, von den Reichen zu stehlen, weil es ihr einen Kick gibt und sie sich ohne diesen Kick nicht lebendig fühlt.

Die Möglichkeit, normal zu sein, wurde ihr in ihren Augen schon bei der Geburt genommen. Aber wer will schon normal sein? Sie sollte einfach wegrennen. Abhauen. In Gedanken geht sie Fluchtwege durch, doch die Erinnerung an 004, verprügelt, blutend, aber grinsend, nachdem sie das Labyrinth überfallen hatten, hält sie an Ort und Stelle, obwohl eine innere Stimme sie verspottet und fragt: *Wenn Superman tot ist, welche Chancen hast du dann? Lauf einfach weg. Flieh.* Aber das tut sie nicht. Denn da ist ein Gedanke, den sie nicht als lächerlich abtun kann. Helden fliehen nicht. Sie wurde nicht in ein normales Leben geboren. Und sie wurde auch nicht als schlechter Mensch geboren. Ihre Eltern haben getan, was sie tun mussten, um zu überleben. Und dieser Mann, Viktor Babić, der vielleicht für ihren Tod verantwortlich war, der ihr sagte, dass menschliches Blut hervorragender Dünger sei, ist das Ende der Pipeline, in deren flachem Wasser sie rudert. Er ist nicht nur für ihren ganz persönlichen Schmerz verantwortlich. Er ist für Massenmord verantwortlich. Und sie kann ihn zur Strecke bringen.

Allerdings ist sie unsicher, ob sie das allein tun kann. Der Schatten des Bewaffneten ist verschwunden. Rachel zieht den bereitgelegten Seidenkimono über, geht barfuß durch den Flur zu Markos Tür und dreht den Kristallknauf so leise wie möglich.

Marko setzt sich im Bett auf und das Licht aus dem Flur fällt auf seine nackte Brust.

»Was machst du denn?«, zischt er.

Rachel legt einen Finger an die Lippen und drückt die Tür zu. Dann läuft sie über den dicken Teppich, packt Marko an der Hand und zerrt ihn in das goldene Badezimmer. Dort dreht sie die Dusche voll auf, lässt ihren Morgenmantel fallen und zieht Marko unter den Wasserstrahl. Er legt ihr die Arme um die Taille und flüstert ihr ins Ohr: »Ich wusste gar nicht, dass mein Körper es wert ist, dafür zu sterben.«

»Bild dir bloß nichts darauf ein«, sagt sie mit den Lippen an seinem Mund. »Das ist nur für den Fall, dass das Zimmer verwanzt ist. Was ist im Tresorraum passiert?«

»Wir haben für die Zertifikate den Bestand aufgenommen«, sagt er und fährt mit den Händen über ihren Körper. »Warum, was glaubst du denn, was passiert ist?«

Sie schweigt, als er sie gegen die Glaswand der Dusche drückt.

»Was machen wir hier wirklich?«, fragt er und wandert mit dem Mund über ihre Brust. »Der Mann leidet vielleicht unter eine Psychose, aber er kennt keine Skrupel. Und trotzdem provozierst du ihn die ganze Zeit mit deinen Eltern. Kannst du die Vergangenheit nicht ruhen lassen, Rachel?«

»Nein.«

»Das liegt daran, dass du den Wert der Zukunft nicht kennst. Das musstest du nie. Du warst nie eine echte Jugoslawin.«

»Ist das so?«, fragt sie und fasst sich an den Davidsstern.

»Das meine ich damit nicht«, widerspricht er verächtlich. Er packt sie schmerzhaft an den Hüften. »Ich meine deine Mutter. Du hattest immer einen englischen Pass. In Jugoslawien gab es Schulen, Essen, Arbeit, Urlaub, Sport, Gleichberechtigung. Dann ging all das verloren und meine Eltern haben alles dafür gegeben, es vielleicht zurückzugewinnen. Ich mache das einfach, um zu überleben. Ich habe kein nettes, reiches Land, in dem ich meine Zeit vergeuden könnte wie du.«

»Du hast keine Ahnung, wovon du sprichst.«

Er greift ihr in die kurzen Haare und zerrt sie für einen Kuss an sich. Als er sie endlich loslässt, flüstert er: »Ich weiß, dass du und ich jede Zukunft haben könnten, die wir uns wünschen, wenn wir mit diesem Mann das Geschäft abwickeln und dann alles vergessen. Erinnerst du dich noch, wie wir früher ›zwischen zwei Feuern‹ gespielt haben?«

Bei diesem Spiel ging es darum, alle in der Nachbarschaft in zwei Mannschaften aufzuteilen. Man versuchte, die anderen mit einem Ball abzuwerfen. Marko blieb immer als Letzter übrig.

»Ich habe nie zugelassen, dass du getroffen wirst«, sagt er.

»So habe ich es nicht in Erinnerung«, widerspricht sie und will ihm in die Augen blicken, die er unter mit glitzernden Wassertropfen benetzten Wimpern verbirgt.

Er fängt ihre Hand ein. »Wir haben beide zwischen den Feuern gelebt. Jetzt könnten wir etwas anderes haben. Ein echtes Leben, zusammen.«

Durch das Rauschen der Dusche, das die verborgenen Mikrofone stört, kann Viktor Babić das Gespräch nicht verstehen, aber durch die Kameras, die hinter dem Badezimmerspiegel eingebaut sind, hat er die jungen Liebenden gut im Blick. Er beobachtet sie auf der Wand aus Bildschirmen in seinem Kellerbüro. Bis zum heutigen Tag fühlt er sich in Kellern am wohlsten. Hinter Rachel Wolffs Ausbruch mitten in der Nacht scheint nichts als sexuelles Verlangen zu stecken, das er gern eines Tages selbst kosten würde. Denn braucht er Marko wirklich? Die Muskeln kann ihm jeder bieten. Das Mädchen hingegen verfügt über die zwei wichtigsten Fähigkeiten. Betrugskünstlerin und Tresorknackerin in einer Person. Als er ihnen dabei zusieht, wie sie die Glaswand der Dusche zum Beben bringen, lacht er leise vor sich hin und denkt daran zurück, wie eindringlich Marko im Wagen auf dem Weg zum Tresorraum klang.

Der Junge weiß, dass Rachels Mutter versucht hat, für sich und ihren Mann ein Geschäft mit dem MI6 einzufädeln, und dass Markos Vater, als er das herausfand, so wütend wurde, dass er ihnen mit gezogener Waffe alles abnahm. Sie hätten nach London fliehen können. Dafür hätten sie kein Geld gebraucht. Aber Rachels Vater wollte nicht für Tony Blair arbeiten, den Mann, der NATO-Bomben auf sein Land hatte fallen lassen. Deshalb blieb noch ein letzter Auftrag, bei dem sie eine höhere Beteiligung brauchten. Das bedeutete, sie mussten ans Ende der Pipeline vordringen. Marko wusste auch, dass sein Vater es herausfand und den Diamanten-Janus davor warnte, dass die Frau sich mit der Polizei getroffen hatte. Rachels Eltern traten, ohne es zu merken, vor ihren Henker. Sie zu töten war eine kinderleichte Angelegenheit, so leicht, dass Viktor sie praktisch vergessen hatte, bis Rachel ihren echten Nachnamen genannt hatte. Marko meinte zu Viktor, dass Rachel davon nichts wüsste und es auch nicht wissen müsse.

Der Junge will alles haben. Den Gewinn. Das Mädchen. Absolution für die Sünden seiner Vorfahren. Er weiß nicht, dass Bauern, die nur armselige Visionen haben, nicht gewinnen können. Viktor Babić leckt sich die Finger, als er zusieht, wie Marko dasselbe bei Rachel tut. Am Ende gewinnt allein der Tod.

43

INS MAUL DES BÄREN

Sibirien · Samstag

Unter den Kronleuchtern des Bahnhofs Nowosibirsk kauft Johanna Harwood vier Fahrkarten, damit sie ein Vierbettabteil in der zweiten Klasse für sich allein hat. Die erste Klasse gibt es nicht mehr. Für begüterte Frauen, die Fernstrecke fahren, und Ausländerinnen ist das üblich, und sowohl ihre Kleidung als auch ihr Pass weisen sie als beides aus. Der blasse Mann hinter dem Fenster zögert, vielleicht hinterfragt er die Anwesenheit einer Ausländerin im selben Monat, in dem die EU gegen Russland aufgrund des Angriffs auf die Ukraine ihr fünftes Sanktionspaket verabschiedet hat. Trotzdem winkt er sie durch und Harwood geht entschlossen zwischen den Säulen entlang und umgeht so die Polizisten in Kampfmontur, die Hunde mit Maulkörben an der Leine führen und sie zwischen den Stuhlreihen mit wartenden Familien nach Waffen suchen lassen. In etwas mehr als einer Stunde fährt der Zug nach Sankt Petersburg ab. Genug Zeit.

Früher war es einfach, jemandem ein Handy zu klauen. Aber heutzutage halten alle, die auf einen Zug warten, das Gerät zehn Zentimeter vor ihrer Nase. Harwood betritt ein

Geschäft am Hauptgang, das Ladegeräte, SIM-Karten und billige Handys verkauft. Sie kauft eins, mit dem man geradeso ins Internet kommt, und bezahlt es in bar. Mit dem neuen Handy in der Tasche geht Harwood durch den Bahnhof mit seiner gewölbten Decke, bis sie das Fotolabor erreicht, von dem ihr der Arbeiter aus der Metallfabrik erzählte, der sie aus Gorno-Altaysk mitgenommen hat. Es liegt ganz hinten in der Ecke. Das Fenster ist verstaubt und mit Plakaten aus Sibirien beklebt, die so ausgeblichen sind, dass sie einfach schneeweiß wirken. Als Harwood hineinschlüpft, klingelt das Glöckchen. Auf einem Drehregal sieht sie Postkarten des Bahnhofs. Die berühmte Fassade in Babyblau springt in ihrer Intensität beinahe aus dem Bild. Hinter dem Tresen stützt ein Mann die Ellbogen auf eine Zeitung und schiebt sich die randlose Brille hoch, als Harwood eintritt.

Auf Russisch fragt sie: »Wie schnell können Sie mir einen Fünfunddreißig-Millimeter-Film entwickeln?«

»Innerhalb einer Stunde.«

»Geht es noch schneller?«

Der Mann tritt von einem Bein aufs andere. »Das kommt darauf an.«

»Ich will das letzte Negativ einscannen und auf Ihrem Computer ansehen. Was würde das kosten?«

Wieder verlagert er das Gewicht. »Das bieten wir nicht an.«

Harwood schiebt ihm fünftausend Rubel zwischen die gefaltete Zeitung.

Der Mann räuspert sich. »Das geht schnell. Bitte setzen Sie sich doch.«

»Wenn es Ihnen recht ist, sehe ich Ihnen bei der Arbeit zu. Ich interessiere mich schon immer fürs Fotografieren.«

Ein weiterer Tausender.

»Wie schön«, erwidert der Mann schwach.

Im Hinterzimmer riecht es genauso nach Chemikalien wie in dem Badezimmer, in dem ihr Vater früher seine Fotos entwickelte. Harwood setzt sich auf ein kaputtes Sofa und sieht dem Mann zu. Sie erinnert sich an die überwältigende Verzweiflung in der Stimme ihrer Mutter, als diese sagte: »Er hat ein Doppelleben geführt, mit einem Doppelherzen.« Würde der Film ihrer Mutter recht geben und das Leben ihres Vaters als Spion offenbaren? *Ein Spion wie ich?* Clarisse sagte, dass seine Vorgesetzten, wer auch immer sie waren, ihn in den Wahnsinn getrieben hätten. Konnte das stimmen? Und falls ja, warum hatten sie das getan?

Harwood umklammert ihr nacktes Handgelenk und denkt darüber nach, was es bedeutet, ein Spion wie sie zu sein – ihr eigenes Doppelherz, ihr eigenes Doppelleben, in der Trauer und in der realen Welt, zwischen zwei Männern hin- und hergerissen, ein Weg als Ärztin, den sie nicht gegangen ist, und ihr halbes Leben als Spionin.

»Fast fertig.«

Harwood zieht das Handy aus der Tasche und schaltet es ein. Sie lädt einen Barcodescanner herunter.

Menschenhändler kennzeichnen ihre Opfer, um sie zu entmenschlichen und ihr Eigentum zu markieren. Ihnen ist egal, dass die Gesetzeshüter solche Tätowierungen erkennen. Ein Strichcode ist ein alltägliches Symbol, überlegt Harwood, das Teddy Wiltshires lange und weit verbreitete Herrschaft widerspiegelt. Es wurde spekuliert, dass die Zahlen dafür stehen, wie viel die Frau verdienen muss, um sich ihre Freiheit zu erkaufen. Aber Teddy war ein Banker, der mit gestohlenen Reichtümern um sich warf, genauestens über seine

Verbrechen Buch führte und sich weigerte, Tätowierungen entfernen zu lassen, die seinen eigenen Aufstieg an die Macht durch Menschenhandel, Diebstahl und Mord nachzeichneten. Was also, wenn der Strichcode kein einfaches Symbol ist, sondern Teil eines Warenverzeichnisses? Sie weiß nicht, ob irgendjemand unter den Gesetzeshütern jemals versucht hat, eine Strichcode-Tätowierung zu scannen – vermutlich schon, aber aus irgendwelchen Gründen haben sie das, was sie fanden, als unlesbar abgetan. Aber falls Harwood recht hat und Anna Petrow bei James ist, könnte das der Schlüssel sein, genau wie der Strichcode auf jedem Paket oder Container die Geschichte seines Zielorts erzählt.

»Ich kann es Ihnen jetzt auf den Computer ziehen.«

Harwood steht auf. »Das kann ich selbst. Ich brauche nur das letzte Bild.«

Nach kurzem Zögern schneidet er den Streifen auseinander. »Nehmen Sie den Flachbettscanner von Fuji. Der ist so viel wert wie der ganze Laden hier.«

»Vielen Dank für Ihre Hilfe.«

Der Mann lässt den Blick von ihr zum Computer wandern, ein uralter grauer Kasten, dann zuckt er mit den Achseln. »Die anderen Negative lege ich Ihnen am Tresen bereit.« Er kehrt in den Verkaufsraum zurück.

Der Scanner summt. Langsam, Zeile für Zeile, entsteht auf dem Bildschirm das Foto von Annas Nacken. Harwood will an ihrem Handgelenk nach der Zeit sehen, doch nun hat sie gar keine Uhr mehr. Sie blickt aufs Handy. Der Zug fährt in zehn Minuten ab. Harwood öffnet den Barcodescanner und hält das Handy vor den Monitor. Es piept so laut, dass sie befürchtet, der Ladeninhaber könnte zurückkehren, doch der bleibt, wo er ist. Auf dem Display erscheinen einige Zahlen, die nutzlos wären, wenn man die Stadt nicht kennen würde, doch dank Marilyn tut sie das. Es sind Bruchstücke einer Postleitzahl, mit einer Zahl, die für eine Hausnummer stehen könnte. Harwood nimmt die restlichen Negative mit und bedankt sich bei dem Mann.

Um 10:31 Uhr steigt sie in den berühmten *Rossiya*-Zug, der auf der Strecke der Transsibirischen Eisenbahn nach Westen ins Maul des Bären fährt. Der Zug riecht nach einer Heizung, die mit Diesel oder sogar Kohle betrieben wird, mit einer leichten Note von faulem Kohl und verbranntem Kunststoff, da die Kabel oben an der Decke zu viel Strom führen. Die Abteiltür verfügt über zwei Schlösser, ein normaler Riegel und eine Türspaltsperre, durch die man die Tür nur wenige Zentimeter öffnen und von außen nicht aufschließen kann, nicht einmal mit einem Generalschlüssel. Harwood schließt beide ab. Sie versteckt die Kamera ihres Vaters, die Waffe und die Magazine im Metallkasten unter der unteren Koje, dann setzt sie sich und atmet mit einem langen Seufzen bitteres Adrenalin aus. Eine Frage bleibt. Was bedeutet es, wenn Rattenfänger Sankt Petersburg als neuestes Loch benutzt, um Menschen zu verstecken? Die Terrorgruppe hat Russland bei mehr als einer Gelegenheit angegriffen.

Harwood fallen die Augen zu.

Achtundvierzig Stunden und dreitausend Kilometer, in denen sie undercover bleiben muss. Zwei Tage bis Sankt Petersburg. Zwei Tage, bis sie herausfindet, ob James Bond tatsächlich noch am Leben ist.

Sie fällt in einen tiefen, traumlosen Schlaf.

RUF ZU DEN WAFFEN

London · Samstag

»Ich brauche dich.«

Als Conrad Harthrop-Vane diese Worte hört, sollte er eigentlich sagen, dass man ihm befohlen hat, abzutauchen und unter dem Radar zu bleiben. Aber der Anruf erreicht ihn, als er auf dem Handy Lisl Baums Auktion *Jewels of Time* bei Sotheby's verfolgt und nicht die Tänzerin auf der Bühne des nur für Mitglieder zugänglichen Stripclubs, in dem er an diesem Nachmittag trinkt, sogar in genau der Zeit, während der er eigentlich die Psychiaterin in Shrublands für die routinemäßige Sitzung nach dem Verlust eines Kollegen im Einsatz aufsuchen sollte. Seit er sich wieder auf heimatlichem Boden befindet, trinkt er durchgehend, auf der Suche nach dem Rausch, den er beim letzten Mal erlebte, als er zum MI6 zurückkehrte, nachdem er Ventnor zur Strecke gebracht hatte und alle glaubten, dass die Blutergüsse an seinen Armen daher rührten, dass er versucht hatte, 005 zu retten. Diesmal jedoch kommt der Rausch erst, als er diese Worte hört: *Ich brauche dich.*

Dreifachnull antwortet: »Ich bin auf dem Weg.«

PATT

Masdar City · Sonntag · Ein Tag bis zur Detonation

Nachts strahlt Dubai heller als die Sonne. Die Straßen kühlen endlich so weit ab, dass die Einwohner sich versammeln können. Beleuchtet wird die Stadt vom fließenden Verkehr, Privatjachten und Jets, die nach Hause zurückkehren und wieder abreisen, von der weltweit größten Shoppingmall mit Skipisten, all das erbaut auf Korallenriffen und Meerwasser in der Größenordnung von Hunderten olympischen Schwimmbecken, das täglich verdunstet. Eine Stadt nach dem Ölboom, die verbraucht, was noch in den Fässern ist. Etwas über eine Stunde entfernt liegt Masdar City an den Rändern Abu Dhabis, hier entsteht, was folgen soll, wenn die Fässer ausgetrocknet sind. Historische Architekturmethoden treffen auf modernste Technologie. Mit Solarenergie betriebene Gebäude stehen eng nebeneinander und werfen Schatten auf die Straßen, die von einem Windturm gekühlt werden, sodass die Einwohner tagsüber nach draußen gehen können. Allerdings gibt es zurzeit noch nicht genug Menschen. Hauptsächlich sind es Wissenschaftler, die im Labor arbeiten und Zukunftstechnologien testen, sowie pendelnde Arbeiter, die die riesigen Solarfelder warten und hektarweise Müll aus der Bauindustrie recyceln. Was bleibt, ist eine experimentelle Geisterstadt am Rande der Wüste. Viktor Babić arrangiert das Treffen in einem Hotel an der Grenze des Projekts, in das er investiert hat. Es befindet sich noch im Bau. Keine Kameras, keine Bewohner, keine Zeugen. Massenhaft Beton, Holz und Stahl, die von herzlosen Maschinen zerbrochen, zerrieben und zerhäckselt werden sollen, denen egal ist, ob sich die eine oder andere Leiche in die Mischung verirrt.

Die Limousine hält in einer Straße, an deren einem Ende ein schwach beleuchteter Zugang zum PRT liegt – dem im Untergrund mit Strom betriebenen, fahrerlosen Personennahverkehrssystem Personal Rapid Transport – und an deren anderem Ende ein riesiger Turm steht, der zischt, weil er Wind durch eine Dunstspirale schickt, um den Leuten unten eine Brise zu liefern.

Victor Babić schnippt Marko mit den Fingern zu. »Öffnen Sie den Kofferraum.«

Rachel folgt Marko nach hinten. Er berührt sie am Arm, holt dann eine Pistole unter den Reisetaschen hervor und steckt sie sich am Rücken in den Gürtel.

»Wo hast du die her?«, flüstert sie.

Er grinst. »Ich bin ein Dieb. Hab sie auf dem Weg nach draußen dem Hausdiener geklaut. Wir benutzen sie nur, falls er sich gegen uns stellt.«

Viktor Babić steigt aus der Limousine, den an sein Handgelenk geketteten Gerfalken auf der Schulter. »Machen Sie sich bereit«, sagt er.

Sein Butler, der nun ein AK-103 im Arm hält, geht vor ihnen in Stellung. Im unvollendeten Hotel herrscht Stille, die Büros sind leer, die Straßen ausgestorben.

Rachel und Marko stehen neben Viktor, Marko mit der Reisetasche voller Diamanten zwischen den Beinen. Rachel hält den Atem an. Viktor hat gesagt, dass der Boss sie hier treffen würde: Rattenfängers Banker, der Anführer der Grey Group. Sobald sie dessen Identität kennt, wird sie etwas unternehmen – irgendetwas –, um die Lieferung der restlichen Beute an die Terrorzelle zu verhindern. Mit dem Gefühl, in einer völlig neuen Haut zu stecken, erkennt sie, dass es ihr wichtiger ist, die nächste Explosion zu verhindern, als herauszufinden, was ihren Eltern zugestoßen ist.

Ein weiteres Fahrzeug holpert über das Pflaster. Hier gibt es keine geteerten Straßen. Eigentlich sollte es hier auch keine Autos geben. Das Fahrzeug bremst mit einem Fauchen. Es scheint, als wären sich in der Wüste zwei Raubtiere begegnet.

Im Scheinwerferlicht der Limousine sieht man eine einzelne Gestalt hinter dem Lenkrad sitzen, die nun aussteigt.

Vor Überraschung zuckt Rachel zusammen.

Es ist Lisl Baum.

»Es passt mir gar nicht, von meiner Auktion weggerufen zu werden, um hierherzufliegen«, sagt die Schmucksammlerin. »Wir mussten zwei Zwischenstopps einlegen, nur um unseren Flugplan zu verschleiern. Sie haben mir große Unannehmlichkeiten bereitet.«

»Sie haben wichtigere Pflichten, als in der *Vanity Fair* zu erscheinen, Banker.«

Lisl steckt die Hände in ihren Kaschmirmantel. »Sie haben Ihre Eier wiedergefunden.«

Mit zusammengebissenen Zähnen erwidert Babić: »Hier gibt es nur eine Person, die Massengräber organisiert hat.«

»*Organisiert.*« Lisl zuckt mit den Achseln, sodass ihre Kette aus bunten, unterschiedlich geschliffenen Edelsteinen in Goldfassungen leise klirrt. »Was wollen Sie, Viktor?«

»Teddy Wiltshire ist tot.«

»Wie das?«

»Der MI6.«

Kurz blitzen in Lisls Gesicht Zweifel auf.

»Sein dummer Sohn hat mir die Einnahmen in bar gebracht, das Geld hat er bei einer Bank abgehoben, die keine zwei Kilometer von meinem Haus entfernt liegt.«

»Das scheint allein *Ihr* Problem zu sein.«

»Wiltshires sämtliche Bankkonten werden überwacht. Sicher wissen die Behörden von dieser Abhebung. Sie haben bereits die Gewinne von diesem Idioten Hyde verloren. Rattenfänger erwartet, dass Sie die Zahlung für die morgige Operation an die Zelle durchführen. Versager gefallen ihnen gar nicht.«

Lisl verzieht den Mund. »Da erzählen Sie mir nichts Neues.«

»Und wie lautet Ihre Lösung? Wollen Sie Ihr eigenes Geld aus der Auktion verwenden, um sich von diesem Chaos freizukaufen, das Sie überwacht haben?«

»Vermutlich wollen Sie mir eine andere Lösung anbieten.«

»Diamanten. Die perfekte Währung. Ich habe Wiltshires Bargeld in Steine umgewandelt, die sich nicht zurückverfolgen lassen. Sie können jederzeit an die Zelle geliefert werden. Dafür muss ich nur ein Telefonat führen. Und hier ist Ihr Anteil.« Er deutet auf die Tasche. »Aber bevor ich das Telefonat führe, müssen wir meinen zukünftigen Anteil aushandeln.«

Lisl seufzt. Sie wirft einen Blick auf Rachel. »Männer sind doch alle Schweine, finden Sie nicht?«

»Das wird sich zeigen«, entgegnet Rachel.

Lisl lacht. »Jugendlicher Optimismus. Vermutlich wollen Sie einen Anteil aus meiner Auktion, Viktor.«

»Ja.«

Nun betrachtet Lisl Rachel genauer. »Wissen Sie, die Freundin des Gangsters wird immer übersehen. Ich war die Geliebte von Verbrechern, die mit allem von Drogen bis Frauen gehandelt haben. Als ich anfing, war ich eins dieser Mädchen, die an den Höchstbietenden verkauft wurden. Dann habe ich entdeckt, dass ich über eine gewisse *Lebendigkeit* und einen *Charme* verfügte, mit der ich jeden Raum erhellen konnte, und das wollten die Männer in *ihren* Räumen. Da bin ich auf den Geschmack der Macht gekommen. Ich habe alles angewandt, was ich über die Jahre als Beraterin und Therapeutin von Gangstern gelernt hatte. Mich hochgearbeitet. Bis ich keine hübschen Spione mehr um Diamanthaarspangen bitten musste. Ich konnte sie mir selbst leisten. Als ich mich an Rattenfänger wandte und ihnen die Grey Group, wie der MI6 sie fantasievoll bezeichnet, vorschlug, schwor ich mir, dass mich niemand mehr benutzen würde. Dass ich nicht von der Gnade anderer abhängig sein würde. Ich gebe keine Macht ab.« Ihr Lächeln erstirbt. »Aber vielleicht *teile* ich sie, wenn ich dadurch das meiste meiner Gewinne behalte und Rattenfänger die Zelle aktivieren kann. Rufen Sie Ihre Logistiker an, Viktor. Sagen Sie ihnen, dass sie die Diamanten liefern sollen.«

Rachel schiebt sich näher an Marko heran. Er atmet durch die Nase, konzentriert sich ganz auf die Tasche mit den Diamanten.

Viktor Babić zieht sein Handy aus dem Jackett und wählt.

Da versetzt Rachel Marko einen Stoß mit der Schulter, sodass er das Gleichgewicht verliert, und zieht die Waffe aus seinem Gürtel, dann stellt sie sich breitbeinig auf und zielt auf Viktor Babićs Kopf. »Auflegen.«

Der Diamanten-Janus wendet sich ihr zu, das Handy noch immer ans Ohr gedrückt.

Der Butler zielt mit dem Maschinengewehr auf sie.

»Kleine, Ihr Selbsterhaltungstrieb ist genauso miserabel wie der Ihrer Eltern«, faucht Babić.

Rachel atmet tief durch. »Sie waren das. Sie haben sie umgebracht.«

Zischend fordert Marko sie auf, die Waffe zu senken.

»Ihre Eltern haben sich an mich gewandt, damit ich sie rette, weil Ihr Vater den Briten nicht vertraut hat«, erklärt Babić. »Sie konnten sich nicht vorstellen, dass Markos Vater sie an mich verraten würde. Natürlich konnte ich niemandem, den der MI6 auf dem Radar hatte, meine Hilfe anbieten. Das war nichts Persönliches. Aber schön war es auch nicht.«

Rachels Blick zuckt zu Marko, der auf einem Knie erstarrt ist. Sein Gesicht spricht Bände. Er hat es gewusst.

Marko streckt die Hand aus. »Rachel, ich habe es dir nicht gesagt, weil ich wusste, dass es die Dinge zwischen uns nur verkomplizieren würde, obwohl es doch egal ist. Wir waren noch Kinder.«

Lisl schnippt mit den Fingern.

Ein roter Punkt wandert durch Rachels Blickfeld und landet auf ihrer Brust. Der Laser eines Scharfschützengewehrs.

In diesem Augenblick zieht Viktor Babić mit der freien Hand seine Pistole und zielt damit auf Rachel. »Waffe runter. Sie sind auf sich allein gestellt. Glauben Sie bloß nicht, dass Marko sein Leben riskiert, um Ihnen zu helfen.«

Da unterbrechen die Worte der Person am Telefon wie aus der Ferne die unheimliche Stille der leblosen Stadt. »Hallo? Hallo? Sollen wir anfangen? Die Fracht ist bereit.«

»Auflegen«, wiederholt Rachel und hält die Waffe weiterhin ruhig, obwohl ihr schwindelig wird.

Der Butler keift Rachel an, dass sie aufgeben soll.

»Tu, was er sagt, Rachel«, fleht Marko. Er bewegt die Hand auf seinen Knöchel zu.

»Bleib, wo du bist«, warnt Rachel ihn.

Aus einem Knöchelholster zieht er einen kleinen Revolver. Von dem hat er ihr nichts erzählt. »Rachel, leg die Waffe weg. Du willst doch nicht, dass wir ein Vermögen verlieren. Benutz deinen Kopf. Wir nehmen unseren Anteil und hauen ab.«

»Das sind Blutdiamanten«, sagt sie.

»Nein, das sind sie nicht«, widerspricht er. »Wir haben sie von reichen Leuten gestohlen.«

»Doch, das sind sie«, entgegnet sie. »Die Bombe ist nur noch nicht hochgegangen.«

»Seit wann bist du eine Heldin?«

»Seit jemand auf der Seite der Guten mich um Hilfe gebeten hat.«

Lisl Baum lacht. »Ich hätte es mir denken sollen. Moneypenny hat eine Kanone rekrutiert. Sie ist eine Spionin, Viktor, und du hast ihr mein Gesicht gezeigt.«

Marko läuft rot an. »Du bist eine Spionin? Eine verschissene *Spionin*?«

»Wenn du mir hilfst, bekommst du Immunität«, sagt Rachel.

»Nur Verräter helfen dem Gesetz«, entgegnet Marko mit bebender Stimme.

»Legt los …«, bellt Viktor ins Handy. Und Rachel betätigt den Abzug. Ein perfekter Schuss in den Kopf. Viktor bricht wie eine Säule zusammen. Das hat ihr ihre Mutter beigebracht. *Manchmal kannst du nicht wegrennen, Rachel. Manchmal musst du kämpfen.* Sie erwartet, im nächsten Augenblick zu sterben, als Maschinengewehrfeuer zwischen den Häusern widerhallt, doch es sind verirrte Schüsse. Der Butler wurde getroffen, mitten in die Brust, und sein toter Finger hat wie ein Geist den Abzug betätigt.

Marko hat sie gerettet.

Jetzt steht er auf und hält sich die Schulter. Er hat einen Streifschuss abbekommen.

Der Gerfalke schreit, zerrt an der Kette und rüttelt an Viktor Babićs Leiche.

»Würden Sie mir das Handy geben?«, bittet Lisl Baum.

»Sie machen Witze, oder?«, erwidert Rachel und zielt auf die Göttermutter. Auf ihrer eigenen Brust leuchtet der rote Punkt des Scharfschützengewehrs.

»Wir können das hier auf zwei Arten beenden«, fährt Lisl Baum fort. »Sie beide können Viktor ins Leben nach dem Tod folgen. Oder Sie können mir in diesem Leben folgen. Zwei talentierte Diamantendiebe kann ich gut gebrauchen. Viktor hatte recht damit, dass wir keine Banküberweisungen mehr tätigen können. So oder so wird diese Lieferung stattfinden.«

Rachel schüttelt den Kopf. »Ich werde keinen Massenmord unterstützen.«

Lisl Baum schnalzt mit der Zunge. »Ich würde ja sagen, dass Sie dem entwachsen werden, aber so viel Zeit bleibt Ihnen nicht. Wie ist es mit Ihnen – Marko, richtig? Würden Sie die Waffe fallen lassen und mir das Handy geben? Ich kann einen sehr reichen Mann aus Ihnen machen.«

Marko schluckt. »Was meinst du mit Massenmord?«

»Mit diesen Diamanten finanzieren die einen Terroranschlag«, erklärt Rachel.

»Jeden Tag geschehen schlimme Dinge«, meint Lisl. »Wäre es Ihnen nicht lieber, wenn sie anderen zustoßen?«

Marko blickt von Lisl zum Handy, dann zur Tasche mit den Diamanten. Der rote Punkt zeichnet Rachel ein Herz auf die Brust.

»Marko, hör zu«, fleht Rachel. »Ich habe dich vergöttert. Du bist kein schlechter Mensch. Wir sind hier nicht die Bösen.«

Marko wendet sich ihr zu. »Wirf die Waffe weg. Na los, Rachel. Das ist zu deiner eigenen Sicherheit.«

Rachel verzieht den Mund. »Sag nicht, dass du das für mich machst. Du bist genau wie dein Vater. Er hat meine Eltern verraten. Jetzt tust du dasselbe. Für dich gibt es keinen letzten Auftrag. Du willst die Welt erobern. Und dabei ist dir egal, ob ich ein Teil davon bin.«

Seine Wangen brennen. »Ich gehe nicht mit dir unter, das stimmt. Ich habe dich gewarnt. Ich habe dir gesagt, was ich bin. Überlass ihr einfach das Handy. Das ist nicht unser Problem. Sieh mich nicht so an. Spiel nicht mit, wenn du nicht verletzt werden willst.«

»Niemals«, sagt Rachel. Sie weiß, dass sie Tränen in den Augen hat, denn die Straße glitzert, als sie und Marko gleichzeitig feuern. Sie bereut es sofort, doch dafür ist es nun zu spät, denn Marko liegt am Boden und presst eine Hand auf seinen Oberkörper, auf dem rote Flecke erblühen.

Rachel lässt sich auf die Knie sinken und bedeckt die Wunde mit einer Hand, während die andere weiterhin mit der Waffe auf Lisl zielt.

In Markos Brust rast sein Herzschlag wie ein Hase, der vor einem Fuchs flieht.

Lisl Baum nimmt sich das Handy. Die Stimme am anderen Ende bittet um Bestätigung. »Liefern Sie sie aus«, sagt sie.

»Ja. Hier ist eine neue Stimme. Aber daran werden Sie sich gewöhnen. Also los jetzt.« Sie wirft Rachel ein Lächeln zu.

»Danke, Schätzchen. Du hast mir eine Kugel gespart.« Das blendende Licht des Scharfschützengewehrs richtet sich auf die Mitte von Rachels Brust. Marko bewegt sich nicht mehr. Er ist tot. Rachel hört nur noch das Klingeln in ihren Ohren – vielleicht ist es auch das Rauschen ihres Blutes.

»Das war wirklich heldenhaft«, meint Lisl und legt ihr eine Hand auf die Schulter. »Aber leider gibt es jetzt niemanden mehr, der Ihnen helfen kann.«

In diesem Augenblick tritt Moneypenny mit erhobener Waffe aus dem unterirdischen Nahverkehrsnetz auf die Straße. »Darauf würde ich nicht wetten.«

»Conrad, Feuer!«, bellt Lisl.

»Der ist gerade beschäftigt«, entgegnet Moneypenny.

Weit über ihnen auf dem Dach drückt Joseph Dryden Dreifachnull eine Waffe an den Hinterkopf und spannt den Hahn. »Was hab ich dir gesagt, Dreifachnull? Du siehst mich nicht, es sei denn, ich will es.«

46

ZURÜCKGESPULT

Venedig und London · Drei Tage zuvor

Johanna Harwoods Stimme klang verzerrt. »Joe – bist du mit Dreifachnull zusammen?«

»Er sollte gleich …«

»In Deckung.«

»Was?«

»Du befindest dich in Lebensgefahr, er ist …«

Die Verbindung brach ab, als eine Kugel das Fenster durchschlug. Diese hätte Joseph Dryden getötet, wenn Harwood mit den Worten »In Deckung« nicht Drydens tief in seinem Hirn verankertes Training getriggert hätte, sodass er sofort einen Schritt hinter das nächste Bücherregal trat. Die Kugel schlug durch Eichenholz, Leder und Papier und wurde dadurch so weit verlangsamt, dass die panzerbrechende Munition sich beim Einschlag in die schusssichere Weste unter seinem Pullover zwar durch das Kevlar bohrte, aber einen halben Zentimeter tief in seiner Brust stecken blieb und an seinem Herzen lediglich Prellungen verursachte.

Dryden ging zu Boden und schlug mit dem Schädel auf dem Marmor auf. Die Decke zierte ein Gemälde voller

Wolken, die sich in seinem Blickfeld zu einem Gewitter zusammenzogen. Als er sich die Brust hielt, pfiff eine weitere Kugel durch die Luft. Dasselbe Training, das ihn dazu gebracht hatte, in Deckung zu gehen, sagte ihm nun, dass er bis zum letzten Atemzug weiterkämpfen sollte. Du kannst mich siebenmal niederschlagen, ich stehe achtmal wieder auf. Johanna Harwood hatte ihm gerade das Leben gerettet und nun brauchte sie Hilfe. Dryden hob sein Handy auf. Das Gespräch hörte er wie durch Watte. In seinem linken Arm kribbelte es.

»Aber da fällt mir ein, Ihnen schulde ich auch keinen Gefallen. Eigentlich schulden Sie mir einen.«

»Johanna und Bond ...« Dryden keuchte, als ihm ein Presslufthammer die Brust zu malträtieren schien.

»Ich verstehe. Ich kümmere mich darum, Dryden-san. Sicher, dass Sie nicht in Schwierigkeiten sind, mein Freund?«

Dryden beendete den Anruf und ließ das Handy fallen. Der Käufer war verschwunden, um sich das Schwert zu holen. Er musste ihn aufhalten. Also rollte Dryden sich auf die Seite, stützte einen Ellbogen auf und drückte sich hoch. Beinahe schaffte er es, auf die Beine zu kommen, aber dann sackte er auf einen Stuhl und landete lang ausgestreckt auf dem Boden. Ein weiterer Niederschlag. Und dieses Mal wird er angezählt.

Er roch Brandgeruch. Brennende Glieder riesiger Strohmänner, die im Dunkeln starben. Dryden fasste sich an die Brust.

Bob Simmons, der Navy-Veteran und Sicherheitsoffizier, der den Fahrstuhl im Regent's Park bediente, wusste sofort, dass das Schlimmste eingetreten war, als er Moneypenny hinter den sich öffnenden Türen sah.

»Q«, flüsterte Moneypenny.

Simmons drückte die Tasten, die allein auf seine Berührung reagierten. Er konnte Moneypennys Herzschlag an ihrem Hals sehen – seine Intensität ließ ihre Brosche hüpfen. Während der Fahrstuhl das Gebäude hinunterraste, schwieg er, doch als sich die Türen in jenem geisterhaften Korridor öffneten, musste er doch fragen: »Wer?«

Moneypenny warf ihm einen flüchtigen Blick zu. »004.«

Simmons sah ihr hinterher, als sie den gepolsterten weißen Korridor entlangrannte und die Glastüren aufdrückte. Er hatte sie noch nie rennen sehen. Simmons umklammerte den Stumpf seines linken Arms. Glücklicherweise schlossen sich die Fahrstuhltüren leise wieder, sodass die Techniker der Q-Abteilung ihn nicht weinen sahen.

Aisha stand auf, als Moneypenny die Tür hinter sich zuknallte – oder es getan hätte, wenn die Dämpfung es zugelassen hätte.

»Ich glaube es nicht«, sagte Moneypenny.

»000 hat es gemeldet«, erklärte Aisha. »Dryden ist tot. Er ist tot.«

»Zeigen Sie mir 004s Vitalwerte.«

»Ich habe den Stream seines Implantats unterbrochen.«

»Warum?«

»Er hat mich dazu aufgefordert. Das gebietet die Ethik, wenn er etwas Privatsphäre haben will …«

»Erzählen Sie mir nichts von Ethik«, warnte Moneypenny. »Holen Sie mir 004 zurück.«

»Ohne Gehirnaktivität kann ich das nicht.«

»Holen Sie mir Dreifachnull ans Telefon.«

Aisha drehte sich um und band 000 in die Kommunikation ein. Er meldete sich nicht und das Freizeichen klang wie eine Kettensäge.

»Warum hat Joe Sie angewiesen, den Stream zu unterbrechen?«, fragte Moneypenny.

»Ich glaube, ich habe Harwoods Stimme gehört.«

»Wo ist Ibrahim?«

»Im Freihafen Mestre. Er wartet darauf, dass der Käufer das Schwert holen kommt.«

»Weiß er Bescheid?«

»Ja.«

Ibrahim blinzelte – diese Bewegung, wenn man sie denn als solche bezeichnen konnte, schien Jahre zu dauern. Hinter geschlossenen Lidern sah er ihr letztes Treffen, bei dem er Joseph Dryden die Hand geschüttelt hatte. In der Gegenwart saß er auf dem Vordersitz eines Fiat Panda, der draußen vor den Toren des Freihafens Mestre parkte, und verfolgte auf seinem Handy das Blinken des Schwerts. Er warf das Gerät zur Seite und legte den Kopf aufs Lenkrad.

Im Regent's Park leuchtete Aishas Bildschirm plötzlich rot auf und verteilte die Farbe in dem sterilen Raum wie verspritztes Blut. 004s Vitalwerte zeigten beinahe eine Nulllinie.

»Er ist wieder da! Er lebt!«, rief Aisha und reckte die Arme über den Kopf. »Er lebt. Ich stelle die Verbindung wieder her.«

»Er lebt noch«, sagte Moneypenny. »Stellen Sie mich zum Leiter von Station I durch …«

Über den Lautsprecher war Drydens Stimme zu hören. »Aisha? Aisha …«

Moneypenny packte Aisha am Arm.

»Ich bin hier«, antwortete Aisha. »Dryden, deine Vitalwerte sind …«

»Dreifachnull«, unterbrach er sie. Seine Stimme klang so schwach, dass sie kaum zu hören war. »Ihr könnt ihm nicht trauen …«

»Dryden? Bist du da? Bleib bei uns.«

Drydens Herzschlag wurde unregelmäßig.

Moneypenny lief es kalt den Rücken hinunter. Sie erinnerte sich an die ersten Worte, die sie beim Betreten des Raums gesagt hatte. *Ich glaube es nicht.* Warum war sie so schnell bereit, zu glauben, dass die Situation nicht so war, wie sie aussah? Lag es einfach am Vertrauen in Joseph Drydens Ausdauer – oder an etwas anderem?

»Ich habe Station I dran«, sagte Aisha.

Moneypenny beugte sich über das Mikrofon, das mit dem MI6-Mann in Venedig verbunden war. »004 ist am Boden – Sie müssten gleich die Position erhalten. Tun Sie alles Nötige, um ihn an Ort und Stelle für tot erklären zu lassen.«

»Ja, Ma'am. Ist er tot?«

»Nicht, wenn ich es verhindern kann«, presste Moneypenny hervor.

»Dreifachnull ist dran«, sagte Aisha und machte große Augen.

Moneypenny schlug auf die Verbindungstaste der Konsole. »Bericht, 000.«

Er klang außer Atem. »Zwei Schüsse, aus der obersten Etage abgefeuert. Die scheiß Polizei lässt mich meinen Job nicht machen. Inzwischen könnte der Schütze überall sein. Ich habe ihnen gesagt, dass sie Venedig abriegeln sollen, aber da haben sie mich nur freundlich daran erinnert, dass wir uns auf einer Insel befinden, auf der jeder Bewohner ein Boot besitzt. Inkompetentes Pack.«

»Beruhigen Sie sich und fahren Sie mit Ihrem Bericht fort«, sagte Moneypenny. »Aisha hat im Polizeifunk gehört, dass zwei Männer getötet wurden.«

»Ja. Hyde und 004.«

»Dann ist er wirklich …?« Moneypenny brach ab, als Aisha ein zweites Telefonat annahm und mit dem Leiter von Station I sprach. Sie streckte Moneypenny den Daumen entgegen. »Ich fürchte ja, Ma'am. Ich kam nicht zu ihm durch. Die Polizei hat das Gebäude abgeriegelt. 004 war sofort tot.«

Moneypenny legte auf und konzentrierte sich mit starrem Blick auf Qs goldene Ranken.

»004 wird im Leichensack zum Rettungswagen getragen«, meldete Aisha. »Schuss in die Brust. Seine Weste scheint das meiste abgefangen zu haben.« Der Lautsprecher schlug Alarm, die Bildschirme leuchteten rot auf. »Oh Gott, sein Herz versagt wieder.«

»Wohin des Wegs, Alter?«

Joseph Dryden lächelte, als er Lucky Lukes Stimme hörte. Dryden deutete auf das Licht am Ende des Tunnels. Er lief über Sand. Hörte das Meer. »Landurlaub, Mann. Meine Oma päppelt mich wieder auf. Kommst du mit?«

»Nee, Alter, ich kann nicht.«

Dryden blieb stehen. »Warum nicht?«

»Muss noch was erledigen. Und du auch. Du kannst dich noch nicht ausruhen.«

Dryden legt Luke die Hand an die Wange. »Bist du es nie leid? Du weißt, dass wir diesen Krieg nicht gewinnen können.«

»Um einen Krieg zu gewinnen, muss man jede Schlacht einzeln gewinnen.«

»Ich sterbe gerade und du zitierst Glückskeksweisheiten?« Luke grinste. Legte seine Hand auf Drydens. »Ich habe dich nie aufgeben sehen, als du gelebt hast. Wenn wir Niederlagen am Boden liegend erwarten, verdienen wir sie auch. Wenn wir kämpfen, beweisen wir, dass es noch etwas gibt, das sich zu retten lohnt. Und vielleicht erzielen wir ein anderes Ende.«

Das Meeresrauschen erklang aus immer weiterer Entfernung. Er trauerte darum, dass dieser Friede sich zurückzog. Aber es tröstete ihn auch, Lukes Stimme zu hören. Und Dryden spürte Feuer im Bauch.

»Bist du bereit, kampflos aufzugeben?«, fragte Luke.

Heute nicht. Und auch sonst nicht.

»Er ist stabil!«, verkündete Aisha und sank auf ihren Stuhl. »Er ist stabil.«

Moneypenny hatte die Hände zum Gebet gefaltet. Ihr kam es vor, als vibriere jedes einzelne Molekül in der Luft, die Q in der Kammer unter ihnen umgab. Mit dem Blusenärmel tupfte sie sich den Schweiß vom Hals. »Sagen Sie der Klinik, dass 004s Überleben nicht verzeichnet werden darf. Wartet Ibrahim weiter am Freihafen?«

»Ja.«

»Sagen Sie ihm, dass er meine Erlaubnis hat, den Käufer mit dem Schwert zu erstechen.«

»Ich fürchte, dass das kulturell bedenklich wäre«, meinte Aisha mit einem schwachen Lächeln.

»Da haben Sie natürlich recht. Ibrahim darf gern eine Schusswaffe verwenden, wenn ihm das lieber ist.«

Im Fahrstuhl erzählte Moneypenny Bob Simmons, dass sich das Blatt gewendet hatte.

»Wird er es schaffen, Ma'am?«, fragte Simmons und lächelte schief.

Sie nickte.

»Wenn ich mir die Bemerkung erlauben darf, Sie sehen nicht aus, als wären Sie wirklich erleichtert.«

»Falls 000 versucht, Sie in der Sicherheitsabteilung zu kontaktieren, stellen Sie ihn direkt zu mir durch«, entgegnete Moneypenny nur.

Bob Simmons sah, dass ihre Hände zitterten. »Ja, Ma'am.«

Phoebe Taylor stand von ihrem Schreibtisch auf. Moneypenny schlug mit der Faust gegen die Wand, sodass ein gerahmter Druck vom Regent's Park im Regen herunterfiel.

»Das kann doch nicht stimmen, oder?«, fragte Phoebe.

»Rufen Sie M an. Ich fahre nach Vauxhall.«

»Dryden ist nicht …?«

»Nein«, antwortete Moneypenny.

»Aber dann …?«

»Falls Sie von Dreifachnull hören, sagen Sie ihm, dass ich in einem Meeting bin und Sie mich nicht erreichen«, wies Moneypenny sie an. »Geben Sie ihm keine weiteren Informationen.«

Aisha schloss die Tür ihrer Toilettenkabine ab und sank zu Boden. Sie bekam keine Luft. Sie vergrub den Kopf zwischen den Knien und die Hände in ihren Braids, um ihr Schluchzen dort einzudämmen. Aisha schlug den Kopf nach hinten gegen die Trennwand. Einmal, zweimal, dreimal. Sie lachte und wischte sich dabei Tränen weg.

»Eins schwöre ich dir, Joe Dryden, wenn du mir das noch mal antust ...«

Ibrahim grinste wie ein Idiot, doch dagegen konnte er nichts tun. Dann piepte sein Handy. Das Schwert bewegte sich. Zeit, einen Waffenhändler festzusetzen.

Ibrahim startete den Motor.

»Früher bekam man Telegramme«, sagte M. »Mein Vater starb, nachdem der Frieden geschlossen worden war. Absurd, in vielerlei Hinsicht. Natürlich war ich noch ein Baby, aber mein ältester Bruder hat die Geschichte oft erzählt. Das Klopfen an der Tür. Der Todesengel. So hat man die Telegrammjungen genannt. Meine Mutter gab dem Jungen für seine Mühen zehn Schillinge. Jahre später habe ich sie nach dem Grund gefragt. Wissen Sie, was sie gesagt hat? Für den armen Jungen muss es furchtbar gewesen sein. Einfach furchtbar.«

»Ich glaube nicht, dass Mrs Dryden uns hierfür zehn Schillinge gibt, Sir.«

»Doch, wenn 004 bei ihr vor der Tür steht. Aber sind Sie sich sicher, dass dieses ganze Theater nötig ist?« M tauschte auf seinem Schreibtisch einen Becher mit Stiften gegen einen schweren Locher aus, schob dann ein gerahmtes Foto gerade und schüttelte den Kopf. »Ich kann es einfach nicht fassen, ich kann einfach nicht glauben, dass Conrad Harthrop-Vane den Service oder sein Land verraten würde. Ich habe seinen Vater gekannt.«

»Ja, Sir, das weiß ich. Ich glaube, was Sie sagen wollen, ist, Sie können nicht glauben, dass er *Sie* verraten würde.«

Er lief rot an. »Und wenn ich das damit sagen will? Ich habe geholfen, diesen Jungen *großzuziehen*, und ich sage

Ihnen, dass es absolut unmöglich ist, dass ich bei ihm irgendeinen Charakterfehler übersehen hätte.«

Moneypenny beugte sich vor und hielt Ms Hände fest, mit denen er winzige Fetzen von einem Bericht über Cybersicherheit abriss. »Die Menschen, denen wir kompromisslos vertrauen, kompromittieren uns, Sir.«

»Wissen Sie noch, dass ich einmal ungefähr dasselbe zu Ihnen gesagt habe, als es um den jungen Sid Bashir ging?«, fragte er.

Moneypenny lehnte sich zurück. »Im letzten Jahr wurde meine Loyalität angezweifelt und damit Zeit vergeudet, sodass Bill Tanner Gelegenheit hatte, sich zu erhängen. Jeder noch so kleine Winkel meines Lebens wurde durchleuchtet und ich habe nicht einmal widersprochen. Daher dulde ich jetzt keinen Zweifel, wenn uns das Offensichtliche derart deutlich vor Augen geführt wird.«

M stand auf, schien aber nicht zu wissen, wo er hingehen sollte. »Was ist mit 003? Sie hat sich abgesetzt. Ist psychisch instabil. Mit ihr haben Sie ein gefährliches Spiel gespielt. Vielleicht hat Rattenfänger ...«

»Sir, wenn Sie nicht erkennen, dass Dreifachnull für den Service und die Sicherheit dieses Landes eine eindeutige und akute Gefahr darstellt, stellen Sie selbst eine Gefahr dar und sollten keine Befehlsgewalt haben.«

M atmete durch die Nase aus, langsam und hörbar, wie ein sterbender Drache. »In Ordnung«, krächzte er. »In Ordnung. Holen Sie Dreifachnull her und verfolgen Sie ihn. Vielleicht führt er sie ja zum Banker.« Er schlug mit der Faust auf den Schreibtisch, sodass der Stiftebecher umfiel. Hinter ihm sah das Porträt von Sir Miles Messervy missmutig auf sie beide herab. »Ich habe für diesen Jungen gebürgt. Ihn geliebt.

Genau wie ich Bill Tanner geliebt habe. Rattenfänger nimmt sich alle guten Dinge, die es in diesem Land gibt, und macht sie kaputt, bis sie krank und verdorben sind. Rattenfänger ist ein *Krebsgeschwür*. Aber ich lasse mich nicht zum Narren machen. Die glauben, dass ich ein alter Mann bin, der schon lange in Rente sein sollte, die glauben, dass ich nur noch in der falschen Hoffnung hierbleibe, James nach Hause holen zu können. Aber wenn sie das glauben, kennen sie mich schlecht. Ich wurde von den besten ausgebildet. *Ich bin der Beste.* Beobachten Sie Conrad, als wäre er eine tickende Zeitbombe, verstanden? Falls er nur einen Millimeter vom rechten Weg abkommt, nagele ich ihn mit seiner dämlichen Schulkrawatte an den verdammten Mast und vergieße keine Träne, haben Sie mich verstanden? Ich vergieße keine Träne.«

Moneypenny nickte und hoffte, dass sie die Besorgnis in ihrer Miene verbergen konnte – denn M vergoss schon jetzt Tränen, er wusste es nur noch nicht.

47

DIE ZEIT IST ABGELAUFEN

Masdar City · Sonntag

Von Weitem betrachtet sind die zwei Doppelnullen winzige Figuren am tiefsten Punkt des wellenförmigen Dachs. Der eine liegt lang ausgestreckt da und hält ein Scharfschützengewehr, das nicht größer als ein Streichholz ist. Der andere steht über der liegenden Gestalt, beugt sich zu ihr hinunter und hält dem Scharfschützen eine Pistole an den Kopf. Diese ist so klein, dass es beinahe so scheint, als würde die Gestalt den Kopf der anderen mit der ausgestreckten Hand segnen. Beide werden durch den Lichtschein von Abu Dhabi in goldene Schatten gehüllt. Kurz erstarrt die Szenerie, dann rollt sich die liegende Gestalt zur Seite und die über ihr stehende Gestalt feuert, ein rotes Aufflackern.

Joseph Dryden schießt haarscharf daneben und Dreifachnull zieht ihm die Beine weg. Dryden fällt nach hinten gegen das geschwungene Dach des Bürogebäudes, das im arabischen Stil aus Metall erbaut wurde. Seine Waffe fällt klappernd zu Boden. Er steht gerade wieder auf, als Harthrop-Vane zum Schlag ausholt.

Von Nahem betrachtet kämpft Joseph Dryden gegen seinen eigenen Schatten und sein Schatten schlägt zurück. Diesen Kampf hat er schon mehrmals ausgetragen, im Trainingsring im Regent's Park. Harthrop-Vane hat in Eton geboxt. Dryden in der Armee. Sie haben häufig miteinander trainiert und Dreifachnull hat nie davor zurückgeschreckt, Dryden gezielt auf die rechte Schläfe zu schlagen, wo sein Neuralimplantat verborgen ist. Der menschliche Überlebensinstinkt sagt einem, dass man seine Schwachstellen schützen muss. Aber im Ring ist für Überlebensinstinkt kein Platz. Beim Boxen geht es eher darum, verletzt zu werden, als zu verletzen. Genau wie als Doppelnull. Dryden vernachlässigt seine Deckung, um Harthrop-Vane einen Schlag in den Bauch zu verpassen, der diesen zurückstolpern lässt. Die Bewegung zerrt an den frischen Stichen in Drydens Brust. Er legt eine Hand auf die Wunde.

»Sicher, dass dein Herz das aushält?«, fragt Dreifachnull.

Moneypenny zielt mit einer Waffe auf Lisl Baum, die sich entspannt auf die Motorhaube des Ferrari setzt. Sie beugt sich vor, um ihren Schuh zu richten.

»Merken Sie nicht auch, dass einem in unserem Alter abends die Füße wehtun?«

Rachel setzt sich auf die Fersen und lässt Markos leblose Hand fallen. Auf seinem Gesicht hat sie leuchtende Lippenstiftspuren hinterlassen, als sie ihn wiederbeleben wollte. Seine blauen Augen starren ins Leere.

»004 neutralisiert den Scharfschützen, einen Doppelnullagenten, der abtrünnig geworden ist«, sagt Moneypenny. »Ich könnte Ihre Hilfe gebrauchen.«

Als Rachel Drydens Nummer hört, stößt sie hörbar den Atem aus und ringt um Luft, dann grinst sie. Superman ringt niemand zu Boden. Sie blickt zur Tasche mit den Diamanten. Dann nimmt sie sich Markos Waffe und steht auf. »Sie hat ein Telefonat geführt, damit die restlichen Diamanten an die Terroristenzelle geliefert werden.«

»Ich weiß.« Moneypenny wirft Lisl einen verächtlichen Blick zu. »Sagen Sie ihnen, dass sie den Angriff abbrechen sollen.«

»Über so viel Macht verfüge ich nicht. Ich bin nur der Banker von Rattenfänger. Der Angriffsbefehl wird von jemandem in einer deutlich höheren Position gegeben.«

»Von wem?«

Ein glitzerndes Achselzucken.

Dreifachnull ist zu schnell, blockt, weicht aus, greift an. Der Schock hat sein Gesicht kreidebleich werden lassen. Er hat einen Geist gesehen. Aber sein Instinkt lässt ihn nicht im Stich. Der Kampf zieht sich die unebene Dachfläche hinauf, hinunter und wieder hinauf. Vorbeifliegende Lichter der Flugzeuge, die vom nahe gelegenen Flughafen starten, werfen um sie herum Schatten und werden von den Solarpaneelen eingefangen, die sich kurzzeitig in blendende Spiegel in der Dunkelheit verwandeln.

Dryden trifft Harthrop-Vane mit einem Schlag am Kiefer, dann an der Nase. Er packt ihn im Nacken. »Selbst tot bin ich schneller als du.«

Dreifachnull will Dryden sein Knie in den Schritt rammen, doch der weicht gerade noch rechtzeitig mit einem Hüftschwung aus. Diese Bewegung nutzt Dreifachnull, um Dryden mehrmals hintereinander auf die rechte Seite des Kopfs zu schlagen.

»Und ich hatte beinahe Mitleid mit dir!« Dreifachnull spuckt Dryden ins Gesicht. »Du stehst auf der Verliererseite 004, hast du schon immer.«

In seinem Kopf hört Dryden den Motor eines Jets dröhnen. Dann wird der Motor still. Sein Implantat ist gestört.

»Du hättest am Boden bleiben sollen«, sagt Harthrop-Vane und tritt ihm mit dem Stiefel gegen die Brust. »Das ist doch lächerlich. Stehst mit einem Fuß im Grab und bist doch alles, was Moneypenny hat, um mich aufzuhalten.«

»Ach ja?« Dryden packt Harthrop-Vane am Knöchel und verdreht ihn. »Dann komm doch mit runter.«

Die Knochen knacken. Harthrop-Vane bricht zusammen und schreit auf.

Moneypenny holt ihr Handy aus der Jacke und ruft im Regent's Park an. »Verfolgen Sie die Blindenuhr?«

Lisl, die gerade noch ihre Nägel betrachtet hat, hebt plötzlich den Blick.

»Ja, Ma'am«, antwortet Aisha. »Die Diamanten bewegen sich nicht mehr. Wen sie auch bezahlen, derjenige befindet sich in New York. Das bedeutet, dass Camp X als Ziel unwahrscheinlich ist, aber trotzdem werden die Rattenfänger-Mitglieder, die als Terroristen verurteilt wurden, zur Vorsicht weiterhin isoliert.«

»Halten Sie mich auf dem Laufenden«, erwidert Moneypenny und legt auf. »Die Sicherheitskräfte des Gefängnisses, in dem Colonel Mora festgehalten wird, wurden verdoppelt, und sie halten ein paar leere Betten für alle bereit, die sich noch einfinden. Ihr Plan wird nicht aufgehen.«

Lisl nestelt an ihrer Kette. »Jetzt weiß ich, warum James in so hohen Tönen von Ihnen gesprochen hat.«

»Ich bin kein kleines Mädchen, das auf seinen ersten Kuss wartet. So einfach kann man mich nicht erschrecken. Aber wo Sie gerade James erwähnen, wüsste ich doch gern, wie Sie die Vernichtung eines Mannes rechtfertigen, der Ihnen nie etwas getan hat und Ihnen sogar seine Hilfe angeboten hat.«

»Hat er das?« Lisl zieht die Augenbraue hoch. »Nichts bringt einen Mann so in Fahrt wie ein Heldenkomplex. Aber eins möchte ich Sie auch fragen. Hat James Bond nach jener Nacht jemals wieder an mich gedacht?«

»Das bezweifle ich.«

»Ich ebenfalls. Und deshalb bereitet es mir keine schlaflosen Nächte.«

»Und wie sieht es mit dem Aufbau einer gewinnlerischen Verbrecherbande aus, die Leben zerstört? Artefakte aus Kriegsgebieten stiehlt und mit ihnen diesen Krieg verlängert. Frauen und Mädchen in die Sklaverei verkauft. Bereitet ihnen davon irgendetwas schlaflose Nächte?«

»Ich mache die Regeln nicht.« Lisl blickt auf ihre diamantbesetzte Uhr. »Das ist Ihre Welt. Ich lebe nur darin. Und das sehr angenehm.«

Dryden springt Dreifachnull auf die Brust und verpasst Harthrop-Vane anschließend eine Kopfnuss gegen die ohnehin schon blutige Nase. »Jetzt bist du nicht mehr so hübsch, Nullnullnichts.« Er packt Dreifachnull an den perfekten blonden Haaren und knallt seinen Kopf gegen das mit Stahlplatten gedeckte Dach. »Ich habe dir vertraut. Wir haben dir alle vertraut. Du bist unser Bruder! Du hättest uns Rückendeckung geben sollen!«

»Deine *Brüder* finden nicht gerade ein gutes Ende, Joseph. Frag nur Luke.«

Dryden erstarrt. »Wovon sprichst du?«

Das nutzt Harthrop-Vane, um Dryden einen weiteren Schlag gegen das Herz zu verpassen, sodass dieser ihn loslässt. Dryden sackt zusammen. Dreifachnull rollt sich zur Seite und springt vom Dach.

»Kennen Sie die Geschichte von den zwei Ameisen im Glas?«, fragt Lisl. »Eine rote, eine schwarze. Die beiden kämpfen nicht miteinander, bis jemand das Glas schüttelt. Dann glaubt die schwarze Ameise, dass die rote sie angreift, und die rote Ameise glaubt, dass die schwarze sie angreift. Sie bekämpfen sich bis zum Tod. Entweder gehört man zu den Ameisen, die sich zur Belustigung anderer gegenseitig zerfleischen, oder man kann die Hand sein, die das Glas schüttelt. Ihre geschätzte Regierung hat mich benutzt, um Informationen von Verbrechern und korrupten Geschäftsleuten zu erhalten. Verbrecher und korrupte Geschäftsleute haben mich benutzt, um Informationen von Ihrer Regierung zu erhalten. Attraktive Doppelnullen haben mich einfach nur benutzt, weil ich gerade da war und es eine Schande gewesen wäre, diese Gelegenheit verstreichen zu lassen. Ich habe mich geweigert, als lächerliche Geliebte zu enden, die von Krümeln aus Harrods lebt, oder zu versauern, während ich mich vor Angst irgendwo verstecke. Ich hatte keine Lust mehr, eine Ameise zu sein. Ich habe beschlossen, mir selbst ein Glas zu schnappen.«

»Hoffentlich erwarten Sie jetzt kein Mitleid«, sagt Moneypenny und zeigt mit dem Finger auf Rachel und sich selbst. »Wenn Sie irgendeine Frau auf der Straße anhalten und sie fragen, ob sie sich unterdrückt fühlt, sagt sie aus den unterschiedlichsten Gründen wahrscheinlich Ja. Aber die meisten trösten sich nicht mit Terrorismus.«

Lisl breitet die Arme aus. »Sehe ich unterdrückt aus?«

»Nein. Das gebe ich gern zu«, erwidert Moneypenny.
»Wissen Sie, wie Sie aussehen?«

»Wie denn?«

»In Ihrem früheren Leben waren Sie das einzige Opfer.
Heutzutage zerstören Sie die Leben von Menschen, die
genauso machtlos sind, wie Sie es waren. Alles nur, damit
Rattenfänger ihre Kohle bekommen und Sie ein paar nette
Juwelen. Sie haben hier nicht das Sagen. Sie sind nur eine
Marionette, die ein Glas schüttelt.«

Wieder blickt Lisl auf die Uhr. »Sind Sie sich da ganz sicher?«

Da vibriert Moneypennys Handy.

Dryden schüttelt den Kopf und kriecht an den Dachrand.
Dreifachnull befindet sich eine Etage tiefer auf einem Balkon
und tritt ein Fenster ein. Dryden hinkt zur Tür des Dachs
und reißt sie auf. Er stolpert die Treppe hinunter. Laut hal-
lend kommen ihm Schritte entgegen. Er zieht die Waffe und
stützt sich am Geländer ab.

Rachel Wolff kommt auf dem Treppenabsatz zum Stehen
und hebt die Hände.

»Hallo, Killer«, sagt sie. »Freut mich, Sie zu sehen.«

Dryden lacht. Er versucht, die Stufen hinunterzugehen,
aber seine Brust brennt vor Schmerz. Rachel legt den Arm
um ihn. »Ich hatte gehofft, dass sich unsere Wege noch mal
kreuzen, Scherzkeks.«

»Und sogar nur mittelschwer verletzt«, kontert sie.

»Wenn Sie das sagen«, meint er, doch ihr Blick lässt ihn
innehalten. Er nimmt ihre Hand. »Sind Sie in Ordnung?«

»Hab gehört, dass Sie Verstärkung brauchen könnten.«

»Von Ihnen jederzeit.«

Moneypenny geht ans Telefon. Es ist M. Er sagt: »Penny, wir haben ein Problem.«

Rachel und Dryden durchsuchen alle leeren Etagen des Bürogebäudes.

»Er muss im unterirdischen Nahverkehrsnetz sein«, überlegt Dryden. »Die Kabinen sind fahrerlos und werden über Magnete gesteuert.«

»Und wohin?«

»In die ganze Stadt«, sagt Dryden. »Und zum Flughafen.«

»Glauben Sie, er würde zulassen, dass Lisl Baum gefangen genommen wird?«

»Ich glaube, Conrad Harthrop-Vane war in seinem Leben immer nur eine einzige Person wichtig: er selbst.« Dryden tippt mit den blutigen Fingerknöcheln gegen das Fenster und verschmiert den glühenden Horizont. »Aisha, kannst du sehen, ob sich im PRT irgendwas tut?«

Nach etwa einer Minute antwortet Aishas Stimme: »Ja, eine PRT-Kabine ist in Richtung Flughafen unterwegs.«

»Kannst du dich ins System hacken und sie aufhalten?«

»Ich kann's versuchen. Entlang des gesamten PRT-Systems verläuft eine Antenne und stellt eine kabellose Verbindung zwischen den einzelnen Kabinen und dem Systemcomputer her. Wenn wir da reinkommen ... Einen Augenblick, 004.«

»Wir sind auf dem Weg nach unten«, erklärt Dryden. »Halt mich auf dem Laufenden.«

Der Aufzug hält auf der PRT-Ebene. Rachel und Dryden treten in den Gang der Station, in dem es nach gar nichts riecht. Als würden sie eine archäologische Ausgrabungsstätte irgendeiner großartigen Zivilisation der Zukunft besuchen.

»Wir haben ihn!«, meldet Aisha. »Die Kabine befindet sich einhundert Meter östlich von eurer Position und fährt in Richtung Flughafen.«

Dryden deutet auf die Blutstropfen am Boden, auf dem weder Schienen noch Eisenbahntrassen zu sehen sind, nur eine glatte Betonfläche über Magneten, die die Kabinen leiten. Rachel und er rennen los.

M klingt angespannt. »Die CIA hat mich gerade über eine glaubhafte Bedrohung durch eine unbekannte Anzahl radiologischer Bomben informiert, die über Frachtcontainer in die Vereinigten Staaten kommen.«

»Wie glaubhaft?«, fragt Moneypenny.

»Drei Männer auf der Beobachtungsliste des FBI wurden heute Morgen im Hafen von L. A. wegen Verdachts auf Frachtdiebstahl verhaftet. Und bei einer zufälligen Überprüfung vor etwa einer halben Stunde im Hafen von Virginia wurde ein Frachtcontainer mit Luftlöchern, Bett, Heizung, Sanitäreinrichtungen, Satellitentelefon und Laptop entdeckt – sowie einem Zertifikat für den Mechaniker einer Fluggesellschaft und Sicherheitsausweise für den New Yorker Flughafen JFK. Das FBI und die CIA sind sich einig, dass diese Begebenheiten die Drohung ernsthaft erscheinen lassen. Sie lassen die Häfen von L. A. und Virginia schließen, während sie die Fracht untersuchen, und halten am JFK alle Flüge am Boden. Alle Transportunternehmen haben die Anweisung erhalten, vierundzwanzig Stunden lang den Betrieb einzustellen. Es ist ein Albtraum, Moneypenny. Falls ein Containerschiff im Hafen einer größeren US-Stadt eine radiologische Bombe an Bord hat, die als verdammtes Feuerwerk der Klasse zwei deklariert ist, stehen wir möglicherweise vor einem Szenario mit unzähligen Toten. Wenn an mehreren US-Häfen vierundzwanzig Stunden lang der Betrieb eingestellt wird, dauert es weitere drei Monate, um den Rückstau in der weltweiten Schifffahrt abzubauen, was den Weltmarkt einhundert Milliarden Dollar kostet und eine weltweite Wirtschaftskrise auslöst. Der Welthandel basiert auf dem Seetransport, den wir so weit wie möglich vereinfacht haben, sehr zur Freude des globalen Verbrechens und Terrorismus. Nun kommen unsere Tauben nach Hause und scheißen uns die Terrasse voll.«

»Bleiben Sie hinter mir«, sagt Dryden.

»Vielleicht sollten Sie hinter mir bleiben«, widerspricht Rachel und beobachtet, wie sein Blut auf das des abtrünnigen Agenten tropft.

»Mir geht's gut«, beharrt Dryden und konzentriert sich auf die PRT-Kabine, die wie ein Shuttle aus *Star Trek* aussieht. Der Tunnel hat glatte Wände, es gibt nichts, um sich zu verstecken, nichts, um in Deckung zu gehen. Auf der anderen Seite geht die Spur aus Blutstropfen nicht weiter. Dryden geht einen Schritt auf das Fahrzeug zu, die Waffe im Anschlag. »Dreifachnull, es ist vorbei. Gib auf, dann nehme ich dich lebend fest.«

Nichts.

»Aisha, bist du dir sicher, dass sich im PRT-Netzwerk sonst nichts tut?«, erkundigt sich Dryden.

»Absolut«, versichert Aisha.

Dryden bedeutet Rachel, voranzugehen.

Gemeinsam umrunden die beiden die Kabine bis zu ihrer Glastür. Sie ist leer.

Fast leer.

Auf dem Sitz liegt eine Bombe, die an eine Rolex ange-schlossen ist. Der Countdown steht auf 004.

Dryden stößt Rachel zur Seite.

Die Zeit ist abgelaufen.

48

VERLUST

Masdar City · Sonntag

Moneypenny hält das Telefon so fest in der Hand, dass ihre Fingerknöchel weiß hervortreten. Lisl Baum beobachtet sie grinsend. »Wie wurde die Drohung überbracht?«

»Ein nicht zurückzuverfolgender Anruf bei einer anonymen Hinweishotline im Pentagon.«

»Warum die Warnung?«

»Als Erpressung«, antwortet M. »Rattenfängers Forderungsliste ist länger als die all meiner Ex-Frauen zusammen. Aber der wichtigste Punkt ist die Entlassung aller verurteilten Terroristen von Rattenfänger aus Camp X. Der Präsident persönlich hat den PM gebeten nachzugeben.«

»Was ist aus dem Grundsatz geworden, nicht mit Terroristen zu verhandeln?«, fragt Moneypenny und ist dankbar für die Brise, die durch den Windturm herunterkommt, da ihr der Kopf dröhnt.

Lisl Baum trommelt auf die Motorhaube ihres Wagens.

»Wir verhandeln nicht mit Terroristen, weil es ihnen einen Anreiz bieten könnte. Das Argument des Präsidenten lautet – und man stimmt Politikern ja nur ungern zu, aber in diesem

Fall geht es nicht anders –, dass Rattenfänger bisher kaum den Anschein erweckt hat, als *mangle* es ihnen an Anreizen.«

»Ich lasse Lisl Baum nicht aus den Augen«, meint Moneypenny. »Ihre Gefangennahme haben wir noch nicht gemeldet, Rattenfänger weiß noch nicht, dass wir sie haben. Sie ist ihre Bankerin. Sie weiß *alles*.«

»Wir können nicht riskieren, dass in New York oder D. C. eine Bombe hochgeht. Der PM hat den Entlassungsbefehl gegeben, Moneypenny. Es steht uns nicht zu, die Gründe dafür zu hinterfragen.«

Wütend beendet Moneypenny das Gespräch. Sie wendet sich Lisl zu. »Ich soll Sie zu Ihrem Flugzeug begleiten.«

»Danke«, meint Lisl, steht auf und streicht ihr Kleid glatt. »Aber ich reise lieber allein. Schauen Sie doch nicht so schockiert. Es ist nicht so, dass die Guten nicht immer gewinnen, Moneypenny. Nur, dass Sie nie gewinnen.«

Der Boden bebt. Aus dem Eingang zum PRT steigt Rauch auf. Beinahe verliert Moneypenny das Gleichgewicht.

Lisl Baum lächelt. »Wie gesagt.«

Dreifachnull kommt aus der schwarzen Wolke. Mit seiner Waffe zielt er auf Moneypenny. »Fallen lassen. Ich schieße schneller als Sie, das wissen Sie doch.«

Moneypenny verzieht den Mund, wirft aber die Waffe weg. »Wo ist 004? Und Wolff?«

»Was glauben Sie denn, was Sie da riechen?«

Ihr wird schwindelig.

Lisl Baum geht zur Leiche von Viktor Babić. Der Gerfalke flattert noch immer herum und zerrt an seiner Kette. Sie löst sie. Vorsichtig hüpft ihr der Vogel auf den Arm.

Moneypennys Gedanken rasen, suchen nach einem Ausweg, einem letzten Ass im Ärmel, einer letzten Hoffnung. Sie weiß, dass sie nach etwas sucht, das nicht zu finden ist. Ein Held. Aber die Suche sagt ihr, dass sie noch am Leben ist. In diesem Augenblick, als Dreifachnull auf sie zukommt, ist sie noch am Leben, also kann sie noch kämpfen.

»Ich habe Ihnen vertraut«, sagt sie.

Leise antwortet er: »Ich weiß.« Beinahe scheint es ihm leidzutun.

»Alle Doppelnullen, die Sie in Gefahr gebracht oder getötet haben, haben Ihnen vertraut. Felix Leiter hat Ihnen vertraut.«

Wieder: »Ich weiß.«

»Töte sie«, sagt Lisl.

Dreifachnull blinzelt und entsichert dann seine Waffe.

»Lebendig bin ich für Sie wertvoller«, erklärt Moneypenny.

Dreifachnull nimmt den Finger vom Abzug.

»Und wie das?«, fragt Lisl.

»Ich habe mein ganzes Leben damit verbracht, Menschen wie Sie zu bekämpfen. Ich habe Informationen, die Ihnen helfen könnten.«

»Und die geben Sie uns einfach so?«, hakt Lisl nach.

Moneypenny kann kaum atmen, weil ihr der Rauch in der Kehle brennt. »Nein. Aber zwischen den zahlreichen Falschinformationen, mit denen ich Sie füttere, finden Sie vielleicht etwas Nützliches.«

Lisl lacht. »Solche Überlebenskämpfer gefallen mir. Wahrscheinlich würden Sie ein gutes Geschenk für Colonel Mora abgeben, ein Friedensangebot nach dem ganzen Chaos. Die können dann entscheiden, was mit Ihnen geschieht.«

Dreifachnull packt Moneypenny am Handgelenk. »Gut gespielt, Ma'am. Aber vielleicht bereuen Sie es noch.«

»Sie sind ein Hurensohn, wissen Sie das?«

Conrad Harthrop-Vane schnaubt laut. »Ich bin eine kalte, arrogante Waffe, für mich zählen nur mein Ego und Macht. Ich bin genau der, den Sie rekrutiert haben. Ich bin die Erfüllung all Ihrer Träume. Sie haben nur nie bemerkt, dass es Albträume waren.«

Moneypenny mustert seinen spöttischen Blick, unter dem seine Wangen glühen. »Conrad, Sie sind nicht mal eine *Nebenfigur* in meinen Träumen oder Albträumen. Ich habe größere Probleme und bessere Leute.«

Er sieht sich um. »Tatsächlich? Wo ist denn die Kavallerie, Moneypenny? Ich höre sie nicht kommen. Sie etwa?«

Ihr Schweigen wird erfüllt von der schrecklichen Rauchwolke.

Vor Anstrengung zittert Rachel am ganzen Körper. In dem brennenden Tunnel schreit ihre Lunge nach Sauerstoff, als sie Joseph Dryden in Sicherheit zerrt. Er atmet nicht. Hat keinen Puls.

Rachel reißt sein Hemd auf, darunter liegt eine schusssichere Weste. Die schnallt sie auf und zieht sie von Drydens schlaffem Körper. Als sie mit der Herzdruckmassage beginnen will, fällt ihr auf, dass er über dem Herzen bereits einen Verband trägt. Rachel greift nach Drydens Hand.

»Komm schon, Superman. Wach auf und sag mir, was ich tun soll. Ich brauche dich.« Verzweifelt sieht sie sich um. »Gott, sag mir, was ich tun soll.«

49

DETONATION

An einem unbekannten Ort · Am frühen Montagmorgen

Mit einem kaum hörbaren Klicken öffnet sich die Tür zu Colonel Moras Zelle. Er nimmt das Geräusch befriedigt zur Kenntnis und steht dann auf. Als er über die Schwelle tritt, zieht er den Kopf ein. Sechs seiner Männer warten auf dem Laufsteg. Außer einem, der einen Schritt zur Seite tritt, erkennt er alle. Der Mann hält sein Maschinengewehr wie ein britischer Soldat.

»Alle Wachen sind weg!«, freut sich ein guter Mann, den Mora aus seiner Zeit in Mali kennt. »Die Türen stehen sperrangelweit offen!«

Mora lächelt wohlwollend. Als er an der unbekannten sechsten Gestalt beinahe vorbeigegangen ist, dreht er den riesigen Kopf und durchbohrt das neue Gesicht mit seinem Blick. »Name?«

»Luke Luck.«

Mora mustert Luke eingehend und liest seine Geschichte. »Paradise' Mann.«

»Er gehört zu uns«, sagt der Soldat. »Ich bürge für ihn, Colonel.«

Mora legt Luke die Hand auf die Schulter. »Dann spazieren wir mal in die Freiheit.«

Vier Monate zuvor. Die langen Ketten, mit denen Lucky Lukes Handschellen und Fußfesseln verbunden und an den Stuhl gebunden waren, rasselten, als er beim Eintreten einer Frau aufstand. Luke musterte sie. Marineblaue Hose, eng geschnitten, nüchterne weiße Bluse und marineblauer Blazer mit Brosche in Fischform. Bristolblaue Glasohrringe in Tropfenform mit passender Halskette. Eine Aktentasche mit Zahlenschloss, die sie neben ihrem Stuhl auf den Boden stellte, als sie sich setzte, ohne darauf zu warten, dass die Tür sich schloss. Der Riegel wurde vorgeschoben. Insgesamt strahlte sie kühle Autorität aus. Luke tat es ihr gleich und seine Ketten klirrten, als er die zusammengebundenen Hände auf den verbeulten Stahltisch legte.

»Lieutenant Luck, mein Name ist Moneypenny.«

»So hat man mich schon eine Weile nicht mehr genannt.«

»Großbritannien ist Ihnen für Ihre Dienste sehr dankbar.«

»Tatsächlich?«, fragte Luke und hob die Hände, doch dann lachte er. »Machen Sie sich keine Sorgen, ich nehme es Ihnen nicht übel. Ich bin vom rechten Weg abgekommen und bereit, dafür zu bezahlen. Außerdem ist es im Bau ähnlich wie bei der Armee. Ich weiß, woher ich meine nächste Mahlzeit bekomme, wer mir Kleidung gibt, dass ich ein Dach über dem Kopf habe. Man sagt mir, wann ich essen, schlafen und scheißen soll – bitte entschuldigen Sie meine Ausdrucksweise, Ma'am. Vielleicht brauche ich das alles. Ich war nie sehr gut darin, mich selbst zu organisieren.«

»Da erzählt Joseph Dryden etwas anderes.«

Luke lehnte sich zurück. »Und ich dachte schon, Sie wären eine Therapeutin oder so was.«

»Nein, das dachten Sie nicht.«

»Nein.« Er grinste. »Das dachte ich nicht.« Er rieb sich die Nase und wich ihrem Blick aus, indem er den Boden betrachtete. »Woher kennen Sie Joe?«

»Ich bin sozusagen sein befehlshabender Offizier.«

»Ich weiß, dass er im Gefängnis angerufen hat und mich sprechen wollte, aber ich …«

»Er setzt sich dafür ein, dass Sie in eine therapeutische Einrichtung der Kategorie B verlegt werden.«

Luke lachte spöttisch. »Der gibt nie auf, was?«

»Ich glaube nicht, dass er dazu körperlich in der Lage ist.«

Diese Worte ließen Luke aufblicken. »Da liegen Sie richtig. Was kann ich für Sie tun, Ma'am? Verstehen Sie mich nicht falsch, ich bin dankbar für die Gesellschaft. Aber da ist eine weiße Wand, die ich anstarren muss, und wenn ich hier meine Zeit vertrödle, haut die vielleicht ab.«

»Man hat mir gesagt, dass Sie die Bibel lesen.«

Luke schwieg.

»Sie befinden sich in diesem Gefängnis, weil Sie im Rahmen des Antiterrorgesetzes als Komplize von Rattenfänger verurteilt wurden. Alle anderen Häftlinge in diesem Flügel sind ebenfalls verurteilte Terroristen mit Verbindungen zu Rattenfänger.«

»Ich weiß. Ein paar von denen waren auf der Jacht.«

»Ja. Die haben gesehen, wie Sie übergelaufen sind.«

»So könnte man es wohl nennen. Ich habe versucht, sie zu töten.«

»Das müssen Sie für mich zu Ende bringen.«

Luke sah zur Tür. »Wie bitte?«

»Wollen Sie Buße tun?«

Er kniff die Augen zusammen. »Solche Fragen von Leuten wie Ihnen enden für Leute wie mich nie gut.«

Mit einem Klicken öffnete Moneypenny ihre Aktentasche und holte eine Akte heraus. Sie wählte das Foto eines überdimensionierten Affen in Militäruniform ohne Landesflagge aus. »Dieser Mann ist Colonel Mora. Er befindet sich hier in Isolationshaft. Er war der Anführer von Rattenfänger. Ich will, dass Sie sich hier mit den Rattenfänger-Häftlingen anfreunden und so viel Sie können, über deren Vorhaben und vor allem über diesen Mann herausfinden.« Mit dem Fingernagel tippte sie auf das Bild. »Aber zuerst müssen Sie die Häftlinge loswerden, die mit Ihnen auf der Jacht waren, damit die Ihre Loyalität nicht anzweifeln können. Wenn ich sie verlegen lasse, wirkt das verdächtig. Sie müssen es wie einen Streit wegen einer Kleinigkeit aussehen lassen. Zigaretten oder Seife, was Ihnen am glaubwürdigsten erscheint. Das Ziel der Mission lautet, Rattenfänger dazu zu bringen, Ihnen voll und ganz zu vertrauen. Vielleicht hegen die Misstrauen. Mora hatte beim MI6 einen Maulwurf. Wir wissen nicht genau, wie viel Mora darüber weiß, dass Sie daran beteiligt waren, Paradise aufzuhalten. Was auch immer nötig ist, Sie müssen sich unverzichtbar machen. Sie haben die perfekte Tarnung. Ein unschätzbares Training bei den Sondereinsatzkräften. Sie haben die Armee verlassen und sind wieder drogensüchtig geworden. Wurden durch Paradise radikalisiert. Sie haben Rattenfänger bereits bei einem globalen Terroranschlag unterstützt. Ja, Paradise hat sich zum eigenen Vorteil gegen Rattenfänger gestellt, aber das ist nicht *Ihre* Schuld. Und Sie sitzen hier, zur härtesten Strafe verurteilt, in der schlimmsten Hölle, die es bei uns gibt. Überzeugen Sie Rattenfänger, dass

Sie einer von ihnen sind. Ich allein werde es besser wissen. Sie dürfen keinen weiteren Kontakt zu Dryden haben. Überzeugen Sie Rattenfänger davon, dass Sie aufgebracht sind und Rache wollen. Werden Sie mein Insider.«

»Warum? Wie lautet die Mission?«

»Aufzudecken, wer Rattenfänger insgesamt leitet, und denjenigen zur Strecke zu bringen. Koste es, was es wolle. Sie wollen Buße tun? *Der Weg des Faulen ist wie eine Dornenhecke …*«

Luke setzte sich aufrechter. »*Aber der Weg der Aufrechten ist wohlgebahnt.*«

Nun folgt Lucky Luke den schlimmsten Terroristen der Welt zu seinem ersten Atemzug an der frischen Luft seit Paradise' Jacht und betet, dass er einen Weg findet, sie aufzuhalten, bevor er bei dieser Scharade Zivilisten töten muss. Dass die Verstärkung bald auftaucht und dass sie, wenn es so weit ist, weiß, dass er undercover ist, unter die Terroristen geschleust, aber selbst keiner, und – diesen Gedanken murmelt er leise vor sich hin: »Komm schon, Joe. Lass mich nicht hängen.«

HOFFNUNG

Sankt Petersburg · Montag

Das Haus ist wunderschön, pistaziengrün gestrichen mit dunkelrosa Akzenten, drei Stockwerke hoch und drei Fenster breit, mit einem Mansardendach, in dem kleinere Fenster auf die Dienstbotenzimmer hindeuten. Die Straße ist ruhig und mit Bäumen gesäumt. Alle Limousinen haben getönte Scheiben. In der zweiten und der Dienstbotenetage unter dem Dach hat man wahrscheinlich einen Blick auf den Fluss und die Kuppel der Hermitage, wenn die Läden offen stehen. Aber aktuell sind alle Fensterläden verschlossen und man sieht kein Licht. Eigentlich gäbe es gar kein Lebenszeichen, wenn unten an der Eingangstreppe nicht sechs Zigarettenstummel in einem ordentlichen Haufen lägen. Der Wachmann ist ein Gewohnheitstier. Trotzdem könnte jedes Haus einen Wachmann haben, und falls die Zahlen, die Johanna Harwood aus dem gescannten Strichcode gezogen hat, nicht die Hausnummer und die letzten drei Ziffern der Postleitzahlen waren, die sie durch Marilyns Hinweis vervollständigen konnte, würde sie vielleicht vorbeilaufen. Doch so wie die Dinge stehen, spürt sie die Hoffnung wie einen Kloß im Hals, erstaunliche, wahnsinnige, schreckliche, ekstatische, belebende Hoffnung. Sie nimmt immer zwei Stufen auf einmal und klopft an die Tür.

Zunächst geschieht nichts. Dann knarzen die Dielen und sie hört Schritte. Über der Tür richtet sich die Kamera auf sie.

Harwood räuspert sich und ruft in ihrem besten Russisch: »Ich arbeite nebenan. Irgendwer benutzt hier unser Internet.«

Stille. Falls James sich im Inneren befindet, kommt dem Wachmann vielleicht der Gedanke, dass er irgendwie ins Internet gelangt sein könnte. Ein Riegel wird zur Seite geschoben. Dann ein weiterer. Ein Summen sagt ihr, dass ein elektronischer Alarm ausgeschaltet wird. Die Tür öffnet sich einen Spaltbreit.

»Wir haben keine Internetverbindung«, sagt eine männliche Stimme. »Sie irren sich.«

Harwood stellt den Fuß in die Tür. »Das ist jetzt drei Tage hintereinander passiert. Dadurch wird unsere Verbindung langsamer.«

In der Dunkelheit des Vorraums erkennt sie ein bulliges Gesicht. Es wird deutlicher, als der Mann sie von Näherem betrachtet. »Sie stehen nicht auf unserer Liste zugelassener Mitarbeiter in dieser Straße.«

Bevor Harwood sich darauf eine passende Antwort einfallen lassen kann, ertönt von oben ein Schrei.

Der Mann dreht sich um.

Johanna Harwood rammt die Schulter gegen die Tür und zerbricht so das Kettenschloss. Sie packt den Mann am Arm – er hat eine Waffe mit Schalldämpfer – und knallt ihm die Tür gegen den Ellbogen. Die fallende Pistole fängt sie auf, dreht sie um und schießt ihm in den Bauch. Er sackt zusammen und Harwood steigt über ihn hinweg, zerrt ihn herein und schließt die Tür, die zur Schalldämpfung gepolstert ist.

Vor ihr liegt eine Treppe mit rotem Teppich und goldenem Geländer. Rechts davon führt ein Flur wie ein Tunnel tiefer ins Haus. An seinem Ende liegt eine Glastür – die in diesem Augenblick aufgeht, weil ein Wachmann mit gezogener Waffe auf Harwood zurennt. Ohne mit der Wimper zu zucken, reagiert sie und erledigt ihn mit einem Kopfschuss.

Dann schnappt sie sich aus dem Gürtel des ersten Toten eine Schlüsselkarte und rast die Treppe hinauf. Auf halber Höhe wird sie am Knöchel gepackt, stolpert, fällt hin und prallt mit dem Kopf gegen das Geländer. Jemand legt ihr eine Hand auf den Mund. Harwood beißt zu. Schlägt ihm den Lauf der Pistole gegen den kahl rasierten Schädel. Sie dreht sich um und kämpft sich die Treppe hinauf, wird dann aber wieder nach unten gezerrt, als der Wachmann sich auf sie wirft und versucht, an sein Funkgerät zu kommen. Harwood windet sich, packt den Mann, boxt auf ihn ein – jetzt lässt sie sich nicht mehr aufhalten, nichts und niemand kann sie jetzt noch aufhalten – und bricht ihm mit einem heftigen Tritt das Genick.

Drei Stufen auf einmal nehmend, rennt sie die Treppe hinauf. Der Zugang zur ersten Etage ist von einer schweren Tür versperrt. Als sie die Schlüsselkarte davorhält, springt das Schloss auf und gibt den Blick auf einen verspiegelten Ballsaal frei. Am anderen Ende führt eine Treppe weiter nach oben – in den Spiegeln sieht sie einen weiteren Wachmann hinaufeilen, dann verschwindet sein Spiegelbild, als die Tür zur Treppe zuschwingt. Harwood rutscht über das Parkett, packt die Türklinke und feuert nach oben. Sie tötet den Mann mit zwei Schüssen. Von oben taucht ein zweiter Wachmann auf und schießt auf sie.

Harwood duckt sich und die Kugel zerschmettert mit ohrenbetäubendem Lärm einen Spiegel. Sie feuert vom Boden aus und trifft den Mann in die Brust.

Schüsse fallen. Sie kommen von oben.

In der zweiten Etage befinden sich eine verrauchte Spielhöhle und mehrere Schlafzimmer. Außerdem eine letzte Tür. Ein weiterer Wink mit der Schlüsselkarte. Nackte Stufen führen ins Dachgeschoss. Eine Tür mit fünf Riegeln und einem Schloss – fluchend dreht Harwood um, rennt zurück zur Leiche auf der letzten Treppe, schnappt sich vom Gürtel des Wachmanns die Schlüssel und kehrt zurück. Sie steht vollkommen unter Strom.

Harwood schließt die Tür auf. Die Wohnung unterm Dach, in der früher die Dienstboten lebten, duftet nach Lilien. Harwood arbeitet sich durch ein helles Wohnzimmer, das von Lampen in einen warmen Schein getaucht wird, bis zu einer offenen Schlafzimmertür vor. Über die Schwelle breitet sich eine Blutlache aus. Zu viel, als dass man es überleben könnte.

Harwood zittert. Sie hebt die Waffe und tritt in den Türrahmen.

Auf dem Schlafzimmerboden liegt eine Tote. Anna Petrow. Ihre Pulsadern sind aufgeschlitzt. In einer Hand hält sie einen Glassplitter.

Neben ihr liegt ein blutig geprügelter Wachmann.

Hinter beiden steht James Bond mit einer Waffe in der Hand.

Er ist es.

James.

Er lebt.

Sie hat es geschafft. Hat ihn gefunden.

Die Erleichterung durchfährt sie.

Das Komma seiner Haare, das ihm stets in die Stirn fällt, steht auf dem Kopf – zu einem Fragezeichen verzogen. Sein Gesicht glänzt vor Schweiß. Er trägt ein weißes Hemd, dessen Ärmel bis zu den Ellbogen aufgerollt sind, mit offenem Kragen und ohne Krawatte. Seine Hose hat eine perfekte Bügelfalte und seine Schuhe glänzen. Kein Gürtel, keine Schnürsenkel. Er ist dünn, hat aber keine Muskelmasse verloren. Er hat sie gesehen. Sie weiß, dass er sie gesehen hat, weil diese graublauen Augen, die sie so gut kennt – einmal hat die Psychologin in Shrublands sie gefragt: *Wie würden Sie Ihre Beziehung zu James Bond beschreiben?* Und sie hat geantwortet: *Sagen wir einfach, dass ich ihn gut kenne –*, diese Augen, die sie so sehr liebt, sie direkt ansehen. Doch in seinem schweigenden Gesicht liegt keine Wärme. Jetzt trägt er die undurchsichtige, beinahe grausame Maske, die ihn im Schlaf überkommt.

»James«, sagt Johanna Harwood. »Ich bin's.«

Er hebt die Waffe. »Ich weiß.«

James Bond feuert.

DANKSAGUNG

Ähnlich wie bei einer Schmugglerkette sind am Weg eines Buchs aus der Fantasie der Autorin bis in die Hände der Leser viele Menschen beteiligt. Danke an die Teams bei HarperCollins UK und Holland, William Morrow in den USA, Roca Editorial in Spanien und Cross Cult in Deutschland. Meiner Agentin, Sue Armstrong, danke ich für alles. Außerdem danke ich Viola Hayden und Jonny Geller. Meine unendliche Dankbarkeit gilt den Erben von Ian Fleming für die Einladung, zum Kanon eines meiner Lieblingsschriftsteller beizutragen – und dem gesamten Team bei Ian Fleming Publications Ltd. für das Vertrauen und den Zuspruch.

Die ersten Ideen für *Ein Spion wie ich* kamen mir während des ersten Lockdowns, als meine Schwester und ich einen Onlinekurs über Antiquitätenschmuggel und Verbrechen auf dem Kunstmarkt belegten, den Dr. Donna Yates leitete. Diese war später so freundlich, sich mit mir zu treffen und mir mit Inspiration und Ratschlägen zur Seite zu stehen. Vielen Dank auch an Jonathan Hills von Sotheby's, der mir Fachwissen zu Uhren vermittelt hat, mich auf den Spuren von Ian Fleming und Roger Moore wandeln ließ und mir viel über Auktionen erklärt hat. Vielen Dank an Fedor, der mir von seinen Erlebnissen in Afghanistan erzählt hat. Den Mittelteil des Romans habe ich in Greenway geschrieben, Agatha Christies Haus in Devon, dessen Dachgeschoss mein Zuhause in der Ferne ist.

Meine Recherchen in der Kunstwelt haben mich zur Biennale nach Venedig geführt und ich bin dem ganzen Biennale-Team ewig dankbar, vom Präsidenten bis zur Kuratorin und allen Mitarbeitern, die diese einzigartige und atemberaubende Veranstaltung zum Leben erwecken. Vielen Dank, dass ihr mich in euren Traum eingeladen habt.

Wer sich für die Beschreibungen der Biennale in *Ein Spion wie ich* interessiert, wirft am besten einen Blick in den Katalog der unglaublichen Ausstellung *The Milk of Dreams*, die Cecilia Alemani 2022 kuratiert hat.

Der Entstehungsprozess von *Ein Spion wie ich* unterschied sich deutlich von *Doppelt oder nichts*, weil ich beim Schreiben Bond-Leser hier im Vereinigten Königreich und im Ausland treffen konnte. Mein größter Dank gilt der Bond-Gemeinde für den herzlichen Empfang. Da ich schon mein Leben lang Bond-Fan gewesen bin, ist das das schönste Resultat einer außergewöhnlichen Erfahrung. Ich danke allen, die Veranstaltungen besucht, sich bei Signierstunden mit mir unterhalten oder mir sogar wunderschöne Ian-Fleming-Ausgaben geschenkt haben.

Diese Fangemeinde ist kreativ und stärkt mich, und ich bin dankbar für alle Podcasts, YouTube-Kanäle, Fanclubs und Magazine, die mich als Gast eingeladen haben, von The Bond Experience bis zu den James Bond Clubs in Frankreich und Großbritannien. Es ist mir eine Ehre, auf den Spuren von Bonds Frauen zu wandeln, und es war eine unglaubliche Erfahrung, bei diesen wunderbaren Treffen so viele Ikonen aus den ersten Tagen dieses Franchises kennenzulernen. Es ist ein wahres Glück, dass ich mit so vielen in der Fangemeinde Freundschaften schließen und zusammenarbeiten durfte. Mein besonderer Dank und meine Liebe gilt David Lowbridge-Ellis von Licence to Queer für all seine Unterstützung.

Von ganzem Herzen möchte ich der echten Johanna Harwood danken, der ersten Frau, die Bond geschrieben hat. Dein Vermächtnis inspiriert mich. Vielen Dank, dass ich deinen Namen verwenden darf.

Zuletzt danke ich meiner Familie und meinen Freunden dafür, dass sie mich auf diesem Weg begleitet haben. Simon dafür, dass er mein Q gewesen ist. Meinem Vater Craig dafür, dass er der Reiseleiter auf meiner Weltreise war. Meinen Schwiegereltern Vera und Stephen danke ich für all ihre Liebe und ihren Zuspruch. Meiner Mutter Elli dafür, dass sie jeden Entwurf gelesen hat und für mich da war, als ich buchstäblich den Faden verloren hatte. Meinem Mann Nick, weil er bei diesem und allen anderen Abenteuern mein Kopilot ist. Meiner Schwester Rosie danke ich, weil sie jeden Schritt gemeinsam mit mir gegangen ist, von virtuellen Galerien über venezianische Calli bis hin zu imaginären Raubüberfällen.

Ich danke euch.

In Liebe, Kim

IAN FLEMING

Ian Lancaster Fleming wurde am 28. Mai 1908 in London geboren und ging vor seinem Sprachstudium in Europa auf das Eton Elite-College. Seinen ersten Job hatte er bei der Nachrichtenagentur Reuters. Danach verdingte er sich kurzzeitig als Börsenmakler. Bei Ausbruch des Zweiten Weltkriegs wurde er zum Assistenten des Direktors der Marineaufklärung, Admiral Godfrey, ernannt und spielte eine zentrale Rolle bei britischen und alliierten Spionage-Operationen.

Nach dem Krieg heuerte er bei Kemsley Newspapers als Auslandsbeauftragter für die *Sunday Times* an und leitete ein Korrespondentennetzwerk, das sich intensiv mit dem Kalten Krieg auseinandersetzte. Sein erster Roman, *Casino Royale*, wurde 1953 publiziert und stellte der Welt erstmals James Bond, Agent 007, vor. Die erste Auflage war innerhalb eines Monats ausverkauft. Nach diesem Erfolg veröffentlichte er bis zu seinem Tod jährlich einen Bond-Titel. In allen Werken wurden seine Reisen, Interessen und Kriegserlebnisse deutlich spürbar. Raymond Chandler pries ihn als »den eindringlichsten und energischsten Thriller-Autor Englands«. Der fünfte Roman, *Liebesgrüße aus Moskau*, wurde besonders gut aufgenommen und der Verkauf boomte, als Präsident Kennedy ihn als eines seiner Lieblingsbücher bezeichnete. Die Bond-Romane haben sich über 100 Millionen Mal verkauft und waren Inspiration für das immens erfolgreiche Film-Franchise, das 1962 mit dem Start von *Dr. No* und Sean Connery in der Hauptrolle als 007 begann.

Die Bond-Bücher schrieb Fleming auf Jamaika, ein Land, in das er sich während des Krieges verliebt hatte und wo er sich ein Haus – »Goldeneye« genannt – baute. 1952 heiratete er Anne Rothermere. Seine Geschichte über ein magisches Auto, die er 1961 für sein einziges Kind Caspar schrieb, wurde zum vielgeliebten Buch und Film *Tschitti Tschitti Bäng Bäng*.

Fleming starb am 12. August 1964 an Herzversagen.

www.ianfleming.com